Staread
星 文 文 化

蜀客——著

重紫

CHONG ZI

上

修订珍藏版

长江出版社

第十一章・星璨	093
第十二章・试剑会	101
第十三章・风波又起	111
第十四章・灵台印	120
第十五章・阴水仙	129
第十六章・似曾相识	140
第十七章・欲妻	149
第十八章・楚不复	160
第十九章・梦魇	170
第二十章・劫持	180

目录

第一卷 朝朝暮暮

第一章 · 白云之桥　002

第二章 · 天生煞气　010

第三章 · 重紫　019

第四章 · 无奈的师父　029

第五章 · 朝朝暮暮　037

第六章 · 天机　045

第七章 · 人间行　056

第八章 · 小娘子　064

第九章 · 卓云姬　074

第十章 · 回生之吻　083

第二卷 万劫不复

第一章·万劫之地 194
第二章·魔蛇 204
第三章·亡月 216
第四章·虎口狼窝 228
第五章·地狱仙境 242
第六章·仙心恒在 254
第七章·归去来 264
第八章·承诺 274
第九章·万劫不复 284
第十章·终结 294

两生师徒，三世成魔。
沧海桑田，问情深情浅，爱多恨多？
不如闹他个南华山倾，四海水竭，何计来生仙与魔。
最怕回首，晴空碧月。
归去也，相拥一刻，此心向长河。
若星燦，恨逐波。

第一卷

朝朝暮暮

第一章·白云之桥

历经二十年的人间浩劫，天魔终于永远消失于六界之中，山河愁云散尽，万物复苏，满目疮痍的大地终于有了一线生机。逆轮魔宫被摧毁，魔族溃散解体，纷纷遁入人间逃避仙门追杀，徒留残垣断壁、荒村死镇和无数个残破的家。死于战乱的百姓不计其数，或是死了儿子、或是死了妻子，有死于魔族手上的，也有死于仙门之手的，新坟处处可见，一派劫后的凄惨景象。

无论如何，一切都已过去，战乱留下的痕迹终将被岁月抹尽，那段噩梦般的日子也终将被遗忘。

街头，几个乞丐有气无力地坐在墙脚，面前破碗内都是空的。

其中有个小孩。

五六岁模样，乱蓬蓬的头发，黄黄的小脸，看不出是男是女。因为脸上没有肉，那双眼睛就显得格外大，整张脸上似乎只剩一双眼睛，却毫无光泽。脏破的衣裳遮不住身体，两条小腿露在外面，瘦骨嶙峋，如枯柴一般，上面还有多处青紫的瘀伤。披着破破烂烂的衣裳，整个人活像一根枯萎的草，几乎要被冷风刮跑，让人怀疑这样一个小不点是怎么活下来的。

有人走过，丢下半个包子。

数双眼睛倏地亮起。

几乎是同时，乞丐们全都扑过去，犹如饿极的狗看见肉骨头，混战成一团。

许久，乞丐们才散开。

一个小脑袋从人堆里挣扎着爬出来，大约是怕人抢，两只小手拼命将整个包子塞进嘴里，腮帮鼓鼓的，竟然是那个小不点儿。

大乞丐骂道："又是这小丫头！"一耳光扇去。

小女孩被打倒在地，滚作一团，却犹自不要命地吞咽着嘴里的包子，噎得直伸脖子。

那乞丐不解气，上去就踢。

挨了两脚，地上的小女孩惨叫两声，猛地抬起眼瞪他。那双大大的眼睛此刻幽深不见底，其中涌动着的，竟是浓烈的杀机，令人胆寒。

谁也想不到，一个小女孩竟会有这样的眼神，这眼神，连恶人见了也要害怕。

周围的乞丐都忍不住后退。

那乞丐也心虚："总拿眼睛瞪人，我弄瞎了你，看你还瞪不瞪！"说完过去将她按住。

挨打无妨，却不能没了眼睛，小女孩惨叫着，拼命将脸贴在地上躲避。

忽然，一股力量凭空袭来，将大乞丐推了开去，旁边的乞丐们看得目瞪口呆。

大乞丐恼怒："谁！"

"小孩子可怜，怎好欺负她？"

那是小女孩有生以来听过的最好听的声音，仿佛自天上传来。语气柔和，虽略带责备，更多的却是怜悯，温暖又舒适，像母亲温柔的手抚在身上。

须臾，真的有一只手在轻轻拍她的背。

"起来，不怕。"

感受到安全，小女孩缓缓抬起脸，大眼睛里满是疑惑——别人都不管小叫花，他为什么要帮忙？

下一刻，她就知道了答案。

从没见过那么好看的脸，轮廓分明，完美得不似人间所有。他双眉微皱，一双凤目正温和地看着她，那样的悲悯。他微微屈膝，半蹲在她身侧，作势要扶她，雪白的长袍拖在地上，黑亮的长发披垂下来几乎到腰间，真如九天下凡拯救众生的神仙。

那一脸不忍的神情仿佛在告诉她，他不仅是来救她，而且是上天派来拯救所有受苦受难的人的。

小女孩看得呆住了。

见她无事，他微微弯起嘴唇，微笑中透着一丝安慰，扶她站起来。

看出他不是寻常人，旁边众乞丐乖乖地躲远了些。

干净白皙的手扶着她,一点儿也不嫌她脏。他轻声道:"受了欺负可以生气,却不该有害人性命之心,知道吗?"

面前的人俯身看着她,一只手放在她肩头,悲伤而怜悯,犹如救苦救难的圣人,又如谆谆教导的亲人。

他竟然看出了她的心思,方才她是真的恨不得那人死掉。

小女孩生平头一次有了自惭形秽的感觉,下意识垂了眼帘,羞怯地点头。

他轻轻摊开她的小手,在那手心里划了两下又合拢:"这样,今后就没人敢欺负你了。"

光华闪过,手心依旧空空。

神仙在变戏法呢!小女孩惊讶地眨眨大眼睛,腼腆地看他,有些疑惑。

忽然,一个声音自远处传来:"楚师兄,小师姐在找你呢!"

重任在身,方才感受到强烈的煞气,以为是逃散的魔族要来打魔剑的主意,想不到那煞气竟来自一个小女孩,实在有些不可思议,要不要告诉师父?

他直起身应道:"就来。"冲她微微一笑,转身离去。

"仙门的人。"

"不知道是哪派的。"

"……"

仙门?真的是神仙!小女孩呆呆地望着他离去,直到那雪白的背影翩翩消失在街角。

流光易逝,往往只一转身,匆匆就已过了数年。千里之外,仙钟长鸣,晨雾散尽,南华山巍巍浮在云端,远远望去,峰顶笼罩着淡淡的金光。通往仙山的路只有一条,那就是面前这条山路,时候还未到,山门紧闭,无数人等在门外。

南华派广收弟子,五年一度。仙门收徒向来严格,且以年幼为最佳,正如一张写满字的纸和一张崭新的白纸,更好用的永远是白纸,因此南华派的规矩,通常是七至十四岁的孩子才有资格参选。

南华派本就是四方仙门之首,也是剑仙派之首,镇守着通天门。五年前,南华天尊大战逆轮魔尊,终于斩除魔尊,捣毁魔宫,魔族从此无容身之地,再不能横行为害,天尊却也因此重伤身亡,四方同道提起,无不肃然起敬。那一战,更使南华剑仙派成为世人心目中的圣地。现任南华掌教,正是天尊的大弟子虞度,虞掌教目前只有八位亲传弟子,其余都是徒孙辈。他早年说过只收九名弟子,因此众人都在猜测他今年大有可能会收关门弟子，而这个关门弟子的首要条件，就是资质过人，胆识过人。

大人们比孩子还紧张，将叮嘱过的话又反复叮嘱了好几遍，人人都希望自家孩子能好好表现，拜个好师父，若能被掌教和几位尊者看中，那就是天大的运气了。

前来参选的人中，有几个孩子格外惹眼。

他们都穿得极其破烂，没有大人护送陪同。领头的是个小女孩，十来岁年纪，头发像别的小孩一样用红绳子扎了两个角，但由于缺乏营养，干枯没有光泽。瘦削的脸蛋也黄黄的，唯独那双大眼睛光华闪闪，整个人看起来天真机灵，又透着几分淘气。

"虫子，你真的要去吗？"

"当然。"

"仙长会收叫花子当徒弟吗？"

"我哪里像叫花子了？"小女孩不服气，低头扯着干净却破旧的衣裳，她已经洗过好几遍了，扎头发的绳子是她捡来的，"神仙大哥给我的法术不灵啦，我要自己去学法术，叫他们不敢欺负我们！"

"虫子，要是仙长们不收你的话，就回来啊。"

"他们一定会收我。"

"你怎么知道？"

"我胆子大啊，"小女孩挺胸，"他们喜欢胆识过人的，我胆子很大。"

"对哦。"小乞丐们都点头。

一阵马蹄声由远及近，引得众人纷纷侧目。

大道上，一辆华丽的马车行来。马车缓缓放慢速度，最终停在山脚下。穿着不凡的车夫先下车，搬了个脚踏放好，须臾，车内出来一位小公子，锦绣紫衣，小小金冠，腰间束着条雕花镶金带，一看便是出身于富贵人家。

小公子年纪还小，不过十二三岁，那长相却已了不得，依稀竟透出美男子的风采。长眉如刀，目如秋水，只是一张白白净净的小脸绷得紧紧的，神情似乎很不耐烦。他先是站了片刻，居高临下地向四周扫视两眼，然后才下车，举止很是文雅，一派少年老成的模样，可见教养良好。

车内紧跟着出来个穿着华贵的妇人，黑色长披风，握着条十分精美的手绢。和别的大人一样，她也拉着小公子柔声嘱咐许久，末了又取出封信放进他怀里："你爹的信，记得交给虞掌教。"

说话声虽低，周围却已有不少人听到，人们都议论起来。

小公子的脸色越发难看，勉强点头："知道了，你回去吧。"

妇人不放心："等山门开了，我再走。"

小公子沉着脸不说话。

"虫子，他爹认得虞掌教。"

"他们有信，虞掌教肯定要收他当关门弟子了。"

仙长们也喜欢有钱人吗？小女孩有点泄气，对方既然有信，多半是和掌教有交情。她撇撇嘴，哼了声："仗着爹娘说情，当虞掌教的弟子有什么了不起，我要当督教闵仙尊的弟子！"

南华派除了掌教，还有一位督教与一位护教。这位督教仙尊大名闵云中，是南华天尊的师弟，比掌教还要高出一辈，当今南华派数他辈分最高，其择徒教徒之严尽人皆知，门下弟子则个个都大有名气，他也是唯一一位敢与掌教抢徒弟的人，但凡资质好的，他都会先收归门下。

她说话的声音太响，小公子显然听到了，气得小脸青一阵白一阵，待他转脸看清楚之后，目光立即由愤怒变为不屑。

见他瞧不起自己，小女孩正要再气他，忽然听得耳畔轰隆一声。

众人同时朝山门望去。

面前的山门已经消失，不，是整座山都消失了，先前看到的漫山郁郁葱葱的树木也跟着失去踪影，竟变作了万丈悬崖！

悬崖深不见底，茫茫一片，但闻风声隐隐，险恶至极。

上面有座桥。

那是一座白云铺就的桥，一眼望不到尽头，桥面仅有三四尺宽，虽说行走足够，可是这么高的悬崖，周围又没有护栏，万一不慎失足摔落，必定要粉身碎骨了。

仙长们当然不会伤到孩子，无非是设置第一道关来考验他们，大人们心里明白，纷纷催促孩子上路。无奈孩子们只相信眼睛看到的，哪里知道是幻术，一个个都吓得白了脸，有胆小的已经哭起来，无论如何也不肯过去。

"虫子，这怎么过去？会摔死的！"小乞丐们惊叫。

小女孩白着脸，迟疑了一下，旁边忽然传来一声嗤笑，再看时，那小公子已经率先走上去了。

仙长们要收胆识过人的徒弟啊！小女孩记起来，连忙朝小伙伴们道："天黑了我还没回去的话，肯定是南华仙长们收我当弟子啦，也可能……摔死了，你们就自己回去吧。谢谢你们陪我走了这么远。"他们自千里之外赶来，一路行乞，走了整整三个月。

小乞丐们点头。

小女孩有点伤心，再不看众人，咬牙踏上云桥，一副视死如归的模样。

见有人带头，后面一些胆大的孩子陆续也跟了上去，当然更多的小孩死也不肯去，那些大人无奈，气得纷纷骂"没用的东西"，最后只得带着他们回去了。

毫无意外，第一关就淘汰了一大半人。

南华仙山，数千弟子等候在门外，六合殿上，几十名大弟子恭敬地立于两旁，殿上并排坐着三位仙长。

中间一位三十来岁，穿着青色长袍，白净面皮，面前竖着柄青蓝色长剑，剑尖朝下悬浮于半空，仙气环绕——六合剑之主，除了当今掌教虞度再无别人。

左边那位五十多岁，黑袍，下巴几缕胡须，目光冷厉，十分威严，手中亦执了柄暗灰色长剑，形状古怪至极，剑身浑圆无刃，层层竟如宝塔。

右边座位上却是个七十几岁的老头，须发皆白，面容和善，手中只拿着一卷黄旧古雅的书。

还有个位置一直空着。

殿前大铜镜上清晰地显现出孩子们在云桥前迟疑的场景，三位仙长面上不见波澜，不紧不慢地用茶，眼睛却都不时地朝铜镜上瞟。

右边年纪最大的白发老头先开口笑道："孩子们都还小，师叔设此一关，是不是太难了些？"

左边神情威严的黑袍老人道："宁缺毋滥，贪生怕死之徒要来何用！"

掌教虞度笑而不语。

黑袍老人忽问："音凡不来？"

虞度答道："或许会来。"

黑袍老人皱眉："他还是不收？"

虞度道："这两年九幽魔宫兴起，有壮大之势，他身为护教，责任重大，一心修习剑术，自然无暇，少个人与师叔抢徒弟岂不更好！"连他也称黑袍老人为师叔，可见那老人便是督教闵云中无疑了。

闵云中道："话虽如此，也要有人传承衣钵才是。"

二人说话间，白发老头忽然"咦"了一声，赞道："这两个孩子不错！"

大铜镜上，两个孩子一前一后走上云桥。当先的是个紫衣小公子，装束不凡，满身贵气，神情傲然；后面那个年纪更小，竟是个穿着破烂的小女娃。

小女娃面有怯色，明眼人都看得出她害怕至极，两条小腿却仍旧一步步朝前走。

历来过关的女弟子很少，想不到这次倒出了个胆量特别大的。虞度双眼一亮，嘴角逐渐弯起，就连闵云中那张不常笑的脸上也浮现出两分欣赏与自得之色。有眼光的人都已看出来，这两个孩子筋骨奇佳，要认真比，那小女孩还要更胜一筹。仙门中，好徒弟比稀世宝贝还重要，二人都在庆幸这两个孩子没有去别处，而是来了南华。

闵云中不慌不忙地取过茶："这回有两个，掌教还要抢吗？"

虞度笑道："师叔要哪一个？"

闵云中似是不舍，半晌，大方地一挥手："女娃虽说麻烦，我座下却还没有一个女弟子，这回就破个例，那男娃娃让给你吧。"末了又补一句，"看看再说。"

白发老头叫苦："两位又忘记我了，可怜我天机处无人。"

闵云中道："这两个孩子资质非凡，要他们去学卜测占算，太可惜。"

虞度亦点头。

有这两位在，好徒弟总是轮不到自己，白发老头早已料到这结果，无奈叹气："两位是看不起我天机处吗？"

虞度笑道："师弟莫多心，下回让你便是。"

掌教言出必行，唯独这句话是次次都不算数的，遇到好的又找借口抢走了，白发老头苦笑。

云桥上，紫衣小公子独自走在前面，大约是感觉到不对，忍不住停了脚步回头去看，果然有人紧紧跟在后面，竟是先前那个穿着破烂的小女孩。

小女孩白着脸，大眼睛盯着前面的他，两条腿微微颤抖，却仍坚定地朝前挪动，似在努力追赶。

从未见过这么胆大的女孩子，小公子有几分意外，终于收起蔑视之色，上下打量她。

小女孩误解了他的意思，立即挑衅地嘟起嘴巴，大步走过去。

小公子愣了下，哼道："丑丫头。"

小女孩亦重重地哼了声："靠爹娘说情才当南华弟子，不羞！"

小公子怒道："你说什么！"

小女孩指着他怀里："你本来就拿了信。"

"我不用信，也照样能当南华弟子！"小公子涨红了脸，一甩袖子，大步朝前走，"丑丫头，有本事就跟来。"

"谁怕！"小女孩快步跟上去。

脚下看似松软的白云，其实踏上去十分硬实，和走在地面上没什么两样。两个小孩一前一后又走出数十丈，前面的深渊连同云桥忽然都消失了，只见一片深蓝色不见边际的汪洋大海，波涛起伏，耳畔是阵阵风声、海浪声和海鸟的鸣叫声。

二人停住脚步。

第二章·天生煞气

小女孩大惊小怪："哇，这么大的湖！"

小公子看她一眼："这不是湖，是海。"

小女孩从没见过海，兴高采烈地张望。

小公子却微微蹙眉，想到最实际的问题：没有云桥，怎么渡海去南华仙山？

他兀自苦恼，忽听旁边小女孩叫道："咦，那是什么？"

小公子定睛一看，果然见海浪中隐约有东西朝这边游来，待它移近，两人才发现那竟是条巨大的青鱼，青灰色的背扁平而宽阔，有着尖利的牙齿，模样十分凶恶。

恶鱼在二人跟前停住，两个孩子不由得后退几步。

小女孩有些害怕："它想做什么？"

小公子倒镇定，上下打量那鱼，见它似乎并无恶意，恍然道："定是仙长派它来接我们过海的。"说完就要走上鱼背去。

小女孩拉住他："万一它要吃我们怎么办？"

小公子不耐烦，甩开她的手："怕就回去，拉着我做什么？"

小女孩再次拉住他："等等，鱼只有一条，我们先走了，别人怎么过去啊？等他们来了再走吧，若是到了中间出事儿，大伙儿在一起就不怕了。"

"胆小。"小公子嘲笑，倒也没再坚持。

六合殿内，虞度与闵云中透过铜镜看着一切，都十分满意，唯独白发老头连连叹气，为收不到好徒弟着急。

后面的孩子陆续跟上来，见那鱼相貌凶恶，都有些害怕。小公子不理会众人，率先上了鱼背，小女孩劝说半晌，一部分孩子愿意跟着上去，有些胆小的则吓得顺原路折回去了，她只得爬上鱼背，坐着叹气。

大鱼载着孩子们朝对岸游去。

鱼游起来十分平稳，然而越是行到海中间，风越大，浪越高，鱼开始颠簸起来，到后来海浪掀起如同厚厚的墙，大鱼乘风破浪而行，孩子们由最初的新奇变作恐惧、不知所措。

小女孩高声道："大家别怕，拉紧手别掉下去了！"

孩子们哪里肯听她的，乱成一团，其中几个女孩子吓得哭起来，骂她："若不是你，我们才不上来！"

小女孩急道："我……我也是想帮你们上仙山啊。"

女孩子们围上来推她："谁稀罕你帮！"

小女孩惊叫一声，险些被推得掉进海里。

"谁敢欺负人！"一道身影站到中间，将小女孩护在身后，正是之前嘲笑她的小公子。

这群孩子中，他年纪不是最大，个子却是最高的，加上冷冷的神情，几个孩子被震慑住，不敢再动手了。

小公子喝道："都拉起手站稳，谁不听，我就把他丢下去喂鱼！"

声音略显稚嫩，带了些孩子气，可是言行之间已隐隐透出领袖风范，孩子们渐渐不再闹了，乖乖拉起手。

小女孩感激地伸手去拉他。

小公子躲开："丑丫头，别碰我！"

小女孩撇撇嘴，没说什么。

混乱的场面得到控制，孩子们手牵手，果然觉得平稳许多，人多心齐，也不那么害怕了。

大鱼游得很快，不到半个时辰，海对面现出一座仙山。

大小十二峰矗立于蓝天之下，山上古木参天，瑞气缠绕，祥云游走，仙鹤翔空，殿宇巍峨精美，重重飞檐交叠，映着阳光彩云，分外壮观。

大鱼平安地将孩子们送至山下，随即逐渐缩小，最后化作一张巴掌大小的鱼形纸片。

孩子们惊叹。

山脚古木之中，干净的石阶层层向上延伸。

终于到达传说中的南华仙山了，孩子们欢呼雀跃，争先恐后地沿着石阶朝山上跑。小公子不慌不忙地走在后面，胆小的孩子被他在海上的表现折服，都留下来跟着他，围作一团说笑，女孩子们更是叽叽喳喳问个不停。小公子显然已习惯受欢迎的场面，只偶尔答两句，一派小大人模样。

小女孩起初跟着别的孩子跑了几步，见他没有跟来，不由得迟疑，折回到他面前："你不快些吗？仙长们肯定喜欢先到的。"

小公子看她一眼："谁说他们喜欢先到的？"

女孩子们跟着道："对啊，仙长们喜欢最厉害的！"

其实小公子年纪稍长，见识也广，说这话自有道理——长者喜欢的，必定是诚实稳重的孩子，不是急着表功的。

小女孩虽不明白其中缘故，却知道他言语举止与别人不同，一定很讨大人喜欢，跟着他学绝不会有错，于是眨眨眼睛，不再急着往前跑了。

小公子回头看见，不乐意："跟着我做什么？"

女孩子们也嘲笑她。

"丑丫头，谁要你跟着我们！"

"快走啦！"

"你们才是丑丫头！"小女孩扬脸不承认，"又不是你家的路，我爱怎么走就怎么走，谁跟着你了！"

小公子无言反驳，冷着小脸继续走，半响，忍不住弯了下嘴角。

这时，前面忽然响起一片惊叫声，许多孩子折了回来，不约而同地将小公子当作领袖，朝他喊道："不好了，前面有妖怪！"

小女孩也被吓到了："真的有妖怪？"

"仙山上哪来的妖怪，胡说！"小公子不信，快步赶上前。

前面大路中间竟然蹲着只通身火红的狐狸，大约有一人高，此刻正拿舌头舔着皮毛，龇牙咧嘴吓唬孩子们。

见到小公子，它站起身，摇摇摆摆地走过来。

头一次见到这样通灵性的大狐狸，小公子也吃了一惊，后退一步，张臂将其他孩子护在身后，壮着胆子安慰："别怕它，肯定是仙长们养的，这里是仙山，仙长断不会让它害我们的。"

殿上，三位仙长露出赞赏之色。

人狐对峙，孩子们都不知道怎么办，有几个已经偷偷往山下跑了，小女孩欲挽留，被小公子阻止："忘了方才的事吗？"

小女孩心想也是，便不再理。

灵狐越逼越近，最后停在小公子面前。

人狐距离不足一尺，小公子到底也是孩子，心里害怕，紧紧闭上了眼睛。谁知他这样故作镇定，反惹得灵狐顽性大起，伸出前爪作势要去拍他的肩。

就在此时，旁边一道阴冷凛冽的气息陡然袭来！

"不许吃他！"稚嫩的喝声。

感受到浓烈的煞气，灵狐骇得翻滚着后退。

原来小女孩并不知道灵狐是闹着玩的，只当它要吃小公子，情急之下站了出来，挡在小公子前面，大眼睛里竟泛着幽幽冷光。

被吓到的不只是灵狐，孩子们也都呆了，莫名地，人人都感觉脊背发凉。

铜镜内的图像猛然消失，殿上三位仙长同时变色，其余弟子也不敢出声。

"天生煞气！"白发老头喃喃道，"不可思议……"

虞度沉默片刻，道："我只见过一个人有这样的煞气。"

那人大名鼎鼎，历经三世，终成天魔，给人间带来一场浩劫不说，还几乎让仙门遭受灭顶之灾，六界因此生灵涂炭。纵然身死五年，他却仍是无数人心中的噩梦。他害得南华天尊为守护通天门六界碑而殒命，南华弟子无不痛恨，闵云中尤其恨之入骨。同辈几个师兄弟都在那场仙魔大战中阵亡，只剩了闵云中一个。是以在南华派，那个名字几乎无人敢公开提起。

眼前，一个小小女娃竟也拥有同样的煞气，这意味着什么？

大殿上一片沉寂。

忽然，砰的一声，茶杯碎裂。

闵云中丢开手中碎片，厉声道："行玄，速速查她的来历！"

原来那白发老头正是南华天尊二弟子行玄，善于卜测占算，执掌天机处，号天机尊者。他闭目片刻，缓缓展开手中天机册，半晌才道："她是仓州未阳县人，本姓重，重氏夫妇死于五年前那场浩劫，此女机缘巧合逃过，流落街头行乞，此番不远千里赶来参选。"

虞度松了口气："身世倒还清白。"

闵云中面色依旧冰冷："纵然如此，也绝不能冒险，南华何愁没有好弟子？"

虞度点头:"只是可惜。"

小女孩哪里知道自己已遭淘汰,还在为吓跑灵狐而得意:"它们都怕我,有一回我还吓跑了一只老虎!"

孩子们惊叹。

小公子一直没说话,只不时拿眼睛瞟她。

经过这几番考验,顺利过关的有六七十个孩子。至山腰,几名南华弟子早已等候在那里,身上皆穿着青白二色衣袍。当先的是名二十几岁的年轻人,长相平凡,看上去温和又亲切,举手投足间却自有种慑人的气度。

他抬手示意孩子们安静:"掌教在六合殿,你们不要慌,先听我说规矩。"

孩子们不约而同地静下来,认真听他说话。

年轻人道:"我叫慕玉,是南华现任首座弟子。"

孩子们沸腾了。慕玉的名声很响,南华剑仙派首座弟子,督教闵仙尊门下近年来第一个得意的徒弟,想不到却是这样一个温和可亲的人物。

"是慕仙长!"

"慕仙长一点也不老啊。"

……

慕玉微笑,再次抬手示意:"你们当中任何一个都可能成为南华派新弟子,是我的师弟或者师侄。稍后我会带你们进殿参拜掌教与尊者,届时不得随意出声喧哗,须待掌教与仙尊示意,方能上前回话。你们可都记住了?"

微笑对孩子们永远是最有用的,孩子们异口同声:"记住了!"

小公子作礼:"有劳慕仙长引路。"

慕玉点头:"都随我来。"

孩子们跟着他往山上走,见他温和可亲,大胆些的孩子开始问各种问题,有人道:"慕仙长,你会收徒弟吗?"

慕玉道:"自然,待掌教与尊者选过,我也会从你们当中选一个做徒弟。"

孩子们喜悦,能当南华首座弟子的徒弟多光彩啊。

"我要做慕仙长的徒弟。"

"我也要!"

"……"

山顶地势平坦，地面全由白玉铺就，中间一条主道宽约三丈，直通尽头高大的六合殿。数千弟子肃立两旁，有青白衣袍的，也有一色白袍的，或腰悬长剑，或执其他法器，气势恢宏。

孩子们被庄严的气氛所震撼，众目睽睽之下，一个个都小心翼翼地朝前走，大气也不敢出。

行尽大道，又有百步石阶，六合殿高居石阶尽头，檐角挑起，映着阳光，金碧辉煌。

慕玉带着孩子们在殿外停住，朗声道："回禀掌教，人都到了。"

"让他们进来。"温和而不失威严的声音。

慕玉侧身，示意孩子们进去。

孩子们多数都有些畏缩，唯独小公子面色不改，当先跨了进去。小女孩见状也回神，忙低头扯了扯衣裳，忐忑不安地跟着他踏进门槛。

宽阔庄严的大殿内，两旁站了数十名弟子，装束与外面的弟子并无两样，神色肃穆。迎面高高的阶上坐着三位仙长。

孩子们规规矩矩地站好，暗暗猜测谁是谁。

虞度开口，声音伴随着殿上回响，分外庄重："你们方才的表现，我与尊者已经知晓，都很好。"

得到夸奖，孩子们都很高兴，同时也猜到了说话之人的身份，更加紧张起来，每双眼睛都充满了期待，不知道谁有幸能被掌教看中呢！

虞度依次将众人扫视一遍，目光最终落定在小公子身上："你过来。"

小公子整理衣袍，恭敬地上前跪下："陈州秦珂拜上掌教、仙尊。"

原来他叫秦珂，小女孩暗忖。

虞度将名字念了一遍，问道："多大了？"

秦珂回道："上个月刚满十三岁。"

虞度颔首："可有什么东西要给我看的？"

秦珂迟疑了一下，摇头："没有。"明知道拿出信，把握就会大很多，他竟绝口不提。

虞度微笑："好孩子，你可愿意拜在我座下？"

掌教这么问，自然是看中了他，孩子们都羡慕极了，小女孩更加替他高兴。这一路走来，他确实比别人强多了，得掌教喜欢也在意料之中。

秦珂喜不自胜，当即磕了三个头拜师。

虞度起身走到他面前，神情略显严肃："为师姓虞名度，号玉晨，现任南华剑仙派掌教，主南华峰六合殿。你既拜我为师，便是南华剑仙派门下第三百六十五代弟子，从今往后须恪守门规，尊师敬长，行事光明磊落，以南华为重，将来若做出有辱仙门之事，为师绝不轻饶，你可明白？"

秦珂大声道："弟子谨记师父教诲。"

虞度满意地点头，扶他站起来："你父亲还好？"

秦珂先是惊讶，随即明白过来，涨红了小脸，自怀中取出那封书信双手呈上："他老人家很好，临行时还曾写了封信，让我务必交给师父。"

虞度并不看信，只随手收入袖中，回到座上，示意秦珂去拜闵云中与行玄，然后令他上阶站到自己身旁。

接下来行玄亦挑了名男孩收为弟子，唯独闵云中迟迟不开口。掌教和天机尊者都有了徒弟，孩子们望着闵云中那张阴沉的脸，既害怕，又满心期待。能成为闵仙尊门下弟子，传出去可是天大的荣耀，甚至比掌教弟子还要风光！

小女孩挺胸，握紧小拳头。

那视线在她身上停了片刻，却是冰冷的。

小女孩正在纳闷，就听闵云中开口道："你，过来。"

目光掠过她，看向她背后一个十二三岁、眉眼精致且穿着不俗的红衣小姑娘。

小女孩失望不已。那个小姑娘她记得，就是方才鱼背上闹事，险些失手将她推下海的那个，幸好当时秦珂救了她，其实若不是她劝了半天，小姑娘根本不敢跟着乘大鱼来南华。

闵仙尊的意思大家都猜到了，红衣小姑娘喜得上前："弟子闻灵之拜见师父。"

闵云中道："我说过收你为徒了？"

闻灵之先是一惊，所幸她自幼受过教导，应变极快，知道在大人面前该怎么表现。她乖乖地垂下眼帘，伏地赔罪："是灵之失言。灵之早就听人说起闵仙尊大名，此次来南华就是一心想拜仙尊为师，所以鲁莽了。"

一席话说得谦逊有礼，闵云中对她的印象反而好了许多，这孩子资质虽不如那两个，但也算好的了，女孩子胆小点不是大问题，将来见识多，自然就不怕了。于是他照样训示了一番，末了道："南华派历代镇守通天门，南华弟子无不以护佑六界众生、诛除魔族为己任，你务必牢记这点，方可拜入我门下，他日若敢违背我的话，必定严惩不贷。"

闻灵之立即道："弟子谨记。"

闵云中这才示意她拜师。

闻灵之恭敬地磕头拜过,又拜了虞度和行玄,最后起身到闵云中身后站定,一脸得意。

三位仙尊都已经收了弟子,小女孩有些闷闷不乐,不过她很快就释然了,反正都可以学到仙术,拜慕仙长他们也是一样啊,将来也能像神仙大哥一样救人。

抬头忽见秦珂看着自己,似有安慰之意,她不由得冲他一笑。

秦珂移开视线,再不理她。

虞度看看剩下的孩子,和蔼地勉励道:"你们当中有些人虽资质平凡,但只要谨记'勤能补拙'四字,刻苦修行,将来就不会比别人差。现下你们且出殿等候吧,南华派还有很多弟子也要收徒弟,你们可以拜在他们门下。"

其实多数孩子也没抱希望能做掌教、仙尊的徒弟,只觉得能留在南华已经很好了,于是齐声答应,转身要随慕玉出去。

"且慢,"虞度忽然叫住他们,"那小女娃,我南华派不能收你。慕玉,你速速送她下山吧。"

顺着他的视线,孩子们纷纷转脸朝一个人看去。

呆了好半天,小女孩才明白过来说的是自己,不由得大急:"为什么不收我?我的胆子比他们都大!"

虞度犹在迟疑该不该说实话,旁边闵云中已开口:"你天生煞气,若修术法,久必成害。"

小女孩分辩:"我没害过谁……"

"不必多言!"闵云中挥手打断她,"南华留不得你,速速离去!"

满怀希望而来,最终却是唯一一个被拒绝的,小女孩哪里知道什么煞气,眼圈一红,委屈得哭起来:"我没做错什么,你们不公平!"

闵云中喝道:"放肆!公平不公平是你说的吗?"

小女孩不敢还口,只是哭。

她年纪小,哭得又可怜,两旁弟子们听着都有些不忍。秦珂迟疑了一下,低声求情:"闵仙尊,其实她还好……"

闵云中冷冷道:"身为掌教弟子,长辈说话,谁让你多嘴的?"

秦珂只得闭嘴。

闵云中看向虞度:"掌教?"

虞度点头:"慕玉,送她下山。"

小女孩心知没有希望,气得转身,边拿手擦眼睛边朝殿外走,哽咽道:"神仙也欺负人!你们不收我,我就去别处,不在南华了!"
　　她本是无心气话,座上三位仙尊却都变了脸色。
　　此时,一个声音自殿外响起:"我收你。"

第三章 · 重紫

从没听过这么舒服的声音，不错，是舒服，仿佛天边飘过的白云，淡漠的，缥缈的，随风而散，伴随着殿上回音，别有种悠长的韵味，如聆仙乐。记忆深处也有一个同样美妙的声音，可是和这人的声音比起来，竟也逊了一筹。

小女孩惊讶，抬脸看去。

不知何时，迎面大殿门口已经站了个人。

雪白宽大的衣袍，广袖拖垂于地，长簪束发，可仍有许多头发散垂下来，长长的如同披了件厚重的黑色披风。

左手上是一柄宝剑，白色剑鞘修长，微有光泽。

殿门高广，映衬长空，时有五彩祥云飞掠而过。青天流云，他就那么静静地独立于门中央，如同嵌在画卷里，背后光线透进来，整个人似乎都散发着淡淡的柔和光晕。

大殿上鸦雀无声，奇静无比，几乎所有弟子都屏住了呼吸，不约而同恭敬地朝他欠身行礼，脸上神色各异：惊喜的，崇拜的，羡慕的，更多的则是不可置信。

门如天地，天地何其小，唯有他立于其间。

忘记了一切，不知身在何方，不知今夕岁月，所有看到的、听到的，通通都如过眼云烟，悄然散去，了无痕迹。

唯有他，真实，却遥不可及。

心跳猛然静止，又骤然狂起。

舍不得眨眼，不敢眨眼，生怕这一眨眼间，他就消失不见。

小女孩深深吸了口气，努力睁大眼睛，终于看清了他的脸。

一张年轻的脸，或许轮廓不够分明，五官也不是最完美的，然而那张脸绝对是天底下最好看的。

那种美，已经远远超出了容貌之外，美得柔和，柔和到了极致，柔和到可以包容一切。

想要走近，却不敢走近。

那样的感觉令小女孩心悸，全身热血都涌向头顶，记忆不由自主地回到了几年前。曾经以为那张脸便是世界上最美好的了，神仙就应该长着那样的脸，可是现在她才发现，面前这人才是真真正正的神仙。

不属于尘世，甚至不属于仙界，淡而不冷，高高在上，任人仰望，任人敬慕，却永远也走不近，得不到。

拯救世人的神仙，本来就应该和人不一样？

小女孩痴痴地想。

殿上起了小小的议论声，逐渐变大，最终一片哗然。

慕玉微笑着提醒："小女娃，重华尊者答应收你做徒弟，还不快拜师？"

重华尊者！殿上变得更加热闹，孩子们弄清他的身份后，都激动万分。

紫竹峰，重华宫，南华派护教洛音凡，昔日南华天尊门下三弟子，论排行掌教第一，论辈分岗云中最高，可论名气与地位，南华派甚至整个仙门，都无人可与他比肩。既为南华护教，亦受命天尊，继任仙盟首座，握有仙界大事的决定权，仙术无疑是南华乃至整个仙界最高的一位。在仙魔浩劫中，他率仙门弟子镇守通天门六界碑，致使魔族数次无功而返，一年前更重创魔尊万劫，是继南华天尊之后声名最盛的一位仙尊。

人人都知道，重华尊者洛音凡从不收徒弟。

众弟子互相求证，几乎都在怀疑自己的耳朵出了问题听错了，然而眼前天神般的人物，除了他再无别人，那句话也确实是他亲口说出来的。

小女孩仍是神情恍惚，往昔的回忆告诉她，穿白衣裳的神仙都是天底下最好的神仙，现在最好的神仙竟然肯收她当徒弟！

年轻的白衣神仙缓步走进大殿，长长的衣摆在地上拖曳，如同流动的水波，又如翻涌的雪浪。

他停在她面前，用最好听的声音淡漠地问她："我收你做徒弟，你可愿意？"

极度的失望变作极度的惊喜，小女孩幸福得如在梦里，根本不知道该如何反应，甚至已经不能说话，只顾拼命点头。

"音凡！"严厉的声音略带斥责。

小女孩被这声音惊回了神，不安地望向闵云中，闵督教不肯，这个神仙师父会不会也改变主意不要她？

洛音凡看向虞度："我收她做徒弟。"

师兄弟之间本有默契，只一眼，虞度便已领会他的意思，对闵云中含蓄道："师叔，魔宫近日越发猖狂，这女娃既无处可去，不如留在南华，免得她乱走出事，到时反成了我南华派的过错。论起来，师弟也该收弟子了。"

天生煞气，多么危险，至少不能让魔族得到。

闵云中闻言果然没再反对，半晌又道："音凡太忙，不如就拜在掌教门下吧。"

小女孩反而不乐意了，小声说："重华尊者说要收我的。"

闵云中脸一沉，正欲发作，虞度已笑着接过去："我曾立誓，此生只收九个弟子，如今已有珂儿，再多就要破誓了。音凡收了正好，还是让她去紫竹峰最妥。"其余诸峰人多，未免照应不到，紫竹峰平日无人，出什么事，洛音凡第一个就能察觉。

闵云中听出话中意思，虽然也觉有理，终究面子上过不去，重重地哼了声，大步出殿而去，丢下一句："掌教安排吧。"

他一走，闻灵之自然也要跟着离开，她故意放慢脚步，望望惊为天人的洛音凡，又看看秦珂，最后盯着小女孩，嫉妒得两眼都要冒出火来，终于还是不情愿地出殿走了。

洛音凡视若无睹："那就拜师吧。"

受到旁边秦珂眼神指点，小女孩明白过来，连忙跪下照样磕了三个头，脆声道："弟子拜见师父。"

洛音凡点头，问："你叫什么名字？"

小女孩脸一红，吞吞吐吐："我……我没名字。"见他皱眉似是不满，她声音更小了，"小时候我爹娘就死了，没给我起名字，我只记得我姓重，他们当年都喜欢叫我重子。"

虫子？孩子们笑出声来，连秦珂也忍不住别过脸。

又瘦又小，确实像条小虫子。

小女孩窘得脸通红，不安地拿眼睛瞟师父。

"重子，重紫，"洛音凡倒没觉得好笑，将这名字轻声念了两遍，忽然道，"重华宫，紫竹峰，足见你我有缘，从此你便以重华宫之重为姓，紫竹峰之紫为名，叫作重紫,如何?"

师父不嫌她的名字难听!小女孩大喜:"好啊,就叫重紫!"

师父赐名,原该拜谢才是,众弟子暗笑,唯独秦珂啧了声,斜眼瞟她,意思是责怪她不知规矩。

重紫哪里明白这些,大眼睛疑惑地眨了眨。

所幸洛音凡从未收过弟子,也不甚在意,他看着地上的小不点,简单训话:"为师姓洛名音凡,号重华,你既拜在我门下,须恪守门规,凡事以南华安危为重,以天下苍生为念,不得做出违逆之事。"

刚有了名字,重紫正高兴,闻言想也不想便大声保证道:"重紫一定听师父的话,不惹师父生气,将来若是做错事,师父便狠狠地打我吧。"

众人又笑起来,这话虽孩子气了些,倒也真挚可爱。

洛音凡没有笑,也没表露多少满意之色,只点了下头:"起来吧,随我回紫竹峰。"

重紫从地上爬起来。

虞度别有深意:"恭喜师弟,今后多多留意。"

洛音凡道:"我带她回去了。"

走进六合殿,走出六合殿,短短一个时辰,外面的天地仿佛变得更加宽广,数千弟子仍守在外面大道旁,越发庄严气派。所有人都已经得知重华尊者收徒弟的消息,都想看看是哪个孩子有这么好的运气,因此自他走出殿门,几乎所有的视线都朝这边望来,有艳羡的,有嫉妒的……

重紫有点怕,紧紧跟在他身旁。

洛音凡走了几步,发现衣袖好像被什么扯住了,低头一看,原来是方才新收的小徒弟,她大大的眼睛里满是紧张与不安,小手扯着他的长袖。

见他皱眉,重紫连忙缩回手,不安地望着他。

其实洛音凡本就是无可无不可的人,皱眉并非因为不高兴,只是不太习惯而已,看出她在害怕,他索性主动伸出一只手。

重紫呆了半晌才明白他的意思,又惊又喜,红着脸将手在衣裳上擦了好几遍,才轻轻握住那只手。

手的温度也那么适度,不太冷也不太热,和他的人一样,温润。

白袍曳地,迎着众人视线,他拉着小小的她,缓步走下石阶,朝紫竹峰行去……

多年后,重紫仍常常记起这一幕,犹是昨天,仿佛刻入灵魂的记忆,转世轮回,永生难忘。可惜那时的她，早已不再是他牵着的那个小小的重紫。

南华山大小十二峰，主峰南华，乃是南华天尊生前居处，现住着掌教虞度；从峰四座，摩云峰是督教闵云中居处，天机尊者行玄住在天机峰，护教洛音凡则住在紫竹峰，还有座玉晨峰，是掌教虞度早年修行的地方，如今空着。另外七座小峰则是南华弟子们的住处。

比之南华峰的雄伟壮观，紫竹峰又是别样一番景色。

不够幽美，不够小巧精致，却有种出尘脱俗的味道，漫山紫竹，竿竿都生得极其随意，林间浮着洁白的云气，如同地毯铺过，看不见脚下土地，好似一切都生于白云之上。

紫竹压云，一座形态古雅的殿宇半隐于峰顶。

殿前一带清流划过，宽约三丈，水面烟气腾腾，深不见底，其中隐约似有鱼儿游走，上头铺着石板桥，水面几乎与桥面平齐。

白云铺就的地面，向上生出一级一级干净的石阶，通往正殿。

廊柱古旧，殿上空无人影。

好高的殿门！除了神仙师父，谁也不能住这样的地方。重紫正高兴，忽然听得洛音凡淡淡道："这里便是重华宫，为师的居所，为师日常都在殿内办事，你暂且住在左边第三间房吧。"

说话间，他已放开她。

重紫依依不舍地缩回手，心中喜悦不减。往常当小叫花，天天睡在别人屋檐底下，现在终于有自己的房间了，还有个神仙师父！

"师父，这里只有我们两个人吗？"

"是的。"

眼见那雪白的身影走上石阶，重紫连忙追过去："师父！师父！"

洛音凡转身看她。

重紫小心翼翼地问道："师父不饿吗？天都要黑了，我去哪儿吃饭啊？"

洛音凡喜清静，独居紫竹峰几百年，从不让外人上来打扰，如今突然多出个徒弟，这才记起凡人是要吃饭的，于是取出卷书给她："仙门弟子不必食五谷，这上面记载着吐纳之法，你先去照样参习。"

重紫道："可是我饿。"

洛音凡耐心道："照着书上说的做，就不饿了。"

神仙真的可以不吃饭？重紫连忙接过那书翻了翻，脸上窘迫："我……我不认得字。"

洛音凡明白过来，略做思索，自她手上取回书，不知怎样拿着晃了两下，又递还给她："这些你都认得的，用心参习，不可偷懒。"

如同变戏法，薄薄的书变作了厚厚的一本，拿在手里沉甸甸的。重紫惊讶不已。待她回过神时，又发现了一件更不可思议的事——不知何时，身上的破旧衣裳已经不见，取而代之的是一件白色袍子，质地轻软，极其合身，仿佛是比着她的身体裁剪的。

从没穿过这么好的衣裳，是师父给的？重紫欣喜。

面前空无人影，神仙师父已经飘然进殿去了。

重紫还有很多事要问，拔腿追上去，谁知大殿门看似近在眼前，却无论如何也到达不了。原来洛音凡通常在进殿后便设置结界，避免一切打扰，这是他多年来养成的习惯，不通仙术的人自然不明白其中道理。

重紫泄气，捧着厚厚的书朝自己的房间走去。

仙长们都不肯收留她，师父会不会也嫌她太笨了？要讨他喜欢，就一定要好好学习仙法，可是看不懂字怎么办呢？

房间不大，有床有桌椅，对重紫来说已经足够。她兴奋地将每件东西都摸了个遍，觉得有生以来最幸福的莫过于今天。

没有文字，书卷上全是画的小人儿，一个一个，小人儿身上有许多线条标注，每条线都有固定的走向。重紫仔细瞧了半日，居然真的明白了些，心里欢喜，是师父特意变出来的吧，原来世上还有这样好玩的书啊！

学了它，就不用当叫花子要饭，她要像那个神仙大哥一样，用法术救人，不再让他们受欺负！

重紫满怀信心，照样练起来。

然而洛音凡从未收过徒弟，显然高估了十岁小孩子的能力，只当自己写得明白，看的人就一定能学会，谁知有时候看着简单的东西，做起来却难得很，明知道该这么走，偏偏行气时它就不听话，上下乱蹿。重紫照着练了半日，累得满头大汗，仍是不得其法，气总走岔不说，腹中反而越来越饿了。

经常受饥饿折磨，就更害怕那样的感觉，重紫开始心慌，后来实在忍不住跑出房间。

夜已深，殿内仍然亮着光，洛音凡还没出来。

整整一天没吃东西，好饿！

重紫坐在阶上,将身体蜷成一团,拼命想要减轻饥饿的感觉,无奈她到底只是个孩子,意志力有限,很快就烦躁难安,手脚发凉,最后忽地站起身。

她几乎把所有的房间都找了个遍,最终回到隔壁。房中物件简单整齐,有桌椅有镜台,高高的案上放着几本书,还有砚台笔墨之类的东西,屏风后有床有被褥,看来是洛音凡的卧室。

偌大的重华宫,竟没有可吃的东西。

重紫怏怏地退出门外。

眼睛瞟着一处,她一步步朝阶下走……

殿前水面冒着寒气,一个小小的身影伏在石桥上,大大的眼睛紧紧盯着水面,闪着饥饿与忍耐的光,像只捕食中的小兽。

洛音凡站在阶上,微微皱眉,方才感受到强烈的煞气,立即出殿查视,果然看到这样一幕场景。

一个孩子煞气太重不是好事,难道真的是又一个逆轮?

想了想,他隐去身形,缓步走下台阶。

刚至阶下,就见那孩子吞了吞口水,忽然伸手往水里一抓。

水花飞溅。

小手胡乱摸了几把,再抬起时,手里已多了条鱼。

其实寻常人这么徒手捉鱼是很难的,那鱼大概是被她散发出来的煞气震住,竟没有逃走,就这么让她抓在了手里。

小手颤抖,那孩子看着鱼,舔了舔嘴唇。

鱼儿挣扎。

仿佛想到什么,大眼睛里升起迟疑之色。

小手一松,鱼儿啪地落回水中,溅起高高的水花,飞快隐没不见。

周身煞气陡然退去,她无力地趴在水畔,紧紧咬着唇,有点走神的模样。

那孩子不似寻常小孩长得胖乎乎的无棱角,她生得格外瘦,瘦得可怜,白袍裹身,小小的身体看上去极其单薄,体态反而因此多出几分轻盈,伏在那里,就如同一片羽毛,一阵风都能吹跑。

洛音凡站在旁边,静静地看着这一切,双眉逐渐舒展。

放走了鱼,重紫很泄气。

每次生气的时候，小动物们都会被吓跑，远远避开，连她自己也不知道怎么回事，难道这就是仙长们说的煞气？至于伤害别的生灵，她倒是曾经和其他小叫花一起抓过鸡烤来吃，有时候还生吃，所以才没饿死。

仙长们都认定她煞气太重，会伤害别的生灵，不肯收留，现在真要抓鱼吃，师父知道了会不会赶她走？不远千里跑上南华，努力成为仙门弟子，就是为了将来能跟神仙大哥一样救人，怎么可以因为饿就惹师父生气！

重紫努力不再去看，好在水里的鱼已经被吓走，想抓也抓不到了。

可是真的太饿了，怎么当了神仙的弟子还是要挨饿啊？

做过乞丐，重紫当然知道很多充饥的办法，只不过面前这水与别处的水不同，冷得彻骨，喝了肯定会肚子疼的。

迟疑许久，她还是忍不住颤抖着捧起一捧，低头。

"这水不能喝。"听过一次就永远忘不了的声音。

重紫吓得连忙从地上爬起来："师父。"

洛音凡看着她，不语。

师父都看见了？重紫更加惊慌，立即跪下："我没害它们，我只是很饿。"

看着她羞愧害怕的模样，洛音凡微微叹气，一个十岁的孩子，在饥饿的时候还能控制煞气不伤生灵，已经很不容易，怎忍苛责。

他俯身扶她起来："你做得很好。"

师父居然夸她，重紫满以为会受责备，闻言愕然。

面前的人单手扶着她，雪衣长发，眼里尽是安慰之色，和当年记忆中的那人一样，他们都是最好的神仙。

"师父说我……做得好？"

"嗯。"

孩子们最喜欢的就是得到夸奖，重紫也不例外，大大的眼睛立刻有了神采，毫不掩饰心中喜悦，师父肯夸她，就算再饿一天也没关系。

眨眼间，面前多出两个石凳。

洛音凡拉着她坐下："今后也要像方才那样，再饿，都不可以伤害别的生灵，记住了吗？"

重紫用力点头："记住了。"

洛音凡本就是个胸襟宽广的人，对于她天生煞气的事，并无太多偏见，如今见小徒弟这么听话，反而有了几分喜欢："吐纳之法是摄取天地灵气为己用，延年益寿，你觉得饿,是未习吐纳之法的缘故,为师给你的书怎么不看?"

重紫羞愧:"看了,可是我太笨,学不会。"

洛音凡恍然。

无人提点,一个还未入门的小孩子怎能掌握吐纳之法的要领!可见是自己没有教过徒弟,太欠缺经验了。

他自然而然地归结为自己的责任:"是为师疏忽。你初学,不明白也是对的,为师这便为你导引一遍。"他示意重紫坐好,"照书上说的做,仔细感应。"

重紫乖乖地闭目。

他握起她的双手,缓缓将仙气送过去。

重紫果然感到一道柔和的气流自手中传递过来,如同溪水,顺着手臂流入身体,在体内顺着筋脉循环游走,很有规律,极其舒适,因为饥饿而冰凉的手也随之变得暖和了。

回想当年,洛音凡自己用了两天才能摄取到气,已经算是师兄弟中进度最快的一个,如今也没指望她立即学会,只想输些仙气给她,让她不觉饥饿,同时引导她感知行气走向。然而他很快就发现,那小小的身体内居然也有一道气在乱窜,既浅且弱,时断时续。

洛音凡心头一紧。

没错,确实是气,天地灵气。

接着,他就听到重紫说话了:"师父,我自己也有,可它不听话,不跟我走啊,乱跑。"

初学就能摄取到天地之气,这孩子果然天资过人,若得潜心教习,日后必有大成。洛音凡震惊,生平第一次觉得惋惜。

天生煞气,谁也冒不起这个险。

他一边助她收服那气,一边言语指导:"气如水,越是强行制它堵它,它就越要乱走,须顺其自然,再加以疏导,它自然就听话了,这便是以退为进的道理。"

强大的气流很快与那微弱的气融为一体,最终汇入丹田。

洛音凡放开她:"明白了吗?"

重紫睁眼想了想:"真的不饿了!"

洛音凡点头:"今后就照这样修习,时候不早了,先回房歇息吧,为师明晚再来检查功课。"

那就是说,要明天晚上才能再见到师父,重紫依依不舍地起身朝房间走。

天生煞气，却不失善良本性，形同白纸，又这般听话，只要留心引导劝诫，未必就会成魔，果真要照师兄他们的意思，不教她术法？

洛音凡微微内疚，唤道："重儿。"

重紫怔了半晌，喜得飞快地回到他身旁："师父叫我吗？"

其实洛音凡从未当过师父，只是常听见师叔师兄们私下这么称呼弟子，她既是自己唯一的弟子，理所当然也该这么叫了，原本还有些不习惯，没想到她会这么高兴，心下也就释然了。

"师父还要教我什么？"

"你天生煞气，暂且不能修术法。"

重紫是个小孩子，只觉得师父待自己这么好，今天真是有生以来最开心的日子，哪里还会在意这些，闻言道："好啊，师父说不修就不修。"

愧疚已经消失，毕竟要以大局为重，洛音凡点点头，起身回房去了。

第四章·无奈的师父

紫竹峰鲜有外人上来，偌大的重华宫冷冷清清，再看不到一个人影，几天下来，重紫的新鲜劲儿过去，加上没有新的功课，很快就觉得无聊。其实除了禁止私自出山，南华弟子行动都很自由，百般无趣之际，她忽然想起一个人，于是大清早便溜下紫竹峰，兴冲冲地朝主峰六合殿跑去。

六合殿看上去仍是庄严无比，许多弟子进进出出，里面隐约传来闵云中的声音。重紫最怕的就是他，哪里还敢进去，连忙避开，不觉顺着走廊转到了另一个大殿门口，抬眼望见殿门上写着三个大字。

重紫不识字，疑惑地站着。

"重紫，你要做什么？"有人推她。

回身看见来人，重紫先是觉得眼熟，想了想才记起她是谁。

自拜入闵云中门下，闻灵之在南华派的地位就不同了，此时正与几个女弟子准备去六合殿，不想遇上重紫。当初秦珂在海上护着重紫，她始终对此事耿耿于怀，后来见重紫被洛音凡收为徒弟，更加愤愤不平，此刻遇上，难免想戏弄羞辱她一番。

重紫是个十岁的孩子，只隐约察觉到她对自己不客气，自然也不喜欢，低头就要走。

闻灵之上来拦住她："重紫，你敢目无尊长？"

重紫这才记起她是闵云中的弟子，论辈分与洛音凡同辈，自己应该行礼称师叔的，无奈低头做恭敬状："师叔叫我有事？"

闻灵之转转眼睛，问："你来南华这些天，见过祖师殿没有？"

重紫莫名，照实回答："没有。"

几个女弟子哄笑起来。

闻灵之轻蔑道："连字也不认得，面前可不是祖师殿！这样也好意思当重华尊者的徒弟吗？"

重紫羞得满面通红，想来过不多久这事就要传遍南华上下了，其实当过乞丐，别人的嘲笑对她来说已经不新鲜，可是不能连带笑话师父啊。

闻灵之达到目的，正要再羞辱她，忽听得身后一个温和的声音道："重华尊者慧眼，收谁做徒弟，想必自有道理，岂是我们能私下议论的！"

女弟子们当即噤声。

来人长相平凡，举手投足之间自有种魅力，气度出众却不张扬，言语亲切，可是南华上下师兄弟们无有不敬服的，看起来才二十几岁，却始终给人一种极其稳重可靠的印象，在重紫眼里，这点倒有些像洛音凡。

面前是南华派首座弟子，闵云中最得意的徒弟，同时也是掌教最信任的人，闻灵之当然知道该怎么做，连忙低头作礼，似极惭愧："灵之说话不谨慎，多谢慕师兄提点。"

慕玉没有多责备，点头道："师父在六合殿，快去吧。"

闻灵之和女弟子们闻言，如获大赦，飞快走了。

重紫垂首："慕师叔。"

慕玉蹲下身，微笑着看她："重紫不理她们，重华尊者从来不收徒弟，如今肯让你拜他为师，你就是最好的，记住了吗？"

他在南华弟子中本就极有名声，如今见他亲切，重紫心里感激，认真地眨了眨眼睛："重紫记住了。"

慕玉拍拍她的小肩膀，站起身："不在紫竹峰，过来做什么？"

重紫道："我来找秦珂……师兄玩，他不在吗？"

慕玉道："掌教命他上玉晨峰修习剑术去了，不许外人打扰，这几年你恐怕都见不到他了。"

重紫"啊"了声，很失望。

慕玉问："重华尊者没教你仙术？"

重紫照实回答："师父说我还不能修。"

慕玉皱了下眉，随即展颜："不修也罢，重紫这样就很好。"他抬手指着头顶的匾，"那三个字读作祖师殿，我带你进去看看。"

祖师殿不如六合殿气派，略显冷清，却多了几分庄重肃穆。迎面供桌一尘不染，上面放着个大香炉，壁上悬挂着很多画像，还有许多未展开的画轴整齐地堆放在下面。大殿内只有两三个弟子围在一处说话，见了慕玉都上来作礼，慕玉吩咐几句，他们就退出去各自做事了。

慕玉拉着重紫走到供桌前："这里是南华派供奉历代祖师的地方，因此叫作祖师殿，每年九月初九是南华剑仙派立教之日，南华所有弟子都要来这里祭拜祖师。"

"慕师叔，那是什么？"重紫忽然拉拉他的袖子，似看见了极可怕的东西。

巴掌大的令牌悬浮于供桌上空，形如弯刀，不知道是用什么材料做成，上面流动着暗红色的诡异光泽。

慕玉"哦"了声，解释道："那是天魔令，是……一位魔尊的令牌。五年前仙魔大战，天尊施展上古天神所传下来的极天之术，终于将魔尊斩于剑下，魔魂尽散，天尊也因此重伤而亡，这块天魔令从此便归南华。"

自从踏进殿门，重紫就隐约觉得不安，发现那令牌就是令自己不安的东西，所以询问，此刻闻言吓得结巴起来："魔……魔尊的？"

慕玉点头："它上头有万魔之誓，是用来召唤虚天之魔的。"

重紫直往他身后缩："你们不收好，要是别人偷走它做坏事怎么办呢？"

慕玉笑着拉她出来："你不用怕。它既能号令万魔，如此重要，魔尊自然也怕被人偷去，所以用魔宫禁术将它封印了，除魔尊之外，无人能唤醒它。如今魔尊形神俱灭，无须顾忌，掌教才会将它放在这里，一来缅怀天尊，二来则是警策后代弟子。"

重紫松了口气："除了魔尊，真的没人能用它吗？"

慕玉道："流着与那位魔尊相同魔血的人，自然也能唤醒它，不过魔尊并无血亲。"

重紫愣了下，再次仰脸望去。

天魔令高高悬于半空，如同长了双眼睛，正紧紧地盯着重紫，仿佛在召唤她，而且还轻轻动了下。

重紫更加心惊肉跳："慕师叔，我们出去吧。"

小孩子的心事都表现在脸上，慕玉看出不对："你怎么了？"

"我害怕，"重紫不敢说出来，支吾道，"师叔，我先回去啦。"

说完她便跑出门去，留下慕玉一脸莫名。

魔尊的东西真的很可怕，天魔令好像要跟她说话！重紫很是恐慌，打定主意再不去祖师殿了。她飞快地朝紫竹峰跑，路上遇见闵云中，那阴沉的脸色差点把她吓出一身冷汗。

一连好几天，暗红色的令牌总在重紫的梦里出现，梦里那令牌真的长出了眼睛，总看着她笑，重紫常常半夜被惊醒。好在她本就是小乞丐，习惯睡在别人屋檐底下，噩梦对她来说并不算太可怕的东西，半个月过去，脑海中的印象逐渐淡化，她才终于忘了这事。

接下来的日子，重紫过得更无味了。

众师兄弟姐妹都有功课，唯独重紫无所事事，闷闷不乐。她尽量少去主峰，除了讨厌闻灵之，更主要的是，她发现师兄师叔们似乎都在防备自己，多半是掌教说的什么煞气的缘故。唯独慕玉待她依旧，可惜慕玉身为首座弟子，既要处理各种事务，又要修行，重紫不好总厚着脸皮打扰他。

漫山紫竹，云海茫茫，看在眼里也变得枯燥无味。

洛音凡那夜教过她吐纳之法，第二日就发现她已经能自行采集灵气，之后便再也没过问她的事，也没有留别的功课给她，每天或是一大早就出去，很晚才回来，或是整日在殿内处理事务。他在的时候，那个大殿重紫是进不去的，重紫曾试着唤他几声，他听见后解开术法让她进去，问过没事，又让她出来了。

重紫很失望。

别的师兄弟、师姐妹想见师父就见，就连闵仙尊那么严厉的人，也肯让闻灵之跟在身旁。

她努力想学好，讨师父喜欢，可是学得越好，师父反而越不管她了。

大殿门开，雪白的身影出现在阶前。

重紫在殿外等了许久，早已打定主意，见状马上笑嘻嘻地奔过去抱住他："师父！"

雪白的衣袍上立即印上几个小小的黑手印。

被徒弟这么热情地抱住，洛音凡不太习惯，哪里知道她的心思，低头见她浑身脏兮兮的，不由得皱眉。

这么容易生气，就不是洛音凡了。

他只当是小孩子不小心，轻轻挥袖，眨眼间，不只他，连同重紫身上的污迹都消失无踪。

师徒二人变得纤尘不染。

重紫张大嘴巴。

洛音凡倒很温和："自己玩，我出去一趟。"

白袍曳地，他缓步下阶，踏着满地白云，飘然而去，一如初见时的印象，离她那么远，仿佛永远也够不上。

重紫泄气地在石阶上坐下，托腮，大眼睛滴溜溜转个不停。

洛音凡很快发现，这个小徒弟看似听话，其实不是那么回事。随着时间一天天过去，她那调皮捣蛋的本性开始暴露出来。洛音凡平日起得很早，可是每每上大殿时，小徒弟都已经早一步去过了，并且造成了相当大的破坏——不是镇纸不见，便是笔折了，纸张满地，有时整个大殿都被弄得乱七八糟。

当然，这对洛音凡来说不是大事，手一挥，所有东西就恢复原状了。

先前只当是孩子贪玩，可次数一多，他也忍不住开始怀疑，这个徒儿是故意的。

比如，她会把墨汁洒在椅子上，捉住送信的灵鹤抱在怀里不放它走，又或者干脆用茶水把白纸淋个透湿，甚至拿了他的仙笔在地上画画，画的不是乌龟便是兔子，还一脸扬扬得意的模样，问他好是不好。

这些都是小孩子淘气，算不得大错，洛音凡当然不会重责，只是不忍看灵鹤每天可怜巴巴地拿眼睛望着自己，几番下来，还是决定出言告诫，诸如"不可这样"的话已经说了几十遍，谁知小徒弟的忘性和她的破坏性一样强大，常常将他的教训当作耳旁风，照样做自己的。

洛音凡脾气再好，也觉得无奈，难不成这个徒儿是上天派来考验他的？

终于有一天，他进殿便发现不同寻常。

殿内所有东西都在原位，椅子上也没有墨，案上干干净净，一尘不染，送信的灵鹤在上头徘徊，似乎在迟疑，半晌才衔起信要飞走。

那是他昨晚写给青华宫掌门的信，已用封皮装好，用仙家法术封印。

不祥的预感升起，洛音凡迅速召回灵鹤。

果然，信仍是好好的，只不过信封上多了只大乌龟，而且用的还是冰台墨。为防止有人中途篡改书信，仙门特制了冰台墨，用它书写，法术是消除不了的。

看着那只乌龟，洛音凡头皮发麻，幸好这封信尚未送出，否则南华派丢人丢大了。

是该教训一下小徒弟了。

他轻轻吸了口气，唤道："重儿！重儿！"

小徒弟仿佛早就等在外头，她以最快的速度冲进来："师父叫重儿？"

洛音凡没收过徒弟，可是自己当过徒弟，也见过师叔师兄教训徒弟，知道徒弟不听话时师父应该怎么表示不满，于是板起脸，将那信丢到她面前："跪下！"

重紫毫不迟疑，乖乖地跪下。

淘气的小徒弟竟这么顺从听话，洛音凡愣了愣，火气当即消了一半，半晌道："为师当初怎样教导你的，你自己又是怎样说的，要听师父的话，都忘记了吗？"

重紫小声："没有。"

洛音凡道："那又为何顽皮？"

重紫只耷拉着小脑袋，不吭声。

见她委屈的样子，洛音凡心软，好言相劝："今后不可这样，下去吧。"忽然想到此话已经说过几十遍，效果似乎不大，他又加了句，"再淘气，为师定然重重罚你。"

重紫默默起身出去。

要赶着重修一封信了，洛音凡摇头坐到案前，重新提笔，不知为何，方才那双乌溜溜的大眼睛总在脑海里挥之不去，心头随之升起更多不祥的预感。

事实证明，他的预感是准确的。

第二天起床后，洛音凡记起殿上的东西忘记收了，匆匆出门去殿上一趟，回来就发现房间有人来过，果然，日常束发用的墨簪找不到了。

其实也未必非要那支墨簪，只是用顺手的东西突然没了，不太习惯。

一个不好的念头正在缓缓成形……

洛音凡愣了半晌，披头散发地出门去证实，果然见重紫正趴在四海水边，拿簪子拨水玩呢！

洛音凡哭笑不得："重儿！重儿！"

重紫看见他，飞快地跑过来："师父。"

"怎能擅自取用为师的东西？"

"……"

洛音凡当然不会与小孩子生气，可是小徒弟如此顽劣，连师父也不放在眼里，纵容实非教徒之道，该好好责罚了。于是他沉了脸："目无尊长，罚你在这里跪两个时辰！"

重紫只好跪下。

洛音凡取了墨簪，转身进殿。

不多时，外头传来哭声。

这样罚一个小孩子，是不是太重了点？洛音凡本就在忐忑，闻声起身出去看，果然是小徒弟在哭："怎么了？"

重紫仰起小脸，满脸泪痕："师父，我……脚疼……"

到底还小，顽皮是孩童的天性，洛音凡不忍再责备，伸手扶她起来："既知道教训，今后就要改过。"

"师父真好，重儿一定听话。"重紫抱住他的腿，一双大眼睛却闪着促狭的光。

再两日过去，洛音凡终于崩溃了。

"重儿！重儿！"

独居紫竹峰，从无外人敢上来打扰，因此洛音凡经常几天都难得开口说话，可如今他发现，自己说话的次数明显增多，其中念得最多的就是这两个字，而那小小的人儿总是以最快的速度出现在面前。没学仙术也能跑这么快，似乎早就等着他叫，期待得很，这让他好气又好笑，小徒弟莫非喜欢受罚不成？

他严厉地看着面前的重紫："去殿外罚跪，跪足两个时辰方能起来！"

殿外很快又传来哭声，越来越响亮。

这个不长进的徒弟！洛音凡决定不去理会。

果然，外面很快安静了。

洛音凡反而开始担心，迟疑片刻，最终还是叹了口气，决定出去看看。

这一看倒好，殿外阶前空空如也，人居然不见了！

洛音凡头疼，他从未遇上过这样的情况，不论何时何地，所有仙门弟子见了他都是恭恭敬敬，无人敢乱来。此刻他实在难以理解，师兄师叔们的徒弟都那么听话守规矩，偏偏自己的徒弟就如此顽劣，果然师父不是人人能当的，不得其法，当得也很辛苦。

人跑了只是小问题，紫竹峰上有什么事能瞒过洛音凡！很快重紫就被拎回来，跪在了大殿内。

在我眼睛底下看你还跑！洛音凡在案前坐下。

这回重紫在殿上罚跪，竟出奇的安静规矩，不吵也不闹，只是拿大大的眼睛望着他，似已入神。

洛音凡暗地里也在留神观察，心下诧异，小徒弟真喜欢受罚？

两三个月下来，日日习吐纳之法，得天地灵气滋养，初上山时那个头发黄黄双颊凹陷的小丫头早已不见，如今的小徒弟，头发乌黑而有光泽，瓜子小脸上长出几分肉，脸色也日渐红润，整个人看上去水灵灵的。尤其是那双大眼睛，黑白分明，眼珠子亮晶晶的，不动时看着乖巧可人，一旦转来转去，就变得古怪机灵，透着几分狡黠，这时多半就是有什么坏主意了。

被她看得莫名，洛音凡终于忍不住，生平头一次主动询问别人的心理问题："你又想做什么？"

仿佛做了错事被发现，重紫立即涨红脸，垂下眼帘，透着几分心虚。

洛音凡叹了口气，起身走到她面前。

感觉到面前的人是真的在生气，重紫终于不安了，抬脸："师父……"

他看着她，不说话。

做得过分了？重紫越发惊慌，再次试探性地唤了声："师父？"

洛音凡终于俯下身，一手扶着她的肩，轻声道："为何故意如此，为师收你为徒，是盼着你学好，你怎么这么不听话，不长进？"

师父已经看出来她是故意的？重紫呆住。

美丽的眼睛俯视着她，里面是浓浓的无奈与失望之色。同样的姿势，让重紫想起了多年前的那个神仙大哥，他若知道她这么不学好，也会很失望吧？

重紫终于撇撇嘴，小声哭起来。

洛音凡自悔说重了，将她从地上拉起来："今后不得淘气，要听话，记住了吗？"

面前的脸美得令人窒息，配着期待的表情，重紫再也不能拒绝，哽咽着点头。

见她真有悔意，洛音凡颇觉欣慰："下去吧。"

重紫欲言又止，不情愿地出殿去了。

第五章·朝朝暮暮

人一旦闲着，日子就过得格外慢。重紫总算知道了什么叫作度日如年。当小叫花时，至少每天还在为食物烦恼，如今连吃饭也省去，吐纳之法已经很熟练了，几乎没有别的事情做，除了睡觉，就只剩下发呆了。

几番闯祸都不忍过多责罚，师父是真的待她好，她脸皮再厚，也万万不能再调皮惹他生气了。

重紫无精打采地看了会儿云海，越发无聊，忽见殿前水流烟动，一时来了兴趣——师父常说四海水阴寒无比，乃是取四海海底暗流之水精华汇合而成，不知道它的源头在哪里？

望望那水，似通往山后。

紫竹峰其实很大，山前是竹林，不知山后是什么样的？

黄昏时分，重紫沿着四海水向上游走去，欲探个究竟。可是她很快就失望了，山后同样是大片的竹林，只不过更密，更茂盛，遮天蔽日，脚下的云气也更厚，犹如蒸汽般腾腾地往上冒，又像扯散的棉絮漫天飞舞，地面极其凹凸不平，走起来很艰难。

转入竹林深处，重紫只觉索然无味，见天色已晚，再走就看不见路了，于是转身打算回去。

背后似乎有什么东西。

那感觉，就像被一双眼睛紧紧盯着。

恐惧感莫名地升起，如同新发的芽，在心头滋生，不停生长蔓延……

重紫全身僵硬，始终保持着一个姿势待在原地，迟迟不敢转身。其实这也是小孩子的正常反应，正如他们怕黑，晚上走路就不敢回头，生怕看到什么不该看到的东西。然而就算是重紫当小乞丐孤独一个人的时候，也从未有过这样可怕的感觉。

许久没有动静。

眼花了吧？重紫暗暗宽慰自己，决定不去理会，她深深吸了口气，抑制住怦怦心跳，身体跟着视线缓缓后转。

身后空无一物。

真的没什么，重紫的一颗心总算落地，也不敢久留，快步而去。

低头之际，眼角余光却清晰地瞥见有道黑影闪过。

重紫吓了一跳："是谁？"

话音刚落，面前就出现了一片阴影。

那是一头巨大的怪兽，四足，乍一看很像狮子，细看又不是，略显凶恶，身形比重紫足足高了一倍不止，此刻它正前肢伏地，做出戒备的姿态，随时准备攻击。

感受到威胁，重紫吓得连连后退，大呼："师父！师父快来呀！"

紫竹峰上来了生人？那怪兽也觉得疑惑，仔细瞧了她半晌，渐渐放松警惕，低吼两声，缓缓站起身朝她走过来。

难道它要吃她？重紫捏紧拳头。

与此同时，怪兽似乎发现异常，脚步猛地顿住，脖子上的毛迅速竖起，两眼陡然放出凶光，一声怒吼，纵身朝她扑去。

脚下被绊住，重紫摔在地上，眼睁睁看着怪兽挥爪扑来，避无可避，绝望地闭了眼："师父！师父！"

白影闪过。

重紫只觉身子一轻，离开了地面。

洛音凡抱着她，飘然落地："重儿！重儿！"

淡淡的语气比平日多了几分焦急，重紫立即睁开眼睛，看见面前熟悉的脸，好半天才回过神来，颤声道："师父。"

见她无事，洛音凡松了口气，接着又将俊脸一沉。这顽皮的小徒弟难得规矩两日，如今竟然又闹出事，方才非他听到守山狻猊的叫声及时赶来，后果简直不堪设想！

狻猊已经安静，像只小狗一样蹲在旁边，正疑惑地望着他怀中的小人儿。

洛音凡轻轻拍拍它的脑袋。

狻猊听话地站起身，回竹林深处去了。

原也怪不得它，方才那强烈的煞气连他也要误以为是魔族，应是她出于恐惧本能地想要反抗，所以才招得狻猊误会，险些丢了性命。

洛音凡看看怀中的小徒弟，既无奈又生气："又不记得为师的话了吗？如此淘气，回去须将你关在房里，面壁思过！"

重紫惨白着小脸，半晌"哇"地大哭起来。

那哭声实在凄惨，可是小徒弟实在太顽劣，差点玩出大事，不能不给点教训。洛音凡硬起心肠："既然害怕责罚，就不该顽皮乱跑。"

重紫抓着他的衣襟，眼泪掉个不停，半晌才抽抽噎噎道："师父总不理我，师兄他们都可以……可以见师父，闻灵之都可以跟着闵仙尊，我也想……陪着师父。"

就为这个！洛音凡这才明白小徒弟顽皮的真正缘故，一时呆住。

因为他总不理她，所以她才想尽办法闹事，却又不犯大错，好引他注意，故意受责罚。跪在殿上，就是为了陪他。

看怀中小脸满是委屈之色，大眼睛肿得快眯成了缝，洛音凡暗暗惭愧，身为师父，不教仙术便罢，将徒弟丢在外面不闻不问，确实太不称职。

"是为师疏忽，今后别的师兄怎样，你也怎样，如何？"语气软下来。

"我要像师兄他们那样，天天跟着师父。"

"好。"

"我可以进殿陪师父吗？"

"不吵闹，就可以。"

"我一定不吵。"

长剑出鞘，浮于半空，剑身光华闪闪，映着阴暗的竹林，如同秋水般荡漾。洛音凡抱着她轻轻踏上去，那剑便缓缓升起在半空，在竹浪之上穿行。

御剑乘风，天地间只剩师徒二人。

向往许久的怀抱，舒适，叫人放心，能为她挡去风，挡去寒冷。重紫第一次躺在里面，仿佛置身梦中，小手紧紧抓着他的衣襟，眼睛也不敢眨，生怕醒来师父就不见了。

熟悉的脸依旧美得淡漠，可是，她在他怀里。

第二天一大清早，洛音凡刚刚起床，准备去殿上，果然就见重紫等在殿外，乖巧又干净。她跟着他进殿，殷勤地帮他磨墨铺纸，端茶递水，似乎很高兴的样子。

小徒弟忙里忙外，一个大人却坐享其成，洛音凡有些不习惯，抽空盼咐她："下去歇着吧。"

重紫不肯，振振有词："师兄他们都……"

这句话对洛音凡很管用，别人的徒弟怎样，他的徒弟当然也能那样，渐渐地，他也不再反对，理所当然地让小徒弟伺候了。

几个月下来，洛音凡发现重华宫变得热闹许多，也不对，是他的周围变得热闹许多。每天早起一出门，就有个乖巧的小徒弟跑过来叫"师父"；处理事务时，有人在旁边斟茶磨墨，可以不必劳自己作法。

清静了几百年，身边突然多了个小跟班，其实对洛音凡来说并无太大影响，小徒弟很懂事，在他处理事务的时候绝对不会吵闹。

当然，小孩子仍有顽皮的时候。

趁他歇息，重紫爬到他的椅子上，一本正经地提笔学他写字。

洛音凡立即将她从座上拎下来："不许胡闹。"

她咯咯笑着，抱着椅子背不肯松手。

粉红的小脸上一派天真，水灵灵的大眼睛盛满淘气，洛音凡无奈又好笑，开始怀疑，别人的徒弟也都会这样撒娇？

夏夜星空浩瀚，师徒二人在殿前四海水边赏夜，洛音凡端坐品茶，重紫趴在桥上数水里的星星。

凉风吹过竹林，漫山竹响，声如天籁。

重华宫夏夜景色最美，往常是独自静坐，今年多了个人一起看，感觉似乎也很好。洛音凡看着水边安静的小人儿，目光里不禁有了一丝暖意。

重紫看了一会儿星星，忽然一脸失望地道："师父，这些鱼都怕我，不敢出来。"

洛音凡道："你煞气太重，寻常鸟兽最容易感应到，所以害怕。"

重紫道："狻猊为什么不怕，还敢咬我？"她已经知道了怪兽的名字。

洛音凡耐心解释："狻猊是上古神兽，通灵性，奉命守山，它原本不伤人，只是发现煞气，以为你要害它，因此本能地攻击。"

重紫委屈："我不想害谁。"

"天生煞气，原不怪你，"洛音凡摇头，迟疑了一下，又违心地安慰道，"只要心存善念，不做恶事，自能压制它，有朝一日它或许就消失了，狻猊就不会再咬你。"

重紫是小孩，信以为真，高兴起来："师父别怕，我不会做坏事的。"

洛音凡点头不语。

一身白衣比雪还要干净，拖垂于地面云毯之上，星光下，他一脸淡然地坐在那里，越发清冷出尘。

重紫托腮看得发呆，半晌忽然道："师父，我遇到过一个像你一样的穿白衣裳的神仙。"她眨眨眼，一边回忆，一边将当年的事说了出来，"他在我身上施了仙术，别人要打我，就会飞出去，可是后来不灵了。"

"别人打你？"

"他们不喜欢小叫花。"

原来小徒弟之前过的是那样的日子，洛音凡抬手示意她近前。

重紫飞快地从地上爬起来，跑到他面前。

洛音凡拉起她的手，掀开袖子，果然见那小手臂上有许多伤痕，小孩子长得快，伤痕已经很浅了。

不知为何，看着这些浅浅的伤疤，洛音凡竟隐约感到一丝心疼："他们打的？"

表情依旧平淡，语气里却已带了许多关切。

重紫鼻子一酸，垂首。

到今日，洛音凡总算明白师兄师叔为何那么维护徒弟。小徒弟不仅可爱，且天性纯善，就算带煞气又如何，始终不过是个寻求保护的孩子罢了，若非师兄与师叔执意阻拦，他会用心传她仙术。这么小的孩子，不知受过多少欺负，如今还因为偏见，不能与其他弟子一样修习仙术，做师父的焉能不内疚？

洛音凡沉默半晌，道："有师父在，没人会欺负你了。"

他原是安慰，哪知重紫听得大眼睛闪闪，眼泪直掉，扑到他怀里大哭起来。从未有人对她说过这样的话，现在她有师父了，不论出什么事，师父都会保护她，就像上次被守山狻猊攻击时突然出现一样。

只要留在他身边，不会法术又如何，谁能伤得了他洛音凡的徒弟？

想到这里，洛音凡心下稍安，轻轻拍拍她的背。

重紫哭了许久，才擦擦眼睛，问："神仙大哥给我的法术为什么不灵了？"

洛音凡道："几时不灵的？"

重紫想了想："好像……两年了。"

两年前？难道是……洛音凡面色逐渐凝重，迟疑许久，终究没有骗她："天地间再无此人，法术自然就解了。"

再无此人？重紫失声道："他不在了？"

洛音凡点头。

重紫发呆："那是死吗？神仙也会死？"

那场变故轰动一时，算得上仙门一大惨事。洛音凡微微叹息："神仙自然可以不死，但两年前出了件大变故,逆轮之剑被盗,魔尊万劫现世,护送逆轮之剑归来的三千仙门弟子无一幸免于难。"见重紫满脸疑惑,他改口问,"你可记得那位仙长什么模样?"

重紫道:"和师父一样长得好看,穿白衣裳,都是最好的神仙。"

小孩子记不清相貌,洛音凡摇头:"他身上可有佩剑?"

重紫摇头。

洛音凡道:"那便不是剑仙,是咒仙。当年护送逆轮之剑的人中,除了青华宫与我们南华派,还有长生宫等咒仙门弟子,他在你身上留的应是仙咒。"

重紫哪里听得懂这些,只知道师父不会说谎,仙咒失灵,那个神仙大哥肯定也死了,想到这儿,她心里更加难受,不禁又哭起来。

小徒弟知道感恩,洛音凡立即趁机加以引导,握住她的两只小手:"重儿!重儿!仙门弟子俱是以守护苍生为己任,死有何惧?区区一身就能救回更多人性命,有何不可?心怀苍生,与魔族征战而死,应是问心无愧,死有何憾?何况凡人亦会老死,他们转世轮回就如做梦,仙门弟子则等同长眠而已,又有什么可伤心的?"

哭声渐小,重紫抽噎着抬起脸。

任何时候师父都那么美,此刻无疑是最美的时候,神圣庄重,柔和的眼睛却比星光还要美丽动人。

神仙,本是为拯救苍生而存在,否则又怎配站在高处?

万物皆因责任而生,人一旦离开责任,就不配称作人,神仙放弃责任,也就不能再称作神仙。

重紫呆呆地望着那双眼睛,忽然道:"师父也会那样吗?"

洛音凡似明白她的心思:"师父没那么容易死,但如果一定要那样的话,也绝不会吝惜性命。师父只是希望你能像那位仙长一样,不会因为贪生怕死就忘记责任,无论做什么,都要先以他人为重,以天下苍生为念,这才是师父的好徒弟,明白吗?"

重紫点头,一字字道:"我一定会学好仙法,帮师父对付魔族,守护师父!"

声音未脱稚气,语气中却透着大人般的坚定。

洛音凡微微皱眉:"不是守护为师,是守护南华,守护天下苍生。"

重紫振振有词:"苍生有师父守护,我守护师父,就是守护他们了。"

洛音凡愣了愣,被这番歪理说得哑口无言,哭笑不得,心里也多少有些感动,忍不住唇角一弯。

这是重紫第一次看见他笑,浅浅的,却是世上最美的,也是最难形容的笑。

三分温柔,三分纵容。

剩下那些是什么，说不清楚。

犹如风雨中缓缓盛开的鲜花，给大地注入生的希望；又如黑夜透下的一线天光，胜过满天星光璀璨。

美极，动人之极，缥缈之极。

重紫忍不住想要伸手去触摸，感受它的真实。

可惜他很快就吝啬地收起了那一丝笑意，恢复平日淡淡的模样："你天生煞气，为师暂且不能教你法术。"

能让师父笑，重紫仍很高兴："那师父什么时候教我？"

看着那双闪闪的大眼睛，洛音凡沉默片刻，抬手指着四海水："等到水里的鱼儿都不怕你了，为师便教你。"

"好。"

想到神仙大哥可能已死，重紫又开始难过，奔上石桥，继续趴着。

大半年下来，重紫已经不会将南华十二峰弄混了，除了洛音凡吩咐，她很少下紫竹峰去玩，反正那么多人防备她，她宁可陪着师父。当然洛音凡偶尔会找闵云中和虞度他们商量事情，也常将她带在身边，不过重紫知道闵云中不喜欢自己，加上闻灵之总是出言刁难讽刺，几番下来，重紫便开始躲着他们了。

慕玉倒很亲切，但凡有事，重紫总是偷偷找这个温和的首座师叔帮忙。

要说除紫竹峰外，南华还有什么重紫喜欢的地方，那就数天机峰了。对于七十多岁经常笑呵呵的白胡子老头，小孩子总是特别容易亲近，而且天机尊者行玄待弟子们很随和，是南华山上最招人喜欢的一位仙尊。

天机处，听起来很气派，实际上只不过是几个岩洞而已，而且远没有闵云中的摩云洞讲究。

重紫趴在地上，托腮："尊者是掌教的师弟，又是闵仙尊的师侄，怎么年纪比掌教和闵仙尊都大？"

行玄老着脸叹气："因为我资质差了些，掌教三十五岁上就已修得仙骨，我修得仙骨时，却已七十二岁了。"

重紫笑起来，忙问："那我师父呢？"

行玄取过葫芦喝了口酒，模样更加丧气："你师父是我们当中最早的一个，也是南华有史以来……只怕也是仙门里最早的，二十二岁就得了仙骨。"

怪不得师父那么年轻，原来是永远保持着二十二岁时的模样啊！重紫眨眼，对于洛音凡的成功史并没有太多意外，因为在她眼里，师父理所当然是最好最厉害的！

"慕师叔有仙骨了吗？"

"慕玉啊，他也算难得了，二十五岁修得仙骨，所以闵师叔那么得意。"

道理上讲，洛音凡保持着二十二岁的容貌，应该比慕玉年轻才对，可是那种感觉，那种目光，怎么看都比慕玉更像长辈。

反复比较过，重紫伸出两根手指摇了摇："我师父才不止二十二岁。"

行玄也学她伸出两根手指摇摇。

师父永远都是最年轻最好看的！重紫羡慕，忽然想到一个严重的问题："尊者，修得仙骨才能长生不老吗？"

行玄道："自然。"

师父有仙骨，所以那么年轻好看，自己没有仙骨，岂不是要老？望着行玄的满头白发，重紫的小脑袋里立即浮现出一幅画面———一个二十二岁模样的洛音凡，身旁站着个七十二岁的白发老婆婆！

小脸逐渐青了。

重紫从地上跳起来："我要修得仙骨，我要在二十岁以前修得仙骨！"

行玄看她两眼，道："二十岁以前的，不说南华，整个仙门尚无此例。"

她才不要变成老婆婆跟着师父，重紫握拳："我一定会在二十岁前修得仙骨！"话说出口才感觉信心不足，于是声音小了点，"至少和师父一样，二十二岁！"停了停，声音再小点，"当然……二十五岁也行。"

鉴于她身份特殊，行玄到底有些敏感："你师父教你仙术了？"

重紫泄气："只教了吐纳之法。"

既为天机尊者，面前的小孩说没说谎还是知道的，行玄放了心。

重紫忽然想起什么，眼睛发亮："尊者不是会算吗，能不能帮我算算，我什么时候能修成仙骨啊？"

行玄心中一动，笑道："好，看在你这小女娃听话的分儿上，我就替你看看，伸手来。"

重紫大喜，依言伸出手。

第六章·天机

每个人未来的命运乃是上天注定，窥测未来，比卜算已经发生的事要危险得多，弄不好要遭反噬，而且也会耗费更多法力。这在仙门中本是禁止的，然而行玄此刻有心要试，他将重紫的小手按到天机册上，想了想，到底不敢冒太大的风险："天机不可泄露，未来之事只我能看，你是不能看的，我也不能说。"

重紫本是乐滋滋的，闻言立即垮下脸："那我还是不知道啊！"

天机尊者也会钻天条的空子，行玄想出个好办法："这样，我先看你将来会怎样，若是好呢，我便点头，若是不好，我便摇头，至于能不能修得仙骨，你自己去猜。"

这话已经暗示得很明白，重紫高兴了。

行玄闭目作法。

古老的、厚厚的天机册中央开始透出一点奇异的柔和白光，渐渐地，白光变成光束，透过小手的指缝迸射出来。

一束，两束，三束……

更多的光束相继出现，整册书变得光芒四射，并且那光越来越明亮，到后面简直刺得人睁不开眼，甚至整本天机册都开始剧烈地颤抖，直抖得重紫心惊肉跳。

足足过了一盏茶工夫，白光猛然熄灭。

行玄既欣慰又不安，万万想不到卜算一个小孩子的命运，反噬竟会这么厉害，还好终归成功了，但耗费太多灵力，这几个月恐怕都不能再随意行卜测之术，不知这娃娃的命运怎样，会不会真的……

他先是擦擦汗水，理理白胡子，再示意重紫缩回手，然后才捧起天机册，缓缓展开。

这一看，竟吓得他直哆嗦，天机册险些失手落地！

但见那空茫白云之上，浮起一柄明净如雪的剑，如流星般飞向天际，瞬间无影无踪，空留一片无尽的洁白云海。

那剑的形态，如此眼熟！

难道说，她真会走那人的路？

行玄骇然变色，双手紧紧扣住卷册两边，直直地盯着上面的云海看了许久，长长地吐出口气。

不对，不是那柄剑。

方才的画面虽短暂，却令人印象深刻，此剑光洁美丽，竟如长河璀璨之星，无仙气，更无半点魔气，绝对不会是那柄剑。

原来是虚惊一场，行玄再次抬手擦汗，暗暗纳罕。

这预示前所未有地古怪，实难确定是福是祸，不过既然是剑，想必与剑仙门脱不了关系，莫非就应在南华？

他抬眼看看重紫，再低头看两眼书，又抬眼看重紫，老眼眨巴几下。

重紫一心惦记仙骨的事，见状疑惑："尊者眨眼睛做什么，不是说点头摇头吗？"

行玄摇头。

重紫当即灰了脸："不能吗？"

行玄想了想，又摇头。

重紫立即两眼放光："尊者是说我可以修得仙骨？"

行玄想了下，摇头，又想了下，点头，再想了下，摇头。

重紫的心被折腾得七上八下，急道："这算什么啊！"

算什么？我老人家活了一千多年，还真没见过这么古怪的事。行玄亦百思不得其解，只得合上书，咳嗽两声，拿出万能借口："天机不可泄露。"

重紫磨了半日仍得不到答案，撇撇嘴："尊者什么事都知道，却又不能说出来，这样有什么意思。"

行玄叹道："可不是呢。"

说完，他猛地回神，暗暗吃惊，什么时候小孩子的话也听进去了，险些动摇心志。天生煞气，命数古怪，总之一个小孩子出现这样的状况绝对不是什么好事，将她留在南华，恐怕不妥。

　　最近两个月，洛音凡发现重华宫清静了许多，小徒弟的话变得格外少，不再像往常那样叽叽喳喳，成日只是出神，一张小脸皱得像苦瓜，怏怏不乐、心事重重的模样。
　　他忍不住拉过她："重儿，有人欺负你了？"
　　重紫摇头，大眼睛望着他片刻，无力地垂下。
　　洛音凡不解："为何闷闷不乐？"
　　重紫小声道："我不要变老。"
　　洛音凡听得云里雾里："什么老？"
　　重紫哭丧着脸："天机尊者说我没有仙骨，将来会老会死，要变成老婆婆，头发白了，牙齿掉了，我不要。"
　　洛音凡总算明白小徒弟脑袋里在想什么："老又如何，不过是皮相而已，有什么要紧？"
　　重紫倔强地别过脸："师父这么年轻，我才不要当老婆婆，别人看了会笑的！"
　　小孩子心性，总是爱美，洛音哭笑不得。不过这也提醒了他，一直以来的想法是不教重儿仙术，让她留在身边平平安安不出变故就好，却未想过凡人会老会死的问题，若是重儿不修仙，将来难逃这关，真的任她落入轮回之中？
　　洛音凡心中一动。
　　仙门修行，向来是灵与术同修。修灵，不过是吸纳天地灵气来改变自身体质，好得长生不死之身；而真正对他人构成威胁的，是术，常年与魔族征战，仙门最看重的就是术法，只要不修习术法，空有灵力也做不了什么，这对重紫来说很合适。
　　面朝殿外长空，洛音凡负手站了半晌，忽然转回身："为师可以教你修仙。"
　　重紫只当自己听错了："我能像师父那样得仙骨，长生不老吗？"
　　小徒弟资质绝佳，答案几乎是肯定的，洛音凡没有明说："为师只是教你修习之法，至于能否得仙骨，这要看机缘。"他看着那双清澈的眼睛，"重儿，你可记得为师教导你的话？"
　　重紫喜不自胜："师父说过，重儿将来要和师兄他们一起守护仙门，不可以做伤害别人的事，要以天下苍生为重。"
　　洛音凡点点头："从今往后更要牢记它。"
　　"重儿一定记得。"

"明日起为师便教你修仙灵。"

自那日后，洛音凡果然开始教习修灵之法，重紫一心想要得仙骨，好永远陪着师父，因此学得格外认真，白天晚上都在琢磨，两年下来还真的长进不小，反倒是洛音凡担心她欲速则不达，练出问题，经常派她下紫竹峰向虞度或行玄传话。

这日，重紫奉命找过虞度，正打算回去，经过六合殿时碰巧又遇上了闻灵之。

闻灵之资质原就不错，自从当了闵云中的徒弟，修行更加刻苦，很讨闵云中喜欢。南华上下都知道，闵云中教徒虽严厉，实际上却是几位仙尊里最护短的一个，且闻灵之已经十四岁，身体渐渐长成，生得秀丽出众，言语机敏，众师兄弟不免都让着她三分。她比重紫大两岁，常常在言语之间刁难捉弄，而且法子越来越多，做得也越来越天衣无缝，所以重紫平日都尽量避开她。

闻灵之看见她，高声唤道："重紫。"

躲不过，重紫只好停下来作礼："见过师叔。"

闻灵之二话不说，抬脚踢来。

重紫闪避不及，膝盖一痛，重重跪倒在地。"哟，见个面就罢了，哪用得着行这么大的礼！"闻灵之微笑，假意去扶她，"师叔不过是考较考较你，看有无长进，想不到学艺两年了还是这样，听说你连御剑也不会，竟然是真的，反应如此迟钝，也太不用功了。"

重紫没有习仙术，南华无人不知，她这么做分明是故意羞辱，重紫当然可以揭穿她，但想到为这点小事惊动上下不值，而且自己本就不招闵云中喜欢，闹大了未免惹师父烦心，遂忍了气爬起来，低着头就要走。

闻灵之骄斥道："我叫你走了吗？"

目无尊长是南华派的忌讳，重紫在心里骂了她不知多少次，此时却只得转身："师叔还有什么吩咐？"

闻灵之正要开口，慕玉走了过来："闻师妹在这里？"

闻灵之马上换了副面孔，上前作礼，甜甜笑道："慕师兄在忙什么，可要灵之帮忙？"

慕玉一笑："师父方才好像问起你。"

听说闵云中找，闻灵之忙道："想是有事吩咐，我去了。"

待她走远，重紫眼睛也亮了，腰也直了，笑嘻嘻地跳过去抱着慕玉的手臂："慕师叔！慕师叔你为什么这么好？"

慕玉低头笑道："莫要顽皮。"

重紫道："我没顽皮。"

慕玉当然知道闻灵之在做什么，这位师妹也是，总欺负一个小辈的孩子，于是慕玉摸摸重紫的脑袋以示安慰："方才掌教与你闵师叔祖上紫竹峰找重华尊者商量事情，你可见到了？"

重紫道："没有啊。"

慕玉道："出来这么久，快些回去吧。"

听说闵云中去了紫竹峰，重紫无论如何也不肯这么早回去，缠着他："慕师叔要做什么，我跟你去。"

慕玉岂会不知她的心思，笑道："你既不怕我们，在他老人家跟前怎么不像这样，他老人家会吃人不成？"

提到这事，重紫立即变得垂头丧气。其实她也知道闵云中的成见是来自她的天生煞气，不过这事南华上下都知道，这一年多她说话做事处处都很小心，连掌教看她的眼光也柔和了许多，唯独闵云中不吃这套，无论她如何听话献殷勤，他始终不肯好颜对她，日子一久，她只好放弃。

慕玉没有多说，拉着她边走边道："下个月青华宫卓宫主仙寿，重华尊者会去一趟青华宫，掌教和我师父找他商量的恐怕就是这事。"

师父要下山？重紫不太乐意："不是掌教去吗？"

慕玉道："掌教事多，不能亲去，尊者身为仙盟首座，卓宫主必有亲笔书信邀请。尊者此去，一来是应邀，代我们南华派贺寿；二来，青华宫是极有名的剑仙派，贺寿的人必定不少，仙凡两界都有，难免鱼龙混杂，宫仙子现被关在那边，只怕魔尊万劫会混进去救人……"

"师叔！"重紫忽然拉住他，满脸紧张，"这是祖师殿！"

原来不知何时，二人已经走进了一个冷清的大殿，迎面墙上挂着数幅画像，画像上仙长们的容貌栩栩如生，或安详，或严肃，或笑容满面，下面还堆放着许多画轴，再就是熟悉的供桌和香炉。

还有，那块高高悬于半空的天魔令。

"正是祖师殿，我过来取件东西。"慕玉随口解释，"九月初九立教之日，你不是跟着重华尊者来祭拜过吗？"

当时进殿祭拜的只有掌教和几位仙尊，还有与慕玉同辈的大弟子，重紫不过与其他弟子们一起站在门外拜了两拜而已，哪里记得那么多，而且自从第一次进祖师殿见到那块天魔令后，她就发誓再也不进这殿了。两年过去，她几乎已经忘记了这件事，谁知方才只顾说话，不经意间就跟着走了进来。

在重紫眼里，祖师殿是可怕的地方，里头有可怕的天魔令。

更可怕的是，方才她清晰地听到了两声笑！

重紫忍住恐惧，试探地问："慕师叔，这里没人啊？"

慕玉道："想是都出去了。"

回忆方才那笑声，极其短促，阴阴的，还带着些得意，或者说，那根本就不是人的声音，听起来令人毛骨悚然。

既然没人，那笑的会是谁？重紫真的害怕了。

慕玉身为首座弟子，协助虞度处理大小事务，眼光何等敏锐，见她小脸泛白，立刻意识到不对，脸色渐渐凝重："重紫，你如此怕进祖师殿，可是有事瞒着我们？"

重紫抬眼看看他，迅速垂眸。

那笑声绝对不是假的，为什么只有她听得见，慕玉却不能？直觉告诉她，这件事说出去后果必定很严重，甚至关系到她能不能继续留在南华，留在师父身边，因为那是魔尊的东西！好不容易掌教他们对她偏见渐除，至少表面上很和蔼，师兄弟们也不像当初那么防备她，闵云中态度虽然不好，却也没再提过天生煞气的事，不能失去辛辛苦苦赢回来的一切，她要留在南华，要跟着师父！

慕玉拉着她："重紫，你到底怎么了？"

慕师叔向来亲切，该不该瞒他？重紫迟疑。慕师叔固然好，可他始终是闵仙尊的徒弟，若他知道这事，必定不会瞒着闵仙尊的，到那时候，闵仙尊一句话，说不定会将她从师父身边赶走！

踌躇片刻，重紫还是撒了谎："我……我怕天魔令啊。"

魔尊之物，小孩子害怕不稀奇，慕玉看了她半晌，不再怀疑，安慰道："天魔令已经被封印，没事的，那位魔尊其实和你一样，都是天生带煞气的。"

重紫恍然大悟，来南华这么久，她当然听说过那惨烈的一战。怪不得闵云中那么讨厌她，师父也不教她仙术。听说当时那位魔尊率魔界大军攻上南华，意在通天门，天尊与同辈几个师兄弟都为此战死，只剩闵云中侥幸活下来，如今遇到一个同样带煞气的，难怪他成见那么深。

明白缘故，重紫更加紧张："有煞气就会成魔害人吗？我不会成魔！"

慕玉一笑："当然，煞气不够是难以成魔的，就连那位魔尊也非一世成就。"

那位魔尊是敏感话题，大家只敢在私下说他的名字，原来他和自己一样天生煞气，肯定也曾经被很多人讨厌吧，真是太可怜了。重紫竟然有几分惺惺相惜之意，小心翼翼道："逆轮魔尊吗？"

慕玉望着天魔令缓缓点头："他是有史以来最强的一位魔尊，自名逆轮，历经三世方成就天魔之身，险些颠覆六界。"停了停，他又道，"这个名字，别人面前说无妨，当着我师父一定不要提。"

天魔令闪着暗红色的光，如同诡笑的眼睛。

熟悉的恐惧感又涌上来，重紫不敢再看，转身朝门外溜："出来这么久了，我回去见师父啦，明天再找慕师叔玩。"

紫竹峰，重华宫大殿内，闵云中坐在椅子上，脸色阴沉。

"你竟然在教她修仙灵！"

"是。"

"难怪我看她筋骨有异！"闵云中厉声道，"连你也糊涂了？她天生煞气已是危险，你却教她修灵，若真叫她得了仙骨，长生不死，留在南华必定后患无穷，莫非要再出一个逆轮不成！"

洛音凡只是微微皱眉。

师叔虽然出名的严厉，但说服他其实并不难，事实上，这个看似温和的师弟才是南华最执拗的一个，他一旦决定了什么，任谁也拉不回来。虞度心里苦笑，不得不开口圆场："我看师弟自有道理，师叔不妨先听他说完。"

他毕竟是掌教，说话客气是敬重长辈的意思，不能不给脸面，闵云中忍了怒气，重新坐下。

虞度道："师弟，你也知道其中利害，此番行事究竟是何道理？"

洛音凡这才开口："无方珠只一粒，且留有重用，不如借轮回来消磨她的煞气，师兄是这意思？"

虞度道："不错，所以叫你送她一世，将来转生，煞气自然会逐渐消解。"

洛音凡摇头："逆轮也转过三世，最终却反助他修成天魔，可见天生煞气，转世轮回未必尽能消解。"

虞度与闵云中互视一眼，面色俱凝重起来。

虞度道："逆轮毕竟只有一个，天魔现世，并非人人都有那能耐。"

洛音凡道："也未必不能。"

虞度不语。

闵中云原本看他待重紫极好，只当是护短，想不到他思虑得更加周全，顿时语气好了许多："依你的意思，该如何是好？莫非现在就将她……"

洛音凡打断他："打散魂魄固然是最稳妥的法子，但她年纪尚幼，且从未作恶，此事传扬出去，滥杀无辜，南华声名不保。"

虞度亦赞同："不错。"

闵云中烦躁："既不能放她转生，又不能杀，如何处置？"

洛音凡淡淡道："教她修灵，长生不死，待我修成镜心之术，自然能替她净化煞气，永保无患。"

大殿立时陷入沉寂，虞度与闵云中皆是动容。

镜心之术，天地无魔，是极天之法中最顶层，也是最仁慈的术法。它不似寻常术法以"杀"为主，唯有一个"度"字，净其心煞魂煞。无煞之魔，尽可以再世成人甚至修成仙道，那才是真真正正的灭魔之术。可惜，就连创出它的上古天神都未修成过，即便是南华天尊，也只能勉强以极天之法中的"寂灭"斩除魔尊逆轮，最终同归于尽。

闵云中冷笑一声："照你的意思，要等到你修成镜心之术，不知是何年何月！"

"两百年，"洛音凡道，"只需两百年。两百年后，我若还未修成，她便任由你们处置。"

这个自负的师弟，虞度再次苦笑。

想来想去也只有这法子最稳当，其实这也是没有办法的办法，总不能真无缘无故地下手杀一个小孩。毕竟洛音凡传授的是最粗浅的洗易筋骨的法子，顶多助她脱胎换骨，要用来驾驭仙术作法攻击远远不够，如无意外，留个几百年也不至成大害。

话都说到这份儿上，闵云中不再坚持："也罢，这回就依你。"停了停，他又正色叮嘱，"暂且留着她，但你也不可掉以轻心，一旦生变，无须手软，以免贻祸。"

洛音凡道："自然。"

闵云中点点头，面色和缓了。

虞度忽然道："那孩子确实令人不放心，此番倒叫我想起一件事，前日行玄师弟说她命相古怪，似与我南华派大有牵连，继续留在南华恐怕不妥。"

洛音凡愣了一下，道："师兄的意思？"

虞度道："天生煞气，我只担心九幽魔宫发现她。虽说外人混进南华不容易，紫竹峰亦很安全，但你毕竟事务繁杂，又时常外出，总有留意不到之处。我原打算将她冰封囚禁于昆仑山底，待他日你修成镜心之术再……"

话未说完，洛音凡已断然道："不行。"

闵云中忍不住道："掌教也是为了确保无患，我看这法子最妥当不过，音凡，你怎么如此固执？"

洛音凡面色亦不太好："她既是我的徒弟，是走是留应由我处置，如今未有过错，怎能受此重罚，让一个无辜的孩子被封冻百年？"

虞度早已料到他会这么说："我的意思，如此对待一孩童，的确不妥，不如试试合你我三人之力封住她的煞气，再找个寻常人家安顿，只传些长生养身之术让她修习，如此，既可令她不入轮回，你也能多分点心修炼镜心之术，魔族更不易发现，岂不好？"

在南华到底太引人注目，隐匿在民间，的确不失为一个好法子。

洛音凡迟疑，正要说什么，忽然转脸看向殿门："重儿？"

半晌，一个小小的身影轻盈地从门外进来，脸色有点白。

虞度与闵云中也早已察觉，互视一眼，闵云中依旧面无表情，坐在椅子上一动不动，虞度则轻轻咳嗽两声，端起茶杯作势喝茶。

见重紫满脸汗水，洛音凡拉过她："何事匆忙？"

唯一可信任的人就是师父，重紫本想告诉他天魔令的事，谁知刚回到重华宫就听见掌教与师父说话。紫竹峰上太清静，虞度那番话声音本不大，她却很远就听清楚了，这话犹如晴空霹雳。两年的努力，重紫以为能被他们接受了，原来他们还是想把她从师父身边赶走！

心里恐慌更甚，重紫紧紧抓着那只手，望望他，又乞求地望着虞度。

洛音凡看着那双不安的大眼睛，沉默。

身为掌教，却要徇私处置一个无辜的弟子，方才不曾留意，让当事人听见，虞度未免有些尴尬，再看师弟那神情，知道事情再说下去也无希望，不由得暗暗叹气，移开话题："此事再议，我与师叔前来，其实是为了下个月青华宫卓宫主仙寿之事。"

他既主动让步，洛音凡也松了口气："我会留意。"

虞度一笑："这次便由师弟代南华走一趟，一则与卓宫主贺寿，二来他们又拿住了宫可然，交与青华宫，此事十分棘手，卓宫主亦很为难。"

洛音凡道："万劫固然作恶多端，但如此要挟于他，不妥。"

虞度道："毕竟有三千血债，魂飞魄散，这也不难理解，若非打听不到万劫之地所在，他们断不会出此下策。万劫这次或许会混进去救人，是难得的机会，卓宫主自会全力相助。师弟如能借机从他手中夺回魔剑，那最好不过，再则须安抚宫可然，恐他们奈何不了万劫，一时心急伤她，总不能叫人说我们仙门伤及无辜。"

他停了停，又道："九幽魔宫也在打魔剑的主意，魔尊九幽极有可能会插手。万劫虽厉害，但他终有顾忌，魔尊九幽却野心勃勃，诡计多端，就算我们夺不回魔剑，也绝不能让它落入此人手中，否则后患无穷。"

洛音凡点头不语。

虞度莞尔："想必你已有了安排，我是来说一声，贺礼已经备下，明日叫人先行送去，你几时动身都可以。"

再说两句，他与闵云中二人便起身离去。

洛音凡送至阶下，回身见重紫默默扶着门框，望着自己，一时生起恻隐之心，轻声唤她："重儿。"

那孩子没再像往常那样跑过来，反而往门后缩了缩。

洛音凡走过去。

"师父要赶我走？"小手紧紧抱住门。

洛音凡微微叹息，俯下身，将她拉到面前安慰："只要你不做错事，为师自然不会赶你走。"

大眼睛望着他许久，直到确认他不是在说谎，眼底的惊恐之色才逐渐退去，接着又迅速蒙上一层水雾，汇聚成大颗大颗的眼泪掉下来。

只是个孩子，却要无故受这么多委屈，洛音凡心肠一软，伸手抱起她。

重紫揉着眼睛哭道："我不害人，我不会成魔的，师父不信我的话？"

洛音凡将她放到椅子上："为师当然相信你。"

舍不得离开那怀抱，重紫赖着不肯放开他："师父。"

看她满脸泪痕，被抹得如同花猫一般，只剩两只红红的眼睛闪闪发光，洛音凡忍不住一笑。

重紫呆呆坐着，任那温柔的手拂过面庞。

刹那间，满脸泪痕消失，小脸又恢复了白白净净的模样，透着粉红的光泽，如同初开的桃花瓣。

洛音凡倒没觉得怎样，自然而然地缩回手："下个月青华宫卓宫主仙寿，你也随为师走一趟，去青华宫贺寿。"

重紫终究是小孩，闻言大喜。离开山下世界这么久，她实在很想出去看看，何况天魔令的事令她很不安，她还真不敢独自留在山上。

"我们什么时候走啊？"

"过两日就动身。"
师父待她这么好,当然不会赶她走的,可是他若知道天魔令的事……
重紫咬紧唇,打定主意死守这个秘密。
不论如何,她都不会成魔的,她要像师父和大哥哥那样拯救世人。

第七章·人间行

浩劫已过去整整七年，七年时间，大地起死回生，云开雾散，日月光辉，山河澄明，再无半分破落之相。小城深巷鸡鸣狗吠，大街上人来人往，两旁房屋齐整。晌午时分，炊烟四起，铁匠铺里仍在叮叮当当作响，烤饼铺里的炉子上烤着金黄金黄的饼，香味飘溢，一派人间烟火气象。

然而大街上乞丐比之当年，似乎并无减少。

有些事情，比魔族侵犯更可怕。

忽然，饼铺里伸出只手，手上拿着半个吃剩的饼，要丢给那只看门的黄狗以示嘉赏，却不料墙边一个脏兮兮的小乞丐先一步扑过去，自地上抢了饼就拼命往嘴里塞，看得出他饿得很。

一个胖子骂骂咧咧地冲出店门，抬脚就朝小乞丐踢过去，想是饼铺的老板。

他当然没有踢下去。

当面前站着个打扮干净整齐的小姑娘的时候，谁都踢不下去的，因此他也没有机会尝到该尝的苦头。

那是个十二三岁的小姑娘，小瓜子脸上嵌着两只大大的眼睛，穿着身洁白的衣裳，纤瘦的手里拿着一根青翠欲滴的新鲜杨柳枝，整个人看起来水灵灵的，着实讨人喜欢。

这么乖巧的小姑娘当然不是小乞丐能比的，老板马上收回脚，换作一脸笑："女娃娃，要不要买两个饼吃？"

小姑娘没有回答，只是看了看地上的小乞丐，大眼睛里渐渐有了难过的神色，继而转脸望向身后不远处的白衣人。

做生意的人岂会看不出这举动包含的信息，分明是小孩不能做主的表现，老板下意识地顺着她的目光望去，顿时张大嘴巴。

哪里是人，分明就是神仙！

弄清楚来人身份，老板立即从店里取出两个饼诱惑："仙童是跟着仙长来的吧？我知道你们不用吃饭，不过可以买两个饼去尝尝啊，很香的！"

对于乞丐来说，这样的饼已经是难得的美味了，小姑娘迟疑了一下，果然跑回远处仙人身边说了一阵，很快就拿了两枚钱过来："买两个饼。"

老板乐得接过钱，包了两个饼给她。

出乎意料地，小姑娘接过饼并没有吃，而是蹲下身将饼塞到那小乞丐手上："给你吃。"

小乞丐如见神仙，眼睛里满是惊喜与迷茫之色，与她当年一模一样。

小姑娘站起身，跑过去拉着白衣仙人高高兴兴地走了。

饼铺老板望着一大一小两个背影远去，满心疑惑，却没留意小姑娘手中柳枝的叶子少了两片。

"师父说过不能骗人的，怎么拿叶子变钱骗他？"

"此人为富不仁，略施教训也无妨。"

能和神仙大哥一样救人，重紫很高兴："对啊，他敢欺负人，我们就用假钱教训他！"

世上乞丐不知多少，如何救得过来，身为仙门中人，岂不知生死轮回富贵贫困自有命数，原非分内之事，不过是看她做得高兴，随她去罢了。

洛音凡摸摸小徒弟的脑袋，只觉疼惜。

他的重儿先前就过着这样的日子？小小年纪，饱受欺凌，受尽歧视，却仍不失善良本性，这样的孩子真会成魔？

幸好，幸好如今有了他，谁敢欺负他的徒弟！

长剑出鞘，光华闪烁，犹如水波荡漾。当今重华尊者洛音凡，一柄逐波剑横扫六界，无可匹敌者。

逐波在半空中打了个旋，缓缓降落，横在面前。

大手拉着小手，师徒二人稳稳当当地踏上剑身。

宝剑载着人升起，倏地划过长空，犹如天外流星，顷刻工夫便隐没云中。

不远处墙角，黑袖挥过，再看已空无人影。

十来座新坟，坟前点着灯，小小村镇哪能突然死这么多人？一只黑狗在乱坟间游走，乱葬岗上空隐隐有青黑之气萦绕。

御剑而行，师徒二人不慌不忙地赶路。所见城镇相较往年变得更加热闹，人烟繁密，洛音凡引着重紫见识，同时不忘言语教导。

"重儿，看见了吗？人间安宁，六界有序，这便是我们仙门弟子守护的东西。"

"六界是什么？"

"六界指的是人间、冥界、仙界、妖界、神界与魔界，三万年前神界覆灭，六界其实只余五界。"

"我知道魔界。"

"魔界也是六界之一，但魔族一心想颠覆六界，妄图破坏秩序，把人间仙界都变得和魔界一样混乱，变成魔的天下。他们曾多次进犯南华，想要进入通天门，摧毁六界碑。"

"六界碑是什么？"

"六界碑在，则天地安宁，六界秩序井然；一旦六界碑倒，天地将重归混沌，无日无夜，春秋颠倒，助长魔气，六界便要沦为魔族的天下了。"

"有师父在，他们不敢的！"

"师父当然会尽力，但你也要记住，在神界重现之前，守护六界碑，维护苍生，是我们仙门弟子的责任，任何时候都不可忘记。"

"重儿记住了。"

……

师徒二人一路边看边说，黄昏时分，洛音凡御剑降落在一个偏僻的小镇上，打算找客栈歇息一夜，第二日再赶路。

天明明还没黑，街道两旁家家户户竟都已经紧闭门窗。

重紫奇道："这里的人睡得真早。"

洛音凡心知不对，也没多说，拉着她上前敲门。

好半天，客栈门才开了道缝，里面露出只眼睛："是谁？"

洛音凡道："我师徒自南华而来，路过贵地，想要住店。"

听说"南华"二字，门吱呀一声大开，里面站着个瘦瘦的掌柜，正惊喜地朝身后叫："别怕别怕，是仙长，南华山上来的仙长！"

几个伙计原本躲在里头，闻言都冲出来迎接。

"南华的仙长都有剑，没错。"

"有仙长在就好了，今晚大伙儿放心睡吧。"

"快去给仙长仙童安顿房间！"

洛音凡道："出了什么事？"

掌柜诉苦道："仙长不知，我们镇前日有妖怪作祟，已经死了十几个人了。仙长发发慈悲，救救我们这些人吧。"

洛音凡微微拧眉。

万劫魔宫虽已解体，可近几年九幽魔宫悄然兴起，群魔有了容身之地，渐渐地又开始出来猖狂作乱，城里都有仙门弟子守护，这些偏僻之处难免深受其害。

半夜，乱葬岗上空，一弯下弦月挂在东边冷笑。

遍地坟茔，残灯断碑，其间稀稀拉拉生出几棵杂树，又小又矮，枝干光秃秃的，树影参差如鬼爪。

角落里，两座荒坟之间的空地上，直挺挺地躺着个庄丁模样的人，早已昏迷失去知觉。旁边一团模糊得几近透明的、如烟如雾的影子伏在他身上，如传说中的吸血幽灵。元气源源不断自那人口鼻中涌出，被影子吸入。

影子变得越来越真实，那人越发了无生气。

"原来是你在作怪，风魔？"淡淡的声音。

影子惊得回身。

来人静静立于半空，身后冷月高挂，看去仿佛来自月中，素白衣带在风中起伏，飘然无尘，脚底长剑寒光闪烁，犹如水波荡漾，其风华，寻常言语实难比拟。

他缓缓开口，声音缥缈："取人元气，害人性命，其罪当诛。"

"诛"字刚落，人已背过身，同时脚底长剑蹿出，穿云而去，眨眼间又自云中直直坠下，光华耀眼，其势若九天星落，方圆数十丈，恍若白昼。

璀璨剑光中，唯余一背影。

风魔骇然："落星杀！"

落星杀，剑挑星落，只是南华派寻常杀招而已，可是能将它使到这地步的人只有一个。这是洛音凡最有名的杀招，因为对付寻常妖魔，这一招足够，无须更多力气。

一切都已在剑光笼罩之下，闪避不及。

只当来的是寻常仙门中人，万万想不到会是他，风魔这才明白自己惹了多大的麻烦。早就听说过重华洛音凡，直到今日亲眼所见，才知道他的法术究竟高到什么程度，更想不到的是，名震六界的洛音凡会是这样一个人物。

风魔仓皇欲逃,然而眼前情形,除了等死,根本无路可走,就在他绝望之际,情势忽然有了变化。

"洛音凡,还不住手!"冷笑声。

"两个?"洛音凡果然收剑。

却是另一个风魔飘来,怀中抱着团白影:"你徒弟在我们手上,难道你就不管她的性命?"

洛音凡很意外,想不到对方已经留意到重紫,去客栈劫了人来:"重儿?"

睡到半夜醒来,就发现房间里有个妖魔,结果被它抓了来要挟师父,重紫很是泄气,一声不吭。

原以为今日难逃此劫,谁料事有转机,先前那风魔见有了人质,既侥幸又欢喜,退回到后来的风魔旁边。两魔对视一眼,打的是同一个主意,这小女娃抓对了,若是带回去交给风魔王,今后更可当作要挟他的把柄,必是大功一件。

越想越得意,两魔倏地跃起,一同冲入云中,奔老窝而去。

疾风之速,安能追赶,二魔眨眼间便逃出数里。身后并无动静,但见前路层云铺叠,无边无际,冷冷的月光洒在云海之上,苍茫一片。

云海里缓缓升起一个人。

犹如海天之神,白衣尊贵、庄严,而绝无半分肃杀之气,令人心生敬意,禁不住想要跪倒膜拜。

他这么快就赶到前面了!两魔震惊,急急刹住身形。

劫持重紫的那个风魔最先回神:"重华尊者果然名不虚传。"

洛音凡道:"放了她。"

风魔自恃人质在手,立即抓住重紫后脑:"天底下有这么便宜的事!洛音凡,我就不信你连徒弟的性命也不顾,再要相逼,别怪我打散她的魂魄!"

洛音凡看着他半晌,忽然道:"是吗?"

没有紧张,也没有得意,只有怜悯与无奈。

逐波陡然冲上天,划破长空,犹如云中闪电,瞬间化作千万柄,分不清哪一柄才是真的,冷月下,无数柄相同的剑从天而降,交织成一张巨大的网,伴随着他的声音响起——

"事已至此,仍不思悔改,唯有诛之。"

两魔俱被这突如其来的变故弄得措手不及,惊恐之下谁也顾不得谁,匆匆自云头坠落,跌回地面,待要再逃,又苦于无路可走。

本欲借重紫要挟于他，孰料他竟不顾徒弟死活，坚持出手。剑网当头，料想今日难逃一死，风魔恶念陡增，将心一横，抬掌就向重紫后脑拍下，嘴上冷笑："好！好个洛音凡！果然如传说中般无情，你既不肯放我们生路，即便是死，我也要叫你这乖徒儿陪葬，你……"

后面的话再没说完，恨恨的声音陡然变了调。

"你……怎么回事！你……"声音里再无半分得意，只有骇然与绝望。

重紫全身上下散发出柔和的白光，仿佛穿着件隐形的衣裳，将所有魔力尽数反弹了回去，同时小小的身体飘起。

洛音凡的徒弟怎会轻易落入别人手里！为防意外，他事先已在她身上留了仙印，那风魔起了杀心，最终只能自食其果。

魔灵将散，风魔的身体逐渐透明，淡如轻烟。

另一名风魔则一动不动，眼睁睁看着剑网罩落，收紧。

一剑既出，洛音凡接过迎面飞回来的重紫，悄然落地，拉着她缓步离开，再不曾回头看一眼。

"重儿，害怕吗？"

"不怕。"

方才被风魔抓住，重紫真的一点也不害怕，因为她知道，师父一定会救她。

"不怕师父杀人？"

"他们是妖魔，不是人，师父不会害人，肯定是他们做了坏事。"

"这世上有些事，不是由你想不想做而决定，风魔吸人元气修炼，镇上那些人都是他们害的，我们如果不这样做，他们就会害死更多人。"

"师父不想杀他们，可是为了救人，不得不杀他们。"

"不错。"

重紫紧紧拉着他的手，忍不住回头张望。

洛音凡立即抬起另一只手，轻轻覆上她的眼睛，摇头道："不要看，重儿。虽然他们是魔族，作恶多端，自食其果，如今不得已而诛之，但无论是对是错，杀戮终归不是件好事，为师亦当时刻提醒自己，不到万不得已最好不要动手，你可明白？"

师父不喜欢杀人，就算他们是魔。重紫心底生起更多敬意，果真转回脸不看："重儿明白了。"

头顶寒光闪过，却是逐波归来。这一斩，必是魔魂尽散。

然而六界安定，本不应该通过杀戮来实现。洛音凡看着逐波半晌，终于让它入鞘。

柔软的小手此刻紧紧拉着他，生怕师父会放开一样。

平生灭魔无数，如今竟也有了心魔。不得不承认，他是在担心，担心有朝一日果真如师叔师兄他们所言，事出意外，那时他怎么下得了手？她是他第一个，或许也是他唯一的徒弟，这般听话懂事的孩子，要救她，唯有尽快修成镜心之术。

"回客栈睡觉，天明赶路。"

"好啊。"

师徒二人渐行渐远，消失在月色中。

妖魔既除，半空中那些青黑之气逐渐散去，乱葬岗再度恢复寂静，越发死气沉沉，连地上的月光似乎也变得更加惨白了。

两凤魔消失的地方，旁边坟头上居然站着一个黑色人影。

修长的身影，不知是何时出现的，长长的黑色斗篷拖垂至坟头下，几乎将他整个人都裹在里面，犹如鬼魅幽灵般，无端透出十分邪恶。

最先吸引人注意的，是那只手。

左手轻轻拉着斗篷右边，四根修长的手指露在外面，苍白，略显僵硬，了无生气，竟不像活人的手，那食指上还戴着一枚硕大的紫水晶戒指。

紫中带黑，在月亮底下闪着神秘而华丽的幽光。

黑斗篷连着帽，帽檐压得很低，加上月光投下的阴影，恰好遮住了大半张脸，只露出略尖的、轮廓优美的下巴，还有那薄而优雅的唇。

忽然，半边唇角勾起。

青华山比之南华山并不逊色多少，祥云拥簇，紫气缭绕，数座青峰生于云端，悬浮在东海上空，遥对海云红日，沐浴着海风，巍巍然十分壮观。

平日里凡人的肉眼是看不到仙山的，只不过宫主卓耀仙寿临近，是以本月宫门大开，迎接四方前来贺寿的宾客。洛音凡带着重紫前来，正赶上最热闹的时候，各路仙客御剑来的、驾云来的，凡间贵客坐船来的，络绎不绝。

这一路上，重紫已经听师父说过，仙门分两派，一为剑仙，一为咒仙。长生宫、茅山派与灵山教等是咒仙门，青华宫与南华派、昆仑派、蜀山派等则同属剑仙门，同仙门各派间交情自然更加深厚，这次青华宫宫主卓耀仙寿，虞度备的贺礼乃是八粒极其珍贵的九转金丹。

师徒二人御剑至海上，卓耀早已闻信，亲自带了弟子们等在宫门外迎接。

一声"重华尊者到",引得所有仙人凡人都不约而同地侧过脸。

清风里,逐波载着师徒二人朝这边飞来。

剑上之人安然而立,神情淡而不冷,其形容风采难以言状,跟在他身旁的小女童则灵气十足,粉白的脸,一双大眼睛比逐波剑更加明净。一大一小,手牵着手,俱是白衣无尘,如同画里走出来的一般。

脚下海蓝千里,身上衣带飘飞,身后一轮红日喷薄。

心知来人身份,众人俱看得发呆,不由自主面露恭敬之色。

逐波稳稳当当地送二人至宫门前,洛音凡牵着重紫走下来,收剑回鞘,上前拱手道贺:"重华受命虞掌教,携小徒重紫前来,代我南华派恭贺卓宫主仙寿,祝宫主仙寿无疆。"

卓耀忙笑着还礼:"尊者不远千里驾临,青华蓬荜生辉,何须客气。"

二人说话的工夫,重紫安安静静地站在洛音凡身旁,也在观察。这青华宫宫主四十几岁的样子,白面青髯,和蔼而不失威严,与虞度倒有七分神似。

见他看向自己,重紫记起师父的嘱咐,立即上前跪下拜了一拜,大声道:"重紫拜见卓宫主,祝宫主伯伯福如东海,寿比南山。"

脆生生的声音引来众宾客大笑,眼前情景,赫然是一幅《仙童贺寿图》,只欠个寿桃罢了,宾客们纷纷道吉利。

"好孩子,不必多礼,快起来,"卓耀亦喜她乖巧,伸一只手扶她,发现其筋骨绝佳,不由得连声赞道,"尊者好福气,竟收到这样的徒儿!"

徒弟被称赞,洛音凡生平头一次有了身为师父的骄傲,谦逊道:"宫主过奖。"看着可爱的小徒弟,终是忍不住弯了下嘴角。

卓耀再说两句,便请师徒二人进去。

第八章·小娘子

　　青华宫九重殿，依山势建成，犹如九步台阶，层层叠叠直达山顶，极其壮观。重紫虽跟着洛音凡学了两年，已经认识不少字，可是正殿偏殿名目繁多，加上小孩子对那些复杂的名字不感兴趣，便只记数目，依次数上去，一二三重正殿偏殿都是安排接待客人的。

　　第三重正殿内坐着许多身份特殊的宾客，品茶说话很是热闹，有凡人，也有仙人，其中多数是掌门或首座弟子。仙门中人常用法器证明身份，佩剑或执利器的是剑仙门，不佩剑的多半是咒仙，当然不排除个别例外，比如剑仙派行玄就没有剑，咒仙里也有拿拂尘灵珠的。

　　听说重华尊者到，众人都起身相迎，洛音凡答应几句，卓耀便将他让进里面，再穿出后门，沿着石阶上行，直到第四重殿。

　　数名弟子守在外面，见了卓耀与洛音凡纷纷作礼。

　　第四重殿里只有两个人，一个三十几岁模样的仙长坐在椅子上，神情焦急，也无心用茶，一名弟子安安静静地站在他身后。

　　二人身上俱无佩剑，重紫便猜着是咒仙门的了，未等她细看，那仙长已经起身迎上来："久候多时，尊者总算到了。"

　　洛音凡吩咐重紫："来见过长生宫明宫主。"

　　重紫听话地正要上前，明宫主主动过来扶住她，极口称赞一番。

　　洛音凡清楚他的来意，问卓耀："宫仙子安在？"

　　卓耀先请二人归座："宫仙子暂且屈居海底龙之渊，这次万劫必定还会来救，龙之渊易守难攻,正好用来困他。"

明宫主一脸无奈,叹气道:"当年那件事其实与侄女无关,她也并不知晓万劫之地所在,他们为了报仇,只管拿住她问,九幽魔宫也想用她要挟万劫。这些年她东躲西藏,过得十分辛苦。"

卓耀道:"前日我听说他们囚禁宫仙子,匆忙赶去,总算说服他们,暂且将宫仙子留在青华。但此事干系甚大,青华不敢做主,是以特地请尊者前来商议,看如何处置才好。"

洛音凡道:"幸得宫主留心,否则仙门又要徒增伤亡。"

魔宫虽散,万劫却仍是当今魔界法力最高的一个,连魔尊九幽也要忌他三分,这些人报仇心切,如此鲁莽行事,妄图合力斗他,未免枉送性命。

明宫主忙道:"此番侄女是愿意帮我们引他出来的,若我们困住他,就能夺回魔剑,告慰那三千亡灵了。"

洛音凡蹙眉:"那件事是否是万劫做下,尚有待查证。"

卓耀点头:"论理,万劫待宫仙子一片痴心,万劫魔宫也因此而散,实不该再拿宫仙子要挟他。但当年魔剑被盗是事实,三千仙门弟子惨死,若非得剑上魔力,万劫根本不可能成为魔尊,也难怪他们怀疑,何况长生宫老宫主也在那次变故中丧命,宫仙子理当相助,困住万劫问个明白。"

逆轮之剑事关重大,这也是出于无奈,洛音凡不再多说,问:"龙之渊内现下是何情形?"

这次设计埋伏都是秘密进行,不方便让太多人知道。明宫主咳嗽两声,令身旁弟子退下,卓耀看重紫在旁边听得无趣,忙也唤了个弟子带她出去玩。

南华十二峰天下闻名,青华宫相比之下稍小,山水游廊设置却较南华巧妙得多,更兼奇峰秀美,其间紫色云气飘浮,又因近日宫主仙寿,仙乐阵阵,随处可闻,更是令人陶醉。

知道她是重华尊者的徒弟,那弟子哪敢怠慢,尽心引着重紫四处游览。

重紫看了一阵美景,捡了两块晶莹奇石,心里始终惦记洛音凡,走得太远,师父到时候会不会找不到自己。她年纪虽小,却知道卓耀是故意把自己支开,好与师父他们商量重要事情,此刻贸然回去,恐怕会打扰他们,于是蹲下身道:"我走累啦,青华宫真大。"

那弟子闻言笑道:"我们青华宫虽说比南华小,可要像这样慢慢走,也得好几天工夫才走得完，不如我们御剑去看？"

谁能想到重华尊者的徒弟不会御剑呢，重紫怕被他看出来，忙道："不用不用，我们还要住好几天，我天天出来看。"

那弟子笑着称是，又提议道："尊者以前也常来我们青华宫的，每次都住在海楼，这次宫主特意吩咐留下海楼接待尊者。既然小师妹累了，我就先带你过去歇息，等尊者回来，岂不好？"

这话正中下怀，重紫连忙答应。

海楼建在临海的一座小而矮的峰顶，地方僻静。小楼精致，一共只五六间房，楼前观景台很大，站在栏杆边，只见大海蔚蓝无际，耳畔海风海浪声隐隐约约。

安顿好重紫，那弟子便回去复命了。

重紫小孩子心性，在房间玩了一阵，将所有东西都看了个遍，觉得无趣，索性跑出门，独自趴在栏杆上看海景，等了半日仍不见洛音凡来，忍不住开始胡思乱想。

听说他们要对付魔界最强的万劫魔尊，那一定很危险了。

重紫担心师父。

师父是当今六界最厉害的尊者，魔尊万劫被他打败过，这回当然不会有事，可要是出了意外怎么办？重紫不能忍受他和神仙大哥一样离开，没有师父的紫竹峰，不再是重紫的家。她害怕，师父能保护她，可是她什么也不会，不能保护师父。

正忐忑间，忽然身畔一阵疾风扫过。

感觉有什么东西自身后飞来，重紫吓了一大跳："谁？"

前方约两丈处，一柄形态古雅的金色宝剑骤然在半空中停住，剑上翩翩一人，背对着她，看样子方才的响动就是他弄出来的。

宝剑掉头，带着那人转身。

重紫这才看清，那是个穿戴华美的少年，只十四五岁，身材却已经与大人差不多，挺秀如松，两道剑眉透着勃勃英气，活像只骄傲的小孔雀。

迅捷平稳，行止自如，分明是上乘御剑之术，可见他身手极其高明。然而重紫是客人，又同为剑仙门弟子，他这般显示术法，未免有挑衅之嫌。

重紫没学过仙术，哪里懂得其中用意，只觉少年长相好看，不过她天天跟着洛音凡，再美的人站在跟前，也不觉多震撼了。

她瞅了那少年半响，忽然笑起来。

这少年的神情像极了一个人，明明比她大不了两岁，偏要做出老成的模样——不知他在玉晨峰上修炼得怎样，一定很厉害了吧。

她兀自走神，那边骄傲的孔雀却不太高兴，上下打量她几眼，目光里泛起几分不屑与失望，开口道："敢问这位可是南华来的师妹，重华尊者的高徒？"

见他一本正经，重紫玩心大起："敢问你是谁？"

小孔雀勉强拱了下手："在下卓昊，慕尊者之名而来，有心向师妹讨教几招。"

讨教？重紫总算明白他是想找自己打架，连连摇头："我不跟你打。"

卓昊天生好强，听说重华尊者的徒弟来了，兴致勃勃地跑来比试，方才故意露这一手高明的御剑之术，就是想震慑对方。谁知对方不过是个漂亮的小丫头，不觉有了轻视之心，如今见她拒绝比试，只当是仗着身份托大，更加不悦，含蓄地激她："我们青华剑术虽平常，但认真论起来，未必就比贵派差多少。"

"我知道。"重紫没听出他话里的意思，反而将注意力移到他脚底的剑上，"你的剑真好看。"

她说的原是实话，然而人们日常还有句话叫作"好看不中用"，剑是仙门法器，通常代表着身份与荣耀，卓昊用的乃是柄上古神剑，没有一定的资质根本不能驾驭，往常别人的夸赞之词也不少，却从无一个夸好看的，重紫的赞美此刻听在他耳朵里竟有奚落之意。

碍于礼节与对方的客人身份，卓昊只得忍耐："此剑名安陵。"

安陵？重紫眨眼，还是师父的逐波最好看。

卓昊不耐烦："师妹还不上来？"

重紫摊手道："我没剑，怎么飞啊？"

卓昊愣了愣，剑仙派弟子怎会无剑？对方分明是有意推托。他本是抱着诚意前来切磋，又顾及她是洛音凡的徒弟，所以言语客气，谁知小小丫头自恃身份，不将人放在眼里。卓昊正当年少，更起了教训她的心思。

"既然师妹无剑，我们便用驾云之术，徒手切磋，如何？"

"我不会。"

卓昊闻言忍不住御剑飞至她面前，嗤道："小小年纪便骗人吗？"

原以为秦珂已经眼高于顶，想不到还有更不客气的，重紫也失去耐性，转身要进房间："谁骗你！"

"小丫头，胆敢看不起我们青华宫！"卓昊冷笑，忽然一把抓住她的后领，将她拎起来。

重紫身在半空，更加生气，挣扎道："说了我不会术法，你再不放手，我告诉师父和卓宫主啦！"

"重华尊者的徒弟不会术法，说这种谎，不怕丢他老人家的脸！"卓昊哪里肯信，他身材比重紫高很多，拎着重紫也不觉得吃力，直带着她飞到海上，"我看你还装模作样！"

重紫大骂："就知道欺负比你小的，不羞！叫我师父知道，一定饶不了你！"

话音未落，卓昊手一松，已将她从半空中丢了下去。

对方以为她会术法，可是她确实不会，掉进水里不被淹死才怪！重紫咬紧牙关，直直坠落。

扑通一声，小人儿栽进海里，溅起小小水花。

卓昊抱着双臂站在空中，一副看好戏的模样。

仙门里，年龄向来不是看人的标准，对方是重华尊者的徒弟，他纵然轻视，也绝不敢太大意，方才一直在暗中提防，预备等她发怒好打一场的。

出乎意料的是，小人儿坠海之后，并没有如他所想飞上来，只在水面挣扎扑腾，很快便被漩涡卷了下去。

察觉不对，卓昊暗暗吃惊，难道她真的没说谎？

重华尊者的徒弟不会仙术，简直太荒谬了！莫不是她故意如此，要引他下去，好报捉弄之仇？

卓昊打定主意袖手旁观，等她自动现形，谁知海面迟迟没有动静。看情形越发不对劲，他毕竟心虚，到底还是忍不住下去查看，确认之后更慌了神，匆匆念起避水咒，将她从水里捞了上来。

重紫浑身湿透，呛水后差点昏迷。

逼客人比试已经失礼，何况还把对方丢进了海里，卓昊知道自己此番闯下大祸，也怕被人看见，连忙拎着她进了房间，丢到地上，想想不行，索性又将她倒提起来让她吐水。

重紫吐出许多水，这才逐渐缓过来，小脸惨白，半晌说不出话，只坐在地上喘气。

把人家乖巧的小姑娘弄成这副狼狈模样，卓昊也吓出一身冷汗，一时无言，想了半日仍找不到合适的话搭讪，自言自语道："重华尊者的徒弟，这般无用吗？"

见他有轻视师父之意，重紫大怒："我打不过你，是因为没学仙术，待我将来学了仙术，必定将你打趴下！"

卓昊听得哈哈一笑，反而俯下身，伸手抬起她的小下巴，扬眉道："本仙长等你来打。"

重紫气得拍开他的手。

卓昊原是不清楚情况好坏，所以故意引她说话，如今听得声音响亮，就知道已无事，心中大石总算落下，于是忍住笑，半蹲在她面前："你叫虫子？名字难听，长得还不错。本仙长让你十招，你若打得过我，我就当你的夫君，若打不过，你便当我的娘子，如何？"

重紫想也没想："谁怕你！"

卓昊年长两岁，已经知事，原是逗她好玩，闻言大笑："我的小娘子，你这么凶会吓跑我的。"

重紫这才发现上当："你说什么？"

卓昊随口道："我说待你大些，我就去求重华尊者把你嫁给我，那时我就成了你的夫君，看你还敢不敢打！"

重紫这回真傻掉了。

仙界是允许婚配的，南华几位仙尊虽然都未娶妻，可是弟子们就有，而且重紫还去参加过喜宴，由于年纪小，当时在她眼里，成亲不过是换个称呼的问题，比如原本叫师姐的，可能会改称嫂嫂。

心跳忽然快起来。

对啊，男人是要娶妻的，女人是要嫁夫的，然后两个人住在一起，那师父身边将来也会有别人陪，然后把她嫁出去！她才不想嫁面前这个人！

重紫涨红脸吼道："胡说，我师父才不会答应！"

卓昊到底十四岁了，也没兴趣继续陪十二岁的小丫头闹，暗笑一阵，待要起身走，又怕她出去告状，叫父亲知道免不了要受责罚。他毕竟年长，很快有了主意，换了一副温柔笑脸哄她："小师妹别恼，我是跟你说笑呢，你这么乖，尊者当然舍不得了。"

这句"尊者舍不得"听着顺耳，重紫背过身不理他。

卓昊讨好道："只因我素来敬仰尊者，听说他老人家的高徒此番也来了，所以特意跑来找你比试，我是有心试你，想不到你真的没学术法，是我失礼，要不，小师妹打我两下出气？"

重紫不笨："你会术法，我又打不疼你。"

态度有松动就好办了，卓昊道："那小师妹要怎样，我给你赔礼好不好？"

重紫低头拉衣裳："衣裳都湿啦！"

区区一个小丫头，只要哄得她高兴就没事了，卓昊打定主意，忙道："别急，我这就替你弄干。"

他轻轻念了两句，紧接着手一挥，重紫身上便陆续冒出许多烟雾，大约一盏茶工夫，衣裳就干了。

重紫瞅瞅他，从地上爬起来，不识好歹地扬脸："我师父才不用念咒。"

输给洛音凡天经地义，卓昊不觉得惭愧，赔笑道："尊者他老人家自然高明。罢了，衣裳干了，礼也赔了，我又不是故意的，方才的事师妹就别再提起，以免伤了我们两派的和气，如何？"

对方突然转变态度，重紫早已猜到他是怕传出去受责罚，心里正没好气，忽然瞥见窗边案上的砚台，顿时眼珠一转："好啦，我不会说的。"说着跑到窗边去看风景。

卓昊松了口气："多谢师妹，那我走……"

"师兄！"重紫打断他，回身招手，"师兄快来看，看那边！"

过河拆桥也不能做得太明显，何况对方年纪虽小了点，却是个小美人，卓昊在女孩子跟前向来很有风度，知道她不会告状，也就没了顾忌，跟着走过去张望："怎么了？"

重紫指着远处海面："青华宫没有墙，要是别人飞进来了怎么办啊？不是说魔尊万劫会来吗，你们不怕？"

"你……"关键时刻不能得罪她，卓昊吞下已到嘴边的"傻"字，保持主人的良好风度，"你以为人人都可以进青华宫？宫外一里设有结界呢，除了宫门，别处是进不来的，你们南华不也一样吗？"

重紫认真点头，一副受教的样子："哦。"

正在此时，先前那名弟子自第四殿回来了，站在门口唤她："小师妹，宫主在园里设宴，尊者让我带你过去。"刚说完，忽然看见旁边的卓昊，忙道，"少……"

卓昊咳嗽两声打断他："既然宫主设宴，师兄就快些带她去吧，我先走了。"说完匆匆出门离去。

望着他的背影，那弟子的眼睛瞬间瞪圆，嘴巴越张越大，几乎可以放进一个鸡蛋。

重紫丢开背后手上的东西，笑嘻嘻地跳到他旁边："师兄，我们快走吧。"

酒宴摆在一个大园子里，园内有个莲花湖，湖上碧波荡漾，红莲悦目，碧叶翻飞，无处不透着融融暖意。

湖畔设了数百桌宴席，主要是招待随从弟子们。

湖中心有个大平台，其上烟柳葱茏，设着主宴，早已坐满了人，规模绝不亚于西方佛祖的讲经法会。一眼望去，但见莲花莲叶平铺如画卷，柳枝低垂，其间影影绰绰。

那弟子引着重紫，顺曲桥走过去。

再过一日便是卓耀寿辰，各路宾客几乎全到齐了，主宴上有两三百人，都是有名望有身份的贵客，囊括仙凡两界，甚至还有几位王爷与丞相，但有迟到的，皆由弟子引入座中。

碧绿的桌子不知是用什么材料做成，很大，很光滑，有点像翡翠，上有无数巴掌大小的白玉杯和水晶碟，里头盛着仙酿佳肴，一盏一碟从各人眼前移过，就如同流动的水，有爱吃的举箸轻碰，它便自行移来面前，随即桌上立即会重新补上新鲜的，供后面的人取用。

洛音凡并不难找，所有人走上湖心台第一眼，自然而然都会看向他，仿佛有一种吸引人的神秘力量在指引。

他安然坐在长桌尽头，旁边三两株杨柳，低垂入水。

杨柳青青，映衬白衣。

碧波照影，如坐莲台。

心内一阵莫名的悸动，方才卓昊的话随之响起，重紫转脸看四周，生平头一次认真观察起那些夫妻。

座中有几十对仙门眷侣，夫妇皆比肩而坐，一对对神态各不相同，却始终比旁人多了种奇怪的默契。哪怕长相有差，一个美一个丑，看上去也不会有半点刺眼的感觉，而是美妙、和谐。

目光转了一圈，回到那个最熟悉最美好的身影上。

他旁边的位置是空着的。

天上人间，究竟谁才配坐在那里，谁最终会坐到他身旁？真有那样一个人的话，那情形一定很美很美……

重紫看得呆了，直到被旁边过路的弟子撞上，才总算回神，猫着腰悄悄钻过人群，然后跳出来："师父！"

小徒弟突然出现在面前，洛音凡并不吃惊，拉她在身边坐下："跑这么急，出汗了。"

分明是随意的动作，重紫却又开始发呆。

不知是否跑得太快的缘故，重紫的小脸看起来格外红。重紫有些躲避他的视线，悄声解释道："我在海楼等了好久，想快些看到师父，就跑快了。"

洛音凡点点头,没再说什么。

至少,这位置现在是属于她的,她坐在他身旁!重紫满心欢喜,不过她还没有足够的年龄与心思去纠结这个位置的最终归属,因此很快就将注意力移到了面前的桌子上。

好多好吃的!

上千种果品菜肴自面前移过,令人眼花缭乱。

这些菜全都没见过!重紫吞了吞口水。自从她学会吐纳之法,成日里除了喝水,几乎就没吃过别的东西,主要是重华宫也没什么可吃的,然而当年的小叫花生活,让她本能地对美食充满渴望。

她悄悄拉洛音凡:"师父,原来当神仙这么好,我以前只有做梦才能吃到这么多好吃的!"

这孩子受过太多苦,洛音凡沉默片刻,伸手取过一碟放到她面前。

还是师父待她最好!重紫更觉甜蜜,好奇地端详,那碟里盛着由翠绿果片拼成的凤凰。

洛音凡看出她的疑惑:"这是海灵芝。"

重紫拿起一片喂到他唇边:"师父吃。"

这是洛音凡始料未及的,他不动声色地抬眼看四周,微觉尴尬。大庭广众之下,师父和女徒弟这般亲密,未免逾礼,但转念一想,不由得又好笑起来,重儿只是个孩子,心地纯真,难得她一番心意,自己的顾虑似乎太多了。

想通之后,洛音凡也就恢复淡定,低头吃了。

重紫满怀期待:"师父喜不喜欢?"

洛音凡含蓄道:"这些为师早已吃过,你自己爱什么,便吃什么,不必问我。"

重紫失望地"哦"了声,忽然问:"他们是谁?"

洛音凡顺着她的目光看去:"昆仑君夫妇。"

昆仑君面黑如炭,高大威严,却娶了位光彩照人的妻子昆山玉仙。方才玉仙子趁人不备,取了碟果子放至丈夫面前,昆仑君仿佛没看见,仍旧坐得端端正正,既不看她,也不说话,只是那双严肃的丹凤眼中泛起了一丝温柔而会心的笑意。

一时之间,重紫竟再无食欲。

几位掌教、宫主过来与洛音凡招呼,卓耀也来了,见到他,众宾客纷纷起身,举杯道贺,卓耀连连称谢,又谦逊一番,饮了几杯酒,宾客们这才重新归座。

卓耀刚刚落座,便笑着劝洛音凡饮酒。

洛音凡亦不推辞，陪饮一杯，随口道："怎不见云姬？"

卓耀叹道："她逗留凡间数年，至今未归，想是连我的寿辰也忘记了，没个信回来。"

洛音凡道："云仙子心系百姓，广施仙药，济世活人，本有西方菩萨心肠，亦是在为宫主添福积德，可算作最好的寿礼。"

卓耀笑道："我这个妹妹向来如此，她往常总是念叨多年未见尊者，前日我送信给她，特地提起说这回尊者要来的。"

洛音凡道："她能如此，我已很高兴，何必非要见面。三年前魔族狐毒肆虐，我路过青州，曾打算顺道去看她的，只是后来不巧耽搁了。"

"叫她知道，又要高兴一阵。"卓耀说着，忽然发现什么，转脸问旁边弟子，"昊儿呢？我叫他先出来代为招呼贵客，如今迟迟不见，冷落客人，成何体统！"

"方才还曾见到的。"那弟子刚说了这句，忽然抬脸道，"少宫主来了！"

远处，一名华服少年正朝这边走来，一路彬彬有礼地朝旁边宾客们行礼问候，举止大方，笑如春风，透着几分爽朗与倜傥。

别人尚可，重紫看到那人，险些被果子哽住。

第九章·卓云姬

　　私下去找小丫头比试，耽误了时间，此番来迟必定要受责备。卓昊打定主意好好表现讨父亲欢喜，于是只管与众人赔笑招呼，却没留意，一旦他走过，所有人都换了一副古怪的神情，望着他的后背，仿佛看到了极其好笑的东西。

　　他径直走到卓耀面前，拜伏于地，朗声道："孩儿拜见父亲！"

　　这一拜，周围宾客弟子们纷纷转脸，极力忍耐。

　　儿子被人捉弄，卓耀尴尬之余，好气又好笑，也忘了追究他来迟的缘故，呵斥道："这么大了还与人胡闹，穿成这样出来会客，成何体统！"

　　骂他来迟也就罢了，可说到装束，卓昊自认是得体的，闻言不由得莫名其妙，忙低头检查几眼，满脸疑惑道："后日才是父亲寿辰，我想着还早，所以未曾换新衣，有何不妥？"

　　卓耀再也撑不住，笑骂："被人作弄了尚不自知，在这里丢人现眼，还不去换过！"

　　卓昊反应也不慢，立刻发现问题出在背后。他到底学过术法，很快明白怎么回事，顿时又羞又恼，脸涨得通红，继而转青，眼睛瞪着席上那小人儿，险些喷出火。

　　重紫只当没看见，往洛音凡身上挨过去。

　　被一个不会术法的小丫头捉弄不是什么光彩的事，且对方是客，卓昊到底不好闹出来，只得忍气吞声，起身退下。堂堂青华宫少宫主当众丢这么大脸，想来一时也不会再出来了。

　　卓耀转向洛音凡："犬子无状，见笑。"

　　看到那只熟悉的大乌龟，洛音凡就已察觉不妙，隐约猜到了些，加上身旁人一个劲儿朝自己怀里缩，那乌龟是出自谁的手笔，答案就很明显了。

淘气捉弄人就罢了，偏还用冰台墨，别人想帮忙也帮不上，这个顽皮的小徒弟！

洛音凡尴尬，低头看了重紫一眼，有责备之意。

重紫嘟起嘴，小声说："他先欺负我。"

洛音凡虽不似行玄专门卜占天机，但寻常小事还是能料知一二的，弄明白之后也觉得好笑，低斥："此事固然不全是你的错，可你害得卓小公子当众失礼，终是过分，还不与宫主赔礼！"

重紫委屈："我又不知道他是谁。"

见她闹小孩子脾气，洛音凡只得亲自开口："管教不严，宫主恕罪，下去必定责罚她。"

卓耀也已料知，反倒笑起来："小孩子顽皮，何必认真，总是犬子胡闹失礼在先，正该受点教训。尊者这徒儿很是乖巧，我这寿星来说个情，免了她这顿责罚吧。"

洛音凡尚未开口，重紫已笑嘻嘻道："多谢宫主伯伯。"

卓耀笑道："好机灵的丫头，不如嫁来青华宫，给伯伯当儿媳妇如何？"

刚刚才整过卓小公子，哪里还敢嫁给他，再说她才不想离开师父！重紫红着脸，毫不迟疑地响亮拒绝："我才不要！"

这话极不客气，可被她一个小孩子说出来，众人只觉有趣，卓耀忍笑问："为何不肯？莫非我们青华宫不好，还是嫌昊儿太笨？"

重紫瞟瞟洛音凡，脸更红了："我要陪着师父。"

这回不只卓耀，连同旁边几位宾客都跟着笑起来："尊者收的好徒弟，孝顺！"

洛音凡亦松了口气。

明知是玩笑话，但真说对上了，也是件为难的事，天生煞气何其危险，自然不能应承，可卓耀并不清楚缘故，当众拒绝未免令他失了颜面，有伤交情。

小插曲刚过，忽然有人来报："云师叔回来与宫主贺寿！"

卓耀正拉着重紫问她爱吃什么，闻言拊掌："这丫头总算知道回来了！"

远处，一片白云飞来。

云朵缓缓降下，上立一位绰约动人的仙子，眉如春黛，眸如秋水，翠带飘拂，环佩光彩。

神态大方，婉约而不娇气。

游仙霞帔织女裙，身态轻盈，如同白云托着一片绿叶，纤美的手上提着只药篮，篮里盛着青青草药。

宾客无论男女，皆目不转睛地盯着她，眼底尽是欣赏赞许之色。

卓云姬右手提起裙摆，飘然走下云头，伏身作礼，朱唇轻启，轻柔的声音听得人身心舒畅："云姬特来给哥哥拜寿，祝哥哥仙寿无疆。"

卓耀示意她起来："尊者在这里。"

青青柳枝如烟如雾，熟悉的身影端坐其中，期盼已久的人就在面前，卓云姬岂会不见，听兄长这一说，果然上前作礼，压抑住心中喜悦，望着他："多年不见，尊者安好？"

洛音凡点头："尚好，仙子行走凡间，亦当珍重。"

长睫垂下，掩去目中一丝水光，卓云姬微笑，尽量使声音听起来平静："一别数十载，几番想上南华拜见尊者，又怕扰了尊者清静。"

洛音凡道："你这些年入凡间救人无数，已经做得很好了。"

卓云姬动了动唇，终究没有说什么。

几十年了，面前的人丝毫未变，连声音都与当年一模一样，淡淡的语气，透着称赞与欣赏，然而，自始至终都没有她所期望的东西。

卓耀暗暗叹息，忙拿话岔开，让妹妹到身边坐下。

重紫望望卓云姬，又望望洛音凡，有点发怔。

天底下竟会有这样美的仙子！不仅长相美，声音好听，更有着施药救人的菩萨心肠，举手投足之间气度温柔恬淡，在某种程度上和师父有些相似，令人自然而然生出好感。

只不过，她望着师父的时候，眼睛里除了敬慕，比别人还多了种东西，说不清道不明，和玉仙子望着昆仑君时一模一样。

将来她会代替自己坐在师父身边吗？

除了她，的的确确再也找不到一个更配坐这位置的人。

重紫不由自主地手握成拳，不仅没胃口吃饭，就连留在这儿的心思也没了。

白天的海楼是青华宫最清静的地方，可当夜幕降临，就不是那么回事了。风声阵阵，黑云压海，白浪排空，拥击礁石，卷起雪千堆。不多时，海面已电闪雷鸣，风雨大作，唯独青华宫上空始终不见半滴雨落下来。

周围景物被衬得更加昏暗。

一道白影独立于栏杆边，面朝大海，只留给她一个熟悉的背影。

就连背影，也透着一股淡定与祥和，仿佛永远都看不够，越看，越想要离他近些。就是这样一个背影，一直引诱着她去追逐，因为心里已经没有更美好的东西了，只要看着他，再恶劣的天气也会变得明媚。

直到如今，她离他依旧遥远。

追逐他的人，本就不只她一个。

还是不想放弃，勉力追逐，只为有一天他回头时，看到的第一个人是她。

"云仙子？"他回过身，语气一贯的平静，客套且生疏。

卓云姬别过脸，黑发被风吹得颤抖："尊者还是像当年那样，叫我云姬吧。"

洛音凡不置可否，打量她片刻，目中略有惋惜与斥责之色："当年你是极用功的，如今这么多年过去，似乎进益不大。"

卓云姬沉默许久，低声道："心中有执念，如何进益？"

"既是执念，就该趁早放下，"洛音凡并没细问，转身重新面对大海，"唯有走出执念，方知别有天地。听说你近年勤于炼药，于此道亦有小成，用它济世活人，功德无量，可谓得失各半，不枉你荒废修行。"

声音不急不缓，柔和且清晰，犹似当年教导。

想要改变，又害怕改变，最终仍是什么都没变，或许这样已是最好的结果了。

"尊者说得是。"卓云姬莞尔，心里却在摇头说"不"。

施药救人，固然是她所愿，但更多的是为了什么，唯有她自己清楚。拒绝四方亲事，不顾兄长拦阻孤身下凡，哪里有魔族作乱，就赶去哪里施药，只因有可能见到他，只因想助他"守护苍生"。纵然是木头也该明白她的心意了，可他无动于衷，是真的无情，还是有意回避？

卓云姬上前道："尊者还记得……"

洛音凡打断她："重儿。"

身后不远处，一双大眼睛愣愣地望着二人。

本想出门找师父，却撞见师父和云仙子在说话。云仙子还是用那样的目光望着他。两个人站在一起，白衣，绿袖，真如池上绿叶衬白莲，又似紫竹峰头白云拥碧海，互相映衬，竟如此美妙动人，看得她一阵阵恍惚，神不知鬼不觉就朝这边走过来了。

洛音凡介绍道："新收小徒，重紫。"

卓云姬勉强弯了下唇角，无意中瞥见那双乌溜溜的伤心的大眼睛，忍不住一呆，泛起几分苦涩。

这孩子在伤心？不，等你长大，才知道什么叫真正的伤心，靠近过他，就绝不会幸免，至少现在你陪在他身旁，这是多少人羡慕不来的呢，纵使将来最绝望的也是你。

卓云姬缓缓缩回手："我先回去了，万劫这两日就会来，尊者务必当心。"

洛音凡点点头。

卓云姬转身，翩然离去。

重紫望着那背影，许久没有回神。

洛音凡唤她："重儿？"

大眼睛不似平日灵活狡黠，透着许多窘迫与慌张。重紫低头："师父……"刚说出两个字，就被风吹得打了个大大的喷嚏。

看样子她已经吹了许久的风，洛音凡拉起她，发现小手果然冰凉，不由得皱眉："你尚未修得仙骨，不能吹太多风。"

他拉着她走进房间，在椅子上坐下："回房多穿几件衣裳。"

重紫不肯离开："我不冷。"

小孩子总是任性，洛音凡无奈，喂她吃了粒丹药。

重紫忽然道："云仙子认识师父？"

洛音凡当她好奇："云仙子是卓宫主之妹，自幼聪颖好学，当年为师往来青华宫，见她极有灵气，略指点过几次。如今她下凡救了许多人，重儿正该学习她。"

重紫"哦"了声："师父会娶她做妻子吗？"

洛音凡顿时哭笑不得，尴尬至极。

到底活过几百年，卓云姬的心事他岂会不知。当初见她极有天分，且天性善良，所以顺便指点修行，一番提携，哪想到会引得她生出这些想法——拒绝四方求亲，孤身下凡。固执至此，总是他的过失，只得处处回避，有意疏远，好断了她的念头，却不料如今连小孩子都看出来了。

大眼睛望着他，眨也不眨。

洛音凡生平第一次不淡定了，隐约有点头疼。收女徒弟好像是个错误，心思敏感，将来长大些，求知欲更强，必定有更多问题要问，做师父的自然要负责替她解惑，那时可怎么办？

实在找不到合适的话来解释，他只得板起脸："不得胡说，谁告诉你这些的！"

重紫小声道："师父将来娶了妻子，就要把我嫁出去？"

洛音凡听得一愣，想起白天卓耀的玩笑，不由得升起几分内疚，煞气未除怎能嫁人，在他修成镜心之术之前，恐怕要耽误她了。

他摇头："为师暂未有婚娶之念，也不会将你嫁人。"

重紫大喜："对啊，反正有我陪师父。"

荒谬的话反而显出她纯真无杂念，洛音凡更加无语，同时也更加放心，移开话题："为师平日如何教导你的，既来做客，怎可捉弄主人？"

说起白天的事，重紫立即别过脸。明明是卓昊欺负她不会仙术，差点害死她不说，还故意拿话戏弄，所以她才捉弄他的。

洛音凡知道她不服，教训道："他挑战你，是不知你未学仙术，但你捉弄他，便成了你的不是。"

重紫嘴嘟得越发高了，欺负她无妨，可是他还连带笑话师父！

洛音凡明白她的想法，叹了口气，声音放柔和了些："一个人是高是低，不在于争强好胜，而在于心胸与品行，别人怎么说，与我们何干，仙门中人无须在意这些。为一点小事便捉弄人，你可知错？"

重紫心下暗服，低头不说话。

洛音凡道："明晚卓宫主寿筵，魔尊万劫会来，到时外头十分危险，你就留在海楼，此地僻静，万劫不会留意。为师与卓宫主已经商定，卓小宫主虽年少，但修炼已有小成，由他过来照管你，你记得与他赔个不是。"

想到卓昊叫"小娘子"的模样，重紫马上拒绝："我才不！"

洛音凡沉了脸斥责："重儿！"

重紫跑出去："谁要他陪！"

隔壁传来重重的关门声，洛音凡好气又好笑，有点无奈，小徒弟被惯坏了，开始不听话了。

第二日清晨起来，洛音凡已经不在房中，重紫懊恼，待要出去找，迟疑几番终究忍住。师父现在肯定在和卓宫主他们商量对付那个魔尊万劫，没有工夫照管太多，不该再乱跑惹他担心。

可是师父知不知道，她很担心他？

仙门中人无须进食，重紫独自趴在栏杆边看了一整天的海，直到黄昏时分，才有个弟子过来带她去参加寿筵。

九重殿上，明珠映照，恍若白昼，寿筵办得格外热闹风光。酒香飘溢，果肴鲜美，数千寿桃堆成了山。满座宾客，欢声笑谈，喜气洋洋。然而就在这看似轻松欢快的场面下，始终有一丝紧张的气氛在游走，清楚内情的人都能察觉到，反不如昨日那般自在。

为保证宾客安全，门外弟子们假作接待，其实暗中都凝神戒备。

周围华丽的摆设，热闹的气氛，都驱散不了重紫心头的阴影，她只顾紧张担忧，根本没心情去留意别的。

洛音凡依旧坐在旁边，如墨长发垂地，神色是万年不变的从容与淡定，不时有人过来劝酒，他偶尔也会举杯回敬。

重紫在桌子底下轻轻拉他："师父。"

洛音凡早已留意到她的异常："怎么了？"

重紫待要说话，又怕这样的大事被人听了去，于是伸手勾他的脖子。

其实只要作法结界，别人是听不见说话的，师徒如此亲密，洛音凡本觉不妥，但此刻解释起来未免麻烦，想着她年纪尚幼，并不懂得什么，也就抛开顾忌，微微倾身，低下头来。

重紫凑到他耳边："听说那个魔尊是魔界最强的，很危险啊。"

声音满含担忧。洛音凡这才知道小徒弟在想什么，心里微微一暖，安慰道："此番人多，为师不会有事，你只跟卓小宫主在海楼，不可乱跑，记住了吗？"

重紫点头："抓到魔尊，师父就快些回来找我。"

洛音凡点头答应，正要说什么，面前长桌忽然起了变化。

碧绿桌子中间发出一棵青青小芽，逐渐长高长大，变作一株参天桃树，枝叶茂密，中间挂着数百颗红红白白的仙桃，乃是青华宫特有的五行桃，百年结果，凡人食之可延寿二十年，仙人食之亦能增加修为。众宾客交口称赞，片刻之间，仙桃纷纷坠落，飞至每位宾客面前的水晶碟内，宴会由此进入高潮。

洛音凡与卓耀对视一眼，起身就要走。

重紫明白发生了什么事，不由自主地拉住他的衣角。

"此桃有益修为，记得吃。"洛音凡轻轻按了按她的小肩膀，转身消失。

片刻后卓耀与另外数十名仙长趁人不备，亦陆续离席而去。

仙桃摆在面前，重紫却无论如何也吃不下去，只管坐着发呆。忽然有人过来拉起她就走，看清那人冷若冰霜的脸，她顿时头皮发麻，暗叫糟糕。

卓昊二话不说，拖着她离席，顺着小路行至海楼前，停住。

完了，他肯定是记着那只大乌龟，当着那么多人出丑，肯定还在生她的气！重紫慌忙挣脱他就朝房间跑。

一只手拎住她的后领。

卓昊轻哼："想跑？"

重紫挣扎："都这么大了还欺负人，不羞！"

卓昊挑眉道："好你个小丫头，竟敢当着那么多人让我出丑！"

重紫叫道："再不放开我，我告诉师父！"

"告诉尊者？"卓昊倜傥一笑，眼神怎么看都不怀好意，"他老人家亲口吩咐，让我陪着小师妹，倘若小师妹不听话乱跑，就恕我得罪了。"

重紫别过脸："谁要你陪！"

卓昊不再客气："昨日的事我还没跟你算账，看我怎么收拾你。"

重紫心虚，半晌道："我又不是故意的，谁叫你先无礼。"

卓昊到底年纪大些，哪会当真和她计较，只是今日万劫会来，本想跟着出去见识魔界最强的魔尊，谁知却被父亲临时派来照看一个小姑娘，未免有些没好气。

"叫声哥哥，我便放了你。"

"才不！"

卓昊懒得再与她闹，丢开手："还当真了，多少女孩子想叫我哥哥，不缺你一个丑丫头。"

丑丫头？她虽然没有云仙子好看，可哪里丑了！不知为何，重紫莫名生起气来，怒视他："丑小子！我师父比你好看多了，秦珂师兄也比你好看！你长得丑死了！"

卓昊瞪大眼："你敢骂我？"

重紫挺胸："就骂你！"

卓昊看着她半晌，忽然俯下脸一笑："乖，再骂一句我听听。"

重紫真的再骂，可是这回却只见张嘴，听不到声音了。

卓昊大笑。

知道斗不过他，重紫气得脸通红，也不求饶，转身就走进房间，紧紧关起门。

区区一道门，对于青华卓小宫主来说根本算不上什么，但等卓昊穿墙进去的时候，小姑娘正红着眼睛坐在床上发呆。

长得漂亮的小姑娘，哭起来也不一样，比整天围着自己的那群丫头好看多了！卓昊暗暗赞叹，走过去在椅子上坐下："罢了，说你丑是逗你玩呢。哭什么！女孩子就是麻烦。"

重紫看看椅子，长长的睫毛扇了两扇。

真是漂亮！卓昊兀自得意，远远靠着椅背端详她，心情也好起来，最终决定好声好气安慰她："乖，只要你肯听话，我便替你解了术法好不好？"

重紫再眨眨眼，忍不住露出一丝幸灾乐祸之色。

卓昊眼力敏锐，发现不对立即收起笑意，呆了半晌，倏地从椅子上跳起来，一面转身察看，一面咬牙切齿道："丑丫头，你……你……"

想到他屁股上的那只乌龟，重紫捂着肚子无声大笑。

卓昊气得笑出来，逼近她："信不信我再把你丢海里去？"

重紫笑出眼泪，大眼睛水汪汪的，往床角缩。

这丫头料定他不敢呢！卓昊无奈，冰台墨用法力清除不掉，叫人看见，被捉弄两次岂不丢脸到家！此地偏僻，暂时应该不会有人来，不如赶紧去换过再说，于是他转身摔门而去："既喜欢当哑巴，那就多当会儿，不许乱跑。"

目送他离去，重紫跳下床，走到窗前。

夜幕笼罩着青华宫，海风吹得树木飒飒作响，海浪拍击声很大，地面仿佛都在颤动。

重紫不笨，方才师父与卓宫主他们借口离开，肯定是魔尊万劫已经到那个什么龙之渊去救人了，不知道师父他们现在怎样。重紫担心得不得了，真恨不得出去找个人问问，可惜她什么都不会，乱跑的话，万一又像上次那样被风魔之类的捉住，只会给师父添麻烦，让他着急分神。

所以重紫最终还是乖乖地回到了床上。

海风，海浪，近了又远，远了又近，一声声扰得她心绪不宁。

门外居然来了人！

"你还要缠着我多久？"说话的是个年轻女人，语气冷冷的很不客气。

须臾，一个男人的声音响起，年纪应该也不老。

"待我破开结界，带你出去。"

声音低哑，却绝对好听，有点熟悉，又好像很陌生，略显虚弱，且透着许多疲倦，带着种催人入眠的魔力，或者是，什么都已无所谓，不在意。

时候还早，寿筵应未结束，其余知情人都去龙之渊对付魔尊了，谁会跑到这儿来？

重紫心生警觉，连忙踮起脚尖，挪到窗边偷看。

这一看，她险些惊呼出声。

第十章·回生之吻

想象不到的美丽。

美丽的暗红色，醒目，惊心，如同一件厚厚的斗篷，又如同奔涌倾泻的瀑布，在风中荡漾起伏，好像有了生命一般。

不是斗篷，也不是瀑布，是头发！

那么长那么美的头发，竟然是暗红色的！

没有如愿看到面容，重紫丝毫不觉失望。她简直不能相信。曾经以为，师父的长发已经是天底下最好看的了，直到今日她才发现，世上竟然还有人拥有更加特别的长发，丝毫不比师父的逊色。

头发不仅长，还很多，并没有束起，而是随意地披散下来，几乎拖到地上，顺直光滑，闪着点点光泽，衬着黑色长衣，分外华美妖异。

重紫托腮，看得发呆。

对面还站着个紫衣女子，也长得很美，然而有了前面那人作陪衬，也就显得平常了，要说这女子身上有什么地方能令重紫记住的，就是那双眼睛。

一双冰冷的眼睛，带着无尽厌恶之色。

她冷冷道："要救我容易得很，你为何不去死？"

没有回答。

啪的一声，她抬手就是一巴掌。

那人一动不动，受了，声音里终于透出明显的虚弱："方才接了洛音凡一剑，灵力难以凝集，待我破开结界就走，耽搁不得。"

她"哼"了声，不耐烦地说："快点。"

原来真是个男的，这女人明明待他不好，他为什么还要救……重紫猛然回神，大惊失色，他是特意来救这女的，还受了师父一剑，难道他就是……

远处传来喧哗声，似有许多人朝这边赶来。

重紫犹在震惊中，未及反应，忽然一股巨大的力量迎面而来，瞬间，她整个人被拉出窗外，紧接着胸口如受重击，身体似乎在被什么东西疯狂地撕扯。

无声惨呼，重紫直直飞出栏杆，向海面跌落。

好痛！要死了吗？

眼前景物逐渐模糊，头顶黑云逐渐化作一片空白，剧痛感正在缓缓消失，身体变得越来越轻，非但没有下坠，反而在往上飘……

死了的话，是不是就能见到爹娘了？

那些多年不曾记起的小时候的场景，此刻竟变得格外清晰：娘轻轻哼着小曲哄她入睡，爹爹总是抱着她说"我们家重子多乖"。可是后来他们忽然都死了，只剩她一个，流落街头当小叫花，受人欺负，她已经记不清他们的模样了。

重紫茫然，任意识逐渐流失。

冥冥中，视线尽头出现强烈的亮光，吸引着她朝那里飘去……

"重儿！"有人在唤她。

是师父！师父来了！

重紫努力留住最后一丝神志，费力地张张嘴，想要叫，却什么也叫不出来。

爹娘死了，她每次回想起就很伤心，现在她若是死了，师父也会伤心吧。这世上还有师父待她好，她不要死，她要陪着师父！

她挣扎着想要回转身，可是身体却不听使唤，仍旧朝着那亮光处飞去。

正在着急万分之时，轻飘飘的身体陡然间变得沉重无比，再也飘不动，好像被一只无形的大手抓着，直直往下坠，落入舒适的熟悉的怀抱。

白光消失，眼前一片黑暗。

知觉恢复，全身只剩火辣辣的痛，如受千刀万剐。

一道清凉的气息自口中度入，在全身流动，仿佛正在源源不断地注入力量，疼痛感逐渐减轻，周围的东西也随之变得真实起来。

更真实的，是唇上的触感。

洛音凡亦没料到会发生这场变故，布下圈套引魔尊万劫前去救人，本不欲伤他性命,谁知他不顾安危硬接一剑,带着宫可然奋力逃出了龙之渊。卓耀等人立即漫山搜寻,同时命青华宫所有弟子严加戒备,守住宫门。谁也没想到他会逃去海楼,更没想到他还有余力冲破结界,最没想到的是,海楼竟然只有重紫一个人,倘若卓昊在,报信不过是弹指间的事。

幸亏洛音凡事先在她身上作了法,察觉出事立即赶来,却见她已魂魄离体,险些归去鬼门,情急之下想也不想便低头,不惜耗损真神,一口金仙之气度去,这才暂时摄回她的魂魄,夺回了她的命。

事情就是这么巧,仙门修得大罗金仙之位的,至今唯有洛音凡一个,若非他来得及时,若非来的恰好是他,此刻重紫早已返魂无术了。

迫于情势,且小徒弟只是个孩童而已,洛音凡本身心无杂念,当然顾不上计较什么逾礼。众人也知道他是在救人,且有师徒这层关系在,自然不当回事,都很紧张关切,唯独卓云姬望着二人发呆。

怀中小人儿痛苦地呻吟出声。

洛音凡暗道侥幸,抬起脸。

众人跟着松了口气,半是佩服半是气愤。

"幸亏尊者及时赶来。"

"如此狠毒,竟连小孩子也不放过!"

"又让他跑了!"

是师父?重紫努力睁大眼,望着头顶俊美的脸,清清楚楚看到那眼波里的焦急与内疚,师父在担心她。

"重儿?"轻唤。

重紫想要说话,无奈胸口剧痛无比,只得皱了小脸,强忍着不呻吟出声。

洛音凡摇头,这孩子,受伤这么重,还怕他着急。

一名弟子匆匆赶来,将一个金瓶给了卓耀,卓耀连忙上前:"贵派的九转金丹一向灵验,快些让她服下。"

洛音凡并不推辞,道了声谢,接过喂重紫吃了两粒。

这几粒珍贵的九转金丹本是南华派送来的贺礼,凡人食之能起死回生。此番下手的人是魔尊万劫,万劫虽作恶多端,却有一点好处,就是很少散人魂魄,否则重紫此刻只怕早已消失于六界中,纵有金仙之气也救不回了,这也算他一点善念未泯,可他始终是魔尊,魔气太重,无意间就足以伤人。重紫魂魄刚归位,情况未明,九转金丹多少有续命之能,总比不用的好。

卓耀道："怎样？"

洛音凡将金瓶连同剩下的金丹递还："暂且无事，但她似乎魂魄受损，恐怕……"

旁边卓云姬忽然开口道："不妨，万劫本无意伤她魂魄，只是本身魔气太重难以避免，实乃无心之过，我这里有个药方正合用。"说完自药篮中取出纸笔，飞快写了几个字递给他，"这其中有一味药引红叶灵芝，恰好是南华山特有的仙草，尊者不妨快些带她回南华医治。"

洛音凡点头接过药方，转向卓耀："先行告辞，甚是失礼。"

卓耀忙道："尊者见外，此去南华尚有几天行程，不妨将剩下的这些金丹也带上。"

洛音凡看卓云姬。

卓云姬摇头："九转金丹并非续命良药，多了也是白用，不如留给急需之人。"

逐波似懂得主人的心思，飞至面前等待，洛音凡匆匆与众人作别，抱起重紫踏上剑身，人剑如银虹般划过长空，顷刻消失在天际。

卓耀忙着向赶来的不知情的一众宾客赔礼解释，又命青华宫几位仙尊与大弟子留下来合力修补结界，转身忽见卓昊垂首立于一旁，不由得厉声骂道："给我滚回去，面壁思过半年！"

不似来时的悠闲，逐波载着师徒二人在云中穿梭飞行，是连风也追不上的速度，片刻工夫已离开东海，行至千里之外。

重紫终于忍不住咳嗽，带动全身剧痛，低声呻吟。

洛音凡轻唤："重儿？"

大约是九转金丹起了作用，重紫力气稍有恢复，艰难出声："师父。"

面色青黑，嘴唇苍白，声音虚弱无力，就连那双淘气的大眼睛也已失去光彩，半开半闭，平日里的机灵模样全然不见。

自以为能护她周全，如今还是险些令她丢了性命。

洛音凡内疚："疼吗？"

重紫迟疑了下，摇头。

这懂事的孩子，洛音凡微觉心疼："先别说话，回到南华，为师就能治好你了。"

重紫眨眼想要点头，忽然小脸紧皱，露出痛苦之色。

知道她伤势发作，洛音凡不假思索，当即低头，一口仙气再次度过去。

清凉的气息源源不断流入体内，火辣辣的疼痛骤然减轻。

重紫缓过来，发呆。

在青华宫他第一次给她度气，那时她元神出窍，尚未完全清醒，处于半昏迷状态，根本没来得及去想什么。

此刻的情况已经不同了，她是醒着的。

温软的唇，轻轻覆在她的唇上，除此之外没有别的动作，可是那种感觉很奇妙，仿佛失去很久的东西又找回来了，说不清道不明，真实，就是真实，真实得令人再也难以忘记。

一丝黑亮的长发垂在她脸上，随着她扑闪的睫毛而颤动。

没有变化，心依旧平静，只是有点醉，舒适得想要睡觉，重紫忍不住闭上眼睛，她并不懂得什么，只知道很喜欢这样的感觉，甚至可以忘记身上的伤痛。

"好了吗？"

温软的唇离开，所有感觉立即消失。

重紫回过神，居然升起一丝淡淡的失望，不解地望着他。

"还疼不疼？"

摇头。

洛音凡这才放心，催动逐波以最快的速度朝南华赶去。金仙之气固然能减轻她的痛苦，但总这样下去也不是办法，耗损他的真神无妨，万一途中生出变故就麻烦了。

他兀自急着赶路，却不知重紫也在着急。

走慢点，晚点回去，师父就可以多抱她一会儿呢！

她悄悄将脸埋在他怀里，贪心地想要记住这感觉，宁可永远这样，永远在他怀里，就是再痛些也没关系啊……

前面逐波载着师徒二人消失在云中，后面则有一个身影缓缓自云层下升起，凌空而立，暗红色长发与黑色长衣同时在风中起伏飞舞，生动，妖异。

他面朝二人离去的方向看了许久，忽然开口："当本座是瞎子吗？"

声音透着清冷的魅力，再无半丝疲倦，只有浓重的杀气。

左前方果然浮出一人。

黑色连帽斗篷，帽檐低得压住了大半张脸，只露出高挺的鼻子，薄而美的唇，还有线条优雅的尖下巴。

大约是不喜见光，他整个人几乎都裹在黑斗篷里，就像黑暗幽灵，唯有左手露在外面，食指上戴着一枚奇异的紫水晶戒指。

唇角勾起，他似乎是在微笑，声音和他的人一样奇特，阴沉带着死气："万劫君。"

说话间，手指上那枚紫水晶戒指闪着幽幽光泽，透出一种神秘的诱惑力，仿佛要把人吸进去。

万劫冷笑："摄魂术还不错，可惜控制我还差得远。"

他不理会嘲讽："都说洛音凡无情，对徒儿倒不错。万劫君追踪至此，莫非想要动手？"

万劫道："洛音凡与我何干，我来，是想确认一件事。"

他微微扬起下巴："哦？"

万劫却没再继续这话题："我与他动手，只怕正合了你的意。你跟我来，是想对付洛音凡，还是想要逆轮之剑？"

"万劫君以为呢？"戒指光芒又一闪。

"就凭你，拦不住我。"

"万劫君还是这么自负。"

万劫不再说什么，御风而去。

他没有追，依旧站在原地，右手手指探出斗篷，抚摸戒指。

周围的云忽然起了变化，好像被什么大力搅动，翻滚奔涌，形成一堵堵高墙，片刻间全变成了瑰丽的紫色。

漫天云彩鲜艳，一名女子自深处飞来，红粉飘带，紫色裙裾，淡紫色长发丝丝飞扬，晶莹白皙的肌肤就像初开的带露的花瓣，飘逸的姿态，美得如梦如幻。

更不可思议的是，她的身体柔软像纱缎，居然像蛇一般围着他的身体缠了一圈，最后轻盈地在他身边落下。

眼前景象千般幻化，他只是微勾唇角，转身隐去。

洛音凡带着重紫日夜赶路，途中倒也没出大事，顺利回到南华，虞度与闵云中事先已得信，将各色药物都准备好，陆续送上紫竹峰。

躺在熟悉的床上，重紫既高兴又惆怅，高兴的是回到了家，惆怅的是师父不会再抱着她给她度气了。

洛音凡不知她心中所想，站在桌旁低头看那些药材，回身见小徒弟睁着乌溜溜的大眼睛看自己，不由得询问："还疼？"

重紫摇头。

洛音凡暗暗叹息，走过去。

受这么重的伤，就算度气能减轻痛苦，多少也还是会感觉不舒服的，这孩子一路难受得几乎睡不着，却很少吵闹，因为怕他担心。

他俯下身，将那冰凉的小手放进被子里。

长发披垂下来，如瀑布般遮住光线，就像一面厚厚的小帐子。

重紫扯住一缕。

洛音凡好气又好笑，略带责备："不得顽皮。"

小徒弟没有像往常那样眨眼笑，只是轻声叫："师父。"

洛音凡愣了下，不动声色地缩回手，直起身。

门外走进来几个人，当先是虞度与闵云中，后面跟着慕玉。还有一名二十来岁的女弟子，长相尚好，穿得却花花绿绿的，大概是头一次上紫竹峰的关系，尽管已经表现得很克制，眼里仍是藏不住的喜悦。

虞度先到床前安慰重紫几句，又转向洛音凡："没事便好，药都齐了，只是那红叶灵芝当年险些绝根，如今才几年，尚未长出来。"

红叶灵芝只生在南华山通天门下石崖间，当时魔尊逆轮率魔族攻上南华，一场恶战，天昏地暗，南华山受损极重，尤其是通天门一带，红叶灵芝几乎尽毁。

洛音凡看向床上的重紫。

虞度暗暗叹息，若非万劫从不伤人魂魄，事情早已解决了，这小女娃魂飞魄散，对仙界来说绝对是件好事，至少不用这么悬心。

洛音凡寻思片刻，问："当年南华曾将红叶灵芝当作贺礼送出去，师兄可记得？"

虞度想了想道："昆仑有一株，游方真人求过两株……"

"罢了，跑来跑去也来不及，"闵云中忽然打断他，吩咐慕玉，"我房中千草图上有一株，去取来。"

慕玉答应，匆匆离去。

洛音凡松了口气，语气总算带了丝感激："多谢师叔。"

闵云中冷冷道："就是救活，将来也要少给南华添麻烦才好，记住你的保证，两百年。"

洛音凡微微皱眉。

"想不到师叔收藏了一株。"虞度忙笑着岔开话题，转向旁边那名穿得花花绿绿的女弟子，"既然药齐了，就让真珠拿去炼吧。"

洛音凡难得想起来，问那女弟子："叫什么名字？"

女弟子受宠若惊："南华第三百六十六代弟子燕真珠，见过尊者。"

"三百六十六代。"洛音凡轻念一遍，"你可愿意暂留重华宫几日，替我照看你重紫师叔？"

此话一出，别人还未怎样，床上的重紫就先垮了脸。

尊者居然亲口挽留，燕真珠两眼发直。

虞度咳嗽道："真珠？"

燕真珠回神，点头如啄米："愿意愿意，弟子愿意。"

自己向来不会照顾小孩子，且日常事务多，难免有不周之处，洛音凡担心的原就是这个，闻言放心："如此，就辛苦你，重华宫房间多，你选一间住就是。"

燕真珠只管点头。

重紫彻底垮下脸了。

慕玉很快取来灵芝，虞度再嘱咐两句，与闵云中离开。

仙骨未得，凡胎肉体哪里受得了万劫的魔气，这回重紫受伤着实严重，足足半年才见明显好转，又调养了半年，总算恢复了元气。其间燕真珠照顾得十分尽心，重紫也很喜欢她，私下总不顾辈分叫她姐姐。当然，感激之余，重紫更多的是郁闷，有燕真珠在，洛音凡就再没抱过她，她也再不能像往常那样赖着洛音凡了。

"虫子，伤你的真是魔尊万劫？"

"是啊。"

"你真没看清他的模样？"

相处这么久，重紫早已发现，这个姐姐严肃正经的表面下，其实也有一颗八卦的心，闻言眼珠一转，悄声道："骗他们的，其实我看到了。"

"真的？他什么样子？"

"他啊……长得很好看，比师父还好看。"

燕真珠一双杏眼立时睁大了："真的？"

重紫笑嘻嘻道："骗你的，谁叫你总问我。"天底下，别说有比师父好看的，就是有个和他一模一样的，也很不可思议了。

燕真珠去拧她的脸："敢哄我！"

重紫求饶，回想道："他真的很好看啊，虽然我没看见他的脸，可是他的头发很好看，是红的。"

燕真珠愕然："原来传说是真的。"她渐渐安静下来，摇头，喃喃道，"怎么可能变成那样……"

重紫也在奇怪："那个女的明明对他很不好，他为什么还要去救她？"

燕真珠叹道："是宫可然宫仙子。万劫为了她，不仅自己屡次冒险，还让手下也跟着做傻事，万劫魔宫因此而散。为救一个女人置手下于不顾，谁愿意跟着这样荒唐的魔尊呢！所以等到魔尊九幽现世，于虚天中开辟九幽魔宫，群魔有了新的容身之处，便纷纷背弃他，奔九幽魔宫去了。万劫也并不在意，独自将万劫之地迁往别处。"

重紫还是不明白："宫仙子对他那么坏，他应该不管她啊。"

燕真珠道："世间最奈何不得最伤人者，无非'情爱'二字，万劫喜欢宫仙子，他虽然法力高强，却始终成不了气候，就是过不了这情关的缘故。"

重紫道："情关？"

燕真珠笑得古怪："你还小，不懂的。"

重紫推她。

燕真珠道："等再过几年，你长大些就明白了。对谁有情，就不会计较他是好还是坏，他高兴，你会跟着高兴，他不高兴，你也会难过，他有危险，你拼了命也会去救他，可是他却未必会同样待你，若是他果真待你也如此，那便是天底下最幸运的事了。"

重紫托腮："就像我和师父。"

燕真珠扑哧笑出声："对对，哈哈，就是……有点不一样，两个人互相有情，是可以成亲的。"

十三岁的重紫头一次弄清这其中关键，"啊"了声，脸通红。

其实重紫的伤早已好了，但作为第一个留在重华宫当差的弟子，燕真珠幸福得不得了，哪里肯早早离去，重紫因为感激，也不好主动提起。这一磨，还真的又磨了大半年，直到有一日洛音凡亲自确认重紫完全康复，谢了燕真珠一粒清心丹，她才依依不舍走了，还不忘嘱咐重紫有事再叫她上来。

送走燕真珠，重紫飞快地往大殿跑。

洛音凡负手立于案前，看灵鹤整理信件。

天底下似乎没有任何事，能让那张俊美的脸改变神情，它永远那么安详平静。雪一般的衣裳，墨一般的长发，丝毫不觉突兀，就像一幅飘逸的水墨画，柔和超然。

重紫很想像以前一样冲上去抱住他撒娇，可是不知为何，站在门口，远远望着那熟悉的身影，竟怎么也挪不动脚步，不自在，而且很紧张。

洛音凡早已发现她："重儿？"

以前没少被她淘气捉弄，灵鹤瞅她一眼，踱到书案另一边去了。

重紫晃晃脑袋，好容易恢复常态，飞快跑过去："师父。"

"找为师何事？"

"我来陪师父。"

小徒弟伤好第一件事就是来伺候自己，洛音凡微觉感动："你的伤才好，不用过来，回房歇息吧。"

重紫不肯："很早就好了。"

洛音凡只得由她。

自此，重紫更加坚定修仙骨陪伴师父的决心，日夜刻苦参习，两年之后居然小有成就，洗筋易骨，脱去凡胎，得了半仙之体，成长速度开始放慢。洛音凡得知此事，并无多少喜色，只夜夜对月叹息，心中五味杂陈。

唯一正常的是，师徒变得更像师徒了。

自从伤好，重紫就再也没有机会缠着师父抱，如今已是十五岁的女孩子，更不可能那样，有关那个怀抱的记忆，似乎已经变成了一个久远的梦，藏在心里最柔软最温暖的地方。

十五岁，机灵可爱的小女娃长成少女，身材拔高，却始终不如闻灵之她们丰腴，别有种轻盈的味道，飘飘然如羽毛。众弟子看她的眼光开始由喜欢变为倾慕，前后献殷勤的不少，可惜重紫一心陪伴师父，丝毫没有留意这些。她关心的，是三个月后南华派又要广收新弟子，而在此之前，与她一同拜入南华的上届弟子都要面临一次重大考验，按照门规，每个弟子都要参加。

闻灵之见到她反倒一脸笑容，只不过大有看笑话的意思——被重华尊者收作徒弟的时候多风光，到头来却连御剑都不会。

洛音凡对此事绝口不提，似乎并没有想过这个不会术法的徒弟将要面临的窘境。

直到比试前三日，重紫垂头丧气地去六合殿找慕玉，忽见许多女弟子嬉笑而过。

"秦师兄下山了！"

第十一章·星璨

远远的，一群女弟子们叽叽喳喳，簇拥着一道陌生颀长的身影。

重紫兴冲冲跑过去，在人群外招手唤他："秦珂……师兄！"

五年，十三四岁的小公子已经变作十八九岁的青年，脸部轮廓更有型，鬓发如墨，长眉如刀，鼻梁挺直，寒星般的眸子里隐隐有傲气深藏，依稀可见少年时的模样。由于年龄的缘故，他没再穿紫衣，而是与其他弟子一样穿着白衣，站在女弟子们中间，就像被五颜六色的花瓣拥着的高高的花蕊，风采远胜当年。

不变的，是言行间透出的老成。

双眉微锁，俊脸上仍是一派镇定自若的神情，面对周围女弟子们的纠缠追问，他偶尔答两句，眼睛看闻灵之的时候明显多一些。

这也难怪，闻灵之已经十七岁，玲珑美丽，善于应对，是南华女弟子中极出色的。秦珂在玉晨峰修炼五年，根本不知下面发生的事，当初对她只有个大概印象，哪里还记得她与重紫的恩怨，本着外貌上的好感，加上知道是闵云中的弟子，更加客气有礼。

确认是他，重紫欢喜不已，见他没听见，又大声叫："秦师兄！秦师兄！"

他终于听到声音，抬脸朝这边看。

女弟子们也跟着安静下来。

重紫名义上是洛音凡的徒弟，地位却并没有因此提高多少，上下都知道她不会术法，本能地认为这徒弟太丢重华尊者的脸，更加轻视。好在重紫也不计较这些，日子一久，女弟子们渐渐熟悉她的性情，态度才开始好转。可毕竟闻灵之在虞度与闵云中跟前说得上话，有她帮衬，许多事办起来就容易得多；而重紫在洛音凡跟前却很少提要求，因为知道虞度和闵云中不喜欢自己，不愿再给师父添麻烦。女弟子们素日被闻灵之挟制惯了，背地里虽不讨厌重紫，但此刻当着闻灵之的面，竟没有一个上来作礼问候的。

闻灵之的脸色不那么好看，挑衅地看着她。

本想过来跟他打个招呼，哪知会闹出这么大动静，重紫顿觉尴尬，不自在地笑了下："秦师兄？"

那双眼睛难得一亮，可惜只有一刹那而已，重紫还没来得及再开口，他就礼貌地朝她点点头，转脸继续与闻灵之说话。

也难怪他没认出来，当年又瘦又黄的乞丐小女娃，转眼变成了亭亭美少女，瓜子脸，弯月眉，清丽出众，无论谁看到都不会轻易忘记。不过秦珂自小生活在富贵之家，见识太多，何况他也并非那种把心思全放外貌上的人，只当是个小辈女弟子来看热闹，哪想到是当年跟着自己的"丑丫头"呢。

闻灵之扬眉，嘴角弯起美丽的弧度，变作胜利的微笑。

他不记得自己了？重紫颇为泄气失望，见女弟子们围着他七嘴八舌问长问短，一时不好再说什么，只得怏怏地回紫竹峰去了。

写过信件让灵鹤送走，洛音凡终于发现为什么今日总感觉殿内空荡荡的，好像缺点什么，原来跟在身边伺候的小徒弟从早起就一直不见踪影。

明白缘故之后，他不免有点好笑。

往常独自在紫竹峰上修行几百年，从未觉得清静有什么不好，谁知自从收了个小徒弟，生活就变得丰富又热闹，倘若哪天她真的不在，或许还会不习惯。

熟悉的气息就在殿外，她在做什么？洛音凡不由自主地步出大殿，迎面便看见庭前四海水上一道白影。

就像小时候那样，她独自坐在石桥上，半伏着身子，看着桥下四海水出神。

五年时间，小徒弟长大了许多，可身体反而比小时候更加轻盈，白云浮动，掠过白衣，她整个人好像也成了一片飘飘的白云。

洛音凡不禁唤道："重儿？"

仿佛有感应，重紫同时也抬起脸，冲他一笑。

"这么大了，还坐在地上。"略带责备。

"没人看见的。"

紫竹峰除了师徒两个，几乎没有外人上来，重紫平日不用注重什么仪态，乐得自在。

洛音凡微觉歉疚，女孩子大了，应该喜欢热闹，如今天天留在这冷清的紫竹峰上陪着他，确实委屈。

"若无趣，就多出去与师姐妹们玩耍。"

"唔，去过了，没什么好玩的。"比起和闻灵之她们打交道，她宁可陪着师父。

洛音凡走到她身旁停住，半晌才皱眉问："有心事？"

重紫摇头："我在想，什么时候这些鱼才不会怕我。"

洛音凡一愣。

重紫笑得有点勉强："当年师父亲口允诺，待有一日水里的鱼不再怕我，便传我仙术，其实是在安慰我吧。"

这冰雪聪明的孩子，洛音凡无言以对。

重紫仰脸望着他。

那目光看得人心疼，洛音凡不再瞒她："世上之事向来难说，为师也并不确定。"

重紫道："师父以为会有那天？"

洛音凡没有回答，只是轻声叹了口气，挥手变出石凳，坐下，看着那双大眼睛，勉励道："重儿，有些事不能因为希望不大，就不去做，否则人人都冲着结果，那些看似不可思议之事又是谁做成的？南华祖师创派之初，何其艰辛，如今南华却位列仙门之首。当年魔尊逆轮一统魔妖两界，攻上南华，势不可当，但我们终究守住了通天门。所以重儿，只要心存善念，天生煞气又何妨，无论会不会有那天，只要你肯尽力去做，都是为师的好徒儿，你可明白？"

重紫垂下眼帘："师父不嫌我没用，丢你的脸？"

洛音凡岂会不知小徒弟的心思，半是教训半是安慰："别人怎么说，有什么要紧，万万不可学他们看重虚名。仙之所以是仙，是因为仙门弟子心怀苍生，用术法造福六界，魔亦有术法，他们却用来祸害人间，故为人憎恶。可见有没有术法不是最重要的，单有术法而无品行，仙与魔又有何区别？品行端正，纵然不会术法，也一样令人敬佩，为师当以你为荣。"

是啊，别人怎么看她有什么要紧，只要师父不嫌弃她就是了。

重紫终于释然，点头："师父教诲，重儿明白了。"

一身绝佳筋骨，因为偏见被耽误至此，成为仙门中唯———个不会术法的弟子，是对是错？纵得半仙之体，却连基本的防御能力都没有，险些命丧万劫手中。

洛音凡心里惋惜："重儿可觉得委屈，会不会怪师父？"

重紫顺势趴到他膝上："怎么会！其实我本来就不想学什么仙术，练剑多没趣，有师父在，谁能伤到我？只要师父不怪我没用，不赶我走。"

洛音凡默然。

那次是意外，今后他定然不会再让任何人伤到她。

四海水平如镜，清晰地映出师徒二人的倒影，白衣如雪，她偎依在他身旁，距离如此近，仿佛又回到了几年前。

那真的是师父？

薄唇勾出浅得难以分辨的弧度，在水中晕开，扩散，犹如星光落小河，沉淀着满河的温柔。

重紫没有抬脸，只是静静地看着水面，微笑。

比起云仙子，她何其幸运，可以时时陪着他，这样就好。

不知不觉间，夜帷已降，碧月当空，星光初现。殿前明珠映照，小徒弟仍一动不动伏在膝上，紧紧抱着他的手臂，迟迟不肯起身，仿佛睡着了一般，但显然她并没睡着。

仍是个孩子。

洛音凡低头看了半响，叹息，终是硬不起心肠推开，于是轻唤："重儿？"

重紫答应了声。

"起来。"

她哼了声，不肯。

洛音凡又好气又好笑："试剑会是南华历来的规矩，虽说上届弟子都要参与，但掌教知道你例外，到时你只要上去认输，就可以免去比试，不必在意他人眼光。"

重紫猛地抬脸，又惊又喜，有些责怪："原来师父早知道。"

小脸清丽可爱一如当年，此刻更是眼波微横，含薄嗔之色，竟凭空添了几分娇媚。往常朝夕相对，洛音凡倒从未留意，如今偶然发现这变化，顿时一愣，不动声色地推开她，站起身："上场时是要御剑的，你不是一直想学吗？为师这便教你御剑之术。"

往常看别的师姐师妹御剑而行，重紫总羡慕得不得了，只是知道他为难，不愿开口恳求，谁知他主动提出，重紫连日来的郁闷瞬间一扫而空。她直了身想要爬起，不料双腿蜷得久了，又酸又麻，遂苦着脸直哼哼。

洛音凡摇头，将她从地上拉起来。

手被握住的瞬间，心也仿佛被什么东西狠狠撞了下，重紫愕然。

多久没有拉过这只手了？温润，熟悉，当年他就是这样牵着她，在众目睽睽之下走上紫竹峰，那样的美好，一辈子也不会忘记。

多少次，她可以主动上去拉住他，明知他绝不会责怪，可事实是，她不敢。至于什么缘故，她自己也不清楚，不清楚为什么在最亲近的师父面前，还不如对着慕玉来得自在，至少她现在还能抱着慕玉的手臂撒娇。

只知道，她的心再也回不到从前。

现在他再一次拉起她的手，带来的只是一种奇特的感觉，幸福，幸福得想要落泪，这变化让她惆怅，害怕，又有一丝期待。

然而，那手很快松开了。

"先随为师去库中选一件法器。"

眨眼间，身上的尘土已经消失得干干净净，重紫回过神，垂眸看了眼空空的手，悄悄缩入袖中，捏紧，想要留住什么似的。

金碧辉煌的房间，其中摆满了各色物件。数十柄剑高悬半空，有的闪亮耀眼，光华流动，有的古拙黯淡，灵气暗藏，一看便非凡品。另外还有许多别的法器，如长短杖、拂尘、缚妖绫、困仙索、项圈……甚至还有只长颈花瓶。

可是记忆里，这间房原本是空无一物的，重紫惊讶，心道怪不得重华宫空空的，原来是师父作法将东西都藏起来了。

洛音凡道："你仔细看看，选一件喜欢的。"

在南华五年，重紫就算没学仙术，多少也还是懂得点，剑仙有别于咒仙，都佩有随身法器。洛音凡用一柄逐波，虞度有六合神剑，闵云中那柄宝塔一样的剑名叫浮屠节，行玄专司天机处，所用法器便是一卷天机册。另外慕玉等弟子也都有剑，但也有不用的，少数弟子选的就是环索一类的法器。

重紫先看剑，左手取过一柄，右手又取过另一柄，爱不释手："师父说，我是选剑还是选别的啊？"

"我们南华是剑仙门，对敌通常用剑，是因为剑有锋刃，易于攻击，但也未必非用它不可。"说话之间，洛音凡轻抬右手，那只长颈花瓶立即飞至掌中，"凡趁手之物皆可作法器，一块木头、一卷书，用得久了，自会与主人心意相通，只不过好的法器先天就带灵气，对敌防御可收到事半功倍的效果。"

花瓶重新落回原位，他告诫道："法器一旦选定，就不可轻易抛弃，否则恐怕终生也再难寻得称手之物了。"

重紫"哈"了声："我听真珠姐姐说过，选法器就像男人娶妻，女人嫁夫，定要选好。"

洛音凡噎住，半晌轻斥："不得胡说。"

重紫一件件看过去，取了又放，放了又取，不时拿眼睛瞟他身上的逐波。

房间共藏有五十六件法器，皆是洛音凡几百年来搜集的神物，有的是别人赠送，有的是他行走四方时搜集的，无一不是上品。通灵的法器也会择主，感受到重紫身上的灵气，都争相发出嗡鸣声，有几件甚至已经跃跃欲起。

重紫看得眼花，加上她心思原不在这上头，发现无一件能比逐波，泄气之下索性全丢开，回到洛音凡身边："师父替我选一件吧。"

仙门弟子断无叫别人帮忙选法器的道理，洛音凡却没有拒绝，抬眸在众多法器里扫视一圈，忽然伸手，一件东西自左边墙上飞来，落到他掌中。

那是根银色的短杖，在众多法器中并不怎么起眼。

杖身长不过三尺，两指粗细，杖头呈天然淡紫色，恰好被炼成星状，银杖托紫星，天衣无缝，整根短杖都散发着柔和而内敛的光泽，小巧美丽。

"为师两百年前路过昆仑，得天降玄铁一块，暗藏灵气，本欲铸剑，谁知此铁奇异，极难锻化，最终只炼成法杖，你可喜欢？"

重紫喜得点头，求道："师父再给它起个名字吧。"

洛音凡闻言，抬眼看看门外长空，又低头看她："星光不比月明，却从不以本身微弱为羞，依然普照人间，泽被苍生，为师只盼你今后不要妄自菲薄，心怀众生，与那天上星辰一般，此杖便名为星璨。"

碧月竹影，星汉迢迢。

星光洒进门内，沾上雪白衣袍，融进了眼波，深深的眸子映出无数期冀之色，仿佛漆黑的夜空，宽广无际，包容万物。

重紫看得痴了。

洛音凡却留意到，星璨的光芒更加明亮，已急着想挣脱他的手，一时倍感欣慰。

此类神物都极通灵性，会自行择主，通常是看资质，就像好马只会供勇将驾驭一样，否则跟着个无能的主人岂能甘心！其中有一类更奇特，它们天然带正气，通常不会认心念邪恶之人为主，纵然勉力使用，威力也必会大打折扣。星璨正是如此，此铁得自九天之上，正气内敛，既然选定她，可知小徒弟心地纯良，不枉这几年谨慎教导。

洛音凡将星璨递给她，语重心长："星璨无锋，不若剑善于攻击，但防守绰绰有余，为师舍剑而取它，皆因你天生煞气，希望你少锋芒，多克制，不去争强好胜，更不可伤害他人。"

长睫垂下，重紫低头："我明白。"

洛音凡点头，半晌才道："也要用它好好保护自己。"

轻轻一句话，重紫倏地抬起脸，大眼睛光彩动人："知道了。"

日出月落，晨风轻拂。

星璨杖身不那么光滑，正好易于执掌，拿在手里丝毫不觉沉重，轻巧无比。

重紫捧着看了许久，轻轻松手。

星璨没有摔落，而是缓缓下沉，停在离地面一尺处。重紫小心翼翼踏上去，它仿佛懂得她的心思，带着她徐徐升起，十分平稳。

自洛音凡传授过要领，重紫这两日都在紫竹峰上练习，再没出去玩过，想到今日天亮试剑会就要举行，夜里她翻来覆去总也睡不着，索性爬起来悄悄琢磨。

虽然不去争什么输赢，但出场漂亮点，总能给师父长脸的，师父教的每一件本领，她都要学得出色才对。

重紫筋骨本佳，悟性极高，加上经常跟着御剑出行，掌握平衡方面更不怎么吃力，而且说也奇怪，星璨的脾气如外表一般柔顺，丝毫不难驾驭，短短两日工夫，她已经能随意御杖飞行了。

洛音凡得知后只是点了下头，除此之外再没表示什么。

是她学得不够好吧？想当初青华宫卓昊故意显露的御剑之术，疾如闪电，收势又轻巧自如，重紫到此时才知晓其中高明之处。

重紫反复练了几百次，仍难达到那样的效果，因此总是闷闷不乐，却哪里知道，她自己认为的"不好"，在别人看来已经很不可思议了，寻常弟子至少要两三天才能勉强御剑腾空呢。

风过云动，竹涛声起。

响过昨日，响过今日，宛如一曲岁月之歌。

忽然想起当初，他从守山狻猊口中救下她，抱着她飞过竹梢……心念一动，重紫御剑上行，陡然冲向长空，在云中画了个大大的圈，又折身下落，白衣带动云气，漫山紫竹在脚底起伏，整个紫竹峰景色几乎一览无余，重华宫每一片屋顶都带着前所未有的亲切感。

风中，一只"白燕"在茫茫竹海间穿梭，身姿灵动，

洛音凡负手立于峰顶岩石上，一动不动，静静看着这一幕。

从她悄悄出门练习的时候起，他就已经在观察了，小徒弟天资过人，他早就清

楚，所以在试剑会前三日才开始传授，果然不出意料，短短三日她就能独立御剑飞行。看她现在的样子，似乎还不甚满足，努力试着想要控制剑势，然而收放自如，务必要与剑心意相通，这绝非一朝一夕能做到的。小徒弟初学，过于性急，且丝毫不懂其他仙术，无人在旁边保护的话，恐怕会出事。

果然，"白燕"变着花样盘旋几周，猛地身形一滞，自半空摔落下来。

说来就来，洛音凡叹气。

被那怀抱接住，重紫并不觉得意外，离开它几乎整整三年，却依旧如此令她留恋。

洛音凡抱着她落在殿门前，放开，正色教训："为师如何嘱咐你的？初学者最忌讳的便是'急功近利'四个字，你总不肯听，今日若非为师事先察觉，岂不要出事！"

重紫咬唇傻笑，没有说摔下星璨是因为看见师父，一时心神恍惚。

见她这般模样，洛音凡只当她没听进去，语气严厉起来："吃过教训，今后定要记住，贸然求进，到头来必会害了你自己。"

重紫忽然道："师父担心我吗？"

洛音凡愣了下，淡淡道："天底下岂有师父不担心徒弟的？你是重华宫唯一的弟子，断不可令为师失望。"

重紫"哦"了声，失望地垂首。

洛音凡抬眸看天色，转身进殿："试剑会快开始了，你且回房准备，稍后随我过去。"

第十二章·试剑会

仙风习习，略带凉意，旭日悄然隐没入云中，天色渐阴，反而衬得场面更加庄重。

六合殿本已位于南华主峰顶，谁知今日后面又显出一座从未见过的山峰来，祥云缠绕，形成峰上有峰的奇观。一座巨型石台高高矗立于新生峰顶，那便是数万年来从未现形开启过的赫赫有名的通天门，通天门下是无底飞升崖，直通黄泉鬼界。崖下层云翻滚，白茫茫一片，极其壮观，不愧是仙门大会比试场地。

崖边陆续聚集了数千弟子，都在谈论即将到来的比试。

五年一度试剑会，上届所有入门弟子必须参加，看看新弟子们五年来进境如何，这固然是会上一大重点，但此刻所有人最关注的并不是这个。

试剑会不只是新弟子们的考场，也是争夺首座弟子之位的竞技场。

南华首座的地位与权力只在掌教与众仙尊之下，谁不向往？试剑会恰好给了所有弟子一个公平竞争的机会，凡南华弟子，无论辈分年龄，有心上场，都能经过提名比试，然后从中决出一名优胜者，由他挑战现任首座，如若成功，便是南华新任首座弟子了。

慕玉已经连任三届。

这次试剑会还未开始，所有人都已经在期待最后的首座之争，还在暗地里评出了几位热门人选，甚至有弟子不顾门规私下赌起来，赌注无非是仙丹仙草，毒一点儿的就是几年修行。掌教虞度也很体谅下面弟子们的激动心情，每到试剑会就格外宽容些，睁只眼闭只眼。

仙钟响过，洪亮悠长。

无数仙鹤灵鸟循声而至，在云上盘旋几圈，纷纷往飞升崖间松枝影里落下。再有数十灵狐白虎奔来，远离人群各自找岩石蹲好，看样子竟也早有准备，想要凑热闹。

一片白云自峰底冉冉升起，朝这边飞来，伴有金光道道，瑞气千条。

四人立于云端，当先是虞度与闵云中，身后秦珂与闻灵之分立两侧。

虞度今日换了紫色法袍，头顶三清洞玄冠，脚踏九星步云履，腰间青色丝带系着六合神剑，剑上佩着南华祖师传下来的标志掌教身份的五色剑穗。闵云中仍是日常朴素衣袍，只不过手中浮屠节也已挂上了标志督教身份的黑色剑穗。

云头往通天门高台之上降落，慕玉带着几名大弟子早已等在那里，台下数千弟子同时向掌教作礼，虞度抬手示意，随即与闵云中分别坐定。

不多时，行玄也带着徒弟来了，三人开始闲聊，无非是互相称赞对方弟子，暗里却在较劲，尤其是闵云中与虞度。唯有行玄无精打采摸着白胡子叹气，天机处职责专司天机，本就不长于术法，他与徒弟几乎就是来走过场的。

三位长辈说话，秦珂退后与慕玉作礼："几年不见，慕师叔想必修为更进了。"

慕玉微笑："平日事多，哪有时间修炼。师侄天资过人，得掌教亲授，短短几年就修成半仙之体，想必术法亦有小成，有望新任首座之位。"

秦珂忙道："不敢。"

闻灵之走过来，抿嘴推他道："好啊，要不我们都去试试，也好见识见识慕师兄的身手，就怕我学得不好，还请师兄手下留情。"

秦珂、慕玉二人尚未答话，那边闵云中就开口斥道："争首座你还差得远，休要不自量力。"

闻灵之脸一红，神色颇为不服，嘴里笑道："师父还当真了，弟子说着玩呢。"

闵云中其实也在担心，慕玉是自己门下第一个得意弟子，连任三届首座，这回应该不成问题，只是新来的秦珂筋骨奇佳，短短五年就修成半仙之体，看虞度神情不比往年，不可大意，倘若这回慕玉败在一个新入门的晚辈身上，自己未免挂不住老脸。

想到这里，他转脸问慕玉："你那破剑还在用？"

慕玉笑道："师父知道的，用了这么久，还算趁手。"

身为剑仙弟子，慕玉却有个不可思议的怪癖，那就是不喜欢用法器。想当初闵云中故意摆了多少稀世之剑与他挑选，偏偏他只随手取了柄寻常的精钢剑，差点把闵云中气个半死。后来的事恰恰应了那句"剑如其人"，长相平凡，剑也平凡得要命，偏偏深藏不露，第一次参加试剑会就夺了首座弟子之位。

然而好的法器无论是应敌还是在其他方面，终究会占便宜，闵云中没少劝他，既然天生不喜法器，要做到与那破精钢剑心意相通也不可能，不如趁早另换一柄好的，总比用一柄破剑来得强。谁知慕玉在这事上出奇的固执，总借故推托，为此没少受责骂。有句话是兔子固执起来老虎也奈何不得，最终闵云中让步。

　　闵云中此刻提起，无非是担心他应战时在法器上吃亏，闻言知道说他不过，鼻子里轻哼了声："秦小子的剑呢？"

　　秦珂回道："师父所赐，不敢随意动用，现在房里未曾带来。"

　　闵云中斜斜瞟他："既是掌教赐的，想来必非凡品，何不取来看看？"

　　秦珂亦不推辞，抬手，刹那间一道蓝影飞快自峰下蹿出，划过长空，如同云中走蓝虹，缥缈却不乏气势。

　　蓝莹莹的长剑最终落到他手上，映着俊美偏冷的脸，相得益彰。

　　众弟子见状都呆住了，唯独慕玉一笑。

　　闵云中愣了片刻，似笑非笑地看着虞度，话却是对秦珂说的："连八荒剑都舍得传你，足见掌教栽培之心，你可莫要令他失望。"

　　虞度笑道："师叔门下能者辈出，又有慕玉这样的得意徒弟，我自然着急，对这关门徒儿好些也是应该的。"言语间有几分自得之色。

　　秦珂恭敬道："秦珂不敢忘记师父教诲和师祖爱护之心。"

　　话说得巧，闵云中听得抽了下嘴角，其实他对秦珂印象原就很好，想当初要不是因为那小女娃，这孩子早已拜在自己门下了。

　　喜欢归喜欢，风头还得留给自己的徒弟出，秦珂才学五年，照理说慕玉要胜他也不成问题，只是如今虞度连八荒神剑都传了他，自己徒弟岂不吃亏？

　　他重新转向慕玉："我这做师父的比不得掌教，没给你件好法器，到时为师这浮屠节且借你　用。"

　　慕玉婉拒："弟子已有剑，怎好用师父的？"

　　闵云中正欲发作，忽然远处又有云朵飞来。

　　五彩祥云，昭示着来人无极金仙之位，一袭白衣万年不变，正如他脸上淡漠的表情，手中逐波挂着标志护教身份的银穗。

　　他身后右侧站着名少女。

　　被身前之人的光芒掩盖，少女的身影显得小而淡，那张脸有别于其他女孩子的美丽，和她的人一样，美得有点轻飘飘的味道。此刻她眼帘低垂，神情收敛，右手握着支小巧的银色短杖。

师父如画，女徒弟如诗，形影之别，却绝美无匹，恰到好处，连同二人身上散发出来的气质都那么和谐。

直待洛音凡归座，众弟子才回过神，面露恭敬之色，有的甚至垂眸不敢多看。

唯独秦珂长眉微蹙，愣愣地看着那名少女。前日匆匆一瞥，不知不觉已留下印象，此刻见到焉能不意外！想不到跟在重华尊者身边的人就是她，难道……

或许，紫竹峰又收了弟子？

玉晨峰修炼五年，他丝毫不知底下发生的事，哪知今日见到的竟不是当初的丑丫头，而是另一个美丽少女，一时只暗暗揣测，却不好开口询问。

旁边闻灵之握紧手中剑，秀眉皱起，刹那间又舒展开，低声道："重华尊者到了，试剑会就要开始，这台上太显眼，你必定不喜欢，既然有慕师兄照管，不如我们下去看吧。"

这话正合秦珂的意，他点点头，率先朝台下走。

且说重紫在洛音凡身边站了会儿，见他和虞度说话，索性也远远退开，打算找慕玉问问几时轮到自己上场，忽然听得底下人群中有人在叫自己，忙转脸去看。

"虫子！虫子！"

原来燕真珠也来了，正朝这边挥手招呼。她嗓门极大，这一叫，别人还好，不远处被女弟子们包围的秦珂猛地抬眸，再次看过来。

重紫倒没留意，飞快跑下台："真珠姐姐！"

燕真珠去年刚成亲，重紫还曾去贺喜的，一年下来，她整个人看上去比以前美丽丰腴了许多，眉眼间处处洋溢着光彩。

重紫由衷道："真珠姐姐越来越好看了呢。"

"亏你记得叫姐姐，这么久不去我那里走走。"

"我是想找你，就怕打扰你和姐夫。"

燕真珠毫不在乎："怕什么，他人很好的。"

燕真珠的夫婿是慕玉的徒孙辈，听说很是宠溺她。重紫看着面前幸福的脸，似乎明白了她越来越漂亮的缘故，忍不住恍惚了一下。

她兀自走神，燕真珠却注意到了旁边走来的秦珂与闻灵之，上前作礼："见过闻师叔祖、秦师叔。"

闻灵之往日听重紫叫师叔是格外畅快的，可如今与秦珂并提，自己竟成了师叔祖，一张俏脸顿时变作青白之色，半晌才淡淡地教训道："重紫虽比你年小，到底是重华尊者亲传弟子，论起来是你的师叔，怎能造次？姐姐妹妹，没大没小乱了辈分，叫人听见成何体统！"

这话明里是指责燕真珠，暗里却是在说重紫。燕真珠本就不喜欢闻灵之，闻言待要顶嘴，重紫忙拉了她一下："师叔教训的是。"

碍于秦珂在，闻灵之不好再说什么。

重紫拉着燕真珠要走。

"重紫？"一个略显低沉的声音响起。

重紫连忙回身看。

闻灵之身边的白衣青年正毫不客气地打量她，神情和当年在云桥上一模一样。

四目相对，看清那双熟悉的闪闪的大眼睛，他才终于确认了什么似的，冷冷的眸子里闪过一丝笑意。

想不到他还记得自己，此刻到底认出来了，重紫很高兴："是我，秦师兄。"

他却只挑了下眉，转脸与闻灵之说话，不再理她了。

闻灵之脸色立即好转，唇边弯出浅浅的弧度。

明知道闻灵之为难自己，别人纵容她倒罢了，连他也故意这样。重紫顿时气得不得了，拉起燕真珠就走。

"……试剑会乃是南华二代祖师所立的规矩，为的是考较新入门弟子的学艺进境，同时也将选出新任首座弟子。祖师遗训：会上所有南华弟子各凭本事力争，无须保留，更不必顾忌身份，但同门师兄弟之间终归和气为上，点到即止，不可伤及性命……"空旷清晰的声音在山崖间回响，余音阵阵。

虞度训话完毕，归座。

此时台上除了虞度与三位仙尊，慕玉亦陪坐旁边观战。这就怪不得人人都要争当首座了，能在上面有一席之地，不是普通的风光。

一名大弟子上前公布比试名单。

先是新弟子们的比试，几场下来，果然各显神通，新弟子们都将这五年来学过的术法展示得淋漓尽致。

重紫看不懂那些术法，拉着燕真珠要她解说。

"虫子，听说是掌教不让你学的？"

"我天生煞气，学了不好。"

燕真珠看了她半晌，忍不住叹气："我认识你这么久，从没见你有什么煞气，其实你比他们好多了。尊者也是，当真不教你半点儿，别人都怎么说你呢……"

重紫忙打断她："嘴巴长在别人身上，他们要说，就让他们说去，反正我不想学什么术法，有师父在，谁能伤到我啊？"

燕真珠摇头："你傻，你难道永远跟着尊者？"

"我就永远侍奉师父。"

"当真小孩子，你不嫁人还好说，要是将来有师娘了呢？"

重紫笑得不太自然："将来再说。"

幸好燕真珠又自言自语："其实这件事我们连想都不敢想，常背地里说，尊者那样的人，要怎样美怎样好的仙子才配得上他，怕是永不会娶了。"

重紫忙拉她："你们说什么呢，居然私下议论我师父。"

燕真珠笑道："他们说的，我可没说。"

重紫望望台上那熟悉亲切的身影，心头隐隐泛起一丝喜悦，连卓云姬那样的仙子都够不上他，何况别人！师徒两个可以永远在紫竹峰相伴了吗？

她兀自出神，周围女弟子们忽然全都安静下来。

燕真珠忍不住道："快看，秦师叔！"

轮到秦珂了？重紫连忙抬眸望去。

八荒剑光芒闪烁，带着人自崖边飞出，恍若白日飞升，疾如闪电，又骤然止住，稳稳当当立于飞升崖云海之上，一连串动作自然得不带半分烟火味。

燕真珠赞道："行止自如，了无痕迹，好高明的御剑术！"

重紫努力练了这几天，总达不到那样的境界，见状羡慕不已。

对手是另一名晚辈弟子，二人互相作礼毕，各自退开三丈，气氛陡然变得严肃，人人都在期待，这位初下玉晨峰的掌教关门弟子将怎样崭露头角。

场中迟迟没有动静。

那名弟子到底沉不住气，打算先动手："师叔赐教。"

秦珂微微颔首，陡然背转身去，脚底八荒剑瞬间消失，无影无踪，快得来不及看清楚。

阴空之下，云层缓缓破开一道大大的口子，天光流泻，隐约有天塌之势。

四周气氛变得奇怪，所有人都开始不安，似乎有了某种预感，偏偏又不愿去相信，极度的压抑与烦躁，几乎令人喘不过气，重紫忍不住抓紧了燕真珠的手。

片刻工夫，却显得格外漫长。

就在众人即将忍耐不住的时候，长空光芒一闪，一道蓝影自云中直直坠下！

辉煌夺目，恍若九天星垂，方圆数十丈都被蓝光笼罩，纵然炎炎烈日雷电劈空，竟都不及面前这一幕，气势之壮，实难形容。

只不过，那些身在光芒笼罩之下的弟子，谁也没有半点振奋，反而浑身发冷，满脸的不可置信，满心的震惊。

剑挑星落，落星杀！

先发制人不稀奇，但当着掌教的面，在众目睽睽之下使出杀招，这是谁也没料到的！

更没料到的是，一个入门才五年的新弟子，居然能将寻常杀招使到这种地步！

对面那名弟子明显是吓呆了，准备好的招式都已忘记，哪里还顾得上闪避！何况这等境界的杀招，不仅他闪避不了，就连旁人想要拦阻，怕也来不及。

众人变色，纷纷惊呼，有的甚至站在那里发傻。

虞度也动容，倏地从座上站起："珂儿！"

杀气尽收，光华尽敛，头顶天色陡然暗淡下来，众人只觉眼前一黑，那种感受，就像眨眼之间白天变作了晚上。

凉风阵阵，崖下白云浮荡，白衣青年翩翩立于八荒剑之上，背对众人。

比试的两个人依然站在原位，好像根本没有动过手，倒是其余弟子捏了满手心的冷汗，都感觉像是做了场梦，梦醒来，什么也没变，周围一切照旧。

那样可怕的剑势，竟然被他轻巧地收住。

"承让。"他转回身，神态自若。

仅此一招，已定胜负，那名弟子心服口服，道了声"惭愧"，御剑退至崖上。

一阵惊叹声爆发出来，寂静的气氛被打破，崖前人声鼎沸，无非都是赞叹之辞，尤其是新弟子们，一脸佩服与羡慕。

台上，闵云中侧脸看虞度，皮笑肉不笑："掌教的好徒弟。"

行玄也笑道："我早说这孩子资质不错。"

虞度原本又惊又怒，哪料到是徒儿带来的意外惊喜，顿时大大地松了口气，心里禁不住得意，微笑着坐回椅子上："小孩子年轻气盛，爱出风头，叫师叔师弟看笑话。"

闵云中轻哼，不语。

高台底下，燕真珠连连叹道："去势如此迅猛，收势犹有余力。唉！寻常落星杀，我上山这么多年，还没见过哪个弟子能练至这般境地！"

重紫忙问："慕师叔也不能吗？"

燕真珠摇头："他老人家倒从未使过这招，是以我也不知。"

重紫若有所思，始终觉得方才所见招式很眼熟，半晌回想起来："原来叫落星杀，我曾见师父用它对付过风魔！"

燕真珠道："那本来就是尊者最有名的杀招，秦师叔此番可比得上？"

重紫想了想，摇头。

秦珂出招固然高明，相比之下，可以说毫不逊色，气势足以压倒对方，可是师父的落星杀，始终多了点什么东西在里头。当年匆匆一见，却记忆犹新，漫天剑光，唯余一背影，没有方才的压抑与不安，那是种奇怪的决绝与无情，纵然是死在剑下的人，也绝不会生出半点儿恨意。

燕真珠并不意外："秦师叔才练五年，到这地步已经难得，怎能与尊者比？"

周围弟子们称赞声不绝，唯独秦珂神情与平日无异，仍立于飞升崖云层上，迟迟不下来，正在众弟子奇怪时，他忽然躬身，远远朝高台作了一礼。

"重华尊者法力无边，修为高深，晚辈敬仰已久，但晚辈也常听说，尊者最有名的，其实并非极天之术，而是南华最寻常的一招落星杀。晚辈愚见，能将寻常杀招使至化境，方是修行中集大成者。可惜晚辈往日无缘亲见，未能一饱眼福，如今厚颜卖弄，斗胆求尊者指点一二。"

气势壮极，出招之后还能留有收势余力，可见这招他已经练至化境。在场数千弟子不约而同静下来，目不转睛望着台上那人，都盼着听他如何评点。

峰顶一片沉寂，鸦雀无声。

那身影端坐高台，纹丝不动，宛如白玉雕像。

虞度一来顾及徒儿颜面，二来也想听他评点，主动道："珂儿既有心，师弟且看在我的面上，指点他两句吧。"

洛音凡难得开口，语气平静听不出褒贬："短短五年，能将落星杀使到这般境界，收发自如，已是难得。"

秦珂松了口气，待要说话，忽然又听他淡淡道："然则落星杀名为杀招，其中却暗含'不得已'三字。你的招式固然已至化境，可惜只得其势，不得其神，须知仙术本不是为杀而创，而是为救，这一招更非用于比试。"

这番话说得奇怪，明明是一式杀招，如何与"救"扯上关系？既然承认他练至化境，又说不得其神，未免矛盾。

众人低头思索。

秦珂愣了半日，忽然面露惭色，恭敬地作礼："不得已而杀，秦珂今后必定谨记，多谢尊者。"

洛音凡点点头。

秦珂再不多言，御剑退下。

无论如何，这番表现他是出尽了风头，回到人群中便立刻被女孩子们包围。闻灵之忍了喜悦，揶揄道："你这么厉害，叫我们怎么敢上去？"

秦珂道："师叔过奖。"

闻灵之面色微变，勉强笑道："说过多少次，别叫什么师叔，你比我还大呢。"

重紫在旁边听得好笑又生气，方才还教训燕真珠没大没小，转眼就不必叫师叔了。

秦珂道："怎敢乱了辈分？"

闻灵之越发气恼，踏上宝剑："轮到我了，我先上去。"

她生得美丽，就算穿着仙门寻常宽大白衣，也难掩盖玲珑有致的身材，在师兄弟之间周旋，娇艳的脸更是无往不利的武器，一上场就吸引了许多视线。

"闻师叔术法出众，必定要赢。"

"这是自然。"

重紫总受她欺负刁难，要说不介意那是假的。重紫轻哼，斜眸瞟瞟半空中得意的闻灵之，心道，叫你输才好呢。

重紫没兴趣看这场比试，东张西望，忽见重华宫那只灵鹤单腿立于不远处的岩石上，小脑袋歪来歪去，正往这边瞅，于是她悄悄地钻过人群，转到岩石背面往上爬，想要去抱它。

一只手将她从石头上拉下来。

"要上去就御剑，到处乱爬，成何体统？"

"秦师兄？"重紫惊讶，继而想起他之前的态度，没好气，"不去看闻师叔比试，过来做什么？"

秦珂丢开她："这么快就得了半仙之体，不错嘛！"

对别人都那么客气，偏偏总这么贬她！重紫微恼："师兄是在夸自己吧。"

秦珂转身便走，丢下一句："丑丫头。"

不知为何，自从三年前青华宫做客之后，重紫就开始讨厌被人骂丑，闻言气得冲他背影叫："你才丑，丑小子！"

秦珂顿住脚步，回身。

忘记辈分辱骂师兄，重紫立即住口。

他眼睛里暗藏许多笑意，看着她，不紧不慢道："丑丫头，给我仔细点。"

重紫正听得莫名，忽听得周围一片赞扬声，回头看比试场上，却是闻灵之胜了。重紫顿时更加泄气，闷闷地往燕真珠那边走。

"重紫不丑，他逗你的。"一个温和的声音传来，"再过两场便轮到你与他比试，别乱跑。"

重紫一愣，抬脸。

高台上，慕玉正朝这边微笑。

第十三章·风波又起

听说是和秦珂比试，重紫反而放了心，至少比遇见闻灵之好，于是她悄悄溜回燕真珠身旁坐下。

燕真珠早已发现，转脸问："跑哪儿去了？过两场就是你。"

重紫看看白云浮荡不见底的悬崖："这底下真的通黄泉鬼界？"

燕真珠道："设了结界的，否则那些野鬼就可以上来了。冥界是轮回之所，阎王向来置身事外，不管仙魔两界的事，他们力量薄弱。但那道鬼门乃是天赐奇关，仙与魔都进不去，除非死了，然而死灵一进鬼门便法力全失，只能投胎转世。当年魔尊逆轮收服妖界后，进攻冥界，想要一统三界，最终还是作罢。"

重紫点头道："这样好，无论人仙魔，唯有死是最公正的。仙门中人虽能跳出轮回，但至今仙界并无一例真正长生不死的，历代祖师法力最高强的也难逃劫难，死，只是早晚的事。"

燕真珠笑道："照你说，仙凡没有区别，我们还修仙做什么？"

重紫摇头，脸上竟是一派认真严肃之色："仙凡之别，在于仙本就是为守护六界而生，而凡人不是，所以仙修的，其实是大爱之心。仙比凡人强，比凡人活得久，是因为他们肩负重任，随时会为守护六界而死。"

燕真珠听得目瞪口呆，半晌笑骂道："这么小，满口的大道理！"

重紫脸一红："我也这么问过师父，是师父说的。"

燕真珠道："又来了，尊者的每句话你都记得清楚。"

重紫尴尬，低头笑。

说话之间，又一场比试结束。

即将轮到自己，重紫有点紧张，摸摸手中星璨，暗暗祈祷："星璨星璨，虽说你跟我不久，可既是师父亲手挑了你给我，我今后只会喜欢你，珍惜你，永不弃你，上场时咱们一定要长脸，叫他们不敢笑话，别出丑才好。"

星璨闪闪，似乎听懂了她的意思，动了一下。

重紫正在奇怪，旁边燕真珠推她："快，轮到你了。"

原来前面那场比试因为实力悬殊，结束得很快，接着就该轮到她与秦珂了。此时秦珂早已御剑等在飞升崖上空，长眉微蹙，神情不改，先前的张扬之态收敛得一干二净，恢复了素日的老成，反而更显魅力。

身为掌教关门弟子，适当的时候给师父长脸立威，一次就已足够。

经过先前比试，一招落星杀惊艳全场，众弟子都已对他生出尊重敬服之心，掌教弟子毕竟不同凡响，再无人敢小瞧。然而此刻与他对敌的，却是什么也不会的重紫，最强与最弱的对决，结果明摆在眼前，简直无须猜测。重紫平日里总被闻灵之和一干女弟子嘲笑欺负，不过，重紫言行虽不如闻灵之八面玲珑，可从来不惹是生非，她脾气好，长得也讨人喜欢，久而久之，众人态度由轻视变成怜爱，想到她不会御剑，此番碍于规矩，难免要出丑，都替她捏了把汗。

闻灵之只管侧身与旁边师兄弟们说话，眼睛并没朝这边看，那嘴角却已经高高扬起。

燕真珠见状轻哼一声，方才谈话中，她已经知道重紫学过御剑，担心道："有没有把握上去？要不然我替你说一声，别去了。"

重紫捧着星璨站起身，忐忑地朝高台上望。

那双眼睛也远远地看着她，四目相接，柔和的眼波仿佛带着一种奇异的魔力，有坦然，有安慰，有纵容，有鼓励，给人送来力量与勇气。

只一眼，躁动的心就平静如水。

方才的想法实在很多余，师父不嫌弃她，别人怎么看，重要吗？

重紫推开燕真珠的手，摇头："没事。"

双手果断松开，星璨听话地下落，在她脚前方停住，还动了动，似乎在让她宽心，邀请她快些。

重紫安然踏上杖身。

五年一度的试剑会，每个新弟子都要上场，绝不允许缺席，以免无人考查荒废修行，这是祖师立的规矩，为的是鞭策一干弟子，光大南华。只不过祖师爷没有料到，几万年后的南华，竟会出现一个只修仙灵不修仙术的弟子，否则想必也不会将话说得这么满。

虞度看看洛音凡："我看不如免了……"

话未说完，忽有一道柔和的银光拔地而起，其速度之快令人咋舌，再定睛看，白衣少女已飘然立于飞升崖上，身后杖身拖起的闪闪的优美弧线才刚消失。

刹那间，四周变得出奇的安静。

眼帘低垂，白色长袖被风牵开，身体显得很单薄，确实不及闻灵之丰盈动人，可是那种空灵的味道，却是闻灵之绝对没有的。

一瞬间众弟子都看得发呆，有惊艳，更多的则是不可思议。

御剑讲究的就是快、稳、止三字，习得好的，攻击时便占尽优势，令对方措手不及。天赋高的弟子短短几年能将御剑术练到这境界，也不是不可能，比如秦珂，然而传说中什么都不会的少女也能使出来，就有些意外了。

莫非先前的传言有误？

不止弟子们在怀疑，高台上，闵云中与虞度、行玄三位仙尊面色也不太好，目光复杂，唯有慕玉看着她微笑。

闵云中看看洛音凡，似笑非笑："不愧是护教的徒弟。"

虞度皱了下眉，很快舒展："御剑之术而已，仙门弟子都该会才是，以免叫人笑话，师叔何须顾忌太多！"

闵云中不说什么了。

行玄也圆场："这女娃娃资质原就不错，几年练到这地步也不稀奇。"

洛音凡端坐在椅子上，面不改色，似乎没听见三人说话，唯有那双眼睛，遥遥望着场中小徒弟，目光里是满满的震惊。

没有人清楚内情，除了他。

三日，不过三日，她就能做到与星璨心神相通，这是寻常弟子十几年才能达到的境界！

悲哀还是怜悯，已经说不清楚。

拥有超群的天赋，对仙门弟子来说向来是无上的幸运，仅仅因为天生煞气，幸运就变成了不幸，此时倘若说出真相，必会让她受到更多猜忌。但凡天下师父，无不以收得资质过人的好徒弟为荣，唯独他洛音凡，只希望他的重儿能愚笨一些。

洛音凡终于忍不住在心底重重叹息。

周围气氛异常，重紫也很奇怪，她本来就对自己方才的发挥没把握，极度忐忑之下，眼睛不由自主地望向高台，寻求安慰。

他依旧纹丝不动地端坐在那里，可是那目光……

重紫心里咯噔一下，有点慌，她哪里知道其中有什么不妥，仔细回想之下还是疑惑，方才明明没出错漏，御剑讲究的不就是迅疾如电、行止自如吗？师父难道不满意？

被那双大眼睛里的不安刺痛，洛音凡一惊，后悔不已，到底是个孩子，一切并非她的过错，实在不该多想。

恢复镇定，他看着她微微颔首，以示嘉许。

重紫这才放心，喜不自胜。

对面秦珂业已回神，嘴角动了下："丑丫头，进境这么快。"

重紫终于记起自己是在比试，听出话中称赞的意思，更加高兴，正要开口认输，迎面蓝光骤起，照得她眼睛一痛，下意识眯起。

来不及反应，冰冷的力量已袭到，同时伴着他的声音——

"仔细接着。"

冷厉的气息如根根利锥，扎入肉体，顺着筋脉游走，全身血脉几乎都被冻结住，重紫只觉眼前一黑，痛得受不住，自星璨上跌落，直直飞出去。

燕真珠吓得惊呼："虫子！"

几乎是同时，虞度也大喝："不得胡来！"

众人骇然之际，一道白影已将坠落的人接在了怀里。

虽说冰摄之术不伤魂魄，可凡人肉身是万万经不起的，幸亏她有半仙之体相护，否则肉身定然毁了。

洛音凡飞快地替她解了术法，握住她的手强度些仙气过去，护住她的心神。

秦珂原以为她御剑术这么高明，必定学有所成，故有心一试，只用了两成法力，算准再差的弟子也避得开的，却万万想不到她半点儿术法都不会，见状大惊，匆匆上前察看："丑丫头！"话刚出口又发现失言，立即停住身形。

怀中人脸色惨白如纸，让洛音凡既惊且怒。

"有师父在，谁能伤到我？"

她如此信任他，依赖他，心里恐怕早已将他当作了亲人，几年来朝夕相对，他又岂会真无半点儿感情！亲口承诺保护她，却屡屡让她受伤，万劫那次是意外，这回不是，众目睽睽之下，他眼睁睁看着她被人所伤，而不及相救。

发现她魂魄尚且完好，洛音凡才略略宽心，随即又浮起前所未有的自责。

他轻声唤道："重儿。"

重紫仍有点恍惚，愣愣地望着他。

试剑会上发生这样的事，虞度与闵云中等也知道情况严重，赶过来询问，行玄上前仔细查看片刻，道："幸好出手不重，每日一粒血羽丹调养，半个月即可痊愈。"

虞度松了口气，沉下脸："珂儿，还不过来赔罪！"

秦珂本就记挂着重紫的伤，听行玄这么说，总算放心，垂首道："是弟子行事鲁莽，但凭尊者处置。"

洛音凡淡淡道："摩云洞领罚。"

此时受罚，必定影响到试剑会，闻灵之远远听着，急忙大声替他辩解："尊者明察，他其实并不知道……"

洛音凡双眉一皱，侧脸看她。

目光不似平日柔和，冷冷的，凭空多出一抹凌厉之色，看得人心里阵阵发凉。

这一眼，让在场所有弟子全都明白过来，原来心目中一直高高在上不食烟火的重华尊者也是护短的，他对这个"没用"的徒弟，绝非众人想象中的那样冷漠。

闻灵之噤声，不敢再说。

反倒是秦珂恢复镇定："晚辈知错，稍后便随督教去摩云洞领罚，还望尊者快些带她回去医治。"

洛音凡道："仙门术法，学来并非为了炫耀，更非争强好胜所用。"

秦珂并不辩解："晚辈谨记尊者教诲。"

终于又在他怀里，如此温柔的怀抱，还有方才那眼睛里闪过的明显的惊怒之色！重紫心中五味杂陈，欢喜、难过、不舍……外界发生什么事，她根本没有注意，甚至觉得肉体上的痛苦也算不得什么了，只是闭上眼，将脸贴在他胸前顺滑的黑发上。

以为她是难受，洛音凡转向虞度："我先带她回紫竹峰。"

虞度颔首："所幸未铸成大错，改日必让珂儿登门请罪。"

洛音凡不再说什么，抱着重紫转身，驾五彩祥云离去。

目送师徒二人远去，秦珂径直行至闵云中跟前，满脸惭愧："一时失手，险铸大错，求闵督教责罚。"

闵云中皮笑肉不笑："掌教的意思？"

虞度苦笑："按规矩便是。"

闻灵之赶过来求情："师父，论起来也不能全怪他，他并不知道重紫的事，所以失手，谁叫重紫……"

秦珂打断她："多谢师叔，伤人总是不该，秦珂甘愿领罚。"

闵云中本就对他印象很好，见他有担当，更加喜欢，板着脸衡量——既要顾全洛音凡那边，又要保全他继续参加试剑会，当着这么多弟子的面，须想个两全其美的法子方好。

旁边慕玉微微一笑："人间有句话叫不知者不罪，秦师侄固然有错，但也情有可原，试剑会当前，往常失手误伤同门的事也很多，罚是该罚，不必急于一时。"

闵云中闻言点头，正色道："此番理应重罚，念在你是无心，且试剑会尚未结束，待试剑会过后，再来摩云洞领罚。"说完转身回高台，丢下一句，"记得去你洛师叔那边赔罪。"

秦珂低头谢过，退下。

正如行玄所言，每日一丸血羽丹调养，重紫半个月便痊愈了，等她恢复元气要出去看时，试剑会早已结束。这回的首座弟子之争异常激烈，上场挑战的共有一百四十二名，秦珂连败数名弟子，不出所料输给了慕玉，算是皆大欢喜的结局，据说那也算是近百年来试剑会上最精彩的一战。

慕玉稳坐首座弟子之位，闵云中固然有面子，虞度也很满意。新弟子败给前辈没什么不光彩，慕玉入门二十年，秦珂才不过短短五年，能取得这样的成绩已经难得，堪称南华派后起之秀了。

试剑会刚过，众弟子热情尚未减退，一个重大消息骤然而至。

那些一心向万劫寻仇的人不知通过什么途径，又打听到宫可然的行踪，将躲在冰湖修炼的她拿住，送上昆仑，昆仑掌教玉虚子立即向仙门各派送信，青华宫、长生宫、蜀山派、茅山派等重要人物闻讯，纷纷赶去相助。

虞度、洛音凡接到信，立即与闵云中、行玄商量，逆轮之剑事关重大，须尽快夺回来进行净化，以免遗祸世人。玉虚子信中的意思当然还是请洛音凡亲临昆仑，毕竟万劫是魔界最强的魔尊，并非人人都能应付。商议之下，洛音凡决定自己先行出发，随后由秦珂带一干弟子赶过去接应。

彼时重紫已经伤好，洛音凡原无须挂心，谁知事到临头又犹豫起来。

自己一旦离开，紫竹峰便剩了小徒弟一个人，而小徒弟除了御剑，别的术法半点儿不会，虞度与闵云中弟子多，未免有不到之处，可巧行玄也要外出，真要出什么意外，叫谁来照应她？让她跟着自己去吧，万一又像上次在青华宫那样出事……

洛音凡忍不住苦笑。

清静几百年，无牵无挂，如今居然会为这种事伤神，莫非这就是常说的"天下父母心"？

　　原以为护她周全，放在身边不出意外，就是最好的结果，然而经过这次试剑会，洛音凡才发现，很多时候，事情远非自己想的那样，身为仙门弟子，没有术法是多么危险，倘若那日动手的不是秦珂，而是……结局实难想象。

　　亲手带大的徒弟，品行究竟如何，他洛音凡怎会不清楚！拥有惊人的天赋，却受到不公正对待，连身为师父的他也难免带有偏见，不是信不过，是赌不起，代价是南华，甚至天下苍生，逆轮浩劫至今仍是许多人的噩梦。

　　然而，一个孩子从小受尽欺凌，拜入仙门，到头来连自保的能力也没有，何其无辜！

　　她仍旧毫无怨言，一如既往地信任他。

　　这种信任，就连最无情的神仙也难免生出一丝感动。

　　悠悠岁月，寂寞的修仙生涯，洛音凡早已习惯对什么东西都看得轻了，包括自己的性命，所以养成一种无可无不可的淡然性子，眼里除了苍生，除了六界碑，从未有什么人什么事让他觉得特别重要。但如今这孩子跟着他，五年来的陪伴，她真心相待，让他觉得欠了份情，再加上身为师父未尽责任的内疚，他已经不能不顾及她的安危，甚至会不知不觉地为她的未来担忧。就像这回赴昆仑，往常说动身就动身，可眼下他仍在为如何开口告诉她、如何安顿她、如何嘱咐她而发愁。

　　长长衣摆曳地，洛音凡负手立于庭前四海水畔，身旁弥散的，不知是雾，是烟，还是云。

　　重紫出门就看见这样一幕，呆了半晌，才走过去轻唤："师父。"

　　洛音凡点点头，并未转脸看她。

　　"师父在想什么？"

　　"为师只是在想，这样做是不是错了？"

　　一如既往的平静语气，不像是询问，反像是叹息，里头隐隐包含了太多东西，惆怅，不安，还有歉意。

　　重紫刹那间明白了："师父说什么！我受伤那是意外，谁叫我当时只顾发呆呢，要是早说一步，也不至于这样。"她跳到石桥上，"何况我现在都全好了。"

　　这孩子，什么都知道！洛音凡摇头，终于侧脸看她："跳来跳去，总是个长不大的孩子。"

　　重紫垂眸笑。

　　她倒很愿意永远当个小孩子，像当初那样天天缠着师父不放，可现在，她只有受伤,才能换来他的怀抱与亲近。

长睫低垂,小徒弟分明是在笑,却隐隐叫人心酸,无奈眼前之事不能再拖。洛音凡移开视线,看着四海水沉吟片刻,还是决定告诉她:"宫仙子现被拿住,万劫必定会上昆仑,为师明日便要动身。"

重紫曾吃过大亏,当然记得万劫是谁,闻言震惊,忙道:"我也去!"

洛音凡摇头:"你留在南华。"

重紫急了,"我不,我要……"

洛音凡瞟她一眼,皱眉斥道:"不听为师的话吗?"

重紫不敢再说,垂首。

意识到说重了,洛音凡将语气放得柔软些:"此行危险,你不会术法,且留下来看守紫竹峰,若是无趣,就多出去找……真珠过几日也要去的,叫别的师姐师妹上来陪你吧。"

重紫闷闷地"哦"了声。

洛音凡待要再嘱咐,忽然又停下,轻挥广袖,眼前云气散尽,如镜的四海水上现出一幅画面。

秦珂在紫竹峰下作礼:"前日鲁莽行事,误伤师妹,晚辈甚是不安,已在闵督教处领过责罚,不知师妹伤势如何,特来与尊者和师妹赔罪。"

听说他受罚,重紫后悔不已。这半个月有师父照顾,竟然忘记问他的事,他误伤自己,肯定受罚不轻,"秦师兄他不是有心的,师父……"

这种时候还能替伤害过自己的人求情,洛音凡听得欣慰,隐去水中画面,颔首道:"这孩子悟性极高,品行端正,将来必有大成。他既诚心来看望你,你且出去见一见吧。"

师父就二十二岁的模样,有没有被别人叫过孩子?重紫歪了脑袋看他,迟迟不动。

洛音凡疑惑,好在他不是爱多问的人,嘱咐:"速去速回,为师还有事要你办。"

"知道了。"

目送他消失在殿门内,重紫更为方才的念头发笑,因怕秦珂久等,匆匆御杖至紫竹峰下,远远就看见一名白衣青年站在那里。

"秦师兄!"重紫招手。

秦珂上前两步又停住,蹙眉:"你的伤……"

"已经好了,"重紫在他面前落下,赧然道,"这事本来跟你无关,我不知道害你受了责罚,闵督教怎么罚你的,重不重?"

秦珂不答反问:"怎会这样?"

重紫莫名："啊？"

秦珂看着她的眼睛："真是我师父？"

重紫明白过来，垂首一笑："是我天生煞气，不适合修术法，其实就算掌教同意，我也不想学的，你尽管笑话我懒吧。"

秦珂沉默半晌，侧过身低骂："丑丫头！"

重紫正听得莫名，他忽然又开口道："懒就懒，其实不会术法也无妨，我看尊者他老人家很是护你，何况……还有我们在，怕什么？"

师父真的护着她，连他也这么以为？重紫暗暗高兴："我听师父说，师兄打败了那么多人，和慕师叔大战七十回合，第一次参加试剑会就能挑战首座弟子的，近百年来，慕师叔是第一个，你是第二个。"

秦珂摇头："传言而已，慕师叔远胜于我。"

重紫拿星璨敲他："师兄过谦。"

秦珂倒也面色不改："并非过谦，我用的八荒剑乃是柄上古神剑，远胜慕师叔的剑，先已在法器上占尽便宜，何况走到四十回合的时候，我就觉得吃力，一场下来，慕师叔却始终游刃有余，可见他的修为远在我之上，只怕还有心让了我几回。"

输得起赢得起，重紫反而更加佩服他，安慰道："不管怎么说，你比他晚入门十几年，能跟他打已经是难得了，连我师父都夸你。"

秦珂意外："果真？"

重紫认真道："方才他还说你悟性高，将来必有大成。"

秦珂难得一笑："那是尊者抬举，我原以为伤了你，他老人家必会生气。"

重紫道："你别胡说，我师父才没么容易生气，他就是看起来不爱理人，其实脾气比天机尊者还好呢。"

天下徒弟无不崇拜师父！秦珂抿嘴，又看了她两眼，转身就走："你没事就好，刚痊愈，回去多歇着，我改日再来看你。"

送走他，重紫也惦记着洛音凡的吩咐，急急忙忙御杖奔回重华宫，谁知大殿上空空的不见人影，正在她着急之际，耳畔传来熟悉的声音。

"为师在守山狻猊处，速速过来。"

第十四章·灵台印

头上翠叶密密层层，地下团团云气荡漾，如同弹扯的棉絮。洛音凡立于两丛紫色竹竿之间，旁边趴着只怪兽，正是守山狻猊。

重紫跑过去："师父。"

洛音凡侧回身，见状摇头："总是性急。"

重紫擦擦额头，傻笑："我怕师父等久了。"

洛音凡没说什么，旁边守山狻猊会意，立即站起身，乖乖地走到旁边蹲着，活像只小狗。

他抬起手，手上多了卷帛书："为师今日授你一卷灵台印，这是心法，仔细看着。"

重紫意外，连忙摇头："受伤是意外，我学这些又没用，何况师父知道我天生煞气……"

洛音凡明白她的顾虑："此乃极天之法中的上层防御术，上古天神所创，学了它，危急时也好用来自保或救人。为师只传你这一式，此番外出，你一个人留在紫竹峰上，凡事自己多留意。"

师父是在担心她呢！重紫暗喜，听到那句"救人"，没再反驳。

帛书缓缓上浮，在半空中展开，银光灿灿，上书十行金色小字。

重紫这几年跟着习过字，正努力想要看个清楚，眨眼间那些金色小字忽然活了一般，纷纷脱离书卷朝她飞来，一个接一个钻进了她的脑袋里，身体并无任何不适，只是心头一下子变得明朗，所有心法口诀都刻进了脑海般，熟悉无比，呼之欲出。

洛音凡收了帛书："为师先使一遍与你看。"

旁边守山狻猊闻言，立即自地上站起，精神抖擞，前爪伏地做出攻击状。上古神兽果然非同凡响，威风凛凛，杀气腾腾。

想到第一次差点被它误伤，重紫吐吐舌头，往洛音凡身后躲。

洛音凡安然立于原地，只是身上开始散发出柔和的银光，将二人罩住，随着杀气越来越浓烈，这光逐渐变得明亮。

就在狻猊咆哮着朝二人扑来时，银光刹那间暴涨数倍，分外刺眼。

洛音凡不慌不忙抬手，猛地变为掌，隔空虚拍。

如同被什么击中，狻猊呜咽着翻滚出去，撞上几丈外的一丛紫竹才停住，半晌爬回来，委屈地伏在地上摇头。

这么厉害！重紫惊喜，伸手摸它的脑袋以示安慰，同时想起来："那次我被风魔劫持，师父就是用它救我的。"

洛音凡道："灵台印，本是借对方之力反击，遇强则强，遇弱则弱，遇空则空，若对方无心下手，也就失去效用，是以通常不会误伤人，你且试一次看。"

重紫默默想着心法口诀，照样试了遍。

这回狻猊非但没被弹出去，反而高高昂着脑袋，不屑地冲她哼哼。

洛音凡没有意外，极天之术，本门规矩是得天仙之位方可修炼，小徒弟尚无根基，修习起来必定更加费力："为师不在的时候，记得多习练，待为师回来，会考查你的功课。"

重紫答应。

洛音凡走了几步，嘱咐道："须对方先动杀机，灵台印方能启用，虽说算不得伤人，但若非危急时刻，最好不用，更不能外传。"

"知道。"

"你留在这里，与狻猊练吧。"

见他要走，重紫连忙追上去："师父。"

洛音凡止步，回身看她。

重紫迟疑了一下，道："师父此番去昆仑，是想从魔尊万劫手上夺回魔剑吗？我记得师父说过，当年三千仙门弟子就是在护送魔剑途中惨死的，救我的那位大哥可能也在中间，我想知道缘故。"

此事曾轰动一时，洛音凡并不瞒她："十年前逆轮浩劫，魔尊逆轮率魔族攻上南华，我师父，也就是你的祖师，在此之前已遭暗算，修为大折，他老人家勉力支撑，险胜逆轮，仍伤重而亡。"

重紫道:"看来魔尊逆轮也没传说的那么厉害。"

洛音凡摇头:"逆轮是魔族有史以来第一位修成天魔的魔尊,他重辟魔宫,吞并妖界,最终攻上南华。他之所以会败,是因为在那一战前夕,他已将一半魔力封入了逆轮之剑。"

重紫惊讶:"他为什么要这么做,那不是自寻死路吗?"

洛音凡道:"逆轮乃天魔之身,那剑既有他一半魔力,便会自行寻找宿主,无论谁得到,都难免祸乱六界。"

重紫想想仍是不解:"可他要是保存魔力,胜了那一战,摧毁六界碑,六界就是魔的天下,哪里还用得着遗剑祸乱?"

洛音凡没有回答:"此剑魔气甚重,仙门无人修成镜心术,不能净化,因此派出三千弟子护送它去昆仑,冰封于昆仑山底,由昆仑教守护。直到三年后,西方佛门送来无方珠一粒,掌教与各派掌门商议决定,仍由当初那三千弟子去昆仑取剑,护送回南华,欲行净化,谁知中途出事,三千弟子一夜惨死,逆轮之剑被盗走。"

惨死的三千弟子里就有神仙大哥!重紫握拳道:"盗剑的是魔尊万劫?"

洛音凡道:"传言如此。不到一年,万劫就修为大增,成为魔尊,必是得了剑上魔力的缘故,但此事他始终未曾亲口承认,何况……"

他忽然打住,正色道:"重儿,成魔与不成魔,只在我们一念间,心无邪念,纵邪魔亦无可奈何。万劫这些年杀人如麻,姑且不论当初那三千人命,他都已经入了魔,理当受惩。而你,不忘恩人是好的,但也要记住,报恩没错,一心报仇却会令你心生偏执,那是心魔。"

听他这番话,重紫心中豁然开朗:"师父教诲,重儿明白。"

洛音凡点点头,转身便走。

"师父。"

"还有何事?"

"师父这次去昆仑,什么时候回来?"

"少则三月,多则半年。"

重紫沉默半晌,道:"魔尊万劫很厉害,师父……当心。"

洛音凡应了一声。

重紫喃喃道:"我真的不能跟师父去吗……"

长而浓密的睫毛颤动,可能是沾染了林间云气的缘故,看着有点湿,也就显得格外黑。

见她这模样，洛音凡叹息。

往常出行几乎都是师徒二人一起，极少分开，如今将她独自留下，也有一丝不舍。但雏鸟不能总躲在羽翼下生活，将来煞气净化，终归还是会从重华宫走出去，小徒弟这般依赖他，对她来说不是好事。

"用心修炼灵台印，切莫让为师担心。"他淡淡地丢下这句话，转身离去。

洁白广袖被风吹开，在紫黑色竹竿之间飘荡，终于消失。

重紫呆呆站在原处，一副要哭的样子。

第二日清晨，洛音凡果然启程赴昆仑，且不让她送。重紫站在紫竹峰顶望了半日，怏怏地回到竹林，与狻猊修习灵台印。话说这灵台印，不愧是极天之法中的上乘防御术，重紫天分再高，无半点儿根基，修习起来也困难得很，收效简直比蜗牛还慢。守山狻猊受了嘱咐，大概是平日里太寂寞的缘故，居然兴致勃勃地陪她练了近半个月，可惜进步仍是不大，虞度与闵云中也不来管她。

这日下午，重紫自狻猊处回来，刚走到门口，耳畔忽然响起燕真珠的声音，于是忙御杖至峰下，果然见燕真珠等在那里。

"总算下来了。"

"真珠姐姐，怎么最近都找不见你？"

燕真珠道："掌教派我去青华宫送信，才回来。不过明日一早，我与你姐夫又要跟随秦师叔他们赶去昆仑了，所以趁早来看看你。"

重紫越发郁闷，坐在石头上不说话。

燕真珠道："我知道，你是想去，对不对？"

重紫有气无力地说："师父让我留下。"

燕真珠道："尊者不过是怕你出事，这回掌教派出我们一百多个弟子呢，秦师叔带我们去，不如你也去吧，见识见识昆仑仙境，只要你跟着我们别乱跑，就不会有事。"

重紫两眼一亮，随即又暗下去："这……行吗？掌教不会答应的。"

燕真珠虽比重紫年长，却生性有些大大咧咧的，一时兴致，哪里记得权衡轻重，反替她出主意，"掌教几时管过你！何况他也不会上紫竹峰来看，你只要求一个人，他同意带你去就好。"

重紫当然知道她说的是谁，迟疑道："他不会答应的。"

燕真珠道："试试吧，他真不答应，就没办法了。"

贸然跟去，师父一定会生气，可她实在太想师父了，更加担心他。重紫最终还是决定拼着挨骂试一试，倏地站起身："走，我去找他。"

话音刚落，不远处就出现一名白衣青年，俊脸神色冷静，步伐从容稳健。

"来了来了，我先走。"燕真珠笑着推推她，然后上前一本正经地与秦珂见礼，随便闲话两句就找借口离开了。

待她走远，重紫跑过去："秦师兄早，秦师兄好。"

秦珂瞟她一眼，吐出两个字："不行。"

重紫无语："你知道我要说什么？"

摆出一脸讨好的模样，还能说什么，秦珂索性不答了。

重紫更无语，半晌仍开口央求："这么多人在，偷偷多带我一个不行吗？"

秦珂道："太险。"

重紫道："我只跟着你们，不乱跑，不会出事的。"

长眉微挑，秦珂不再理她，隔空召回八荒："我明日一早便启程，过来看看你，你别妄想，将来尊者怪罪下来，谁担当得起？"

见他要御剑走，重紫急了，拖着他的手臂不放："师兄，秦师兄，我就悄悄跟你们去看看，不会让师父发现我，好吧好吧？"

素日里慕玉已经习惯她这样，往往有求必应，秦珂却不吃这套，冷下脸："此事就算我答应也不行，慕师叔明早亲自送我们下山，你当混在中间他认不出来？休要再纠缠！"

重紫哪里肯放："我要去！"

秦珂不说话了，直接拉开她。

重紫又扯住他的袖子："你不是说过，有你们在，我不用怕的吗？"

秦珂被她缠不过，抽抽嘴角："罢了，此事是瞒不了的，我去与慕师叔商量下，他若不同意，我也没办法了。"

重紫喜得连连点头，放他离去。

日落西山，傍晚的集市虽然不再那么热闹，可两旁店铺尚未打烊，来往的行人也还不少，街道尽头，一大群人朝这边走来，手里腰间多数都佩有长剑。

当先是个装束华美的年轻公子，剑眉英气勃勃，步伐举止透着十分潇洒。

两个美丽的姑娘跟在他身旁，姑娘腰间也带着剑。

年轻公子停住脚步，转身与另一名年长弟子商量："我有些事，不如师兄先带他们去寻个客栈安顿，记得多叫两个人出去打探打探，恐怕附近有九幽魔宫的人。"

那弟子含笑答应，也不追问。

两名姑娘望望四周，嗔道："这种地方的客栈，怎么住人！"

年轻公子哄道："出门在外，将就些，你们先随任师兄去客栈，我要买两件东西，稍后就来。"

正说话间，旁边店铺里走出来两个姑娘。

一位年纪稍长，二十几岁，容貌尚好，里头穿的大红衣裳，外面罩着件紫黑色披风，手里拿着柄长剑；另一位则是十五六岁的少女，穿着寻常宽大白袍，体态远不如前面那女子丰腴，小手上握着支美丽的银色短杖。

年轻公子留神看了几眼，似确认了什么，高声招呼："那边莫不是南华的燕姐姐？"

二女果然站住，侧脸望过来，看清是他，年长的那位忙笑道："卓少宫主，这么巧！"

原来这两名女子正是燕真珠与重紫。

当日重紫一心要去昆仑见洛音凡，央秦珂帮忙向慕玉求情，慕玉听说后果然没有反对，只是嘱咐路上小心，不要乱跑，第二日早起更亲自掩饰护送她下山。南华弟子本来就多，且重紫很少下紫竹峰走动，纵然有弟子留意到，也无人敢擅闯重华宫确认，因此都没发现她混出去了。

离开南华已整整两日，秦珂带着众弟子御剑赶往昆仑，行程匆忙，这日见天色已晚，于是就地找了两家客栈住下，打算歇息一夜，早起再上路。燕真珠因想着买东西，拉重紫出来作陪，哪知遇上了熟人。

燕真珠想起来："虫子，这是青华宫卓少宫主，你当年也去过青华宫，可曾认识？"

年轻公子听得一愣，随即微眯了眼："虫子？那个漂亮小丫头？"

重紫早已认出他，暗叫糟糕。

果然，年轻公子饶有兴味地打量她半晌，双眉高高挑起，嘴角笑意越来越浓。

对上那双不怀好意的眼睛，重紫头皮发麻，眼前之人，不是当初青华宫捉弄她叫她"小娘子"的少年是谁！

她连忙移开视线，东张西望，再拉拉燕真珠，低声说："不早了，快些走吧，再不回去，秦师兄会着急的。"

燕真珠哪里明白她的用意，犹自提醒："你忘了？当初你随尊者去青华宫贺寿，还受了重伤呢，这位便是卓宫主的爱子，你不认得？"

年轻公子假意作礼："小师妹，卓昊有礼。"

重紫懒得理他:"你们慢慢说,我先回去了。"说完也不管燕真珠,埋头转身就走。

"哎,虫子,你……"燕真珠莫名其妙,跺跺脚,抱歉地冲卓昊笑了下,待要追上去,却被卓昊伸手拉住。

卓昊笑得如沐春风,指着旁边弟子介绍:"燕姐姐,这是我们青华宫的任师兄,你们先说话,我随小师妹过去走一趟,正好拜谒贵派几位师兄。"

重紫听得脸黑,脚底溜得更快了。

当年随洛音凡去青华宫贺寿,她画了那只大乌龟害他当众出丑,临走前又留了只给他,照此人的脾气,怎肯轻易罢休,看方才那神色,定是存心要捉弄她了。

周围行人还多,卓昊到底顾及风度没有冲上来,只是加快脚步,口里笑道:"我又不吃人,小师妹跑这么快做什么,且等我一等。"

身后脚步声越来越近,重紫慌得小跑,看准客栈便一头钻进去,径直往秦珂的房间逃,"秦师兄!秦师兄!"

"看你往哪里躲!"周围无人,卓昊终于一声轻哼,闪身拦在她面前,边说边伸手去捏她的脸,"女大十八变,一别三年,小娘子生得越发美了,怎么见了为夫就跑?"

重紫偏了脸躲开,气得狠狠去踩他的脚。

被她踩中,卓昊并无半点儿痛苦之色,反而大笑:"还没学术法?来,为夫先教你一招……"

话音未落,前面房间门吱呀开了,一名白衣公子长身立于门内,神色冷静,声音也冷得恰到好处:"何事吵闹?"

重紫如见救星,趁卓昊发愣之际,飞快奔过去:"秦师兄,这人奇怪得很,总跟着我!"

秦珂不动声色地将她挡在身后。

卓昊看看他,又看着他身后的重紫,笑意逐渐收起。

沉默。

秦珂打量他片刻,先开口道:"阁下莫非来自青华宫?"

身为青华少宫主,卓昊自小见识了各种大场面,很快镇定下来,作礼:"青华宫卓昊有礼。"

顿了顿,他又看着秦珂手上的八荒剑,爽朗一笑:"常听家父说,南华祖师所传两柄绝世名剑,一名六合,一名八荒,我看师兄手上拿的,像极了八荒神剑,莫不就是虞掌教座下爱徒秦师兄?上回家父大寿,虞掌教专程送来九转金丹,他老人家很是喜欢,常嘱咐我说,将来见到众位师兄,定要代他老人家谢过。"

这番话讲得巧妙，暗里点明自己身份不说，又客气地给了对方面子。

秦珂看看重紫，忽然也展颜："正是秦珂，早闻卓少宫主大名。"

卓昊这会儿反倒目不斜视，笑若春花："前日家父接到昆仑玉虚掌教的信，先行赶去，我与师兄师弟们如今奉命前往助阵，路过此地，遇见小师妹，觉得有些眼熟，所以跟过来看看。秦师兄想必也是奉命赶往昆仑，若不见外，正好同行，遇事也有个照应。"

重紫连忙拉秦珂的手臂，示意他推托。

秦珂却似没有察觉一般，含笑点头："青华南华素来交好，原该如此，不知贵派下榻何处？"

卓昊道："我看不远处有家客栈，想来他们是要去那里。"

秦珂颔首："那更好。"

仙门出动捉拿万劫，意在夺回魔剑，九幽魔宫必定已得到消息，只怕一路上有监视埋伏，虽说周围各城也有仙门弟子镇守，随时接应，魔族该不会大肆出动，但小圈套少不了。一行人中唯有重紫不会术法，真动起手，恐顾不上她，若青华南华两派合作一处，力量大大增强，也不必担心出意外了。

秦珂不动声色，侧身让道："今日巧遇卓师兄，三生有幸，里边请。"

接着他又吩咐重紫："我与卓师兄商议些事，你先回房歇息。"

这分明是助她脱身的意思，重紫闻言如获大赦，答应着溜了。

第二日上路，果然两派同行，秦珂、卓昊，还有南华青华几名身份相当的大弟子御剑走在前面。两派一向交好，来往甚密，许多弟子原就是互相认得的，纵有不认得的，此刻你一言我一语，也很快熟络起来。众人都懒得细数师门辈分，同辈的称师兄师姐，不同辈的也哥哥姐姐乱叫一通，一路交谈甚欢。

重紫有心跟燕真珠落在后头，二人正说话，忽有人影闪过，停在重紫身边，重紫定睛一看，原来是卓昊从前面退下来了。

安陵剑闪着金黄色的古雅的光，他翩翩立于剑上，冲重紫欠身，笑得风流倜傥："小师妹累不累，不如我带你一程？"

重紫马上垮了脸，装没听见。

燕真珠是过来人，岂会看不出他的把戏，瞪他："卓少宫主真好心，当众献殷勤，你们青华宫花花草草还少吗？"她边说边指身后那群青华女弟子，"这么多眼睛盯着，还不知道打翻了几坛子醋，可别害我们小师妹受欺负。"

卓昊笑道:"燕姐姐莫要冤枉我,她们是我妹妹。"

燕真珠半点儿不让:"听说卓少宫主从小就喜欢四处认妹妹,如今又想来骗谁?"

想起他当初自夸妹妹多的话,重紫极力忍笑。

卓昊面不改色:"燕姐姐,你有所不知,在我卓昊眼里,小师妹怎能与别人相提并论?她可是……"

生怕他说出"小娘子",重紫慌得打断他:"你别胡说,谁是你什么!"

卓昊莫名道:"小师妹乃是重华尊者爱徒,不对吗?"

燕真珠"嘎"了声,捂嘴笑。

重紫满面通红,无言。

燕真珠看出端倪:"卓少宫主果真一番好意,就让他带你一程呗。"

重紫自顾自往前冲:"谁要他带?"

刚跑出不远,卓昊就追上来与她并肩,低声笑道:"短短三年就能将御剑术练到这地步,小娘子好生厉害,只是跑这么久怕你累了,让为夫带你吧。"

重紫甩不掉他,气得拿脚踢:"谁是你娘子!"

卓昊躲开,顺势去揽她的腰:"既会御杖,怎不会术法?过来为夫让你打……"

话未说完,一只手已将重紫拉开。

重紫喜得躲到来人身后:"秦师兄。"

秦珂没理会她,冷眼看卓昊,语气很友好:"方才不见卓师兄,原来在这里,贵派几位师兄似有要事等卓师兄过去商议。"

卓昊看着二人半晌,一笑:"也罢,我先去看看,多谢。"

待他离开,重紫长长松了口气。

秦珂道:"怎会认得他?"

重紫大略将往事说与他听,省略了"小娘子"一段,边说边悄声笑:"我给他画了两个乌龟,所以他记着呢,现在肯定想要捉弄我。"

谁会为一只乌龟记恨这么久?秦珂瞟她一眼,御剑赶到前面去了。

第十五章·阴水仙

两派弟子同行十分融洽，比起凡人，又省略了吃饭这一步骤，接连几日不停歇地赶路，直奔昆仑，途中只是偶作歇息。至第六日黄昏，众人在云州城落下，秦珂与卓昊已先行派弟子找好客栈，留守此地的仙门弟子得到消息，纷纷过来拜会。

送走客人，忽然又有弟子呈上一面帖子。

卓昊见状问："不是才来过吗，怎么又送帖子？"

那弟子笑道："这回是单给秦师叔的。"

秦珂接过帖子只看了一眼，皱眉，转向另几名南华大弟子："我有事先出去一趟，这里有劳几位师兄看顾。"

几名弟子忙点头答应。

重紫好奇，伸过脑袋去瞅："原来秦师兄在云州也有朋友，是谁呢？"

秦珂将帖子收入袖内，淡淡道："一位世伯，与家父相熟，听说我到了云州，所以叫我过去问话，论理我也该拜会他老人家，你可要随我去？"

重紫迟疑。

卓昊道："这世伯消息倒快，只是秦师兄既要拜访老人家，带上她恐怕不妥吧。"

秦珂道："此番带她出来，难免要多多看顾些，若出了意外，将来不好向尊者交代。"

卓昊笑道："众位师兄弟都在，会出什么意外！何况还有我们。秦师兄这么说，莫非是嫌我们青华弟子无用？"

"岂敢，带她出去走走罢了，"秦珂面不改色，看重紫，"去，还是不去？"

感受到旁边投来的视线，重紫立即将摇头变为点头："去，我跟你去……"

话未说完，小脸忽然青了。

"蛇！蛇！"重紫腾地跳上旁边椅子，大呼小叫。

卓昊端起茶杯："客栈怎会有蛇，小师妹眼花了吧？"

发现周围众人都没反应，重紫明白过来，恼怒，她胆子本来就大，知道没有危险，索性跳下地去踢那蛇："障眼法！你敢用障眼法！"

虽然明知所见是假的，可是一个漂亮姑娘踢蛇的场景，还是让众弟子目瞪口呆。

唯独秦珂没有意外，"走吧。"

大门外两个石狮子，还有气派宽阔的石级，四名家丁恭恭敬敬等在门口，见了秦珂都迎上来，作礼称"世子"，将二人让进大门。

重紫悄悄问："世子是什么？"

秦珂放慢脚步，平静道："不是什么，我们两家乃是世交，世交老友之子。"

他说得一本正经，重紫信以为真，东张西望片刻，又悄声道："师兄认识的，不像寻常富贵人家呢。"

秦珂更不客气："是家父认得，不是我。"

重紫嘀咕道："那不是一样吗？"

秦珂不理。

重紫越想越好奇："师兄到底生在什么样的人家？"

秦珂道："不记得了。"

"摆什么架子！"重紫别过脸，"你不承认我也知道，肯定不一般，看你这走路的样子……"

她自说自话，却被耳畔秦珂的声音打断："此地有些古怪，似乎设了迷障，恐怕是个陷阱，稍后我试试看能否冲出去，你能走就尽快走，速速回客栈找他们。"

灵犀之术，除了她再无人听见。

重紫尚未回神，手已被他拉住。

带路的两名家丁走到正厅门口，回身笑吟吟地朝二人道："两位里面请。"

发现那眼睛里的诡异之色，重紫忽然明白过来，背上一阵凉："师兄……"

秦珂不动声色，轻轻握了下她的手。

一道蓝光划过，八荒出鞘，径直朝那两个家丁劈去，同时，他带着重紫腾空而起，急速向大门处倒退。

妖风刮起，天昏地暗。

刹那间，富丽庭院游廊树木全部消失，变作一处荒凉所在。

黑云密布，视线受阻，一丈开外就什么也看不清了。

"秦师兄，看他们！"重紫惊叫。

方才还亲切和蔼的两名家丁转眼就变了模样，面色青白，斑驳可怕，似长了浅浅的苔藓，青绿色的头发飞舞，如同触角一般，甚至连眼睛也是绿色的，闪闪发光。

不知何时，周围多出数十名模样相似的家丁，正缓缓朝这边围拢来。

"蛇毒。"秦珂已尽了然，见退不出去，索性带着重紫落回地面，"怪不得有妖气，原来是蛇妖作祟，妖孽竟敢混进城，胆量不小！"

果然，迷雾中传来沙哑的笑声："小子，还不乖乖就擒！"

中了蛇毒的家丁们失去神志，诡异地微笑，将二人围在中间，逐步逼近。秦珂见状轻弹手指，立时便有两名家丁倒地，喉间流出绿色血液，两道绿色毒气自血中蹿出，散去。

重紫慌忙拉住他："师兄，他们是人！"

秦珂闻言一愣。

蛇妖大笑："不错，他们只不过是一群中了毒的人，你杀他们，就是在杀人！"

重紫大怒："卑鄙！"

蛇妖道："早就听说洛音凡收了个女徒弟，原来是真的，小丫头，只要你肯乖乖留下来，我就放了他们，否则谁也走不了。"

重紫很快猜到对方意图："要挟我师父，休想！"

"看你嘴硬到几时！"蛇妖怪笑，所有家丁被他控制，纷纷朝二人扑上去。

"他们中了蛇毒，无救，若不除去，日后定然为虎作伥。"秦珂恢复镇定，设下结界，"尊者说过，不得已而杀，若他老人家在，也会这样。"

长剑穿云，九天星落，蓝色剑光大盛。

家丁尽数倒地，无数道绿气消散。

借着剑光，重紫睁大眼睛四处寻找，想要辨认对方位置，可惜那些黑雾太厚，仍旧一无所获。

"这招落星杀也算练至化境了，"一个女人的声音忽然自远处传来，空悠悠的，"可惜修为尚浅，灵力不足，比起洛音凡始终是差了些。"

想不到对方竟有两人，秦珂吃惊，暗道不好。

女人冷笑："堂堂蛇王，莫不是被洛音凡吓怕了，连个南华小辈也斗不过？"

蛇妖冷哼。

一条绿色长尾不知从何处伸来，直向重紫卷去，秦珂眼明手快，将重紫拉到身后，同时念诀布起结界，御剑朝蛇尾斩下。谁知那蛇尾极其灵活，迅速折回，避开剑锋，忽然借势一弹，砰砰两声打在结界上。

论术法，秦珂是极其出色的，可惜他到底修为尚浅，灵力始终只是五年内所得那点，原不该硬碰硬。若是他一个人，还保不定谁胜谁负，然而此刻他一心护着重紫，分身不开，避又避不得，无奈以结界硬挡。拼灵力，他哪里比得过修炼千年的蛇妖王！受这一击，胸中血气翻涌。

蛇尾并未因此收住，依旧一下下撞击结界。

结界摇晃，如同破败房舍，即将倾覆。

重紫见状大急，心知万万不能落入蛇妖手上，顿时再顾不得什么，口里念诀，扬起星璨全力击出。

灵台印修习艰难，往常与狻猊练习，几乎没有效果，如今在危急关头，本能地使出来，虽仍未成形，威力却大大增强了。

蛇妖痛哼，蛇尾上现出一道浅浅的杖痕。

同伴受伤，先前说话的女人全不在意，冷冷吩咐："速战速决，他们的人来了，迷障支持不了多久。"

看样子她是在全力支撑迷障，对外拖延时间，掩人耳目。

蛇妖受伤之下狂怒："臭丫头，不愧是洛音凡的徒弟，倒小看了你！"

不待重紫喘息，蛇尾再次卷到。

灵台印不是次次都那么灵验，秦珂吐出一口鲜血。

奇怪的是，这回不只结界在摇晃，几乎整个地面都在摇晃，外面好像有很多人要破门而入。

"他们来了！"秦珂大喜，勉力带重紫退开，右手食指横空一划，八荒剑应手而起，凌空朝外劈去。

天光透进，迷障破开一道口子。

秦珂迅速将她往外推："先走！"

眼见巨大蛇尾朝他扫来，重紫不动。

大眼睛里寒光闪烁，杀气翻涌，得那奇怪的力量相助，灵台印终于成形，白光暴涨，将她与秦珂笼罩在内。

腥血飞溅，蛇尾断作两截！

惨呼声渐远，想是蛇妖重伤而走，迷雾散尽，卓昊与燕真珠还有另外几名大弟子同时冲进来。

原来卓昊见重紫跟秦珂走，十分气闷，索性暗中跟随，谁知跟到后来，二人忽然失去踪迹，发现不对，他立即折回去报信。众人赶来，却被对方设下的迷障所阻，迟迟寻不见方位，方才秦珂那一剑，正好给外面众人指明方向，且形成夹击之势，将迷障生生撞破。

意想不到的是，来的人中，除了有闻灵之，还有一个重紫从未见过的鹅蛋脸的美丽姑娘，只不过大家此刻无暇且无心解释。

所有人都看着同一个地方。

来时的庭院大门已不见，这里其实是个阴冷的巷子，地上横七竖八倒着二十来具尸体，这些人都中了蛇毒，扮成家丁引诱二人入圈套。

前方三四丈处，一名黑袍女子挟重紫立于墙下。

燕真珠惊道："虫子！"

卓昊变色："阴水仙！"

那是个女子，穿着沉闷老气毫无样式的黑衣裳，长相却很年轻耐看，脸如玉，发如墨，眉如轻烟未散，敛着一丝愁色，似有无数心事不能解，令人倍加怜惜，尤其是此刻双眸低垂的模样，更加楚楚动人。

如果没有脸上那丛花……

那是一丛小小的水仙花，刻在原本光洁如玉的右脸颊上，花朵呈粉红色，鲜活逼真，长长叶片顺鬓边而上，风情万千，使得半张脸看上去妖艳又诡异。

她安安静静地站在墙边阴影里，就像是一个幽灵。

阴水仙，曾与卓云姬齐名的美女，如今却成了仙界人人不齿的名字。

更重要的是，她身为九幽魔宫四大护法之一，排名最末，看上去无害，实则心狠手辣，重紫落到她手上，怕是危险了。

燕真珠着急，不敢出声。

阴水仙并没看众人，只是抬手抚摸重紫的头发，低低的声音透着疑惑："仙门弟子也有煞气吗？"

方才那一幕，除了秦珂、重紫、蛇王与她，再无任何人看见。当时见秦珂受伤，重紫情急之下竟控制不住，体内潜藏多年的煞气被激发，灵台印得这一股煞气相助，居然威力陡增，这才重创蛇妖。

可惜阴水仙不是蛇妖，重紫在她手底，连半根手指头也动弹不了，更别说再使灵台印。

就算能使，重紫也万万不敢用了。

亲眼见识到煞气变作力量，她除了震惊，更多的却是沮丧，这件事师父知道了会怎么想？努力这么久，竟然还是控制不住煞气！

半响，卓昊打破沉寂，朝阴水仙作礼："阴前辈名不虚传，卓昊也常听姑姑提起前辈，很是敬服。"

阴水仙闻言低笑了声，终于问道："你姑姑还好？"

卓昊暗喜："托前辈的福，很好。"

"好？"阴水仙喃喃道，"守着个永远得不到的，一样吧，她也不过如此。"

卓昊暗暗寻思计策："前辈可知手上这位师妹是谁？"

阴水仙道："洛音凡的徒弟。"

"前辈既然知道，又何必为难她？"卓昊瞟了眼她腰间的长剑，那剑上挂着一串仙门掌教嫡传弟子才有的三色剑穗，"求前辈看在这剑穗主人的分儿上……"

阴水仙冷笑："他在仙门的朋友多得是，莫非我都要手下留情不成？"

卓昊尽量低声下气："他老人家与重华尊者交情非同一般，何况前辈也曾是仙门中人……"

旁边闻灵之打断他："这妖女害了雪前辈，早就被逐出仙门了，什么仙门中人！"

激怒阴水仙，重紫就危险了。卓昊正绞尽脑汁想如何说情，谁知被她坏事，一时大为恼火，怒视她："闻师姐说什么话，前辈的事，我等后辈怎好妄评？"

"是啊，我早已不是仙门中人。"阴水仙总算抬眸，冷冷地看着闻灵之，"我不配做仙门弟子，你也未必就配，你无非是希望这丫头快些死罢了。"

受她直言讽刺，闻灵之涨红脸，气道："休要血口喷人！你自己做出那等无耻之事，根本不配留在仙门！"

"师叔！"秦珂皱眉。

阴水仙淡淡道："随你们怎么说，这丫头我是不会放的。"

见她要走，卓昊急道："前辈且留步！"

几乎是同时，另一个温柔亲切的声音也响起："水仙？"

轻轻两个字，阴水仙却听得一痴，手臂半抬，僵在原地。

那是个二十几岁的青年人，青衫葛巾，浑身透着温润儒雅之气，眉宇间神色安详，超然无争，哪有半点像俗世中人！

众人都愣了。

想不到世间会有这样的凡人，更想不到，一个凡人竟和魔宫护法有关系。

阴水仙显然也认识他，不自然地笑："你怎么来了？"

那青年微笑："你曾说过住在云州城，所以我来看看你，谁知这么巧，真叫我遇见了。"大约是觉得气氛不对，他疑惑地看众人，"你们这是……"

阴水仙目光躲闪，避开他的视线："你……来找我做什么？"

距离如此的近，重紫看清了那双眼睛。

美丽的杏眼，坚强冷酷之色瞬间瓦解，但见水光闪烁。不安，无助，她现在的模样，简直就像个做了错事怕挨骂的孩子。

青年看看众人，又看重紫："你莫不是与人起了争执？"

阴水仙开始手足无措起来，竟连术法也忘记用了，语无伦次："先走吧，我会去找你，等办完事，你别管。"

青年皱眉："你在做什么？"

阴水仙别过脸："与你无关。"

青年责备道："你会术法，不可借此为难他人。"

阴水仙不言语，眼中依稀有倔强之色。

见他二人僵持着，卓昊最先反应过来，心知这是个难得的机会，立即上前："方才是……"

"没有！"不知为何，重紫竟有些不忍心揭破真相，打断卓昊，"我们在说话呢。"

"如此，"青年释然，再看身旁的阴水仙，十分歉疚，"你别生气，我不该错怪你。"

阴水仙看了重紫一眼，没说什么，挥袖带着青年一同消失。

想不到事情就这么轻松解决了，众人又惊又喜，却没有一个对阴水仙的举动表示疑惑，匆匆打道回客栈。中了蛇毒的尸体被作法运走，交由留守云州的仙门弟子处理，巷子空空，血腥味也渐渐散了。墙根底下，不知何时多出道黑影。

黑色斗篷拖垂至地上，帽檐依旧压得很低，只露出高高的鼻尖和几乎没有血色的薄唇。

看着众人离去的方向，他缓缓开口，死气沉沉的声音像是自言自语："好熟悉的煞气……"

仿佛想到什么，半边唇角勾起。

"与那人有关？这可是件喜事。"

"洛音凡的徒弟居然天生带煞气，"一名鬼面人出现在他身旁，满脸的震惊之色，"是不是趁早除去？"

他一动不动："天生煞气，竟不知入魔才是最适合她的。"

见他没有反应，鬼面人谨慎地提醒："当年逆轮也是天生煞气，这丫头留着，久必成患。"

"不错，是仙界之患。"他似乎没有听懂话中意思，"有史以来能够修成天魔的，唯有逆轮，可惜始终功亏一篑，倘若再出一个，是不是魔族之幸？"

没有谁会容许一个威胁到自己地位的人活着，尤其是在魔族。鬼面人分不清他说的是真话，还是完全的反话，不敢再继续，半晌愤愤道："为了一个凡人！属下早说过阴水仙办不成什么事。"

"那本就是她的软肋。"

"但方才若是让属下出手……"

"我暂时不想闹大，"他轻抚手上的紫水晶戒指，"重紫，她叫重紫，事情或许比我想的要好呢，洛音凡会发现他收了个好徒儿。"

转身，隐去身形。

重紫意外获释，秦珂伤势也不重，众弟子都放了心。回到客栈，很快就有驻守云州城的弟子登门赔罪。问及进展，原来他们已经出动，正在全城追查蛇王行踪。

自从获释后，重紫一直没说话，有点没精打采的样子。

燕真珠担心，拉着她问个不停："虫子，没事吧？没事吧？我看看！"

重紫更加发傻。

卓昊走过来细瞧，"莫不是吓傻了？我来看看。"

重紫立马乱跳，白着脸大嚷："蛇！蛇！"

黄金小蛇自她肩上飞回卓昊手中，却是安陵剑所化，卓昊忍笑收剑："好了好了，我说没事，照样活蹦乱跳的。"

吃这一吓，重紫真的醒过神，气得"呸"了声。

"这回你却要谢卓少宫主，"燕真珠笑道，"若不是他发现你们出事，及时报信，你们可真的险了。"

重紫果然看他。

卓昊抿嘴："谢什么，小师妹跟我见外。"

重紫道："你怎么知道我们出事，你跟踪我们？"

卓昊被问了个措手不及，咳嗽，表情有点尴尬："路过，碰巧路过，看见你和秦师兄在前面走，所以……你们忽然不见，我就知道出事了。"

众人暗暗发笑。

"原来是碰巧看见，果然巧得很。"闻灵之半是嘲讽，走上前来，"重紫，你可别真信了那妖女挑拨，我方才只是气不过，分明是她无耻，堕落入魔，有人竟还拿她与我们仙门弟子相提并论。"

重紫看她一眼，没说什么。

燕真珠哼了声："是挑拨？"

闻灵之下巴微扬，冷笑："随你信不信，我乃督教弟子，恪守门规，绝不至于害同门性命。"

秦珂微微蹙眉，岔开话题："此番是我行事不谨慎，误入圈套，若非卓师兄及时报信，我二人定难逃出迷障，惭愧。"

卓昊笑道："客气。"

堂堂魔宫护法会怕一个凡人，重紫暗暗称奇，见众人始终对此事绝口不提，忍不住主动问："方才那人是谁，阴水仙好像很听他的话？"

众人闻言一愣，纷纷转脸。

"因为那位公子长得像一个人。"柔柔的声音来自卓昊身旁，正是和闻灵之一起出现的那个鹅蛋脸的美丽姑娘。细长眉毛，眉心一粒美人痣，虽不及闻灵之俏丽，却素雅如兰，看起来脾气甚好，很容易亲近。南华几名大弟子似乎都认得她，重紫早就留意到，只是不好开口询问。

卓昊介绍道："你不认得吗？她是你们闵督教的侄孙女，小名素秋。"

闵素秋嗔道："卓昊哥哥说话总这么快。"

闻言，重紫与燕真珠忍不住同时笑出声，周围众人都被笑得莫名其妙，唯独卓昊摸摸下巴，转过脸望别处。

闵素秋朝秦珂与重紫作礼，分别称师兄师妹，解释道："我原本在南海学艺的，堂祖父见我孤单，所以叫闻师叔接我回南华住几天，可巧遇上了你们。"

南海与昆仑相隔甚远，回南华的路线更不相同，燕真珠瞅瞅卓昊："天下事果然巧合得很，今儿都碰上了，卓少宫主说是不是呢？"

闵素秋脸一红。

卓昊赔笑："说得是，说得是，这么巧。"

重紫念念不忘："闵师姐说，方才那个人长得像谁？"

此话一出，周围气氛再度变得怪异。

见闵素秋不答，重紫疑惑地望向其他人，却无一个回答的，连燕真珠都移开了视线。

除了那个人，谁能让阴水仙失态成这样！纵然被逐出师门，不容于仙界，无奈成魔，阴水仙对那人始终一往情深。可这段轰轰烈烈的感情根本就不正常，所有人都难以接纳，阴水仙最终被仙界引为耻辱。

曾经驰名仙界的美女落到如今人人唾弃的境地，众人有同情也有不屑，俱各感慨，先后找借口回房间去了。

知道问了不该问的事，重紫不敢再当众打听，可越是这样就越好奇，私底下一直跟到燕真珠的房间，软磨硬泡非要她说。

燕真珠被纠缠不过："告诉你也无妨，反正这事人人都知道，只不过你听了可别吓到。"

重紫喜得催她："那人是谁呢？"

燕真珠仍是不情愿的样子，许久才无奈道："还能是谁，当然是天山雪陵仙尊。"

重紫道："那位公子长得像雪仙尊，雪仙尊本人呢？"

燕真珠道："雪仙尊十多年前便散去仙魄，早已不在。"

仙魄一散，就是永远从六界消失，连转世的机会都没有，阴水仙对那雪仙尊必定用情极深，所以见到相貌酷似的人才会那么迁就。重紫想起那双惊慌的杏眼，难过不已："阴水仙真可怜。"

燕真珠正色道："情深至此，本是可怜的，若单单这样也罢了，你可知道雪仙尊是谁？"

重紫道："谁？"

"他是阴水仙的师父！"燕真珠叹气，"她喜欢谁不好，偏喜欢上自己的师父，生出乱伦之心，怎不遭人唾弃！"

如闻晴天霹雳，重紫未能回神，喃喃地跟着重复："师父？"

燕真珠道："雪陵仙尊共收七个弟子，阴水仙是最小的关门弟子，也是天山有名的美女，听说脾气还好，追求的掌门弟子排起来可以围天山一圈，哪想到她这样荒唐。"

说着，她又叹气："此事除了她自己，原本无人知晓的，这样下去也罢了，谁知后来雪仙尊中了欲魔之毒，阴水仙一时糊涂，竟敢引诱于他。雪仙尊本是天山老掌教的得意弟子，即将承袭掌教之位，谁知闹出这等丑事，老掌教大怒之下要以门规处置阴水仙，雪仙尊终是不忍，将她逐出师门，免去刑罚。阴水仙虽留得性命，雪仙尊从此却再不见她，后来逆轮浩劫，雪仙尊为守护天山战死，阴水仙前去祭拜，被天山弟子阻拦唾骂，她便入了魔。"

重紫听得怔怔的。

"雪仙尊与重华尊者是旧友，我还曾见过他老人家一面，方才那凡人真有九分像他，我都吓一跳，差点以为是他转世了。"燕真珠摇头感慨，"可惜那样的人物，落得仙魄尽散的地步，哪来什么转世！"

她只管自言自语，忽然瞥见重紫一副魂不守舍的模样，忙笑着安慰："我叫你别问的，吓着了吧？"

"没有，"重紫面色煞白，半晌站起身，低声道，"我累，回房歇息了。"

第十六章 · 似曾相识

一日为师，终身为父，周围师兄师弟她都可以喜欢，唯有他，万万不能。

浑浑噩噩，六神无主，重紫不知道自己是如何回到房间的，脑子里不停地响着燕真珠的声音，只有一个词，一个如此可怕的词——乱伦。

恐慌占据整个大脑，重紫摇头，捂住胸口喘息，用身体死死抵住门背，生怕有人突然闯进来，撞见她这狼狈的模样，窥见她那颗狼狈的心。

不是的，不是这样！她只是敬他，爱他，想要永远守着他陪伴他，怎会生出那种可怕又不知羞耻的想法！

然而，今番万里迢迢冒险赶去昆仑，为的是什么？担心他的安危，迫切地想要见他一面。她早已将紫竹峰当成家，而他，是这个家中最最重要的人，甚至胜过她自己，她不能忍受紫竹峰上没有他的日子。

他若娶妻，她一定会生不如死。

原来这五年的朝夕相对，不知不觉中，满眼里，满心里，已经都是他的影子。

或许，是从他白衣如雪出现在南华大殿门口，说收她为徒开始……

或许，是从他牵着她的小手，缓步走上紫竹峰开始……

又或许，是从他吻上她的唇，为她度气开始……

多年前的那个夏夜，凉风过竹，他看着她手上的伤痕，说：有师父在，没人会欺负你了。

多年后的那个夜晚，晴空碧月，他亲手将星璨递到她手里，鼓励她：不要妄自菲薄，要像长河星辰那般璀璨。

……

重紫全身脱力，滑坐到地上。

初见的场景，已变作深入灵魂的记忆。

高广的殿门，五彩祥云飞掠，他静静立于门中央，仿佛撑起了整片天地，无边岁月，亦可为他停止流逝，极致的柔和，包容一切，不容亵渎。

可是现在，她竟对他，对自己的师父，生出这样肮脏的念头！原来，最美好的心事，一直都背负着一个不堪的名义：败坏伦常。

曾经以为，她是最幸运的，能时刻陪伴他身旁。

曾经同情卓云姬，求而不得。

直到现在她才明白，原来，卓云姬何其幸运，她才是最可怜最糊涂的那一个。卓云姬苦苦追逐，至少前面有一线希望，而她的前面，根本就是一片禁地，谁也逾越不了的禁地。

他身旁的人，可以是任何一位仙子，却永远不会是她。

多么绝望。

那种绝望，在闵云中与虞度提出要将她带离南华时，也不曾有过，那种绝望，远远胜过对失去的恐惧。

星璨动了动。

它知道了，它也知道了，是不是在嫌弃她嘲笑她？重紫失魂落魄地低头，哆嗦着，下意识地双手握紧星璨，紧紧贴在胸前，如同抓着救命稻草。

杖身不凉，与那温柔的怀抱如此相似。星璨，他希望她心怀坦荡，如长河星辰般璀璨，可是现在，她心底却藏了一个见不得人的秘密。倘若让他知道她存有这样的心思，会不会像雪仙尊对阴水仙那样，再也不见她？

不，永远不会有人知道。

从此她只会将他当作高高在上的长辈尊敬，做他最听话的徒弟，安安静静陪他住在紫竹峰，侍奉他，孝顺他，绝不允许自己再生出那样不堪的念头！

狂跳的心终于平静下来，沉重而疲惫，接近于死水般安宁，还有悲哀。

重紫紧紧抱住星璨，坐在地上，倚着门背，缓缓闭目睡去。

"怎么了，脸色这么差？"第二日上路，卓昊见她御杖不甚平稳，忍不住抽空退到她身旁询问。

出乎意料，重紫没像往常那样瞪他，只勉强笑了下。

燕真珠不安："莫不是被阴水仙伤到……"

重紫打断她："没有，我没事，可能昨晚修习灵力过度，有点累。"

卓昊抿嘴，微微欠身："我带你一程？"

明知道应该拒绝，重紫却鬼使神差地点了点头。

卓昊大喜，正要伸手去扶她，忽然前面闵素秋唤道："卓昊哥哥快过来，任师兄他们找你呢！"

被她这一叫，重紫迅速回神，心知不妥，连忙推开他的手："多谢……师兄，既然有事，你就先过去吧，我自己能走。"

卓昊坚持："不妨，我带你过去……"

话未说完，闵素秋回头看着他，眼波里带了嗔意："卓昊哥哥，还不快点！"

燕真珠似笑非笑道："卓少宫主去忙正事吧，我们虫子不劳你操心。"

卓昊装没听见："能有什么正事！小师妹现下精神不好，再这样赶路，累着了不是玩的，快过来，我带。"

燕真珠拍开那手。

卓昊无奈："我带带小师妹也不成吗？"

燕真珠道："成，先把你那些妹妹安顿好再说。"

卓昊噎了噎，苦笑："与她们有什么相干！"

重紫听出不对，连忙道："真珠姐姐胡说什么呢？"

燕真珠推开她："你看看他那些妹妹，一副想吃了你的样子，打翻醋缸淹得死你，前面那个，可是闵仙尊的侄孙女。"

重紫大窘："我们认识而已，又没什么。"

燕真珠斜睨她："你是没什么，这小子却不安好心，无事献殷勤。"

卓昊憋了满肚子火，面色难看起来："我怕小师妹出事是真，何况我对谁好，轮得到别人来管吗？"

燕真珠不再言语。

卓昊伸臂："过来，我带你。"

回想燕真珠等人的反应，重紫望望闵素秋，依稀明白过来。顾及卓昊的颜面，正在为如何拒绝发愁，身后忽有人道："卓师兄既有事，怎好耽误，我带你吧。"

见到来人，重紫如获大赦，连连点头。

秦珂伸臂将她拉到跟前，与自己同立八荒剑上，再朝卓昊拱手示意，加快速度赶到队伍前头去了。

燕真珠笑道:"卓少宫主?"

卓昊没说什么,御剑向前。

队伍前面,闻灵之正与其余几名大弟子并肩而行,说说笑笑,发现秦珂不在,正要询问,忽然见卓昊绷着脸追上来,奇怪之下不由得回头去看,却见身后不远处两人白衣飘飘御剑而行。

闻灵之看了半晌,俏脸一沉,有意放慢速度至二人身旁,展颜道:"重紫怎么了?"

重紫正在走神,怔怔的,不知如何作答。

闻灵之未免下不来台,自嘲道:"是我多事。"

秦珂看看重紫:"师叔误会,她身体不适,我带她一程。"

闻灵之勉强笑了声:"半仙之体也会病吗?想是为昨日之事,果真将我当作恶人了呢。"说完赌气御剑赶到前面去了。

重紫欲言又止。

秦珂早已留意到她言行异常,低声问:"怎么回事?"

重紫摇头。

秦珂挑眉道:"我方才接到了尊者的信。"

重紫本是侧身而立,闻言立即扭脸看他。

"万劫不知从何处得知昆仑的路径,提前潜入昆仑救走了宫仙子。"

"那……"

秦珂摇头:"他们现在正朝英州方向逃去,尊者命我们不必去昆仑了,改到英州会合。其实你不必担心,尊者法力无边,当今六界未逢敌手,万劫也曾败在他剑下。"

重紫道:"他……师父虽厉害,可是我见过万劫,他为宫仙子会不惜一切,师父……"

秦珂淡淡一笑,打断她:"不忍,并非不会,心怀众生,当做取舍的时候就绝不会手软。魔界仙界对峙多年,尊者果真如你所说,诸多顾忌,又怎能胜任南华护教之职?"

重紫愣住。

秦珂道:"倒是你,此去英州十分危险,过两日我们就到林和城,镇守林和的是昆仑弟子,此地离昆仑派又近,素来安全,我看你暂且留在林和等候,如何?"

重紫沉默片刻,答应。

秦珂原以为她会拒绝,见状松了口气:"我们与尊者会尽快来接你。"

重紫点头不语。

费尽心思赶去昆仑就是为了见他,可如今知道他安全,又不想这么快见到了,那些不堪的念头让她觉得自己很无耻，简直没脸出现在他面前。

发现她脸色更差了，秦珂皱眉："到底怎么了？"

重紫垂眸："没有。"

秦珂道："我原以为能护你周全。"

知道他生性骄傲，必是为昨日的事介怀，重紫忙摇头："若不是为了保护我，你怎么会受伤！是我任性非要跟来才出事，我没骂自己，你又自责什么？"

秦珂抬眸看前方云海："如此，我更要勉力修行，才能放心带你出来。"

重紫听得心里一暖："别嫌我拖累你。"

秦珂不再理她了。

接下来两天，众弟子掉转方向匆匆赶路。自从被阴水仙劫持，重紫一直都无精打采，燕真珠问不出缘故，暗暗纳罕。眼见抵达林和城，南华那边忽然出事，原来有人写信回去，内容是慕玉秦珂私带重紫下山。其实这事虞度是知道的，慕玉明里自作主张，暗地却报过他，只不过事出意外，被人闹出来，将来洛音凡那边难以交代，因此虞度推作不知，闵云中重罚慕玉，放话让秦珂将来回去领罪。

重紫得知后，既后悔又生气。

此番的确是自己太任性，才害得两人受责罚，原打算来看看师父，就悄悄跟随溜回去，不让他发现，哪知现在会闹开。可当日慕玉亲自送自己下山，秦珂与随行弟子们解释是掌教安排，从未有人过问，直到如今才出了告密者，会是谁？

到林和城，闻灵之过来安慰秦珂，重紫看她故作关切的模样，险些问出口，幸被秦珂拦下。第二日，两派弟子动身赶往英州，唯独留她在林和等候。

林和乃边陲之地，人烟却很稠密，毕竟这里距昆仑派近，过往的昆仑仙长多，得昆仑派庇护，防守比别处更严密，几无魔族作乱。知道是洛音凡的徒弟，驻守的弟子们对重紫极其客气有礼，重紫也不敢乱跑，成天在房间里，除了发呆还是发呆。

越大的网，越容易出漏洞，很快又有消息传来，魔尊万劫在展南落入仙门弟子法阵，重伤之下杀数十弟子，破阵而出，带宫可然逃走，展南城外方圆十里鸡犬不留。

不知魔尊去向，人心惶惶，百姓多闭门不出，仙门更紧张，下令各城弟子严阵以待，留神出入情况。

得知此事，重紫既喜又悲。

喜的是，出事的并非秦珂一行；悲的是，若非那些仙门弟子执着于报仇，劫持宫可然，也不会导致这么多无辜百姓丧命，此事因仙门而起，师父心里一定也不好受。

想了想，她决定去水信台，送信让秦珂他们当心。

林和城距昆仑近，人们心里多少安定些，街上店铺都正常营业，只是出来走动的少了很多。

水信台空空的，地上几大堆灰色尘土，像是烧了什么东西，空气中弥漫着一股奇怪的味道。

里间好像有人在说话。

重紫匆匆跑进去，可是才转眼工夫，她又脸色煞白地退了出来。

只需一眼，石台后面的场景已印入脑海，激起无数恐惧与震惊，挥之不去。

似曾相识的场景。

重紫终于明白方才进门时闻到的是什么味道，那是死亡的气息，先前在地上见到的几堆粉末也并非什么尘灰，而是被强大魔力摧灭的值守水信台的仙门弟子的骨灰！

当年在青华宫险遭毒手，灵魂出窍的感觉至今记忆犹新，若非洛音凡不惜耗损真神，度金仙之气摄回她的魂魄，她早已归入地府，转世轮回去了。

重紫全身寒毛竖起，第一个反应就是赶紧报信求救。大约是方才背对她的缘故，里面的人居然没有追出来，似乎并没发现她，这让她安心不少。

袖底藏着支信香。

吃过教训，重紫早有防备，那是昆仑派特制的信香，只要将灵力送入其中，方圆一里以内的昆仑弟子都能察觉，随身带着它，正是为了以防万一。

灵力源源送入，外面却始终没有动静。

重紫冒出冷汗。

仙门弟子遁术不可能这么慢，何况是在同一座城里，放出信香，迟迟无回应，唯一的可能就是，他们根本没有收到消息，这地方被设了结界！

里面的人不是没发现她，只是料定她逃不出去罢了。

知道逃走无望，重紫反而镇定下来，绞尽脑汁苦思计策，里面忽然传来说话声。

"此地有暗流，可以借水遁出城。"很奇怪，疲倦的声音听起来有种似曾相识的感觉。

"我为何要走？"冷冷的声音来自宫可然，"我已经厌倦了这样的日子，被他们追杀不说，现在你还要我像落水狗一样逃出去吗？"

沉默。

重紫到底害怕得紧，哪顾得上细想，悄悄缩在角落，竖起耳朵等了会儿，再没听到什么，里面两个人似乎凭空消失了。

莫不是……走了？

正想着——

"是我拖累你。"

还在里面啊！喜悦刚升起，马上又消失得无影无踪，重紫暗暗叫苦，祈祷着两个人快些走，最好把自己这个外人忘记算了。谁知老天偏偏和她作对似的，她越急，里面两个人越发磨蹭。

"你到底还要拖累我到几时？"

"很快就会好了。"

"好，除非你现在死了。"

"你也想要我死？"

"看看你成了什么样子，仙不仙魔不魔的！"宫可然掩饰不住激动，语气怨毒，"我只恨当初你为何不跟那三千个人一起死了，也好过现在！"

"没那么容易！"声音陡然冷厉下来，再无先前的迁就，变得阴狠，"三千性命算什么，便是三万性命，也不够与本座陪葬！"

大约是被他吓到，宫可然沉默了好一会儿，才放低声音道："我恨你。"

"要恨便恨。"声音淡淡的。

"就是你死，也不会有人哭一声，你……"话说一半，再无下文，想是被他强行送走。

接下来又是许久的沉寂，重紫一动不动等了半日，始终没听到里头有动静，这才试探着低头检查自己，发现全身上下居然还好好的。

真的就这么走了？

受这一场惊吓，重紫险些没把魂丢掉，想到方才的处境更加后怕，尤其是旁边那几堆骨灰，令她毛骨悚然。

这种地方谁愿意久留，她下意识站起来往外冲。

近在眼前的门，却始终够不着，就跟小时候无论如何也进不了重华宫大殿一样。

结界还在！

刚放松的心猛然紧缩，重紫大骇，迅速回头。

华美的暗红色长发，没有拖垂至地下，而是飞散在空中，仿佛有生命一般，飘飘荡荡，更加炫目，连同黑色长衣也闪动着一点点暗红色光泽，威严又华贵，与他在魔界的地位极其相衬。

然而相比他的脸，这些都算不得什么了。

那绝对是天底下最完美的脸，轮廓分明，无半点缺憾，一缕红发垂落额前，斩断如画长眉，半掩优雅凤目，形成一种凌乱的残酷的美丽。

如同幽灵般，他足不沾地，缓缓飘行至她面前。

重紫根本已经忘记了逃跑，怔怔地望着他，大眼睛里没有恐惧，只有满满的震惊之色，如同看见了世上最不可思议之事。

那张脸，她做梦也不会忘记。

美丽的微笑的脸，那么温柔，不知多少次出现在她梦里，她曾经为他发誓，要当仙门弟子，要像他一样拯救受苦受难的人。

可是如今，当他终于真真实实地出现在面前，她却丝毫也感受不到喜悦。

记忆中那双悲悯的眼睛，已经变成了暗红色，美丽，邪恶，疲倦无生气，目光里透着一丝嘲讽，就像看着只走投无路的兔子。

这是他？不是他？重紫顿觉迷惘。

大约是她的反应太奇怪太出人意料，暗红色的眸子里闪过一丝疑惑，不过很快就消失了。

他伸出手。

白嫩的脖子被紧紧卡住，重紫变得呼吸困难，双脚也被迫缓缓离开地面。

她没有挣扎，眼睛看着他的手。

干净修长，感觉如此熟悉。这只手，曾经轻轻拍着她的背，温柔地将她从地上扶起，在她身上留下仙咒，让她从此不再受人欺凌。

可是如今，它变得冰冰凉凉，掐着她的脖子。

怎么会！怎么会是他！

重紫吃力地张嘴，发出嘶哑的声音："大哥？"

手松开，他似乎认出了她："是你？"

疲倦之色迅速消退，凤目变得明亮了些，声音因为意外而显得柔和，听起来更加熟悉，那是重紫永远忘不掉的、自天上传来的声音。

她喃喃道："大哥……"

"洛音凡的徒弟？"双眸微眯，变得危险。

他不记得她了？重紫失望，猛然回神。

不对，不是他！白衣长发的大哥，那么温柔，有着恬淡悲悯的微笑，除了师父，此生她再没见过那样的人，他应该是拯救世人的神仙。而面前这人，血一般的眼眸，妖异的红发，浑身散发着浓烈的魔气，带来的不是拯救，而是祸乱，不知杀了多少仙门弟子，连她都险些死在他手上，这是魔界最强大的魔尊！

容貌相似而已，她居然糊涂得把魔尊当成大哥！

意识到犯了大错，重紫面如白纸，冷汗不断冒出来，本能地想要抵抗，脚底噔噔后退，周身煞气浪潮般涌出，灵台印顷刻成形。

"天生煞气，是她？"魔尊万劫居高临下地打量着她，自言自语，仿佛在确认什么，凤目里神色复杂，除了惊疑，还有很多说不清的东西。

一切可以结束了？

俊脸神情越发疲惫，依稀有解脱之感。

为何要结束？为何非要他来结束？事已至此，为何要顾忌许多？倘若现在就让她魂飞魄散，又将如何结束？

眼神陡然变得凌厉，残忍的笑意里，杀机骤现。

重紫紧张得心都快跳出来了，一直小心地留意着他，没有错过那脸上的神色变化，见状知道逃脱无望，只得闭目，握紧星璨全力击出。

在最强的魔尊面前，灵台印显然没起多大作用。

全身肌肤如被火烧，唯有星璨，温润如故，支撑着她坚持下去。

"果然，不肯伤她？"魔尊万劫轻哼。

五脏六腑如受煎熬，每一寸肌肤，每一块骨头，都奇痛无比，身体似乎要被烧成灰，重紫忍受不住，差点就要放弃抵抗了。

"重儿！"熟悉的声音，带着明显的震怒。

刹那间，心被希望注满，再顾不得身体的疼痛。

师父！是师父！重紫欣喜地瞪大眼睛，口不能言，只能在心里默默叫喊。

不能死，不想死！

出乎意料，魔尊万劫忽然收手，唇角微勾，冷笑着，就像是一个落入陷阱的人，看到另一个人也即将落下去。

留着她，结局或许会更好看！

黑衣隐没，遁走。

意识开始模糊，重紫无力倒下，落入向往已久的怀抱。

温柔的触感自唇上传来，清气徐徐度入口内，视线逐渐变得清晰，朝思暮想的脸近在眼前。

天地无声，岁月止步。

第十七章·欲妻

湿润的唇覆在她唇上，黑发流泻在她胸前，那只曾经牵着她的、执剑横扫六界的手，此时正搂着她的腰。

没有怦然心跳，只有不尽的宁和与安稳，即使此生就这样死去，也了无遗憾。

长睫缓缓垂下。

接到秦珂的信，知道徒弟跟出来了，洛音凡既惊且怒，同时也隐约感到不祥，因此顾不得别的，日夜兼程赶到林和，果然不见她。问过城内昆仑弟子，这才来水信台寻找，哪知正巧撞见她与万劫。幸好万劫匆忙而走，眼见她魂魄在魔气侵袭之下摇摇不稳，情急之下，他想也没想便度了口气过去。

事情没有想象中严重，因有半仙之体保护，重紫魂魄略有损伤，却无大碍。

洛音凡惊疑之下，暗道侥幸，抬脸放开她。

重紫睁眼，神情茫然。

洛音凡微微蹙眉，有点尴尬。好在他已经活了几百年，世间之情都看得通彻，别说起什么私心，在他眼里，重紫就是个小孩子，情急救命，本就无须顾虑太多，何况还有这层师徒关系在，就算叫人看见，也不至于多想的。

他留意到一件更严重的事。

亲眼见她天生煞气变成助力，将灵台印发挥到如此地步，实在令他震惊，更棘手的是，魔尊万劫显然也发现她的煞气了，照理说，方才眼看援救不及的，谁知她不仅逃得性命，连受伤也轻得出乎意料，落入万劫手中，还从未有过这样幸运的例子。万劫随心所欲，杀人无数，这次破天荒主动留情，根本没有任何理由，何况是他洛音凡的徒弟。

事情绝对没有表面上这么简单。

他兀自寻思，却没察觉旁边重紫脸上多了一层红晕。

平静的心直到此刻才狂跳起来，纠结，挣扎，明知道师父这样做，只是为了度气救她，明知道不该有非分之想，可是她忍不住，真的忍不住……

如果说先前心里装着的是他的影子，那么此刻，就是真真实实的人，救她保护她的人。

他不知道。

重紫后退两步，握紧星璨。

洛音凡业已回神，见她一副发呆的模样，顿时怒气又上来："跪下！"

多年来，这还是他头一次疾言厉色对她，重紫红了眼圈，垂首跪下。

一向乖巧懂事的徒弟竟不再听话，擅自跑出来，险些丢了性命，回想方才凶险的场面，洛音凡越发惊气难忍。魔尊万劫若真动了杀心，纵有金仙之气也救她不回的，而且叫万劫知道她天生煞气，今后还指不定会发生什么。

"无视师命，擅作主张，这就是我重华的徒弟！"

重紫不敢言语。

他语气冷硬："任性而为，连累首座弟子受罚，连累掌门弟子受伤，你可知错？"

重紫咬唇点头，眼泪簌簌下落。

洛音凡没再像往常那般安慰她，徒弟为何跑出来，他当然清楚，总是雏鸟之心作怪，受了责骂，想必会委屈一阵，但她如今年轻冒失，做事不计后果，今番侥幸逃过，难保下次，倘若再心软，不让她知道教训，一味纵容下去，将来只会害了她。

结界破除，昆仑派弟子们闻讯赶到，都在门外恭敬作礼，见状，一名大弟子走上来想要求情。

洛音凡看他一眼。

无形中升起压迫感，那弟子只觉头皮发麻，再不敢与他对视，想好的话也不敢说了，手足无措地站在那里。

幸好另有一名机敏的弟子上前："敝派掌教有请尊者。"

洛音凡点点头，没看地上的重紫，径直出门："给我跪着，待回到南华，闭门思过一个月。"

水信台很快重新派了弟子值守，更加严密。洛音凡先去昆仑与玉虚子会面，青华宫卓耀以及蜀山派掌门等也在，都想不到万劫竟知晓昆仑路径与埋伏，事情过去，多说无用。玉虚子向众人道惭愧，众人纷纷安慰一番便散了，洛音凡别了众人，立即到林和城，带重紫启程回南华。

其时重紫已经跪了三天，膝盖失去知觉，险些连站都站不稳，从未受过这样的责罚，身体上的疼痛不算什么，心里的委屈也不算什么，令她惶恐的是，这几天无论如何小心，洛音凡对她始终只是冷冷淡淡的，可见真的很生气。

洛音凡也有些后悔，当时的意思，不过让她跪两个时辰，好明白教训，哪知她真的规规矩矩跪了三天。

后悔归后悔，心头气仍是难消。

小孩子任性，不知轻重，到头来自己受伤，却不知道家长才是最着急心疼的，果真越大越不懂事。

气是气了，然而瞥见她双腿僵直勉强御杖的样子，洛音凡终究没多责备，提前在一个小镇上降落，打算找家客栈投宿。

午后的小镇很热闹。

"我女儿长这么美，卖二十两是便宜你了！"

……

"臭娘们，敢背着我找小白脸！"

……

放眼四处，居然全是争执吵嚷，哭声打骂声一片。

重紫紧跟着洛音凡，既诧异又不安，不知为何，进到小镇，她就有种异样的感觉，心中某些念头似在蠢蠢欲动，加上旁边两个女人边倚着门说话，边色眯眯地看洛音凡，其至抛起媚眼，最尊敬的人被这样亵渎，令她愤怒不已。

总之，小镇的气氛很不对。

洛音凡视若无睹，带着她朝前走，却没有去客栈，而是进了一个旧巷子，停在一户不起眼的人家门外。

开门的是对老夫妇，听说二人借宿，都犹豫："这……"

布帘打起，里间走出一位仙姑来，素颜绿衣，恬静如莲花，手中药篮盛着青青草药，重紫一见她便愣住了。

她款款上前作礼："云姬见过尊者。"

洛音凡并不意外："此间无毒气，我想着必是你在。"

卓云姬微笑："昨日路过，见此镇异常，查探之下，才发现他们都染上了欲毒，所以借两位老人家的住所炼药。"

洛音凡点头不语。

见他们认得，老夫妇放了心，连忙将师徒二人让进屋里坐，叹气解释道："原先好好的，最近不知怎么回事，一个个都变了，动不动就要吵要打，害得我们不敢出门，怕招惹麻烦，幸好仙姑说有药可以治好他们。"

洛音凡看卓云姬："你自去炼药，不必为我耽误。"

卓云姬一笑，果然转身进去了。

老妇将师徒二人带进个空房间，重紫连忙上前整理床褥，将杌子桌子擦干净，再出门打来一盆水，虽说有净水咒，但她知道，洛音凡日常习惯拿水洗手。

见她这样，洛音凡气又不打一处来："我要你学的就是这些？"

重紫低头，涨红了脸，她什么都不会，不像云仙子可以炼药救人，只好做这些。

"徒儿知错，今后不会乱跑了，师父别生气。"

洛音凡神色略好："错在哪里？只是乱跑惹为师生气？"

重紫有些无措，望他一眼，不安且疑惑。

洛音凡无力。

孩子，还是个孩子，做什么与不做什么，就是看他喜欢不喜欢，却不明白他的要求其实再简单不过，只要她知道权衡轻重，不任性而为，学会照顾自己保护自己罢了。徒弟屡次受伤，会让他怀疑自己这重华尊者是否真有些名不副实。

该听话的时候不听话，受罚挨骂的时候偏这么听话了，说声跪，就真跪三天，到头来还没弄清楚错在哪里，这徒弟就是上天派来气他的！

"下去吧。"

"师父……"

"下去！"

小镇欲毒蔓延，耽误不得，卓云姬连夜赶着炼制解药。重紫因为洛音凡还在生气，哪里睡得着，有心进去帮忙，好让他知道了高兴，可惜她几乎不会什么术法，除了整理药材，别的都插不上手，炼药的时候就只好坐在旁边发呆。

大约是这小镇气氛异常，重紫情绪极其低落。

云仙子施药救人，助他守护苍生，她却什么都不会，这回又犯大错。他从没这么严厉地骂过她，今后是不是也不再喜欢她了？

"尊者骂你,是为你好。"

重紫听得一愣,许久才反应过来,原来师父生气,她也听见了。

卓云姬面朝药炉作法,轻声道:"我都从未见过他生气的样子呢。"

重紫赧然:"云仙子这么聪明,菩萨心肠,怎么会惹人生气。"

卓云姬没再继续这话题,脸在火光里显得更柔美:"知道欲毒吗?"

重紫摇头。

"欲毒出自魔宫,本无大害,可它能将人心底的欲望无止境地放大,让他们自己挑起纷争,甚至自相残杀,做出痛苦后悔之事,最终引人入魔。"

"那为什么这家人没事?"

"两位老人诚实良善,故而幸免。"卓云姬侧脸微笑,"可见,知足的才是最幸运的。"

重紫愣了片刻,道:"人心里,有什么欲望?"

"很多,贪欲、恨欲,还有爱欲,"卓云姬收了仙法,自炉中取出一粒药丸仔细验看,娓娓道,"有欲望不奇怪,纵是仙门弟子也难免,其实中了欲毒,只要三个月内静心抑欲,它自然就解了,可惜有这份毅力的人很少。"

说完,她伸手将那粒药丸递给重紫:"此镇不甚安全,你修行尚浅,且留着这粒解药,以防万一。"

重紫默默接过。

卓云姬取出所有药丸装好,又朝炉中放进新的药材,轻声叹息:"人怕的不是欲望,而是不会控制它。我曾认得天山派一位仙子,她并未中毒,却也因为欲望犯下大错,最终入魔,可见情不自制,比中了欲毒更严重。"

重紫道:"是阴水仙吗?"

卓云姬应了声,继续作法炼药。

重紫看着眼前那张恬静美丽的脸,既羞愧又敬佩。

这番话究竟是无意说来,还是有意提醒?赠药,如此聪慧的仙子,师父真的一点儿也不喜欢?

见她额上出汗,重紫忍不住拿衣袖替她擦拭。

卓云姬忽然道:"来了。"

火光里,无数中毒的街坊百姓朝这边涌来,将房子围得水泄不通,其中男女老少都有,他们手执木棒等物,面孔狰狞,仔细查看,就会发现他们眼睛里充满了各种诡异的色彩,象征着得意、怨恨、贪婪……

"韩老儿快开门，给我出来！"

"把人交出来！"

"……"

老夫妇两个不知外头又闹出了什么事，连忙打开门去看，见状吃惊："你们这是……"

众人骂道："快把那妖女交出来！"

老头疑惑："哪有什么妖女？"

其中一人冷笑："你当我们不知道！自从昨日妖女到镇上，你们两个老东西就鬼鬼祟祟的，那妖女带着草药，肯定是串通要害我们！"

老头解释道："大伙儿误会！那是青华山来的仙姑，是来救我们的。"

"胡说！我们好好的，要她救什么？"

"仙姑真的是在炼药，治你们的病。"

"我们有病？你们两个老东西才有病！"那人怒道，"那是毒药吧，你不安好心，想要害死我们全镇人，好占我们的房地钱财！"

老头急道："我们哪里敢？"

"别听他的！"那人挥臂，"大伙儿上，我们进去找！"

老夫妇两个慌得要拦阻，里头卓云姬与重紫掀起布帘走出来，卓云姬摇头制止二人："他们中了毒，是不会听的，这里有我在，两位老人家先进去吧，无论听到什么都不要出来。"

老夫妇两个本来就害怕，闻言忙躲回房间去了。

两个美貌姑娘突然出现，门外众人都愣住，男人们毫不掩饰地露出色眯眯的目光，妻子们则满脸嫉恨。

重紫道："他们是冲你来的，肯定有人在指使他们。"

"是欲魔，"卓云姬蹙眉，"这些人身中欲毒，听凭摆布，可惜还有一炉解药未炼成。"

"你进去炼药。"背后响起洛音凡的声音。

"劳动尊者，"卓云姬微微一笑，将手里大药瓶递给重紫，"每人一丸。"说完转身进里间去了。

片刻的沉寂之后，人群又骚动起来。

"是他们，还有帮手！"

"大伙儿上啊！"

"……"

愤怒的人群如潮水般涌上,密密麻麻,来势汹汹,可是还未到门口,所有人就再也迈不开脚步,维持着古怪可笑的姿势,一个个都定在了那里。

洛音凡依旧负手立于门前,不动。

重紫领会,她本来就安心好好表现讨他喜欢,此刻见状赶紧上前去,自瓶内倒出药丸,塞进一个人嘴里。

众人还能说话,骂声四起。

那人"呸"一声,将药丸吐了出来,满脸惊恐:"你敢给我吃毒药……"

话未说完,药丸重新被塞进嘴里,待要再吐,无奈下巴被人合拢,一只柔软的小手不知在喉间哪里一捏,那药便顺着喉咙下去了。

"毒药"入腹,那人吓得脸发白,表情十分古怪有趣。

重紫笑道:"给你吃糖。"

众人对喂药十分抗拒,甚至有死也不肯张嘴的,好在论起捉弄人的本事,重紫是一等一的高手,最终还是顺利将药全喂下去了。

一瓶药完,大部分人都已得解。

如梦初醒,那些人神色由惊怒转为疑惑,继而变作羞愧,垂首闭目,满脸痛苦的样子,几欲崩溃,显然是想起了自己这段时间做过的荒唐事。

怪不得欲毒引人入魔,重紫不忍,轻声安慰:"你们只是中毒,这些不是你们的错。"

有人忽然大哭:"我竟……做出那些事,实在禽兽不如,仙姑杀了我吧!"

他这一叫,许多人都跟着痛哭失声。

重紫急中生智,道:"你们不必着急,那些事实际上从未发生过,都是你们心有欲念,自行想象出来的,怎么,我的话你们也不信?"

神仙的话当然没错,众人渐渐止泪,露出惊疑之色。

对于这些人来说,忘记,是最好的办法。重紫镇定道:"你们不信我,总该信我师父,他是南华仙山的尊者。"

众人同时望过去。

火光里,白衣仙人静静立于门中,黑暗的夜为此变得柔和,他恬淡的眸子无悲无喜,让所有人浮躁的心迅速平静下来。

这样的人,除了南华仙尊还会是谁?众人看得发呆。

小徒弟费尽心思劝慰众人,洛音凡先前的气随之退去大半,微微点了下头。

众人至此已深信不疑，其实也是毫无理由的相信，或者说，潜意识里必须相信，这是活下去的唯一希望。

重紫望望那白色身影，垂眸。

洛音凡却忽然抬手，凌空将她带回身边。

偷袭重紫的，是一道诡异的青气，如同夏日熏风，吹过哪里，就在哪里留下一种烦躁闷热的感觉，未中目标，它立即在半空折转，再次朝她扑去。

重紫惊道："这是什么？"

"是欲毒。"洛音凡挥袖替她遮挡，青气沾到白色长袖，立即顺势蹿入他身上，消失不见。

万万想不到他这么轻易中毒，重紫慌了，急忙自怀里摸出卓云姬所赠药丸："师父，我这里还有解药！"

洛音凡摇头。

这不是第一次和欲魔打交道，其实他完全可以作法驱散这股欲毒。对于真正修得仙位的人来说，禁绝欲望不难做到，区区欲毒对他们根本无害，无须放在眼里，因此他向来不去管它，只是徒弟修为尚浅，难以自制，中毒就很麻烦。

欲毒既来，欲魔必定离此地不远。

他兀自思量，重紫也想起了卓云姬的话，释然。只要清心抑欲，三个月后欲毒自解，师父这样的人，当然不必用解药。

再放眼一看，所有中毒的和没中毒的百姓都已经消失，被他移去别处了。

眼见更多青气朝这边涌来，满布天空，洛音凡微微皱眉，正待动手，忽闻远处一声长啸，顿时所有青气如得号令，都朝同一个方向退走。

啸声清正，必是同道中人。洛音凡随手设了道结界护卓云姬炼药，正准备过去看个究竟，转眼又留意到旁边的重紫，想徒弟几番出事，不在眼皮底下实在难以放心，因此他索性长袖一挥，带着她一道走了。

镇外岗上有片空地，月光冷冷，空地上青气萦绕，其中竟有无数赤身裸体的男女，发出许多不堪入耳的淫靡之声。一位三十几岁的青衣道长带着十一名弟子盘膝坐于中间，组成一种古怪阵势，头顶十二柄长剑亦排成剑阵，剑气高涨，与那些青气对峙。

显然是这道长发现欲魔作乱，率领众弟子追踪至此，恰好与欲魔交上手，两边相持不下，故欲魔变化出各种幻象，妄图动摇众人心志。

洛音凡没有相助，只远远观看那剑阵，渐渐露出赞赏之色。

数遍仙界各门派剑阵，从未见过此等怪阵，想必是此人自创的，虽不十分高明，却也算难得了。再看他与众弟子所使术法，可谓独树一帜。此人身处幻象，面对诱惑，犹能心定神清，面不改色，修行已有小成，再过十年必得仙骨。

洛音凡修行数百年，得无极金仙之位，本就堪破一切，绝情绝欲，对周围那些淫亵幻象自然视而不见，可这次他却忘记了一个严重问题，直到身旁重紫轻轻"啊"了声，他才回过神，见那小脸满布窘迫之色，方知自己疏忽，后悔之下，不动声色作法封去她的部分神态。

眼前幻象消失，重紫仍是发傻。

脸很烫，全身都在发烫。

那些男女太过于亲密的姿势，如此放荡丑恶，可是那亲吻的动作很眼熟，师父也亲过她啊！温柔的，没有过多的动作，不似这般放肆，那种感觉她怎么也忘不掉，她甚至有些渴望……

双唇变得干燥。

竟然把师父和这种事想到一起！重紫猛然醒悟，恨不得扇自己几个耳光，又害怕又羞愧，更加自弃，生恐被他发现她那些不堪的见不得人的心思，连忙将头深深埋下。

洛音凡看在眼里，心中一凛，尴尬万分。

眼前变故令他措手不及，方才只顾观察情势，竟忘了有个跟班，实在不该带她来的。徒弟修行尚浅，初次见识这些，难免把持不定，身为师父应替她解惑，否则修仙之人留了心结，后患无穷。

话是这么说，修行到这程度本不该拘泥太多，可真正要开口……

洛音凡再次发现，做师父很难。

想归想，他面上却不动声色，镇定道："人有七情六欲，男女之情，发自本心，常因情生欲，但情欲失去控制，贪图肉体之快，则变作淫欲。欲魔如此幻化，是妄图动摇道长师徒心志。"

重紫仍不太明白。

男女之情她懂，就是相互喜欢对方，可淫欲又是什么，那些男女在做什么？

洛音凡没有多解释，这些事一时说不清楚，须回去找个女弟子好好开解教导她，方是妥当。

"有欲本无大错，然而人心何小，私欲太多，则入狭隘之道，非但易失公正与大爱，更会因为私欲招至恶念。是以修仙之人若能心无杂念，无欲无求，置身于外，心中装的，便是一片天地和芸芸众生。"

重紫默然。

他就是这样的人吧，心中装的永远是苍生，是六界，不会有多余的东西。

重紫道："徒儿记住了。"

洛音凡点头不语。

正在此时，那边青衣道长忽然大喝一声，半空中剑阵光华大盛，青气尽数被斩断，男男女女的幻象瞬间消失，几道黑影惨叫着逃走。

青衣道长站起身，却没有去追，大声问道："阁下是敌是友？"

两道白影现身月下，一男一女，气质俱非凡人。

看出来人身上金仙之气，青衣道长惊喜，急忙拜道："贫道海生，拜上重华尊者！"

听到重华尊者名号，众弟子又惊又喜，齐齐跪下。

洛音凡示意他不必多礼："道长术法，自成一家。"

海生闻言甚惭愧，"贫道并未学过术法，只是少年时曾得长生宫一位楚仙长指点，本欲上仙山拜师，无奈当时家中有老母亲要侍奉，且缺少盘缠，因此搁下，每日遵照那位楚仙长指点，勉强修得些灵力，再胡乱揣测出几招剑术，方才路过，撞见欲魔作怪，所以追踪至此，不想在尊者跟前献丑。"

长生宫，姓楚的仙长？洛音凡沉默片刻，点头："长生宫乃是咒门，你虽使剑术，却有咒门之神，想必正是这缘故。"

海生再拜道："前年老母亲故去，贫道曾先后上长生宫和昆仑山拜师，无奈屡次被拒于门外，只因明宫主与玉虚掌教见我修行之法古怪，与剑派咒派皆不合。贫道寻楚仙长不见，只得出来行走，几个徒弟也是近两年才收的，粗浅术法，始终上不得台面，还望尊者替贫道说个情，拜入南华吧。"

洛音凡摇头："道长所创之术，合剑咒两派之神，仙界尚无此例，道长既已自成一家，何必再去拜师，不如就此开山立派。"

海生惶恐："尊者言重，区区粗浅术法，怎敢自封？"

洛音凡道："道长所修，与剑门咒门皆不合，勉强拜入，必定一事无成。历数各门祖师，立派时皆未见高明，道长只知其难而不知其易，是妄自菲薄。"

这话既是他说出来，众徒弟俱大喜，踊跃道："尊者所言必定不假，徒弟们虽愚钝，却愿追随师父，师父莫再迟疑。"

海生亦大悟："尊者一席话，海生茅塞顿开，敝派因尊者而立，求尊者为它赐名。"

洛音凡不推辞："仙门中人，须以扶持苍生为己任，否则纵有仙术，亦算不得仙门，道长不如就取扶生二字，定名扶生派。"

海生与众弟子拜谢。

洛音凡道："此镇尚无仙门弟子留守，道长既于此地立派，修行授徒之余，更可守护一方百姓。"他遥指远山，"此山灵气所居，堪作栖身之所。"

海生道："贫道谨记尊者吩咐。"

洛音凡再与他一支信香和一支卷轴："立足之初，必然艰难，这是我的信香，若魔族再犯，你便燃它一次，自有附近弟子前来援你。方才我见你那剑阵尚有缺陷，做了两处改动，或可助长其威力。"

海生大喜接过，再谢。

洛音凡不再多言，带重紫离去。

开山立派，非同小可，海生与众徒弟亦无暇耽搁，御剑直奔主山。

岗上恢复寂静，数道青气重新聚拢，一名鬼面人现身在空地上，望着众人远去的方向，目中是恨恨的光。

"看来你这些饭桶部下又要挪窝了，乖乖回圣宫里躲着吧。"

"阴水仙！"

阴水仙背对月光，脸隐没在黑暗中，语气甚是不恭："堂堂欲魔心大护法，见了洛音凡，一样是连面都不敢露，我还当你比我高明多少。"

鬼面人怒道："你少在这里说风凉话！"

"我没空管你的事，"阴水仙淡淡道，"圣君召你回去。"

就因为他洛音凡，害得自己的部下屡次被逼走，失去容身之处，鬼面人咬牙冷笑："总有一天，我欲魔心要将他南华连根拔起！"

第十八章·楚不复

卓云姬炼成灵药，小镇欲毒得解，洛音凡不再逗留，别过卓云姬，带着重紫回南华。秦珂已率众弟子先行赶回，闻灵之平安接了闵素秋来，闵云中甚是欣慰，说起万劫脱逃，不免又惆怅惋惜一番，好在秦珂并未将重紫修习灵台印的事说出去，闵云中等人不知情，也没有多话。

接下来发生的事，却令重紫始料不及。

洛音凡没再提起让她闭门思过的话，而是重罚了慕玉，依照门规罚慕云鞭笞之刑，暂停其首座弟子之职，责令其在祖师殿思过。

重华尊者从不苛责弟子，众人万万想不到他会罚慕玉这么重，都不敢多言。就道理上讲，新弟子任性行事，首座弟子非但不阻止，还帮忙隐瞒，的确失职，因此连闵云中亦无可奈何，所幸秦珂只是受了轻罚。

连累两人，重紫难过又内疚，几番求情都被洛音凡严厉斥退。

一向温和的师父突然变得这么不通情理，这也罢了，更令她不安的是，自从回到紫竹峰，洛音凡对她日渐疏远冷淡，甚至不再让她进大殿伺候。

师父还在生她的气吧？重紫悔得肠子都青了，每日规规矩矩与狻猊修习灵台印，再不乱跑，一心盼着他消气。

这日趁主峰所有弟子例行集会，她终于瞅个空，偷偷去祖师殿看慕玉。

祖师殿外一个人影也没，鸦雀无声。

刚刚走上台阶，那种诡异的恐惧感又涌了上来，重紫放慢脚步，脑海里不由自主浮现出一只清晰的血红的眼睛……

感觉得到，里头的天魔令居然隔着门在笑她！

慕玉他们天天看着它都没事，怎么单单她见了有反应？难道是因为她和它以前的主人一样，都天生煞气？

无论如何，它已经被魔尊用禁术封印住了，现在就一块破铁而已，有什么可怕的！重紫心虚地想着，望望面前紧闭着的高大殿门，迟迟不敢伸手去推。

此时，那门忽然发出嘎的一声，自里面打开了。慕玉出现在门内，身穿寻常青白二色袍，温润稳重的气度半点儿不减。

"重紫。"

"慕师叔……"重紫满面羞愧。

慕玉低头看她，含笑道："急什么，我没事，是不是求情被尊者骂了？"

目光如往常那般温柔，熟悉的声音听上去越发亲切。重紫一直以来总爱缠着他撒娇，此刻更觉委屈内疚，忍不住扑在他身上哭起来。

慕玉搂着她："我没怪你，又不是什么重罚，不哭。"

重紫哭得更厉害了。

慕玉知道她在想什么，安慰道："只是暂免，出了这门我还是首座弟子，有什么可伤心的。别再惹尊者生气。"

重紫要看他的伤："你挨了鞭子。"

慕玉阻止："十道而已，不碍事。"

重紫擦眼睛，许久才低声道："是我害你受罚，慕师叔，你为什么待我这么好……"

慕玉道："你说呢？"

重紫摇头。

慕玉拍拍她的额头，微微一笑："因为，你是重紫啊。"

重紫还是莫名。

慕玉轻轻将她自身上推开，再安慰几句便催她回去，同时嘱咐她少来祖师殿，以免被人看见告状生事，重紫依依不舍离去了。

重华宫大殿上，洛音凡端坐主位，旁边几上放着盏热茶，燕真珠在下面客位。生性大方的她此刻显得十分拘谨不安，坐得规规矩矩毕恭毕敬，双手紧扣椅子左右两边扶手，一副受宠若惊、随时都准备要站起来回话的模样。

尊者往常极少与弟子说话，更别提专程请弟子来紫竹峰做客了，可见是因为重紫，爱屋及乌。

茶渐温凉，燕真珠兀自兴奋，洛音凡也拟好了开场白，似随口道："我听重儿经常念起你。"

燕真珠刷地站起身，回道："虫子……师叔天性单纯，待人真诚，我很是喜欢她，所以走得近些。"

洛音凡点头："坐着说吧。"

燕真珠依言坐下。

半晌，洛音凡又问："最近修行进展如何？"

长辈对后辈老套的客套话，燕真珠仍听得热血沸腾，又站起来："尚且顺利，劳尊者记挂。"

洛音凡道："若有疑惑，可以问我。"

尊者这么关心自己？燕真珠激动得热泪盈眶，连应了两个"是"。

洛音凡示意她坐。

燕真珠重新坐下。

洛音凡交游广阔，经常会客，可是细细算来，这还是头一次怀着特殊的目的与人套近乎，难免有些不自然，半晌又道："成峰那孩子资质也还好，近年已有小成。"

成峰是燕真珠的夫婿，燕真珠再次站起来谦道："尊者谬赞。"

洛音凡只得吩咐道："不必多礼，坐着说话吧。"

燕真珠第三次坐下，心里暗暗疑惑。

不对劲！向来少言寡语的尊者居然主动关心起这些琐事，一改往日淡漠的形象，亲切的态度怎么看怎么诡异，实在令人费解！当然她也明白，此番洛音凡专程找她绝不是想聊天，因此更加紧张——不愧是尊者，说话都暗藏玄机，就是揣测起来太困难了……

这边洛音凡说着些无关紧要的事，心内其实也很尴尬，自己几时变这么八卦了？

终于，他决定长话短说，镇定地切入正题："重儿是小孩子，这些日子缠着你，想必给你添了不少麻烦。"

弄清是为重紫，燕真珠反而松了口气，擦擦汗："尊者说哪里话，重紫师叔很好。"

洛音凡道："虽说重儿辈分比你高，但她年纪小，见识不及你多，有许多事是她不懂的，我平日太忙，还望你闲时能多指点指点她。"

燕真珠忙道："真珠自当照应，谨遵尊者吩咐。"

洛音凡轻咳了声，含蓄道："或有心结，也要劳你指引，万勿使她存了杂念，耽误修行。"

解惑应该是师父分内之事吧，哪有让徒弟找别人的？燕真珠听得奇怪，只是不便多问，满口答应。

洛音凡取过几上茶杯，移开话题："前日我听说你在修分身诀。"

燕真珠答道："正是。"

"修到第几重了？"

"才到八重。"

"分身诀能修到八重已是不错，可以暂且搁下，转修其他术法。"洛音凡揭开杯盖，随口问，"目前所修何术？"

此话既出，摆明了是破例指点的意思，也算看在小徒弟的分儿上。

哪料到，本该兴奋的燕真珠闻言却面露尴尬之色，据实回答："阴阳和合，房中双修之术。"

洛音凡原本正将茶往唇边送，闻言那手不由得在半空僵了一僵，接着又镇定地继续，轻轻啜了口茶，再不紧不慢地将茶杯还原至几上，面不改色："罢了，你既忙于修炼，重紫的事不急，过些时候再说吧。"

再忙也不可能大白天双修，燕真珠赶紧道："其实没什么忙的，重紫师叔若……"

洛音凡打断她："她近日修行甚紧，你且下去吧，有事我叫她找你。"

就这样？他今天叫自己来就是喝茶聊天？燕真珠满头雾水地离去。

空空的大殿最近显得很冷清，所有东西都透着股子凉意。洛音凡面无表情站起身，挥袖撤去椅子茶几，走到宽大的书案前坐定，照常提笔处理事务。

"师父。"熟悉的人影匆匆出现在殿门外。

洛音凡点头示意。

重紫连忙走进来，满脸期待喜悦之色："师父叫我？"

洛音凡将视线移回书札上，避免与她对视，淡淡道："怎不去修灵台印，要偷懒吗？"

头一次见师父有这种不淡定的神情，重紫疑惑地转动大眼睛："师父吩咐我早些回来，因怕耽搁，故而不去。"

察觉到她的注视，洛音凡镇定道："真珠近日修行甚忙，不要总去烦她。"

重紫"哦"了声，瞟见旁边那杯茶水已半干，下意识就上前去取："我重新沏……"

瞬间，杯中茶满。

重紫缓缓缩回手，愣在那里。

洛音凡严厉斥道："什么该做，什么不该做，为师这些年都白教导你了吗？与其在这些琐事上费心思，不如勤奋些，多练练灵台印，今后也免了为师记挂。天生煞气虽能助你，却更能害你，实不可取，不该心存侥幸，倘若再这么随心所欲使出来，不加以控制，他日难免堕入魔道！"

重紫听得蒙了，呆呆地望着他。

堕入魔道？师父还在怪她控制不住煞气？

看那双大眼睛里快速升起受伤的神色，洛音凡自悔说重了，欲言又止，半晌道："下去吧。"

重紫垂首，默然退出大殿。

接下来两个月，洛音凡态度仍无丝毫好转，就算偶尔出殿见到她，也只随口吩咐几句便离去，那已经不像是生气，而是一种有意疏离的感觉，师徒二人关系变得前所未有的生分。

从未觉得他这样遥远过，重紫成日发呆，一颗心患得患失，未有片刻安宁，为他的疏远，也为这次出行中遇见的那些事情。

她很听话地没有去找燕真珠，燕真珠却主动找到了她："这么久不来，把姐姐忘了？"

重紫解释道："师父说你很忙啊。"

自那日从紫竹峰回来后，燕真珠一直都在琢磨洛音凡的用意，最后得出结论：重紫此行必定遇上了意外，导致心结，所以尊者才委以重任。此刻难得逮住重紫，她当然不会留意话中问题，直言问道："你可是有什么心结解不开的？"

重紫莫名："什么心结？"

燕真珠拉着她坐下："我们离开后，你在林和城是不是遇上什么意外了？"

意外？重紫沉默许久，忽然道："我见到万劫了。"

燕真珠一愣。

重紫不安地拉她："真珠姐姐……"

燕真珠回神，急忙握住她的手："怪不得，是不是被吓到了？有没有伤着……"

"我没事，"重紫摇头打断她，低声道，"可是，他很像我见过的一位大哥呢，那位大哥似乎……姓楚。"

燕真珠看了她半晌，道："他本姓楚，没人告诉你吗？"接着叹了口气，"他入魔之前，正是名满仙界的长生宫首座弟子楚不复啊！"

最不敢想的事情被证实，重紫只觉脑海里瞬间变作空白，喃喃道："长生宫？咒仙门？"

燕真珠点头。

重紫脸色更白了。

没有人告诉她，万劫曾是长生宫弟子，也没有人告诉她，他本姓楚。

他们，会是同一个人？

一模一样的脸，曾经温柔的微笑，变作今日的残酷暴戾，那个像神仙一样拯救她的哥哥，会是人人害怕痛恨的魔界至尊？

燕真珠道："他百年前出道，当时就很有名了，位居长生宫首座弟子，十年前仙门大会上我曾见过他。

"记得那日，他穿的是身白衣裳，站在那儿就像月亮，在场的仙子们一大半都被他迷住了。我离得太远，没看清他的相貌，旁边有人问是谁，我就顺口答是重华尊者，后来才知道弄错了，他原来叫楚不复。"

见过他的人，无不倾倒于他的温柔，他的美。

回忆当时的情景，燕真珠忍不住笑道："要说谁能比尊者，怕只有他了。听说他不仅仙术了得，脾气也是第一好的，尊者一直很赞赏他。"

重紫发呆："是吗？"

"当然，所以上回我才问你，他长成什么样，可惜……"燕真珠不禁叹气。

"八年前，仙门三千弟子受命护送魔剑归南华，欲行净化，他跟长生宫老宫主也在其中，谁知路过陈州时，三千弟子一夜惨死，唯有他一人活着，却入了魔，因此被仙门追杀寻仇，他又不肯交出魔剑说明缘故，这些年更杀人不眨眼，数万人死在他手上。逆轮生前乃天魔之身，将大半魔力封在那柄魔剑里，想是他一时起了贪念，夺得剑上魔力，魔气入心，当真万劫不复了。"

燕真珠摇头："我们当时听到消息都不敢相信，那样的人，怎会入魔？"

重紫道："我不信。"

燕真珠道："他虽成为魔尊，却并无野心，唯独钟情宫仙子。幸亏魔剑是在他手上。但我们终究要夺回来的，一是为了净化，二是怕它落入魔尊九幽手中，一旦被九幽得到，事情就严重了。"

重紫道："因为剑上魔力吗？"

燕真珠道："不全是，仙门都在怀疑，九幽很可能是天之邪。"

重紫道："天之邪是谁？"

燕真珠道："千面魔天之邪，是当年逆轮魔宫左护法，魔尊逆轮最得力的膀臂，深得逆轮信任，诡计多端。逆轮固然法力无边，但魔宫上下事务几乎全是他在处理。"

重紫道："我没听说过他。"

燕真珠叹道："其实逆轮虽强，最令仙门头疼的却不是他，吞并妖界这些大事无一不是由天之邪参与策划的。如今人人都知道有逆轮，却不知有天之邪，只因他已经死了，二十年前，他就被逆轮以反叛之罪设计除去。"

重紫不解："他真有野心，就不会等逆轮先动手了。"

燕真珠笑道："功高盖主吧，逆轮向来刚愎自用，怎容大权旁落？"

重紫道："他既然死了，怎么可能是九幽？"

燕真珠道："南华一战，逆轮与天尊同归于尽，魔宫自此陷落。这时有消息传出来，说当年死了的天之邪是个替身。你想，逆轮死了不到五年，突然就冒出个九幽，能在虚天中开辟魔宫，为群魔造就新的容身之地，这等法力绝非寻常魔王所有。最重要的是，明明胜局已定，六界即将入魔，逆轮可遂平生之志，为何要自绝后路，决战前将大半魔力封入剑内，仙门至今都想不通。天之邪跟随他多年，说不定知晓其中秘密，一旦魔剑落入他手中……"

重紫听得恍惚，再坐会儿就默默起身回紫竹峰了。

夜幕已降，重华宫冷冷清清，迎面大殿内明珠之光亮起，周围鸦雀无声，连风也没有，看起来就更加寂寥了。

门前有封信。

重紫直勾勾瞪了许久，才终于回神，诧异地拿起来看。

什么人会给她写信？莫不是灵鹤糊涂，把师父的错送给她了吧？

信上一笔漂亮潇洒的行草，清清楚楚写着她的名字。

重紫疑惑，拆开信封。

没有信纸，没有文字，里面只装着面镜子，似铜非铜，似玉非玉，镜中一片蔚蓝大海，海鸟飞翔，哗哗的海浪声让人身临其境。海上一座仙山，被海云所缠绕，虚无缥缈，那景色怎么看怎么熟悉，好像在哪里见过。

镜头转移，一名华服青年长身立于云中，分外潇洒。

看到那张欠扁的脸，重紫立时无语，终于记起方才所见是什么地方了。

他在镜中风流倜傥地笑："小娘子。"

重紫一听头皮就炸开了，险些失手将镜子丢到地上，生怕里面的人再出惊悚之语。她慌忙将镜子背转，左望望，右望望，飞快跨进房间，关好门，这才重新将镜子翻过来。

镜内的卓昊一直负手看海景，半晌才重新侧回身，冲她挑眉："这么久，该找到安全的地方了吧，没外人在，我要说了。"

重紫瞪眼。

卓昊忽然板起脸："还记得那两只乌龟吗？当初为你受伤，我可是受了好一顿重罚，面壁思过半年，此番好不容易再遇上你，竟不见你有半分关切之心，害得我……如今茶不思饭不想，总在寻思着怎么跟你讨点补偿才好。"

重紫被肉麻得不行，忍不住想笑，可接下来她再也笑不出来了。

镜中，卓昊看着她抿嘴一笑，轻声说："不如，把你娶回来做娘子。"

重紫傻了。

"我只想到这个好法子，妹妹莫要怪我唐突。"剑眉轻扬，眼底满含温柔春色，语气带着几分认真，几分诱惑，"真的做了卓昊哥哥的娘子，哥哥必定永远待你好，心甘情愿让你欺负，保证再也不看一眼别的妹妹，你……可愿意？"

重紫捧着镜子，好半天才反应过来，头一次被人这么明确地表白，脸颊到耳根都烫得像火烧。

卓昊沉默半晌，忽然又低头轻笑："倘若……倘若你不明白，我便等你。"

不可否认，他一副黯然神伤的模样，当真魅力十足，令人心碎，想必往常就是这么骗那些妹妹的吧！

眼看那俊美的脸消失在镜内，重紫咬唇，迅速将镜子扣在桌上，默默走出门，在阶前倚着廊柱坐下，望着高高的大殿发呆。

殿门大开，却看不到熟悉的身影。

明亮的光线流泻而出，斜而长，映在白云地面，仿佛天上皎皎银河。

此刻，他在里面做什么，是伏案疾书？还是淡然品茗？或者是闭目冥想参悟心得吧？又或者，是在修习极天心法？

卓云姬所求，他至少明白。

而她想求的，他永远不会明白，更不能让他明白，也不能让任何人知道。

不甘与绝望就像一只无形大手，紧紧掐着她的脖子，令她无法呼吸。

纵然如此，她也从未想过要离开紫竹峰，离开他。

燕真珠的话适时浮上来，带来一丝希望："……尊者那样的人，要怎样美怎样好的仙子才配得上他，怕是永不会娶了。"

这样也好，至少，她在他身边。

只求上天，就让她以徒弟的名义，永远与他相守紫竹峰。

殿内其实根本没有人，洛音凡一早就被虞度找过去商量事情了，很晚才回到紫竹峰，刚走进重华宫，他便看到了这样的一幕。

大殿外，小徒弟倚着廊柱，抱膝而坐，已经睡着了。

洛音凡缓步走上阶，在她面前站定。

终究是长大了，瓜子小脸线条更加优美，当年细瘦的小手如今变得纤长柔软，纵然穿着宽大白袍也难掩动人腰肢，面前的少女，不再是当年赖在他怀里撒娇的小女孩。

发现这些变化，他竟然有一丝惆怅。

他与天下所有父母一样，既盼着孩子长大懂事，又矛盾地希望他们永远长不大，永远单纯可爱，承欢膝下。

私念已生，却浑然不觉。

最近她做每件事都小心翼翼的，就算是在梦里，小脸仍带着一丝不安之色，令人心疼。

重罚慕玉，想来她受的教训也够了。她的委屈，她的心思，她的一举一动，他都看在眼里。这几个月以来，有意的冷淡，只为了让她想明白，无奈她始终不肯放弃，不让她进殿，她就天天守在外面等他出来，或装作玩水，或是看星星。

这孩子，要他怎么做才好！

不能让她走上错路，总是他失于教导的缘故。

洛音凡静静地站着，半晌，挥袖将她送回房间。

第二日重紫醒来，发现自己躺在床上，隐约记起昨夜情形，原本是坐在殿外等他出来的，谁料不知不觉竟睡着了。

是师父送她回房的？重紫有一丝欢喜，自以为师父已经开始原谅自己，匆匆梳洗完毕就去找狻猊练功，接连半个月都很勤奋，不敢偷懒。

这日上午，她正在练功歇息的空当里，忽然听得秦珂唤她，于是连忙御了星璨飞下紫竹峰。

秦珂脸色很是不好，见了她也不说话。

重紫拉他："师兄找我做什么？"

秦珂似有些不太自在，半晌道："你想不想去青华宫？"

青华宫？重紫被问得蒙了："你是要去办事吗？我不能私自乱跑了，师父会生气的。"

秦珂忍耐："不是我，是你一个人过去。"

重紫猛然回想起来，脸渐渐涨红，难道他指的是……前日卓昊来信说的那些话？不会吧！

秦珂紧绷着脸："那小子名声不太好，你当真不怕被他骗？"

才写一封信而已，怎么连他也知道了？重紫窘得低声道："我又没说要去……"

秦珂道："当真不去？"

重紫尴尬地别过脸："我哪儿也不去，要留在紫竹峰侍奉师父的。"

秦珂脸色好转，扬眉轻哼了声："这样也好，你还小，青华到底不如我们南华，我已禀过师父，要再上玉晨峰修炼。"

重紫"呀"了声，惊得抬脸："怎么又要修炼？多久才下来啊！"

见她有不舍之意，秦珂弯了下嘴角："五年吧，五年过后我定然来找你，带你出去玩。"

重紫待要再说，远处忽然有人揶揄道："找了半天不见，原来在这儿呢！"

二人转脸看，却是闻灵之与闵素秋走来。

闵素秋先温柔地朝秦珂作礼："秦师兄。"

秦珂点点头，看闻灵之："闻师叔。"

听说他主动要求再上玉晨峰修炼，闻灵之满心不悦，此番是专程要来劝他的，找了半天不见人，如今见他在重紫这儿，只得勉强压下气，笑了下："什么时候跟我这么客气了？"

那张美丽的脸故作关切，重紫在旁边看着就来气："我去练功了。"

虽说跟去昆仑的事迟早会穿帮，但若没有她告状，事情就不会闹大，掌教必然留情，洛音凡只会当她偷跑出去的，也不至于连累慕玉、秦珂，如今她害得秦珂受罚，还一副若无其事的样儿，当真可恶！

第十九章·梦魇

南华偏殿内,虞度与洛音凡坐在椅子上,洛音凡手里拿着封书信在看,眉头越拧越紧。

虞度笑道:"青华、南华素来交好,卓宫主也不是外人,这才亲自开口提,她既是你的弟子,不知你……"

洛音凡断然道:"不能应。"

虞度点头:"天生煞气,未净化之前,嫁过去的确不妥,但她若不曾上我们南华学艺,这年纪,在人间也该成亲,与其他凡人一样生活了。"

洛音凡道:"事已至此,她不宜离开南华。"

虞度摇头道:"不是师兄多言,这到底是她的终身大事,你做师父的不说一声就擅自替她回绝了,未免有些不近人情。"

洛音凡道:"她年纪尚小,且无亲人,我自然要替她做主。"

虞度含蓄地提醒:"我的意思,至少该让她知道,万一她自己想去呢?卓小宫主乃是仙门后起之秀,生得一表人才,主动求亲,恐怕没有人不满意的,我听真珠说……他与重紫私下甚好。"

洛音凡微愣,抬眸看他。

虞度笑道:"她自己果真愿意,你我总不能强行阻拦。我仔细想过,倘若卓宫主那边不介意,她在青华南华都一样,何况有了夫婿儿女,也就多了挂碍,只要她心系仙门,将来就算……出什么意外,我们的把握也大些。"

洛音凡没说什么,收了信起身便走。

重华宫内空荡荡的，并没有小徒弟的影子，墙外竹影摇曳，映在廊柱上，越发幽静。

就算他做师父的太敏感，然而煞气未解之前，让她离开南华，实在难以放心。虞度说的固然有理，但站在师父对徒弟的角度，这种带着算计的方式，洛音凡还是不太赞同。

怎么跟她讲才合适？不要嫁去青华？

洛音凡苦笑。

相处这么久，他岂会不了解她，只要他说不同意，她是绝不会去的。

默然片刻，他伸手推开面前房门。

房间仍和往常一样，简单整洁，案上只摆着几件东西：一柄嵌着云母的红木梳，一只会报晓的翠玉鸟……都是他当年随手替她选的。另外就只整齐地放着四五只盛药的小玉瓶，甚至连一面镜子也无……

多了面镜子。

不是普通的镜子，那分明是传信用的沉影镜，极其稀罕，她怎么会有？洛音凡皱眉，走过去信手拿起来看，里头是卓昊风流倜傥的笑，随即是一番声情并茂的告白。

无意中窥见这种事，洛音凡有点儿尴尬。

单纯得透明的小徒弟长大了，开始有秘密了，这让他很不习惯。

师兄说得没错，卓小宫主待她确实有意，可是她，对什么是男女之情，根本就分不清弄不明白，太糊涂太傻。

要她留下很容易，只要他开口一句话。

说话何其容易，怕的是说错。

洛音凡沉默。

去或留，他也不知道怎样选择才是对的，或许，该让她自己决定。离开南华也好，以免她继续错下去，只不过，重华宫又要寂寞了吧，四海水畔从此再不会有人等着他回来……

曾几何时，已经习惯有人陪伴。

会不舍？洛音凡猛然一惊，心境刹那间变得清明透彻，不由得摇头自嘲——修行几百年，还会耽于这些聚散离合之事吗？

他搁下镜子，目光移到旁边一枚小玉瓶上。

自从身中欲毒以来，仗着深厚的修为，他原本和往常一样，并未将此事放在心上，谁知眼看三个月过去，体内仍有一丝毒素残留不散，这令他震惊不已。

玉瓶在指尖转动，瓶内盛着卓云姬当日所赠之药，服下即可得解。

然而，他洛音凡修行数百年，得无极金仙之位，自以为参透一切，万事皆空，心如止水，到头来居然奈何不了这区区欲毒，还要靠解药，岂非笑话？

双眸微冷，一丝自负之色滑过。

无上法力，横扫六界，纵有欲毒，又能奈他何！

他随手将玉瓶放回原处。

狂妄二字自古误人，竟连神仙也难免，只道有数百年修为压制，便可相安无事，却不知，爱与恨，一点儿已足够。

稍后该怎么对她说？洛音凡兀自琢磨说辞，重紫就推门进来了。

察觉身后动静，洛音凡也正好侧身看，无意中对上那双大眼睛，心中一动，立即平静地移开视线。

师父怎会在她的房间？重紫呆了呆，脸上毫不掩饰地升起惊喜之色，想要跑过去却迈不动脚步，半晌才低声道："师父是……找我？"

洛音凡点头："为师有事要与你说。"

重紫"哦"了声，慢慢走到他面前，脸忽然绯红。

案上沉影镜已不在原位。

被当成窥探徒弟秘密的师父了，洛音凡大为尴尬："卓小宫主给你写过信，想来你也知道了。"

师父会不会生气？重紫不安地望着他。

洛音凡不动声色，尽量使语气听上去自然："青华卓宫主昨日来信，大意是要给卓小宫主提亲，为师特地来找你，也是想问问你的意思……"

提亲？卓昊是认真的，重紫微微吃惊。

洛音凡示意她说。

小脸由红转白，重紫喃喃道："我……听师父的。"

小徒弟果然是最听话的，洛音凡松了口气："为师的意思，你年纪尚小，有些事情还看不明白，且天生煞气未除，这么早过去恐怕不妥，倘若卓小宫主愿意，叫他等……"

等到什么时候？镜心之术能否练成还说不定，一百年，两百年，年轻的孩子经得起这样的等待？

洛音凡停了片刻，迟疑道："你要是想过去，为师……"

重紫脸色明显好转，很高兴地打断他："那我就留在这儿侍奉师父。"

对上她的目光，洛音凡移开视线，点头："也好，将来煞气净化，再说不迟。"

见他要走，重紫忍不住叫道："师父！"

洛音凡回身，意在询问。

"师父还在生我的气？"重紫咬了咬唇，忽然上前跪下，"重儿知错，以后定然学好灵台印，不会任性，不会让师父操心，求师父……别生气了。"求他不要对她这样冷淡，求他不要再疏远她，她真的不能忍受。

洛音凡低头看着脚边的人。

六年，才短短六年而已，不知何时起，那双大眼睛已经失去了当年的狡黠机灵，取而代之的，是不安与惶恐，依稀含着泪光。

她以为他在生气？他只是内疚而已。

六年里，他做师父的确不称职，屡次让她受伤，为了不让他为难，她受尽委屈也不曾抱怨半句，而今她无论犯什么错，都不能怪她，是他没有好好教导的缘故。

半响，他微微俯身，一只手扶起她："知错便好，仔细练功，为师要出去办点事，明日回来。"

师父原谅她了？重紫大喜："那我今后可以进殿陪师父吗？"

洛音凡既没答应也没拒绝，放开她，出门而去。

重紫高兴不已，目送他离开紫竹峰，回来在四海水畔坐了会儿，直到天色完全黑了，才回房间去休息。

夜半，祖师殿空荡荡的，慕玉面壁三个月满，已经离开了，殿内一个值守的弟子也没有，惨白的月光透过殿门缝隙照进来，斜斜落在地面，在这种静得诡异的气氛中，对面墙上画像里的祖师们显得更加威严，供桌上香火不灭，红红的几点。

头顶传来尖锐短促的笑声。

仰脸，那只弯弯的血红的眼睛正朝她古怪地笑。

重紫骇然。

半夜三更的，她分明是在重华宫自己的房间里睡觉，怎么会来到这里？

天魔令缓缓下降。

它不是被封印了吗，还会自己动？重紫惊讶又害怕，不由自主地停住后退的脚步，呆呆地望着它，刹那间，脑子里竟变得异常迷糊。

亲切！她居然会对它感到亲切！

暗红色的光泽闪烁，带着魔力般，摄人心魄。

如同受了蛊惑，重紫迈步，神不知鬼不觉地朝它走过去……

仙风吹散长夜，薄雾送来黎明，重华宫静悄悄的。

竹叶上晨露未干，洛音凡就御剑归来了。

原来他自昨日离开紫竹峰起，一路上总感觉有些不安，因此匆匆办完事便赶回南华，刚走进重华宫门，就看到小徒弟坐在殿外四海水畔，脸色有点苍白，精神却很好，他这才放了心，暗暗纳罕。

重紫原本装作看水，见他回来，立即展颜迎上去："师父。"

洛音凡点点头，径直上阶进殿。

书案已经收拾得干干净净，椅子上铺着云毡，茶水不烫不凉，重紫见他提笔，连忙过去铺开纸，然后和往常一样，安安静静地站在旁边替他磨墨。

长发披垂于地，脸色依旧淡漠，提笔的手稳得让人安心，正如执剑时一样，那是足以守护一切的从容气势。

任凭天上人间光阴流逝，就这样，静静地守着他，一直到岁月的尽头。

小小唇角勾起，重紫浅笑。

笑容渐渐变得不太自然。

昨晚那个噩梦令她心有余悸，甚至让她有种不祥的预感。已经好几年没再做的梦，怎么突然又找上她了？与以往不同，那感觉，比任何一次都要真切，她真的摸到了天魔令！

很熟悉，带着温度……

奇怪的是，她单单只记得自己取过天魔令，之后发生了什么事，竟半点儿也记不起来……

重紫努力回忆着。

洛音凡提笔写了几行，发觉气氛不对，忍不住侧脸看，只见旁边的小徒弟呆呆地磨着墨，目光呆滞，似在出神，小脸苍白得不太正常。

照理说，半仙之体通常不会生病的。

明知道她的依恋不是好事，不该再过分关切。

洛音凡再写两行，终于还是搁笔，看着她："可有不适？"

冷不防被他询问，重紫"啊"了声，反应过来之后连忙摇头："没有。"

小徒弟长大了，有越来越多的秘密瞒着他，洛音凡没多问，转眼之际，目光停在她手腕上："几时伤的？"

顺着他的视线，重紫疑惑地低头。

左手腕上赫然一道红色伤痕，想来是刚受伤不久，因是半仙之体，伤口愈合得比寻常人要快，重紫早起时精神恍惚，竟然没留意到。

这是什么时候有的？昨晚究竟是梦还是真？

重紫大惊，面色惨白，冷汗淋漓。

洛音凡原以为是她玩时无意划伤，随口问问，哪知她反应这么激烈，心头疑云顿起："你……"

话未说完，门外忽然响起钟声。

二人都愣住。

钟声很特别，南华每有大事才会响起，所有弟子闻声都要尽快赶到主峰，由于这钟动静太大，虞度通常是不会用它的。

洛音凡皱眉，起身便走，重紫忐忑不安地跟出去。

清晨天色阴冷，南华主峰正殿外，各类护山灵兽早已赶到，远远蹲着等待，连殿顶都落满了仙禽，气氛异常紧张。

虞度与闵云中高高站在阶上，虞度面色凝重，闵云中脸上更是乌云密布，慕玉与闻灵之等几名辈分高的弟子亦肃容立于两旁，唯独秦珂不在。

石级下，宽阔的主道两边，数千弟子屏息而立，眼睛都望着上面的掌教，不知道究竟发生了什么。唯一能肯定的是，除了当年魔剑被盗，万劫现世，掌教从没有动用过灵钟，此番匆匆召集所有弟子，一定是出了大事。

洛音凡与重紫驾云而至，无声落在中间大道上。

见到他，众弟子不约而同松了口气，护教尊者在，无论发生多严重的事，似乎都不用担心。

洛音凡拾级而上，重紫亦跟随在他身后。

三位仙尊并肩而立，似有默契，都不说话。

不消片刻，天机尊者行玄也带着几十个徒弟赶到，他是惯常的诙谐，拈着白胡子走上阶，老着脸叹气："我说昨夜心神不宁，早该料到会出事，掌教师兄这么急着把大伙儿叫来，又有什么要我测的？"

人都到齐，洛音凡这才侧脸看虞度："出了何事？"

虞度缓缓道："昨夜有人擅闯祖师殿。"

四下鸦雀无声，众弟子目不转睛望着他，等待后面的话。

祖师殿并无禁令，任何一名弟子都可以进去，原不稀奇，但此事既然惊动掌教，且动用了灵钟，必定非同寻常。

果然，虞度抬手丢出一件东西。

看清那东西，别人尚可，旁边的重紫立即面如土色。

巴掌大的天魔令飘浮在半空，弯弯如眼睛，依旧流动着暗红色光泽，大约是有这么多人看着的缘故，那种诡异的气息已经消失，感觉不到半点儿异常。

与以往不同的是，令牌上有一小块地方颜色分外鲜艳，和其他地方明显不一样。

鲜血的颜色。

重紫一阵眩晕，心惊肉跳，她并不明白那血代表什么，只隐约感觉到事情很严重，而且很可能与她有关……越想越怕，她再也忍不住，低头看手腕上的伤痕，昨晚明明就是在做梦而已，为什么会心虚？

旁边两道视线投来。

紧张的人对周围发生的事格外敏感，重紫立时察觉，急忙转脸看，却是慕玉，他显然也看到了她手腕上的伤痕，欲言又止，温和的眼睛里带着许多疑惑之色。

重紫呆呆地望着他，不知所措。

慕玉沉默片刻，终究还是伸手，不动声色地替她拉下长袖，盖住她发抖的小手，连同那道伤痕。

眼圈一热，重紫垂眸。

明知道天机尊者在，无论发生过什么，迟早都会被查出来的，身为首座弟子，他还是选择纵容庇护，因为相信她。

可是她对自己没信心，万一真的和她有关……

那不是她的血，一定不是！她就是做了个噩梦！

重紫自我安慰着，心情总算平静了些。

天魔令的异常，底下众弟子显然也都发现了，新弟子们不知其中利害关系，仍是面面相觑，知情的却都紧紧闭着嘴，谁也不敢开口说话。

虞度道："这块天魔令，你们可都知道它的来历？"

此事虽然没有公开讲过，但几乎所有的南华弟子都清楚，那是南华天尊牺牲性命换来的战利品，代表了南华守护六界之战的胜利，也代表了整个仙门的荣耀。

闻灵之立即站出来，恭声道："弟子斗胆，听说过一些。"

虞度点头："讲。"

闻灵之转向台下，嫣然一笑："百年前，魔界出现了一个有史以来最强大的魔尊，自名逆轮，得天魔之身，为祸六界，群魔无不臣服。

"三十多年前，逆轮一统魔妖两界，野心勃勃，开始进犯人间仙界，天山教与蜀山门等数十门派皆遭重创。这场浩劫共历时二十年，直到十一年前，逆轮率魔族攻上南华，妄图进入通天门摧毁六界碑，引六界入魔，天尊为了挽救天下苍生，率本门弟子苦战，最终以极天之法中的一式'寂灭'，将逆轮斩于剑下，天尊也因此重伤身故。"

这段往事被她缓缓道来，现场气氛更显肃穆。

闻灵之适时打住，黯然片刻，才接着道："这天魔令便是得自魔尊逆轮，上有万魔之誓，当年逆轮正是用它召唤虚天群魔的，如今魔族之所以没落，也是因为它被逆轮以魔宫禁术封印，无人能召唤虚天之魔。"

说到这里，她看着虞度，恭声道："但是，恕弟子多言，弟子以为，魔族没落，最主要的缘故不是天魔令被封印，而是我们仙门弟子不忘重任，谨记天尊教诲，上下齐心，守护苍生，所以魔族才不敢猖狂，人间方得安宁。"

此话一出，众弟子俱各点头，闵云中黑沉沉的脸色也好了许多。

虞度满意，示意她退下："这块天魔令当年被逆轮以魔宫禁术封印，唯有其至亲施以血咒之术，方能解开。如今天魔令上留有血迹，显然是有人昨夜潜入祖师殿，妄图施展血咒，解除封印。"

底下立时哗然。

洛音凡道："此人并未得逞。"

虞度叹息，压低声音："逆轮并无血亲，他失败也是自然的。只不过此人既敢试图唤醒天魔令，可知其心术不正，这样的弟子留在南华，将来必出大事。"

洛音凡点头，心中忽然一凛。

此情此景，他又不好立即转身去问，只得勉强忍耐，暗暗宽慰自己——小徒弟跟着他这些年，别人对她不甚了解也罢，难道他还不清楚？她天性善良，品行端正，绝对不会做出这种事，他对她是有信心的。

虞度转向众弟子，语气比平日更威严："南华上有教规，受天命镇守通天门，容不得狼子野心之徒，本座先奉劝此人一句，此番你是决计躲不过的，最好自行出来认罪，或可从轻发落。"

闵云中目光冷厉："此人身为南华弟子，却心怀邪念，大逆不道，无视教规，仙门断留不得这样的败类。若肯自愿伏诛，我与掌教便网开一面，送他去轮回转世赎罪；否则必按教规，严惩不贷，到时进了刑堂，此等重罪，只会落得魂魄无存的下场。"

数千弟子沉寂，每个人都在等待，话说到这份儿上还不出来，可知此人大胆狂妄至极。

洛音凡终于忍不住，微微侧过脸。

重紫也正呆呆地望着他，看出那目光里的询问之意，竟不知该如何回应。也怪不得师父怀疑，这事连她自己都没有多少把握，那明明就是个梦而已，是假的，事情为什么偏偏这样巧！

最怕令他失望，自十岁跟随他，她努力了整整六年，只为了想证明给他看，他没有收错徒弟。

昨晚，昨晚究竟发生了什么？她在梦中莫名去了祖师殿，看见殿上的天魔令朝她飞下来，然后……然后呢！

重紫握紧双手，勉力回忆。

奇怪而可怕的事情发生了，先前她无论如何都想不起来的场景，此时竟猛然浮现，有如一道凉水浇过头脑，混沌的记忆经过冲洗，变得格外清晰，就好像戏台一角的帷幕被徐徐拉开，里头的场景逐步显现！

夜半三更，天魔令用笑声召唤她……

她中了魔似的朝它走过去……

左腕被边棱割破，有血流出，暗红色的天魔令一沾鲜血，刹那间变得鲜艳夺目……

不是，不是这样，那是梦啊！梦怎么能当真？重紫惊恐地抬眼，恰恰对上闵云中严厉的目光，顿时更加慌张，脚底后退几步。

小徒弟的所有反应，洛音凡看得清清楚楚，一瞬间，只觉得胸中气血翻涌，伴随着绝望的是潮水般的怒气。

天生煞气，修魔道的绝佳根骨，当初一念之差收她为徒，他也从未后悔，只因相信她天性善良，以为悉心教导便能引她走上正道，事实上，这些年来他一直对她很放心，难道正是因为太放心，所以看错？陪伴六年的最听话最善良的徒弟，突然做出狼子野心大逆不道之事，犯下如此重罪，他一时竟不能接受。

真如师叔他们所言，她迟早会堕入魔道？

心变得冰冷，目光也冰冷。

全身上下，每一寸肌肤几乎都被那视线刺得生疼，重紫情不自禁发抖，乞求似的望着他，却不是因为怕受责罚。

别生气，求求你别生气，不是我做的，那只是做梦！

别生气，相信我……

想要解释，却不知从何说起，重紫只顾望着他摇头。

虞度的声音又传来："本座好言相劝，这忤逆之徒既然还执迷不悟，那就有劳天机尊者了。"

闵云中冷笑："不必多说，天机尊者，先行卜测。"

"且慢。"

漆黑的眸子恢复平静，平静得没有一丝波澜，可是其中透出的冷酷与决绝，已经让在场的所有人心中发凉。

他缓缓开口，用那淡漠的声音唤道："重紫。"

重紫，不是他的重儿。

小脸儿瞬间转白，连嘴唇也失去了血色。

周围或许很静，又或许很热闹，这些都不重要，心已死一般归于沉寂。众目睽睽之下，重紫苍白着脸，迎着他的视线，摇摇晃晃，一步一步，虚弱地走过去，跪在他面前。

第二十章·劫持

"你手上伤痕从何而来？"

"师父。"

"你的伤从何而来？"

重紫泣道："师父……"这件事连她自己都不确定，怎么解释？果真照实讲来，梦中之事，有谁会信？

误解哀求声中的含义，洛音凡心头怒意更重，骗了他这么多年，到如今还指望让他庇护吗？

"是你？"

"也许……是我……可我也不知道……"

重紫既慌张又害怕，所有事乱成一团，竟有些语无伦次。人一旦习惯依赖，不自觉就变得软弱起来，陪伴师父这些年，一直过得平静满足，乍遇上这么大的变故，那感觉，就和当年爹娘惨死时一样，叫人难以接受。

慕玉见势不妙，忙上前道："尊者息怒，重紫在南华这些年，是怎样的人，尊者应该最清楚，或许她有什么难言之隐？"

旁边闻灵之轻哼了声，一名女弟子会意，立即道："慕师兄忘了，人间有句话是，知人知面不知心。"

洛音凡皱眉。

虞度忙斥道："放肆！尊者问话，岂容你们插嘴，退下！"

女弟子噤声。

看着面前的重紫，洛音凡缓缓道："为师再问一次，是，或者不是？"

终究还是想给她最后一次机会，只盼着她能说出"不是"二字。果真无辜，他必定追查到底，但是，她若真的心存邪念，天生煞气，一旦入魔，结果很难预料，难保不会成为另一个逆轮。他洛音凡也绝不会袒护徒弟，贻害苍生。

发现那眼波里泛起的一丝涟漪，重紫忽然找回勇气，迅速冷静下来，含泪将昨夜的怪梦说了一遍："……我并不知道那是梦还是真，直到早起师父问起我的伤，我才觉得蹊跷。可是那个天魔令，我往常一见它就做噩梦，只想远远避开，哪里会主动去找它？"

洛音凡不语。

闵云中道："诸多借口！"

重紫哭道："重紫绝对不敢欺骗师父，督教明察。"

事情又麻烦了，虞度暗暗叹息，制止闵云中："适才所言，如若有假，便是欺上之罪，一旦查实只会两罪并罚，你可明白？"

重紫以额碰地："不敢有半句假话。"

虞度点头："本座暂且信你，既然你也不能确定是梦是真，就由天机尊者先行卜测，以免冤屈了你。"

重紫再叩首。

行玄无奈，苦着脸取出天机册。

平时都不把天机处放在眼里，这种时候偏就轮到自己卖力，当年一时心动为这丫头卜测命运，险遭反噬，整整休息了半年，但凡与她有关的事，就是麻烦，这次不知又要耗费自己多少灵力……

黄白光照，天机册浮起在半空，翻开，逐渐变大，好似一轴巨大的空白画卷。

在场所有人都不眨眼地望着那空白卷页，重紫尤为紧张，也有许多同情喜欢她的，私底下都替她捏了把汗。

一盏茶工夫过去，天机册上迟迟不见异常。

眼见行玄从开始皱眉，到后来掐指，最后竟念咒出声，众人惊讶不已。照理说，天机尊者卜测这些事应该是轻而易举的，根本无须念诀，除了当年卜测魔剑被盗之事失败，还从未见他这么吃力过。

正在众人疑惑时，半空的天机册逐渐显示出画面。

画中景物十分熟悉，阴暗空旷的大殿，殿顶一粒明珠散发着微弱的光，忽然，高高殿门被人从外面推开，月光随之泻入，一道纤瘦人影自门外走进来。

她缓步行至案前，御杖而起。

血滴在令牌上。

双唇微动，似在念咒……

所有人都睁大眼睛，最震惊的莫过于重紫，未等画面消失，她便失声道："不是！不是这样！是它自己朝我飞过来的，我并没有御杖！也没有念咒！"

闵云中冷冷道："莫非是天机尊者在冤枉你？"

重紫无言，呆呆地跪在那里。

当前的情形就是百口莫辩，只有她自己明白，事实根本不是行玄卜测的那样！她根本就不会念什么血咒！

洛音凡亦惊疑，行玄固然不会出错，但小徒弟的表现也并无不对。早起大殿上无意中问起，她那诧异的神色绝不是装出来的，她没有说谎，此事很可能是在她毫无意识的状态下进行的。

感受到他的注视，重紫终于拾回一点儿信心。

别人可以不信她的话，他应该会信吧？她就算骗了天下所有人，也不会骗他的。

"没有，师父，我真的没说谎！是它自己朝我飞过来的，我从来没学过什么血咒……"

闵云中勃然大怒，打断她："天魔令是掌教亲自作法定在祖师殿的，除了我与护教，还有天机尊者，谁能使唤它？莫非南华还藏有这样的高人？何况它早已被魔宫禁术封印住，怎会自己下来找你？分明就是狡辩！"

众人纷纷点头，就算有信她的，也不知道该说什么好了。

重紫急得分辩道："明知道瞒不过天机尊者，我只需照实讲来，推说做梦不知情就好了，又何必故意编造令人生疑，求掌教与仙尊明察！"说完再叩首。

众人听了这番话，细想之下亦觉有理，低声议论。

燕真珠终于忍不住站出来道："重紫师叔所言极是，她若有心推脱，又何必说假话，望掌教明鉴。"

闻灵之道："那倒未必，我曾听天机尊者说，重紫命数成谜，或许她因此自恃，以为尊者难以卜测，妄图蒙混过去。"

自小被她刁难，重紫到底年轻，再也忍耐不住，气得大骂："闻灵之，我与你有什么仇，这样诬陷我！"

闻灵之涨红脸，横眉："你别血口喷人，我只是说可能。南华容不得心术不正之徒，我身为督教弟子，岂能徇私，替你隐瞒？"

重紫怒不可遏："你……"

不待多说，洛音凡已打断她："住口！"

闵云中冷笑："隐瞒欺上，目无尊长，南华收的好弟子！"

气急之下忘了辈分，重紫不敢再多言。

虞度皱眉道："事实俱在，你仍不肯承认，也怨不得他人不服，天机尊者绝不会冤枉你。"

燕真珠似想起什么："弟子斗胆多言，记得当初逆轮魔宫有梦魇，善于梦中操控他人，如今梦魇虽销声匿迹，九幽魔宫却有梦姬一派，重紫师叔会不会是中了梦魇之术？"

闵云中道："你难道要说，梦姬混进了我们南华？"

燕真珠无言，半晌道："可能是……"

"胡言乱语！"闵云中斥道，"南华收弟子都是屡经挑选，身世来历无不清楚，且有众神兽灵禽守山，能混进来而不被察觉，区区梦姬哪有这么大能耐！你这分明就是偏袒本门叛逆，理当同罪，再要多说，一并受罚！"

燕真珠无奈退下。

虞度示意行玄："是否中梦魇之术，查看便知，以免有人不服。"

行玄上前，右掌按在重紫额前，片刻之后收回手，摇头。

旁边慕玉忽然开口："倘或有人法力胜过天机尊者，有心掩饰真相，天机尊者便不能测出实情，正如当年魔剑被盗之事。"

数遍南华上下，法力比行玄高的只有三个人，洛音凡是绝不会害徒弟的。

闵云中大怒："混账！你这是说为师与掌教陷害本门弟子？"

"师父息怒，弟子绝无此意，"慕玉微微一笑，不慌不忙道，"只是听说重紫在林和城时，曾经遇上过魔尊万劫……"

闵云中挥袖打断他："笑话！她在南华做梦，千里之外的万劫怎会帮忙隐瞒？南华数千弟子，单她做梦成真，分明就是巧言狡辩，借口做梦，妄图蒙骗过去，否则血咒之事又如何解释？"他又哼了声，"纵然是真，也必定心有邪念，贪图天魔令的好处，所以才会做那样的梦。"

重紫忙道："我从来都没想要天魔令！"

"天生煞气，迟早会入魔道！"

"我并没害过人。"

"本性难移！"

重紫闻言抬眸，直直地看着他。

知道他的偏见，所以这些年她小心翼翼，只为博得他的好感，谁知到头来仍落得一句"本性难移"。

重紫缓缓道："仙尊说得不错，我是天生煞气，可那又如何，我没想要生成这样，这些年我从未做过坏事，更没有安心害过谁。仙尊身为督教，赏罚公正，为何始终对我执有偏见，这与以貌取人有何区别？我不服！"

万万想不到她敢出言顶撞，四下一片沉寂，闵云中气得噎住。

"混账！"

"师父。"

"为师收你为徒，是让你目无尊长，以下犯上，逞口舌之能吗？"

重紫垂首："弟子知错。"

洛音凡道："还不与仙尊赔罪。"

重紫忍了委屈，果然朝闵云中磕头："重紫无知，情急失言，但凭仙尊责罚。"

明知道洛音凡是在护短，然而闵云中自恃身份，晚辈既已认错，也不好多计较，半晌嘲讽道："护教的徒弟生得这般牙尖嘴利，由我来判，谅她也不服，既然是护教门下，事实俱在，还是由护教亲自发落吧。"

洛音凡沉默片刻，待要说话，耳畔忽然传来虞度的声音。

"师弟且慢，此事其实不简单。"

虞度召天魔令至面前，转脸朝一名大弟子递了个眼色，那弟子立即走上前，抬起右腕，两指在腕间一划，殷红的鲜血立即流出，滴落于天魔令上。

虞度示意他退下："师弟，以你的修为，要除净血迹想必不难。"

洛音凡不语，抬掌拂过令牌。

心知有异，他特意使出了最高等的净水咒，眨眼之间，方才滴落在令牌上的血污果然消失得无影无踪。

虞度看着他。

洛音凡愣愣地看着天魔令，心中震动，几乎不敢相信眼前发生的事。

新的血迹虽然消除了，可是先前残留的重紫的鲜血仍醒目地印在上面，非但没有消失，反而更加鲜艳，仿佛已经和令牌融为一体。

顶级净水咒，去秽除尘，不可能这样！

虞度早已料到他的反应，叹道："我与师叔想尽办法，都不能将她的血迹从上面除去，可见此事非同寻常。我原以为天生煞气只是巧合，谁知她竟似与此令大有渊源。"

"逆轮并无血亲，封印仍在。"

"无论如何，事关重大，师弟……"

洛音凡抬手示意他不必多说，转眼看向重紫。

方才二人这番话是以灵犀之术传递，旁人并未听到，都在奇怪，唯独重紫脸色惨白如纸。

淡淡的神情万年不改，可是她感觉得到，他正在离她远去。

重紫一动不动跪在他面前，喃喃道："师父，我没说谎，真的没有。"

只要他相信她，不生她的气，别人怎么冤枉怎么责罚都不重要，无论会受多重的刑，甚至是魂飞魄散，她也不怕。

气氛压抑得令人窒息，所有视线都集中在这里，都在等着他的决断。

沉默了大约一盏茶工夫，他终于开口了："事实俱在，你还有何话说？"

重紫颤抖，望着他："重儿没有说谎，就算师父要我死，我也不会认的……"话未说完，就听得一声闷响，她整个人直直朝石级下滚去。

在场所有弟子都未反应过来，正愣神之际，重紫已止住滚落之势，身体飘起在空中，缓缓落回地面。

闵云中收了浮屠节，冷笑道："事实俱在还想抵赖，这等孽徒，护教也要袒护不成！"

洛音凡淡淡道："既是重华的逆徒，我自当处置。"

脸上额上渐渐浮现几处擦伤痕迹，重紫顾不得疼痛，膝行至他跟前，拉着他的长袖："师父！师父！血是我的，可我真的不会什么血咒，我没有骗你！"

"事到如今，仍不思悔改吗？"

清晰的声音，击碎重紫仅剩的信心，原来这么多年，他还是不能完全相信她，也和闵仙尊他们一样，认为她迟早会堕入魔道。

她仰脸望着他，摇头："师父。"

他抬眸看天边，一字字道："打入昆仑山冰牢，百年。"

"不要……"不要离开他，不要离开南华，她宁可死了。

"冰锁之刑，百年。"他重复道。

冰锁之刑，通常是仙门处置身犯重罪的弟子以及魔族用的，谁也想不到，如今会用在这样一个妙龄少女身上。其实此事既是意料之外，也在情理之中，毕竟重紫这次所犯罪过不小，可南华上下都熟悉她的品性，她怎么看都不像以往那些十恶不赦之徒。

困锁于万年玄冰之内，神志清晰，却不能动弹半分，没有阳光，没有生气，有的只是无尽黑暗，彻骨冰寒，百年寂寞。

底下一片哗然，慕玉等人都呆了，唯有虞度苦笑——方才已经暗示得很明显，这是个难得的又不落人口实的机会，谁知这师弟还是一如既往的固执！

闵云中冷笑："只是困个百年？"

洛音凡道："师叔让我处置，我便处置，不妥吗？"

闵云中脸色差到极点，天机册上就是事实，仙门弟子有这念头，震散魂魄也不为过，无奈方才心高气傲答应让他处置，亲口说过的话，当着众弟子的面总不能反悔，只得哼了声："是不是罚得太轻了些？如此，恐怕难以服众。"

洛音凡没有说话，目光冷冷地四下扫了一遍，包括闻灵之在内，无人敢应声。

闵云中怒道："你这是什么意思？"

见势不对，虞度忙制止："重紫年纪尚小，念她又是初犯，我看师弟这样处置很好。"毕竟此事古怪，洛音凡真要庇护徒弟，借口再判轻点，也是谁都奈何不了的，可见他并没忘记大局。

掌教既这么说，料想结果难以更改，众弟子看着重紫，多数人都隐约察觉到此事尚有蹊跷之处，不免更加可怜起她来。

燕真珠急得跪下，大声道："尊者，虫子是什么样的人，这些年我们都看得明白，你老人家还不清楚吗？她绝对不可能有那样的心思！"

此话一出，不少弟子也跟着求情："尊者开恩。"

慕玉亦道："重紫并未学过术法，如何懂得血咒？此事尚有难解之处。冰锁之刑委实太重，求尊者网开一面。"

一个天生煞气的丫头，竟引得这么多人为她求情，连自己最看重的徒弟也被迷住，闵云中大怒："天机册上看得明白，掌教还会冤枉她不成！饶她死罪已是开恩，身为首座弟子，不做表率也罢，反而对南华罪徒诸多维护，还不给我滚去祖师殿思过？"

慕玉道："弟子受罚无妨，但此事的确……"

他没有继续说完，只因洛音凡已驾起了五彩祥云。

重紫通红了眼，紧紧咬住唇，双手撑地，身体仍是微微摇晃。

她忽然望着半空大声道："重儿不求饶恕，只求师父再留片刻，听我几句话。"

洛音凡定住云头，却并未回身看她。

闵云中道："还要纠缠？"

重紫没有分辩，迅速擦干眼泪，面朝底下众弟子拜了一拜："多谢慕师叔和真珠姐姐，也多谢众位师兄师姐师侄，重紫认罪，你们不必再替我求情了。"

众人默然。

她转身再拜虞度："多谢掌教开恩，事实俱在，重紫无话可说，甘愿受罚。"

想不到她会这样，虞度意外，脸上也有些下不来，只得叹道："你先去，此事本座会再查，果真冤了你，必定命人接你回来。"

重紫称谢，最后朝云中那熟悉的背影拜下。

抬脸时，一双大眼睛里已满是泪水。

"重儿不幸，天生煞气，蒙师父不弃收在座下，这些年多得师父教导庇护，死亦不足为报，师父既心怀苍生，重紫又岂敢有入魔之心，更从未想过要什么天魔令！"

她郑重地捧起星璨，望着云中高高在上的人，含泪道："此杖名星璨，师父当初亲手所赐，重儿从不敢忘记师父教诲，也绝对不敢欺骗师父，如今认罪，只因此事的确是我做下，但从头到尾，我并未说过半句谎话，更不知道什么血咒。"

重紫继续说道："原本只想清清静静度日，留在紫竹峰侍奉师父，此番甘愿去昆仑，只希望师父能相信我，百年之后，让我重回紫竹峰，继续侍奉师父。"

说话之间，星璨忽然光华大盛。

众人都看得一呆，连同闵云中也一愣。

眼泪终于再次夺眶而出，重紫伏地，哽咽道："只求师父……求师父他日路过昆仑时，能记得来看看我。"

哪怕就看一眼，她也知足了。

白衣在风中起伏，手中逐波似也在颤动。

"遣送昆仑，即刻启程。"他淡淡说完，驾云离去。

许久，行玄先叹气打破沉寂，看看重紫，又看虞度，老脸上神色有些不安，星璨天然带正气，莫非真是自己出错，冤枉了她？

闵云中道："法器认主，被她的煞气同化，无甚稀奇！"

虞度没有多说，转身吩咐道："闻灵之听令，着你速速带五十名弟子送重紫去昆仑，即刻启程，不得有误。"

闻灵之忙应下。

闵云中虽对这结果不甚满意，但转念一想，封困百年也是个不错的法子，原本虞度很早就建议了，可惜当时被拒绝。困锁昆仑山底万年玄冰内，任她有天大的本事也难作怪，何况只要她离开南华，也能令人安心。

突然发生这种事，众弟子简直就像做了个梦，默默散去。

云中，两道人影对面而立。

"难道真的弄错了？"焦虑。

"不可能。"

"既然没错，天魔令的封印为何没有解开？"

"我看，或许是她煞气不足的缘故。"沉吟。

"现在怎么办，真让她在冰牢里困上百年？"

"你且下去，我自有道理。"

闻灵之奉虞度之命，当即带了五十名弟子遣送重紫下山，匆匆赶往昆仑，重紫连与慕玉、燕真珠等人道别的时间也没有。途中，女弟子们受闻灵之指使，对重紫百般苛责，无非是变着法子嘲弄羞辱她。重紫此时是戴罪之身，不敢惹事，唯恐洛音凡知道了生气，只得默默忍住，再回想这番变故，诸多委屈，一连几天都失眠，白天又被逼着赶路，未免露出憔悴之色。

对于那个古怪的梦，重紫到现在也没弄明白，她明明不会血咒，为什么天机尊者卜测出来的结果不一样？

答案其实不重要了，她不是傻子，虞度说什么追查以及接她回来的话，不过是敷衍，他和闵云中因着天生煞气的事一直对她抱有偏见，恐怕很早就想要处置她了，何况她对天魔令的特殊感应，也会让他们更警惕吧。

被冤枉，重紫不在乎，她只在乎师父。

冰锁百年不要紧，为什么他宁肯失望、气愤，也不愿相信她？她一心当他最听话的徒弟，敬他，爱他，怎么会骗他？

六年朝夕相伴，所有的温柔与甜蜜，轻轻一句话就全部抹杀了，他甚至没有回头看她一眼。

昆仑还有多远？重紫茫然望着前路，大眼睛几乎失去了焦距。

"发什么呆？"有人伸手拍她。

接连几日精神不济，全靠星璨通灵，带着她稳稳当当行进，此刻突然受这股力，重紫终于支撑不住，身子朝旁边一歪。

周围响起惊呼声。

有人又快又准地将她接在了怀里。

重紫犹未回神。

他低头看着他，似笑非笑："小……师妹。"

原来卓昊率青华宫几个弟子外出，办完事正要赶回青华复命，两派素来交好，遇上了自然要停下来招呼。卓昊见带队的是闻灵之，因当初她出言激怒阴水仙，有害重紫的嫌疑，因此一直对她没什么好感，打算客套两句就走的，哪知眼前突然冲出个熟悉的身影。

重紫压根没留意周围发生的事，跟着星璨木头木脑地往前冲，周围负责看守她的几名女弟子都不拦阻，只是想让她在同门跟前出丑罢了。

见她目光呆滞，形容憔悴，卓昊皱眉，瞟了不远处的闻灵之一眼："脸色这么差，是不是有人欺负你？"

重紫总算回神，摇头。

"正好，我有话要跟你说，"卓昊俯下脸，贴在她耳畔低声问，"收到我的信了吗，怎么不回？"

求亲的事并未公开，重紫看看四周，有点窘，想要离开他的怀抱，无奈那手臂反而抱得更紧了。

星璨在旁边转悠，似是不满。

"卓师兄先放开我……"

"师兄？"卓昊挑眉，"尊者的顾虑我已经知道了，天生煞气算什么，别怕，我会求父亲，将你接来青华也是一样的。"

他不介意？重紫愣了片刻，移开视线："多谢卓师兄心意，只是……我恐怕去不了。"

卓昊收起调侃之色，语气温柔下来："你是不是在担心那些妹妹，怕我哄你？那不过是年少时的玩笑，我跟她们没什么的，卓昊哥哥必定待你好。"

重紫勉强一笑，催促道："我知道，你先回去吧。"

卓昊暗喜，逗她："好不容易遇上，小娘子与我多说两句话都不肯？"

重紫别过脸："这么多人，将来再说，你快放手。"

"我现在就要听。"

"你先回去，我给你写信。"

"真的？"

"当然。"

卓昊看着她半晌，问："出了什么事？"他身边妹妹一堆，对女孩子们的反应了如指掌，此刻见她答应得格外爽快，大异往常，焉能不起疑！

重紫暗叫不妙，待要再说，闻灵之已经御剑过来，朝卓昊作礼："我们还要赶路，卓少宫主，就此别过吧，重紫，快走了。"

重紫"哦"了声，连忙示意卓昊放手。

卓昊见她待重紫颇不客气，欲发作，又怕她路上为难重紫，于是展颜笑道："师姐何必这么急？"

对方是青华少宫主，原该交好为上，闻灵之拿定主意，嫣然一笑："此事乃掌教亲自吩咐，事关重大，耽误不得。当初匆匆一见，多有得罪，将来有空，还望卓师兄多来南华走走，灵之也好讨教。"

卓昊道："不敢，只是我有些话要与小师妹说，有劳师姐先行一步，我稍后就送她赶来，必不误你们的事，如何？"

闻灵之本性好出风头，美貌灵巧，在南华时除了秦珂，弟子们大多会捧她的场，如今见对方一心只在重紫身上，并没留意到自己，更不舒服，为难道："这……卓师兄有话，不如就在这里说吧。"

同门相见，留下来说两句话本不稀奇，卓昊恼她不知趣，索性抱着重紫挑眉，语气甚是暧昧亲密："我二人的话，闻师姐当真要听？"

闻灵之涨红脸，讽刺道："青华卓师兄，你果然与传闻中丝毫不差。"

卓昊面不改色："岂敢，算来我与秦师兄同辈，怎好在师叔跟前自封师兄？方才一时糊涂忘记辈分，闻师叔见谅。"

重紫无语，原来他也是很会气人的。

不出所料，闻灵之被戳中痛处，俏脸忽红忽白，冷笑："也罢，你要跟她说什么，趁早说，将来可就说不成了。"

卓昊听出不对，脸一沉："师叔这话什么意思？"

闻灵之道："没什么意思，你问她自己，为何会被遣送昆仑。"

卓昊呆了半晌，看重紫："遣送昆仑，你……"

重紫垂眸不答。

闻灵之道："妄图窃取天魔令，罪孽深重，尊者慈悲，饶她一命，只叫她受百年冰锁之刑，本门罪徒，自然要看得紧些，万一有个闪失谁也担不起，卓少宫主还有什么不明白的？"

冰锁之刑！卓昊惊得说不出话。

失望吧！她是十恶不赦之徒，天生煞气，还妄图打天魔令的主意。重紫缓缓自他怀内挣脱："闻师叔，走吧。"

"你没有，对不对？"卓昊扣住她的手。

鼻子一酸，眼泪直涌，多日的委屈齐齐涌上，重紫终于忍不住伏在他怀里哭起来。

"尊者他老人家必是弄错了！"卓昊拉起她，御剑要走，"我带你回去见他！"

闻灵之拦住二人："卓少宫主别太过分。"

"让开。"

"事实俱在，我劝卓少宫主不要插手本门的事为好。"

卓昊怒道："什么事实！我看其中必有内情，不能平白无故冤屈了她！"

闻灵之道："掌教与尊者亲自下令，何来冤屈之说？还请卓少宫主让路，灵之将来也好回去交代。"

卓昊道："我这便带她回去交代！"

重紫吓得拖住他，虽然此事委屈，但若真的跟他回去，师父只会更生气，而且他将来回青华也必会受重罚，他既给予她这种无条件的信任，她就更不能连累他："卓师兄不必费心，是我做错事，甘愿受罚的！"

卓昊铁青了脸："不是便不是，什么是你！冰锁之刑非同儿戏，你知道冰牢是什么地方！"

"百年而已，我可以在里面修行，早点修成仙骨。"

"胡闹，我今日定要带你回去！"

闻灵之冷冷道："卓少宫主执意阻拦，休怪我们得罪！"

卓昊冷笑："要一起上吗？我就不信谁拦得住！"

闻灵之怒道："还都站着干什么？！"

她本是喝令南华众弟子过来阻拦，哪知此话一出，身后仍无动静，争执的三人一惊，连忙抬眼看，不知何时，周围的弟子们竟都悄然消失了，一个也不见。

"她要跟我走。"疲倦的声音在身旁响起。

整个重华宫仿佛变作一潭死水，沉沉无声，房间依然整齐干净，与她走之前相比几乎没有任何变化。

洛音凡静静立于床前，看着手里的沉影镜。

镜内，一个白衣身影正缓步走下阶，走出重华宫，走下紫竹峰，御剑消失在云中。

画面很熟悉，其中人影更熟悉，那是出事前一日，他外出办事时的情形，当时只知道她跟在后面送他，却不知道她偷偷将他的背影摄入了沉影镜里，放在床头枕边。

不是不明白她的依赖，不是不信她。

信又如何，改变不了事实。

对于"命中注定"之类的话，他一向不怎么放在心上的，可如今眼看着发生的一切，他终于明白什么是无能为力。做梦、血咒……难道真如师兄他们说的那样，因为天生煞气，她就算再怎么努力，最终还是注定要走上那条路？

　　他说过会保护她，然而当事实真真切切摆在面前，他却没有一个庇护的理由。

　　"秦珂求见尊者。"耳畔传来清晰的声音。

　　镜中画面被抹尽，洛音凡面无表情地将镜子丢回枕边，转身出门。

　　四海水上烟气荡开，水面清清楚楚显示着紫竹峰下的情形，除去秦珂和燕真珠，旁边还有几名弟子，已经跪了几天。

　　洛音凡不看还好，见状反生起怒意。

　　六年里费尽心思教导，如今还是出了事，他的徒弟受罚，却引来这些人下跪求情，他这个师父反成了恶人吗？

　　"这是南华弟子的规矩？"

　　"此事她绝非有意为之，求尊者开恩，她如何受得冰锁之刑？"

　　"有意无意，都已成事实。"洛音凡淡淡道，"天魔令之事非同小可，关系六界安危，绝不能姑息。身为掌教弟子，不知轻重，无视教规，看在掌教面上，只罚你鞭笞二十；燕真珠私自报信与你，教唆生事，杖责五十，自削五年修为，其余闹事者各杖责五十。"

　　燕真珠气得顾不了什么："严厉的闵仙尊，也一向庇护徒弟，虫子品行如何，尊者比我们都清楚。为了自己的名声，不惜与别人一起冤枉徒弟，让她受此重刑，真珠今日才明白，尊者果然像他们说的那般狠心无情！"

　　洛音凡声音微冷："你的意思，重华宫的弟子，我竟处置不得？"

　　从未有弟子敢这样顶撞他。燕真珠本就心怯，待要再分辩，旁边走来一人。

　　"慕玉参见尊者。"

　　"传我的话，再有求情者，一并受罚。"

　　慕玉摇头："慕玉所来，并非是想求情，只不过方才接到急报，闻师妹一行人途中出事，重紫被魔尊万劫劫走，本门数十弟子身亡，闻师妹与青华卓少宫主都受了伤，掌教命我来请尊者过去商量。"

第二卷

万劫不复

第一章·万劫之地

湿热的空气带着股奇异的味道，倒也不太难闻，只是隐隐令人感到沉闷压抑，极其不舒服。

睁眼，便看见天空。

真的是天空？从未见过这样可怕的天空，愁云惨淡，绵延无际，变幻莫测，乌烟瘴气，看不清楚，好像一卷被浓墨弄脏的残破废纸，云中风声呜咽，似有无数冤魂野鬼在哭号。

重紫吓得翻身坐起，毛骨悚然。

四周烟迷雾绕，能见度很低，视线能及之处，顶多五六丈，再远就什么也看不到了，身下是黑色泥土、白惨惨的石头，还有深褐色的斑驳的老树根。

没有人，甚至感受不到生的气息，阴森森的令人害怕。

这是什么地方！重紫紧张得心都快从胸腔里跳出来了，下意识地寻找星璨。

还好，它还在身边。

星璨顺从地伏在她怀里，温润的感觉如此亲切熟悉。重紫很快平静下来，挪动身体，移到一个自认为相对安全的空地上，努力回想发生过的事，总算记起自己是被谁带到这里的。

魔尊万劫，他劫持了她！

难道这里竟是传说中的……万劫之地？

据说当年万劫盗走魔剑，得到剑上逆轮遗留的魔力，于虚天中开辟出万劫之地，一时群魔归附。可怜三千护剑弟子一夜丧命，有这笔血海深仇在，仙门哪肯放过他，寻仇的不计其数，几番利用宫可然引他出去。入魔后的万劫越发凶残狠辣，不仅数次冒险救人逃脱，且又杀了不少仙门弟子，可谓旧仇未了，新仇又结。

魔界难得出个魔尊，可惜这位魔尊是个情种，除了宫可然，别的一概不理，未免引部下不满。自魔尊九幽现世，群魔便纷纷背叛他，投奔九幽，万劫也不在意，干脆独自将万劫之地迁往别处，仙门苦寻多年未果，想不到是在这里。

卓昊呢？闻灵之她们呢？记得当时求他饶过他们，他只说了句"你没有资格与本座谈条件"，然后……然后就什么也不知道了。

重紫心里发冷，尽量不去想太多，站起身。

已是南华罪徒，万劫为什么还要劫持她？难道他想借此要挟师父？当务之急，还是趁他不在，快些逃出去为妙。

魔宫解散好几年了，万劫之地十分荒凉残破，俨然一片废墟。

乱石杂草，断壁纵横，可以看出这里曾经有不少人住过。视线所及，不见半点儿绿色，草丛树叶都是枯黄萎败的，不时还能在杂草断壁间看见肥大的老鼠、带青白花纹的蛇。大约是受了环境的影响，它们与外面的动物生得很不一样，小眼睛里光芒一闪一闪的，透着几分狡诈与邪恶。

重紫当过乞丐，看到这些小东西倒不至于太害怕，只不过那种诡异凄迷的气氛实在难以忍受。她紧张地握紧星璨，试探着小心翼翼地朝前走。

穿过迷雾，还是迷雾，这样下去很难找对方向路径。

重紫正泄气不已，远处忽然传来水声。

那是一条小河，河面宽约三丈，深浅难测，上面有座宽木板桥，河畔有黑沙白石，两岸还生着许多黑叶芦苇，原本与寻常小河无异。

然而，那河中流动着的，竟不是清亮的水，而是略显黏稠的暗红色液体！

血浪卷起许多小小的漩涡，血沫子翻动，发出沉闷的汩汩声。

河畔沙石间散落着一些白惨惨的骨头，不知是人的，还是野兽的，令人触目惊心。

重紫看到这样的景象，青着脸呆呆地站了许久，直到胸中一阵抽搐，才忍不住转身作呕，眼前发黑，险些恶心得晕过去。

血河！万劫之地简直就是地狱！

快些离开这儿！重紫转身跌跌撞撞地跑开，大路小径乱撞。

黑水池、红石崖、老树林、大如碗口的蛤蟆，如同触手般摆动的草叶……触目所及，一切景物都出奇的萧瑟，甚至带着荒诞、阴森、肃杀。

不知跑了多久，也许是运气太好的缘故，前面真的出现一座黑石砌成的巍峨高大的门。

出口！重紫简直不敢相信。

"想逃吗？你出不去的。"头顶传来一个声音。

如同被泼了盆雪水，满心欢喜消失得无影无踪，重紫全身僵硬，手脚冰凉，再也迈不动脚步，生生被定在了原地。

他无声降落在前方，暗红长发掩映黑色长衣，腰带与护肩上的花纹华美。

重紫不由自主地后退。

熟悉的脸轮廓分明，只需看一眼就永远也不会忘记。曾经，他带着悲悯的微笑告诉她，再生气也不能伤害别人。从那时起，她就将他当成是最好的神仙，是他，让她走上南华，拜入仙门，遇见师父。

没有他，就没有今天的她。

短短数年，白袍变黑衣，如墨长发变妖异红发，天上神仙变作了人人惧怕憎恨的魔尊，唯独那张脸没有多少变化，依旧年轻俊美，薄唇微抿，透出几分冷酷，还有浓浓的戾气。

他脚不沾地，凌空移至她跟前。

知道目前的处境，重紫急中生智："大哥！大哥！是我啊，你不记得我了？当年在仓州……你怎么会变成这样，是有苦衷吗？"

她当过乞丐，知道无论在什么时候，博得对方好感都不是件坏事。这话一半是想稳住他，妄图唤起他的记忆，说不定他会手下留情；另一半则是发自真心，她也很想知道他入魔的缘故，想知道那件惨案究竟是不是他做的，她实在不能相信他真的像传说中那样残忍无情。

可惜，他听完这番话，依旧没有任何表示，只是看着她，甚至连那双优美的凤目里也无半丝波澜。

重紫忐忑，勉强笑道："大哥，我就是那个小叫花啊。那时候总被他们欺负，他们要挖我的眼睛，是你救的我，你……还记得吗？"

他还是面无表情，只不过在听到"小叫花"时，目光似乎闪了下。

重紫马上明白他是听进去了，大喜："大哥，你记起来了吗？"

暗红色的眸子里有了笑意，他忽然开口："天生煞气的人不多。"

重紫还未反应过来，小嘴已不听使唤地张开，面前几根修长的手指一弹，不知什么东西飞入口中，顺着喉咙落下。

"你……"她还没来得及问出口，身体就开始发生变化。

痛，锥心刺骨的痛，好像有人拿着刀一下一下地在心上剜，在骨上剔。

重紫痛得弯腰蹲下，初时还勉强忍耐，可到后面那疼痛越来越厉害，她终于支撑不住，倒地翻滚惨呼。

含笑的眼睛，深处是一片残忍与冷漠，他看着脚边的她："这丹是给仙门中人用的，修行越深，会越痛，你只是半仙之体，将来修得仙骨就更痛了。"

早就该明白的，他已经不是什么神仙，而是个不折不扣的魔王！

重紫满头大汗，脸色青白，双唇毫无血色，手指紧紧抓着身下泥土，挣扎着，连完整的句子都说不出来。

"想逃？"他不痛不痒地哼了声，转身消失。

疼痛一阵接一阵，重紫真正体会到什么是生不如死，她喘息着，翻滚着，抽搐着，呜咽着，不知道药效还会持续多久，直到嘴唇咬出血，没有力气再动。

无休无止的折磨下，神志也逐渐模糊。

恍惚间，她死死抱住星璨："师父。"

她已经成了南华罪徒，他那么失望生气，还会来救她吗？会吗……

其时重华宫里，洛音凡端坐案前，心情也很复杂，修书几封看着灵鹤送走，他随手取过茶杯，却发现杯中茶水已冰凉，顿时苦笑。

不知何时起，就再未有过这样的情况了，每每茶凉，总会有人换上热的，重华宫也绝不会这般冷清。

闭目坐了片刻，他终于还是将案上所有信件推开，起身走出大殿。

视线不自觉地移向四海水畔，下意识地认为那里还会有个人在等他，等他出去，等他回来。

白云铺地，空无人影。

洛音凡微微皱眉，对自己目前心神不定的状态很不满。

匆匆送她去昆仑不是没有道理，消息尚未传出，趁早动身，为的就是防止意外发生，谁知万劫这么快就劫了她去，天下果真有这般凑巧的事？

难道魔族奸细真的混上了南华？是梦姬？

这种可能性几乎为零。南华弟子拜师时，身份来历都会调查清楚，就算有人冒充，也不至于这么久不被人察觉，更何况万劫魔宫早已解散，只剩了万劫一人。

莫非万劫一直在留意她？毕竟他已经知道她天生煞气。

亲自劫人，他到底打的什么主意？这才是洛音凡最担心的事。最近几年万劫行踪诡秘，调查下来，发现他竟也在暗中打探各仙门的事，并不像众人所说那样，只关心宫可然，他似乎是在寻找什么。毕竟，他的力量可能来自逆轮之剑，而她恰巧和当年的逆轮一样，天生煞气，他这些异常举动，和她有没有关系？

天生煞气，修仙易成邪仙，入魔易成天魔。

而她，此刻恐怕也心含委屈，会不会因此生出怨念……

阶前，洛音凡负手而立，静静地看着墙外长空，不知不觉，目光变得凌厉了几分。

有他在一天，就绝不会让她走上那条路。

可如果她真的……

洛音凡一惊，随即苦笑，并没有太多担心，至少现在，他还能相信自己徒弟的品性，相信她不会那样做，更主要的是，他相信他自己。

有他在，她就绝不会走那条路。

那孩子太善良，太重感情，这就是弱点，足以阻止她入魔的弱点。

上次在林和城，万劫就有意手下留情，此番必不会轻易动她。明知道她不会有太大危险，但毕竟是自己徒弟出事，还是唯一的徒弟，说不担心是假的，跟了这么多年，他又怎会没有感情！尽管对她更多的是因为没能履行承诺而带来的内疚。

当务之急，是设法救她出来，万劫之地至今无人知晓，要救人谈何容易！正所谓关心则乱，一时竟想不到合适的主意。

洛音凡叹了口气，转身进殿。

耳畔雷声炸开，重紫再次恢复意识，是被雨水浇醒的，冰凉的液体打在脸上身上，和外头的雨也不太一样，带着股奇怪的腥味。她迷迷糊糊抬起头望了眼，天空更加黑沉沉的，连昏迷了多久也看不出来。受过这番折磨，重紫只觉筋疲力尽，全身上下提不起半点儿力气，一阵阵的酸疼，仿佛每一寸骨头都被重新磨过了。

可是很快，她就像见了鬼，尖叫着跳起来。

周围红彤彤一片，雨帘？血雾？白衣裳紧紧贴在身上，已经被染成了红色，散发着血腥味。

忽然，一道血红的闪电自头顶划过，雷声凄厉。

重紫全身颤抖，又怕又恶心，青着小脸不要命地在风雨中奔跑，想要寻找一个躲藏的地方，不知道跑过多少条路，不知道跌了多少跤，不知道身上摔破了几处。

漫天血雨，避无可避，无限绝望。

脚步逐渐放慢，终于停住，带着满身鲜血，她颓然跪倒在地。

师父呢？师父不相信她，真的不再管她了吗？为什么到现在还不来救她……

"为什么……"喃喃低语被风吹散。

明明那么小心，为什么还是错了？为什么老天要这样对她？为什么连他都不相信？天生煞气，迟早入魔，难道这真是她的命运？

所有的委屈与伤感全部涌上来，眼泪簌簌落下，与脸颊的血水混作一处，分不清是血还是泪。

"为什么？"她趴在地上放声大哭。

周身煞气再也不受控制，重重扩散，血腥味越发浓郁。

冷风疾雨里，一丝若有若无的暖意自手心里传来，却是星璨。

刹那间，心境变得清明，无数往事在脑海里闪现，重紫猛然回神，恨不得一巴掌拍死自己——在想什么，怎么可以不相信师父！他只是不知道真相，要给南华上下一个交代，所以才会罚她。她是他唯一的徒弟，他亲口说过会保护她，怎么会不管？要找到万劫之地的入口有多不容易，现在他一定在担心吧？

就算受再多折磨，也要活下去！只要活着，总有一天她会回到紫竹峰，师父会原谅她。

煞气尽收，重紫勉力爬起来，跌跌撞撞往前走。

终于，迷雾中隐约现出一座庞然大物，其中似有火光，走近了才发现，那是座高高的黑石宫殿，平地矗立，衬着背后浓云闪电，巍峨壮观，分不清是真实的，还是幻象。

来不及思考，重紫飞快地朝它冲过去。

每一步石级都齐膝高，阶上有十来根巨大黑石柱，足有两人合抱粗，殿内极其宽敞，可容数千人，地面全由一种特殊的黑石铺就，磨得光亮，几乎能清晰地照出人影。一眼望去，整个大殿就像是一潭死沉沉的黑水，散发着彻骨凉意，又像是一片无底深渊，令人望而生畏，不敢下足。

重紫站在门口，回身望望外头铺天盖地的血雨，咬牙踏进殿门。

殿上一个人也无，脚步声带起清晰的回音，光滑的黑石地面倒映出人影，感觉就像是在水面行走，随时都会陷进去，叫人心惊胆战。

又冷又怕的时候，人总是向往光与温暖。重紫直直朝前走，只因前方有一束巨大的火焰在跳跃，可是当她真的看清那是什么东西时，马上又变得面无人色。

火蛇！

重紫睁大眼睛，尽量缓过神。

那并不是真的火蛇，而是一截像蛇一样蜿蜒盘旋在地上的粗大红树藤。她曾经听师父说过，魔界盛产一种万年赤蛇藤，专门用来燃烧照明，短短一截便可燃上一年半载，想来就是这个东西了。

熊熊火光带来难得的温暖，紧张的心情得以舒缓，重紫倚着柱子疲惫地坐下，视线不知不觉被迎面壁间那柄剑吸引了过去。

整个大殿，除了火，唯有它是最引人注目的。

剑的造型华美奇特，高高悬挂在光滑的黑石墙壁上，通体暗红色，此刻映着火光，更加鲜艳醒目，上面隐约有光华流动。

那材质，看起来竟如此熟悉！难道……

重紫倒吸一口冷气，心怦怦跳起来，几乎提到了嗓子眼，差点儿惊叫出声。

此剑与天魔令分明是用同一种材料铸成，根本无须猜测，这就是传说中那柄封印着逆轮一半魔力的魔剑——逆轮之剑！仙门和九幽魔宫惦记它多年，果然是落在他手里了，当年盗剑的人真的是他！

脚抬起，却没有往前，反而倒退了两步。

对面墙边有个巨大的黑石榻，黑石榻上有个人。

他仰面静卧于石榻上，眉头微锁，凤目紧闭，仿佛在沉睡，由于他身上穿的是黑衣，与周围墙壁地面一色，自己方才粗心竟没有发现。

这是他的住处？重紫万万没想到会阴差阳错闯进这里。回想那难以忍受的刺骨之痛，她对这位冷酷的魔尊只剩了畏惧，连忙放轻脚步，转身想要溜走，可是走出几步后，她又开始迟疑。

"总算来了。"耳畔响起冷冷的声音，他已神不知鬼不觉地站到了她身后。

重紫惊得跳开。

"想留下？"

"我……害怕血。"

"害怕？"他重复念了一遍，冰凉的手指托起她的下巴，"你要习惯。"

接二连三受惊吓，重紫已经被恐惧压得喘不过气来，几欲崩溃，终于忍不住叫道："为什么要习惯？我不要在这儿，我要出去！这根本不是人住的地方！"至此，她终于明白宫可然的感受了。怪不得宫可然那么恨他，无论哪个女人，都不会乐意住在这样的地方，过这种生活，被他纠缠当真是件恐怖的事。

"这里只有我一个人，很久了，你能来，该高兴才是。"

"是你自己把它变成这样的，怪不得宫仙子讨厌你，讨厌这儿！"

话嚷出口，重紫又后悔了，害怕地望着他。

出乎意料，万劫没有发怒："讨厌吗？可你躲不过。"

重紫哪还顾得上思考他话中的含义，颤抖道："你到底想做什么？我现在是南华罪徒，要去昆仑山受刑，对你有什么用？"

他俯下脸，一缕红发飘落她眼前："本座让你免受冰锁之刑，不好吗？"

"不用你好心，我……"话说一半，重紫猛然醒悟，"我受罚去昆仑的事，你知道得这么快，陷害我的人是……不，不可能，这么远，你怎么能通过梦来控制我？是有人给你通风报信！是谁在设计陷害我？"

万劫伸手握住她纤细的脖子。

重紫下意识地闭目。

许久，那手仍维持着原来的姿势，并未收紧半分。

"是谁，你不知道？"

"你也不知道？不是他报信给你的吗？"事情大出意料，重紫诧异地睁眼，见他没有反应，更加惊疑，"那你把我劫来做什么？要挟我师父？"

万劫目光闪烁，不置可否。

此去昆仑，消息并未传开，且动身迅速，除了南华山弟子，只有路上镇守各城的仙门弟子知道。重紫越想越不对，失声道："他肯定是仙门中人，要你动手，是因为他自己不能露面！他为什么要帮我？难道害我的人不是他？"

万劫依旧不语。

重紫道："你既然不认识他，为什么要听他的话？你不是最强的魔尊，他难道比你还厉害？"

本以为万劫不会回答，哪知他却冷冷开口了："法力高过本座的，六界还没有第二个。"

第一个当然是洛音凡。重紫似乎明白了什么："是那人用宫仙子要挟你！你不知道他是谁，所以才要听他的话，对不对？"

万劫又不回答了。

重紫冷汗冒出来："怪不得上次你能带宫仙子逃出昆仑，必是那人暗中相助，将昆仑路径泄露给了你！"

那人身在仙门，却利用宫可然暗中要挟魔尊万劫，目的肯定不单纯。更重要的是，他隐藏在幕后，别人永远不知道他会做什么，什么时候动手。他阻止自己去昆仑，到底是恶意还是善意？他会不会害师父！

重紫越想越心惊，转身跑："我要出去！"

万劫抬手，隔空将她拉回跟前："想去报信？他们不会相信的。洛音凡是你师父，南华天尊将仙盟首座之位传与了他，他要庇护你易如反掌，如今他非但不庇护你，还要送你去昆仑受刑，你还向着他做什么？"

重紫呆了呆，道："师父……那是……有人陷害我，他根本不知道！"

万劫道："他不相信你。"

重紫别过脸："他既然是仙盟首座，就更不能徇私，这次是别人故意陷害我，将来他知道我被冤枉，一定会接我回去的！"

"天生煞气，没有人能帮你，只有本座。"

"不用你管！"

"哼！"暗红的眸子里杀机骤现，很快又隐没，他似乎在顾虑什么。

重紫心里害怕，放软语气："你放我回去，我叫师父帮你查出那个人。"

"本座的事，不需要你插手。"一粒奇香无比的药丸塞进她嘴里。

"这……是什么？"

问题是多余的，撕扯般的疼痛已经在身上蔓延，重紫惊骇万分地看着自己露在外面的左手臂，那里的肌肤正在一寸寸裂开，如同被剪刀剪破，皮肉外翻，鲜血迸流。

"啊——"重紫尖叫。

万劫丢开她，依旧往石榻上躺下，任她在地上翻滚呼救。

时间就这样一天天过去，不知不觉已两个月。重紫对万劫之地渐渐熟悉起来，看到血河白骨，心里仍会发毛，可也没有当初那样恐惧了。万劫显然没有伤她性命的意思，每每从昏迷中醒来，身上的伤都已消失得无影无踪，就像做了场噩梦一样。

魔尊万劫的脾气的确与传说中差不了多少，残酷无情。

每当被折磨到难以忍受时，重紫简直想一死了之，然而最终还是强撑过来了。

见到万劫的时候多，见到他醒着的时候却很少，一天下来，他几乎有十个时辰都在睡觉，仿佛疲倦得很。当然，每隔几日他也会出去一趟，至于去做什么，那就不知道了。这期间重紫趁他不在，曾设计逃跑过一次，结果不用说。如今躲着他还来不及，哪里敢多问，不过她私下猜测，他可能是去见宫仙子吧。

重紫无心理会这些，她关注更多的，是殿上那柄逆轮之剑。

照理说，此剑与天魔令都是当年魔尊逆轮的遗物，或许天生带煞气的缘故，每每对着天魔令，她总会遇上怪事，这次被遣昆仑就是它害的，然而面对这柄传说中负载着可怕魔力的逆轮之剑，她反而没有任何感觉，这倒令人有些意外。

仙门一心想要净化此剑，消除祸患，如果能带着它出去，将功折罪，大家一定会原谅她，她就不用离开师父去昆仑了吧？

不止一次动过这心思，可重紫最终还是失望地摇头，这事太冒险了。自己现在处境固然不妙，可至少没有性命之忧，若被发现偷剑，会是什么下场很难说，何况万劫在门口设置了结界，要拿着剑逃出去，根本是不可能的事。

身后忽然响起脚步声。

知道是他回来，重紫连忙起身避到角落。

第二章·魔蛇

万年赤蛇藤燃烧正旺，一道高高的身影出现在殿门口，衣带长发被带进的风吹起，映着熊熊火光，尽显魔尊威严，可惜此时殿内空荡荡，并无一个部下迎接，于是更显得孤独了。

看清他的模样，重紫暗暗吃惊。

与往常不一样，俊美的脸上带着比平日更多的疲倦之色，唇角略带血迹，步伐也有些蹒跚，竟是受了伤。

他并不看重紫，径直走向石榻躺下。

重紫小声试探："你……怎么了？"

原本已经闭上的凤目睁开，冷冷地瞟着她。

重紫被他看得发毛，纵然面前真是当年的神仙大哥，受了他这么多折磨后，重紫也不会再生出多少同情了，何况她并不想多管闲事，索性转身走："大……叔慢慢睡，我出去了！"

"大叔"二字有意拖得很长，身后万劫没有理会。

殿外是永远不变的晦暗天空，凄迷烟雾，杂草乱石，枯树老藤。气候无非那么几种，或是阴风，或是血雨，或是愁云，或是妖月，从未见过太阳。

重紫抱着星璨发了会儿呆，盘膝坐好。

眼下空闲时间多，魔界太阴之气充盈，正可补仙界之短，与其坐等救援，不如趁机修行，总之不是什么坏事。

闭上眼睛，灵气游走。

开始还有些心神不宁，好在越到后面就越顺利，大约一个时辰过去，重紫便觉周身灵力充沛，进益不少，正在沾沾自喜，忽然地面一震，连带她的身体也跟着朝旁边歪倒。

怎么回事？重紫连忙睁眼察看。

还未来得及做出下一步反应，整块大地就剧烈摇晃起来！

好像被一股巨大的力量撼动，迷雾尽散，天空变色，万里浓云急速飘飞，令人眼花缭乱，壮观诡异。

自来到这里，还从未遇上过这等异事，难道出了什么意外？重紫吃吓，双手撑地稳住身体，转脸朝殿内大声唤道："大叔！大叔！你这魔宫是怎么回事！好像……要塌了！"

整个空间都开始摇晃，风向已乱，飞沙走石。

大殿里面无回应。

侧身躲过飞来的一块石头，重紫不敢继续留在外面了，起身踉跄飞奔进殿："大叔，这可是你自己的地方，你难道不管吗？"

黑石榻上，万劫静静仰卧其上，竟然已经睡熟了。

知道他性情不好，重紫不敢走近，站得远远的，唤他："大叔！大叔！"

她叫得这么响，弄出这么大的动静，万劫居然还是没有丝毫反应，他双目紧闭，依旧沉睡，暗红色长发映衬俊美的脸，就连唇边的血迹也带上了几分魅惑。

对啊，他受了伤，是死是活？重紫按捺住激动，小心翼翼走近他身边，碰了下他的手，又迅速退开："大叔快起来，出事了！"

那只手，不，他整个人几乎没有温度，和身下的黑石头一样。

重紫不敢妄动，试探着轻轻摇晃他："大叔！"

没有温度，却还有气息，看来他受伤太重，一时难以醒转。

外面狂风不停地灌入，凛冽非常，大殿摇晃得厉害，黑石彼此碰撞，发出尖锐而危险的声音，仿佛随时都会垮塌。

重紫猛然想起一事。

听说魔界虚天得太阴之力而生，每隔五年就会有一次劫变，乃是阴气太重反噬的结果。因此在虚天开辟魔宫是件极其困难的事，唯有法力极高强的魔尊才能做到，群魔有了容身之地，自然臣服。

眼前万劫之地的情形，分明是被一种强大力量撼动的结果，难道……虚天劫变爆发？

此刻万劫仍处于昏迷之中，根本没有能力应付，一旦结界承受不住外力，破开，让那道恐怖的魔力涌入，这里的一切都将被摧毁，连同重紫、万劫两个人，都要化为尘埃。

重紫浑身冷汗，既害怕又着急，顾不得什么了："大叔！大叔快起来！劫变来了，这地方要塌了！"

任她死命摇晃，万劫还是气息微弱，纹丝不动。

重紫无力地放开他，瘫软于地。

来自虚天的如此强大的力量，万劫之地能否支撑过去尚未可知，现下除了听天由命，再无别的办法，只能祈祷外面的结界足够牢固。坚持这么久，还是等不到师父来救她，难道命中注定要死在这里？

绝望之下，头脑自然变得简单。

这种力量……有点熟悉？

重紫呆坐片刻，留意到其中异常，正在诧异，那可怕的力量已开始慢慢减弱。

一波接一波震荡过去，地面晃动不再像先前那般剧烈，碰撞声也逐渐变小，那道力量好似一股浪流般，冲过这里，朝另一个地方行去。

终于，周围恢复平静。

遥望殿外，天空依旧是天空，大地依旧是大地。事情发生前后，顶多只短短一盏茶的工夫，重紫却感觉像过了好几个时辰似的，回想方才的情形，心有余悸。

能够幸免于难，估计一半原因是万劫之地的结界相当牢固，撑过了这场劫变；另一半原因则是侥幸。万劫此时身受重伤，倘若中间出点什么意外，就再没有谁修补支撑结界，两人必是死路一条。

无论如何，这次总算死里逃生。

重紫暗自庆幸，坐在地上喘息许久，待平静下来，才站起身朝殿外走。

脚步忽然放慢，停住。

半响，她缓缓转回身，鬼使神差地望向壁间那柄暗红色的逆轮之剑，大眼睛幽幽闪烁。

现在他昏迷不醒，岂非正是个好时机？只要带着魔剑离开这里，回去师父一定能原谅她，所有人都会原谅她的，她就不必去昆仑，又能留在紫竹峰侍奉师父了。

可是门口设有结界，拿了剑也出不去。

重紫怔怔地望了那剑许久，又将视线移向石榻上的万劫，脑中一个大胆的念头升起……

倘若……他死了呢？

劫变已经过去，不再需要结界的保护，只要他一死，结界自然消除，她就可以带着魔剑逃出去了。

逆轮之剑，魔族圣物，足以杀死强大的魔尊。

拿魔剑，杀了他！

重紫咬住唇，不由自主朝那剑走过去。

此刻他全无抵抗之力，她有九成把握能得手，结界消失，万劫之地就不再隐秘，师父会很快找到这里救她出去。杀了这个恶名昭著的魔尊，仙门那些寻仇的人只会感激她。

快，快杀了他！心底有个声音在怂恿。

重紫紧盯着魔剑，缓缓朝它伸出手。

纵然当年他对她有恩情，可是现在折磨她这么多次，也已经够了吧。他早就不是当年的神仙大哥了，而且身负血债，除去当初那三千性命，这些年他不知还杀了多少仙门弟子和无辜百姓，本就该死不是吗？

手控制不住，在半空不停地发抖。

眼前是个死刑犯没错，可并非每个人都有行刑的勇气。

她从未想过自己会亲手杀人。

"受了欺负可以生气，却不该有害人性命之心，知道吗？"曾经有个人亲口告诉她这句话，从那时起，她就深深记在了心里，可是万万没想到，有一天，她会杀他。

他静静躺在石榻上，无半分意识，对自己的危险处境全然不知。

昏睡之中，那脸上反而显出一丝熟悉的平和气质，酷似当年，一缕暗红长发掠过完美的脸，与唇角斑斑血迹颜色相同。

星璨动了动，似乎也很不安。

虽说杀人是情非得已，而且杀的是祸害六界的魔尊，师父知道后必会原谅她，可在当年那件事未查清楚之前，他不会希望她这么做吧，更不会希望她亲手杀人。

重紫看着那张沉睡的脸，迟疑半日，终于还是缩回手，飞快地寻思对策。

机会不能白白错过，不伤他性命，可也不能总留在这儿让他折磨啊。这些天接触下来，她早已看出他没有害她性命的意思，反而是那幕后之人令她很不放心，此人混入仙门，目的难测，不管怎么说，都要尽快想法子出去告诉师父才是。

脑海里灵光一闪,她蹲下身,摸索着在黑石榻上东按西按。

不负所望,一道暗门应手而开。里面有许多玉瓶,大都盛着药。

重紫清楚地记得,有几次被他折磨时,他喂她吃的,就是同一种毒药,需解药才能化除药性。有一次她努力忍受,总算没让自己昏过去,这才发现他喂她吃的是哪一种解药。

若非他不用吃饭,她早就给他下药了。

一眼认出那两种药,重紫立即分别取出一粒毒药和一粒解药,然后将剩余的其他药不论多少全都倒进了万年赤蛇藤的火焰里。

吃过这药的苦头,她很清楚药效,在那种难以忍受的痛苦折磨下,根本没有任何力气和心思施展法力。魔宫之毒难制且难解,他折磨她这么久,现在让他受点罪也理所当然,何况她只是想让他放她走而已,只希望事情能如愿发展。

心知没多少把握,重紫捏了把冷汗,不敢多耽搁,掰开他的嘴喂进药,用灵力催其咽下。

果然,万劫很快睁开眼。

重紫退后。

没有意料中的惨状,甚至没有听到一声痛呼。

他翻身坐起,右手捂着胸口,皱眉。

这药对他有没有作用?重紫惊疑不定,眼睛也不眨,留神观察他的神色,希望能从中看出一点儿变化。

半晌,他抬眸,声音略显沙哑:"解药!"

既然这么问,可见是真的中毒了,重紫惊讶于他的忍受能力,同时也暗暗松了口气:"只要大叔撤了结界放我走,我会留下解药给你。"

他只是看着她。

手指捏着解药,重紫尽量镇定:"解药只此一粒,我虽没多少法力,毁掉它却也易如反掌。"

"你是在要挟本座。"

"大叔怎会怕我要挟?可是宫仙子没有你保护,一定会很危险。我不过是想离开这里,并非存心害你,还求大叔别为难我。"

凤目冷冷盯着她,不带感情,更无半点儿痛苦之色。

他淡淡道:"那人既让本座劫你来,若我现在放你离开,她还能活吗?"

心里咯噔一下，所有希望瞬间破灭。重紫面白如纸，脚底后退两步，又急又悔，算来算去还是算漏了，早知如此，就该直接拿剑杀了他，也不至于有这些麻烦，到头来反而让自己陷入困境……

万劫看了她半晌，忽然一声冷笑："后悔？就凭你也害得了本座？"

眨眼间，壁上那柄逆轮之剑竟变作一条通体火红的碧眼蛇，滑落地上，溜到他身旁盘作一堆，高高昂头，朝她吐着火红的信子。

重紫大惊失色："魔蛇！"

怪不得对着天魔令有古怪，对着它却无任何感觉，原来它根本不是真的逆轮之剑，而是魔蛇所化！

早就该想到的，这么重要的东西，仙门与九幽魔宫都为它费尽心思，他又怎会随便将它摆在殿上！

重紫汗流浃背，一个字也说不出来。

她曾经在洛音凡的书上见过，此蛇名虚天魔蛇，其性剧毒，侍主忠诚，仙门中法力弱些的弟子一旦被其所伤，不及时救治，便难逃厄运。幸好方才没有真的取剑杀他，否则必死于魔蛇之口！这么说，他可能早就料到她的想法了！

万劫道："你要逃出去也不难。"

重紫呆呆地望着他。

"洛音凡闯入了虚天，方才只要你稍使仙门灵力接应，他就能感知，救你出去了。"他停了停，冷笑，"纵然南华天尊在世，也未敢擅闯魔界虚天，洛音凡果然自负得很。"

重紫这回真傻了。

难怪那力量如此熟悉，原来是师父！为了救她，他竟只身闯进魔界虚天探路！

错失良机，重紫固然懊悔，但更多的却是喜悦，师父还是记得她，还是担心她的啊。

万劫站起身，缓步朝她走过去。

前后才睡了短短一个多时辰，他的伤居然全好了似的，整个人变得精神，步伐稳健，目光清明，哪有半分中毒的样子！

重紫惊得连连后退。

"你……解药只剩这一粒，你……"

"哼！"

他丝毫没有让步的意思，重紫终于被逼到墙角，退无可退。手里虽捏着解药，可是她并没想过真的毁掉它，毕竟她的目的只是逃出去，孰料他竟不受挟制！

火光映着俊脸，越发显得邪魅。

万劫径直自她手里取过解药，在她还未回神的当儿，扬手，将解药丢进了身旁熊熊火焰里。

重紫大骇。

"你……"

"区区毒药，岂能奈何本座？"

如闻晴空霹雳，重紫尽量缩起身体，后背紧贴墙壁，额上满是冷汗，惊恐而绝望地望着他，仿佛已经看见自己的下场了。

想不到他的法力竟高到如此地步，根本不畏魔毒！

而她，不自量力地拿药威胁他，还起了杀心，如今等待她的，会是什么下场？

重紫全身发抖，几乎要哭出来。

出乎意料，万劫居然没再理她，转身走出殿去了。

接下来的日子没有想象中那么难过，万劫没有折磨她，这让重紫很意外。敢明目张胆要挟他，本以为一定会受严惩，如今他真的这么轻易放过她了？该来的躲也没用，重紫留在殿内小心翼翼等了半个多月，发现万劫的确没有计较的意思，这才真正松了口气，再想到与师父错过，又懊恼不已。

照万劫的性子，肯手下留情已经难得，重紫明白这个道理，因此自觉的不去招惹他，成日只缩在大殿角落里修行，尽量使自己看上去不起眼。

时光安安静静地流逝，直到有一日，万劫带回两个人。

来万劫之地三个多月，还从未见他带外人进来过，重紫有点惊讶，当然她也没胆量去管这个闲事，打算丢开，可是认出那两人之后，她马上大惊失色——两人都是南华弟子，其中一个正是闵云中的侄孙女闵素秋！

重紫连忙躲到柱子旁，待万劫离开，才跑过去唤她："闵师姐！"

二人本已满脸绝望，见了她更是惊恐后退。

原来洛音凡喜洁，每每见重紫身上稍沾污迹，都会用上个净水咒，可这里是万劫魔宫，有的只是血河血雨，万劫自己法力无边，重紫却惨了，寻不见净水，更不敢找他帮忙，只得勉强用沾着晨露的草叶洁身。此时她头发乱蓬蓬的，身上白衣早已被血雨染成了黑色，难怪别人认不出来。

重紫无奈，拉着闵素秋苦笑："闵师姐，是我啊！重紫！是我！"

二人疑惑地瞧了半晌才认出她，俱大喜。

重紫道："你们怎么被抓来了？"

闵素秋道："我们本是去青华宫的，却不期路上遇见万劫，被他抓了来。"

总算遇着合适的对象，重紫终于问出悬心许久的事："卓师兄和闻师叔他们……怎样？"

闵素秋看她一眼，低声道："闻师叔还好，就是卓昊哥哥受伤不轻，我这回正是要去青华宫看望他的。"

听得卓昊没出大事，重紫便大大松了口气，对闻灵之倒不怎么关心，看来万劫当时只想劫自己走，放过了他们。

另外那个女弟子名唤纭英，比重紫低了一辈，上来拉着她道："重师叔果然在这里，我们都以为你凶多吉少了。尊者前日为打探万劫之地入口，只身进了魔界虚天，幸好他老人家法力高强，安然无事。"

重紫垂眸浅笑。

纭英打量她，担忧地说："万劫没对你怎样吧？"

重紫摇头："他没想杀我。"

纭英不解："也没见他要挟尊者，那他抓你来做什么？"

重紫还是摇头。

"既然万劫不杀她，她就没事，反倒是我们很危险。"闵素秋制止纭英再说，急着问重紫，"我们的法力都被万劫封住了，你在这里住得久，可曾想过逃出去的法子？"

重紫为难："我知道门，可那儿设有结界，出不去的，也没见到别的出口。"

闵素秋失望。

纭英跺脚道："万劫近年越发猖狂，那日竟混卜南华，害了我们许多弟子，幸亏闵仙尊和掌教赶到，与几位师叔使出九星伏魔杀阵，才勉强伤了他，谁知他这么快就好了！"

原来他是这样受伤的，重紫恍然，心下暗忖。

万劫隔几天就出去，她早已开始怀疑了，果然，他并非是去见宫仙子，其主要目的，是想打探那个混在仙门里的幕后之人的真实身份吧。他既是魔界最强的魔尊，那人若真拿宫可然要挟他，他只需将宫可然困在身边就行了，何必受挟制？难道除了宫可然，还有别的事可以要挟他？

她兀自疑惑，旁边闵素秋忽然惊叫。

抬脸看见来人，重紫下意识地张臂将二人护在身后。

万劫哪里理会她，凌空将闵素秋摄至跟前，丢进殿内。

重紫大急："你……做什么？"

纭英白着脸道："他要取人元气，修炼魔神！"

重紫马上想起血河畔那些白骨，忍不住也哆嗦。

既是同门，没有不救之理，何况闵素秋还是闵云中的侄孙女，待自己也不坏，怎能眼睁睁看着她死！可是要与面前的魔尊作对，照目前的情形，别说闵素秋她们法力被封，就算没被封住，他也不会将她们放在眼里的。

重紫白着脸，看着万劫朝殿内走。

同门有难却见死不救，倘若叫师父知道她是贪生怕死之徒，肯定更失望吧？

纭英辈分低，此刻已慌得没有主意，不由自主地摇她的手臂："怎么办？"

重紫将心一横："大叔！"

万劫本已走到殿门口，忽然前路被人拦住，于是停住脚步，居高临下看她，凤目中没有表情。

重紫被他看得害怕，结结巴巴道："大……大叔，求求你饶过她们……"

想不到她这么大胆，纭英吓呆了。

万劫冷笑："本座要修炼，饶过她也罢，就用你代替？"

重紫吓了一跳，白着脸后退。

万劫不再理她，踏入殿门。

重紫咬牙，伸手拽住他的长袖："大叔，别再害人了！宫仙子也是仙门弟子，她不会喜欢你这样！你肯为她解散魔宫，为什么不肯为她收手？倘若你对别人也能像对她一样……"

万劫不耐烦地抬臂。

重紫当即被那道无形的力量震得飞出去，重重摔落在阶下，胸口剧痛，张嘴便吐出鲜血。

纭英见状大惊，跑过去扶她："重师叔，你怎么样？"

重紫摇头，忍痛拿袖子擦去嘴角的血，抬眼却见万劫正要设结界。

他若是进去，闵素秋就死定了！

重紫大力推开纭英，勉强奔上阶，步伐不稳，几个踉跄扑倒在他面前。她一时也顾不得姿势可笑，伸手抱住他的脚："大叔！大叔！你不记得教过我的话？再受欺负，也不能害人性命，何况她们并没有害你啊！楚不复！楚大哥！"

万劫踢开她："本座答应那人留你不死，不要得寸进尺。"

"你是神仙，是救人的神仙，不会喜欢害人的！"右肩骨仿佛被踢得碎裂了，重紫痛得低哼，挣扎着扯住他的袍角，仰起脸，"我虽天生煞气，可我记得你的话，我现在能做到，你不能变成这样！"

万劫冷冷道："放手，想找死吗？"

重紫咬牙，死命抓紧黑袍下摆不放。

万劫俯身扯过那杂草般的头发，逼得她张嘴，喂了粒药丸。

头发被扯，重紫吃痛，还未来得及叫，那手就将她丢开了。

药效发作得奇快，全身上下如有千万钢针在刺，比以往任何一次都更可怕的折磨，直痛得她小脸煞白，冷汗直冒，眼前阵阵发黑。

等了半晌，并未听到意料中的惨呼声，万劫大约也觉得意外，微微抬脚，地上的人便直挺挺地翻过身去，再也不动。

苍白的嘴唇被一排牙齿紧紧咬住，破损处流着血，她竟是早已昏迷过去了，唯独那纤细的手仍紧紧扯着他的衣袍下摆，不肯松开。

纭英双手捂住嘴，忍着没叫出声。

凤目中神色复杂，万劫锁眉。

许久，他俯下身，一只手抱起她的腰，稳步走进大殿，留下纭英呆呆地站在原地。

关于万劫之地所在，仙门苦寻多年全无结果，洛音凡无计可施之下，才决定亲自闯进魔界虚天探路，谁知仍一无所获，反倒惊动了九幽魔宫，只得退回。洛音凡眼见陷入困境，事情却忽然有了转机，青华宫宫主卓耀来信称打探到宫可然行踪，于是他立即起身赶往青华。

青华九重殿上，宫主卓耀端坐主位，旁边卓昊重伤初愈，脸色略显苍白，站在那里却依旧气宇轩昂，倜傥之气半点儿不减，不过神色似乎很焦急。

下面客位坐着个紫衣女子，容貌姣好，正是宫可然。此时她低垂着眼帘，纤纤手指握着茶杯，也有些心神不定。

终于，一道白影出现在门口。

卓昊立即迎上去："尊者，宫仙子已请到了。"

洛音凡点了下头。

卓耀忙起身让他坐："小儿前日带他们四下查探，总算打听到宫仙子芳踪，将她请来做客。"

洛音凡道："宫主费心。"

卓昊先前就坚持要去南华，无奈重伤走动不得，如今见面，立即开口求情："晚辈冒昧，天魔令的事我听说了，重紫小师妹绝不可能做出那种事，她并未学过术法，哪里懂什么血咒，此事必有冤屈之处，求尊者三思。"

洛音凡淡淡道："有过就当受罚，是否冤屈，南华自会查实。"

卓昊道："但冰锁之刑……"

卓耀恐他失言，急忙制止："当务之急是救人，南华的事，尊者与虞掌教自有道理，岂容你一个小辈妄加评判，休得胡言！"

卓昊只得退下。

宫可然过来见礼："久闻尊者之名，父亲当年亦常提起，说尊者对长生宫颇多关照。"

洛音凡破天荒地站起身，不大不小回了一礼："不肖小徒，劳动仙子。"

宫可然惶恐道："尊者说哪里话，这些年若非得尊者庇护说情，小仙早已性命不保，如今出些力是应当的……"说到这里，她欲言又止。

洛音凡道："重华本为救人而来，无意伤他性命，但逆轮之剑在他手上，久之势必为祸苍生，望仙子看在已故老宫主面上，劝他交出魔剑。"

宫可然低声道："魔气已入心，他不肯听的。"

洛音凡道："如此，到时或有得罪之处，仙子不要见怪。"

宫可然默然片刻，点头："此事总该有个了断，他早已不是长生宫弟子，尊者不必顾虑，只怕他不肯来。"

洛音凡示意她归座，转向卓耀："我看此事先不要声张，以免他们寻仇心切，难为宫仙子。"

卓耀赞同："这里离各大门派近，只怕宫仙子在青华的消息一传出去，他们立刻就要赶到了，须另寻个地方行事才好。"

洛音凡道："传说万劫之地入口在昆仑一带，离昆仑不远正好有个扶生派，我与那掌门海生道长却是旧识，不若借他的地方一用，又有昆仑派照应。"

卓耀笑道："如此，甚妥。"

卓昊立即道："我这便带人护送宫仙子过去。"

儿子重伤初愈，卓耀本不舍得他去冒险，却又知道他惦记重紫，此番必定拗不过，只得嘱咐道："听尊者吩咐行事，不可自作主张。"

卓昊答应，正要出门去安排，迎面就见一道绿色身影走进来，是卓云姬。

卓昊忙问："姑姑怎么突然回来了？"

卓云姬匆匆朝洛音凡与卓耀作礼，又看卓昊，美丽的脸上隐隐有忧愁之色："大事不好，闵仙尊的侄孙女素秋来看你，路上竟失踪了，我沿途细细查问过，大约是在汶西城一带不见的，听镇守汶西城的弟子说，前日魔尊万劫曾路过那里，恐怕……"

卓耀惊得看向洛音凡："这如何是好？"

洛音凡皱眉："先去昆仑。"

第三章·亡月

空旷的黑石大殿里，重紫悠悠醒来，发现那种难以忍受的疼痛已经消失，身上黏糊糊的感觉也没有了，出奇的清爽舒适。

睁眼，望见高高的殿顶。

抬手，原本污黑的衣袖居然变得洁白干净，好似做梦一样！

更令重紫惊讶的是，她并没有像往常那样躺在地上，而是睡在一张宽大的黑石榻上，殿内唯一一张石榻！

转脸看清榻旁站着的人，重紫吓得紧紧闭上眼睛。

万劫早已发现："起来。"

重紫不动。

"起来。"声音冷了。

再难忍受的苦头都吃过，只欠一死，重紫哭道："你要拿闵师姐她们修炼，干脆连我也一起杀了吧！"

"教训还不够吗？"

"反正总是喂我吃药，随便你！"

"找死？"万劫微怒。

重紫到底年轻，受这几番折磨，再想到救不了闵素秋她们，自己也可能永远都出不去，见不到师父，已经灰了心，白着脸哭道："活着也是被你折磨，不如死了！"

大殿一片沉寂。

"不折磨你便是。"耳畔脚步声远去。

重紫哽咽着，确定自己没听错，才悄悄睁开眼，发现他果然走了，于是连忙擦干眼泪，翻身从榻上爬起来，取了星璨就飞快朝殿门外跑。

殿外哪有闵素秋与纭英的影子！

难道她们已经被……重紫一颗心直往下沉，围着宫殿寻找几圈仍是不见，慌得高声唤二人名字，甚至壮着胆子去血河边认了半日白骨，最后再也沉不住气，四下乱跑，总算在魔宫大门口看见了他。

愁云之中，暗红色长发张狂飞舞，他背对这边，高高立于云端。

重紫大声喊："大叔，闵师姐她们呢？"

万劫当然不会理她。

重紫急了，御杖飞至他身旁："大叔！闵师姐她们呢？你把她们怎么了？"

嫌她太吵，万劫侧过脸，暗红色眸子里闪着冷光。

重紫叫道："你说过不折磨我的！你说过的！"

万劫看她两眼，果然没有动手："走了。"

重紫愣了半晌，总算明白过来，大喜——毕竟他当初是那样好的神仙，再坏也不至于真的丧心病狂全无良知吧。

她拉拉他的袍袖："大叔，你的伤好了吗？"

万劫不答。

重紫也不在意，往云中坐下，自言自语："你说，那个人为什么阻止我去昆仑呢……他为什么要帮我？在梦里害我的人不是他？"

万劫冷笑："不让你去昆仑，就是在帮你吗？"

"那他为什么……"话说到一半，重紫猛然醒悟，失声道，"他不让我去昆仑，是因为留着我有用？血咒，他想利用我解天魔令的封印！去昆仑受刑百年，他等不了那么久！"

这太可怕了！

重紫紧张万分，可仔细一想，又觉得不对："天魔令是被魔尊逆轮亲自用禁术封印的，须要血亲才能解开，就算我天生煞气，也没用啊，再说他利用做梦的机会让我试过，我根本解不了。"

发现他神色异常，她连忙问："难道这事有内情？大叔你知道？"

万劫目光复杂："有些事选定你，是躲不过的。"

重紫道："就算我能解，也不会让他得逞！"

"你天生煞气，倘若入魔道修行，将来必有大成。"

"我才不会入魔！"

万劫不再理她。

重紫看着他，百思不得其解。身为魔界最强大的魔尊，法力无边，到头来还是要受人挟制，魔宫解散，连钟情的宫仙子也生气离开他，如此，他当年盗取魔剑，杀死三千弟子，究竟有什么好处？

想起那幕后之人的目的，她就心惊。

这次已经被害得很惨，真要继续留在南华，还不知道那人会再使什么阴谋，与其让他算计，让师父误会，倒不如留在这里。

可无论如何，一定要想办法告诉师父，提醒他多加防备才是……

且不提她作何思量，魔宫外的人间这几个月也发生不少事。临近昆仑的青长山上，半年前忽然多出个扶生派，短短时间就发展了两三百弟子，仙术奇特，周边各村镇百姓皆得庇护，在青长山一带声誉颇好。

这扶生派的掌教，正是曾经率徒弟们斗欲魔的海生道长。他当日为出路发愁，幸得洛音凡指点迷津，心结尽去，自此修为大进，竟果真合仙咒两派之长，另辟蹊径，开宗立派，已小有名气。

为着此事，海生对洛音凡极是感激尊敬，此番听得他来，早早率弟子们在山前等候，亲自将众人迎至殿上。

洛音凡与闵云中坐了上座。

原来闵云中兄嫂一家都在逆轮浩劫中身亡，只剩了这个孙女，听说她被万劫劫走，闵云中又急又怒，匆匆带了慕玉、闻灵之等数名弟子赶来营救。

刚坐定，外面就报昆仑玉虚掌教与师弟昆仑君到，一同前来的还有成真、天山、金灵三派掌门，众人立即又起身迎接，客套，再热闹了一番。由于人太多，宽敞的大殿顿时显得十分拥挤，许多晚辈弟子都只好站着。

海生惭愧道："地方简陋，诸位……"

昆仑掌教玉虚子五十来岁模样，须发仍黑如墨，闻言笑道："扰了掌门清修，不见怪便好，还说这些话做什么？"

海生亦笑。

闵云中道："为着小辈之事，劳动众位，甚是不安。"

众掌门都道："仙尊客气。"

玉虚子正色道："想来重华尊者已有安排，昆仑弟子虽愚钝，或有用得着的，尊者尽管吩咐。"

众掌门亦颔首。

洛音凡并不推辞:"一为小辈,二则逆轮之剑遗失已久,须尽快取回净化。以往数次相劝,万劫仍不肯交出来,此番唯有摆下杀阵迫他,宫仙子……"

宫可然垂眸:"尊者已给过他机会,不必再顾虑。"

洛音凡点头。

正在此时,一名弟子忽然进来报:"掌门,外面两位师姐自称是南华弟子,想要求见尊者。"

海生望向洛音凡,见他同意,忙吩咐道:"快让她们进来。"

须臾,几位弟子扶了两名女弟子进殿,两人步伐不稳,状似虚弱,分明是灵力大损,受了重伤。

看清面容,卓昊大吃一惊:"闵师妹?"

原来这两人正是死里逃生的闵素秋与纭英,她二人稀里糊涂地被送出万劫之地,之后发觉灵力折损,正巧被扶生派弟子所救,听说洛音凡在,更加欣喜,立刻就过来求见。

闵素秋先朝座上洛音凡与几位掌教行礼,接着哭起来:"卓昊哥哥!"

卓昊忙扶住她,柔声安慰,眼睛不时朝殿外望。

见她安然回来,闵云中大喜,沉声问:"究竟怎么回事?"

纭英上前回道:"我与闵师叔本是去青华宫,谁知路过汶西城时遇到魔尊万劫,被他劫了去,要拿我们修炼魔神。"

众人倒抽一口冷气,又惊又喜又愁。惊的是二人此番委实险得很;喜的是从未有人能从万劫之地活着逃出来,她们已算侥幸了;愁的是一共丢了三个人,眼前却只回来两个。

卓昊终于忍不住问:"重紫师妹呢?她现在怎样?为何没有跟你们一道出来?"

闵素秋垂眸:"我们不是逃出来的,是万劫放了我们。"

众人更加意外。

魔尊万劫竟会主动放人!

闵云中立即问:"万劫之地入口在哪里?"

纭英摇头,将事情经过细细禀明,末了道:"我们醒来时,已经在这附近的野地里了。"

众人失望，看洛音凡。

洛音凡道："有宫仙子相助，万劫必定会来。今非昔比，不可贸然行事，稍后待我查看青长山地势，再合众位之力设四方杀阵。"

众掌门都道："但凭尊者安排。"

一旁的昆仑君黑面威严，向来沉默少言，此时忽然开口："尊者高徒尚在万劫手中，万一逼急了他，岂不危险？我看还是救人为重，至于魔剑，来日方长。"

众人早已听说此事，暗暗叹息。

往常多少掌门想送子女拜师，洛音凡一个不留，顾及这些人的身份颜面，对外只宣称不收徒弟，想不到挑来挑去，如今收了这么个不成器的，可到底是亲自教养出来的，又是唯一的一个，再狠心，也不至于为一柄魔剑就不顾她的安危。

听得昆仑君这么说，众人忙附和称是。

卓昊正担心这个，闻言喜道："仙尊所言甚是，当以重紫师妹安危为重。"

闵云中冷冷道："南华罪徒而已，要为她耽误大事不成！若她真有悔改之心，就该想着戴罪立功才对，更不能贪生怕死。那魔剑内封印着逆轮魔力，能造就一个万劫，也能造就更多魔头，多留一天便是祸害！"

卓昊脸色微变，待要再说，旁边纭英忽然开口道："或许……尊者不必担心。"

这话听来古怪，众人都不解。

洛音凡示意她讲。

纭英迟疑片刻，才吞吞吐吐道："其实……其实重紫师叔在万劫之地这么久，不也安然无事吗？我以为……万劫没有害她性命的意思，何况……何况万劫对她好像……有点特别。"

这个"特别"所包含的意思不难理解，他将闵素秋等人抓去，马上就要用来修炼魔神，可重紫被劫这么久，他既未害她性命，也未出言要挟洛音凡，杀人无数的魔尊突然留情，难免令人生疑。

众人不好多言，只看着洛音凡。

毕竟魔尊万劫待重紫的确不同，纭英原本是据实而言，见状不免也有些无措，低声道："弟子不过是妄自揣测，或许……"

闵素秋忙道："你胡思乱想什么？若非重紫求情，我们早就没命了！"

这话虽是好心，可她不说还好，一说，众人反而都沉默了。慕玉忍不住拧紧了眉，闻灵之轻哼。

闵云中瞟了洛音凡一眼，似笑非笑："想不到护教的好徒弟，在魔尊跟前也说得上话。"

卓昊忍怒："闵仙尊此言……"

"慕玉，先安排她们下去歇息养伤，"洛音凡打断他，起身，"几位掌门且与我出去看地势，再设阵法。"

冷风萧瑟，镇上行人都缩着头走路，街旁一个小小铺子里却始终充斥着暖意，盘内包子又大又白，冒着腾腾热气，十来个客人坐在桌旁，谈笑风生，每个人心里都感觉暖洋洋的。

角落里坐着个三十几岁、面目寻常的中年男人，还有个十六七岁的少女，脸上几点麻子，毫不起眼。

两人面前放着一大盘包子，堆得高高的，却只有少女在吃。

她边吃边抱怨："大叔，我们根本不用吃饭，买这么多包子做什么？"

中年人不答。

她拿起一个送到他面前："你也吃一个吧。"

中年人对此视而不见，只是静静地看着那些吃包子的客人，深邃的眸子里目光清冷，不知道在想什么。

"你是来看人吃包子的？"她发笑，"我以前当叫花子的时候，有一回跟一只狗抢包子，被狗咬了一口，你看！"

说完，她果真撸起袖子。

中年人终于瞟了一眼，那伤痕已经浅得看不清了。

少女放下袖子，悄声笑道："不过那是很多年前的事了。自从大叔在我身上留了仙咒，谁也不敢再欺负我，不然我早就被他们打死了。这些年我跟着师父，不只吃过包子，还吃过很多仙果。"

这中年人与少女，正是变化过的万劫与重紫。

"大叔，你这样是查不到他的。"

……

重紫一直想探得真相，可她用尽办法，也休想从万劫那里套出半句话，此番万劫要出来，她好不容易才求得他带上自己。

她当然不是想趁机逃走，反正回去也要被送往昆仑，与留在万劫之地差不多，何况她真逃了的话，那幕后之人必会向宫可然下手，她便有负万劫的信任。她的目的其实是想找机会给师父报信，让他当心，以防那人对他不利而已。

怎么报信？重紫默默吃包子，思量计策。

正在此时，外面走过几名仙门弟子。

"打听清楚了？"

"宫可然的确在青长山。"

"既然她在，不怕万劫不来，机会难得，还不快报信回去？"

"是不是先求见重华尊者，问过他老人家的意思再说？"

"尊者拿住宫可然，必定是想引出万劫，对付万劫，当然人越多越好了，只是尊者他老人家有慈悲之心，怕我们伤了宫可然，但那宫可然与万劫搅在一处，本就是仙门罪徒！"

"那……"

"万劫若不来，我们便拿她处置，快去送信！"

待他们去远，重紫惊道："大叔，怎么办？"

一旦他们报信，那些与万劫有仇的人就会赶来，宫可然在洛音凡手中无妨，落入他们手里就麻烦了。

"师父不会害宫仙子，他肯定是想救我。"

"我不会放你。"

"我知道，放了我，那些人会拿宫仙子下手。"重紫摇头，"你想去救她吗？"

万劫道："先送你回去。"

重紫费尽心思出来就是想给师父报信，哪肯轻易回去："若是等那些人都赶来，你就很难再救出宫仙子了。放心，我在这儿等你，不会逃的。"

万劫面无表情。

重紫忙道："不信的话，你给我吃药？"

万劫丢出一粒药丸。

重紫取过药，大眼睛转了转，果然当着他的面吞了。

万劫站起身，冷冷道："我至多三日便回，你最好不要乱跑，留意九幽魔宫的人。"

重紫有点儿不安，毕竟面前的人对她有救命之恩，虽然折磨过她，可他肯放了闵素秋与纥英，又是个人情。

她伸手拉住他的袍袖，迟疑道："大叔，他们是故意利用宫仙子引你现身，你……还要去？"

手中一空，万劫已失去踪影。

重紫重新坐下来，伸手取过盘子里的包子，一个个排到面前桌子上，一边喃喃道:"一二三四五六七,别以为我不知道,买了十二个包子,我才吃了四个,这里却只剩七个,给我吃的药肯定是包子变的!"

万劫不在,行动就自由多了,周边城内都有仙门弟子镇守,送信出去容易得很。

然而重紫琢磨一整天,仍没有行动。

那人藏身仙门,必会留意这些信件消息,万一此信没送到师父手上,反而落入他手里,岂不弄巧成拙?万劫对当年之事守口如瓶,恐怕是受了他的警告,可见他的本事不小。

到此时,重紫才发现自己计划有误,不由得焦急万分。此事还是当面告诉师父更合适,可惜法力被万劫封住,否则就能御杖去青长山找师父了。

黑夜笼罩小镇,偶闻犬吠。

重紫胆子本来就大,方才亲眼见到几个妄图欺负她的人被弹飞之后,她就更加放心了,万劫像当年一样,留了法咒保护她。

她当然不会失信逃走,可是她也很担心师父会遭那人暗算,更想见他一面。他对她失望透顶了吧,然而他还是以身犯险,到虚天来救她。

重紫缩在墙角,抱紧星璨,心头一阵甜一阵酸。

她不甘心,其实她根本没有错,为什么他会以为她错了!她要证实给他看,他没有收错徒弟!只要帮万劫找出那幕后之人,证实她是被陷害,他就一定能原谅她,她也不用离开他去昆仑了!

许久,怀中星璨躁动,重紫被扰得回过神。

不知何时,头顶竟笼罩了一片阴影。

这是什么?重紫惊得抬脸。

面前站着个……不像人,倒像是个邪恶的幽灵。

他披着一件长长的过分宽大的黑斗篷,下摆拖垂在地上,由于背对着远处灯光,重紫看不清他的面容,只感觉他身材有点高,修长匀称。

他就这么悄无声息地站着,不动也不说话。

重紫隐约感觉到那股邪恶的气息,立即跳起来闪到一旁,离他远远的:"你……是谁?"

他缓缓侧过身。

借着灯光,重紫终于看见他的脸,却只有半张,因为那鼻尖以上的部分都被斗篷帽盖住了,唯有尖尖的下巴和薄薄的唇露在外面,肤色略显苍白。

半晌，他唇角一勾。

"重紫。"声音和他的人一样古怪，有种奇异的蛊惑力。

重紫越发警惕，明明本来相貌已经被万劫作法掩饰住了，他竟然还能认出来，可见必非常人。

"你……认识我？"

"认识，而且我知道，你很想你师父，对不对？"

重紫没有回答，视线被他的左手吸引过去。那修长的食指上，戴着一枚硕大的紫水晶戒指，紫中带黑，晶莹，闪动着魅惑人心的光泽。

可是他很快将手缩回了斗篷里面："不能看太久，它会摄人心神。"

重紫早已发现那戒指有问题，只是没想到他会主动承认，反而很意外，半晌道："有人曾经控制我，让我在梦里去做坏事……"

"不是我。"

"那你找我做什么？"

"我能送你去见你师父。"

重紫没有喜悦："我又不认识你，你为什么帮我？"

"因为你是洛音凡的徒弟，我想讨好你。"

重紫哪里信他的鬼话："我不知道你是谁，怎么相信你啊？"

他再次勾起半边唇角："我叫亡月，死亡的亡，月亮的月。"

重紫忍不住一个哆嗦，抬眸望了望月亮，这真是个古怪的人，连名字也透着死气……

他似乎知道她的心思："只听这个名字，是不是觉得我不像好人？"

不光名字，你这模样也不像好人。重紫看着他那身墓地幽灵般的装束，顾及礼貌，勉强将嘴边的话吞了回去。

他接下来的话更让人无语："其实我是个好人。"

重紫冒汗："哪有人说自己是好人的！"

"你不信？"

"你不像仙也不像人，你……是魔！"

他没有否认："我若是要害你，现在就能劫你走，又怎会送你回去？"

原本只是有点怀疑，想不到他真的是魔。重紫紧张得捏了把汗："我怎么知道你不会害我？说不定你就是九幽魔宫派来算计我的！"

"九幽？他为何要算计你？"

"他想祸乱六界，"重紫不假思索，"听说当年他因为野心太大，想要谋逆，被逆轮诛杀，现在逆轮死了，天魔令被封印，他当上魔尊，却不能召唤虚天之魔，所以才会在暗中陷害我，想利用我的血解开天魔令的封印，我若真的回南华，岂不正好中计？"

亡月笑了："当年逆轮诛杀的是天之邪，不是九幽。"

重紫惊讶："魔尊九幽不就是天之邪吗？他们都说天之邪没有死……"

"天之邪或许真的没死，但九幽是九幽，天之邪是天之邪。"

"你怎么知道他们不是一个人？"

"你又怎知他们是一个人？"

重紫无言以对，半晌道："就算九幽不是天之邪，也不代表他不是害我的那个人，难道他就不想利用我唤醒天魔令？"

"不想。"亡月道，"天魔令认主，你若能解开封印，就拥有召唤虚天万魔的力量，那时候魔界最强的是你，他怎么会高兴？"

这话的确有道理。重紫其实也在怀疑，不光仙门想夺回魔剑，九幽魔宫也想，倘若要挟万劫的是魔尊九幽，魔剑又怎会还留在万劫手上？

"害我的那人不是九幽？"

"当然不是。"

"可那人想让我唤醒天魔令，他就不担心自己的地位？"

"他不担心，因为你不会让那人得逞，是吗？"

"你怎么知道这些？"重紫怀疑，"无缘无故来帮我，而我又不知道那人的真面目，既然不是大叔，也不是九幽，会不会就是你呢？"

"你要怎样才肯相信？"

"除非……"重紫转转眼珠，"除非你当着魔神发誓！"

他点头："我发誓，我没有陷害过你。"

但凡是魔，就绝对不敢欺骗魔神，重紫松了口气，仍不放心："你帮我，真的没有别的条件？"

"有，你不能跟别人提起我。"

这太容易做到了！重紫暗暗心喜，当然为了稳妥起见，她没有立即决定："可我是仙门弟子，你却是魔，没有理由平白无故地帮我啊……"

亡月道："我只是个寻常的魔，没想害你，你若不肯让我帮忙，我就走了。"

反复权衡之下，重紫实在想不出这件事对自己有什么坏处，于是忙道："那就谢谢你,送我去青长山吧。"

不管什么了,现在最要紧的是见到师父!

青长山北,朦胧月光照着树林,一名弟子隐藏在阴影里,凝神察看外面动静。

忽然身后有人唤:"南华师兄?"

那弟子转身看清来人,笑道:"原来是金灵的师兄。"

金灵派弟子走过来:"不知此番能成否。"

南华弟子道:"尊者亲自在阵中,东面闵仙尊和慕师叔他们设了九星伏魔阵,西面是青华卓少宫主、成真还有贵派掌门合设的五灵阵,北面是昆仑教的天罡北斗阵,万劫本事再大,也走不了了吧?"

金灵弟子迟疑道:"可我们这南面……"

南华弟子道:"南面虽弱些,但尊者说了,只要我们坚守不攻,这七七四十九浑天阵就足以应付,到时候四面围困,万劫断然逃不了。"

金灵弟子松了口气:"此阵缺不得一人,如此,今夜我们万万不可大意。"

南华弟子道:"正是。"

金灵弟子赧然道:"惭愧,不瞒师兄,我这是头一次对付魔尊,有些着急,叫师兄见笑。"

南华弟子忙笑着宽慰他,二人再说两句,金灵弟子便离开了,南华弟子又转过脸,留神察看外头动静。

须臾,背后又传来脚步声。

此人既是从身后山上方向下来,必然是仙门弟子,无须怀疑,那南华弟子边转身边道:"这边尚无动静……"

话说一半,他忽然停住。

来人浑身雪白,白袍宽袖,白斗篷罩头,白巾蒙面,散发着一种清冷而莹润的气质,在月光下如玉似雪。

由于一身白色,他的身形轮廓显得很模糊,有种梦幻般的味道。

从头到脚,唯有一双眼睛露在外面。

那是双奇特的眼睛,不辨男女,大约是双睫太长太密的缘故,远远映着月光,深邃无比,如漆黑的宝石,似乎拥有将人带入梦幻的力量。

南华弟子似着了魔,呆呆地望着他,没有出声。

白衣人缓步走过去,伸手取过他腰间的匕首,刺入他的胸膛,动作自然得就像走路吃饭一样。

悄无声息,一缕魂魄归去地府。

"七七四十九浑天阵,必须少一个。"

第四章·虎口狼窝

月斜星沉，两道人影凭空出现在山坡上。

"前面就是青长山。"

山头有些眼熟，遥见几座殿宇沐浴月光，估计就是海生道长所创的扶生派。重紫当初曾路过这一带，依稀认出没错，不由得暗暗高兴，原来他真的说话算话，和万劫一样是个不太坏的魔。

"我只能送你到这儿。"

"你要走吗？"

"我是魔，闵老头见了会生气。"

重紫虽不喜欢闵云中，可因为那是洛音凡的师叔，也不敢有不敬的想法，如今听他直呼"闵老头"，未免幸灾乐祸："啊，那你走吧。"

亡月略低了下巴："你天生煞气，必不受仙门看重，倘若入魔道，会很厉害。"

重紫脸一沉："我不会入魔！"

亡月"嗯"了声表示赞同："天生煞气也未必会入魔。"

这话重紫听得喜欢，对他的好感又增加几分："谢谢你送我。"

"不必谢我，"黑斗篷帽盖住他大半张脸，看不清表情，他用那只戴着紫水晶戒指的手拍她的肩，"希望将来我们还会见面。"

重紫点头："好啊，我会记住你的。"

他抬手，很有风度地示意她快走。

重紫急着见师父，匆匆朝他挥了下手，头也不回地朝青长山跑去。

直待她的身影消失，亡月仍站在原地没动。

"她是洛音凡的徒弟，圣君怎么放她回去？"鬼面人欲魔心现身。

"因为她回不去。"

"圣君的意思……"

"仙门消息，她妄图施展血咒唤醒天魔令，"亡月看着那方向，死气沉沉的声音难得透出一丝轻快，"你听见了，她说是遭人陷害，此事并非她自己的意愿。"

"圣君相信她的话？"

"为什么不信？"

"她若回南华，就要遣送昆仑，从昆仑冰牢救人难如登天，那人真想利用她解封印的话，必然会阻止，"欲魔心摇头，"但这丫头与逆轮并无关系，那人又如何肯定她的血能解除封印？"

亡月道："谁说没有关系？"

欲魔心震惊："圣君是说……"

"天之邪跟着逆轮多年，对于逆轮的事，知道的只会比我们多。"

"圣君怀疑那个人是天之邪？"

"除了他，还能有谁？"亡月笑了声，"他想让此女唤醒天魔令，可惜性急算漏了，封印未能解开，反害她被遣送昆仑。"

欲魔心想起了什么："莫非万劫这次半途劫人，也是天之邪的意思，要阻止她去昆仑？但天之邪怎会与万劫有关系？"

"人活着，就能制造出各种关系。"亡月低头拉斗篷右襟，"她说有人利用做梦控制她。"

"天之邪摄魂术闻名，可这分明是梦魇之术，为梦魇所长，"欲魔心惊疑，"当年逆轮手下左护法天之邪，右护法梦魇，难道梦魇也还活着？"

话音刚落，四周的景物开始变化，树林、山坡全部消失不见，化作了一片无际的梨林，明月底下，一树树梨花洁白晶莹如雪。

林深处，一朵梨花悠悠飞来。

小小花朵越飞越近，越变越大，到面前时已有一人多高，一位身穿白纱衣的女子自花里走出来，肌肤晶莹，长发竟也白如雪，像极了身旁梨花。

"梦姬参见圣君。"

亡月笑道："比起梦魇，你还差得远。"

梦姬闻言也不生气，只妩媚一笑，站到他身旁。

欲魔心喃喃道:"如此,那人到底是天之邪还是梦魔?"

月光照着青长山南,林木幽幽很是寂静,重紫不怕走夜路,一想到马上就要见到师父,更满心欢喜。

树丛阴影里,白影伫立,一双黑眸闪动。

前方数十丈处,宽阔的大道奇异地扭曲……

重紫浑然不觉,快步朝前跑。

路越来越窄,越来越难前进,两旁草木更加茂密,明明走的是上山大路,怎会变成这样?

风吹过,兴奋的头脑开始清醒,重紫渐渐也发现不对,被一根树枝挂住衣角之后,她总算停下脚步,打算好好整理思绪。

抬眸,道路竟消失了,变作一片杂树丛。

怎么回事?重紫大为诧异,当她看清面前情形,立即从头到脚变得冰凉。

树丛下躺着具尸体,当胸插着一柄匕首。

师父和仙门的人都在山上,怎会有死人?重紫忍住恐惧,缓缓后退几步,猛地转身朝着来路往回跑。

脚底不停,两旁草木飞快地后退。

感觉距离足够安全,重紫这才停住,扶着块大石头剧烈喘息,来不及多想,她正要擦汗,一抬眼就再次看到了尸体!

那衣裳,那姿势,连同旁边的杂树丛,都与方才一般无二。

冷汗沁出,重紫转身狂奔,然而无论她跑多远,尸体总会出现在前方,跑来跑去竟是在兜圈子。

重紫简直要发疯:"是谁?你是谁?"

没有回应。

万劫?他杀人易如反掌,何必用匕首!而且他匆匆救了宫可然,哪会这么多事?

亡月?他不敢欺骗魔神,既然亲口发誓,就一定没有陷害她。

更重要的是,有人故意引她到这儿,他有什么目的?

重紫闭目片刻,强迫自己镇定下来,这才重新睁开眼,一步步朝那尸体走过去。

死的是个仙门弟子,眉清目秀,神情维持在死前那一刻,有点呆滞,手里还握着柄长剑,剑未出鞘。

看清他的面容,重紫心中大恸:"未昕师兄!"

这人正是南华弟子，名唤未昕，论起来算是闵云中的徒孙辈，待重紫很殷勤，当日见她被遣昆仑，还跟着求过情的。

重紫忍不住跪在他身旁哭起来，边哭边骂："你到底是谁？害我便是，做什么害未昕师兄？"

正在伤心，不远处有了动静。

"快扶这位师兄上山疗伤！"

"闻师叔，那边还有位师兄，已经……"

"抬上去。"

重紫听那声音熟悉，连忙扒开树枝往外看，果然见闻灵之带了群弟子朝这方向走来，边走边清点伤亡幸存者，倒也十分冷静，颇有南华大弟子风范。

"慕师兄呢？"

"去那边查看了吧？"

闻灵之扶住一名受伤的弟子，疑惑道："尊者亲自选人设阵，怎会出错？"

那弟子声音虚弱："尊者并没料错，方才万劫过来，我们原本要组浑天阵困他，谁知事到临头少了个人，阵法未成。"

闻灵之忙道："原来如此，不知少了哪一个？"

"正是贵派的未昕师兄，他的藏身之处在那边，"那弟子朝重紫方向一指，"事前我还找过他说话，后来不知何故，他竟未能现身。"

闻灵之让两名弟子送他上山，又吩咐其余弟子："仔细搜查，看看还有无生还的。"

众弟子答应。

听到这番话，重紫已将事情猜了个大概，杀未昕的必定是那幕后之人，他出手破这浑天阵，为的是让万劫顺利救宫可然出去，毕竟他身在仙门，很多事要利用万劫去办，万劫被困对他没好处。

他故意将自己引到这里，难道……

重紫猛然醒悟，冷汗直冒，心知此时让他们发现自己，就算满身是嘴也说不清的，于是起身欲躲藏。

"谁在那儿？"

闻灵之这些年修行刻苦，进展极快，周围动静自然瞒不过她，发现有人在偷听，当即出剑凌空斩去。

重紫惊恐，叫也不是，不叫也不是，眼睁睁望着那剑朝自己落下。

就在这危急关头，忽然另一柄剑自身后飞来。两剑交击，剑气激荡，但闻轰的一声响，闻灵之的宝剑竟被震了回去，连带她本人也后退好几步，险些摔倒。

那是柄寻常的精钢剑，与主人一样，平凡得很，却无人敢小觑。

重紫呆呆地望着他。

"原来是慕师兄，"闻灵之率弟子们赶过来，看到慕玉，先松了口气，接着又一愣，"重紫？"

相貌明明被万劫改变了，她怎会认出来？重紫终于意识到这问题，赶紧拿手摸脸，顿时骇然——谁这么厉害，能解万劫的术法？

周围气氛变得僵硬，众弟子看看地上未昕的尸身，又看看她，神色复杂。

闻灵之镇定道："怎么回事？"

"我刚来，就看到未昕师兄……"重紫微微发抖，恐惧与绝望在心底蔓延。被算计过一次，想不到还会有第二次，眼下这情形，说什么都是多余的，她宁可死了，也不想再看到师父失望的样子。

闻灵之紧紧抿了嘴，没说什么。

终于，慕玉走过来拉起她的手，微笑："没事了，回来就好。"

被那温暖的手握住，重紫几乎要流泪，喃喃道："慕师叔……"

慕玉道："尊者在，我带你去。"

"听说护教的徒弟自己回来了，本事当真不小。"数粒明珠照起，映得四周亮如白昼，空地上凭空多出一群人，说话的正是手执浮屠节的闵云中，旁边站着玉虚子、海生等几位掌门。

感受到他的存在，重紫咬紧唇，不敢看，不忍看，可最终还是看向了中间那人，白衣长发，熟悉的脸不带任何表情，依旧美得淡然。

闻灵之退后："师父，未昕他……"

闵云中这才留意到地上未昕的尸体，他向来爱护弟子，连带徒孙一辈也颇沾光，看清眼前情形，不由得又痛又怒："好！好得很！连同门师兄也下手了！音凡，你收的孽徒，我这便代你清理门户！"

浮屠节散发青光，半空中白色罡气化作巨形八卦图，朝重紫当头罩下。

"戮仙印！"

仙门绝杀，屠魔戮仙！

闵云中身为督教，执掌南华刑罚，前番天魔令之事他已有不满，此刻加上未昕之死，一时怒极，哪里还会留情？上千年修行，出手之快，根本援救不及，戮仙印下，别说一个重紫，便是十个重紫也要魂飞魄散。

不说众弟子变色，在场几位掌门亦大惊，齐齐看向另一个人。

他静静地站在那里，似乎并没有阻止的意思。

没有愤怨，没有委屈，只有难过，重紫怔怔地望着他，眼下她简直连叫"冤枉"的资格也没有，无论说什么，别人也是不会相信的，包括他。

是她太鲁莽，所以中计，她死不足惜，可是他还不知道，那人混在仙门，随时都可能向他下手！

重紫猛然回神，几乎被"戮仙印"压得喘不过气来，费力地想要张口。

未及出声，巨响自耳畔炸开。

逐波长剑几时出鞘的，没有人看清，但见它携着青白赤黑黄五色剑气，斩破"戮仙印"，形成巨大的旋涡，上古极天之术下，被震散的罡气如同白浪，朝四周飞溅。

重紫位于旋涡中心，被余力震倒，喷出一口血，头痛欲裂，嗡嗡作响。

逐波盘旋两圈，回归鞘内，执剑的人面无表情。

几位掌门不约而同松了口气，天下师父无不袒护徒弟，纵然犯了大错，也不至于狠心看她死在面前。

在所有人眼里，她罪孽深重，可无论如何，他还是出手救了她。

疼痛再不能构成伤害，重紫挣扎着跪好。

闵云中接住浮屠节，后退两步站稳，怒极反笑："南华教规，在护教眼里当真算不得什么吗？"

洛音凡恍若未闻。

慕玉松了口气，禀道："未昕出事已有两个时辰。"

话不多，意思却明白，若真是重紫下的手，她早就逃走了，又何必留在这里？

闵云中愣了下，嘲讽道："有护教在此，只说梦中所为，尽可推得干净。"他看着尸体，"当胸中剑，分明是熟悉的人趁其不备下手，未昕待重紫向来殷勤，自不会提防她。"

慕玉道："也可能是摄魂术。"

"原来万劫还会有会摄魂术的帮手。"闵云中冷冷道，"护教打算如何处置？"

洛音凡没有回答。

重紫支撑着爬到他面前跪好，明知此事太过巧合难以置信，但她还是从头到尾细细讲了一遍，众人果然听得纷纷皱眉。

闵云中道："你的意思，仙门有奸细？"

重紫点头。

"奸细是谁？"

"我……不知道。"

"既然总说有人陷害你，"闵云中道，"那我问你，你被万劫劫走了，现下又如何逃回来的？"

重紫犹豫："是……他带我出来的。"

"他待你不错，你便趁未昕不备下手，好助他逃走？"

"我没有！未昕师兄待我很好，我怎么会害他？"

洛音凡终于开口："并无切实证据，动用重刑恐不合适。"

此话摆明是要护她，洛音凡认定的事，争到最后总归是一个结果。闵云中到底不愿与他闹僵，加上事情确实有几分蹊跷，遂让步道："既然护教这么说，姑且信她一次，但先前之罪不可饶恕。"

洛音凡点头："即刻送她去昆仑。"

重紫忙道："求师父与仙尊宽限几日，我暂时还不能去。"

洛音凡未答言，闵云中先斥道："孽障，巧言狡辩也罢，还妄图逃避责罚！"

"不是，我答应过会回万劫之地。"

"答应万劫？"闵云中冷笑，"你想背弃师门，叛投魔界？"

"没有，他当年救过我！"重紫望着洛音凡，"我若不回去，宫仙子会很危险。可能不止这些……他是受人要挟的。师父曾教导弟子要报恩不报仇，待查出那人，弟子一定回来领罪，去昆仑受刑。"

众人皱眉。

闵云中怒道："当今魔界无人强过万劫，谁能要挟于他？何况他盗取魔剑，罪孽深重，死不足惜。我看你分明是受了他蛊惑，这等不知悔改的逆徒，护教还要偏袒，岂不太过？"

洛音凡看着她："倘若你还记得自己是谁，就先去昆仑。"

"可……"师父是在庇护她，她岂会不明白，可真的去了昆仑，大叔那边怎么办，那人肯定不止用宫可然要挟他。

小徒弟这一犹豫，终于让洛音凡动怒了。

才离开几个月，她竟连他的话也不听了？

被劫入魔宫，他一直对她有信心，是因为知道她不会违背他的意思，可现在，他已经不像当初那么有把握，毕竟她心性单纯，受了蛊惑，白纸被染黑也是可能的。

她当然不会杀人，但她不明白，无论她说没说谎，都不重要，她与天魔令的微妙关系已经注定，南华输不起，仙门输不起，纵然他护得了一时，今后又将如何？倘若继续留在南华，只要再出半点儿差错，她绝不会再这么幸运，魂飞魄散，对一个天生煞气的人来说是最好的结局。冰锁百年虽苦，却能叫别人放心，她也相对安全，待他修成镜心术，自会放她出来。

这孽障，丝毫不明白他的苦心！自身难保，还想着万劫，殊不知万劫魔气入心，这些年杀人如麻，无论如何都已罪孽深重。

洛音凡毫不迟疑地抬手，要强行摄她走。

"师父！"重紫大急，她当然不是怕受刑，可如果没有万劫，她早就被人打死了，尤其是知道他受人胁迫之后，更不忍害他。

灵台印不觉成形，她本想求他住手，再细细解释，却没留意此举已属公然违抗师命，众人见状纷纷摇头。

洛音凡气得发笑。短短数月，小徒弟当真令人刮目相看，灵力大有长进不说，胆子也越来越大了，竟敢用他亲手教的术法来对付他！

众弟子从未见他有过这样的神情，都吓得屏住呼吸，连同闵云中也呆住。

洛音凡自己却没意识到，手底法力略增，怒道："再敢违抗，就不要叫我师父！"

这话说得太重，重紫惊惶，想也不想便撤了灵台印，顿时闷哼一声，被那力量击飞，滚落地上，胸口衣襟被吐出的鲜血染得绯红。

洛音凡收手，冷冷道："慕玉，派人送她去昆仑。"

慕玉答应着，正要过去扶，忽然眼前一道身影如疾风般晃过，再看时，地上重紫已经不见。

一切发生得太突然，众人都有点发愣。

"是万劫！"

"追！"

闵云中当先遁走，慕玉与闻灵之反应过来，不约而同地跟着追了上去。

大殿如黑水潭，万年赤蛇藤依旧猛烈燃烧着，火光熊熊。衣带风声，一黑一白两条人影掠入大殿，飘然落地。

万劫放开她，脚步有些踉跄，想必伤得不轻。幸亏方才洛音凡没有追来，否则二人能否顺利逃回还很难说。

重紫青白着脸，有点怔怔的，直跟着他走到榻前才回过神，忍不住上前搀他。

他轻轻推开她的手，往石榻上坐下："你……为何不听你师父的话？"

重紫垂眸："反正他们不知道我是被陷害的，我不想去昆仑受刑。"

他沉默片刻，唇角弯了下。

这是重紫到万劫之地以来，头一回见他笑，浅浅的笑却足以驱散所有冷酷之色，凤目温柔美丽，恍若当年。

尽管，眼前人不再白衣翩翩，不再有记忆中的黑眸黑发。

尽管，眼前的笑容远不如当初，而是沉重无比。

可是此时，重紫才真正感觉到，这就是救自己的那个人。

她低声唤："大叔。"

他很快恢复淡淡的神情，递给她一粒药丸，然后缓缓躺下，似乎很疲倦："我要歇息，你先服药疗伤。"

眼见榻上人合了双目，沉睡的俊颜逐渐变得安详，重紫才默默抱膝在榻前坐下。灵力恢复，手里捏着药丸，她却没有疗伤的念头，只苍白着脸，不自觉蜷起身体，任凭那痛楚在身上蔓延。

庇护她，给她机会，原来师父一直在担心她，可是，她也不能害了眼前这个人，这样选择，师父不会再原谅她了，是她辜负了他的苦心。

旁边传来奇异的声音，却是那条小小的虚天魔蛇，见主人受伤昏迷，正扭动身体朝这边爬过来，最终停在她身边，昂起头。

它要咬她吗？那样倒也好，死了的话，师父或许就原谅她了。

重紫喃喃道："你觉得我该死的话，就咬死我吧。"

出乎意料，小魔蛇望了她几眼，没有咬她，而是转头爬上榻，溜到万劫身边，盘作一堆。

人绝望的时候，总会习惯性地在一些无关的事情上寻找希望。重紫精神好了点，宽慰自己，就算回不去，只要活着，就还有机会看到他啊。

不知不觉睡着，醒来时重紫发现自己躺在了榻上，原本躺在榻上的人已经不见了。

胸口感觉不到任何伤痛，分明是有人帮忙疗过伤，重紫呆坐半晌，起身走出殿外，发现他独自立于云中。

红发黑云映衬，妖异又美丽。

既然他顺利救宫可然走了，又怎会折回去抢人，应该是那人给他报了信吧？宫可然没有随他回来，毕竟谁也不会喜欢住在这种地狱般的地方，不过没有关系，这些都是暂时的，只要找到那幕后之人，一切就可以结束了。

重紫打起精神，努力使自己心情好些，御杖飞至他身旁："楚大哥。"

他显然很意外，侧脸看着她半晌，道："还是叫大叔吧。"

重紫装没听见："大哥，我以后就留在这儿住。"

他沉默片刻，道："叫大叔吧。"

重紫咬唇不语。

他转过脸去，望着无际云层，声音听不出喜怒："你该去昆仑。"

"可是那人要挟你怎么办？"

"与你无关。"

重紫吃惊："大叔……"

他淡淡道："走吧。"

重紫瞪着他半日，见他还是没有任何表示，顿时赌气转身："我走了！"

门口结界被他撤去，重紫顺利出了万劫之地，满肚子委屈和愤怒。明明是他受人要挟，她才会留下来，现在师父不要她了，连他也要赶她走！

既然他都拒绝她的好意了，还有什么可顾虑的？

就这么走吗？重紫迟疑许久，到底感觉不妥，待要回去找他，可是出来之后才发现，她竟再也找不到万劫之地的入口了。失望之下，她只得怏怏地在附近城里徘徊，最终鼓起勇气，决定回南华请罪，然而还未来得及上路，一个消息直接将她的心打入了万丈深渊。

"尊者真的说了？"

"当然，掌教早就劝尊者将她逐出师门了。"

"我看平日里她还好，谁知道给尊者丢这么大的脸，叛投魔界。"

"……"

说话的是几名南华弟子，他们的消息必然不假，重紫早已做过最坏的打算，可亲耳听到，还是觉得难以接受。

重紫失魂落魄地走出城。

逐出师门，他不打算要她了？也对，是她不听话，屡次犯错，给他丢脸，她不配做他的徒弟，现在他连这最后一丝关系也要斩断了，从此，她再不能回紫竹峰，再不是他的重儿。

这世上所有的一切，仿佛都失去了意义。

心里迷迷糊糊，头脑昏昏沉沉，不知去往何处，重紫疲惫地跪在路旁，趴在石头上睡去。

"洛音凡的徒弟？"

"踏破铁鞋无觅处，大哥何不掳了她献给大护法请功？"

"洛音凡害我们无容身之处，如今他徒弟落到我们手上，不该先享用享用吗？"冷笑。

"这丫头本事怕不小……"

被吵闹声惊醒，重紫疑惑地揉揉眼睛，抬起脸，神情先是呆滞，接着转为惊讶，最后变作狂喜。

"师父！"

没有回答。

是了，他在生气，将她逐出师门了！重紫慌忙上前，语无伦次："师父，我知道错了……别赶我走，我去昆仑受刑，你别生气……"

她哭泣着求他，他却将她拉入怀里。

重紫不可置信地抬脸："师父！"

他微笑。

是在做梦吧？重紫隐约觉得什么地方不太对劲儿，可是此刻，她已完全被那种奇异的感觉蛊惑，难道这不正是她盼望已久的吗？

鬼使神差的，她忍不住抬手想要去摸他的脸。

手停在半空，迟疑。

他也随之一愣，目光变幻莫测。

怎么能亵渎师父！重紫惊觉自己太放肆，正要缩回，哪知他却一把握住她的手，送到唇边。

若即若离，温暖的气息几乎将她的心烘得化了。

重紫如受雷击，再也发不出半点儿声音。

做梦！一定是在做梦！梦里，他退去了平日的庄严与淡漠，不再是那个高高在上令她又敬又爱的师父，而是她最喜欢最害怕失去的人；梦里，他眼中盛满温柔，举止这般亲昵，她简直幸福得不知身在何方，连同整个人整颗心都已经丢失。

"师父。"千言万语化作两个字，小脸红云升起，添了无数娇羞之色，大眼睛里唯剩喜悦与爱恋。

果真是梦，那就让她留在梦里，永远不要醒。

然而，梦醒得比预想中还要快，大笑声炸开，眼前洛音凡消失不见，数道青气悠悠落地，逐渐凝聚成形，化作几个男子，或俊或丑。

"你们……"

当先一男子妖妖地笑："小美人不记得了？我们见过面呢。"

重紫喃喃道："我不认识你们。"

"不认识？"男子表情陡然变得阴沉，"若非洛音凡让海生立什么扶生派，我们又何至于被赶到这儿？"

扶生派？重紫终于变色："你们是欲魔！"

男子没有否认，"啧啧"两声，打量她："看不出来，你竟然喜欢上了洛音凡！"

藏匿许久的心事，自以为这世上除了自己再也无人知晓，如今却被生生揭穿，重紫羞愧得无以复加，一个字也说不出来。

男子朝手下笑："若无爱欲，怎会生出这种幻象？你们说，她敢喜欢她师父，可不又是个阴水仙吗？"

众魔大笑。

轻易被幻象迷惑，法力必然不高，男子没了顾忌，逼近她："长得还不错……"

"你别过来！"灵力难以凝聚，想是方才昏睡时中了暗算，重紫又急又怕，连连后退。

正在此时，一个女人的声音响起："谁在说我？"

众魔骤然止住笑声。

重紫如见救星："阴前辈！"

黑色宽袍，阴水仙立于半空，闻言只看了她一眼，神色漠然。

众魔看清来人，都尴尬不已，谁也不敢先开口惹她。带头那男子大略是有些身份的，忙上前作礼赔笑："原来是阴护法驾到，属下失礼。"

阴水仙冷笑："欲魔心闲得很，竟也不管管手下，养得如此放肆。"

男子躬身道："属下一时失言，这就给阴护法赔罪，阴护法大人莫记小人过，别放心上。"

阴水仙哼了声。

重紫道："阴前辈救我！"

阴水仙果然开口："这丫头我要带走。"

男子不甚买账："属下以为，阴护法插手此事不妥。"

阴水仙怒道："放肆！"

"属下怎敢在阴护法跟前放肆！"男子缓声道，"她是洛音凡的人，私自放了，圣君怪罪下来谁也担当不起。我们两派向来井水不犯河水，大护法从不曾插手阴护法的事，阴护法法力高强，要取我等性命易如反掌，但凡事还是留有余地的好，就算不给大护法面子，阴护法也该顾念别人的安危。"他有意将"别人"二字加重。

阴水仙冷冷道："你这是威胁我？"

"岂敢，"男子点到即止，恭敬之色不改，"属下只是以为，何必为区区一个仙门中人，伤了两位护法的和气！"

阴水仙不再说话，乘风离去。

知道她的顾虑，重紫想要叫，却没叫出声。

男子得意地转回身："今日我算开眼了，先有个雪陵和阴水仙，如今堂堂重华尊者居然也与徒弟乱伦。"

重紫惊怕，无地自容："你胡说，不关我师父的事！他不知道！"

"那就是你单相思？"男子忍不住放声笑起来，"不知道这件事传出去，洛音凡会是什么表情。"

"打发完那些仙女，如今竟被自己的徒弟喜欢上了。"

"叫仙门的人也看看他们的丑事。"

……

狂笑声如决堤之水，足以摧毁人最后的希望，重紫全身被抽空了一般，颓然坐倒在地，喃喃道："别。"

羞耻、自弃、恐惧、内疚，满满地占据了一颗心。

她当过乞丐，别人怎么嘲笑她看低她都没有关系，被逐出师门也不要紧，唯独不敢想象师父听到这消息的反应，让他知道她有乱伦的心思，发现曾经爱护有加的徒弟竟如此不堪，对他生出不正常的感情，他会怎样气愤与嫌恶，必然也是像雪仙尊对阴水仙那样，永不见她了。

"不要！不要说。"她拼命低了脸，往石头后面的阴影里缩，"别告诉他，求求你们……"

"怎么求？"笑声在耳边。

"怎么都好，怎样都行，别说出去……"

神志早已崩溃，重紫躺在地上，茫然睁大眼睛，直直地望着头顶黄昏的天空，目光涣散，嘴里反复念着那几句话，迷糊中，不知有多少双手褪去她的衣衫……

绝望得不知恶心，不知羞耻，不知痛苦。

星璨灼热得烫手，挣扎，终归沉寂。

第五章·地狱仙境

毫无预兆的一道劲风扫过，罕见的浓烈的煞气让所有人都不寒而栗，还未来得及反应，可怕的力量已到面前，放肆的几个人竟飞了出去，惨叫着落地，痛苦地翻滚两圈，便消失得无影无踪，连点骨头渣也没剩下。

长发张狂地飞舞，妖异，那是血腥的、死亡的颜色。

他随手一挥，猛烈的魔光无声炸开，又有几名欲魔躲避不及，瞬间化作灰烬，随风而散。

"万劫……圣君！"男子惊骇，转身欲逃，却发现他已站到身后。

男子原本也是万劫魔宫旧部，后来才投奔九幽魔宫的，知道他的手段，见状吓得魂不附体，两腿一软，跪地求饶："圣君开恩……"

脖子生生断落，一道青气自颅腔内冒出，被他捏散。

十来个欲魔，眨眼工夫一个不剩。

"别……"地上的人仍在喃喃低语，毫无意识。

他快步过去，迅速扯过旁边衣衫，盖住她裸露的身体，抱着她起身，化作清风遁走。

"小虫儿？醒来，没事了。"

"别说出去……"

"不会了，他们全都死了，没人知道。"

"求求你们……"

"有大叔在，不怕。"

……

万劫之地，愁云中，他抱着她轻声安慰，一边握住她的手度去维持性命的灵气，幸亏有阴水仙报信，他才匆匆赶去将她救回。

整整三日，她一动不动躺在他怀里，依旧毫无意识，只反复念着那几句话，声音早已沙哑。

最后，他终于无计可施，搂紧她："是大叔错了，不该赶你走，大叔会帮你，将来你可以再回南华跟着师父，好不好？"

喃喃的声音停止了。

他轻轻摇晃她："小虫儿？"

她忽然哑着嗓子道："师父要把我逐出师门，别赶我走。"

明白缘故，他总算松了口气："他并未将你逐出师门。"

大眼睛渐渐有了焦距，怔怔地望着他。

"他不仅没赶你走，还派了人打探你的消息。"

"真的？"

"方才路过城里，仙门暗探正在打听你的下落。"

"可是他们说……"

他微微一笑："必是有的弟子居心叵测，故意散播谣言呢。"

师父真的还在找她？眼泪终于滚落双颊，重紫哭出声："大叔！"没被逐出师门又怎样，她还能回到他身边？

万劫不停地替她拭泪，凤目中有痛惜之色："有大叔在，没人敢欺负你了。"

重紫却哭得肝肠寸断，直至昏迷。

曾经他也对她说过，有师父在，没人再欺负你了。

黑水池变作碧波荡漾的小池塘，小荷叶尖尖，池畔几树杨柳，柳絮纷飞，不远处有座精巧的小木屋，茵茵绿草地绵延。大约是怕她心情不好，万劫特意将这一带变化了，全不似外面那么阴森。

重紫成日坐在草地上发呆，无所思无所念。

有东西小心翼翼碰她的手臂，是星璨。

重紫没有像往常一样抱住它，反而白着脸退开，尽可能离得远远的。自她醒来，就没再碰过它，星璨似乎也察觉到她的反感，这些日子都不来招惹她。

可是这回，它还是忍不住飞到她身边，撒娇似的往她怀里钻。

它不弃她。

重紫垂眸看着它半晌，慢慢地抬手，重新将它抱住。

半晌，她转脸粲然一笑："大叔。"

万劫站在柳树下，红发垂地，映着绿色柳枝极不真实，俊美年轻的脸上已经少了许多冷酷之色。

看得出他喜欢柳树，重紫可以想象他当年白衣长发站在柳树下的情景，必定是月亮一样的风采，再瞧瞧眼前的人，竟猛然一阵伤心，她起身走过去："大叔，睡够了吗？"

他点点头，唇角弯了下。

每天他照例要睡上七八个时辰，除此之外就是过来陪她，尽管多数时候他都不说话。重紫当然知道他过来的目的，她不想让他担心，每每见到，都会尽量使自己精神好点。

她伸手拉拉柳枝："大叔你也别住在殿里了，搬过来吧。"

万劫不答。

外面血河血雨依旧，这座山坳俨然就是个世外桃源，只要他乐意，整个万劫之地都可以变成这样，可他还是选择留在黑石宫殿里。

重紫盯着他许久，没有问缘故，移开话题："大叔，魔剑对你真的那么重要？"

见他没有表示，她迟疑道："我是说，这些都不是你想要的。正所谓一念入魔，当年你若没有杀人盗取魔剑，就不会有今天，宫仙子也不会被他们追杀，魔力真的那么重要吗？它并没有给你带来好处，反而……你为何不肯把它交出去？"

万劫低头看着她。

重紫垂眸："我不是那意思……"

"仙门筹备多年，等着净化它。"

"你拿走它，只是不想让它被净化？"重紫惊讶道。

万劫没有表示。

"也和那个幕后坏蛋有关系吗？"重紫猜到大概，不待他回答，抿了抿嘴道，"算了，反正事情已经过去，交出魔剑，他们也还是想报仇的，只要大叔不再杀人，我们永远在这里不出去，就不怕他们。"

他缓缓道："仙门会以为你叛投魔界，九幽魔宫也会打主意，你跟着我很危险。"

"我不怕，这地方谁也找不到，再说大叔是魔界最强的人，可以保护我。"

"过两年，我会送你回去。"

"我不想回去。"

"你不会喜欢这样的日子。"

"是大叔不喜欢。"重紫摇头，眨眼笑，"谁没有过一念之差，那不是我们的错。我很喜欢这里，清静，以后有我跟大叔做伴，就不会闷了，无论外头发生什么，都不关我们的事，我们每天都要好好过。"

优美凤目中依稀有笑意，他移开视线。

重紫瞧瞧那俊脸，道："我不叫你大叔了。"

他拈过一枝柳，浅浅地笑："我有两百多岁，你才几岁。"

重紫无奈放弃，缠着他："听说大叔的琴声是当年仙界最有名的，你抚琴给我听好不好？"

漫天飞絮轻如雪，点点自头顶身旁飘过，无影无声。他看着她半响，放开柳枝，踱了两步，旁边草地上立即现出一架古雅的琴。

昔有长生宫首座弟子楚不复，白衣长发，皎皎如月，当时声名正盛，一曲琴歌，九霄神凤和鸣。

而今眼前唯有魔界至尊，红发黑衣垂地，手指修长如玉，抚上琴的一刹那，已恢复当年的从容，温雅不足，威严有余。

琴声渺渺，领着人乘云而去，如行海上，凌波踏浪，那是种无牵无挂的潇洒。

《沧海游仙》，闻名一时。

昔日抚琴沧海，而今相伴魔宫。

重紫坐在他身旁，心头空悠悠的。她忽然想起第一次上南华时，经过的茫茫大海，骄傲的秦珂，讨厌的闻灵之，还有那条纸片变化的大鱼。

多少辛酸，多少委屈，多少甜蜜。

重紫轻声道："大叔，把这里都变了吧。"

刹那间，漫天愁云尽收，天光乍现，晴空万里，山坳外的平原一望无际，目光所及，枯木杂草变作绿树鲜花，远处黑石宫殿立于花木之中，若隐若现。

鸟语虫鸣，花香隐隐，魔宫地狱已变作人间仙境。

光阴荏苒，仙境里的人几乎忘记了外面何年何月，无须回首过去，无须展望未来，有些时候只看眼前，会让人觉得自己年轻许多，也更容易快乐。

有句话说得好，一个人倘若越来越喜欢回忆，就表示他离老越来越近了。

成功与失败，辛酸与甜蜜，最终不过是一段记忆，因为那个成功的你、绝望的你、痛苦的你、甜蜜的你，都已不是现在的你。

昨日魔尊万劫，今日却只有楚不复。

"大叔，我的花篮好不好看？"

"好看。"

"这个呢？"

"也好。"

重紫将铺满花瓣的篮子放到他手上："给小魔蛇的，它没地方睡啊。"

凤目含笑，他接过花篮，见她脸色很差，不由得微微皱眉，拉她到身边："还是没睡好？"

半年来，每回自噩梦中惊醒，他都会赶来抱着她安慰。

重紫笑道："我没事。"

楚不复没再多问，搂住她，那手温柔地拍着她的背。正如第一次见他的时候，他也是轻轻拍着她的背安慰，将浑身是伤的脏兮兮的她从地上拉起来，给她留下仙咒，也给了她希望。

或许，这样也好，重紫这么想着。

"我要出去办点事，过几天回来。"头顶忽然传来他的声音。

他要去查探那幕后之人？重紫垮下脸，其实这事她是赞成的，毕竟不能总受人要挟："那你当心，早点回来啊。"

他沉默半日，终于还是开口嘱咐道："倘若十日后我还未回来，你便尽快到南华求你师父庇护，万万不可离开他，逆轮之剑与你……"

重紫一惊，打断他："是不是宫仙子又出事了？"

他没有否认。

重紫望着他，莫名来气，自他怀里挣脱："你明知道他们故意设了圈套等你，宫仙子不会领你的情，你还要冒险去救！"

他摇头："他们找的是我，与她无关。"

"宫仙子既然无辜，只要有我师父在，他是不会让那些人动她的。"

"我去看看罢了。"

重紫原以为自己留在万劫之地，两个人会就这么陪伴着过下去，竟全然忘记了外面还有个宫可然。那么多人设计他，每救一次人，他都会受伤，如今见他又要傻得去冒险，重紫未免急怒，然而她也明白他们两人的关系，不好阻止，只得忍了气道：

"一定要去？"

他叹了口气，拍拍她的手臂："听话，或许大叔很快就回来。"

重紫紧紧咬了唇，不再理他，转身跑进屋。

他摇头微笑。

到傍晚时分，重紫忍不住再出门看，楚不复已经不在了。她急忙奔去大殿，里面果然空无一人，小魔蛇盘在床头花篮里，大约是与主人心灵相通的缘故，感受到危险，也表现得很烦躁不安，最后索性溜出篮子爬到她面前，求助似的望着她。

重紫更加气闷，将小魔蛇拎进篮子，拿花瓣掩盖住，提起来就走，有这小东西陪伴保护，比一个人安全许多。

孤村流水，闹市行人，半年未踏出万劫之地一步，再次感受到人间气息，重紫很不习惯，有片刻的茫然。楚不复并没说具体地点，但那些人既然故意放话让他知道，肯定早已传开，她随便找个路过的仙门弟子一聊，还真打听到了，原来宫可然被困在斗室山。

重紫匆匆御星璨往斗室山赶，由于她平日很少一个人行动，更不清楚斗室山的路，只好边走边沿途询问。

走走停停，天渐渐黑了，家家户户都关起了门。

按行程算，楚不复今夜是赶不到斗室山的，至少也要明日，而且他应该不会选择大白天行动，只要在明天晚上之前赶到就行了。仔细衡量一番，重紫不再急着赶路，索性找了个墙角准备歇息，取出随身携带的一小截万年赤蛇藤点燃。

刚刚坐下，篮子里的小魔蛇就嗖的一下蹿出来，咝咝吐着信子，一副要攻击的凶样。

"谁？"重紫抬脸看清来人，嘴巴张了半天，才叫出他的名字，"亡月？"

火光里，亡月依旧披着宽大的黑斗篷，帽檐下是优雅的尖下巴和弯弯的嘴角，很像个年轻邪恶的黑暗魔王。

"又见面了，要去斗室山？"声音死气沉沉。

这个人太聪明，重紫实在不得不生疑，盯着他半响，道："上次我一到青长山，就有人杀了未昕师兄陷害我。"

"不是我，"他果然猜到她的心思，很干脆，"我向魔神发誓。"

魔族是无人敢欺骗魔神的，重紫垂眸："对不起，我只是觉得……太巧了。"

亡月道："巧合的事很多，说不定还会有。"

重紫听得胆战，这种事她可不想再来一次。

亡月道："一个人去斗室山很危险，我送你。"

重紫俯身拉拉小魔蛇的尾巴："有它保护我呢。"

小魔蛇不满地扭头，张嘴朝她露出毒牙，下一刻，一只苍白修长的手就将它拎了起来，吓得它赶紧回身去咬，然而无论怎么努力，总是徒劳。

见它无奈的样子，重紫忍不住笑起来。

亡月将它丢回地上："它到底是魔兽，虽通灵性，却只会咬人，没多大本事，帮不了你。这次为了困住万劫报仇，那些人向洛音凡下跪，洛音凡调用了二十几个门派的人布阵。"

小魔蛇通灵性，陡然吃了大亏，再受他言语贬低，更加懊恼，又要扑上去咬他。重紫连忙拉住它的尾巴，拍拍脑袋表示安慰，想到楚不复的处境，她更加焦虑。

大叔再厉害，也经不起这样的围攻吧？

"有它在，总比我一个人好……"重紫说到这里，忽然两眼一亮，"你是要帮我吗？"

亡月道："你师父想必会很生气。"

重紫低头。

意识到来人没有敌意，小魔蛇也懂事的不再闹，在旁边爬来爬去，见没人理自己，顿觉无趣，怏怏地回到篮子里去了。

"我会帮你。"

"仙门不仅要找他报仇，还想逼他交出魔剑，你是真要帮我，还是也在打魔剑的主意？"

"逆轮之剑有逆轮一半魔力，原本我也想打它的主意，"见她紧张的模样，亡月又弯起嘴角，"但现在不想了。"

重紫真想不到他会这么坦白："你敢发誓？"

亡月笑道："你要我为你发多少次誓？"

重紫尴尬地涨红了脸。

长空万里，冒出云海之上，就可以看见月亮了。

魔族御风术，与仙门的御剑术和驾云又有不同，脚底空空的，重紫总感觉心惊胆战，不停地低头看。她本来还有点担心带累亡月冒险，万一他因此受伤，自己一定会过意不去的，可是照眼前的情况，也未必了，这种速度几乎与师父和大叔不相上下，应该是顶级御风术，他的法力一定差不到哪里。

"你怎么总把脸藏起来啊？"

"我只是把眼睛藏起来。"

"那你不是看不见人了吗？"

"看人不一定要用眼睛，有些人还是不看为好，看起来是好人的，说不定很坏，看起来很坏的，反倒是好人，就像我。"

这话极具戏剧性，重紫捂嘴忍住笑，亡月死沉沉的声音真的不像好人呢。

"把眼睛藏起来，就没人能骗到我。"亡月微微侧脸，弯弯的嘴角挂着一丝邪恶，"看得太多，易生感情，做事会有顾虑。想看就看，不想看就不看，这样你就可以放心做想做的事了。"

重紫点点头，又摇头："万一你做得不对呢。"

亡月道："那没有关系，只要你想做。"

重紫连连摇头："不好，才不对。"

……

亡月的速度比她想象的还要快得多，天没亮二人就到了离斗室山不远处的一个小镇上。重紫惦记楚不复的安危，四处打听，果然还没有任何消息，可是又不知怎样才能找到他，只好回来与亡月坐等，直至夜半，才悄悄靠近斗室山。

没有月亮，四下一片漆黑，无论设埋伏还是救人都很方便。

黑斗篷张开，在树干之间飞掠，如同地狱里逃出来的幽灵，悄无声息，最终停在一棵大树下，悬空飘浮着。

重紫紧张地拉着他的斗篷："我看不见。"

黑暗中紫色光芒一闪，亡月的声音此时更显得诡异阴森："将灵力凝集于双目上，我教你个口诀……"

重紫照做。

"会了吗？"

"看见啦！"重紫惊喜。

这么快？亡月在黑暗中弯起嘴角，果然是绝佳根骨啊。

因怕小魔蛇惹事咬人，重紫花了好一番力气才将它留下，只与亡月来了，此刻看清周围情形，忙问："斗室山这么大，我们怎么找？"

亡月道："等他出来。"

重紫大惊："难道大叔他……已经进去了？"

"所以仙门对外防守松懈不少，我们才这么容易接近这山。"

"我们为什么不……"

"宫可然未救出，他不会跟你回去，早来晚来都一样。"

重紫无言以对，摸摸脑袋，想起一件更重要的事："糟啦，他不一定会从这方向出来啊！"

"这边防守不比那三面，他必会走这边。"

"我们怎么救他？"

"不是说九幽魔宫也在打魔剑的主意吗？既然魔剑在万劫君手上，他们就不会让万劫君落入仙门手里，"他拍拍她单薄的肩，"所以，我们只要乖乖地看着。"

"我们这样隐身，会不会被人发现？"

"能识破的不多，万劫已经进去了，他们就不会留意到我们。"

重紫歪着脸望他，又不动声色地转回去，再次确认他的法力一定很高，而且行事缜密，这么容易就能猜到别人的心思，倘若真的别有居心，定然防不胜防呢，总是无缘无故帮自己……

"我是好人。"

这点心思也被看穿，重紫大窘，正在想怎么跟他解释，不料树林上空陡然亮起红光，绚丽刺目，她连忙眯了眼抬脸望去。

数十人跃起在半空，面前竖着数十柄长剑，剑尖朝下，合成一个奇异的圆形剑阵，其中赤色罡气浮动，上方还悬浮着一只巨大的金环，瑞气腾腾，必是仙门法宝无疑。

被光圈笼罩，阵中立时现出一黑一紫两道人影，原来是楚不复与宫可然中了埋伏，隐身术被破除。

亡月道："那是乾坤环。"

"他受伤了！"重紫早已留意到楚不复唇边的血迹，着急万分，"你不是说九幽魔宫的人会来帮他吗，怎么还没到？"说着，她猛然又想起一事，大惊，"九幽救他，一定也想逼他交出魔剑，怎么办？"

亡月笑道："不怎么办，你就快带他逃。"

重紫想来想去，也实在没别的办法，只好转脸继续观望阵内形势，幸亏所有人都在全力对付楚不复，没空留意这边。

"万劫，你还想逃？"声音透着彻骨的恨，当年魔剑被盗，三千护剑弟子枉死，这些人想必就是找他寻仇的。

楚不复带着宫可然避开一道剑气，淡淡道："找死。"

说话间，他举起左掌，掌心立即冒出一道黑色轻烟，轻烟迅速散开，眨眼间化作数柄黑剑，朝那说话之人钉去。

一般来说，这种情形大多有虚实之分，以剑影迷惑对方，只有一柄才是真的，可是眼下他随手放出来的剑，竟无一柄是虚的！正面交锋，亲眼见他以魔气化剑，众人这才知道他法力高到什么程度，都变了脸色，却也暗道庆幸，怪不得洛音凡每次都亲自插手，不令他们私下寻仇，此刻若非有洛音凡亲自设的仙阵，哪里困得住他，必定死伤惨重。

亡月完全是置身事外的语气："万劫君，很好。"

重紫虽然不懂，可是大略也猜得到，楚不复这招用得很妙，一般人遇上这种可怕的攻击，都会下意识躲避，只要那人让开，阵法便会缺角告破。

果然，那人惨白着脸似要移动身形。

旁边人大喝："不可！忘记尊者的嘱咐了吗？"

那人闻言猛地回神，真的咬紧牙不动了。

数柄黑剑眼看就要将他刺几个窟窿，哪知就在此时，上方那乾坤环忽然金光暴涨，投下一个巨大光圈，黑剑就像撞上一堵无形的墙，全都被弹了回去。

那人见状松了口气，大笑："尊者果然说得不错，落入此阵，你便休想走脱，还不束手就擒！"

众人合力驱动剑阵，攻势越来越紧，密集的剑气朝中间两人斩去。

"尊者吩咐不得伤了宫仙子……"

"管不了那么多，都上，将来我去领罪！"

这些人一心报仇，毫不容情，楚不复既要护着宫可然，自身又受重伤，情况十分不妙。一道剑气朝宫可然斩下，他当即抬手替她挡，臂上立时又多了道血痕。宫可然面色煞白，只管躲在他背后，哪里还有胆量出手！

重紫再也忍不住，牙一咬："我去救他！"

亡月拉住她："你看。"

话音刚落就听得一声闷哼，再看时，东南方一人已经连同宝剑自空中跌落下来。

八十一人突然少了一个，完美的剑阵出现破绽，众人大惊，看清来人更是骇然："阴水仙！"

有人立即骂道："无耻贱妇，败坏伦常，害了雪仙尊不说，如今叛投魔族，丢尽天山的脸！"

阴水仙并不生气，阴恻恻道："我就是要丢天山的脸，与你何干？"她抬起纤纤右手，一柄长剑凭空而现，剑上挂着天山嫡传弟子标志的三色剑穗，同时左手凌空结印，朝那人当头斩下，"我还要用天山的剑法杀你。"

那人躲避不及，幸亏旁边另一人眼明手快地替他挡下，大骂："好毒！雪仙尊真是瞎了眼，收了你这么个禽兽不如的东西！"

阴水仙冷笑："可惜他死了，没机会后悔。"

剑阵既破，己方优势尽去，面前一个是魔尊，另一个是九幽魔宫心狠手辣出了名的护法，众人心知继续缠斗必定吃亏，而且也不知道九幽魔宫到底来了多少人，不敢继续耽搁，匆匆带了受伤的同伴遁走。

阴水仙没有追，毕竟她的目的是救楚不复，加上洛音凡等人都在山上，闯过去是没有好处的。

"阴前辈！"重紫朝她招手。

阴水仙只朝这边看了一眼，转身隐没在黑暗中。

九幽魔宫真的派了阴水仙来解围，想不到事情出奇的顺利。重紫朝前跑了几步，这才想起该感谢一个人，连忙回身看，然而不知何时，亡月已不见，知道他必是躲起来不愿意见别人，她也就释然了。

楚不复不动声色地拭去唇边血迹，微笑："怎么不听话？跑来做什么？"

重紫看得来气，侧过脸不答。

楚不复摇头，含笑拉起她，带宫可然一同乘风遁走。

云层格外厚，格外黑，月光怎么也穿不透，左右上下堆叠，如参差的岩石。三人在缝隙间飞行，迎面不时有直撞过来的云岩，当然倒不用怕被撞破脑袋，直接从中间穿过去就是了。

身旁楚不复的长发偶尔拂过手臂，重紫痴痴地望着前方，视线被一重又一重的云屏遮住，想要找条出路，却看不见。

不知不觉遁出百里之外，宫可然忽然开口："你要带我去哪里？"

楚不复轻轻咳嗽几声，没有回答。

重紫见气氛有点僵，无奈圆场："宫仙子还是先跟我们回去吧，万一他们又追上来……"

"没有他，他们根本不会找上我。"

"不管怎样，大叔救了你。"

"我并没让他来救。"

重紫听不下去："大叔为了救你受伤，你怎么这样无情？"

宫可然轻哼:"我喜欢的是当年的楚师兄,不是现在这个人,把自己弄得仙不仙魔不魔的!"

重紫气道:"你……大叔为了救你,差点没命!"

宫可然冷冷道:"你是谁?我们的事轮得到你来管?"

重紫噎住。

宫可然冷笑:"骂我没良心?八年来,我连立足之地也没有,整天像野狗一样藏来躲去,你知道那是什么日子?你又几时过过那样的日子?我讨厌他,有什么错?"

"大叔有苦衷。"

"我没有苦衷?父亲也在那场变故里丧命,我多次问起,他都不肯透露半个字,这也罢了,既然他已入魔,我认了便是,谁知他偏要住在那种鬼地方……"她转向楚不复,"我承认,是我当初先缠着你,可你现在害得我已经够了!如今我只想清清净净找个地方修行,你就不能放过我?"

楚不复沉默片刻,道:"放心,很快他们就不会再追杀你了。"

宫可然道:"除非你死了,否则他们怎么可能放过我?"

楚不复没有计较,只是疲惫地挥手:"今后好自为之,多保重。"

听出话中含意,宫可然看看重紫,嘲讽:"现在身边有别人,就不必管我了?"

重紫怒:"你怎么胡说?"

"你算什么东西!"宫可然亦有怒色,扬手,"我们的事,几时轮到你说话?"

楚不复抓住她的手,皱眉:"别胡闹。"

宫可然恨恨地甩开他,看着重紫半晌,忽然又冷笑:"尊者还在找你,你难道真想跟他住在那种地方,过那种日子?"

说完,她转身离去,消失在云岩间。

第六章·仙心恒在

　　想到他为了救宫可然,全不顾自身安危,到头来还甘受这样的奚落,重紫忍不住侧脸看,见他仍没有什么表示,更加来气,遂别过脸去。

　　"当年她是被惯坏了。"楚不复捂胸,低声咳嗽。

　　重紫暗悔,扶住他:"大叔!"

　　楚不复本就身受重伤,勉强带着二人赶这么远的路,再难支撑,直咳出几大口血来,眼见脚底风力渐散,他极力稳住:"先下去,你……"

　　"这儿不是歇息的地方,他们会追来的。"重紫始终觉得逃得太过容易,不安,召出星璨,"我带大叔走吧。"

　　楚不复没有拒绝。

　　法力强弱天差地别,踏上星璨,速度只有之前一半。

　　如今他身受重伤,真的叫那些人追上,后果很难预料。重紫将牙一咬,微微侧身,拉过他的双手环在肩上,打算尽全力赶路:"大叔抱紧我,若是不能支撑,就靠在我肩上。"

　　楚不复嘴角弯了下,果然依言搂住那瘦削的小肩膀,同时俯下脸在她耳畔轻声道:"向左,快!"

　　迎面又有一堵云墙,黑压压的,重紫反应毕竟不慢,猛地掉转方向朝左面冲去,她御剑术学得本来就好,折转之际倒也稳稳当当,丝毫不显仓促。

　　"哪里走?"数条人影追上来。

　　怕什么来什么!九幽魔宫会插手,师父怎么可能想不到,怪不得方才寻仇的人退得那么干脆，原来早已设了埋伏，他连二人回程的路线都算准了！重紫总算明白缘故，顾不得别的，御星璨急速向前逃跑，无奈对方多是仙门高手，很快就被追上。

没有任何废话，对方迅速发动剑阵，视野中所有景物陡然消失。

楚不复与宫可然被困阵内的场景，重紫看得清楚，当时只觉得很难理解，直到此刻自己身陷阵内，这才发现原来阵内外是两码事。

外头看着无甚出奇的剑阵，里面却危机四伏。罡风劲猛，面颊肌肤如受刀割，更有无数金沙铺天盖地撒落，周围昏黄一片，视线迷蒙，教人不辨身在何处。偶尔觉得前方有人，细看时又不见，忽隐忽现似鬼影一般，不知对方所在，剑气一道接一道，自四面八方袭来。

心知此阵凶险，重紫集中精神躲避，丝毫不敢大意。

渐渐的，对方加紧攻势，剑气越发密集，躲避起来更加艰难，亏得星璨通灵，几次都化险为夷。

重紫紧张得额头手心全是冷汗，暗忖，须想个法子闯出去才好。

走神的瞬间，楚不复挥手替她挡下一道剑气。

"大叔，先别轻易动用法力。"知道他受伤不轻，重紫忙劝阻，说话的工夫又有三道剑气擦衣而过，幸亏星璨配合得快，险险避开。重紫原本一直强迫自己冷静，谁知眼下形势凶险，分神不得，根本没空寻思对策，无计可施之下，她终于也开始心神不定了。

忽然，有人发出低低的惊呼声："且慢！那不是宫可然，是小师姐！"

他这一喊，攻势当即慢下来。

"尊者的徒弟怎会帮万劫？"

重紫愣了下，很快明白他们在顾忌什么，转脸看楚不复："大叔……"

楚不复摇头。

重紫道："出去再说。"

她毕竟与宫可然不同，虽说名义上是南华罪徒，但众人无不尊敬洛音凡，也不敢随便对她下杀手，可是要因此放万劫走，又都不甘心，好在楚不复并无要挟的意思，洛音凡的徒弟，当然是他自己处理最好，已有人私下吩咐弟子去请了。

照理说，他要拿万劫，这种场合应该亲自来才对。

重紫沉默片刻，忽然大声道："敢问扶生掌门海生道长是否在此？"

须臾，左边帷幕破开一角，海生现身作礼："小师姐安好？"

重紫答礼："我没事，多谢道长。"

海生解释道:"我等受尊者之命等在这里,若他老人家知道小师姐平安无事,必定很高兴。"

重紫垂眸笑了下。

海生也在留意她,发现她的确不像是被劫持,疑惑之下,不由将目光移向她身后,待看清那人的脸,立时被震得呆住。

"这……你是……"

没有回答。

"真是您老人家!"海生却认出他来,惊喜万分,"当年幸蒙仙长指点,贫道方有今日,前些年一直四处寻找您老人家,曾多次去长生宫,始终不知仙踪何处……"突然停住。

红发红眸,凤目定定地看着他,神色不改,也没有任何回应。

联系到这次任务,海生面色渐渐变了:"你……你是……你老人家怎会……"

一别数年,故人重逢,却已物是人非。昔日名满天下的白衣仙长变作万恶魔尊,贫苦青年却已成为一派之长,小有名气。两人又是在这种情形下见面,心里五味杂陈,终归无言。

重紫当然明白海生的感受,想自己也曾有过相同的反应,如今面对这种场合,未免更加伤心,可是眼下不容再拖延时间,否则今日必定走不了,于是趁机道:"重紫冒昧揣测,道长或许是认得他的?"

海生沉默。

重紫道:"俗话说,滴水之恩当涌泉相报,凡夫俗子尚且如此,道长难道真想置他于死地?"

瞬间,漫天黄沙散去,周围云层清晰呈现。

众人俱想不到他会无故退出,大惊之下纷纷喝道:"海掌门,你要做什么?"

楚不复趁机带重紫掠到其中一人面前,那人哪里肯放他走,竟咬牙横剑不让,想要重新布阵。楚不复皱眉,毫不迟疑地拍向那人的天灵盖。

"楚仙长,莫伤仙门弟子!"背后传来海生的声音。

手掌方向忽变,那人闷哼一声,跌落云头,另一人见状连忙俯冲下去将他接住,再回头看时,楚不复已携重紫冲出包围之外,御风去得远了。

"海生!"

"惭愧,贫道回去向尊者请罪。"

天色渐明，拂晓风来，云层底下冒出两个人，一个穿黑衣的美貌女子，是阴水仙，另一个则是披着黑斗篷的亡月。

"我说怎会这么容易被你得手，果然洛音凡有后招。"

"他既要捉拿万劫，为何不亲自来？"

"徒弟在万劫手上，来掌毙她不成！他早已料准那海生的事，做得天衣无缝，竟骗过了所有人。"帽檐被风掀起了些，露出苍白的脸和秀高的鼻梁，"谁说洛音凡无情？原来他只对徒弟有情。"

阴水仙脸一冷。

亡月笑道："这回他却料错了，魔剑对我来说已经不重要了。"

阴水仙暗惊。

几次看下来，万劫的法力越来越弱，亡月拉紧斗篷，转身："走吧。"

强行动用法力，楚不复伤势加重，回到万劫之地便沉睡了整整三日，醒来后，言语举止又恢复了寻常模样，对这次的事竟再未提起半句，好像已经忘了。

他忘了，重紫却没忘，为此一直不理他。

现在身边只剩下他，她更加不能眼睁睁看他去冒险，逃得了这次，却还有下次，倘若有一天连他也不在身边了，她又将怎样难过？

柳絮点点飞过，身后有了脚步声，显然是故意发出来的。

知道是谁，重紫也不回头："好些了吗？"

一袭黑衣映入眼帘，楚不复在她面前蹲下。

见他气色不错，根本看不出受过伤，重紫这才放了心。她一直觉得魔族疗伤方式很奇怪，仙门还要吃药，他居然只是睡觉。

楚不复摇头微笑："好了，别斗气，大叔抚琴给你听。"

重紫哪里理他，走进屋关上门，坐了片刻才渐渐冷静下来。她其实也知道自己这气生得没道理，可到底还是忍不住，屡次为了宫可然以身犯险，他根本没将自身安危放在心上，这么下去，迟早会出事。

门外真的响起琴声。

没有大喜大悲，初时平和中正，可是越到后面，竟生出很多牵绊，有许多事放不下的样子，就像她此刻的心情，被欺负，被诬陷，被误会，被……很多时候她简直想一死了之，可是终究没有。

死，就什么都不记得了。

他放不下什么，宫可然？明知道她无情，他还要傻傻地去救，若非有阴水仙和海生，他此次未必能回来。万人咒骂，宫可然本是应该维护他的那个，谁知道……或许对他来说，能时刻见到她就足够了吧？

这就是真珠姐姐说的"情爱"？这两个字里到底有多少辛酸苦辣，总归只有自己最清楚。

付出再多又如何，不爱的依旧不爱，爱的依旧受伤。

除非不再爱。

重紫白着脸，缓缓站起身，打开门。

一缕红发垂在额前，当初的残酷化作无限凄凉，双眉微蹙，迟疑之色挂在眉尖，举棋不定的模样，带得琴声如此低郁，不能释怀。

重紫默默走到他身边坐下。

不知不觉，天色渐晚。

暮云暗卷，池上烟生，晚风拂柳，倦鸟归巢。

重紫静静地听了许久，回过神，望着那越锁越紧的眉头，忍不住伸手想要去触摸："大叔。"

琴声忽然止住。

"过两年我送你回去。"

回去？重紫呆了半日，脸渐渐发白，盯着他喃喃道："大叔说什么？"

他看着手底琴弦，没有回答。

重紫咬了咬唇，忽然大声道："我明天就走！"

沉默片刻，他抬脸："过两天吧。"

"不了，师父会生气，我要回南华请罪。"重紫迅速站起身，跑进屋关紧了门。

琴声彻夜未歇，至天明，才带着最后一丝羁绊，如晨雾般消散。

重紫也整整坐了一夜。

他说会保护她，可到头来还是要赶她走。他不喜欢她留下来陪伴？他对她这么好，纯粹是可怜她吧？

因为太向往温暖，因为他们的好，导致她很容易习惯于依赖他们，为了他们，她可以忍受所有委屈，却不能忍受他们的离弃。她毕竟不是亡月，有太多想要留住的东西，不能那么肆意。

可是现在，不弃她的，唯有星璨。

或许，习惯就好。昆仑冰牢，似乎也没那么可怕，至少在那种地方，不会有顾虑，不会被猜忌，更不用担心被谁赶走。

想通之后，重紫开门走出去。

晨风吹动葱茏杨柳，如飘动的绿雾，柳下站着个人，背对这边，负手而立，一如初见时那般温润，黑衣、红发、华美的护肩和腰带……短短一夜，仿佛已经隔了数年，明明什么都没变，重紫却几乎不认识他了。

"大叔，我……走了。"

楚不复闻言转身，朝她点点头："走吧。"

重紫略觉后悔，半晌垂首道："我可能要去昆仑，以后不会再见面，大叔自己多保重。"

楚不复"嗯"了声。

重紫默默站了片刻，终于抬步朝魔宫大门方向走。两腿分外沉重，好像不是自己的，经过他身旁时，忽然间竟变得僵硬，再不能移动半步，她立即抬脸望着他。

"大叔还有话对你说。"楚不复看出她的疑惑，微笑着摸摸她的脑袋，"这些话你须记着，找时机禀明尊者。"

他转脸看着池塘内新生的小荷叶，过了许久才又开口："九年……可能……是十年前吧，这些年被魔气迷了心神，我已记不太清楚。"

十年前？重紫先是一愣，接着又想到什么，露出意外之色——十年前，那不是自己八岁的时候吗？正是那年，身上仙咒消失，同时陈州发生了一件震惊仙界的惨案，而这所有的一切，皆由他而起。

她一直想知道当年那夜发生的事，无论如何她都不信是他主动盗剑，此刻见他肯说，不由得大喜，连忙凝神细听。

"此事须从逆轮之剑说起，我要它做什么，怎么跟它做的那个交易，再不说出来，恐怕都要忘记了。当年西方佛门送来无方珠一粒，仙门三千弟子受命赴昆仑取剑，送回南华净化，只因在那三年前是由我们长生宫护送此剑去的昆仑。"说到往事，楚不复侧脸看着她，莞尔，"正是救你的那次，我还险些因为煞气误将你当作魔族。此番取剑，师父也受尊者之命，带着我与师妹，就是可然，前往监督，谁知归来途中，路过陈州时，当天夜里出了事。"

默然片刻，他苦笑了一声："当夜究竟出了什么事，大叔其实并不知情。

"虽说离南华近了，但师父他老人家并不敢大意，当夜与青华等数十位仙门首座弟子合力设了结界。我睡得很沉，醒来已是半夜，却发现所有弟子都……都是死在极强的魔力之下，待我找到师父，他老人家已魂魄不保，说是一个极厉害的魔王所为，让我万万要护住逆轮之剑，不能落入他手中，可然被他掳去，将来须设法营救。"

重紫听得疑惑，护送魔剑这么重要的事，为什么师父他们没去？

楚不复知道她的意思，摇头："当时正逢北斗之气降临通天门，机会难得，尊者与虞掌教，还有青华等几位掌门都在南华通天门，合力强取六界碑灵气，好用来净化逆轮之剑。

"我原打算尽快带逆轮之剑去报信求助，可始终闯不出结界，那人忽然拦住了我，五百招之后竟破了我所有咒术，倒让我想起一个人，就是多年前因谋逆被逆轮处死的魔宫左护法天之邪。传说此人还活在世上，他跟着逆轮多年，倘若魔剑落入他手中，岂非又是场浩劫？无奈我法力不及他，眼见他要杀可然，情急之下便拔出了身边逆轮之剑，谁知那剑得了逆轮魔力，已成魔剑，暗中对我说出一番话来，只怪我当时心神不定，竟受了它蛊惑。它让我做它的宿主，以身殉剑，如此，便可得到剑内法力，不仅能救回师妹，也不至让它落入那人手里，正是两全其美。"

重紫听得心惊，不愧是魔剑，善于掌握人的弱点，知道他在乎什么，才会说什么话。

"救回师妹是其次，我震惊的是，能悄无声息潜入我们的结界，杀死三千弟子，纵然是天之邪也不可能做到，除非仙门出了奸细。能混进来趁人不备下手，让我中咒昏睡的，必是仙门弟子。"

长生宫原是大门派，有老宫主随行监督，仙门自然放心，可若是出了内奸的话，就要另当别论了。

"当日路过陈州的有南华、青华，还有另几个门派的弟子，都曾前来相见问候，但护剑的三千人除我之外都死了，奸细究竟是谁，已经无从知晓，听说后来南华天机尊者多次卜算此事未果，可知那人法力远胜于他老人家。

"当时我想到天之邪就混在仙门内，或是与仙门叛徒勾结，倘若连我也死了，此事便再无人知晓，不仅魔剑将落入他手上，而且他利用仙门弟子身份，还不知会做出什么事。情势危急，容不得多考虑，我便决定以身殉剑，只要救出可然，将来不过一死罢了。"

正因为他当时是这么想的，所以才会中计。

"谁知此人藏匿仙门中，就是怕魔剑被送回南华净化，他身在仙门，不便泄露身份，早就有意寻我做此剑的宿主，这些都是他设计的圈套，得逞之后，他就带着可然走了。"楚不复苦笑，"我与魔剑交易时曾立誓，一旦向外人道出以身殉剑之事，便要用魂魄祭剑，我本想救了可然再上南华禀告尊者，左右一死而已，不想可然自己回来了，还中了奇怪的咒术，那人说，倘若我们将此事泄露半个字，他随时都能取可然性命，屠我长生宫满门。

"救人不成反受要挟，我岂不知自己死了最好，但此人法力高强，混在仙门内，真要对长生宫下手，必定易如反掌。

"魔剑一日不净化，便会遗祸六界，区区一个长生宫与天下苍生相比，明知道怎样做才是对的，却偏要走上错路，终是我修行不够的缘故。"他转脸看重紫，"小虫儿，其实大叔当年也是和你一样，流落街头，蒙师父他老人家收留，才修得仙骨，当时本应舍长生宫而取天下，可我始终是长生宫弟子，要眼睁睁看它毁在那人手上，看几千同门丧命……"

重紫含泪点头。

她尝过那样的日子，明白那种感受，流落街头，受人欺凌，突然获救，怎能不对恩人心生感激！那样善良的一个人，要亲眼见师门覆灭，于心何忍？

"事发后仙门以为我盗剑杀人，三千弟子死讯传开，亲朋纷纷找我寻仇，我只得四处躲避，心道既然得了魔剑之力，定要先查出那人，斩除祸患，再去南华向尊者说明原委。可不出两个月接连发生数起血案，无数百姓死于魔力下，连天机尊者也测不出来，仙门不知内情，都将此事算在我头上。皆因我一步走错，以致遭人陷害受人要挟，我终于被剑上魔气迷住心志，从此恣意妄为。"

因为不甘心，为了长生宫，到头来却落得这下场。

重紫本就隐约不安，此刻她才终于知道哪里不妥了——他和魔剑有交易，一旦说出以身殉剑的秘密，就要拿魂魄祭剑，如今他说出来，是要下决心了吗？

瞧见她眼中的惊恐，楚不复摇头，唇边一抹温柔，复又变为悲哀："死并没什么可怕，终归是错了，大叔死不足惜。昨夜我已经想通，凭我一己之力是查不到那人的，你回到南华，一定要将此事如实禀告尊者他老人家，求他老人家多庇护长生宫，若是不能……"沉默片刻，他轻轻叹息，"听天命吧。"

万万想不到会是这样的结果，重紫拼命摇头。

楚不复握住她的手："听尊者的话，带回魔剑，你便能将功折罪，所有人都会原谅你了。"

重紫骇然。

原来他知道！上次他当着师父的面将她劫走，就已经知道师父对她吩咐了什么！师父想给她机会，让她重归南华。可是他既然知道，为什么还要……

凤目中依稀有笑意，楚不复道："落到这步境地，你还不忍害大叔，比大叔当年强得多了。其实尊者打你那一掌，是在你身上种下了灵犀咒，你的一举一动他都知道，他始终是担心你的，我已截了灵鹤报信，此刻他老人家已经到了。"

没有，师父只是见他待她不同，吩咐她劝他交出魔剑，不是他想的那样，而且她早就放弃了！

重紫张嘴想解释，却发不出声音，喉咙哽得生疼。

大叔，我不走了，我们不要管别的，只把剑交给他们就回来，再也不出去，好不好？

楚不复读懂了她的心思，叹了口气："尊者几番对我手下留情，然而……"他微微一笑，"然而我当初以身殉剑，魔剑并非在别处，正是寄宿在这副皮囊里啊。"

如闻晴空霹雳，重紫不可置信地睁大眼睛。

怪不得他受伤只是睡觉，因为魔剑就在他体内，人剑合一，他本身就不是什么魔，而是一柄剑！

"若非你来，大叔还要继续错下去，如今让你重归南华，也是能做的最后一件事。至于你，不必伤心，自从下一个宿主出现，大叔与魔剑的交易就该结束了，它正在逐步收回魔力。"

"莫犯傻，大叔岂会不想多留你两年？但……迟早总是一别，本就不该再耽误了。"楚不复替她理顺鬓边凌乱的发丝，忽然又正色道，"此番虽说是让你免去昆仑冰牢受苦，但有件事大叔也不能不告诉你，小虫儿，你便是魔剑选定的下一个宿主！"

重紫满面泪水，被接连而至的消息震得惊呆了。

下一个宿主？她！

"天生煞气，大叔一直怀疑你的身世不那么简单，极可能与逆轮有关，所以天之邪才会想利用你解天魔令的封印，也是他在替你隐瞒命相。此剑祸害六界，是大叔一念之差才让它留到现在，只怕会害了你。回到南华后，你一定要时时跟在尊者身边，万事留心，不可听它半句蛊惑，直至它被净化。"

他轻轻抱住她，一字字道："小虫儿，你要记住，无论有多委屈受多少苦，总有人会信你喜欢你，就像大叔一样，一定不要入魔，否则，就再也回不了头了。"

温柔的手像往常一样拍着她的背，却是最后一次了，重紫此时已肝肠寸断。

不要！是她任性，是她不懂事，她再也不要走，再也不要回南华，更不要什么魔剑！

既然她是下一个宿主，那就让她以身殉剑，不让剑取他的魂魄！

"小虫儿！"俊脸猛然沉下，一双凤目郑重地盯着她，声音严厉，"你不会喜欢这样的日子，趁现在还能回头，听话，答应大叔，一定不要入魔！"

眼泪如泉水般涌出，滚滚而下，迷蒙了双眼，再也看不清头顶俊美的容颜。

忽然，那双手松开。

重紫惊恐地看着那模糊的身影缓步后退。

"错了，是错了，早知如此……"他大笑起来，"天意！楚不复啊楚不复，因你一念之差，被人利用，保住魔剑，酿成大祸，多少无辜性命丧于你手，落得这般下场，也是天意！如今还有人为你哭，你又有什么不足的！呆子！当真是呆子！"

重紫哭着张嘴，无声地唤他。

那朦胧的身影再不理她，跌跌撞撞地朝她身后走去，依旧大笑不止："楚不复！呆子！"

狂笑声骤然消失，只听得背后震耳欲聋的一声响，大地颤动，四周景物皆被一片刺目的血红光芒笼罩。

人不在，术法自解，重紫已痴了。

红光逐渐隐没，须臾，手上一沉，却是一柄暗红色的长剑飞落下来。

她低头看着那剑："大叔……"

结界消失，万劫之地再不是秘密，泪眼迷蒙中，重紫只知道有无数人涌进来，当先是一道熟悉的白色身影。

没有出声，更没有哭叫，只是抱着剑跌坐地上，眼泪直流。

"有大叔在，没人敢欺负你了。"可他还是丢下了她，他骗她，他是骗子！

双手捧剑，用力朝地面砸下。

长剑落地，分毫无损，依旧闪动着暗红色邪恶的光。

她狠狠地一擦泪水，正要再去拾，却有一双手伸来将她搂住，雪白的、熟悉而温暖的怀抱，就像小时候一样。

"重儿。"

重紫倚在他怀里，泪眼看剑，终于痛哭失声。

慈悲济世，沧海琴歌，终至名满天下，孰料心系师门，一念成魔，昨日不复，今日万劫，却是因仙而入魔。

于是，有了万劫之地。

树是枯的，水是红的，没有绿色，没有生气，只有无尽的绝望。他不能原谅自己，所以才会住在这地狱般的地方，终日与血雨白骨相伴。

终于，万劫不复。

问谁记得，昔有长生宫首座弟子楚不复，白衣长发，皎皎如月，当时声名正盛。

第七章·归去来

　　仙风飘拂，灵禽飞翔，钟声清澈，乐声婉转，乘着云雾，在大小十二峰之间的缝隙里游走，却是有人在吹笛，吹得漫山紫竹跟着低吟浅唱。对面主峰上，殿宇依旧雄伟，来来往往的人也是容颜未改，可是，毕竟有什么东西不一样了。

　　昨日南华，今日南华，恍如隔世。

　　重紫独自抱膝坐在岩石上，望那祥云映长天，心头空悠悠的，仿佛缺了点东西，熟悉而又那么陌生。

　　魔剑归来，仙界上下欢欣庆贺，青华宫卓耀以及昆仑、茅山等派的掌门都赶来南华商议处置办法。听说楚不复的事之后，众掌门俱各叹息，闵云中素来苛刻，也只责备了句"当年太糊涂"。总而言之，魔剑顺利收回就好。令众人意外和惊怒的是，仙门竟出了奸细。事关重大，由于弟子众多，牵涉太广，洛音凡没有声张，只令众掌门暗中调查此事。

　　宫可然独自离开，却并未回长生宫，从此不知所终。

　　这段日子重紫过得其实不太清静，虽说洛音凡每天与众掌门商议净化魔剑之事，忙到很晚，可是燕真珠不时会带着交情好的弟子们来看望她，重紫竟很少有空闲去想别的。

　　然而，每每夜深人静，从梦里惊醒，不知为何都是泪痕满面，再无人抱着她安慰。

　　白衣长发的仙长，黑衣红发的魔尊，温柔微笑，沧海琴歌，尽被"曾经"二字收走，从此永远只能在记忆里出现了。

身旁小魔蛇咬咬衣角，重紫伸手摸它的脑袋。

万劫之地发生的一切，就如同做梦，唯有看见它的时候，才感觉到一丝真实。

主人不在了，小魔蛇便认定她，无论如何不肯离去。虚天魔蛇本是极稀有的阴毒魔兽，多少仙门弟子被其所害，闵云中险些出剑斩它，幸亏洛音凡作法除去它的毒牙，重紫才得以将它带上南华。本是魔兽，却失去最宝贵的毒牙，初来紫竹峰，那只灵鹤就吓得它发抖，幸好灵鹤是仙禽，无意伤它，只不过偶尔吓一吓它罢了。

同样卑微地活着，也同样心满意足。

此刻它不知愁地缠着她的手臂撒娇，又哪里意识到，今后一旦离开南华，离开她，就只能是任人欺负的命运，万一将来她护不了它怎么办？

重紫有点难过，摆正它的脑袋："这两天跑去哪儿了？记不记得我说的话，一定不能离开紫竹峰。"

小魔蛇点头。

重紫这才放了心，真让它乱跑出去，被闻灵之他们撞见，一剑斩了，虞度是绝不会为只魔兽追究责任的，紫竹峰无人敢擅闯，留在这里它就安全。

"重紫。"

"慕师叔。"

见有人来，小魔蛇马上乖乖地爬走，自去玩了。

慕玉微笑着，走到她身边坐下："此番你带回魔剑，立下大功，师父那边已经同意，你可以不必去昆仑了。"

重紫垂眸，半晌道："去不去昆仑，其实对我来说并没有什么，去了，也许反而是件好事。"

慕玉摇头："万劫走了，师叔知道你伤心，但万劫之所以这么做，正是想让你立功赎罪，留在南华，不要去昆仑受苦，否则他为你做的这些，岂非都是白做了？"

重紫愣住。

慕玉伸臂抱住她："还有很多人惦记你关心你，至少有慕师叔在，不能轻言放弃，知道吗？"

重紫心头微暖，低声道："重紫知错，慕师叔别担心。"

慕玉想起一事："秦珂多次为你求情，被掌教禁足在玉晨峰，我已将你的事告诉他了，你有空还是自己去看看他吧。"

怪不得一直没见到他，重紫恍然，想到他因求情受罚，自己回来这段日子却从未问过他，内疚之下忙点头答应。

"无论有多委屈受多少苦，总有人会信你喜欢你"，大叔说得对，她不是一个人。大叔用性命给了她回来的机会，她绝不能辜负他的心意，绝不会轻易离开南华。

大约是魔剑净化之事的商议有了结果，洛音凡今日回来得早，重紫跟着到殿内伺候，远远站在案边磨墨。最近她再没去修习灵台印，话更少了许多。洛音凡深知小徒弟个性，楚不复之死令她变得消沉，一时之间难以想通，也不去说她。

"师父，小魔蛇喜欢乱跑，我担心狻猊巡山会误伤它。"

"不会。"

想是他嘱咐过狻猊了，重紫"哦"了声，半晌又道："师父，倘若真如大叔所言，我与那魔尊逆轮有关系，怎么办？"

洛音凡也一直想着这件事，闻言道："不会。"

重紫低头。

他说"不会"，不是"不怕"。

洛音凡搁笔看她："楚不复为师门而入魔，其情可悯，但若非他一念之差，魔剑就绝不会存留至今，为师门而弃苍生不顾，实乃大过。近年他被魔气乱了心神，残害无辜性命，如今肯回头弥补过错，实为难得。数万年后，天地灵气自然会聚，再生无数新灵体，万物本无'生死'，你更不该辜负他一片苦心。"

人人都称魔尊万劫，只有他还记得这名字，重紫低声道："弟子修为不够，这些道理虽明白，还是不能想通，他是被逼的。"

洛音凡皱眉。

楚不复一死，幕后之人必然谨慎，仙界之大，门徒之广，查起来恐怕不会有结果，好在此人必定不敢在这关头轻举妄动，看样子还须慢慢调查。眼下逆轮之剑要被净化，因恐对方再借小徒弟之手作怪，他特地在紫竹峰设了严密的结界，这样一来，发生什么事，也能及时得知。

"楚不复的事，为师与掌教会调查。你近日少下紫竹峰，要去哪里，叫慕玉他们陪伴，至于别的，不必多想。"

重紫答应，见他抬手，忙过去倒了杯茶，飞快搁在他面前案上，再远远退开。

洛音凡举起茶杯，吩咐道："青华卓少宫主来看你了，此番为了救你，青华宫十分尽心，记得与他道声谢。"

卓昊果然等在紫竹峰下，剑眉飞扬，双唇微抿，不再是孔雀装束，而是一袭雪白衣衫，衬着他恰到好处的肤色，手里握着柄白色扇子，风流倜傥中透着勃勃英气。

见重紫，他立即将扇子一合，迎上来："早想着看你的，被父亲派去接姑姑了，今日才赶到南华，妹妹……可曾受伤？"

重紫规矩作礼："不曾，劳师兄惦记。"

卓昊皱眉，忽然道："你看。"

明明是白天，天空却暗了下来，须臾，头顶无数星光浮现！

蓝色的星星，很小，很美，清晰却不刺眼，一点一点数不清，先是在头顶游动，接着纷纷坠落。

星雨漫天洒落，好似飘飞的杨花，又像是夏夜游走的萤火。

"这是什么幻术？"重紫仰脸看得发呆。

"幻术？这是我们青华有名的绝杀之技，叫海之焰。"

重紫惊喜："真的？师兄再使一次我看看！"

卓昊失笑："你当这是什么？杀招控制不好会伤人的，我刚练成没多久，能使出这一回已经很难了。"见她满脸失望，他伸手拉起她，柔声道，"待我练好它，天天使给你看。"

重紫急忙想要缩回手："卓师兄，我听师父说了，谢谢你……"

"此番安然回来就好，"卓昊打断她，将那小手捧于双手间，"自你被万劫前辈带走，这些日子我连觉都睡不着，当真是被吓到了，活了二十多年，我还是头一次这么紧张，难道就为了换你一堆客气话？"

话里句句透着真挚，重紫默然片刻，道："师兄费心。"

卓昊重新展开扇子挡住二人的脸，一只手仍拉着她："正该费心，说不定将来小娘子再欺负我时，念在这点好处，会手下留情。"

对上那戏谑的目光，重紫发慌，想挣开他的手。

卓昊见状更加喜欢："听说你近日都不曾下紫竹峰，未免闷坏了，我带你去走走。"

重紫忙道："师父吩咐过，叫我不要乱走的。"

"白天人多，有我在呢，怕什么？"卓昊似明白了什么，安慰，"万劫前辈的事我已听父亲说了，想不到他老人家一念之差，以致受人误解。你别伤心，将来查出那幕后之人，我们定会替他报仇。"

他收起折扇，柔声道："可恨他们冤枉你，幸亏如今真相大白，到了青华，我绝不会再让你受半点儿委屈。"

重紫微惊："卓师兄，我……"

卓昊拿扇柄抬起她的下巴："师兄？"

重紫道："我今日是专程来谢师兄的，我……绝不会离开南华。"

卓昊愣了下，皱眉："还是为天生煞气的事？这又不是你的错，别听他们瞎说，卓昊哥哥并不介意这个的。"

重紫道："那幕后之人盯上我，不可能轻易罢手，我已经决定留在紫竹峰侍奉师父，不想再生事。"

卓昊好笑道："傻话，哪有永远跟着师父的！何况你到青华，只会比留在南华更安全，莫非你是怕父亲有偏见？此事我已禀过他老人家，他老人家一向喜欢你，答应会替你设法。"

重紫只是摇头。

卓昊叹了口气，将她拉近些："卓昊哥哥待你如何，你还不相信？"

怎会不信！舍命相护，为营救她连伤势也不顾，以他的身份，根本不必对她这样，他这么做，任谁都会感动的。

可是，人总是说服不了自己。

重紫忽然用力挣脱他的手，后退两步。

卓昊有些无奈，转身一笑："闵师妹？"

闵素秋本是来找他的，见状立即垂眸："卓昊哥哥，到处寻你不见，原来在这里，方才卓伯伯在找你呢。"

当着她的面，重紫不好多说。

听说父亲找，卓昊也不耽搁，嘱咐道："我先去见父亲，明日再来看你，不可胡思乱想。"

目送他二人离开，重紫呆呆站了许久，忽然想起慕玉的话，心道不如趁现在白天人多，过去看看秦珂，于是匆匆回重华宫禀过洛音凡，驾起星璨飞往玉晨峰。

玉晨峰是虞度早年修行的地方，古木参天，有的甚至高达数十丈，枝干纵横，宽阔如长桥，其上可行人。

脚底祥云飞掠，远处时有弟子御剑而过。

重紫围着玉晨峰转了几圈，始终不敢擅闯上去，正在苦恼，忽然熟悉的声音传来："要犹豫到几时？"

低头，一道白影立于巨木之顶，足底碧波翻涌。

重紫俯冲下去，喜道："你怎么知道我来了？"

秦珂不答，斜眸看她，道："回来便好，仔细跟着尊者，别乱跑。"

想是他已经听慕玉说了仙门奸细的事，重紫点头答应，又道："师兄一个人在这玉晨峰，要当心。"

秦珂嘴角抽了抽，整座玉晨峰都被虞度设了结界，否则又怎能困住他！但凡有外人擅闯，虞度都会察觉。

他也没有说破："我细想过，当年那人为保住魔剑，设计引万劫以身殉剑，而后又借长生宫要挟于他，使得魔剑存留至今；近日听说师父与尊者他们又在商议，欲行净化，只怕此人不会罢休，要再利用你插手破坏此事，其中利害，尊者想必已料到了。"

重紫忙道："师父在紫竹峰设了结界。"

秦珂点头："最好不要单独外出。"

"我知道，不过今天特地来看你，是禀过师父的，"重紫不安，"掌教罚你在这儿住多久啊？"

秦珂不答反问："卓少宫主也来南华了？"

重紫登时窘迫起来："师兄总说这些做什么！"

"花言巧语，少见为妙。"秦珂转身，御剑隐没于林间，"这里人少，尽快回去，免得生事。"

重紫本来还想多说几句话的，谁知他这么快就走了，只得回紫竹峰面禀洛音凡，却发现洛音凡不在殿上。

南华主峰后的结界撤去，隐藏的擎天峰再现，直达通天门，正是上次举行试剑会的地方，必经之路安排了弟子轮流值守。擎天峰半腰有一座石洞，洞门上方题字处一片空白，竟是个无名洞府，暗含了无名实有名的意思，此刻洞外只有慕玉与闻灵之二人。

山洞很浅，前后十几丈，看不到岩壁，两旁白茫茫隐约映出人影，宛在镜中行。

一汪泉水自地底冒出，咕嘟作响，腾腾白雾中，一柄形状奇特的暗红色长剑漂浮在水面，若隐若现，旁边还有块质地相同的巴掌大的令牌，正是天魔令，显然二者都已经被作法缚住了。

虞度、洛音凡与卓耀、玉虚子等几位大派掌教立于泉边，面色俱十分凝重。

半响，虞度先开口道："昨日慕玉与灵之发现此事，是以特地将诸位请来商议。"

卓耀道："莫非是他的残魂？"

虞度道："难说。"

玉虚子道："不若我们合力设法引出来？"

洛音凡看了半晌，摇头："殉剑乃是魔族禁术，以魂魄养剑魂，剑在人在。"

众人沉默。

想不到紧要关头会发生这种事，无方珠是佛门法器，净化之力何其强大，既不能分离，到时候魔剑净化，上面的残魂自然也会随魔气一同消散，未免令人不忍，可是此剑多留一日，便多一分危险，亦不能因此耽搁，竟难办得很。

闵云中断然道："此剑不能留。"

"闵仙尊说得有理，若叫它落入魔尊九幽手上，后患无穷。"长生宫明宫主颔首，看洛音凡，"但就这么散了他最后一魂，我等也实在不忍心，尊者的意思如何是好？"

虞度也道："师弟，你看？"

洛音凡道："净化之事，想必已有结果。"

众人都松了口气。

虞度点头："他既肯舍身，应是抱定决心，眼下也只能听凭天意。此剑与天魔令同是天心之铁所铸，得他魂魄滋养，魔气越发重了，早已不比当初。我与几位掌门商议，唯有一法可永保无患——先以极寒之水洗濯七日，再借六界碑灵气和无方珠护持，以极炎之火锻炼四十九日，想来再强的魔气也不过如此。"

卓耀道："极寒之水，乃尊者紫竹峰四海水，至于极炎之火……"

虞度早已有主意："据我所知，昆仑山有神凤火，长生宫药炉用的亦是九天之火，须仰仗玉虚掌教和明宫主。"

玉虚子笑道："虞掌教此言差矣，事关仙门苍生，昆仑理当出力，只怕来回路程太远，途中生变，依贫道看，不若请明宫主点个头。"

明宫主忙道："客气什么，派人去取便是。"

虞度道了声费心，转向洛音凡："当年北斗之气降临通天门，我与诸位曾合力取得六界碑灵气一瓶，如今正好使用，不知师弟的意思如何？"

洛音凡点头："甚好。"

手微抬，魔剑再次沉没入泉底，虞度转身向众掌门笑道："既然诸位都无异议，明日我便派人去长生宫取火种了。"

众掌门纷纷称是，事情就此定下来。

走出洞府，虞度将慕玉与闻灵之二人细细嘱咐一番，见洛音凡要走，忙又低声叫住他："师弟且慢，我还有件要事与你商议。"

卓耀闻言，笑着朝他拱了拱手，匆匆离去。

洛音凡虽觉疑惑，却没多问，虞度也没有立即解释，与众掌门一道说笑着走下擎天峰，直到众人都散去，这才与闵云中一同走进南华大殿旁的偏殿，各自在椅子上坐下。

洛音凡先开口问："师兄有何要事？"

虞度抬手令奉茶的弟子退下，笑道："今日找你，乃是为了重紫。"

洛音凡皱眉。

闵云中哼了声，冷冷道："放心，她取回魔剑，于仙门有功，我虽糊涂，却还知道论功行赏几个字。至于修习灵台印的事，也不与你计较，你自己看着办，此番掌教找你，乃是受青华卓宫主所托。"

"师叔身为督教，一向赏罚分明，何必说气话。"虞度笑着解释，"青华、南华素来交好，卓宫主两次开口，我实难推托，所以来问你。"

提起卓耀，洛音凡已大略猜到："还是为卓小宫主？"

"正是，"虞度叹气，"师弟别怪我多虑，天魔令唯独留下她的血迹，可知万劫的怀疑是有依据的。她与逆轮关系匪浅，是魔剑下一个宿主，去青华比留在南华更妥当，将来生儿育女，有了牵挂，你我也好放心，何况卓宫主亲自来提，看在你的面子，也必不会亏待她。"

洛音凡沉默片刻，道："此事恐怕不妥。"

闵云中不悦："又有哪里不妥了？"

虞度明白过来："你若不便亲自去问，我叫真珠去问她，如何？"

闵云中道："弟子视师如父，她既无双亲，理当由你做主，何况卓小宫主年轻有为、一表人才，并不委屈她。"

虞度道："这孩子原不错，我看在眼里，可惜命中带煞，你无非是觉得亏欠她，但此事怪不得你。这些年悉心教养，你也算尽了师父的责任。我也明白，你只这一个徒弟，想仔细看着些，不过徒弟早晚是要自立门户的，青华门风不错，她去了与留在你跟前是一样的。"

停了停，他又笑道："你怕她不满意？依我看，她与卓小宫主一向要好，听说前些日子为了救她，卓小宫主连伤势都不顾。你点个头，正好成全他们也未可知。"

洛音凡没说什么，抬眸看向门外。

虞度与闵云中亦同时望去。

瘦削的身影出现在门口，纤细的手扶着门框，她静静地站在那里，背后透进来的柔和的光线，映得整个人仿佛透明了。

殿内顿时一片沉寂。

面色苍白如纸，大眼睛里目光飘忽，缓缓扫过三人，最终停在熟悉的脸上。

虞度倒很和蔼地唤她："要找师父？进来吧，我正好有话问你。"

重紫垂眸，刹那间竟变得镇定了许多，不慌不忙走进殿跪下："重紫找师父回话的，扰了掌教和仙尊。"

"跪着做什么？"虞度示意她起身，"方才我与你师父商议的事……"

重紫打断他："重紫全都听见了。"

虞度看着她，不语。

重紫果然叩首道："只是重紫早已立誓不嫁，求掌教成全。"

闵云中忍不住冷笑："好大的誓言，你的意思是怪我们逼你？"

虞度皱眉："你这孩子，不满意就说，怎能拿这种事赌气？"

重紫摇头："重紫不敢。天生煞气，屡次遭人陷害，安排去青华，是掌教一片苦心，但重紫既拜入南华，便是南华弟子，此生……别无所求，只愿留在紫竹峰修行。至于我和逆轮的关系，掌教与仙尊若不放心，我有一个主意，可保无患。"

虞度与闵云中都愣住。

重紫道："如今魔剑即将净化，那人无非是要借我的手打天魔令的主意，只要我舍弃肉身，就不能施展什么血咒，他再想利用也没办法。"

虞度震惊。

世间生灵魂魄一旦离体，就要自动归去鬼门投胎转世，皆因肉身毁去，魂魄无所依存，就算勉强被人作法留住，见到阳光也定然魂飞魄散。她这么说，听来竟有了结此生的意思。

闵云中将茶盏重重一顿："胡闹！简直胡闹！"

虞度亦摇头："此事断不可行，你不必再说。"

"我并不是要去转世，"重紫解释，"重华宫有一面拘魂镜，我可以暂且寄居在里面，再由师父作法封印，天下之大，将来总能找到去除我这身煞气的办法。"

虞度与闵云中都不说话了。

天生煞气，投胎转世也未必有用，当年逆轮正是历经三世而成魔的。但照她说的这办法，既可以绝了那幕后之人的妄想，又可以免去投胎转世之忧，待洛音凡修成镜心术，除尽煞气，再送她投胎，竟不失为一个好法子。

"难得你肯为仙门着想，甘受委屈，"闵云中语气和缓了些，"但此事关系到你一生，将来后悔不得，你可明白？"

重紫伏地："重紫已经想清楚，不愿离开南华。"

话说到这份儿上，虞度唯有苦笑，知道去青华是不成了，至于她提的办法则更不可能——无缘无故让一个孩子舍去肉身，别说他这掌教对外难以解释，就算别人不议论，这种事又岂是她做得了主的！

果然，洛音凡没有表示。

重紫缓缓抬脸，八年来，头一次真正与他对视。

黑眸不见底，无悲无喜，有看透一切的淡然，也有容纳一切的广阔。

对她来说，这其实是最好也是最想要的结果，不曾奢望太多，只求他能满足她这小小的要求，让她从此长住重华宫，没有猜忌，不再辛苦，安安静静留在他身边。

"师父。"

"出去！"

想不到他会突然发火，重紫怔了怔，垂首："师父不必担心，什么魂体肉身，我并不在意这些的。"

闵云中也道："音凡……"

"我说不行便不行，"洛音凡站起身，淡淡地道，"我养了这些年，就养出一个自作主张，连我也不放在眼里的徒弟？"

重紫呆呆地跪着，目送他离去。

虞度叹息，挥手："罢了，此事不得再提，卓宫主那边我会解释，听你师父的话，下去吧。"

第八章·承诺

步伐依旧从容，地上拖曳的衣摆如白浪翻涌，他头也不回朝紫竹峰行去，一路散发的逼人冷气，惊得众弟子纷纷退避。直到师徒二人去远，众弟子才反应过来，面面相觑，都难以置信。

脸上神情万年不变，胸中却是怒意翻腾，以致这一路忘记了御剑。走进重华宫，他终于在四海水畔停住。

身后，轻微的脚步声也跟着消失。

她还知道回来！洛音凡气怒至极，一声"跪下"竟迟迟说不出口。

许久的沉寂。

反倒是她主动上前跪下："师父。"

轻飘飘的声音，洛音凡听得心头一紧，接着又一疼，缓缓转回身看着她。

小小的单薄的身体，卑微的低头姿势，就好像第一次见面的时候。或许，在他眼里，她始终是当年那个在南华大殿哭泣的孩子，是他膝下乖巧听话的小徒弟，偶尔会顽皮撒娇，引他注意，讨他欢心，永远长不大。

瞬间的恍惚过去，更多的无奈随之而来。

自从拜入南华，她受尽委屈，只为不让他为难。所有的一切他都看在眼里，有心借此历练她，让她学会抑制煞气，谁知到头来会让她养成这样的性子，竟然当着他的面说出这种话。他万万想不到，她为了能留在紫竹峰退让到这种地步，全无半点儿尊严。

就算她傻得不爱惜自己，他洛音凡的徒弟却不至于卑微到如此地步，她当真以为他这师父无用到连自己的徒弟都庇护不了？

怒意更重，引得体内残留的欲毒蠢蠢欲动。

洛音凡猛然回神，当即压下毒性。

到底有数年师徒之情，她变成这样，落到今日的地步，他负有不可推卸的责任，如今还要责怪她，他这师父当得简直失败至极！

洛音凡看着面前的小徒弟，愤怒、自责，五味杂陈，一时没了主意。

重紫亦无言，跪在地上不知所措。

退让至此，不过是绝望的坚持，最后的反抗罢了。她只知道，楚不复给了她回来的机会，她绝不会任人摆布轻易离开，孰料会惹得他这样生气，也不知道该欢喜还是难过。

半晌，她又低声道："师父。"

这一声"师父"，驱散了洛音凡最后一丝怒意，他再也无法出言责备，心内长长叹了口气，略俯身，单手扶起她，淡淡道："没有谁能逼你离开紫竹峰。"

是安抚，更是承诺。

重紫呆了呆，迅速望他一眼，垂眸。

他到底在意她，能得他这样相待，还有什么不满足的？纵然他永远不会明白，可是他给了她想要的。

感动，感激，化作唇边浅笑。

"多谢师父。"

"不可再生事，更不得荒废修行。"

"是。"

事情到此为止，师徒二人都不提方才的话。重紫先领命去找灵鹤与小魔蛇，洛音凡仍旧站在四海水畔，蹙眉。

欲毒始终清除不去，自己反被这些凡人的七情六欲所扰，多年修行断不能毁于此毒，须放下才是。

想到这，他不再说什么，转身进殿。

接下来几天，虞度一边派人去长生宫取九天之火，一边与洛音凡等筹备净化魔剑。至于其中内情，所有人都心知肚明，并未对外宣扬，重紫更被蒙在鼓里，开始恢复往常的生活，日日与狻猊修炼灵台印。

心无所求，进展并不大。

终于，身为上古神兽的狻猊在尽力提了数次杀气过后，对这个心不在焉的对手感到不耐烦，索性大摇大摆上前拿爪子拍她的头，将她掀了一跤。

小魔蛇昂得高高的脑袋立即耷拉下去。

重紫"哈"了声，坐在地上朝它伸手："过来。"

小魔蛇扭过脑袋，远远爬开，居然有不认识她的意思。

被它鄙视，又担心洛音凡会考较，于是重紫打起精神认真还击。她到底在万劫之地借太阴之力修炼了一段时日，灵力大增，真正使出来还是有几分威力的，狻猊头一次被震得翻了个跟斗，乐得爬起来直摇头。

小魔蛇飞快溜到她跟前，翻滚献媚，地面白云被荡起，小魔蛇的身体时隐时现，犹如跃波小龙。

势利的小东西！重紫踢踢它的尾巴："累了，明日再练。"

并非偷懒，而是真的提不起精神继续修习，可能是夜里没睡好，加上近日总莫名的心神不定，却又不知道缘故。

别了狻猊，重紫带着小魔蛇回重华宫，刚走到大门口，就听见里头有人说话，紧接着几个盛满水的大木桶自行飞出，将她吓了一跳。

四名弟子说笑着走出来，其中一个正是纭英。

彼此都认识，四弟子见了她连忙停住作礼："重紫师叔。"

重紫不解："你们这是做什么？"

上次纭英和闵素秋被摄入万劫之地，幸得重紫相救，才逃得性命，因为嘴快害她被误会，纭英一直愧疚不安，闻言忙解释道："尊者吩咐取四海水，好净化魔剑的。"

原来如此！重紫点头，带着小魔蛇让开，待四名弟子取水走远，才抬步上石级，打算进去看洛音凡回来没有。

就在此时，一句话飘入耳中。

不知是谁说的，声音很低。

重紫顿了顿脚步，矮身拉小魔蛇的尾巴："自己玩，我要去找慕师叔商量事情。"

小魔蛇本就百无聊赖，乐得爬进去找灵鹤了。

看着它消失在门内，重紫缓缓站直身，望着四人离去的方向，面无表情。

"剑内真有魂魄？"

"小声点儿！闻师叔祖说的，岂会有假！"

纭英摇头："这等大事，掌教必不让宣扬，闻师叔祖岂敢声张？快别说了。"

那弟子道："是她与慕首座谈论，有人偷听到的。罢了，你们谁也不许说出去。"

"怪不得这几日掌教他们神色不对，以身殉剑，难道那剑上残魂是……"

"说不准，逆轮之剑不知杀了多少人，未必就是他的。"

"剑上有残魂，怎能净化？"

"是谁的魂还难说，又引不出来，难道为此就要留着魔剑贻害苍生不成？掌教与尊者他们自有道理，也是为大局着想。"

……

四弟子叹息，奔主峰而去。

风过，竹梢影动，枝叶间现出一条纤瘦人影。

因恨魔剑害了楚不复，重紫再没去看它一眼，更不曾主动过问，如今突然听到这样的消息，震惊之下，又喜又怕。

剑上残魂是谁的？听四人的口气，消息来自闻灵之，究竟是谣言还是真实？为什么师父没有提过？

看掌教他们的意思，竟是要将残魂与魔气一同消灭。魔剑下亡魂无数，但如果真是楚不复的话，又该怎么办？她不能眼睁睁看着他最后一缕残魂消亡。

可是能做什么？目前的处境是最好的，再插手大事，结局不能想象。

映着翠竹，小脸更加苍白。

"重紫。"有人拍她的肩。

重紫惊得全身一颤："慕师叔。"

原来慕玉抽空过来看她，在底下叫了好几声，不见回应，故御剑上来看，发现她一副魂不守舍的模样，更加奇怪："怎么了？"

剑上残魂是真是假，他应该最清楚吧，重紫望着他许久，欲言又止，摇头："没什么，不妨事的。"

"精神这么差，就别急着练功，尊者不会怪你，"慕玉没有多问，"师叔带你走走。"

不待她开口，他伸臂将她拉到自己的精钢剑上。

南华十二峰矗立云海间，半被云遮。

乘风踏云，无拘无束，重紫喜欢这样的感觉，只不过师父说过，仙是了悟一切所以自在，肆意而为却是魔的特征。反观楚不复，正是被天性左右意志，一念入魔。自己天生煞气，就更加要学会控制，因此自从回到紫竹峰，重紫就不再一个人乱走了。

很早就看出来，慕玉的御剑术并不算最好，大约是不能与剑心意相通的缘故。对他来说，任何法器都只是身外之物，人人都知道他这缺点，可惜到头来他仍然稳居南华首座之位。

重紫忍不住道："师叔不用好剑，跟他们打会很吃亏的。"

慕玉扬起眉，摸摸她的脑袋，微笑："不需要太多力气的时候，用什么剑都一样。"

想不到温和的他也会说这种狂妄的话，重紫意外："哈，要是遇上厉害的呢？"

"遇上再说。"慕玉留意到她淡青色的眼圈，"这些时候见你总是没精神，莫非睡得不好？"

重紫转移话题："师叔，有些事明知道是错的，不该插手，可要装作不知道，会很难过，怎么办？"

慕玉道："事情本无对与错，只在于你的坚持。"

此话乍听着耳熟，重紫想起来，惊讶："师叔说的话，怎么和亡……呃，和我的一个朋友很像呢。"

慕玉道："你的朋友，谁？"

发觉失言，重紫马上改口："就是以前遇见的一个人，记不清楚了。"

亡月几番帮忙，她也得信守承诺，不能说出他的名字，再说万一被闵云中他们知道她有魔族朋友，又很麻烦。

"师叔，掌教他们要净化魔剑？"

"是的。"

"那最近有没有……出什么大事？"

慕玉闻言看她："何事？"

重紫喃喃道："大叔真的不能救回来？"

慕玉敛了笑，语气略带警告："万劫如此，是他自己的选择，太重感情不是好事。听说你前日想要舍弃肉身，未免胡闹，师叔原是来骂你的。"

从未被他责备过，重紫低头："我只想留在南华。"

慕玉道："不去青华是对的，但你为了留在南华就退让至此，糊涂！南华上至掌教，下至寻常弟子，有几个人真心待你？尊者性情宽和，但你看谁敢在他老人家跟前放肆，逐波剑下亡魂更不下数千，否则尊者何来无情的名声？对你，他老人家念着师徒情分，能保则保，必要的时候也不会顾念太多，倘若他不再信你，你以为他还会手软？成大事者，须摒弃个人感情，你跟着他这些年，怎就没学会半点！"

头一次听他说出这些不敬师门的话，却是句句为她着想，重紫勉强笑笑："天生煞气，师叔看我能成什么大器，何况我本就胸无大志。"

慕玉无奈长叹："你……"

重紫望着他，眼眶泛红："是我不争气，让师叔失望了。"

慕玉搂住她："罢了，师叔怎会生你的气？"

身为南华首座弟子，大名远扬，她到底有什么好，能得他这样维护？重紫脸埋在他怀里，心里一阵暖似一阵。

忽有弟子御剑而来，见了二人笑道："慕师叔，掌教找你呢。"

慕玉忙将她送至紫竹峰下，御剑离去。

送走他，重紫孤独立于崖边，默然。

"有师父在，没人会欺负你了。"他的信任始终有限。不是不明白，可有些感情是回不了头的，明知不堪，明知不该，几番努力想要打消妄念，最终却越陷越深，越远越怕。既然注定没有结果，倒不如接受命运，选择做一个影子。

对一个心怀苍生的人，能要求多少？她只想静静陪着他而已。

方才试探慕玉，也难判断魔剑残魂之说有几分是真，重紫心乱，打算回重华宫问洛音凡，转身却发现不远处站了一人。

一袭白衣嵌于紫黑竹干之间，不复风流潇洒，俊脸上没有任何表情。

重紫惭愧又内疚，垂首无言。

他缓步走到她面前，一句话也不说。

重紫几乎想要后退，更不敢看他的眼睛。

蒙冤遣送昆仑，所有人都在纠结真假事实，唯有他无条件相信她，当众维护；她落入魔尊手里，他不顾安危舍命相救，伤势未痊愈便四处奔走。这样一个真心待她的人，她却无以为报。

是错了，该爱的人不爱，不该爱的爱得死心塌地，代价就是她自作自受，永远藏着那个不能见人的秘密，永远说不出得不到。

"我在等你解释。"

沉默。

"好个舍去肉身，终身不嫁，"卓昊语气平静，略带自嘲，"如今连一句话也不愿对我多说了吗？"

他怎知道？重紫惊惭。她当时说这些，并非为他，只是想堵住虞度他们的口，好争取留在南华的机会而已，想不到会传出去。堂堂青华少宫主，两次提亲换来那样决绝的话，伤他至此，她简直无颜面对。

"什么天生煞气的借口，先前就该明白，我却糊涂至今。只因怕你多留在南华一刻，又要多受苦，是以专程求父亲，想早些接你走，谁知到头来是我一厢情愿自取其辱，宁可终身不嫁也要拒婚，原来我在你心里竟这般惹人厌。"

"不是的！我没有……"

到底年轻气盛，自尊与骄傲不容低头，卓昊淡淡打断她："罢了，你既无心，我也不是非要不可，两番自讨无趣已够了，从此你大可放心，我不会再缠着你。"

此刻解释无用，重紫紧紧咬住唇。

卓昊道："都无话可说了，还站在这儿做什么？"

"对不起。"说出这几个字，重紫低头便走。

刚迈出一步，手臂就被紧紧扣住。

"究竟是什么缘故，让你如此厌我？"俊脸铁青，抛弃最后的风度，终究难忍心中不甘。

"不是，我没有讨厌你。"

"那又为何不肯？"

手臂被他捏得快要断掉，重紫忍了疼痛："卓师兄！"

察觉太激动，卓昊略松了手，忽然道："你……你是不是有喜欢的人了？"

重紫不答。

"不肯去青华，就是因为这个？"卓昊冷笑了声，抬起她的下巴，"你不愿意不打紧，总该告诉我他是谁，比我强多少，也好让我死个明白。"

是谁？重紫别过脸，躲开他的视线："没有，不是。"

卓昊身边女孩子众多，此刻岂会不了解重紫的反应，冷冷道："秦珂？"

"是我自己不想离开南华，"重紫抬脸看他，"卓师兄对我的好，我一辈子记得，辜负你的心意，你要怪我也好，与别人无关。"

卓昊看着她半晌，道："不是他？"

重紫挣开他的手就走。

"是慕玉？"背后传来卓昊的声音。

"你别胡说！"重紫惊得站住。

发现她与慕玉亲近异常，卓昊本就怀疑，见状更加确定，既愤怒又不可置信："终身不嫁，原来是这么回事。他是你师叔，你怎么会喜欢上他？不可能！"

想不到他扯上慕玉，这话万一传开，肯定要出大事，重紫气急："我说过不关别人的事，你别乱猜！"

卓昊快走两步拉住她，勉强控制情绪，轻声道："趁早打消这念头，不要再执迷不悟了，否则必成大错。"

重紫懒得再说:"随你怎么想!"

"你傻了?让尊者和掌教知道,你不想活了吗?"卓昊怒道,"慕玉与尊者平辈而论,与你是叔侄之别,有悖伦常,你知不知道这是乱伦?"

重紫脸色瞬间变得惨白,浑身僵硬。

最后两个字像一柄利剑刺入心里,多日来的逃避变得毫无意义。那肮脏不堪的念头,纵然藏在心底,也不能改变败坏伦常的事实,一切掩饰都是她在自欺欺人而已。卓昊猜错了,却没有说错,她喜欢的不是师叔慕玉,而是自己的师父!

不想落得阴水仙的下场,更不想被他厌弃。

"没有!你胡说!"

"够了!"卓昊强硬拉她入怀,恨恨道,"忘记他,别想那些不可能的事,上回你对我说的那些话,全是在哄我吗?"

"放手,放开我!"刹那间,黑幽幽的大眼睛里竟升起恐惧之色。

"我偏不放,又如何?"卓昊冷笑,低头便去吻她。

温热气息在脸上,连日来的噩梦浮上脑海,曾经的绝望、无助迅速淹没理智,重紫浑身发抖,对他的话恍若未闻,扭脸躲避,推他踩他。

"再碰我,我就杀了你!"喃喃的声音低沉冰冷,"我杀了你们……"

天生煞气,骤然弥散,气氛变得紧张肃杀。

卓昊一惊,很快转为恼怒,哪里听出话中问题,只觉她与慕玉亲近,唯独抗拒自己,"哈哈"两声:"我让你杀就是!"

他抱得越紧,重紫也越激动,几乎使出全身力气挣扎。卓昊虽然在气头上,终究还是怕伤了她,不敢太用力,一时也难应付,无奈之下正打算用术法。

"卓少宫主。"淡淡的声音,不辨喜怒。

纠缠的二人同时回神,周围煞气尽收。

当着他的面,卓昊到底不敢再放肆,缓缓松开手,作礼道:"晚辈见过尊者。"

洛音凡蹙眉,没有表示。

有人对徒弟无礼,师父岂有不生气的!没当场惩处也是看青华面子。卓昊默然片刻,解释道:"方才有话想问重紫妹妹,一时心急,故而失礼,妹妹别计较。"

意识到失控,重紫惊悔,连忙退至一旁。

洛音凡淡淡道:"问完了,就回去吧。"

卓昊没有动,只盯着重紫。

洛音凡不再理会,转身拾级而上,重紫亦垂首跟去。

目送她远去，卓昊咬牙，终于忍不住一掌挥出，崖边两丈高的巨石当即随风消失，周围紫竹断折一片，崖外云雾四散飞荡。

闵素秋御剑而来，惊叫："卓昊哥哥住手，尊者会生气的！"

卓昊木立不应。

"我料着你来这里了，"闵素秋拉住他的手臂，轻声，"我也是从堂祖父口里听来，那些话未必就真是她说的，你待她这么好，她怎会……"

"怎不是真？"卓昊冷笑，拂袖便走，"她对我无意，我卓昊也未必只要她！"

"卓昊哥哥！"闵素秋追上去。

风动天衣，洁白如云烟，飘然出尘，显出比雪更美丽的色泽，不急不缓的步伐，有停云仙乡的优雅，亦有踏定山河的气度。

师徒二人没有御剑，徒步而行。

走进重华宫大殿，洛音凡往案前坐下。

方才控制不住煞气，重紫一直忐忑不安，更怕他也误会卓昊的话，害了慕玉，犹豫着上前："师父。"

刚要跪下，一道无形力量将她托起。

洛音凡示意她不必再说："我已知晓。"

见他没有责备的意思，重紫松了口气，远远站到书案另一边，整理笔筒书籍等物。

谁也没有再说话，就和往常一样。

夜色渐沉，明珠光照。

案面被擦得干干净净，书籍排列整齐，笔筒里的笔已洗过，杯中茶水新换，砚中墨香飘散，殿内每件东西都摆在合适的位置。

纤瘦的身影出现在门口，双手端着盆水，脸色略显苍白，光洁额上微有汗意。

洛音凡抬脸，不经意看到这一幕，一愣。

往日所见，尽数浮上来。

斟茶倒水，洗笔磨墨，裁纸递书，算来算去，自进殿起，一双素手竟无空闲的时候。不同的墨色，不同的纸张，连他自己也已分不清摆放之处，这些年，日复一日，她就是这样默默陪在他身旁。

换作别人，拜在他座下，必已名扬四海；而她，学不到术法，没有应有的荣耀与地位，反而一次次受伤。

不是这样的她，他也不会这样内疚。

紫竹峰一脉术法是南华甚至整个仙门最有名的，始终无人传承，不是没有动过再收徒弟的念头，然而……

洛音凡心情复杂，唯有叹息。

她的执着令他不忍，何况紫竹峰目前也并不适合再多个人。

罢了，还是等将来修得镜心术，替她除尽煞气之后，再传术法。或许这就是命中注定，他洛音凡只能收一个徒弟。

重紫感受到他的视线，心下一动，放了水盆，回身道：“弟子有一事，想问师父。”

洛音凡颔首示意她讲。

重紫默然片刻，道：“大叔他真的没救了吗？以身殉剑，连一丝魂魄也夺不回？”

洛音凡目光微动，看着她半晌，道：“明知魔剑留不得，还要甘做宿主，任它为祸人间，楚不复无愧长生宫，却有愧仙门，有愧苍生，故有此下场。他既已大彻大悟，你便无须伤怀，怎么还不明白？”

"重紫明白，不知魔剑净化之事进展如何？"

"为何突然问这个？"

重紫垂眸：“那是大叔用性命换来的，我想……去看看。”

"为师与掌教自有道理，净化在即，你此时不宜前去。"洛音凡面色不改，"不早了，下去吧。"

重紫没有像以前那样借口逗留，应下。

"近日不必急于练功，多歇息。"

"是。"

第九章·万劫不复

月色苍凉,南华主峰下两条人影凌风而立。

"你……"

"不能让他们净化圣剑。"

沉默片刻。

"此事成与不成,并非全在你,还要看天意。"

"已经没时间了,您老人家身份目前不宜暴露,否则前功尽弃。无论如何属下都要尽力一试,倘若不成,再由您老人家出手。"

"你随我入南华这些年,我……"空旷的声音如梦似幻,叹息,"想不到万劫竟能摆脱控制,要瞒过洛音凡,我没有其他计策。"

"为我魔族,属下死而无憾。"

"过两日洛音凡必定要离开,趁他不在方可行事,先别妄动,我会再找你。"

"是。"

夜半重华宫,房间里亮起灯光。

秘密被窥见的羞愧,被他厌弃的恐惧,身体被侵犯的耻辱,那些肮脏而恶心的手,变作一段噩梦,永远缠着她,赶也赶不走。

想要陪着他,却不敢再靠近。

明珠无声映照睡颜,床上的人没有醒,额上黑发被汗水濡湿,长睫颤抖,苍白的脸上满布绝望与羞愧之色,几欲崩溃。

一道身影立于床前，白衣柔和。

这段日子以来，她似乎变了个人，种种异常的举止，在他面前的谦卑，分明是自弃的表现，究竟是什么梦让她这般恐惧？

黑眸不见底，脸上无一丝表情。

没有走进梦中一探究竟，他俯身，轻轻扶起她，抽出瓷枕，换上另一只一模一样的小枕。

渐渐地，床上人安静下来，恐惧之色自小脸上退去。

身影伴随着明珠消失，房间再度没入黑暗。

镇山神木，安梦之枕。

擎天峰无名洞内，不知何时多了一只十人合抱的巨大圆鼎，中间盛着通红的炭块，火焰熊熊，不断释放出炽热逼人的气息。

一柄形状奇特的长剑直立于巨鼎内，剑身流动着暗红的光泽，衬着火色，依稀透出三分邪恶。

洛音凡与虞度等数位掌门立于鼎边。

"已用四海水浸泡七日，魔气仍半点儿不减，果然是天心之铁。"

"如何是好？"

虞度侧身，旁边一弟子立即双手捧上只玉匣。

玉匣打开，里面现出一粒大如鸡蛋、洁白无瑕的珠子，同时在场所有人俱感到心神一震，周围热意顿减，整个洞室充满安宁祥和之气。

玉虚子赞叹："当真是佛门至宝！"

虞度笑看洛音凡："师弟最好再助它一点金仙之气。"

洛音凡左手轻抬，匣内无方珠感应到仙力，悠悠飞起，缓缓飘行至巨鼎上空，停住，旋转十数周，忽然，一道柔和圣洁的光芒自珠内迸出，将魔剑罩住。

自古佛魔互制，魔剑颤抖，在无方珠与九天之火的双重压制下，终于不敌，显露挣扎迹象。

众掌门松了口气，却无人说话。

虞度叹息道："苍生为重，他既肯舍身，必会明白，我等实属无奈。这里我会派人严加看守，诸位仙友还是先回殿上歇息用茶吧。"

无论如何，总算了却一件大事，众掌门走出洞外。

虞度忽然问："倘若我没记错，师弟该去瑶池了。"

洛音凡点头："劫数将至，两日后我要入通天门，上神界瑶池，这里的事便有劳师兄与诸位掌门。"

众人很快明白过来，知道他是去避劫，忙道："尊者言重，我等自当竭力。"

洛音凡道："逆轮之剑，觊觎者不少，闻知消息必定有所行动，务必提防九幽魔宫。"

玉虚子道："有虞掌教与诸位仙友在，天大的事也不过如此，尊者只管放心前去，我等此生恐怕都没那福分去瑶池，莫忘记带些莲子回来慰劳我等。"

众人皆笑。

洛音凡回到重华宫，抬眼便见四海水边一道人影。

最近破天荒没有做噩梦，重紫气色好了许多，像小时候一样坐在四海水边出神，旁边小魔蛇盘作一堆打盹。

"四海水至寒，不要坐太久。"

重紫连忙起身："师父今日这么早回来？"

小魔蛇本就有些怕他，乖乖地点头行礼，溜开。

洛音凡走过石桥，忽然停住："重儿。"

很久没有听到的熟悉的称呼，重紫呆了半晌才回神，后退两步："师父。"

"为师过两日要去神界瑶池避劫，你留在紫竹峰，凡事谨慎。"

避劫？重紫微惊，倒也听说过这事。

天地六界分明，每界生灵各有劫难，劫数来临，有识者通常会去其余五界避劫。神界在仙界之上，无疑是修仙者避劫最佳去处，可惜神族早已覆灭，无人接引，是以仙门中人大多只能选择去人间避劫。如今有能力进通天门上天宫瑶池的，也只有他了。

"师父这次的劫数……要紧吗？"

"神界位居九天之上，仙界之外，于此避劫，应是容易。"

"师父几时回来？"

"一日便回。"洛音凡侧身看她，"紫竹峰已设结界，无人能闯进来，切莫擅自外出生事，叫我担心。"

重紫"哦"了声。

洛音凡不再多说，径直朝大殿走。

"师父。"

"何事？"

重紫欲言又止，垂眸，喃喃道："我……没什么，师父千万保重。"

洛音凡没有回答，抬手，将她沾了泥土的衣裳变得洁净："倘若无趣，叫慕玉与真珠陪你走走。"

白云拂阶，灵鹤栖殿，紫竹峰的景色似乎永远没有变化，漫山紫竹似乎从无半片枯叶，不辨春秋，不知岁年。

劫数将至，洛音凡如期去了瑶池。

人去殿空，重华宫更加冷清，重紫独坐到黄昏。

魔剑上的残魂到底是不是楚不复？几番试探，洛音凡都有意无意移开话题，更不允许她去看，答案已经很明显了。

梦里不知多少次看见温柔的微笑，听见惆怅的琴声，分不清是当初拯救世人的白衣神仙，还是万劫之地的红发魔尊，她只知道，除了离开人世的爹娘，他是第一个对她好的人。

多年前那一幕仍清晰如昨日。

雪白衣袍，如墨长发披垂，他半蹲了身，将受尽欺凌的她从地上扶起，拉着那脏兮兮的小手，语重心长地教导。

名满天下的神仙，原来有着同样可怜的身世。

他救了她，然而在他自己误入迷途时，却无人伸手搭救。

他说，过两年便送你回去。

她只恨自己，连两年时间也没有给他。

平生救人无数，也杀人无数，逼出魔剑时，他就已经知道代价与后果了吧？他不希望她出事，可难道真要她眼睁睁任他消失？就像当年的他，师门与苍生，明知该如何取舍，却依旧走上错路，如今她也同样矛盾。

不能这么糊涂地让他消失，至少要去看看他，看他最后一眼，她还有很多话没来得及跟他说，他也一定很想再听她说几句话吧。

师父明日回来，就再没机会了，去求慕玉？夜里无人留意，求他带她上去看看？

重紫站起身，还未走出门，忽然对面主峰钟声大起。

南华主峰的人较平日少了一大半，正殿偏殿只有二三十名弟子守着，全都神色凝重，虞度、闵云中还有掌教们也都一个不见。

出了什么大事？重紫在房间里找不到慕玉，上前问一名弟子："断师兄，看见首座师叔了吗？"

那弟子是虞度的徒弟，名唤断尘飞，闻言忙嘱咐她："附近现魔尊九幽行踪，他既亲自来了，九幽魔宫很可能将有所动作，想必是知道尊者不在，志在夺取魔剑，事关重大，掌教、仙尊和其他几位掌门都出去备战了，我等奉命留守，师妹快回紫竹峰去吧，别乱走。"

果然魔剑净化没那么简单，里面封着逆轮一半魔力，谁不觊觎！九幽魔宫也沉不住气了，但人间各处要道向来有仙门弟子驻守，来得这么快，应该不是魔宫大军，倒不必担心。重紫想了想问："真珠姐姐也在外头吗？"

断尘飞道："真珠与纭英她们奉命守擎天峰去了。"

是她们在守？重紫大喜，道谢就走。

黄昏天色下，擎天峰高耸入云，更加巍峨壮观。然而此刻，沿路竟然一片死寂，上百名弟子歪倒在地上，双目紧闭，神色各异，前行数十步，只见燕真珠与纭英倒在地上。

重紫恐惧，奔过去："真珠姐姐！"

身体温热，尚有鼻息。

重紫略略松了口气，再转脸看其余弟子，又紧张变色。

眼下情形不难猜测，南华果然混进了奸细，师父去了神界瑶池，九幽魔宫来犯，掌教他们都出外迎敌，此人所以趁机作乱，目的分明在魔剑！

他会不会已经上去取魔剑了？须尽快告知掌教！

重紫不敢耽搁，飞快奔回大殿，将此事告知断尘飞。断尘飞犹不信，当即带了几名弟子直奔擎天峰。

几处路口的弟子死伤大半，活着的都中了魔咒，昏睡不醒。

事情严重，手头无信香，断尘飞不敢耽搁，急命两弟子去禀报虞度，同时又让其余几名弟子扶昏迷的燕真珠与纭英等人回去。

"师兄，我去上面看看。"

"师妹……"

话音未落，重紫已经驾星璨朝山上跑了。断尘飞心里担忧，因恐那人还在上头，正要御剑追赶，忽然一只手自背后伸来拉住他。

"师叔。"

"你怎么……"

擎天峰的路并不复杂，重紫匆匆往前闯，很容易就找到了慕玉他们所说的无名洞，此时只有闻灵之独自执剑守在门口。

眼前场景大出预料之外，重紫诧异。

此人趁师父和掌教不在，伤了这么多守卫弟子，目的不就是里面的魔剑吗？现在看来，这里不像出了事的样子，难道他并没有上山来取剑？

"重紫？"闻灵之发现她，立即升起戒备之色，右手按剑，"你怎么上来的？"

重紫试探："这里……有没有出什么事？"

闻灵之没有回答，讽刺道："不学术法，果然闲得很，还敢擅闯上山，到时再求尊者替你说情吗？"

看样子她并不知道下面发生的事，重紫暗忖，不管那人是出于何种目的，断尘飞已经叫人去报信了，掌教他们很快就会赶来，还是先进去看大叔要紧。

她第一次软声恳求："师叔，求你让我进去看看大叔，只消片刻就好。"

闻灵之愣了下，斥道："万劫前辈早已不在，你听谁胡说！谁放你上来的，慕师兄？"

"是我自己上来的，真珠姐姐他们出事了！"重紫将发生的事说了一遍，含泪跪下，"掌教他们很快会来，大叔为我而死，求师叔让我进去见他最后一面，将来要我怎么报答都可以。"

闻灵之将信将疑，看她几眼，扬眉道："我劝你快些回去，否则让掌教来看见，又叫人说师叔我害你。"

重紫咬牙道："无论出什么事，由我一力承担，与师叔无关。"

闻灵之哂道："说得轻巧，掌教命我守在这里，倘若出事，我岂能逃脱干系？"

重紫磕头道："只求师叔这一回。"

闻灵之神色复杂，忽然念了几句话。

"师叔这是……"

"是昏睡咒，用不用随你，将来该怎么说，你自己看着办，出事须怪不得我。"

"多谢师叔。"

鼎中火光通红，奇怪的是整个洞室并不太热，一柄暗红色长剑直立于火焰中，被火舌缠绕，剑身微微颤抖，情状似极痛苦，不愧是通灵魔剑。

浓重的邪气，依然掩饰不住熟悉的感觉，灵力凝于目，依稀可见一缕残魂。

重紫呆呆地望着，喃喃道："大叔，是你吗？"

残魂带动剑身挣扎了下。

那是在催促她走！除了他，谁会这么担心她？重紫终于泪如泉涌，哽咽道："大叔！大叔！我很想你，他们要净化这剑，我该怎么办才好？其实我早就想通了，并没打算回南华，那天说走，为的只是跟你赌气，不想看你为宫仙子冒险，你怎么当真，不留我不问我？我宁可跟你永远留在万劫之地，再也不出来！"

残魂安静。

不是不明白，而是知道迟早会有这一天，他又怎能不放手？

火光中似有微笑容颜。

回去吧，好好留在南华，忘记所有的一切，不要难过。

心痛欲裂，重紫跌坐在地上，摇头。

别走，大叔，我会想办法救你，连你也要离开，今后就真的只有我一个人了，你说过保护我的！

不是，你不是一个人，还有师父，还有师叔，大叔离开你，你怎能再离开他们？小虫儿，你当真不想回南华？留在万劫之地真的开心？

"他们对我好，也防我，我已经尽力了，掌教和闵仙尊他们都怕我入魔，还有……师父也不信，他也不信。"

你不会，我不要你消失。

他们的好有条件，你的好没有，就算我入魔，你也不会嫌弃，对不对？

没有回应，剑上残魂似在沉默。

忽然，耳畔传来一声短促的笑。

"来吧，打落无方珠，就可以救他了。"声音难听，却充满蛊惑力。

"你是谁？"重紫惊骇。

"别问我是谁，我只是想帮你，你难道不想救他？快拿掉无方珠，否则他就要魂飞魄散了。"

重紫不由自主站起身，顺着它的指引，仰脸望向洞顶，果然见一粒洁白珠子浮于半空，散发着圣洁柔和的光芒，想必就是传说中的佛门至宝无方珠。

快走，小虫儿！

心下一震，重紫猛然回神，只见楚不复残魂激动无比，却难以挣脱魔剑束缚。

趁她犹豫的空当，那声音又响起："你真忍心让他死？他是这世上对你最好的人，你当真要见死不救？"

重紫茫然，看看剑上残魂，后退："不……"

"是谁让你回到师父身边？受欺辱的时候，是谁救你？仙门待你如此，又要害他，你怎么可以袖手旁观？"

小虫儿，不能听，它在害你，别受它蛊惑，快走！

两股矛盾的意念在脑中碰撞，重紫痛苦闭目。魔剑在故意引你上当呢，可是你难道真的不想救大叔？

身后传来窸窸窣窣的声音，好像是什么东西在爬行，有点儿耳熟。

重紫惊得转身："小魔蛇！"

小魔蛇昂头望望魔剑，又望她，有愤怒责怪之意。

重紫无言以对，惊讶更甚于内疚，此事她从头到尾都没告诉它，它是如何得知？再者，有断尘飞他们守在山下，它又是怎样溜上来的？断尘飞已派人报信，这么久了，虞度他们为何还不来？

疑云顿生，不祥的预感也随之升起。

"你来做什么？不，别，回去！"

来不及拦阻，小魔蛇头一伏，细细蛇身急速生长，片刻工夫便粗如水桶，冲上前将巨鼎团团围住，犹如旋风，火红蛇身与火焰交相辉映，几乎融为一体。

焦味飘散，却是蛇身被九天之火烧着。

重紫顾不得了，冲上去："不要，会烧死的，快变回来！"

蛇尾将她扫开，小魔蛇忍痛看她一眼，决绝地转过头，朝鼎中魔剑缠去。魔剑似乎明白它的意思，剑光暴涨，配合地发出数道剑气。

被佛宝与术法所制，剑气不强，然而近距离下，此等剑气也足够伤人，瞬间，蛇身断作数截！

景象惨烈，重紫只觉眼前一黑，心头大恸，惊惶失声。

惨碧色魔血飞溅，溅落地面，沾上她的脸，沾上四周镜面一样的洞壁。

还有，无方珠。

虚天魔蛇，忠诚护主，舍命一搏，至洁圣物无方珠被蛇血所污，光华骤敛，黯然失色，与蛇尸一同跌落入鼎，在九天之火下化为灰烬。

"哈哈……"毛骨悚然的笑声。

一群人自门外涌进来，当先的正是虞度与几位掌门，身后跟着闻灵之等人。

看清洞内情形，虞度先叹气。

"孽障！"闵云中怒喝，欲出手却被制止。

不见断尘飞与先前几名弟子，重紫猛然醒悟，望着熊熊火光，如同掉进冰窟，遍体僵冷，情不自禁后退一步。

冰冷的南华大殿亮着光，高高阶上早已站了个人，神情漠然，纹丝不动恍若石像，一身冷冷的白，分外醒目。

重紫一步步走进殿内，跪下，大眼睛有些呆滞，目光平静得可怕。

黑眸暗如夜，不知是在看她，还是没看。

闵云中气冲冲走上台阶，虞度只是皱眉，行玄也不知说什么好，众掌门心知场合尴尬，各自找借口回去了。

四位仙尊归座，慕玉等弟子皆被喝退，殿门缓缓闭上。

暗红色魔剑直立于阶前，闪着得意而嘲弄的光，无方珠已毁，再要净化是不可能了。

虞度看着剑叹道："还是由督教处置吧。"

同辈师兄弟皆死于此剑下，而今好不容易寻回来净化，偏又中途生变，闵云中忍恨道："孽障，你还有何话说？"

重紫摇头。

没有辩解的必要了，今日的一切是不该发生的。可在她心里，大叔同样重要，小魔蛇做了她想做又不敢做的事。委屈吗？不算吧，至少比前几次蒙冤好多了。

她忽然问："断师兄呢？"

"断尘飞若活着报信，岂会容你得逞？再迟一步，只怕魔剑已有了新宿主！"闵云中冷笑，"事到如今，又要说谁陷害你？"

重紫不语。

事到如今，本就不该抱任何希望的。

"心术不正，私闯擎天峰，残害同门，指使虚天魔蛇毁坏无方珠，救下逆轮魔剑，你可知罪？"

"重紫知罪。"

闵云中原以为她会抵赖，谁知结果大出意料之外，不由得愣了下。

虞度道："此番闯下大祸，你可曾想过后果？"

重紫沉默片刻，伏地叩首："重紫有负师父与掌教厚望，纵然是死，也毫无怨言，求师父与掌教……原谅。"

闵云中冷冷道："擎天峰守卫弟子众多，凭你一人之力，如何制得住他们？你果真有心悔改，从实招来，可免受苦。"

重紫摇头："我也不知。"

"孽障！你师父离去，九幽魔宫来犯，你就趁机行事，算得如此周详，你岂会不知？"闵云中只当她不肯招，怒道，"看在护教面上，本座不曾送你去刑堂，你与护教师徒一场，你若还顾念这点恩情，就莫要让他为难。"

被戳中痛处，重紫立即抬脸。

"我只是想救大叔，别的事确实不知，重紫绝不敢欺瞒师父！"

"混账，你犯下大罪，已背离师门，何来师父？"

重紫白着脸，不再说什么了。

闵云中起身："送刑堂！"

"且慢，"旁边一直未开口的人忽然淡淡道，"南华有内奸，何须问她？"

话音方落，两扇殿门自动打开，一道紫色人影自门外飞入，闷哼声中摔落于地，竟是被隔空摄来。

第十章·终结

殿门再次紧闭，地上的人摔得不轻，一时之间未能起身。

"纭英？"重紫最先看清她的脸，诧异万分，她不是和燕真珠一同被害昏迷了吗？

虞度亦动容："捕梦者？"

此刻的纭英，紫衣白发，一双紫眸闪着魅惑的光，周身散发着与仙门格格不入的邪气，若非面容未改，重紫几乎认不出是她。

行玄叹息："原来如此，怪不得能数次逃过我的卜测。"

"不愧是洛音凡，栽在你手上也不冤枉。"纭英喘过气，缓缓自地上爬起，"不错，当年我奉主人之命潜入南华，好做内应，谁知圣君一时糊涂，功亏一篑，否则什么天尊老儿……"

几位师兄弟都死于逆轮之乱，闵云中本就耿耿于怀，见她言语辱及南华天尊，哪里忍得住，怒喝一声，挥掌拍出。

法力受洛音凡所制，纭英未能反抗，飞出去撞上殿门，滚落于地，鲜血自口里溢出。

闵云中犹不解恨，要再动手，却被虞度制止："梦魔一派所修术法擅于瞒天过海，故难卜测，上次重紫与天魔令之事，也是你设计？"

纭英不慌不忙拭去唇边血迹，道："我看她天生煞气，或许与当年圣君有渊源，因此在她身上动了点手脚，让她试行血咒，解天魔令封印。"

行玄道："当时我看她并未中梦魔之术，原来是被你及时解了，我事后也曾怀疑过九幽魔宫的梦姬,想不到是逆轮旧部。"

纭英傲然道:"梦姬当年不过是我家主人座下右侍,区区术法,如何与我家主人相比?"

虞度道:"昔日逆轮左有天之邪,右有梦魔,我们一直怀疑天之邪,原来都错了,梦魔也在南华?"

纭英道:"别人把你们南华看得如何,我家主人却不曾放在眼里,南华山装得下他老人家一根指头吗?"

此话虽狂妄,但当年梦魔自视甚高是出名的,要拜入仙门当一名寻常弟子,实在与其个性不合,虞度颔首:"此番设计阻止魔剑净化,是他授意,要挟陷害万劫的也是他?"

纭英没有否认:"圣君之剑不能被净化,当年挑中楚不复做宿主,为的就是阻止此事。前日我将楚不复魂魄尚存的消息告诉虚天魔蛇,趁燕真珠不备,制住所有守卫弟子。"说到这里,她转向重紫,"可惜还未来得及上山,就被重紫撞见,她还叫出断尘飞,险些坏了大事,待我杀了断尘飞他们赶上山,闻灵之已放她进去,正省了我动手……"

闻灵之面色大变:"你胡说!"

闵云中道:"你既能害断尘飞他们,又何必单单对重紫手下留情?"

纭英愣了下,笑道:"我见她天生煞气,可能与圣君有渊源,反正她身份特殊,不是正好为我顶罪?"

"一派胡言!魔族擅长欺骗,不过想保全同伙。"闵云中嗤道,"照你说,是我督教弟子有意徇私?"

闻灵之白着脸看重紫。

重紫沉默片刻,道:"是我趁闻师叔不防备,用学来的昏睡咒制住她。"

纭英道:"分明不是你,你……"

闵云中喝道:"巧言狡辩!你既想要重紫顶罪,如今又为何句句维护?梦魔一派还没死完,好得很,你家主人现在何处?速速招来,否则进了刑堂,只是活受罪!"

纭英闻言大笑:"我家主人在何处,你还没资格知道!"

闵云中冷笑:"不怕你嘴硬,本座自有办法叫你开口。"

说到这里,忽觉魔气迎面袭来。

原来纭英见不能脱身,已抱定必死之心,不惜毁坏真神,冲破洛音凡仙咒禁制,全力一击。

闵云中千年修为，自然不惧，他本就深恨魔族，见状亦不惊慌，鼻子里冷笑几声，手中浮屠节飞出，同时旁边虞度亦出手。

砰的一声，纥英撞上殿门又被弹回，在地上翻滚，身形逐渐模糊。

"闵老儿果然有两下，为圣君遗志，我等死不足惜，你，你们，都等着！六界必将成为我魔族天下！"

听到"遗志"，虞度猛然想起："逆轮将一半魔力封入剑内，究竟有何目的？"

"终有一日，六界入魔！"笑声里，魔灵尽散。

殿内沉寂许久，闵云中忽然厉声喝道："灵之！"

闻灵之当即跪下，颤声："弟子在。"

"我与掌教见你办事稳妥，才命你守在要处，你身上分明带有传讯的信香，怎会这么容易中咒？身为督教弟子，莫非真有私心？从实说来，倘若有半句假话，为师绝不轻饶！"

"此事与弟子无关，是她诬陷！弟子……弟子委实不知，重紫会趁说话之际突然动手。"

"如此？"闵云中看重紫。

重紫不语，算是默认。

这等大祸，一个人承担与两个人承担并无区别，何必连累旁人！

闵云中闻言将面色缓和了三分："你明知重紫与此事关系匪浅，总不该如此疏忽，以致惹出大祸！"

闻灵之叩首："弟子知错，甘愿领罪。"

"罚你面壁三年。"

"是。"

对上两道淡淡的目光，闻灵之一个哆嗦，迟疑道："其实弟子当时听重紫说过，山下出了大事，断师兄派人报掌教去了。"

"口说无凭，死无对证。"闵云中不耐烦，挥手命她退下，"掌教看，如何处置？"

还是把这烫手山芋丢过来了，虞度暗暗苦笑。

师弟对这徒弟如何，别人不明白，他却清楚得很，多次设计维护不说，此番自神界匆匆赶回，连天劫也不顾了。不过此女自上南华就接连出事，实在留不得，还是趁机处置了为好。自己师兄弟感情交厚，总不至于闹成怎样，师弟向来以大局为重，也该知道他的难处。

见洛音凡无表示，他只得开口："照教规办吧。"

有这句话，闵云中便不再顾虑，正色道："身为仙门弟子，却心怀邪念，与魔族勾结，残害同门，今将你逐出师门，受五雷之刑，震散魂魄，你服不服？"

重紫全身一颤，抬眼望去。

他亦看着她，不带任何表情。

重紫迅速垂眸，紧紧握住星璨："重紫……愿意。"

闵云中再严厉古板，对同门晚辈还是关切的，到底她是师侄唯一的徒弟，先前已多次为此事伤和气，如今总不好再当着他的面处置，于是转向洛音凡，语气尽量和缓："音凡，这里有我与掌教，你是不是先回紫竹峰？"

洛音凡缓缓起身："重华弟子，不需劳动掌教与尊者。"

闵云中皱眉。

虞度忙道："师弟门下，由师弟处置最好，我与师叔还是先回避吧。"

夜半大殿，空空落落，所有人不着声息退去，他一步步走下台阶，站在她面前。

八年师徒，终于还是让他失望了。重紫有点茫然，这一生，到底是做梦还是真实？若说做梦，为何心会痛得这么难以忍受？若说真实，为何卑微至此，命运还是这般与众不同？

默然许久，重紫双手捧起星璨，弯腰，轻轻放到他面前地上，然后恭恭敬敬叩了三个响头，什么也没说。

她是真的想救大叔，震散魂魄是应得的，逐出师门……也并不委屈。

头顶没有动静。

重紫以额碰地，久久地保持这个姿势。

"有何话说？"声音依旧无悲无喜，在寂静的大殿里格外清晰。

重紫略抬脸，摇头。

她很想听他的话，永远留在紫竹峰陪伴他侍奉他，然而她始终不能做到为苍生舍弃一切，如果可以代替，她愿意一死，却不能眼睁睁看着大叔离去。

"你拜入重华宫多久了？"似是询问，又似自言自语。

"回师父，八年。"声音颤抖，是最后一次叫"师父"了吧。

"八年了。"他重复念了遍，忽然道，"未能护你，是我无能；未能教好你，亦是我之过。"

任何时候都没有此刻震惊，重紫立即仰脸，眼底满是痛色："师父！"

"免你死罪，送去昆仑，好自为之。"他缓步自她身边走过，走向殿门。

"师父！"重紫膝行着追上他，抱住他的腿，"师父！弟子不孝，铸成大错，死不足惜，求师父别生气……"

收她做徒弟，是他做得最错的一件事吧，他现在肯定失望极了，也后悔极了。她宁愿他骂她，宁愿死在他手上，也不要听到这些！无情又有情的话，用那样的语气说出来，仿佛一条鞭子，狠狠抽在她心上。他说过，没有人可以逼她离开紫竹峰，她宁愿死在南华！

她居然还敢求他不生气！洛音凡定了定神，侧回身，低头看她。

"师父！"重紫拉住白袍下摆，额头重重碰地，"是我没听师父的话，我不想看大叔死，是我的错。如今惹下大祸，甘愿留下来受刑，今后师父就当……没收过我这个徒弟吧。"

护身仙印骤然浮现，将她震飞。

重紫险些昏过去。

他淡淡道："如此，你便背叛师门，与魔族合谋？"

他也这么以为？重紫趴在地上，抬脸摇头："师父！"

"走！"

"弟子愿领罪，求师父成全。"

话音刚落，人再次被震出去。

饶是半仙之体，也受不起强大仙力冲击。重紫拭去血迹，忍痛支撑起身体："就是死，我也不会走的！"

他误会没有关系，可是她万万不能走。他是她的师父，也是仙盟首座，是人人尊敬的重华尊者，平生无愧仙门无愧苍生，怎能再让他为了她的过错而徇私？现在她走了，别人怎么看他？他又怎能原谅他自己？苟且偷生需要付出这样的代价，那简直比杀了她更痛苦。

沉寂。

大殿上响起细微又急促的声音，那是魔剑在颤动。

用性命换回的机会，就这样被她轻易放弃？小虫儿，不要放弃！不能！

"大叔！"重紫倏地转过脸。

一丝极淡的温暖沁入心头，在冷冰冰的大殿里让人倍觉珍贵，不由自主地想要跟着它走。

别难过，别心痛，这是她情愿的，她不想再看到他失望的样子，不想再让他为难，她活在世上或许原本就是一种错误。

想错了，做错了，被人陷害，可她不后悔，因为至少还有大叔信她，喜欢她。

大叔，带我走。

"回来！"冷声。

重紫恍若不闻，朝那剑爬过去。

洛音凡没有再说话，只侧脸看着那小小身影，不带感情的。

魔剑下一个宿主，逆轮遗留的棋子，她的宿命，终于还是要在这里结束？

一定需要终结，那就由他来了断吧！

双目缓缓闭上，右手逐渐抬起，四下气流如受吸引，飞速聚拢，汇集于掌心，形成巨大旋涡。

逐波冷然出鞘。

悄然无声，看似温和实际凛冽的剑气，蕴涵着摧毁万物的力量，一式"寂灭"，极天之法，汇集数百年修为的一剑，下去便是肉身尽毁，魂飞魄散。

纤手扶上魔剑的刹那，心反而出奇的平静。

虽然早已料到他会亲自动手，但事到临头，还是有点伤心的。

他不知道，其实她一直都在努力，想要做他的好徒弟，长伴他身边，侍奉他，为他磨墨，为他斟茶，送他出去，迎他回来，看他皱眉，看他微笑，听他的话，讨他欢心，不让他有半点儿失望，真的很想，很想。

可是她没有做到，永远都做不到。

那个小心翼翼藏了很久、藏得很辛苦的秘密，给了她无尽的甜蜜，也给了她无尽的绝望。幸好，他永远都不会知道，她有多不堪，否则他会更失望更嫌恶吧。

不敢看，只怕看了会不舍，却又忍不住想要再看一眼。

淡淡光晕映着小脸，她紧紧抱剑，回头望着他，大眼睛更黑更深邃，无悲无喜，依稀有解脱之意。

再也不用辛苦了，所有的误会与真相，所有的防备与爱恋，都将结束。

多不甘，他不肯相信她。

多遗憾，他不能原谅她。

对不起，假如不能原谅，那就忘记吧。

那样的人，心里想的装的，除了仙门就是苍生，应该很快就会淡忘她的。

感受到主人危险，星璨自地上飞起到她手边，示意她反抗，片刻之后又飞至他身旁，焦急地围着他转。

洛音凡恍若不见，只看着半空中的手，心有点空。

他做了什么？

他迅速转身，一步步朝殿外走。

殿门大开，强风灌入。

衣摆曳地，洁白袍袖被吹得飘飞起来，背影一如往常挺拔，透着淡淡的孤独与自负，步伐从容稳健，离她那么近，又那么远。

门如天地，天地间是无尽黑夜。

就好像第一次见面的时候，年轻的仙人独立门中央，仿佛自遥远天边而来，高高在上，不带一丝烟火味，是真正拯救苍生的神仙。

他对哭泣的小女孩说，我收你为徒。

八年时光，短暂美好，他忽然像来时那般悄无声息离去，渐行渐远，消失在天地间，再也没有回头。

来与去，了无痕迹。

冷清大殿只剩了一人，逐波剑毫不留情斩下，寂灭之光，无底旋涡，要将她卷入从未去过的世界。

身形与意识逐渐模糊，唯有一双眼睛依旧望着殿门。

恨吗？

无可救药的迷恋，他的手，他的唇，他的怀抱，他的声音，早已经刻入灵魂，是她这短暂的一生里最美好的记忆，怎么恨得起来？

还是，有一点点儿吧。

她已经活得很卑微，为什么还是过不上寻常的生活？处处受防备受猜疑，到死，他也不相信她！

如果有来世，不想再做他的徒弟。然而，若非师徒，又怎能走近他？若是师徒，又如何承受这一切？

幸好，没有来世了。

心中豁然，所有恨意爱意尽数消失，重紫缓缓闭上眼睛。

旋涡无声卷来，逐波斩下的那一刻，怀中魔剑轻鸣，一缕若有若无的白影自剑上挣扎而出。

空荡荡的大殿，唯余魔剑掉落于地的回音，不见人影。

几乎同时，慕玉、燕真珠、卓昊等人扑到门口，看清里面情形都怔了。紧接着闵云中与虞度也快步进殿，仔细扫视一圈，同时松了口气。

总算去除一个大患，闵云中庆幸之余又有点不安，想不到他会亲自动手，这个结恐怕难以消除，于是转脸看虞度。

到底还是那个师弟，该狠心的时候绝不手软，虞度摇头，拿不定主意，心知眼下不宜再提，还是等过段时间，事情淡了，再挑个好弟子送与他。

"此事已了，就不要再提了，都下去吧。"

掌教吩咐，众弟子不敢不听，各自散去。慕玉默默进殿拾起魔剑，燕真珠痛哭不止，被丈夫成峰强行扶走，唯独卓昊站着不动，闵素秋也跟着留了下来。

虞度接过魔剑，递给闵云中："有劳师叔先送回洞内安置，几位仙友那边，我去说声，总归有个交代。"

闵云中答应，带魔剑走出门。

闻灵之跟出去："师父……"

"你的心思真当为师不知情？"闵云中冷冷打断她，"饶你是因为重紫天生煞气，留不得，你好自为之。"

闻灵之愣了下，垂首："是。"

白衣无尘，长发披垂，数千双眼睛注视下，他镇定自若，缓缓地，一步步走下石级，走过大道，走上紫竹峰。

紫竹峰头明月落，四海水上寒烟生。

一路上山风太大，长发微显散乱，数缕自前额垂落下来，终于现出几分狼狈。

步伐渐缓，在石桥畔停住。

长空剑鸣，却是逐波飞回，如水剑身闪着寒光，洁净美丽。然而此刻，他总感觉上面依稀飘散着血腥味。

体内欲毒又开始蠢蠢欲动，没有压制，任它蔓延。

那是种奇怪的感觉，心头空空的，倒也不痛，只是空得出奇。

他对这种感觉很不解。

恨欲？恨自己没有看好她，教好她，恨她不听话，任性妄为，枉费他一片苦心？

星璨一直跟着他，在身旁转悠，此刻忽然静止。

洛音凡冷眼旁观，没有任何表示。

不是天然正气吗，到现在还维护她？明明是她错了，是她不听话，孽障！让他费尽心思，如今还逼他亲自动手！

水面清晰显示，主峰大殿外人影逐渐散去，一切都结束了。

主人已殒，星璨灵气耗尽，摇摇欲坠，跌落的瞬间，他终于还是伸手接过。

竹声冷清，送来昔日话语，还有重华宫无数个朝朝暮暮，四海水畔，师徒相伴，清晰又模糊。

"我一定会学好仙法，帮师父对付魔族，守护师父！"

"不是守护为师，是守护南华，守护天下苍生。"

"苍生有师父守护，我守护师父，就是守护他们了。"

……

手里杖身微凉，透着无数伤心，说不清是谁的。

忽然记起那个满地月华的夜晚。

"为师只盼你今后心怀众生，不要妄自菲薄，与那天上星辰一般，此杖便名为星璨。"

心头猛地剧疼，欲毒蔓延，有液体自嘴角溢出，带着甜腥味。

她是错了，想错了，其实他从未认为自己收错徒弟。

别人不知道，他怎会不了解她！

纵然她天生煞气，不能修习术法，纵然他的徒弟不能名扬天下，他也不曾后悔过，因为知道她的善良，他以她为荣。

纵然她错将依赖当成爱恋，存了不该有的妄念，他也不曾有半分怪罪的意思，没有关系，时间长了她自会醒悟。

这些年她为他受的委屈，他都看在眼里。她被欲魔侮辱，他却援救不及，没有人知道他当时有多惊痛多气怨——气她不知爱惜，气她怎么可以这么傻，这么看轻她自己！仅仅是因为怕他知晓，为了维护他的虚名，她就做出这样的荒唐事！

明知她的自弃，他却无能为力，装作不知。

那是个糊涂善良的孩子，被人利用，含冤认罪，死也不肯走，这些，其实都已算准了吧。

第一次将她带回紫竹峰，那小手始终拉着他，紧紧地，生怕放掉，她是那样信任他。受同门欺负，被逐去昆仑，被万劫折磨，被他责骂，数次蒙冤也不曾有半句怨言，怎么可能与魔族同谋？所有人都看出来了，他是她的师父，又怎会不知道！

他一手带大她，教导她，却始终防备着她。不授术法，时刻担忧，都是不信任而已。

或许是因为不断出事，他开始没把握了，也和虞度他们一样，认为她应该死，认为这才是最好的结局。这场变故，只是给了他一个机会，一个借口，妄图减轻心中内疚。

不能阻止，那就放弃吧，顺从天意。

闵云中与虞度？没有人能逼死她，是他，他的放弃才是对她最大的伤害。

他骗了她，骗了所有人，唯独骗不了自己。

八年，一天天看着她长大，她的品行，她的心思，他了如指掌。她一直都是他的好徒弟，一直都是，他愁过也气过，却从未失望过。

没有错，只是注定要被舍弃。

命格怪异，魔族棋子，天魔令上残留不去的血迹，他背负着仙门与苍生的安危，必须做最合适的选择，可那又如何，这些都改变不了亏欠她的事实。身为仙盟首座，只因她天生煞气，就要牺牲这无辜的孩子，就要用徒弟的性命换取仙门安宁？天意面前，他是如此的无力与无能，他根本不配做师父！

欲毒在体内急速流窜，此生注定被它纠缠，只是，终此一生，真的再也无恨无爱了吧。

身后传来脚步声，显然是有意发出的。

压下欲毒，他缓缓抬手，不动声色拭去唇边血迹。

一声响，逐波钉入殿门石梁，直没至柄。

"师弟！"虞度震惊。

"此剑不用也罢。"淡淡的语气，他缓步进殿去了。

南华主峰后，八荒神剑泛着幽幽蓝光，白衣青年执剑而立，冷冷看着对面的人。

"为何要这么做？"

"你以为是我？"

"力劫残魂的消息是你放出来的？"

"你听谁说的？"

"之后又是你放她进去？"秦珂冷冷道，"我却不明白，她与你究竟有什么过节，你安能狠毒至此？"

闻灵之脸白如纸，半晌冷笑："是，在你眼里，我一直都是凶狠恶毒不会心软的人。"

她抬眸直视他："不错，我讨厌重紫，从第一天遇上，我就讨厌她！她不过是个丑叫花子，身份卑贱，凭什么运气那么好，能拜入重华尊者门下？还有你，你越护着她，我就越讨厌她！论相貌，论术法，她究竟有哪点胜过我？"

"就为这些，你……"

"秦珂，我是喜欢你，那又如何？"

沉默。

"是我徒生妄想，不顾伦常，不知廉耻，你尽可以笑话！"俏脸不自觉滑落两行晶莹眼泪，闻灵之忽然侧过脸，提高声音，"今日我便明白告诉你，此事我知道，却与我无干，我有我的骄傲，不需要这么做，是她自寻死路。"

秦珂沉默半晌，道："但他们说，万劫的消息是你放出来的。"

"他们的话也比我可信吗？"闻灵之冷笑，"算我看错了人，你竟糊涂至此，果真是我放的消息，又岂会传得人人尽知？"

她看着他一字字道："我闻灵之乃督教亲传弟子，再恶毒，再讨厌谁，也不至于真的下手去害同门性命！"

秦珂愣住。

"当初你带重紫去昆仑，却有人写信报与了掌教，你只当告密的是我吧？但我明知此事会害你受罚，又怎会去告密？"

"那你……"

"是谁，你还想不到？青华宫两次提亲，卓少宫主年轻风流，妹妹不少，能从师父那儿打听到消息的也不只我一个。当时重紫求我，我已察觉不对，阻拦过她，但她非要进去，我犯不着为一个讨厌的人考虑太多。"

纤手轻抬，不着痕迹拭去眼泪。

"事已至此，我也该死心了。"见他要说话，闻灵之厉声打断，"你不必安慰敷衍，我并不稀罕！今后我闻灵之再缠着你，有如此剑。"

响声凄厉，长剑折为两段！

拦阻不及，秦珂收回八荒，缓缓放下手，欲言又止。

闻灵之再不看他，转身，决然而去。

长夜悄悄过去，南华十二峰仍一片沉寂，似乎都不愿意醒来。

黎明时分，一道模糊的人影潜出南华，踏风而行。

晨风吹动雪色斗篷，还有蒙面白巾，只露一双眼睛，清冷而莹润，长睫优雅，如梦如幻。

"还是死了？"

"是你。"

亡月幽灵般自云中浮起，黑斗篷在风中居然是静止的，只现出半张脸，手上依旧戴着那枚硕大的紫水晶戒指，光华摄人。

白衣人双眸微动："你究竟是谁？"

亡月道："你不知我，我却知道你。"

"魔尊九幽不该有这样的力量。"

"我有我的力量，也可以揭穿你的身份。"

"不入鬼门转世，我自有办法续她魔血，只有她才能解天魔令封印，召唤虚天之魔，也只有我才能成就她。"

"嗯……"亡月道，"让她成了气候，对我没有好处。"

"你要的绝不只是现在的地位，你有你的野心，可惜这件事靠你自己是永远做不到的。"长睫微动，白衣人淡淡道，"故意泄露行踪，引他们出去，你如此费心地配合，不正是要助我保住圣君之剑吗？你早已明白，我们的目的其实是一样的。"

亡月没否认也没承认："她已死了。"

"事出意外，想不到会害了她，"白衣人叹息，"幸好我早有准备，尚能补救。"

"如何补救？"

"你忘了，当年逆轮圣君也是三世成魔，死，不是终结。"

"我很期待。"亡月笑得死气沉沉，转身隐去。

【未完待续】

Staread
星文文化

蜀客 ——— 著

重紫

CHONG ZI

下

修订珍藏版

长江出版社

第四卷 何处归程

第一章·天之邪 142
第二章·九幽皇后 153
第三章·梦醒 162
第四章·遗忘的决定 172
第五章·泠万里 183
第六章·毁灭与成就 192
第七章·天魔现世 201
第八章·凤凰泪 210
第九章·祝融果 221

第十三章·冰牢 125
第十四章·魔道 133

目录

第三卷 来生师徒

第一章 · 遗忘的历史　002
第二章 · 来生师徒　012
第三章 · 弃剑　022
第四章 · 师父的重儿　031
第五章 · 初露锋芒　041
第六章 · 天山雪　054
第七章 · 海底通道　064
第八章 · 雪夜梅　074
第九章 · 任性的爱　085
第十章 · 云姬之死　096
第十一章 · 行刑　106
第十二章 · 无情　115

番外卷

第十章·雪之哀伤　229
第十一章·寻找眼睛　239
第十二章·星殒　252
第十三章·仙魔对阵　263
第十四章·相拥一刻　273
第十五章·尾声　282

一·洛紫篇　286
二·雪阴篇　293
三·魔神归来　299
四·师兄太坏　325
后记　330

第三卷
来生师徒

第一章 · 遗忘的历史

日升月落，春尽秋来，十年一梦，眨眼便已沧海桑田。所谓世事难料，正如天际风云，变幻莫测，仙魔之战永无休止。仙门强盛的背后，魔族亦悄然壮大，作为连通六界的要道——人间大地，深受其害。两年前，狐妖潜入两国皇宫，挑起战乱，直杀得横尸遍野，山河惨淡，数万人流离失所，先前好容易恢复的元气又折损殆尽。

不堪苦难折磨的人们，向更强大的力量寻求保护。仙门地位达到空前的高度，其中以南华声名最盛，近年魔族猖狂，幸有重华尊者率仙门合力诛杀，才将九幽魔宫气焰压制下去。

神仙无岁月，守护的只是烟火人间。

对于他们来说，百年亦是弹指而过。二十年前走上南华的那个小乞丐，再无人提起，连同她的所有故事，都已化作浮云清风，在冷清的紫竹峰上孤独飘荡。

若非有背叛师门的罪名，若非那位师父身份特别，她几乎连历史也算不上。

一半岁月的消磨，一半刻意的遗忘。

眼看又要到南华派广收门徒的日子，附近几个小村镇的客栈早已住得满满的。许多人不辞辛苦，带着子女，背着包袱，自四面八方赶来，等待仙界之门打开。

晚霞飘浮，夕阳斜照，地上两条人影拖得长长的。

男人很年轻，模样温文尔雅，举止却透着成熟男人才有的稳重。女子更年轻，容貌极美，只是穿着身寻常的蓝黑衣裳，脸色有点苍白。

"精神这么差，是不是累了？"语气略显心疼。

"没有，我没事。"

男人抬起手，迟疑了下，最终还是轻轻抚摸她额前秀发，语气温柔，说是恋人，倒更有些像长辈的宠溺与关切："不要逞强，生老病死并没什么，不该再为我消耗法力。"

女子垂眸，唇角扬起美丽的弧度，单薄的身体不由自主往他怀里靠近些："几粒丹药而已，哪里消耗了什么法力！"

"水仙，仙凡有别，人间事无须强求。你是修仙之人，还想不明白？"

"那又如何？"

"人之寿数乃天意注定，你借仙力替我延续性命，便是忤逆天意，恐怕……"

女子忽然激动起来，推开他就走："天意是什么！我对你，还比不上天意对你好？你自己去顺天意，就别管我了！"

男人拉住她："我不过说句话，怎的发脾气？"

女子倔强地望着他的眼睛："我就是不让你老，不让你转世，你会忘记我吗？"

男人看着那眼睛，沉默，最终淡淡一笑。

女子咬唇笑，重新倚到他怀里，同时右手悄悄在背后作法。

"师姐！"

"师弟，你来做什么？"

"师父命我办件事，路过这里，听说近日南华派要收新弟子，所以顺道来看看。"

女子点头。

凭空出现的少年说了两句便匆匆离去，旁边男人自然分辨不出那是幻象，望着少年远去的方向问道："是你师弟？"

女子抱着他的手臂："你总怀疑我骗你，现在知道了吧。"

男人皱眉道："并非怀疑你，只不过你向来任性，经常不见人影，办的什么事又不肯与我说，我有些担心。"

"我这么大的人，有什么好担心的？"

"总是独自出去，不妥，我去修仙助你？"

"你非要来南华，难道就是想入仙门？"女子并无喜悦，反而添了一丝紧张之色，侧目道，"有我的药，何必修仙？再说他们只收小孩子的，你老人家是小孩子吗？"

男人看着她半晌，莞尔："走吧，过去看看，或许还能遇上别的仙门弟子。"

女子点头，走了两步，忽然扶额。

男人扶住她："怎么了？"

"没事，或许有点累。"

"那就回客栈歇息。"

二人转身，顺着来路缓缓往回走，消失在温柔美丽的落日余晖里。

与此同时，百里之外，一老一少正在急急赶路，满身风尘。

女孩穿着简单朴素，不过十一二岁，尚未长成，一张小脸却生得极其美艳，加上乌黑秀发，雪白肌肤，足以看出将来的美人模样，此刻脸上满是焦急之色，步伐姿态依旧中规中矩，分明教养极好。她走得原不算慢，可惜同行的老人须发尽白，气喘吁吁，不时要停下来等。

"唉，都是我这把老骨头拖累了你。"

"阿伯莫急，先歇歇，到下个镇或许就能雇到车了。"

家中主人突然病情加重，小主人坚持留下侍奉父亲，不肯离开，直至主人丧事完毕才动身，耽误了许多时日。马车又在半路上出事，原打算重新雇一辆，哪料此去南华，沿途不论马车牛车都早已被人雇走了，故此匆忙。

老人叹气："天要黑了，这里前不着村后不着店的，还是快些赶路吧，阿伯还跟得上。"

女孩安慰："不妨事，今晚月亮好，我们可以慢慢走。"

话虽这么说，心里还是着急的。父亲遗命，交代一定要去南华拜师，误了这回就要再等五年，到那时自己早已年过十四，仙门是不会收的。

明月初升，深蓝天幕飘着几片薄薄的云彩。

荒山小道，杂草丛生，时有夜虫低鸣，一股浓浓的黑气悄然飘来。

女孩搀扶着老人，小心翼翼前行。

老人察觉周围气氛不对，警惕地看路旁树林："好像有什么东西跟着我们。"

女孩惊道："阿伯别吓我。"

莫不是野兽或山贼？老人紧张，停下脚步仔细察看。就在这时，猛然掀起一阵妖风，中间夹杂着数道黑气，会聚成人形，张牙舞爪朝二人扑来。

女孩"啊"了声："这是什么？"

老人到底见多识广，颤声道："妖怪！是妖魔，快跑！"

渺小的人类哪里逃得出魔的手心！妖魔眨眼间就扑到面前，狂笑声里伴着浓浓的熏鼻的血腥味。

老人立即张臂将她护在身后："小主人快走！"

"阿伯！"

"阿伯不怕，快走！"

从未经历过这种场面，女孩恐惧得直发抖，但她也知道这种时候不该独自逃走，眼见妖魔利爪伸向老人，绝望之际，忽然一道蓝光自背后闪现。

极其美丽的蓝光，清冷、缥缈，比雨后天空更明净。

惨叫声过，黑气逐渐散去，地下只留一片黑血。

女孩惊讶，转身望去。

如练月华，铺成通天大道，一名白衣青年御剑而来，仿佛月中仙人降临。

长眉如刀，目如秋水，冷漠的脸映着蓝莹莹的剑光，英武俊美。他无声落地，声音略显低沉，却很有魅力："此地竟有血魔作乱！"

老人最先回神，拉起女孩就要下跪道谢。

白衣青年单手扶起他："前行两里处有一村，可以投宿。"

他二人说话时，女孩只安静地站在旁边，悄悄打量他，心下暗忖，这么高明的法术，必是仙门中人无疑。往常不大出来行走，听爹爹说那些故事，还以为仙长都是老头呢，果真见识太浅……

视线落到长剑上，她更加吃惊。

三色剑穗？

白衣青年似乎察觉到了，斜斜瞟她一眼。

想不到他这么谨慎，女孩慌忙收回视线，垂首。

"魔族出没，夜间不宜赶路。"

"不瞒仙长，老仆是奉我家主人遗命送小主人去南华仙山拜师的，雇不到车，没办法才连夜赶路，哪里想到会遇见妖魔！"老人拭泪，"幸亏有仙长救命，不然老仆死了，有什么脸面去见主人呢？"

白衣青年皱眉："南华？"

三色剑穗，据说是掌教亲传弟子的标志。女孩原本在怀疑，见他这样，心里更加确定，忙作礼试探："不知仙长大名，尊师是哪位掌教？"

小小年纪言行老成，大户人家了女向来如此，原不奇怪，只没想到她这么细心。白衣青年有点意外："南华秦珂，玉晨掌教座下。"

"原来是秦仙长！"女孩又惊又喜。

这位秦珂仙长本是燕王世子，后拜入仙门，成了虞掌教座下关门弟子，是最有名的仙门弟子之一。两年前受命进皇宫斩除作乱狐妖，功在社稷，皇帝为此还亲自上南华嘉赏他，此事更让他在人间声名远播。

她兀自惊喜，秦珂却淡淡道："此去南华尚有百余里路，前面或许还会有妖魔，十分危险，不若就此回去。"

老人迟疑起来。

女孩摇头道:"多谢秦仙长好意,此番再危险,我也一定要去南华的。"

秦珂原是顺便试她,闻言微露赞赏之色,自剑穗上扯下一条丝线递与她:"若是因上南华拜师而丢了性命,叫仙门知道,更该惭愧。老人家年迈,赶不得路,恐已来不及,我如今还有要事在身,你既有这样的胆量,不妨先行赶去,此物带在身上,或能保平安。"

老人大喜:"快多谢仙长!"

女孩迟疑:"阿伯,我怎能丢下你?"

老人笑道:"阿伯这么大的人怕什么?本来早就有这意思的,只担心你年纪小,一个人上路会出事,现在有仙长送的护身符,就放心了。"

到底爹娘遗命为重,女孩接过剑穗,低声道谢。

秦珂不再多言,御剑离去。

目送他消失,女孩呆呆地望了许久,垂首:"阿伯,若是南华仙长们不肯收我,可要去哪里呢?"

家业尽被叔伯占去,老人亦觉悲凉,安慰道:"小主人生得聪明,会读书识字,又知道规矩,怎会选不上?还是先赶路,到前头村里再说吧。"

五年一度的盛事终于到来,结界撤去,南华仙山高高矗立于云端,巍峨壮观。主峰顶一轮红日,霞光万丈,伴随着的悠长的钟声,远隔千里也能听见。

通往仙界的石门外,道路几乎被车马堵塞,无数人翘首以待,或多或少都露出紧张焦急之色。旁边有个简易的铁匠铺,铁锤敲得叮当响,外头架子上挂着几柄打好的粗糙铁剑。

一辆华贵的马车分外引人注目,护送的人马上百,带头的侍卫趾高气扬,不时吆喝驱赶靠近的人群。

"真的是九公主?"

"圣旨上说的,要送九公主入仙门,看这阵势,不是她是谁?"

"真的?"

……

皇家谁也惹不起,人群自觉退得远远的,私下议论纷纷。原来自皇宫出了狐妖之乱,被仙门出手平息后,朝廷对仙门越发推崇,当今皇帝索性将最疼爱的九公主也送来南华拜师了。

"看到什么听到什么都是假的,是仙长在考验你们,记住没有?"

"知道了知道了。"

毕竟这次来的人太多，要拜到有名气的师父不容易，大人们反复叮嘱，听得孩子们直撇嘴。

时辰很快到了，大地震动，石门消失，面前现出一座幽幽山林。

十里外，女孩端着只破碗匆匆赶路，一张小脸上满是泥灰与汗水，黑一块白一块，几乎连五官也难以分辨。原来独自上路第一天就遇到刁难抢劫，幸亏有秦珂的剑穗护身才没事，为了尽可能不惹人注意，她才想出这法子，扮作小乞丐，总不会有人笨到去打乞丐的主意。

原本不该迟到，可是不知怎的，这几天似乎运气不好，一路上老被蒙骗捉弄，明明往东，问路时人家偏说往西，害她跑了许多冤枉路。

今日南华仙门大开，不能错过，否则就白赶这么多天路了。

前面路口站着个人。

那是个男人，身材较高，披着宽大的黑斗篷，下摆拖垂在地上，却一点儿也不显臃肿，背影修长好看。

不是耕作的村夫，怎会独自一个人留在这野地里，没有车马仆人？女孩警觉，下意识想要远离，然而周围再无别人可问路，她只好端着破碗上前试探："老先生？"

那人转过身。

女孩禁不住倒退一步。

这人似乎很年轻，装束却实在是……与众不同——整个人几乎都裹在黑斗篷里，大半张脸被遮住，唯独露出优雅的尖下巴，线条极美，如玉雕成，肤色有点苍白，像是久不见阳光，透着阴暗邪气的味道。

帽檐压得很低，看不到他的眼睛，可女孩却有种强烈的被人注视的感觉，让她很不舒服，想要尽快结束对话，于是硬着头皮道："公子……"

"我没钱。"古怪的人，古怪的声音。

女孩反应过来，尴尬地丢掉破碗："我不是问这个。"

他似乎也松了口气："原来你不是要钱的？"

这一误会，女孩反而不怎么怕他了，忍笑："公子知道南华怎么走吗？"

"知道，"他略抬下巴，指了指面前两条路，别有种贵族的气质，"左边是南华，右边是山阳。"

女孩规规矩矩道谢，转身就往右边路上走，男人也没多问。

大约半个时辰后，女孩又气急败坏顺着原路回来了。原来前几次被人捉弄，这回她特地留了个心眼，有意朝相反的方向走，哪知道人家并没骗她，右边当真是通往山阳，可谓弄巧成拙。

黑斗篷男人居然还站在原地，一动不动像块石头，要不是大白天，只怕路人还真会将他当成块大石头。

他似乎很疑惑："我记得你是要去南华的？"

聪明反被聪明误，女孩羞惭，通红着脸掩饰："方才不慎听错了。"

他没有怀疑："去南华拜师？"

"是的。"

"我也顺路。"

女孩低低地"哦"了声，不再多话，快步朝前走。

男人的话不多，甚至没有问她的名字来历，无论她走多快，他始终跟在旁边，步态悠闲，像是出来游山玩水的。

女孩偷偷看了他几次，目光最后落到那颗硕大的紫水晶戒指上，顿时心神一荡，脑子开始恍惚，那美丽醉人的光泽就像是个巨大的黑洞，要将人的神志吸进去。

直到那只苍白的左手缩回斗篷里，女孩才回过神，心知被他发现，于是讪讪地主动找话说："公子贵姓大名？"

"亡月。"

"啊？"

男人认真解释道："死亡的亡，月亮的月。"

名字真奇怪，女孩违心道："公子的名字真……好听。"

"多谢你夸奖，"亡月笑道，"想过拜谁为师了吗？"

女孩悄悄握了下手里的剑穗，腼腆道："南华的仙长们肯不肯收我尚未可知，怎敢想这些？只怕赶不及要去迟了。"

"去迟了才好，你会有个好师父。"

女孩只当他安慰自己，抿嘴一笑。

自此二人不再言语，默默赶路。大约再往前走了一个时辰，日头已高，午时将至，云端遥遥现出南华仙山的影子。

真是仙山！女孩惊喜："我到了！"

转脸看，身旁不知何时已空无人影。

孩子们出发多时，山下大道旁车马毛驴已少了一半。南华派选徒向来严格，沿途设了难关考验，许多胆小的孩子都半途折回。大人们无奈，只好带着他们陆续离开，赶往青华等处。剩下的神情既紧张又得意，偶尔再有一两个哭着跑回来，立即便响起一阵叹气声和责骂声。

远远的，一个女孩自大路上跑来，由于低着头看不清面容，穿着又不起眼，人们都没有注意到。

方才已在小溪边洗过，脸上手上都干干净净，女孩尽量将自己淹没在人群里，喘息着，庆幸总算赶到的同时，也在暗暗盘算——仙尊们法力无边，既然有心考验，一举一动必定都落在他们眼里，须步步谨慎才是。

不知道秦仙长回来没有，他收不收徒弟？

无论是谁，都会希望拜个有名的好师父，女孩也并非全无准备，她早已打听过南华四位仙尊。紫竹峰那位最有名，却是不收徒弟的，先就打消妄想；虞掌教座下弟子倒有出息，然而自秦珂之后，他便不再收徒弟了；天机尊者最好说话，拜入他门下也最容易，可惜乱世中，占算卜测之技用处不大，何况听说他待徒弟太宽厚，不是好事。

思来想去，只剩最严厉的督教闵仙尊，门下弟子个个大有名气，更有首座慕玉仙长，所谓严师出高徒，若能拜在他座下，爹娘想必也会含笑九泉了。

这位仙尊身为督教，执掌教规刑罚，必定性情严厉，注重品行，喜欢谦逊稳重的人，此番要争取入他的眼，定然要比别人更加规矩有礼，切不可冒失。

女孩看看手里的剑穗，也并不抱太大希望。

或许秦仙长已经回来，他既然主动出手相助，可见对自己印象不算太差，倘若闵仙尊他们都不愿收的话，他肯不肯收自己呢？

整理好衣衫，整理好思绪，女孩迈步走出人群，在无数目光的注视下，不急不缓踏入前面山林。

不远处，一道黑影站在大石旁，周围的人们却都看不见似的。

黑斗篷下，半边唇角勾起："回来了。"

南华主峰，数千弟子手执法器立于宽阔的主道旁，场面壮观，气氛庄严。六合殿内，高高的玉阶上，三位仙尊并肩而坐，正是掌教虞度、督教闵云中和天机尊者行玄。阶下两旁，几十名大弟子肃然而立，鸦雀无声。

行玄手执天机册，四下看了看，问："秦珂那孩子怎的不在？"

虞度道："前日有消息说九幽魔宫的哭杀妖在陈州一带作乱，我命他出去查一查。"

行玄道："那孩子可以收徒弟了。"

虞度笑道："他倔得很，意思是还要再安心修行几年。"徒弟入门才二十年，来日方长，肯潜心修行是好事。

行玄叹气道："自从掌教师兄收了关门弟子，这些年没人与师叔和我抢徒弟，反而少了许多趣味。"

这话说得闵云中也忍不住抽了下嘴角，然后看着旁边空椅子皱眉："术法再高，无人传承也是枉然，音凡又出去了？"

虞度道："去青华了，恐怕不会回来。"

自洛音凡成名，紫竹峰术法便成了仙门公认最高超的术法，二人难免担心后继无人的问题，然而洛音凡自己并不提起，却是谁也不好开口。

其实不只他们，南华上下几乎人人都察觉到了，这些年重华尊者除了正事极少开口，或是闭关修行，或是经常外出，行踪不定，留在紫竹峰的日子少得很。以往再淡然，至少还有点人情味，现在是完全没有了，真正的冷漠，如同高高在上的神，无心无情，无人能走近。

闵云中道："你是师兄，该劝一劝，总不能任他这么下去。"

虞度苦笑："师叔明白，我又何尝不想劝！"

闵云中不再言语，旁边行玄摸摸胡子，看着手里天机册，似乎想说什么，最终欲言又止。

慕玉进来禀报："新弟子们都已经到了。"

"叫他们进来吧，"虞度打住话题，"这回的新弟子里，还有个特别的，资质极好，只是性子有些难办，需要吃点教训。"

且不说几位仙尊在殿上商量，这边女孩也步步谨慎。渡过云海，身后巨蛇刚消失，前方又有山壁拦路，万丈险峰拔地而起，斧劈刀削一般，令人胆寒，无数条藤蔓自峭壁垂下，仰脸顺着藤蔓朝上望，仙山就耸立于崖顶。

行路至此，虽然早已知道是仙尊们设的难关，但亲眼见到，女孩仍然紧张胆怯。

这么高的悬崖，有力气爬到顶吗？万一不小心摔下来，定会粉身碎骨的！

女孩白着脸看了半晌，终于克服恐惧，咬牙，攀着根粗壮的藤蔓努力往上爬。这悬崖说也奇怪，爬得越高，越觉轻松。而且她发现，心内恐惧越少，力气就越大越多，速度也越快，到最后藤蔓竟似活了一般，卷着她往上带。

果然是仙长们设置的！女孩正在欣喜，忽然腰间藤蔓断裂！

身体悬空，朝崖下坠落。

要摔死了！怎会出现这种意外！女孩惊呼。

照原来的规矩，所有通过考验到达仙山的弟子都能留下，过几日仙门自会派弟子送信与各家长，详细说明孩子拜在谁门下。虞度见孩子们已经到达，就撤了术法，哪里想到还有个孩子落在后面？

后背着地，既没有被摔死，也没有想象中的疼痛，女孩惊异，爬起来一看，这哪里是什么悬崖，不过是块一丈多高的大石头罢了。

身后什么云海迷津全部消失，周围现出树木的影子，原来还是在山林内。

女孩急忙仰脸张望，果然已看不到仙山。

先前走错路，来迟了？

隐约猜到缘故，女孩急得屈膝跪下。

常听说心诚则灵，只愿上天垂怜，让掌教仙尊看到。她不能就这么回去，而且也无处可去，阿伯会多难过，地下爹娘会多失望！要是再等五年，那时年纪太大，仙长们必定不肯收，不能完成爹爹的遗命，岂非不孝？

午时已过，周围仍无动静，女孩越发着急，偏又想不到好办法，急得掉泪。

寂静的山林，只剩下鸟鸣声。

突如其来的熟悉感，令人不安，心莫名地开始颤抖，说不清道不明，有生以来从未有过这样的感觉，喜欢又害怕。

是谁？女孩逐渐止了泪，缓缓抬起脸。

前方两丈处，盘曲的古松下，年轻的神仙一动不动，仿佛已经站在那里很久了。

第二章·来生师徒

　　长发流泻满身，那张脸，那种庄严、尊贵与冷漠，任何言语都难以形容，极致的美，如何评说？

　　不带一丝烟火气，除了神仙，谁也不配拥有。

　　淡淡的孤独，却无人敢走近他身边，连心生向往的勇气都没有；所感受到的，唯有尘世的渺小和自己的卑微，卑微到了尘埃里。

　　什么礼节，什么规矩，女孩生平头一次将它们抛到了脑后。看到他的第一眼，就已将所有前尘往事几乎忘得一干二净，眼中只剩下那道孤绝的身影，还有冷冷的雪色衣衫。

　　不敢仰望，又忍不住仰望。

　　黑眸如此深邃，丝毫不怀疑它会看透人心，女孩莫名心悸，偏又甘愿被俘获，好像前世便刻在了记忆里。

　　视线对上的刹那，她从里面看到了震动。

　　瞬间，松树下失去了他的踪影。

　　是真，还是幻象？女孩正在发呆，下一刻，他站在了面前。

　　没有任何言辞能形容洛音凡此刻的震惊。

　　若非追寻魔尊九幽的行踪，他是不会回南华的。然而正当他准备离去时，竟发现了那道熟悉的气息，淡淡的，仿佛已系在心头多年，难以言状，连他自己也不清楚为什么会这样，冥冥中只知道有什么东西不容错过。这种奇特而真实的感应，迫使他落下云头找寻，甚至忘了隐身。

　　是谁？

直觉已告诉他答案，洛音凡却不敢相信。

面前的人儿，恭敬拘谨，不再是瓜子小脸，也没有黑白分明的狡黠的大眼睛，而是一张圆脸，轮廓精致，并不似寻常圆脸那样胖乎乎的。凤眼上挑，形状美极，还生着两排长翘的睫毛，丝毫不显得凌厉，反带了几分妩媚，也因此少了几分童真。

洛音凡脸色更白。

面前不再是当年那个面黄肌瘦的小女孩，如此恭谨，如此美丽，可是他依旧清清楚楚地知道一件事——是她，一定是她！

怎会是她？

紫竹峰上那个古怪机灵想尽办法引他注意，在他怀里撒娇的孩子，四海水畔那个静静趴在他膝上的少女，重华宫大殿案头磨墨的少女，跪在地上哭求他别生气的少女，再次完完整整回到了面前，如此的真实。

惊喜？内疚？痛苦？都不是，都不止。

深埋在心底多年的回忆，朝夕相伴的八年岁月，无情无欲的神仙也不能忘记。亲手结下寂灭之印，是他这漫长一生里所犯的最大的错误，或许他将永不能原谅自己，可是现在她又站在了他面前。

那种感觉，可以是震惊，可以是害怕。

袖中手微微颤抖，始终未能伸出。

让她受尽委屈，对她的冤屈故作不知，亲口允下保护她的承诺，却又亲手杀了她，对她做出这些事，他还有什么资格再站在她面前？倘若她知道他所做的一切，知道他其实什么都明白，知道要她死的人其实是她最信任最依赖的师父，她会怎样恨他？

洛音凡缓缓直起身，语气平静如死水："叫什么名字？"

再次与那目光对上，女孩慌得垂眸，他的眼神很奇怪，说不清道不明，绝不是陌生人该有的眼神，看得人伤心。

"家父姓文，泱州人，小时候一位仙长赐名，唤作阿紫。"奇怪得很，连他是谁也不知道，还是忍不住回答了。

"文紫。"他轻轻念了遍。

女孩的脸立即涨红了。

是她，不会有错，当年她跪在他面前，万般无奈地报上名字，那羞赧的神情与现在一模一样，虫子变成了蚊子。

是巧合，还是为他而来？

洛音凡注视她许久，道："你不该来南华。"

女孩一惊，只当他不肯相助，连忙叩头："先母已逝，父亲两个月前也刚……走了，临去时嘱咐阿紫一定要拜入南华。如今阿紫孤身一人，已无处可去，求仙长开恩，我不远千里而来，决不怕吃苦受累，定会用心学习，将来虽说未必能有大作为，却一定不会给南华丢脸。"

洛音凡有点愣。

转世的她，少年老成，模样变了，性情变了，唯独身上煞气并未消失，只不过似乎被什么力量禁锢着，未能显露，轻易看不出来，但若用天目仔细观察，仍能发现。如此，那人特意送她来南华，事情不会这么简单。

他该怎么办？

错了，是错了，可是他从不曾想要弥补，宁愿永生背负内疚。如今上天突然把这样一个机会摆在面前，所发生的，恍若一场闹剧，他竟不敢面对。

一式"寂灭"，魂飞魄散，是谁在插手，助她自逐波剑下逃脱？当时心神不定，并未留意殿内有异常。

死，是她的归宿，也意味着阴谋的终结。那么，她这次的回归又代表了什么？

煞气未除，虞度他们只要稍微仔细些，就能发现问题，那时将会如何处置她？让她离开南华？难保那幕后之人不会再设法引她入魔。

明知怎样才是最好的结局，可他怎能再伤她第二次？他怎么下得了手？

"回去吧。"

"仙长！"

他不再看她，恢复先前的冷漠，转身要走。

"仙长且留步！"女孩急得伸手扯住白衣下摆，"师父！"

熟悉又陌生的称呼，牵动多年心结，再难用冷漠遮掩的心结，洛音凡生生僵在了原地。

她叫他什么？她……记得？

脸色白得平静而异常，他低头想要确认。

女孩也大吃一惊，方才不知怎的就脱口而出了，未免莽撞，生怕他会见怪，一双凤眼里满是紧张之色，却又不愿放开他，嗫嚅道："仙长，求求你，我什么都不怕，会恪守规矩，不信你可以再出题考验我。"

小手上竟有血迹。

父母双亡，让她再次流落街头受欺凌？当年，那小小手臂上遍布伤痕，她哭着扑在他怀里寻求保护，然而最后，他却是伤她最重的那一个。

"不慎摔破了。"弄脏他的衣裳，女孩满含歉意松开手，镇定许多，"求求仙长行个方便，倘若仙长执意要走，阿紫也阻拦不了，只愿长跪于此，或许掌教他们终有一日会知道。"

洛音凡看着她许久，终于点头："到六合殿，我便收你为徒。"

广袖轻挥，头顶仙山再次出现，一片石级斜斜铺上，直达山门。

这么容易，不用考验了？他愿意收她当徒弟！女孩怀疑自己听错了，待要再问，面前人已不见。

南华大殿气氛十分沉静，上百名孩子屏息而立。当先是一个十三四岁的少女，穿着华丽，形容出众，由于身份特殊，她昂首站在其他孩子前面，神情恭敬，目光里却是毫不掩饰的傲气。

闵云中皱眉。

虞度手执盖有玉玺的书信，看了几眼便搁至一旁，让闵云中与行玄先挑选弟子。由于之前的奸细事件，南华在挑选门徒上把关更加严格，每个孩子的来历不仅要由行玄一一卜算，之后还会派弟子出山调查核实。

少女被晾了许久，十分尴尬，总算意识到自己的表现惹人反感了，连忙收了傲气，规规矩矩站好。

果然，虞度转向她，微笑："九公主……"

"掌教唤我妙元就是，"少女作礼，"临行时父皇曾嘱咐，仙门不比人间，万万不可在掌教与仙尊跟前妄自尊大。"

"仙门修行清苦，你要想明白。"

"妙元心意已决。"

见她变得谦恭，闵云中态度也就好了点，朝虞度道："既是人间至尊，天命所归，不能不给面子。"

虞度点头："如此，你想要拜谁为师？"

司马妙元顺势跪下："但凭掌教吩咐，如能拜入座下，即是司马妙元之幸。"

虞度微笑："我曾立誓只收九个徒弟，如今已有了。"

"不如待护教回来，让他看看，"闵云中断然道，"这孩子筋骨极好，若能拜在他座下，承他衣钵，也是件好事。"

心知不妥，虞度摇头："此事需再斟酌，恐他不应。"

闵云中道："他连人都没见过，怎知不应？"

南华护教谁人不知，重华尊者，仙盟首座，术法六界闻名，司马妙元心下暗喜，忙道："闵仙尊说得是，尊者并未见过我，或许会改变主意，求掌教看父皇薄面……"

话说到这份儿上，虞度无奈答应："也罢，且看你有无造化。"

"都过去这么多年了，他难道一辈子都不收徒弟不成！不过是个孽障，用得着……"闵云中说到这里，忽见旁边行玄递眼色，于是住了口。

众多惊讶的视线里，一个人走进大殿。

宽大白衣，脸色亦有些白，仿佛自茫茫天际而来，遍身清冷，遍身霜雪。

神情不冷不热，步伐不快不慢，竟令人望而生畏。殿内两旁，所有弟子都不约而同垂首，面露恭谨之色，连手指头也未敢乱动。

想不到他会回来，虞度让他坐，半是玩笑半是认真："师弟此番回来，是有心要与师叔师弟抢徒儿吗？"

闵云中只当他想通了，暗喜，尽量将语气放柔和："音凡，这孩子身份极贵，筋骨极佳，你是不是考虑下？"

经他一提，司马妙元便知此人身份，忙含笑上前欲说话，哪知抬脸就见那目光落到自己身上，无半分温度，顿时一个激灵，双膝发软，居然不由自主跪了下去，想好的话全都忘记，讷讷拜见。

洛音凡收回视线，淡淡道："师叔有心，小徒稍后便来。"

此话一出，殿内众人都怔住。

虞度也很意外，试探道："师弟的意思，莫不是在路上已收过了？"

洛音凡没有否认。

闵云中与虞度同时松了口气，并没觉得失望，不论如何肯收徒弟就好。司马妙元虽不错，但洛音凡的眼光向来很高，被看中的孩子必定差不到哪儿去。

所有人同时望向大门，都想看那个有幸被选中的孩子长什么样，如何出众。

唯独司马妙元又羞又气，涨红脸，咬紧唇，忍住没有发作。身为皇室公主，身份贵极，素来只有别人捧她奉承她的份，哪里经历过这种难堪？不甘也不服，更想看看自己究竟输在哪里，因此有人走进殿时，她反而最先认了出来："世子！"

人间圣旨有谁不知，白衣青年并没意外，略点了下头。

闵云中斥道："仙门何来世子？"

司马妙元咬牙服软："弟子心急失言，仙尊莫怪。"

秦珂与几位仙尊行礼毕，走到虞度身旁禀报此行收获，末了似乎想起什么，不动声色将目光移到新来的孩子们身上，扫视一圈，缓缓皱起长眉。

百余里路，照理说几天工夫是能够赶到的，莫非路上又出了什么意外，还是没有通过外面的考验？

虞度看出蹊跷，正要询问，门口忽然出现一个小小人影。

是个女孩，有一头美丽的秀发，装束很普通，乍看似乎并无过人之处。

所有人都这么想着。

女孩没有立即进来，而是先在门口停住，以极快的速度整理了一下衣衫，然后抬头望望六合殿的匾，确认之后才镇定地跨进殿门。

抬脸的刹那，众人眼前一亮。

踏进大门，女孩其实被吓了一跳。不知多少双眼睛盯着自己，是来迟的缘故吧，所以受到这么多关注？

她忍下紧张，抬眸朝玉阶上望去。

不知答应收自己的那位神仙是谁，在不在这里？

玉阶上并列坐着四位仙尊，先前的白衣神仙正在其中。不出所料，他是最年轻的一位，也是最引人注目的一位。

女孩放下心来，但她没有立即冒失下拜，而是边看边飞快分析状况。

玉阶正中那位仙尊三十几岁模样，和蔼不失威严，身后长身而立的白衣青年，正是秦珂。

女孩暗喜，捏紧手里剑穗。

秦仙长在呢，他既是掌教弟子，那位仙尊必是虞掌教无疑。至于方才遇见的白衣神仙，能与掌教并肩，一定是位尊者，怪不得能做主收自己为徒。

弄清关系后，女孩心知不宜久等，当即跪下："阿紫拜见掌教，拜见尊者。"

话里带着独特的地方口音，不够脆，却极婉转柔美。

众人回过神，暗暗赞叹。

虞度与闵云中互视一眼，却同时露出失望之色——空有个长相而已，这女孩资质不过中上，无甚出奇，仙门更有一大把。

未见回应，女孩忙解释："匆忙走错路，故而来迟，求掌教与尊者原谅。"

虞度轻咳了声，微笑："好孩子，起来吧。"

女孩松了口气，站起身，犹豫着，悄悄望了眼上面那位白衣神仙，很不安，他还愿意收自己做徒弟吗？会不会改主意了？

"你一个人来的？"

"回掌教，是。"

小小年纪敢孤身上路，言语谦恭有礼，举止又谨慎细致，虞度倒升起几分好感，转脸确认："师弟……"

洛音凡终于开口："拜师吧。"

女孩按捺住喜悦，见殿内并无任何祖师画像牌位，便知此时不过是行个简易拜师礼，择日再拜祖师，于是规规矩矩上前，跪下磕头："泱州文氏阿紫，拜见师父。"

洛音凡点头道："赐名重紫。"

声音清晰平稳，所有人的微笑都僵在了脸上。

一个近乎忘却的名字再次被提起，怎不令人震惊！他给新收的徒弟起同样的名字，究竟是何缘故，有何用意？

殿内气氛瞬间冷到极点。

众弟子噤声，不敢言语。

女孩虽然疑惑，却明白此刻不宜多问，伏地拜谢："重紫谢师父赐名。"

秦珂脸色极其难看，忽然冷笑："叫这名字，尊者想必是心安的。"

"珂儿，不得无礼！"虞度喝止他，心里也很诧异，暗中打开天目凝神查看，并未发现半丝煞气，遂将疑虑去了大半，示意闵云中无妨，转念想想，还是再确认下最稳妥，于是又朝行玄递了个眼色。

行玄闭目掐指，半晌摇头。

闵云中原已握紧手里浮屠节，见状才缓缓松开，沉着脸道："好好的孩子让她改姓，是否太过分了？"

"做我的徒弟就要改姓。"

"你……"

重紫看出气氛不对，忙低声道："恕重紫多言，当日曾听先父说过仙门规矩，此身既入仙门，自不必理会凡间俗事，改姓也无妨的，仙尊不必为我顾虑。"

好个懂事的孩子！虞度制止闵云中再说，看着她问："你为何要入仙门？"

这问题重紫早已料到，知道这种时候该说什么话，垂眸道："回掌教，此番上南华拜师，原是家父遗命，好教重紫在乱世中保住性命。其实重紫小时候就听说，仙门弟子守护人间，拯救百姓于苦难，因此向往已久。这次上南华，途中也曾遇上妖魔，幸亏有……仙长相救，重紫立志做仙门弟子，将来定不会给仙门丢脸。"

果然，虞度听得徐徐颔首，闵云中脸色也好了许多，唯独洛音凡没有表示，起身下了玉阶："走吧。"

重紫原是恭恭敬敬跪在地上，等着师父训话，闻言大为意外，抬起脸确认。

洛音凡头也不回朝殿外走，竟连例行训话也免了。

这场拜师委实蹊跷，难道有什么问题不成？重紫来不及多想，连忙爬起来，朝虞度等三人作礼告退，快步跟上去。

身后众弟子弯腰，异口同声："恭喜尊者。"

"他还惦记着那孽障！"闵云中微怒，"这是什么意思！"

虞度轻声叹息："也罢，他想弥补那孩子。起这名字，无非是想让我们知道他在意这一个，让我们看在那件事的份儿上，待这孩子好些，当年逼他动手，的确是做得过了。"

闵云中冷笑："更好了，这是说我与掌教滥杀无辜？他还记恨不成！"

知道他是气话，虞度莞尔。

行玄摸着白胡子想了想，苦笑道："如今我对自己这卜测之术也无甚信心了，师兄还是叫人去查查她的来历吧。"

虞度道："自然。"

闵云中不说什么了。

这孩子虽无煞气，模样举止也相去甚远，可是看着总感觉有点熟悉。大约正是这缘故，才让他有了收徒弟的念头吧，毕竟世间哪有这等巧合之事！当年自己亲自查看过，殿内并无她的魂魄，连同万劫的残魂都消失了，可知他下了怎样的重手。

难得他肯再收徒弟，也是这孩子的功劳，何况这孩子规矩有礼，言行稳重，只要来历清楚，没有危险，让他收为徒弟又何妨？资质平庸不是问题，今后时间多得是，可以再慢慢劝他选好的。

因为那件事，彼此大伤和气，如今正该借机修复一下。

虞度显然也有相同的想法，并不怎么担心，转眼看见地上的司马妙元，为难："重华尊者已有弟子，你……"

司马妙元握拳，勉强笑道："是妙元无福。"

照她的身份，能忍下委屈就很难得，何况资质又好，闵云中主动开口道："你可愿拜在我座下？"

司马妙元先是喜悦，接着又迟疑："早闻督教大名，若能拜入督教座下，妙元三生有幸，只不过……"她瞟了眼秦珂，低声说，"秦仙长曾与妙元兄妹相称，如今怎好在辈分上比他高了去？"

这位公主哪里是来求仙的？虞度哭笑不得。

闵云中明白过来，知道她难以专心修行，大失所望，好在刚被气了一场，脾气已经发过，倒没再动怒，随口叫过慕玉："让她拜在你那边吧。"

慕玉亦是大名在外，司马妙元喜得磕头拜谢。

殿门外、石级底下、大道两旁站着数千名弟子，无数目光朝这上面望来，那种感觉让重紫有点晕眩，好像站得很高很高，从来没有站这么高过。

毫无预料的，甚至连他的身份都没确定，却依然心甘情愿接受这样的安排，成为他的徒弟。

心头恍惚着，不安着，更有种淡淡的羞涩与莫名的喜悦。

刚走下第一层台阶，前面的人忽然停住。

重紫本就小心翼翼步步谨慎，见状也及时停了下来。

他站在她前面，洁白衣衫随风颤动，可以挡住一切风雨，撑起一片天地。

不走了吗？重紫正疑惑，却见他侧回身，伸出了一只手。

手指修长如玉，和他的人一样美。

这是……重紫不解地望着他，那张脸依旧无表情，唯有漆黑的眸子里透着难以察觉的暖意。

他再次抬了下手，往前递了些。

重紫终于反应过来，几乎不敢相信。

一直在猜测他的身份，猜想他会不会很严厉，会不会有很多徒弟，要让他注意会不会很难……此刻这些问题都变得不重要了，因为她知道，他一定会对她很好。

重紫受宠若惊，有点害怕弄错，迟疑着，望着他想要确认。

平静的眼波也藏着一丝不安。

当年那个穿着破烂衣服的孩子，怯怯地拉着他的袖角，又慌张地放开。八年时光，他看着她一天天长大，从在他怀里撒娇，到长成亭亭玉立的少女，默默陪伴侍奉他，又那么依赖他。

面前这个孩子真是她？

不记得往事，不记得他这个师父，甚至不记得恨，是该庆幸还是惆怅？倘若她还记得，又将怎样？

她已不再那样依赖他。

洛音凡叹息，正要收回手，一只小手却忽然伸来，将他拉住。

清晰地看到那双眼睛里的失望，重紫情不自禁地、急切地将小手递过去，不知道为什么会着急，不知道为什么会在意，可是她知道，她一定要这么做。

小手紧紧拉住他，凤目含羞，略带歉意。

"师父。"

轻轻一声唤，万年冰雪瞬间瓦解，薄薄的唇边漾开一片温柔，水波般的温柔。

　　逃过魂飞魄散的命运，起名阿紫，送上南华，这一切太不可思议，更像蓄意安排。明知是为他设下的陷阱，明知该怎样选择，他却下不了手。

　　无边法力助她掩饰煞气，干扰天机，瞒过行玄。仙门面前，苍生面前，就算是他头一次任性与自私，只为那十二年的内疚。

　　他不会再安于天命，不会再伤害她。

　　洛音凡缓缓抽出手指，反握住那小手，牵着她一步一步稳稳地走下石级。

　　日影温馨醉人。

　　道旁众弟子发呆，所有人都察觉到今日的重华尊者与往日不一样。

　　足以令万物复苏的生机，淡漠，却不再冷，犹如春之神带着司花灵童，走到哪里哪里便春花满地。

　　回来了，回来就好。

　　是阴谋，他认了；是孽障，他也认了。

第三章·弃剑

峰上遍生紫竹，白云铺地，幽静而近于冷清。古旧的大门上悬着一块匾，上书"重华宫"三字。

一直不敢相信心底的猜测，直到此刻他的身份才真正确定，重紫喜悦，悄悄看了眼拉着自己的那只手。

走进宫门，迎面便是一带清流，冒着丝丝寒气，石板铺成桥，几乎与水面平齐，石阶直通正殿，廊柱古朴庄严。

奇怪的是殿门上方竟然钉着一柄剑，剑身完全没入石梁，只留剑柄在外，宝石在夕阳映照下，折射着美丽的光华。

重紫疑惑，却没有多问。

洛音凡也不上殿，拉着她走到左边第三间房门前停下："这是你的房间，今后就住在这里吧。"

"是。"

"为师平日都在殿上。"

"弟子记住了。"

洛音凡不再说什么，松开那小手，转身朝大殿走了几步，忽然又停住，回身道："一个时辰后进殿来。"

重紫忙恭恭敬敬应下，显然没有跟来的意思。

曾经的熟悉变为陌生，面前的女孩，早已不是当年闯祸调皮惹他注意只为了进殿陪他的小徒弟。

洛音凡不语，消失在殿门内。

简单的房间，一张床，被褥朴素，案上摆着少量的东西——红木梳，翠玉鸟，还有四五只小玉瓶，不知道装着什么。

　　这里有人住过？重紫惊疑，也没去深想，默默坐到床上。

　　方才师父脸上一闪而逝的神情，她看得清楚，那是失望，可自己似乎并无太多失礼之处，究竟哪里让他失望？

　　罢了，还是先准备准备，好好用功学习才是。

　　作为重华尊者唯一的弟子，重紫多少有点骄傲，只是这样一来，背负的压力就更大了。自己的一言一行，自己的能力，都关系着重华宫的颜面和声誉。当晚洛音凡教过吐纳之法，重紫不敢懒惰，认真修习，整整用了五日才掌握要领，勉强能靠自己摄取天地灵气。身边没有可比较的师兄弟姐妹，很难看出到底学得怎样，不安之下言语试探，洛音凡只说很好，重紫这才放了心。

　　重华宫的生活很自由，洛音凡通常都在殿内处理事务，重紫每天早起按礼节过去问安，然后下去做功课。开始她还担心这里规矩严格，不敢多说不敢多走，要去哪里总要先在殿外问过他。就这样过了一个月，她才渐渐发现，这位大名鼎鼎的师父看着不易接近，实际上比掌教他们都随便，对自己更加温和，虽无太多鼓励，却从不曾责备，言行方面更未有任何限制。

　　这日早起，重紫照常到殿外问过安，见没有新的功课，于是大胆请求道："弟子来南华多日，还不曾认识师叔和师兄师姐们，如今想过去跟掌教仙尊他们问个好，不知师父有无吩咐？"

　　半响，殿内传来淡淡的声音："去吧。"

　　早料到他会答应，重紫喜悦，先去主峰见虞度，正好闵云中和慕玉也在，一并问候过。虞度素来温和，闵云中虽不苟言笑，但见她言语有礼，脸色也不错，难得还问了几句进境如何之类的话。

　　天机尊者行玄出门访友去了，重紫向天机峰几位大弟子问过好，最后才走到玉晨峰下，可巧遇上秦珂外出回来。

　　看见她，秦珂站住。

　　本能地崇拜优秀者，加上救命之恩，重紫一直想来见他，于是腼腆地上前行礼："秦师兄好。"

　　秦珂目光复杂，看了她两眼，道："尊者想必待你不错。"

　　重紫只当是关心，照实回答："师父待我很好。"

　　秦珂不再说什么了。

见他态度冷淡,重紫莫名,忽然听见半空中传来呼声,抬脸看,只见一名少女御剑而来,十三四岁,长相美丽,正是司马妙元。

"世子!"

秦珂淡淡道:"这里并没有什么世子。"

"一时高兴,忘了。"司马妙元微嗔,再看着旁边的重紫,皮笑肉不笑,"原来重紫师妹也在。"

发现那目光里的恨意,重紫有点吃惊,自己对她的印象仅仅止于当日大殿上那一幕,同为新弟子,可自己并未开罪她,怎会招致敌意?

是了,这么多人,唯独自己因祸得福成了重华尊者的徒弟,难免有不服气的。

想明白缘故,重紫不动声色地行礼:"见过师姐。"

司马妙元装没听见,转向秦珂:"师兄去了哪里?叫我好找。"

秦珂不答反问:"慕师叔呢?"

"师父被师祖叫去掌教那边了,大约有事商议。"司马妙元敷衍两句,又指指身旁的剑微笑,"我刚学御剑术,有些生呢,师父没空,因此想过来请师兄指点指点。"

秦珂皱了下眉,点头:"随我来。"

原来是首座慕玉的徒弟,重紫暗忖,听说慕玉新收了一名弟子,乃是九公主司马妙元,莫非就是她?

见秦珂要走,她忙叫道:"秦师兄!"

"有事?"

"重紫特地来谢师兄,剑穗的事……"

"同门之间,不必客气。"

目送二人离去,重紫怅然。她早已发现,不只秦珂,这一路上许多人看自己的眼光都很古怪,那不光是羡慕,还带了点抵触,好像自己是个偷东西的贼一样。

疑惑多,打击更大。

不比不知道,一比吓一跳。同时入门,司马妙元这么快就学会了御剑术,而自己明明已经很用功,想不到差了这么多,师父就是看出自己天资有限,所以才会失望吧?

"出了什么事,一个人站在这里?"有人轻轻拍她的肩。

声音年轻温和,偏又带着长辈似的关切,重紫抬脸,看清来人之后连忙作礼:"首座师叔好。"

慕玉微笑:"看见妙元了吗?"

重紫斟酌道:"方才好像与秦师兄上去了。"

慕玉点头："仔细跟着尊者，不用理会别的。"

他知道什么？重紫欲言又止，低声答应，快步朝紫竹峰走。

洛音凡坐在案前，并没看书信，不知道在想什么。

重紫倚着殿门出神。资质不算好，却能拜这么完美这么厉害的人当师父，唯一的解释就是运气好吧。每次查考功课时，他总说"很好"，原来只是安慰而已。

洛音凡早已发现她："回来了？"

重紫尴尬："弟子早回来了，只是……不便打扰师父。"

殿外已多年不曾设结界，却始终无人闯进来，洛音凡抬手："进来吧。"

知道他有事吩咐，重紫连忙走进去，立于案旁。

洛音凡道："为师要闭关一个月，你只照常修习灵力，无事不要乱走。"

师父都这么厉害了，还要闭关修炼？重紫更加敬服，也有点失望，想了想道："师父可否多留些功课与我？"

洛音凡示意她说。

重紫吞吞吐吐道："其实师父不必顾虑，弟子虽生得愚笨，但并不怕吃苦，也不怕责骂，只怕到头来一事无成，叫人笑话。"

洛音凡看着她半晌，道："有为师在，这些学不学都没什么要紧。"

重紫愣了下，明白之后脸上心上同时一热，怪不得师父一直不对自己多作要求，原来竟是这意思，他有能力保护徒弟。

"师父待弟子好，弟子明白，可是……"重紫咬了咬唇，斟酌许久才小声道，"可是，师父总不能护我一辈子啊。"

说者无心，听者有意。

她有足够的理由不再相信他，因为发生过的事，连他自己都不相信自己。世事难料，仙门魔族争战无休，或许真的需要把所有可能性都考虑进去。

"急于求成，到头来只会一事无成。"洛音凡微微侧脸，一册书自动飞入重紫手上，"你肯用功也好。此书前两卷虽无甚出奇，却能助你打好根基，为师不在的这个月，你先试着参悟，但以修习灵力为重。"

重紫欢喜地捧着书回房去了。

其实重紫心里想的是另一回事，她喜欢听师父这么说，喜欢这样的维护与纵容，然而她也明白，事情没那么简单。身为重华尊者的徒弟，真那么无用，只会令他脸上无光，所谓"名师出高徒"，他在仙门的地位，决定了她必须与他一样出色，否则就算他不介意，她自己也会介意。正因为他的爱护，她就更应该懂事。

自洛音凡闭关，重紫便规规矩矩照书上修习，当然她偶尔也会趁练功的空隙去虞度和其余两位仙尊处问安，再去几位师叔师兄处走走。彼此渐渐熟悉起来，其中以首座师叔慕玉最随和，修行时有不懂的尽可以问他，至于秦珂，待她仍是冷冷淡淡。

重紫隐约看出是师父的缘故，不免委屈，也很奇怪。师父那样的人，虽谈不上温和，却从不轻易责罚弟子，性情宽厚，上下无不敬服，相比之下闵云中与虞度待弟子就严厉得多，为何秦珂偏偏对他不满，究竟发生过什么事？

疑惑归疑惑，她也不敢贸然多问。

众人既然这么忌讳，事情一定不小。

司马妙元的御剑术已经很好了，重紫察觉她不怀好意，每次都紧跟慕玉虞度等人，让她动不得手，同时也将她当作追赶的目标，暗暗较劲。自打知道自己天资有限，重紫几乎是没日没夜刻苦修习，连觉也不睡，一个月下来竟清减了许多。

洛音凡出关后查考功课，也没说什么，只吩咐她不可过于急进。三个月后，才开始传授她向往已久的御剑术。

所谓勤能补拙，重紫苦练三日，终于能勉强御剑来去了。

云走烟飞，在十二峰之间飘荡。

重紫小心翼翼围着玉晨峰转了几圈，果然如愿见到白衣青年自云中归来，足下蓝光一缕，遂高兴地迎上去："秦师兄！"

秦珂早已看见她，难得停下来问了句："学御剑了？"

重紫羞涩地点头。

秦珂随口勉励两句就要走，哪知转身之际，忽然瞥见她足下短杖，目光刹那间冷了下来："尊者给你的？"

重紫心知不对，解释道："师父所赐，名叫星璨。"

秦珂面色极其难看，半晌，一声冷笑："好个尊者，徒弟收起来容易，自然不必放在眼里，法器又算什么？"说完丢开她，径直走了。

重紫呆若木鸡。

选法器时，师父出乎意料没赐剑，而是给了这支短杖。说也奇怪，星璨看着小巧美丽，用起来也特别方便，更有种亲切感，好像天生就适合自己，只是不知为何会惹得秦师兄动怒。

好心情消失得无影无踪，重紫默默转身，打算回去。

迎面，司马妙元御剑而来。

司马妙元天资非凡，修行进展神速，慕玉赞赏不说，连虞度与闵云中也时常夸奖，对她不似先前严厉。原本在皇宫受宠，如今又出风头，更助长了她几分傲气。众弟子有受不了她的气焰的，都找借口避着她，当然也免不了有那么一帮人跟随她嚣张跋扈。

女孩子之间的比较，未必满足于术法。

那一日大殿上，重紫已经露脸，引得同龄男孩子们私下谈论，加上她行事低调，礼数周全，虽然是洛音凡的徒弟，却并不拿身份压人，因此纵然天资差些，在新弟子里反而比司马妙元受欢迎。

见她自秦珂处来，司马妙元神色便不太好，假笑道："重紫师妹也会御剑了，哟，那是什么，手杖？"

"师父所赐，名为星璨。"重紫不动声色作礼，有能耐你就损我师父吧。

司马妙元果然转换话题："师妹的御剑术不错呢。"

重紫看她稳稳立于剑上，再看自己颤悠悠的模样，苦笑："重紫愚笨，勉强能走而已，让师姐笑话。"

"你也太谦虚了，"司马妙元目光闪动，"重华尊者的高徒，我们哪里比得上？"

听出不对，重紫忙道："有事先走一步，改日再找师姐说话。"说完催动星璨飞快朝主峰奔去。

司马妙元哪里肯放过她，屈指弹出。

重紫本已暗中防备，听到风声当即躲避，可惜这御剑之术她才学了三日，尚不能控制自如，情急之下虽躲开暗算，身体却失去平衡，自星璨上翻了下去。

司马妙元大喊："师妹！"

知道她装模作样，重紫咬牙，倒并不怎么害怕。初学御剑术难免有意外，因此洛音凡特地给了她一道护身咒，何况星璨是通灵之物，见主人有难已经飞来相救。

护身咒未及作用，星璨也未赶到，有人先一步接住了她。

"太过分了！"那是个三十几岁的女人，体态丰腴，容貌尚可，穿衣裳的品位实在不怎么样，花花绿绿的，不过眉眼看起来很亲切。

星璨飞到身旁，委屈地打转，主人的能力与从前相比差距实在太大了。

重紫连忙道谢，站回星璨上，踩了踩它表示安慰。

女人高声喊："司马妙元！"

"燕真珠？"司马妙元不动，站在那里微笑，"你叫我什么？"

燕真珠愣了下，忍怒叫了声"师叔"，又道："同门之间原该和和气气的，怎能欺负师妹？"

司马妙元道："这话奇怪，你看见谁欺负她了？"

"分明是你出手暗算，还不承认！"燕真珠圆睁了眼，"你才来几天！若非看在首座面上，我……"

司马妙元冷哼："你又如何？"

重紫已经看出燕真珠的身份，知道她比自己还矮了一辈，争执起来必定吃亏，忙过去劝阻。

正闹成一团，忽然有人斥道："吵吵闹闹，成何体统？"

三人同时转脸，只见一名年轻女子立于云中，穿着素雅的天蓝色衣衫，体态玲珑有致，容貌极美，神情冷冷淡淡，似乎不太喜欢与人说话。

呵斥的语气足见其身份特殊，重紫立即恭敬地垂首，司马妙元亦疑惑。

旁边正好有几名女弟子路过，都认得她，忙停下来作礼赔笑："闻师叔几时出关了？"

那姓闻的女子看看众人，视线落定在燕真珠身上。

燕真珠大不乐意，勉强作礼："闻师叔祖。"

重紫立刻明白了她的辈分，跟着作礼，口称师叔，心里暗笑，尊师敬长是南华的优良传统，司马妙元才用"师叔"的身份压人，如今就来了个"师叔祖"。

"何事吵闹？"

"回师叔，方才……"不待燕真珠开口，司马妙元抢先将事情说了一遍，"妙元相救不及，反叫小辈说欺负师妹，这是什么道理？"

那女子皱了下眉："我在问你吗？"

司马妙元涨红脸，忍住没有发作："师叔教训的是，妙元心里委屈，所以性急了些。"

女子转向重紫："谁的弟子？"

重紫上前回道："重华宫弟子重紫，见过师叔。"

女子闻言竟面色大变，怔怔道："你叫什么？"

重紫只得再重复一遍，同时心中一动，难道秦珂等人对自己态度古怪，原因就是这个名字？师父忽然赐名，的确有点儿说不过去。

"你便是重华尊者新收的弟子？"

"是。"

女子喃喃道："重紫，难怪……"难怪一出关就听说重华尊者收了徒弟，却无人提及那新弟子的名字。

见她待重紫不同，司马妙元再难忍耐，冷冷道："重华尊者的徒弟，师叔想必是要给些面子，妙元无话可说，告退。"

女子恢复镇定，淡淡道："她身上有仙咒，必是尊者所留，你是否冤枉，尊者自会明白，何须我给面子？"

司马妙元当即白了脸。

"清净之地，不得吵闹。"女子丢下两句话，御剑离去。

重紫回到重华宫，见洛音凡站在四海水畔，忙走过去："师父，我回来了。"

洛音凡应了一声。

身旁水烟飘散，地上白云游走，高高在上的师父看起来多了几分亲切。自从发现他不似表面冷漠，明白那些纵容与迁就，重紫心中的敬畏就少了许多，顺着他方才的视线望去，大胆问道："那是……师父的剑？"

洛音凡点头。

神剑！重紫眨眨凤眼："我知道，它叫墨峰！"

洛音凡摇头："它叫逐波。"

逐波？重紫赧然："我听他们说，师父的剑叫墨峰。"

"是。"

"那逐波……"

"不用了。"

原来师父换过法器！重紫仰脸望着那柄美丽的剑，暗自惋惜，迟疑道："师父不是说，法器选定之后不能随意更换，否则必受诅咒，限制术法施展吗？师父为何要舍弃它，它不如墨峰好使吗？"

洛音凡低头看着她，许久，轻声道："因为师父做错了一件事。"

因为不相信她根本不可能成魔，纵然魔剑在手，她宁肯死在他剑下，也没有成魔。可以弥补吧，她回来了，就在他身边。

他握住那小手，缓缓蹲下身，看着她的眼睛："别再让师父用它，记住了？"

不自信的，想要得到确认。谁也想不到，这样的话是出自他口中，而对象竟是自己的徒弟。

重紫蒙了。

师父的事迹她听了不知多少，封印神凤，斩三尸王，修补真君炉，守护通天门之战，甚至只身入魔界，无一不是惊天动地。在她心里，师父就是完美的，术法、容貌、魄力、智谋，独一无二，四方敬仰，又怎会做错事？什么样的错，可以让他内疚至此？

黑眸深邃，掩藏着一丝彻骨的悲伤，牵动她的心也跟着疼起来。

急切地想要安慰，重紫点头不止。

他似乎松了口气的样子，看着她瘦得可怜的小脸，唇角弯了下，带着几丝心疼："夜里还在练功？听师父的话，不可心急。"

重紫发呆，哪里听得到他的话。

清冷到难以接近的无情无欲的神仙，本是不会笑的吧？可他确确实实笑了。

这个微笑，她好像见过。

在与司马妙元的较量中，重紫再次看到了差距，只怪自己技不如人，因此并未跟洛音凡提起。谁知两日后再去主峰时，发现上下弟子态度大为转变，有客气的，有恭敬的，有亲切的，也有疏远冷淡的，再然后就是虞度亲自问她有没有受伤，她这才得知司马妙元受了罚。

　　虞度对她依旧亲切，连闵云中那么严厉的人也没表露不满，显然都不觉得意外。

　　尴尬之下，重紫不是没有一点儿骄傲，然而她明白，仙门与魔族长年征战，极其看重术法，对司马妙元那样天赋超群的弟子，虞度他们表面严厉，其实是很维护的。若是寻常弟子受了欺负，只会选择忍气吞声，真闹大了，顶多责骂几句了事。自己之所以获得公道，完全是由于师父的庇护，可是这样难免让人误会，尤其是慕玉和秦珂。

　　重紫向来很敬服首座师叔慕玉，为人亲切，上下一视同仁，深受弟子们拥护，如今害得他的徒弟受罚，重紫很不安，直到慕玉微笑着走过她身旁，像往常那样拍了下她的肩，她才放了心。

　　秦珂在游廊转角处与人说话。

　　"昆仑玉虚掌教的寿礼已备好，掌教让你下个月送去。"

　　"知道了。"

　　"青华宫卓少宫主也会去，家师的意思，你若能与他同行，彼此照应更好。"

　　秦珂答应了一声，问："卓师兄几时过来？"

　　"他其实并未答应要来，家师的意思你该明白，他老人家想让你亲自开个口。"

　　重紫在旁边看得惊讶，与秦珂说话的那位美貌女子正是前日遇见的姓闻的师叔，只不过他二人之间的气氛有点奇怪。秦珂在这位闻师叔面前，明显比平日温和许多，反观这位闻师叔，依旧冷冷淡淡，似乎任何事都与她无关。

　　事情交代完毕，那姓闻的女子转身就走。

　　秦珂忽然叫住她："那件事，是你告诉卓师兄的？"

　　女子停住脚步，并不回头："他难道不该知道，要被蒙一辈子不成？我素来不是什么大方人，恶事自己做，却不喜欢被别人借了名头去。"

　　"我不是那意思，"秦珂沉默片刻，道，"他原本过得很好。"

　　"与我何干？"女子冷冷丢下这句，走了。

　　回身看见重紫，秦珂皱了下眉，没说什么，径直离去。

　　这到底关自己什么事啊？哪里惹着他了？重紫委屈不已，垂头丧气回紫竹峰，却见紫竹峰外一名女子御剑立于云中。

第四章·师父的重儿

重紫认出那女人，因感激她前日出手相救，主动过去问："你……是来找我师父的吗？"

燕真珠摇头不语。

重紫自言自语："方才我又见到那位闻师叔了，只不知她老人家是谁的门下……"

燕真珠答道："她叫闻灵之，是闵仙尊的亲传弟子，二十九岁便修得仙骨。"

早听说南华有朵"雪灵芝"，原来是她，怪不得这么美这么冷！重紫想了想道："她一直这样……不爱说话吗？"

燕真珠闻言笑起来："她啊，以前是南华的一朵花呢，天分又高，极受器重，嚣张得很。闵仙尊原盼着她大有作为，谁知后来她忽然折断了随身佩剑，险些把闵仙尊气死，再然后就变成这样了。"

"她为什么要断剑？"重紫吃惊，仙门中人谁不知道法器的重要性，更难逃过法器的诅咒，亲手断剑，当真可惜。

"谁知道，大约是……"说起这事，燕真珠也觉得不可思议，好在她向来不爱自寻烦恼，只哼了声，"我看她如今还顺眼些。"

这燕真珠当真是个直性子。重紫暗忖，放弃最重要的东西，可见那位闻师叔决心之大。南华上下人人都有自己的故事吧，有多少自己不知道的呢，包括师父……

燕真珠看着她手上的星璨，半晌，叹了口气："实在不像，不知尊者怎么想的！"

重紫敏感："什么？"

燕真珠回避这问题："尊者待你很好。"

重紫低声道："你们都不喜欢我，是因为这个？"

燕真珠摸摸她的脑袋："哪有？快回去吧。"

重紫轻轻扯她的袖子："真珠。"

燕真珠愣了下，笑道："我虽比你低一辈，不过年纪比你大多了，你愿意的话，私底下可以叫我姐姐。"

重紫原就有心想接近她，闻言喜悦："真珠姐姐，我新来，不知道发生过什么事，也不懂规矩，求姐姐教我。"

"你想知道什么？"

"你们都不想看到我？"

"我没有。"

"我是说……秦师兄他们。"

"秦珂？你去找他了？"

重紫支吾："我只是……秦师兄很厉害不是吗？而且去人间做了许多大事，大家都很尊敬他。"

"他确实不错。"燕真珠摇头，"他不是讨厌你，这里头有缘故。"

"什么缘故？"

"因为你叫重紫。"

重紫更加莫名。

燕真珠轻声道："你前面其实有个师姐。"

师姐？重紫真的傻了，原来自己并不是师父唯一的徒弟，怎么没听师父提过？

"那她人呢？"

"她啊，不在了。"

答案是预料中的，怪不得师父那么伤心，重紫难过起来："她……很好吗？"

"很好，很招人喜欢。"

"厉害吗？"

"一点儿也不，她没学多少术法。"

是了，师父说不学术法也不要紧，重紫捏紧手指："她是死在魔族手上？"

燕真珠摇头。

"那……"

"尊者亲手处置，"燕真珠淡淡道，"她早已被逐出师门。"

"亲手处置"的意思是什么不难理解，究竟犯了什么样的罪，才会被逐出师门？肯定是欺师灭祖，十恶不赦。

师父说，他做错了一件事。

重紫煞白了脸，真正令她震惊的，是燕真珠最后那句话——"她叫重紫。"

秦珂的冷淡，所有人古怪的眼光，还有他的爱护与纵容，忽然间所有事情都得到了合理的解释。

逐波剑依旧钉在石梁上，纹丝不动。

重紫默默坐在四海水畔。

看得出来，那位师姐很受师父喜欢，尽管她犯了不可饶恕的大罪，尽管她已被逐出师门，可师父还是惦记着她。他亲自动手的时候，心里一定是气得不得了，也痛得不得了吧？

对于那位没见过面的师姐，重紫的态度已经由可怜变作讨厌了。

师父那么喜欢她，对她那么好，甚至可以把这种好延续到自己身上，她却让他失望，让他难过，甚至害得他抛弃了佩剑！

再多的伤感，再多的气愤，也比不上失望来得多。

喜欢自己的，是因为把自己当成了别人；讨厌自己的，也是因为把自己当成了别人。法器、名字，自己在师父那儿获得的一切，都是那位师姐的，也难怪会被人当作小偷一样讨厌。

本该属于她的所有，爱与恨，喜欢与厌恶，全部落到了自己身上，让自己来承受。

师父一直宠溺爱护着的，原来不是自己。

重紫垂首看着星璨，喃喃道："这也是她的吗？"

洛音凡白天其实出去了一趟，回到重华宫时，天已经黑了，下意识检查小徒弟的行踪，得到的结果却令他骤然变色——宫里宫外，全无小徒弟的生气！连在她身上留的仙咒也毫无回应，她似乎凭空消失了。

神气不在，对一个人来说意味着什么，洛音凡很清楚，顿时慌了神。

他竟如此疏忽，让她再次出事！要是她真的……

紫竹峰处处设置结界，照理说不会有问题。

洛音凡自我安慰，亲自将重华宫每个房间都找了一遍，依旧无所获，心渐渐沉了下去。

照她现在的性子，不可能私自溜出南华，仙咒为何会失效？

难道虞度他们已经……

不可能！他用毕生法力替她掩盖煞气，除非有比他法力更高的人，否则绝不可能察觉。

漫山翠竹动荡，看不出下面掩盖着什么。

找遍整座山头，洛音凡再难维持素日的冷静，终于还是决定去主峰看看，谁知他刚御剑而起，仙咒就有了反应。

山后竹林里，一丝生气若隐若现。

暮岚满林间，女孩盘膝坐在地上，双目紧闭，旁边狻猊趴着打呼噜。

原来重紫自从听说师姐的事，越想越不是滋味，回到房间就拼命钻研师父给的书，决心要比那位师姐出色，无意中看到"死灵术"，揣摩练习半日，不知效果如何，索性跑来找狻猊帮忙，不料这狻猊见她资质比以前那位差太远，懒得陪练，只管睡觉，气得她一个人练到天黑。

"重儿！"声音熟悉，中间那一丝焦急又让她觉得陌生。

重儿？师父这是在叫她？

几乎是睁眼的同时，一双手将她从地上拉起来。

双眉紧锁，黑眸里满含担忧之色，上下审视她。眼前的人，再不是初见时那个淡然的神仙，只是个担心徒弟出事的师父而已。

重紫愣愣地望着他。

那双眼睛，那些担忧，她好像见过。

"这么晚了，怎能乱跑？"急怒之下的责备，听在耳朵里却一点儿也不觉得难受，他迅速倾身下来，似要将她搂入怀里。

原来师父这么担心她！重紫回神，喜悦如潮水般涌上来，不由自主伸臂回应。

那双手并没有如愿抱住她，而是及时停在了半空。

气氛由紧张变作尴尬。

须臾，师徒二人同时转脸，却见旁边的狻猊不知何时已醒来，依旧趴在地上，圆瞪着两眼——在紫竹峰住了这么久，想不到主人还有这副神情呢。

"是阿紫的错，让师父担心。"小手轻轻拉他。

死灵术，乃是借地势与环境隐藏真神与生气，难怪仙咒察觉不到。确定她没事，洛音凡暗暗苦笑，不动声色地缩回手，直起身："天黑，不要随意外出。"

所有喜悦瞬间退去，重紫垂首"哦"了声。

他担心的，其实不是她吧，她并不是什么重儿，只是阿紫。

大约是看出她的决心，洛音凡教习术法时仔细许多，重紫越发敬服，果然师父指点一句，强过自己苦练好几天，难怪人人都想做他的徒弟。自此听得更加认真，加上本身刻苦，三日后御剑术竟大有长进，虽不算上乘，但来去自如也不成问题了。

都知道重华尊者最护徒弟，南华上下再无人敢轻慢重紫，背后言语的自然也少不了。

这日清晨，她御剑去小峰找燕真珠说话，半路上又遇到司马妙元。

因为受了责罚，司马妙元既妒且恨，冷笑道："长得美吗？我看也没什么出奇，和那年我们宫里的狐狸精真有些像。"

这话过于恶毒，甚至有失公主身份，重紫当然不去理会——我没听见，我没看见，我就当你是空气。

见没有回应，司马妙元提高声音："你以为尊者是为了你？"

这句话正好戳中重紫的心事，重紫当即停住，转身冷冷地看着她。

司马妙元只当气着了她，大为畅快："你还不明白？尊者早就有徒弟了，她才叫重紫，星璨就是她用过的法器。"

"你当尊者真会在乎你？"

"名字和法器，这些原本都是她的，你算什么……"

司马妙元忽然说不下去了，目瞪口呆望着她。

凤眼微眯，重紫嫣然一笑。

只听她用那轻松又愉快的语气，慢吞吞道："我原本不算什么，可惜她不在了，现在的重紫就是我，她的就是我的，师父也只有我了。"

烟里水声，云中山色，摩云峰景色其实很好，山头长满墨松古柏，整齐有序，别有种庄严的美，只不过由于闵云中执掌刑罚，无端多了几分肃杀之气。摩云洞外有两株千年老藤，结满了奇异的蓝色果子，重紫原以为是药，后来偶然问过一次，才知道是刑罚用的，吓了一大跳。

燕真珠不在，重紫心情还是好得很，顺便来摩云峰问安，想到方才司马妙元的脸色，简直就像开了个大染坊，禁不住笑出声。

被宠上天的公主，斗嘴难免吃亏。

其实冷静下来想，重紫有点为方才的行为后悔，往常爹爹说过，宁得罪君子，不可开罪小人。从前日司马妙元暗算自己的手段来讲，在这种小事上跟她计较，实在不智，必成将来隐患，引出麻烦。

不过她到底才十二岁，孩子心性，仍觉得痛快很多。

刚走到摩云洞外，迎面就有个男人走出来，不过三十岁，身材高大，衣冠华美，手里握着柄白色折扇，比起秦珂的冷清素净，另有一番气质。长相也罢了，但他那两道剑眉英气逼人，而那步伐，那神态，三分慵懒，七分昂扬，完全当得起"风流倜觉"四字。

重紫连忙低头退至路旁。

男人并没留意，大步自她身旁走过，须臾，闵云中亦走出洞来，满面怒色喝道："混账小子！"

"秦师兄想必久等了，我先去他那边走走。"男人停住，含笑合拢扇子，侧回身漫不经心行了个礼，"晚辈失陪，仙尊留步。"

说完他竟扬长而去。

这人是谁？胆敢对闵仙尊无礼！重紫吃惊，再看闵云中，手里紧紧握着浮屠节，面上却难得带了几分无奈之色。

闵云中也已看见她，语气缓和下来："你师父呢，又出去了？"

重紫忙上前问好，回道："师父在的，没有出去。"

闵云中点头勉励两句，便让她回去："勤奋些，不可让你师父失望。"

方才在摩云峰放肆的男人此刻居然站在紫竹峰前，手握折扇，面朝悬崖，只能望其背影，不知他是在看风景，还是在沉思。

重紫奇怪，不禁停住多看他几眼。

发现动静，男人侧回身，目光登时一亮，扬眉笑起来，招手叫她："南华几时来了个这么美貌的小师妹？我竟不知道。"

南华人人都认得自己，可见他并非南华弟子。重紫只觉那笑容过于亲切，又听他赞自己漂亮，小脸一红，上前作礼："不知师兄仙号，如何称呼？"

男人俯身凑近她，拿扇面挡住二人的脸："我啊，我姓卓，你可以叫我卓师兄。"

方才他说要找秦珂，莫不就是前日闻灵之提过的那位青华少宫主？重紫将前后事情一联系，再瞟瞟他手中扇子，越发确定。心道这少宫主举止随便，言语间更有逗弄的意思，可知是个玩世不恭之人，于是含笑道："原来是卓少宫主。"

男人愣了下，奇道："好聪明的小师妹，你怎知道我是谁？"

重紫抿嘴，指着扇面上的字："青华宫，原不难猜。"

男人连连点头，拉起她的小手："南华甚是无趣，不如你陪师兄出去走走，好不好？"

不将闵仙尊放在眼里也就罢了，当着自己的面说南华无趣，未免失礼，重紫有点没好气，飞快缩回手："有道是玩物丧志，南华弟子守护苍生，勤奋修行，时刻不敢懒怠，是以南华山乃清修之地，原非寻乐之处，卓师兄怎连这道理也不明白？"

被个小女孩教训，男人大感意外，忍笑道："有道理，小师妹好厉害！"

重紫瞪他，转身要走。

男人合拢折扇，拉住她仔细打量，笑意更浓："我猜你是新弟子，对不对？乖乖地叫我声师兄，再陪我走走，今后保你在南华不吃亏。"

哈，我还用你关照？重紫暗笑，也不说穿："你又不是南华的人！"

"我虽不是南华的人，却有朋友在南华。"男人拿折扇戳戳自己的下巴，"秦珂你认得吧！我可以叫他照看你，有他在，谁还敢欺负你。"

秦师兄？重紫心里一动："你和秦师兄很熟吗？"

男人道："当然。"

重紫迟疑："那你能不能跟他说声，我……"

话还没说完，头顶忽有蓝光闪过，二人同时抬脸看，正是秦珂御剑而来。

见到重紫，秦珂不出所料冷了脸。

重紫心里委屈，低低地叫了声"师兄"。

秦珂点点头表示回应，接着便转向那男人，皱眉道："听闵仙尊说你走了，果然在这儿。"

"听他唠叨，不如陪小师妹说话，"男人若无其事，温柔地拉着重紫问，"小师妹叫什么名字？拜在哪位仙长座下？我下回再来找你……"

不待重紫回答，秦珂打断他："织姬来了。"

男人愣了。

秦珂不急不缓道："她如今四处乱找，刚才将我那玉晨峰翻了个遍，现下又去了摩云峰，或许很快也会来这边。看在两派交情，我特地来与你说声。卓师兄上紫竹峰藏着也好，想她必是不敢闯的，我要回去了。"

男人似乎对那织姬颇为头疼，闻言丢开重紫："走吧，我正要去找你。"

送走二人，重紫垂头丧气回重华宫，禀过洛音凡，然后下去修习蝉蜕术。话说这蝉蜕术与分身术大同小异，分身术主要靠演化幻体，蝉蜕术则是让元神自肉身分离出去。大约是心神不定的缘故，重紫反复数次仍未能成功，到最后烦躁起来，竟忘记洛音凡的警告，不管不顾地让元神冲出肉体。

这回当真成功了。

元神自肉身分离，重紫只觉浑身轻飘飘的，兴冲冲地出门到处转。

夜半，月凉如水，大殿内珠光已灭。

往常碍于礼节，不敢多打扰，重紫对师父的日常起居几乎一无所知，此刻元神出窍，心道他不会发现，不由得生出几分玩性。她悄悄来到洛音凡房间外，运起穿墙术，先探了个脑袋进去，左望望，右望望。

对现在的重紫来说，夜中视物早已不是问题，整个房间一览无余。

靠墙的木榻上，洛音凡安然而卧，白衣醒目。

师父是穿着衣裳睡觉的啊，重紫红着脸吐了吐舌头，暗自庆幸，又咬住唇，忍住笑，将整个身体挤进墙，悄悄飘至榻前。因见几缕长发自榻上垂落，拖到地面，忙矮身跪下，伸出双手替他收拾。

黑发触手顺滑，竟带得心里一动。

重紫抬眸，看榻上睡颜。

薄唇微抿，双眸微闭，双眉微锁，脸色略显苍白，纵然睡着了，那淡淡的柔和的气质，仍是让人情不自禁想要膜拜。

发丝自指间滑落，重紫托腮。

仅凭这张脸，世间就再无人比得上了吧? 为何总会令她生出错觉? 难道真的见过?

洛音凡早已察觉有人进了房间，加上神气太熟悉，立时便知是她，心底诧异无比。若说前世的小徒弟做出这事，他并不奇怪，只不过如今的她规规矩矩，平日里连大殿都很少进去，这回深更半夜潜入自己的房间，已经属于很大胆的举动了。

她这是要做什么?

元神出体，寻常人自然看不见，但洛音凡是什么修为，就算闭着眼，她的一举一动也了如指掌。

早知这孩子要强，这么快就能让元神离体了。

洛音凡暗暗叹息，也有点儿尴尬。虽说今世的她年纪尚小，并不懂得什么，可女弟子半夜潜入师父寝处，始终逾礼，何况前世……洛音凡开始庆幸自己平日睡觉就是入定，并不曾脱衣裳。

待要开口训斥，好像不是时候。

小徒弟矮身跪在地上，开始替他整理头发，接着竟然发起呆来。

凤眼迷离，只顾瞧着他出神。

那视线久久停留在他脸上，并无半点儿要离开的意思，洛音凡定力再好，终于也开始不淡定了，脸上逐渐有了一丝热度。

无奈之下，他轻咳了声。

师父醒了! 重紫吓得三魂七魄全部归位，双手将嘴巴连同鼻子一起捂住，半晌见无动静，才拍拍胸脯，将憋着的一口气吐出来，轻轻喘息。

经此一吓，她仍未打算离开，而是伸手取过枕边那支墨玉长簪，悄悄地放至案上。

明早师父起床，会不会发现? 他只会以为是自己放错了吧?

妩媚的凤眼眨了眨，得意地眯起。

这点小动作，真以为能瞒过他？瞬间，洛音凡好气又好笑，只觉当年那顽皮的小徒弟又回来了，不禁睁开眼，略带责备："重儿！"

师父果然厉害，被发现了！重紫做贼心虚，想要溜走。

瞬间还魂，原本只需一个仙咒，可是情急之下，元神竟再难回归本体。

惨了，竟然回不去！

发现出了问题，重紫傻眼了。

一看便知她是不听警告，急于求进，强行剥离元神，才导致这样的后果。洛音凡翻身坐起，既无奈又生气，披散着头发教训道："你这般胡来，只会大伤元气，倘若为师不在，肉身出事，你将如何归位？"

重紫差点儿哭出来，往榻前跪下："师父……"

未及认错，一只手伸来在她额上重重拍了下，接着神志一恍惚，瞬间人已经回到了房间里，好端端地坐在自己的床上。

真的太轻率了！

头一次顽皮就出事，重紫惊出身冷汗，当然不会再主动过去挨骂，乖乖地蒙着被子睡下。

可惜小孩子就是这样，越纵容，越放肆，洛音凡这次不曾责罚，重紫越发看出师父好说话。第三日早起，洛音凡刚起床，就见送信的灵鹤等在大殿外，见了自己便畏畏缩缩地蹭过来，脑袋几乎垂到了地上，走路姿势非常奇怪。

看清状况，洛音凡失笑。

竟敢擅自拿灵鹤修习移魂术，想必是元神互换，不能归位，小徒弟当真该吃个教训了！

他板起脸："不长记性，就罚你做一天灵鹤。"

重紫欲哭无泪，摇摇细长脖子，跟进殿去围着他转。

洛音凡哪里理她，丢出一封信："去送信。"

真要这副模样去送信？重紫求了半日无果，只得拍拍翅膀，无奈这身体始终不是自己的，勉强飞了半丈高，就因掌握不好平衡跌落下来。

"师父，弟子的肉体现被灵鹤占着，会被它弄出事的！"

话音刚落，殿门外"重紫"忽然走了进来，塌着腰，挺着胸，昂着脖子，一步一抬腿。

重紫羞得简直想找个地缝钻进去。

见她拿长嘴衔自己的衣角，洛音凡也好笑，助她与灵鹤分别归了本体，叹气："你这般性急，万一出事，如何是好？"

听出担心，重紫咬唇笑，半晌道："师父不在，我才不会修它。"

洛音凡摇头，拉她至跟前，语重心长道："重儿，为师教你术法，并非盼着你名扬天下，而是希望为师不在的时候，你能保护自己周全。如今你这般胡来，只会伤到自己，叫为师如何放心？"

重紫沉默许久，低声道："师父，弟子是阿紫，不是重儿。"

"你……"

"我天分不高，师父收我，还对我这么好，是因为以前的重紫吗？"

被她一语点破心结，洛音凡看着面前那双红红的有些失意的眼睛，沉默。

他会这样纵容她，爱护她，不可否认，完全是因为愧对前世的她。赐名、送星璨，他就是把她当作前世的重儿来对待。可是她呢？言行相貌早已变成了另外一个人，根本不记得什么，有时连他自己也怀疑，他守着的这个徒弟，到底是不是当初那可怜的孩子？

这样的补偿，究竟是不是她想要的？因为他的内疚，就要她承受来自前世的一切，对她会不会太不公平？

这些问题，他从未想过。

或许，有些错本来就是弥补不了的。

殿内寂寂无声，旁边灵鹤无故被摆了一局，原本满肚子委屈，想要再讨些公道，此刻察觉气氛凝重，也只好识相地衔起信蹀出殿外，拍拍翅膀飞走了。

终于，洛音凡扶住那小小肩膀："不喜欢，师父便不叫重儿了。"

重紫看他一眼，垂眸："只要师父真的喜欢阿紫，叫什么都是一样的。"

"师父喜欢以前的重儿，也喜欢现在的阿紫。"

"阿紫好，还是重儿好？"

听话懂事的孩子一旦倔起来，比顽皮的孩子更难应付，洛音凡哭笑不得，这如何能比？本就是一个人。

从未见过师父这么为难的模样，重紫心里暗乐，决定先放过。

"师父是把阿紫当成重儿吗？"

"阿紫、重儿，都是师父的好徒弟。"

那个师姐，她才不是什么好徒弟！重紫腹诽。她让师父失望，自己可不会，日子久了，师父总会发现自己的好处。

洛音凡没忘记方才的事："再要乱来，定不轻饶。"

"知道了！"

第五章·初露锋芒

名师出高徒，这句话未必是真理，可在重紫身上却得到了充分的证明。在洛音凡细心教导下，重紫术法突飞猛进，两年后竟小有成就。南华新弟子里，数她与司马妙元风头正盛，不过中间也有区别。

司马妙元出名，是天分高术法强，而重紫的名气更多则是来自容貌。

但现今重紫的术法远非当年能比，较真的话，未必会输给司马妙元，只不过她素来低调，不爱出风头。反倒是年龄渐长，身体容貌上的变化更加明显，关注的目光不出意外地越来越多，凡是来过南华的年轻仙门弟子提到重华尊者，势必都会顺带说上一句，"他老人家座下有个极美貌的徒儿"。

司马妙元虽不忿，可任凭她如何嘲笑挑衅，重紫只是不理，倒也免去许多麻烦。同辈弟子们知道她的为人，偏见渐除，不少人还有献殷勤的意思，唯独秦珂对此视若无睹。

十四岁的重紫也有少女心事，对于外貌上的优势，她原本沾沾自喜，然而自打发现秦珂态度无任何转变，知道他并非以貌取人的那种人，也就灰了心。

最近她更加郁闷，因为洛音凡再次闭关了，而且长达两个月。

入关前，洛音凡特地将她叫去嘱咐了一番，大略意思是自己修炼至关键处，心神归一，她身上的仙咒有可能会失灵，因此不许乱走，免生意外。

师父每三个月闭关一次，出关时脸色都极差，定是真神损耗严重，可知其艰辛程度。重紫看着心疼，也曾问过缘故："师父说过，凡事不可急于求进，来日方长，何必这样辛苦？"洛音凡先是不答，被问得多了，只说是一门极重要的术法。

劝阻不了，重紫无奈，照常修行，偶尔也会出去找其他弟子说说话。相比司马妙元,她人缘还不错,与燕真珠犹走得格外近些。

就在此时,仙门出了件不大不小的事。

驻守人间的弟子送回消息,有妖族在洛河一带作乱。虞度与闵云中商议之下,认为是个历练的好机会,决定在委派任务时带上一些新弟子。新弟子们得知消息,皆摩拳擦掌十分踊跃,学了两年术法,总算能亲上阵见识了。

作为新弟子里的拔尖人物,司马妙元第一个自告奋勇请命,虞度应允,再根据慕玉推荐,酌情选了几十个新弟子。

重紫听到消息已动了念头,见虞度始终不提自己,遂主动请求前往。

洛音凡不在,虞度原是不答应的,闵云中却很赞赏:"果然是护教的徒弟,术法好坏且不说,正该有这样的胆识,她是紫竹峰唯一的传人,行事也还稳重,出去历练一番有何不可!"虞度转念一想,这孩子资质虽不算拔尖,却也不差,两年来总不至于落后太多,历练历练对她来说是好事,反正新弟子去也多是探听消息,不会正面应付强敌,到时叫秦珂多留意就行了。

原来这次是由秦珂带两百弟子前去,新弟子们跟随一道出行,这也是重紫坚持前往的原因之一。洛音凡闭关修炼至紧要关头,哪里知道重紫已高高兴兴跟到人间除妖去了!

两百南华弟子匆匆赶往洛河,途中极少停留。新弟子们到底韧性不足,头一次跟随出山,从早到晚御剑赶路,几日下来纷纷显露疲态,那满腔壮志灭了一半,唯有重紫与司马妙元忍耐不出声。

正好燕真珠也在一行人中,怕她支持不住,上来关切道:"累了没有?姐姐带你一程。"

这两年苦修,练上个一整天是常事,重紫摇头谢过。

燕真珠惊讶,赞道:"早知道你不会比人差,好样的!"

重紫与她并肩而行,眼睛盯着前面的秦珂与司马妙元,甚觉无趣。成日里女弟子们都爱围着他转,自己难得有机会与他说话,而他也始终淡淡的,可知并没将自己放在眼里。

燕真珠是过来人,看出不对,拿手指戳她的额头:"小小年纪想什么?他只是二十五岁修得仙骨,长生不老罢了,想当年他出道时,你还没出生呢!"

重紫原有些懵懂,经她一打趣,顿时闹了个大红脸。

"师兄师妹,天造一双,地设一对,放心,他眼高于顶,公主也抢不去的。你快快修仙骨,到时求尊者做主,去跟掌教说声,他敢不从师命?"

重紫一声不吭,抬手去打她。

燕真珠笑着御剑上前去了。

重紫跺脚就要追，冷不防发现前面秦珂正转身朝自己看，于是尴尬地停住，规矩了。

秦珂受了虞度嘱咐，想连日赶路她可能会支持不住，所以打算问一问，哪知回身就见她御剑乱跑，心里奇怪，将她叫到面前："何事慌张？"

想起方才燕真珠的话，重紫大窘："没事。"

"闵仙尊才夸师妹稳重，怎么出门就慌起来？"旁边司马妙元轻笑，假意安慰，"小小妖怪作乱，怕什么？只要跟紧我们就没事了。"

秦珂显然也不满意："仔细跟好，免得生事。"

见他跟着司马妙元看轻自己，重紫气性上来，想他反正对自己有偏见，干脆不管了："师兄放心，重紫术法虽差，尚有自知之明，绝不会给师兄惹事。"说完再不理二人，退至燕真珠身旁。

司马妙元不悦："仗着有尊者撑腰，对师兄如此无礼！"

秦珂没有责怪："走吧。"

这边燕真珠叹气，拉重紫："他原是一番好意，怕你支持不住，你向来待人有礼，怎么顶撞起来了？"

重紫侧脸："哪里是他，分明是掌教的好意！他才不想理我呢，我何必自讨没趣？"

燕真珠看着她脚下星璨，道："他是个聪明人，心里其实很明白，你原是无辜的，只怪尊者他老人家行事太不妥当。"

听人说师父的不是，重紫蹙眉，含蓄道："长辈行事，我们做晚辈的怎好议论？"

"我知道你不爱听，"燕真珠轻哼，"你别以为尊者如今待你好，就指望太大，他老人家做事可从未手软过，无情的名声不是白得的。"

重紫摇头："师父不无情。"

燕真珠道："不无情，他又怎能当上仙盟首座？你那个师姐，正是太傻太信他，到头来才落得那样下场。"

重紫原本就对那位师姐没好感，闻言将脸一沉："正是为她，师父连逐波都不要了，这能叫无情吗？"

燕真珠嗤笑："没有逐波，他老人家照样六界无敌，你当一柄剑对他有多重要？当真有情，他就不会冤枉……"

重紫不悦："真珠姐姐！"

"罢了，说不过你。"

眼见离洛河近了，重紫精神尚好，秦珂也为她隐藏的实力惊讶，打消了叫人带她的念头。一行人很快行至洛城，秦珂命众弟子进城歇息，再派两人过去与驻守的仙门弟子接洽。

走进城门，重紫闷闷不乐落在后头，说什么也不肯再到秦珂跟前去，燕真珠劝她不过，自己先到前面听命。城里大街上，人来人往，出了事，仙门弟子立刻便会知晓的。

重紫磨蹭着，待秦珂他们消失在前面转角处，才准备跟上，就在此时，左手边传来说话声。

一名黑衣女子与一位年轻男人走过来。

女子自是年轻美丽，男人的微笑却分外好看，淡淡的，带着无限包容与溺爱，有点像……

重紫连忙打消脑中念头。

胡思乱想什么，师父才不常笑呢，而且笑得绝对没这么温柔，也没这么……这种感觉真奇怪。

两人出现的速度太快，就像突然冒出来的一般，重紫正是为此惊讶——好高明的结界，竟能瞒过秦珂他们！

她兀自揣测，那女子却已察觉到，侧脸看她一眼，若无其事拉着男人出城去了。

重紫有点尴尬，加快脚步。

这种结界应是仙门特有，自己头一回出来对付妖怪，太紧张，看什么都疑神疑鬼的。

夜里，两名弟子带回消息。原来当年逆轮魔宫鼎盛时期，吞并妖界，妖族各部落纷纷臣服，后来南华一战，逆轮败亡，魔宫陷落，众妖魔没了容身之处，各奔东西。魔剑虽勉强成就万劫，无奈万劫野心不足，直至魔尊九幽现世，于虚天开辟九幽魔宫，魔界才重新得以一统。妖族本就四分五裂，收服起来不太费力气，先后归顺了九幽，只剩那些不肯称臣的小股势力遗落在人间。

这次洛河水妖作乱，为首的乃是只蛟王。

己方人虽少，但个个实力不弱，而且虞度还赐了法宝缚妖绫，对付寻常魔王应不成问题。秦珂素来沉着，与几名大弟子商议之下，决定先派人去洛河探路，主动接下任务的是闵云中的徒孙林真。

秦珂又问新弟子："你们谁愿意跟随前往？"

司马妙元立即道："我去。"

重紫想了想，亦上前："重紫愿去。"

秦珂看她一眼："妙元，你随林师兄走一趟，凡事小心，不可妄为。"

司马妙元得意地应下。

当夜司马妙元随林真潜往洛河，至第二日清晨返回，成功完成任务，探得详细消息与路径。原来那蛟王住在洛河河底千尺窟里，手底大小水妖近两千，都无甚可怕，唯有那只蛟王修炼五百年，有些难对付。

秦珂与几位大弟子商议，安排下法阵，决定自领一百弟子，带缚妖绫，由林真引路，先去千尺窟收那蛟王，余下的一百人与新弟子们，则一并由燕真珠带领，司马妙元领路，半个时辰后前去接应。那时蛟王与主要部下估计已伏诛，新弟子们对付溃散的小水妖，应该不成问题，这也是虞度所指的"历练"，积累临阵对敌经验。

速战速决，免生枝节，行动时间定在次日夜。

新弟子们头一次对敌，紧张又兴奋，都不停地掐算时辰。时候一到，秦珂他们果然捏了隐身诀，御剑往洛河去了。

不知怎的，重紫总是坐立不安。

燕真珠只当她紧张，过来安慰："有姐姐在呢，怕什么？到时跟紧我就行了。"

重紫摇头："我就是担心，秦师兄他们……"

燕真珠笑道："秦师叔做事素来沉稳，掌教才这么倚重他，我看他安排很周密，你想到的，他还想不到？何况他的术法在仙界也很有名。"

重紫想想也对，一笑："姐姐说得是，可能是我头一次出来，太紧张了。"半晌，她又叹道，"人外有人，山外有山，强中更有强中手，多考虑总是好的。前日城里还有位高人姐姐在，设了好厉害的结界，连秦师兄和你们都瞒过了呢。"

燕真珠"哦"了声："何方高人？"

重紫将前日所见那对男女的事讲了出来："我看那位大哥乃是凡胎肉体，可见施展术法的必是那位姐姐。"

燕真珠脸色凝重起来："她长什么模样？"

重紫根据记忆细细形容了一番："不知是哪个门派的……"

燕真珠惊得站起来："阴水仙！"

重紫莫名："什么？"

"阴水仙，她是阴水仙！难道九幽魔宫先一步插手了？"燕真珠迅速招手叫来一名弟子，"快去请几位师兄，事情有变！"

重紫总算明白她说的什么，失声："她就是阴水仙！"

阴水仙，魔宫四大护法之一，据说她原是天山派弟子，怪不得设结界用的仙门手法如此厉害！

很快，燕真珠将众人召集至一处，众人得知都色变。

"前日从驻守弟子处得到消息，并未听说附近有九幽魔宫的人出没。"

"会不会看错了？"

"无论如何，小心为妙，魔宫护法现身，这件事只怕不简单，秦师叔他们此去很可能会中计。"一名弟子制止众人，看燕真珠，"秦师叔临行前，将这里的事交与你，便由你来主持大局，你有什么主意尽管说吧。"

燕真珠沉吟。

司马妙元忍不住道："城里既然有驻守的弟子，找他们调人去救！"

重紫阻止："不可！洛城一带地广人稀，周围无所依傍，驻守的弟子原就不多，若是再调人离开，城内空虚，万一九幽魔宫趁机来袭，要道失守，岂非因小失大！"

司马妙元道："那秦师兄怎么办？"

"阴水仙来洛城，并不代表什么，这些都是猜测。"重紫边想边道，"依我看，还是前往最近的门派求救最妥。"

燕真珠道："最近的云崖山，来去至少一日。"

"方才妙元不是说洛河一带地势平坦吗？那应该不容易设埋伏。秦师兄素来谨慎，真发现了，必会及时退回来，就算他们已进了千尺窟，有掌教所赐法宝在手，应该也能支持些时候。我们可以一边派人去云崖求救，一边按时前去接应，看情况再说，能救则救，不能则退回城来，等待援助。"

"姐姐倒小看了你！"燕真珠目光一亮，转脸问众人，"你们的意思？"

众弟子皆点头："甚妥。"

司马妙元急道："如此，岂不是将秦师兄他们置于险地？"

重紫其实也很担心，默然半晌，道："纵然秦师兄在，也必会以大局为重。"

"你！"

燕真珠正吩咐几名弟子去云崖山，见状回身喝止二人。再等半个时辰，约定的时间到，立即带众人赶去洛河接应。

河面宽阔，景象骇人，妖风呼号，黑浪滔天，竖立如墙，似乎整条洛河要被翻过来了，巨浪不停拍打着岸边岩石。

这洛河长数百里，宽约百丈，两岸是一望无际的平原，放眼所有景物尽收眼底。半路上就已发现仙门告急信香，此刻所见更证实了先前的猜测，众人隐去神气，趁夜色小心翼翼靠近千尺窟所在河段。

漆黑水底隐约透出红色光芒，燕真珠认出来了："是缚妖绫！"

司马妙元喜道："秦师兄他们没事！"

重紫也十分喜悦，但定睛一看，那浪涛之上，有位黑衣女子仗剑而立，足踏一粒人头大的蓝色魔珠，正是当日所见阴水仙。此刻她浑身上下再无半点温顺之态，唯余阴狠，俨然魔宫护法。

　　听说这阴水仙原是天山派有名的美女，想不到竟会堕落入魔。她果真那么不堪，爱上了自己的师父？

　　重紫脸上一热，赶紧收心敛神。

　　阴水仙身后跟着数十妖兵魔将，并上千的小水妖，想是自蛟王老巢逃出来的，可知秦珂他们顺利进了千尺窟，不料阴水仙突然带兵来袭，断了后路，一百弟子被困在了河底。

　　"她用汲水珠封住了千尺窟入口。"燕真珠看得真切，知道秦珂他们尚能支撑，当即挥手，"快退！"

　　司马妙元却道："那些小水妖不足为虑，我们也有这么多人，合力上去，难道还对付不了她？"

　　道理上是这样，但重紫依旧摇头："还是退回洛城稳当。"

　　"贪生怕死，也配当重华尊者的徒弟？"司马妙元一心想救秦珂，哪里肯听她的话，自顾自冲了出去。

　　燕真珠急怒："司马妙元！"

　　阴水仙早已发现有人靠近，转脸过来。

　　事已至此，重紫也想早些救秦珂，忙道："引开阴水仙，打碎那魔珠，让秦师兄他们冲出来便好。"

　　己方人多，燕真珠镇定，命十来个弟子护着新弟子们在后面，专对付那些小水妖，自己则率其余弟子朝阴水仙与魔将们围上去。

　　阴水仙并不意外，冷笑："送死的总算来了。"

　　长剑高扬，带动河面巨浪如黑龙，朝众弟子卷来。

　　堂堂魔宫护法，百年修为，非同小可，司马妙元冲在前面，见状倒吸一口凉气，这才知道自己太过鲁莽。她急中生智，瞬间倒转身，双足朝上头朝下，总算勉强避开攻击。

　　燕真珠松了口气，喝道："回来！"

　　显露了一手高超的御剑术，司马妙元非但没有丝毫得意，反而惊出身冷汗，连忙退回去。

　　大部分弟子与那些妖兵魔将对上了手，新弟子们对付小水妖，虽有些手忙脚乱，倒也未落下风。燕真珠领着十来个弟子围住阴水仙苦战，无奈阴水仙始终稳稳立于浪尖，汲水珠亦纹丝不动。

千尺窟内，秦珂等人原打算用缚妖绫捉拿蛟王，谁知阴水仙突然来到，一时两面受敌，不得不暂时放过蛟王，以缚妖绫与洞口汲水珠对抗。

司马妙元打散几个水妖精魂，还是记挂着秦珂，见阴水仙只管对付燕真珠等人，心下暗喜，悄悄移动身形绕向她背后，打算偷袭。

阴水仙身经百战，哪里会上这样的当？她左手掌心朝下，猛地一握。

重紫看出不对，正要开口提醒，司马妙元已宝剑横劈，扫向那颗蓝色汲水珠。

剑气精纯，短短两年修成这样已是了不得。

阴水仙似浑然不觉。

自以为得手，司马妙元正沾沾自喜，忽觉足下波浪震动，顷刻之间，四道黑水练分别自斜角射来，顿时大惊，连忙凝集全部灵力，挥剑结印，勉强挡去一道，当下喉头一咸，险些跌落入水。

眼睁睁看另外三道水练卷来，躲避不及，她这才明白自己自视过高，顿生绝望。

情况危急，好歹是同门师姐，不能不顾其性命，重紫离得近，忙抛出星璨挡下一道水练。同时施展瞬息移动之术至她身旁，单足踏浪，左右双掌同时挥出，呈白鹤亮翅之势，再各接下一道，掌动不停。但闻嘭的一声，足底巨浪炸开，水花溅出足有十丈。

众南华弟子与妖兵魔将，连同阴水仙，都忍不住侧脸看过来。

小小年纪，竟能接下阴水仙七成功力！

众人都震惊。实际上重紫自己明白，阴水仙何其了得，自己哪敢硬接，这一招应急之术，正是洛音凡所授绝学"移花接木"，重紫只不过借机取巧，将力量改变方向，借足下水力释放掉而已。

阴水仙"咦"了声，挡开燕真珠的攻击，开口问："你是谁？"

到底才修行两年，灵力不足，为救司马妙元勉强用出这一式，已是大伤元气，重紫只觉胸中气血翻涌，心道不如拖延时间等待援兵，至少引她分神，好让燕真珠等人得手，于是收了星璨，作礼答道："重华座下弟子，重紫。"

阴水仙美目微动："你便是洛音凡新收的徒弟？"

重紫不答，运气调息，半晌道："前辈也曾是仙门中人，何必为难仙门弟子？若能高抬贵手……"

"果然是洛音凡的徒弟，句句大道理。"阴水仙打断她，淡淡道，"我与仙门早已无干，放过他们，哪有那么容易？"

重紫道："前辈太无情。"

"无情？"阴水仙冷笑，"你可知道，谁才是重紫？"

"是我师姐。"

"她喜欢你师父，你何不回去问问你师父是如何对她的？"

重紫目瞪口呆，虽说她很讨厌那个师姐，但这番话实在惊天动地，未免有损师父威名，一时又惊又怒，涨红脸斥道："你自己……也罢了，我师姐已经不在，又何苦坏她名声？"

阴水仙嗤笑不语。

燕真珠早已过来将司马妙元救走，所幸她二人都离得远，没有听清，见重紫还站在那儿，不由得着急，连连喝命她回去。

众弟子加紧攻势，阴水仙也懒得多说，长剑引天风，黑袖掀巨浪，铺天盖地扫向众人，同时探左手入怀，取出只锦袋，从中倒出一小撮褐色泥土。

那是什么？重紫愣了下，猛然想起上个月在书上看到的图样："息壤！神之息壤！"

昔年神界尚未覆灭，息壤乃是天神之宝，传说只需小小一撮，便能自行生长成丘成山，想不到如今竟落到阴水仙手上，她如何取得的？

看她的意思，难道是打算……

"有些见识。"阴水仙挡开众人攻势，手托息壤，笑容变得毒艳，"不早动手，正是要引出你们，待我料理了下面的小辈，再与你们计较。"

燕真珠等人大惊，顾不得什么，齐齐扑上来。

阴水仙喝道："蛟王，你还不肯舍弃巢穴，归顺圣君，是要与他们陪葬吗？"

远处隐隐传来一声巨响，大约两里外的河面上，竖起十几丈高的水柱，一道黄影自水柱里现身，旋风般朝这边卷来，须臾已至面前。

那是个面目狰狞的黄袍妖，正朝阴水仙赔笑作礼："小王早有归顺之心，劳烦阴护法引见。"

阴水仙神色缓和了些："蛟王素有勇猛善战之名，圣君自不会亏待你。"

先前听那话蹊跷，来不及深想，此刻见状，重紫一颗心直往下沉。

千尺窟乃是蛟王老巢，当然不止一个出口，他不肯早些逃出来，无非是舍不得老巢，如今被迫下定决心，秦珂他们则被彻底困在了河底。

与人称臣，哪比得自在为王！蛟王长叹一声，低头看水底缚妖绫的红光，再看看周围溃散的部下，想仙门逼得自己无容身之处，恨意更重："他们是出不来了，阴护法何不快些动手？"

"阴护法且慢！"重紫忽然道，"你当真只顾自己得手，就忘记了别人的安危？"

不出所料，阴水仙面色一变："什么意思？"

"你难道连那位凡人大哥的性命也不顾？"

阴水仙倏地缩回手，厉声："你把他怎样了？"

这样要挟她未免卑鄙，但重紫为救秦珂已经顾不得了："当日我见前辈与那位大哥关系匪浅，无意中告诉了真珠姐姐……"停住。

阴水仙冷冷看着她。

心知她在试探，重紫不慌不忙抬眸与她对视，带了丝微笑："仙门弟子寻了两日，一个时辰前，在洛城找到他，阴护法虽将他隐藏得很好，却没料到他会自己出来行走吧。"

"条件？"

"放过仙门弟子。"

"你如何能做主放他？"

"我不能做主，但你若杀了仙门弟子，事情就更难说了。"

重紫微笑，两手冷汗，这些其实都是猜测而已。那样的人，阴水仙定然不会带他回魔界，魔界也不会有那样的人，看当时阴水仙设结界，那人似全不知情，分明是阴水仙对他说了谎，所以她才敢大胆猜测。也是阴水仙太紧张，否则多问几句就要穿帮了。

"不愧是仙门中人，小小年纪便会使手段。"阴水仙侧身，带动脚底蓝色汲水珠也跟着平移开。

瞬间，河底红光大盛，一条红色鲜亮的宝带卷上来，分水开路。

重紫大喜。

"阴水仙，你这蠢物！"低沉的冷笑声，前一刻还很远，很快就近在耳畔了。

"虫子！"燕真珠的呼声。

重紫慌忙闪避，饶是反应快，背后仍觉一冷，心知来了大人物，这般强大的魔力自己是万万受不起的。情急之下，重紫再次施展"移花接木"，借足底河水将力量消去大半，然而剩下的力量仍使她眼前一黑，喷出一大口鲜血，险些晕过去。

红绫卷来，将她带入怀里，正是自水底脱困的秦珂。

阴水仙与一名鬼面人对面而立，二人皆有怒色。

"你来做什么？"

"你那相好的一根寒毛也没掉，圣君早料到你会坏事，堂堂护法竟被小丫头诓了！"

有弟子已认出那鬼面人："欲魔心！"

欲魔心转脸打量重紫："移花接木？"

不只他，燕真珠等人也都骇然，欲魔心乃是堂堂魔宫大护法，那一掌力道显然不轻，纵有"移花接木"，可她到底才修行两年，根基限制，半点儿作不得假，硬接一掌，不知还有无性命在。

秦珂当即扣住她脉门，半晌松了口气，暗暗惊疑。

"活着？"欲魔心也觉吃惊，方才算准她定要毙命的，谁知掌出便察觉她体内似有股极弱的阴柔的力量，硬将他掌力化了一部分，"这么快就修得护体仙印，洛音凡果然教出了好徒弟。"

护体仙印！燕真珠等人恍然，又喜又忧。

情况突变，谁也想不到欲魔心会来，再战下去必定危险，唯有放走蛟王，秦珂断然下令："回洛城！"

"哪里走？"得知被骗，阴水仙大怒。

欲魔心哼了声，挥手，周围数百魔兵即刻现形，原来他趁众弟子全神对付阴水仙时，已布下了阵势。

众南华弟子被围在中间，脸色都差到极点。

看情形，今日唯有舍命一战了。

岸边浪花飞溅，长长的斗篷纹丝不动，与脚底的黑色礁石连成一体。

半晌，他抬起那只戴着紫水晶戒指的手，接下一滴飞溅的河水："很热闹，比我想的热闹多了，她的确没让我失望。"

"她将来一定能入魔？"不知从哪里传来的声音，有点粗。

"普天之下，万物皆能入我之门。"

"别忘了规则。"

亡月侧脸："你好像忘记你的身份了。"

"不敢，主人。"那声音恭敬回答。

魔宫两大护法现身，转眼间已有十多名弟子负伤。秦珂见状，心知不能再拖，斩去围攻的几个魔兵，移至燕真珠身旁，将重紫丢到她怀里："随我来，有机会带新弟子先走！"

司马妙元拉住他："秦师兄！"

欲魔心与蛟王正巧被十来个弟子拖住，机会难得，秦珂运足灵力，八荒神剑蓝光大盛，罡风形成一个个小旋涡，横扫过去，数十魔兵瞬间灰飞烟灭，紧接着八荒剑带着水珠如弹，直击阴水仙。

阴水仙轻易避开，剑气直劈燕真珠与重紫："想要救人？谁也走不了！"

此招故现破绽，秦珂原是想引她对自己下手，好让燕真珠乘机带重紫等人逃走，谁知她竟不上当，只得变招去挡。

忽然，阴水仙变色，收招急退。

夜空现奇异光芒，须臾，云中一剑直直坠下，剑挑星落，光华耀眼，恍若白昼。

"落星杀！"众弟子欢呼。

剑斩落，光骤灭。年轻的白衣仙人步云而下，踏足河面的那一刻，排空黑浪陡然平静。

"阴水仙，你如此妄为，枉费雪陵一番苦心。"

师父！师父来了！听到熟悉的声音，重紫喜得睁大眼，顾不得胸口疼痛，努力抬头去看。

眨眼间，洛音凡出现在面前，探手查看重紫的伤势。

再看那边阴水仙，只见她安然无恙立于浪尖，旁边欲魔心嘴角却溢出鲜血，可知是替她挡了这一剑，黄袍蛟王已是骇得呆了。

欲魔心咬牙拭去血迹："洛音凡，又是你！"

阴水仙也不扶他，冷冷道："今日欠下大护法一个人情。"

欲魔心怒道："若非圣君旨意，你当我会出手？"

阴水仙道："争执无益，撤！"

小徒弟受伤极重，洛音凡大怒，冷然侧身，抬左手，并二指拈剑锋送出，墨峰剑顿时带着雄壮劲气，如青龙腾空，直朝欲魔心卷去。

不远处，亡月笑道："看来我要出去了。"

原以为今日必胜无疑，想不到最后会吃这么大的亏，连性命也难保，欲魔心负伤，速度大减，阴水仙咬牙，运毕生魔力要去替他挡。

众目睽睽之下，一道黑影悄无声息出现。

左手轻抬，硕大的紫水晶戒指在黑夜里光华夺目。

单掌对剑气，轰然巨响，大地摇晃，洛河水四下炸开，刹那间几乎可见河床。

洛音凡自是纹丝不动，意外的是那人竟也未后退半步，众弟子简直不敢相信面前发生的事情，都睁大了眼睛。连带洛音凡自己也吃了一惊，这一剑他已用了七成灵力，纵使万劫在世，硬接下来也没这么容易，此人分明毫发无损，当今六界竟还有这样的人物？

水花落尽，终于现出那人模样，是个男人，身材修长，几乎全身都裹在黑斗篷里，连同眼睛都被斗篷帽遮住，只露出苍白的尖下巴，犹如古墓幽灵，神秘，邪气。

欲魔心与阴水仙大喜下跪："参见圣君。"

众弟子变色。

最震惊的莫过于重紫，她用尽全力张嘴，立即有无数血沫子涌出，带动口齿也含糊不清："亡……月。"

亡月转身，带欲魔心等人遁走。

"九幽！"确认他的身份，众弟子都看向洛音凡。

都说魔界以万劫为尊，这么多年一直追寻魔尊九幽踪迹，今日交手，方知此人法力远在意料之外。小徒弟的伤势不能拖，原不宜久战，洛音凡伸手自燕真珠怀里接过重紫，说了句"速回南华"，便御剑消失在天际。

第六章·天山雪

　　白衣被吐出的血染红，剧烈的疼痛感反而在逐渐减轻，重紫很快感知师父在替自己接续灵力，心内一丝甜蜜悄然漾开。

　　记忆里，师父从没抱过她。

　　很喜欢，很安稳，很放心，应该是在看到他的那一刻，她就什么也不怕了。

　　师父身上的味道真好闻……

　　重紫悄悄吸鼻子，睁开眼，望见线条柔和的下巴、紧抿的薄唇，还有垂落眼前的几缕黑如墨的长发。

　　不知为何，重紫有点害羞，连忙将脸埋进他胸前，闷闷地叫了声"师父"。

　　没有回应。

　　他在生气？重紫抿嘴，轻声道："弟子知错，师父别生气了。"

　　知错知错，却每每做出让他惊心的大事！洛音凡原是打算要狠狠责骂她一顿，然而见到她这身受重伤的模样，哪里忍心再骂？只冷着脸。

　　"师父？"

　　"师父。"

　　……

　　牵动胸口疼痛，重紫剧烈咳嗽。

　　手臂一紧，洛音凡终于低头看她，有无奈之色："回去再说。"

　　重紫眨眼道："只要师父不生气，弟子甘愿受罚。"

　　洛音凡严厉道："为师入关前如何吩咐你的，可知道擅自跑出来，有什么不对？"

　　"擅自跑出来，让师父担心，是不对。"两年来，重紫早已能在他跟前应付自如，一本正经地望着他，"师父叫我保重自己，我却让自己受伤，更不对了。"

这个可气又可爱的小徒弟！洛音凡迅速移开视线，不知道该说什么好，最终叹了口气。

师父竟会脸红！重紫偷笑，情不自禁伸臂抱住他的脖子："师父不想我受伤，可我也不想输给别人啊！"

洛音凡不动声色拂落她的手："不长记性，回去面壁思过半年。"

"弟子不敢了。"重紫再次将脸埋在他怀里，忍笑忍得胸口颤抖，牵动伤势，疼得呻吟。

受了重伤，师父心疼她还来不及，能罚个什么，面壁思过不过是让她在房间休养罢了。

洛音凡果然放软语气："伤了元气，不要多话。"

"师父，我们这好像不是回南华呢！"

"去小蓬莱。"

"去那儿做什么？"重紫惊讶。

"不要多话。"

……

"师父累吗？"

"不要多话。"

"我没多话。"

"不许再乱跑。"

"知道了。"

……

怒火，连同故意装出来的冷意，都随风消散，俊脸恢复柔和，泛起一丝浅浅的爱怜的微笑。

永远留在紫竹峰，永远不要记起来，永远是师徒，让她可以安安全全地在他羽翼下长大，在他怀里撒娇，快乐地生活。

梦境很乱，也很奇怪，许多面孔不断在眼前闪现，有爹娘，有亡月，有秦珂，有燕真珠，有虞度，有闵云中，还有很多不认识却很眼熟的人……可是梦里发生过什么，醒来后就全不记得了，唯一记住的，只有那张熟悉的淡漠的脸，还有一双为她担忧的眼睛。

房间很美，绣帐如霞，软榻精致。

温柔的怀抱却不见了。

师父呢？重紫正欲开口叫他，忽然听见外面隐约传来说话声，忙坐起身，咬牙忍住胸口伤痛，缓缓下了软榻，放轻脚步，吃力地挪到外间。

门外，俨然一处仙境，白雾迷蒙，鸟啼声幽，奇花遍地，异果满枝，芳香沁人。

当然，重紫最先看到的还是那白如雪的身影，几乎与雾色融为一体。

他背对着这边，身旁还站了一名女子。从侧面看，女子很年轻，粉面朱唇，绿裙拖地，如同碧叶托粉莲，浅浅的笑，端庄又温婉，略带慈悲，好似传说中南海那位观音菩萨。

"她伤得重，根基又浅，这一路幸亏有尊者替她接续灵力，倒不会留下什么病根，只是几味药难得，需要些时日。"

洛音凡放了心，点头："我师徒二人便多打扰你几日。"

"云姬面前，尊者何须这般客气？只是她现在不能妄动真元，还需尊者替她接续灵力才好。"

"劳你忙了一整日，早些歇息。"

"云姬没事。"女子垂眸微笑，接着又摇头，"听说她叫重紫，尊者如此，又是何必？"

……

两人议论的话题始终没有离开自己，并未涉及其他，重紫却听得满心不悦，手指不觉抓紧了门框。

她就是云仙子？传说中医术超群的仙界第一美女，卓云姬？

不可否认，那卓云姬长得太美太美，是重紫见过的最美的仙子，温柔又善良，其实很容易博取重紫的好感。

如果，她不是站在师父身边，用那样的眼神望着他的话。

那种眼神重紫看得太多，尤其是在秦珂身边。秦珂原就出色，别的女孩子那样看他，重紫并不觉得怎样，可是如今有人这样看师父，不免令她烦躁起来。

仙门允许婚配，师父是单身，有仙子喜欢似乎没什么奇怪，然而重紫从来都没想过这种事会在现实里发生，毕竟，她一直都把师父当成神来尊敬，高高在上无所不能的神，守护仙门，俯瞰苍生，只要往这方面生个念头，便觉得亵渎了他。

平日练功太紧，师父也常让她"早点歇息"，现在换了对象，明知道是寻常客套，重紫还是听得酸酸的。

重紫知道自己这心理很可笑，很孩子气，可是眼见卓云姬越来越靠近他，她还是咬住唇，故意扶着门框发出一声呻吟，成功引得那边两人转过身来。

"重儿？"洛音凡蹙眉。

重紫低低叫了声"师父"，摇晃着似要倒下。

她脸色本来就差，加上伤痛有七分是真，洛音凡并未怀疑，快步过来抱起她，走到里间放至榻上，一边度灵力与她，一边责备："又不听话，乱跑。"

重紫别过脸："我见师父不在，以为师父走了。"

洛音凡面色缓和了些："你伤未痊愈，为师怎会走？"

重紫不说话了，暗自欢喜。

卓云姬也跟进来查看她的伤势，安慰："无妨，只是牵动伤处疼痛，尊者不必担忧。"

不待洛音凡回答，重紫先道谢："这次受伤，害师父担忧得紧，多谢仙子。"

卓云姬愣了下，微笑点头，转向洛音凡："前日炼成丹丸一炉，可解十种魔毒，正要请尊者过目。"

洛音凡自然很赞赏，看重紫。

卓云姬道："这边我叫童儿照顾，不妨事的。"

重紫哪里肯放，扯住他的袖子："师父！"

懂事的小徒弟难得撒娇，洛音凡有些尴尬，再看那双凤眼满含委屈，想她伤势严重必定难受，心就软了："天色已晚，明日再看吧。"

卓云姬也不勉强，点头："我先出去炼药。"

房间剩下师徒二人，还有个小药童。重紫生怕他走了，仗着受伤，拉着他不放，在床上躺了会儿，又苦着脸说疼痛，直到最后被他扶起来倚在怀里，才彻底安静了，那小药童无事可做，索性退到门外。

见她这般折腾，洛音凡也庆幸自己没有离开，趁机训她："此番下来，还敢逞能吗？"

重紫沉默片刻，仰脸望着他："司马妙元主动请命，我不想落后于她。我不会像师姐那样，让师父失望的。"

她做这些，就是为了争这口气？洛音凡没有表示。

"师父不相信我？"

"师父信。"当然信，她从未让他失望过。

瞧见那眼睛里的痛色，重紫越发心疼，鼓足勇气道："师姐的事，并不是师父的错。她虽然犯了错，被逐出师门，但如今师父还有我在跟前啊。"

洛音凡沉默。

重紫有点犹豫地拉住了他的手："师父。"

洛音凡低头看看那眼睛，半晌，又移开视线："为师并未将她逐出师门。"

重紫突然想哭。

犯了大罪，被逐出师门，师父为什么还那么喜欢她？自己都这么努力了，难道还比不上她？他也抱过那个"重儿"吧！

洛音凡当她伤势复发："重儿？"

重紫马上后悔了："没事，我不疼。"

嫉妒是有的，可他现在是真正在为她紧张担忧呢，既然他的爱移到了她身上，那就让她来代替那个"重儿"，好好孝敬他，陪伴他吧。

重紫安静地倚在他怀里。

洛音凡心里想的却是另一件事，开口询问："你如何认识九幽的？"

对于亡月就是魔尊九幽这件事，重紫也很意外，心道果然师父已经发现了，好在这事没什么可瞒的，于是照实讲了出来："我原以为他是寻常路人，如今看来是他扮作路人哄我。那些给我指路的人也可能是他安排的，他们故意指错路，好使我迟到，不能上南华拜师，可知他没安好心。"

不是不许她上南华，而是让她迟到，好遇上赶回南华的他，让他再收她为徒，这些都被算计好了。洛音凡没有多说，警告她："既明白，就不能再与他来往。"

仙门弟子与魔尊扯上关系，本就是件危险的事，传出去后果难说。重紫含笑道："我与他只见过一面而已，算不上熟，谈何往来？何况我已知道他是谁，自当加倍提防，更没有往来的道理，弟子再愚钝也明白其中利害，师父太多虑了。"

不是多虑，是害怕。前世失去她，就是因为她与楚不复扯上关系，她太善良，太容易动感情，好在今世的她明白得多。

对于她语气中所带的那些嗔意，洛音凡并未留心，缓缓点头："只望你牢记。"

"师父的话，弟子自然铭记于心。"趁他不备，重紫悄悄拉住他一缕头发，在手指上缠绕。

暮色自窗外流入房间，小药童忙走进来，琉璃灯亮起，有了烟火气的仙境，顿时多出几分人间的味道。

"师父当年没修仙时，也在人间生活过吗？"

"没有。"

"师父的爹娘呢？"

"也是仙门中人。"

"怪不得师父比他们更像神仙。"

"这是什么话？"洛音凡笑道。

……

许久不见他动作，重紫歪着脸看。

"疼？"

"没有。"

衣衫是冷冷的白，怀抱却一点儿不冷，柔和的灯光衬出脸部柔和的线条，脸上没有过多的表情，可是只要看一眼，便再难忘记。

微锁的眉头，让她无端心疼。

这样的人，怨不得云仙子会喜欢，连自己也有点希望他不是师父呢。有他在身边，秦珂之类的都不重要了……

师姐？

鬼使神差，阴水仙的话突然冒出来，重紫头脑一炸，被那想法吓得发呆。

喜欢师父？师徒如父子，对师父，不是应该敬畏，应该如父亲般侍奉的吗？虽说自己从未将师父当作父亲，可是喜欢……败坏伦常的大罪，有关师父的名声，师姐她怎么敢？她就不怕被所有人唾弃，落得阴水仙的下场？

重紫惊慌地收起思绪，再也不敢乱想。好半天，狂跳的心才渐渐恢复平静。

阴水仙胡说而已，竟跟着起了邪念！哪个师父不疼徒弟，哪个徒弟不爱师父？

入夜不久，卓云姬亲自送来药丸，其时重紫已经在洛音凡怀里沉沉睡去。

卓云姬见状一愣："尊者？"

洛音凡示意她放下。

卓云姬放了药，半晌道："很像。"

洛音凡抬眸。

"云姬只是想起了那孩子，"卓云姬看看重紫，又看着他，"太傻，明知错的，还不肯放手，如今这孩子也长大了。"

见他皱眉，卓云姬移开视线，微笑："想是她疼痛难入睡，我明日再添几味药，尊者不必担忧。"

洛音凡正要说话，忽听得怀里重紫轻哼，似要醒来，当即住口。

卓云姬嫣然一笑，款步出门去了。

"师父。"重紫眯眼，斜斜望着他，长睫轻颤，长发散乱，在灯影里竟越发妩媚。

洛音凡取过药丸："吃药。"

前世她糊涂，连卓云姬都看出来了，幸好只是卓云姬。如今他并不怎么担心，性格、容貌，今生的她与前世判若两人，更主要的是她对他不再那么依赖，更不会那么傻。

听说她一直想接近秦珂。

几日过去，重紫伤势稍有好转，就央求着回南华，洛音凡拗她不过，转念一想，既无性命之虞，留下也是枉然，何况行玄亦懂些医术。九幽魔宫动向难测，仙门各派随时会报来消息，总靠灵鹤送信也不是办法，遂取了药，带着重紫离开了小蓬莱。回到南华，因恐她过于要强，便封了她的灵力，命她养伤。

洛河一战，由于九幽魔宫插手，导致失败。虽说捣毁了蛟王老巢，附近百姓得了安宁，但蛟王与部下皆投奔了九幽，仍是得不偿失。幸亏当时有重紫及时做决定，南华伤亡不大。重紫初次立功，出乎虞度与闵云中意料，二人当众称赞勉励了她一番。闵云中命弟子送来一粒九转金丹与她疗伤，另加增进修为的天元丹一粒，以示嘉奖。

得卓云姬救治，重紫伤势原已无碍，半年便痊愈。中间秦珂来探望过她几次，惹得司马妙元十分不快。二人都是新弟子里出色的人物，本就不合，从此越发在暗地里较劲，都想在三年后的试剑会上击败对方。

光阴荏苒，两年过去，重紫十六岁，术法拔尖，几次出色完成任务，也小有名气了。

就在这时，仙界迎来一件盛事——数十年一度的仙门大会又将召开。对洛音凡等人来说，这原是仙盟聚会商议大事之机，但在弟子们心里，仙门大会就是个热闹的宴会。南华上下自一年前就开始关注，当然寻常弟子是没有资格参加的，新弟子更没份。

凡事总有例外。

这日，重紫自慕玉处打听到消息，洛音凡将本届仙门大会地点定在天山。

"当真？"

"尊者才定下的，过两日就会有消息出来。"

"师父并没告诉我。"

"这种大事怎能随便告诉你？"

"那……师父与掌教会带谁去呢？"

"掌教我不知道，但尊者他老人家并无别的弟子，到时……"

重紫喜得忘记礼节，拉住他的袖子："慕师叔没骗我？"

慕玉含笑道："几时骗过你？"

重紫不好意思，连忙放开他："师叔是首座，也会去吧？"

慕玉摇头："掌教与尊者都不在，南华总要有人留守，我与几位师兄都不去。"

重紫失望。

"又不是什么大事。"慕玉拍她的脑袋，安慰，"玩得高兴些，回来跟师叔说说。"

重紫早听说天山雪景很有名，不由得为慕玉惋惜，但更多的则是喜悦，她高高兴兴回紫竹峰找洛音凡确认，忽见秦珂站在紫竹峰下。

"秦师兄？"

秦珂点头。

"师兄是找我，还是找我师父？"

"过两日我要去天山。"

果然慕玉说得没错，重紫暗忖，接着又惊讶："仙门大会不是还要过两个月吗？"

秦珂没有多解释："尊者与掌教命我先随闵仙尊过去。"

重紫很快想明白，仙门大会乃仙界盛事，就怕九幽魔宫插手破坏，让闵云中带弟子先去，多半是助天山派探魔族动向，确保仙门大会上的安全。

秦珂道："妙元与你闻师叔都会去，你要不要一道前往？"

重紫迟疑："我可能跟师父一起……"

"尊者他老人家已有安排，快回去吧。"秦珂难得弯弯嘴角，走了。

重紫满腹狐疑地回到重华宫，见洛音凡站在阶前，忙快步上前："师父。"

洛音凡看了她片刻，移开视线："见过你秦师兄了？"

"见过了，他说过两日要去天山，仙门大会当真定在天山，师父连我也瞒着。"重紫面含嗔意，想了想又问，"秦师兄他们先走，不知师父打算几时动身？"

"你准备下，随他们出发。"

"师父不去吗？"

"为师随后便来。"

怪不得秦珂会笑，原来师父早替自己安排好了，重紫满腔的喜悦刹那间消失得无影无踪，惆怅又不解。

这两年，师父待她的好并未减少，南华上下都知道，明里谁也不敢让她受半点儿委屈。每次外出任务，他都会"无意中"路过邻近城镇，虽极少出手，但也能知道他的担心。可是不知为何，两人平日相处时，再不像当初那样亲密了，除了教授术法，他都很少说话。

自古师父的决定，徒弟只有听从的，不过他态度的转变令人难以接受，甚至问都不问一声便让她先走，这让重紫有种被丢下的感觉，终于忍不住抗议："我不去！"

"为何不去？"

"路上无趣。"

"你秦师兄也在。"

"我就不。"

洛音凡微愣："你……不想一起去？"

"师父！"重紫似明白了什么，脸一红，"我还是跟你一道去啦。"

洛音凡也觉得尴尬，轻咳："不可胡闹。"

"师父！"重紫索性抱住他手臂撒娇。

小徒弟分明是故意的，越来越会对付他了。洛音凡无奈又无措，待要推开吧，轻了她不肯放，重了又怕她委屈，只得放柔语气："为师尚有要事在身，听话。"

两日后，重紫闷闷不乐地跟着闵云中一行上路了。这一路人不少，但除了秦珂、闻灵之等数十位有地位的弟子，新弟子就只有重紫与司马妙元，毕竟虞度对这两个后起之秀还是很偏爱的。

离仙门大会召开尚有两个月，原不必急着赶路，可闵云中素来以严格出名，极少停歇，众弟子暗暗叫苦，不消几日便到达了天山。

天山教乃仙门十大剑派之一，元知祖师所创。当年元知祖师路过天山，为雪景所迷，从此长住天山，且由雪中得灵感，创下天山剑术，空灵飘逸，神奇莫测，因而闻名天下。

不过第一眼吸引重紫的，还是天山的雪。

入目的冷，入目的白，只见山腰不见山头，雾蒙蒙的，不知是雪，是云，还是天。

雪山与云天相接，茫茫一片，看上去更加巍峨壮观。

至山脚，蓝老掌教亲自出来迎接，碍于礼节，众人改为步行上山。

山下一带景色还很好，花草遍地，草木葱茏。往上走，树木渐渐变得稀疏矮小，也开始起风，再到后来，风力甚紧，雪片纷飞，片片大如席。放眼望去，银装素裹，处处冰谷雪洞，草色树色山石色全失，俨然一冰雪世界，其间更有雪狐奔走，雪莲摇曳，景色奇丽。

天气恶劣，唯有仙门弟子不惧，只觉新鲜，纷纷赞叹。

山顶雪雾弥漫，簇拥着高高的镶金石柱，石柱中间，仙门大开，方是凡人到达不了的天山仙境。

步入大门，头顶雪花变得细碎而轻盈，无声飘落，如诗如画。

放眼望，更有琼花玉树千万，皆生于茫茫大雪原之上。

不远处，一座长长的山脉向远处延伸，分支无数，依稀可见雄伟精致的殿宇楼台，在雪中沉寂，宁静，悠远。

头一次见到这么美的雪景，重紫始知天山仙境名不虚传，心情总算好了点，抬手接住几片小小的雪花，只觉得晶莹剔透，形状各异，小小的分外可爱。

要是师父也在这儿，一起看雪花飘飘，那该多好。

她只管走神，哪知这雪原并不似表面看着那么平坦，冷不防脚被树根一绊，整个人竟栽倒在雪地里。

这一行客人中，女弟子就数她与闻灵之、司马妙元最出色，众天山派弟子原就留意着，见状极力忍笑。

心知出丑，重紫大窘，正要翻身，一只手已将她从雪地里拉了起来，却是秦珂。

司马妙元不出意外地嘲笑道："师妹怎么这样鲁莽？"

前面闵云中与天山蓝老掌教听见动静，回身来看，只见重紫顶着满头满身雪，涨红脸站在那里，情状尴尬。

蓝老掌教顿觉有趣，笑问："这孩子是谁？"

闵云中忙道："护教重华门下。"

近几年，洛音凡收徒弟的事已传开，蓝老掌教闻言讶然："原来是重华尊者座下那位高徒？"

"正是。"闵云中板起脸道，"重紫，还不快来见过蓝掌教？"

重紫反应过来，飞快弹去肩头雪，上前作礼问候。

"仔细些，雪原看着好走，其实要步步留神，许多孩子头一次来都吃过亏的，当年雪陵座下那孩子也……"说到这里，蓝老掌教原本慈祥的脸忽然阴沉下来，转为痛悔羞愧之色，半晌才重重叹息，"罢了，那孽障丢尽天山的脸，还提她做什么？"

众人都知道他说谁，一时不好多言。

重紫很快也明白了，见气氛不对，适时移开话题："重紫早听家师说过天山雪景，今日晚辈亲眼见到，方知所言不虚，看得入神，不提防闹出笑话来。"

蓝老掌教点头，有黯然之色："尊者已多年不曾来天山了，当年他与雪陵交情极好。"

重紫道："家师倒是常提起蓝掌教，只无暇分身。"

一条三丈宽的锦带凌空卷来，铺成大道，直通远处殿宇，映着白雪分外醒目。众人踏锦带而行，至正殿，两派弟子正式见过礼，蓝老掌教与闵云中自去偏殿用茶说话，命徒弟带众南华弟子去客房安顿。

第七章·海底通道

重紫边走边听介绍，原来这座长长的山脉名为白邙，分五岭，主脉正殿所在地最高，为凌虚峰，客房则在落梅岭。

负责接待的天山派首座弟子名唤月乔，长得也算高大英伟，见重紫即惊为天人，有心献殷勤，让两名弟子招呼其余众人，自己则引着秦珂等四位走进另一个院子，指定房间，再客气几句，眼睛看向旁边的重紫："天山就是冷清了些，师妹恐不习惯吧？"

"师兄有心，"重紫道谢，由衷赞叹，"我看这里景色很好。"

"雪原另一边更好看，有空我带师妹过去。"

"这……怎好劳烦师兄？"

"初来此地，还是先歇息，或许晚点尊者会有信来。"秦珂打断她，淡淡道，"改日再去烦扰月师兄吧。"

重紫听说师父可能来信，更不去了。

月乔正失望，忽然旁边司马妙元上来，笑靥如花："月师兄，雪原那边真有什么好景致？"

早听说她是人间九公主，身份尊贵，长相也出众，月乔受宠若惊，忙道："师妹倘不嫌弃，我稍后带你去游览一番。"

见秦珂并不开口，司马妙元气打不到一处，脸白了又红，笑容越发甜美："那就有劳师兄。"

房间安顿好之后，月乔果然带司马妙元出去了，闻灵之对身旁事视若无睹，自己关门歇息，剩下秦珂与重紫在外头。

秦珂道："仙门大会当前，恐魔族作乱，尊者吩咐不得让你乱跑。"

原来师父关照过！重紫喜悦，想起方才当众摔倒的事，红着脸道谢。

"要去看雪景吗？"

"师父要是送信来……"

蓝剑优雅，带着二人在雪花缝隙里穿行，茫茫大雪原，只见遍地雪松，时有雪兔、雪狐、雪鹰等灵兽灵禽奔走飞翔。

重紫看得新鲜，指着一只雪狐，秦珂果然御剑下去，重紫很快制住小东西，将它抱在怀里，雪狐也顽皮，拿爪子送了她一脸雪。

秦珂只在旁边看。

重紫不好在他面前闹得过分，加上始终惦记着师父来信的事，放了雪狐起身："时候不早，我们……该回去了吧？"

"喜欢便多玩片刻，"秦珂踏雪而立，"明日再带你去山那边。"

重紫迟疑片刻，道："有些话，重紫不知当不当讲？"

秦珂示意她讲。

"师兄不必这么迁就我，我并不是她。"

"谁？"

"先前那个重紫，我的师姐。"重紫鼓足勇气，望着他的眼睛，"师兄往常不理我，难道不是因为她？我用了她的名字，用了她的法器，师兄生气讨厌我，是因为觉得我不配。"

秦珂紧绷了脸，沉默。

不是不配，是用着她的所有却不是她，杀了一个，以为这一个就能弥补了吗？

"直到洛河一战，师兄才不再小瞧我，"重紫有点落寞地侧过脸，"但我根本不可能变成她。"

秦珂忽然道："真正将你当作她的，并非是我。"

重紫愣住。

"是谁强行将这身份赐予你的？"秦珂替她拂落头发上的雪花，"我并非讨厌你，更不是生你的气。"

"是生我师父的气吗？"重紫很早就看出他对洛音凡有偏见，忙解释道，"其实师父并不是你们想的那样，师姐的事，他……比谁都伤心。"

"你师姐也曾这么信他。"

"那是真的！"

"事情已过，多说无益。"秦珂淡淡道，"回去吧。"

重紫亦十分不快，知道话题不能继续，只好闭了嘴，默默跟他回到落梅岭，各自进房间歇息。

　　门派往来,是互相结识的好机会。秦珂堪称仙门后起之秀,外加长相俊美,常被一群天山女弟子缠着说话,不过他生长于王侯世家,入仙门后更不乏爱慕者,倒还应付自如。

　　这边几位闻名的南华美女,也免不了有天山男弟子私下献殷勤。闻灵之是出名的"雪灵芝",对别人一概不理,而司马妙元与月乔形影不离打得火热,唯有重紫,长得最漂亮,性格又最和气,并不仗着师父的身份摆架子,因此比另两位更受欢迎。

　　然而接连一个多月,重紫都没精打采,赏雪的兴致也大减。原来那夜洛音凡真来信了,却是给闵云中的,旁人哪里看得到,上面说了什么更一概不知。

　　闵云中与秦珂没忘记正事,与蓝老掌教商议,每日派出几路弟子去天山周边查探。

　　这日黄昏,重紫不知不觉闲逛到苦松岭。

　　这苦松岭也是从白邙主脉分出来的一条小岭,旁有山谷,周围一带是天山弟子们的居处,暮色降临,亭台在纷飞的白雪下,更显寂寞冷清。

　　"月师兄!"

　　"我都说了,是师妹你误会了。"

　　亭子里传来说话声,估计是男女二人起了争执。重紫掉头不及,连忙闪到一株雪松后,打算取旁边小路回去,谁知眼角余光一瞟,发现那男人很眼熟,仔细看,正是天山首座弟子月乔。

　　"你说过喜欢我的,"女子面有急色,语气激动,"我要去问问那个司马妙元,她凭什么缠着你不放?"

　　月乔软语哄道:"她是客,让我陪着看看雪,岂有拒绝的道理?"

　　女子敏感,意识到什么:"她长得好看,月师兄你是不是喜欢她?"

　　月乔敷衍:"怎么会?"

　　看这情形,重紫大概猜得出来龙去脉,想是他二人原本要好,谁知月乔近日被司马妙元迷住,丢开这女子,因此闹起来。

　　此人只看重皮相,委实肤浅!重紫暗生鄙薄之心,却不知其中有内情——这月乔原是西海君之孙,西海君与蓝老掌教交情极好,故将他送来天山派学艺。月乔修行已有小成,可惜个性张扬,不太得人心。蓝老掌教念着故人,未免纵容他些,小事上睁只眼闭只眼就算了。

　　月乔本性喜新厌旧,解释两句,见对方始终不依不饶,也失去耐性,将她狠狠一推,骂了几句,那女子登时哭起来,转身跑了。

月乔并不去追，反而朝重紫这边看过来，目光凶冷："谁?"

想不到被他发现，重紫有点尴尬，待要走，又显得自己心虚似的，迅速衡量一番，干脆自雪松后走出来："月师兄。"

见是她，月乔转怒为喜："重紫师妹！"

"无聊出来走动，不巧打扰师兄，"重紫装作奇怪的样子，"方才那位师姐是谁，走这么急?"

月乔赶紧上来，笑着去拉她："并没事，不过是个寻常师妹，实在缠人得紧。"

幸亏亲眼看得明白，否则还真要信了他！重紫见他一副若无其事的模样，更加不齿，不动声色避开他的手，后退一步，装作看天色："不早了，我也该回去了，师兄自便。"

"我送师妹回去。"

"不劳师兄。"

月乔强行拉住她："我与她真的没什么，师妹莫要误会。"

这话听着不对，重紫皱眉，缩手："师兄这是说什么?"

所谓色令智昏，月乔见她面含嗔意，凤眼微横，虽有不悦之色，却依旧动人得紧，哪里肯放?

不想他无耻到这种地步，重紫大怒。正拉扯间，月乔忽觉手臂一麻，再看时，重紫已被那白衣青年拉至身后。

"巧得很，月师兄也在。"

月乔暗恨，皮笑肉不笑："秦师兄好闲情。"

"这么晚，乱跑什么?"秦珂转向重紫，"尊者过些时日便来，他老人家特地在信里嘱咐，叫你规矩些！"

重紫低头答应。

这话明里训重紫，实际已搬出洛音凡来，月乔果然醒悟。听说重华尊者极其护犊，这徒弟的地位不必说，连南华虞掌教也要顾着些，真冒犯到他门下，不待他亲自动手，自己也会倒大霉。

心知再放肆不得，月乔忙笑道："正是呢，方才我见师妹一个人乱走，恐她出事，想送回去，谁知反惹误会，秦师兄来得正好，我就不打扰了，失陪。"说完随意拱了下手，匆匆离去。

幸好有秦珂解围，否则闹开，两派面上都不好看。重紫悄悄拿眼睛瞟秦珂，心里感激，却不知该如何开口。自那日回来，二人就再没多说一句话，眼下这事更尴尬了。

"走吧。"

重紫跟上去:"秦师兄!"

秦珂停住看她。

"那日我不该惹你生气……"

"我并不曾生气。"

"啊?"

看她意外,秦珂难得笑了下:"我成日忙不过来,为这点小事与你生气吗?"

重紫赧然:"早知道师兄大人大量,不会跟我计较。"

秦珂继续朝前走:"再乱跑,定叫闵仙尊罚你。"

重紫跟着走了几步,又拉他:"师兄。"

秦珂侧脸。

"其实……"重紫吞吞吐吐,始终是想改变他对师父的偏见,"我师姐,其实师父并未将她逐出师门。"

秦珂竟没有反驳,沉默半响,忽然道:"我有件事一直想要问你。"

重紫松了口气,忙问:"师兄想知道什么?"

秦珂道:"洛河一战,你受欲魔心那掌。"

重紫记起来:"嗯。"

秦珂低声问:"尊者当真在你身上留了仙咒?"

提起这件事,重紫至今仍不解,强受欲魔心一掌,当时人人都以为自己修得了护体仙印,事实上当然不可能,一个新弟子两年就修到仙印,那些修几十年也未必有的前辈都该去上吊了。虞度问起,还是洛音凡出来解释,说事先在她身上留了护体仙咒的缘故,这才没人追究。

真相如何,唯有重紫自己明白。

秦珂既然问起,明显已经在怀疑,可师父不说,必定也有他的道理,重紫十分为难,只得拿话支吾:"这个……我也记不清了,当时好像……"

话没说完,脚下大地猛地一晃,仿佛受到强烈撞击,紧接着空气中有热浪翻涌而至,漫天雪花瞬间散尽,天边竟亮起血红色晚霞,奇丽诡异。

重紫惊讶:"这……怎么回事?"

秦珂皱眉:"天现异象,必有大事发生,回去看看!"

二人匆匆回到落梅岭,不出所料,所有弟子都聚在园子里议论纷纷,面上皆有不安之色,很快闵云中与蓝老掌教带着几名天山大弟子走来。

蓝老掌教也惊疑不定:"仙界怎会有这等异事?"

"有来自外界的力量干扰,"闵云中沉吟,"六界皆因人间连通,人间力量根本不足以撼动仙界,奇怪。"

蓝老掌教猛地记起一事:"莫非真是那条海底通道?"

闵云中变色,厉声:"秦珂,你速速带弟子回南华报信!"

"这么大的动静,尊者与虞掌教他们想必都已察觉了,"蓝老掌教急忙阻拦,"还是先去天池看看再说!"

仙界天池位于白邙山主脉尾部,方圆数里,如天降明镜,此地终年飞雪,池上却从未结过冰,十分神奇。

众人御剑至天池上空。

"有动静。"蓝老掌教低喝。银光闪过,手心出现一把钥匙,他抬手将钥匙往底下一抛,池水顿时翻涌搅动,形成巨大的旋涡,直达千丈池底。

闵云中执浮屠节率先跃下,闻灵之毫不迟疑地跟随,蓝老掌教回身叫过月乔,令他带其余大弟子出去看紧门户,以防意外,几句话安排妥当,蓝老掌教便也领着几名弟子下去了。

月乔拉司马妙元:"师妹,你也跟我出去吧。"

司马妙元咬了咬唇,过去劝秦珂:"师兄,这里已经有闵仙尊他们了,不如我们都出去守外面大门怎样?"

秦珂摇头,吩咐重紫:"你留在上面,等候尊者。"

自洛河一战,重紫对水就有心理阴影,迟疑着,最后仍将牙一咬:"说不定出了大事,我还是去看看,或许帮得上忙。"

秦珂也不勉强,拉着她跃入水底。

司马妙元见状气得脸白,甩开月乔的手:"我也下去看看!"

原来六界并非每一界都相邻,而是通过人间连通。当年魔尊逆轮偷袭仙界,为掩过仙门耳目,瞒天过海,利用虚天万魔之力,在万域海底与大山大池之间秘密开辟了一条通道,从魔界直达仙界。也是天时契合,当时适逢数万年一度的七星涅日,北斗生魔气,加上逆轮乃天魔之身,有号令万魔之能,故而成功。

魔族意外自天池潜入,天山派惨遭重创,同时逆轮亲自率大军取道人间,猛攻南华,形成内外夹击之势,此举果然令仙门措手不及。援兵尚未赶到,天山蓝老掌教率弟子苦战,最终还是雪陵仙尊舍身,用天山镇教法宝幻睛石赢得时间,保全了天山派,雪陵身亡。逆轮攻上南华,在通天门之战中与南华天尊同归于尽。

许多人都在猜测,逆轮在大战前夕,将一半魔力封入魔剑,可能就是为了开辟这条通道,毕竟要冲破六界自然生成的仙魔屏障,不是件容易的事。

浩劫过后，洛音凡接任仙盟首座，下令以恒河泥沙并海底寒铁炼成浆汁，加以浇灌，将这条海底通道牢牢堵住。由于逆轮伏诛，再生魔王都不成气候，因此这条通道多年没再出过意外，如今仙界出现异象，必是受外力干扰、秩序被破坏的缘故，很可能与它有关。

接近天池底，现出幽幽的通道入口，闵云中先察觉强大魔气，叫一声"不好"，浮屠节提仙力，三道封印同时罩下。

魔力仙力碰撞，周围水浪翻滚，四道人影逐渐变得清晰，重紫定睛一看，除了欲魔心与阴水仙，还有两个从未见过的人物。

一名年轻公子，黑发白面，冠带整齐，颇有王公贵族之风，只是浑身妖气冲天。

另有一个却是三十来岁的瘦和尚，手执紫檀钵盂法华杖，身上竟然披着佛门禁用的正黑色袈裟。

"法华灭！"

"妖凤年！"

后面弟子们赶来，见到这两人都忍不住惊呼，重紫这才知道二人名号，暗暗吃惊，想不到魔宫四大护法都来了。

一招见分晓，闵云中被震得后退三丈才站定，勉强将一口血吞了回去，蓝老掌教与秦珂忙上前相助。

看清形势，闵云中反而露出喜色，冷笑："只有四个吗？"

堵塞之物已被重新破坏，可是过来的却只有他们四个，必是还有最后一道六界自生的天然屏障未能冲破。

这道屏障曾遭逆轮破坏，只是多年过去，天地灵气自然修补，如今就算不够坚韧，法力弱些的魔兵仍是过不来的。目前单凭自己这边的力量，要击败四大护法的确很难，但比起面对千万魔军，已经很幸运了。

蓝老掌教也松了口气，与闵云中递了个眼色，同时挥剑，身后众弟子立即围上来，摆开剑阵，要将四魔困住。

"凭我们四个，天山派已经难保。"邪笑声里，妖凤年身形已失，鬼影般出现在另一侧，以迅雷不及掩耳之势将一名天山弟子拉至面前，扭断脖子喝血。

爱徒身死，蓝老掌教大怒："摆阵！"

话音刚落，又是几声惨呼，几名弟子不敌魔力，化为枯骨。

蓝老掌教又气又痛："孽障！竟敢助魔族对付师门！只怪我当年不该听了雪陵求情，心软饶你一命！"

"我早就与天山无关，何来师门？"阴水仙看他一眼，淡淡道，"若不是你们无能，他就不会死，看在他叫你师父的分儿上，我会留你一命。"

转眼间，妖凤年已饮尽鲜血，随手将尸体丢开，广袖轻挥，身上血迹消失得干干净净，重新变回风度翩翩的逍遥王孙模样，朝阴水仙笑道："今日你可以杀个痛快，我也可以喝个痛快了。"

阴水仙冷冷道："喝血的人，令我生厌。"

妖凤年并不生气，哈哈大笑。

蓝老掌教长叹数声，亲自挥剑斩过去："混账！你以为今日当真能得手？"

重紫来的路上已听秦珂说过这通道的事，心下暗忖。

魔尊九幽能耐果不小，不用虚天万魔之力就能破坏至此，可见他这些年都在打通道的主意，如今四大护法全都来了，他自己却迟迟不现身，莫不是沿用当初逆轮的计策，自己带兵攻南华了？

重紫倒抽一口冷气，再仔细想，还是觉得不可能。

修成天魔的逆轮攻上南华，都要借助虚天群魔之力，九幽哪有那么厉害？毕竟控制人间要道的是仙门，近年在师父率领下，仙门各派防守严密，单凭九幽魔宫之力，要攻南华怕是不容易。

退一步，有师父和虞掌教他们在，就算出事也能守住。

重紫自我安慰，一边帮衬天山弟子们围攻阴水仙，一边冷眼观察形势。

此刻魔宫四大护法里，只有三个真正在应战，大护法欲魔心一直站在通道口，莫不是……

重紫惊道："他想要破坏仙障！"

欲魔心的确是这计划，他让阴水仙三人稳住战况，自己则与另一边的人接应，内外夹击，妄图合力冲破那道天然的仙魔障。

仙魔障破除，魔兵便能利用这条通道，从此在仙界来去自如，闵云中和蓝老掌教都察觉到这点，无奈被阴水仙、法华灭与妖凤年三魔拖住，抽身不得，手下弟子已现败势。

三大护法合力，闵云中等人哪里是对手！就算派了弟子去附近门派求救，来回最快也要一两天，这么打下去，顶多一日，别说仙障破除，连天山派也要遭受灭顶之灾。

倘若三大护法去了其中一个……

重紫重新动起心思，大声道："阴护法且慢，先听我一言！"

阴水仙转脸看她一眼，认出来："又是你。"

重紫作礼："阴护法还记得我？"

"又想诈我吗？"

"不是诈,晚辈只是想劝一句,当年雪仙尊为了守护天山,不惜散尽仙魄,阴前辈为他入魔,可知对他的敬意与爱意,既然敬他爱他,又怎忍心毁掉他用性命维护的东西?"

"就凭你,也想说服我?"

重紫并不回避:"晚辈不敢,但雪仙尊乃是死于魔族手上,阴前辈如今反助魔族攻天山派,叫他知道,岂不失望?"

阴水仙闪至她面前:"可惜,我决不会背叛魔宫。"

纤手如鬼手,闪着蓝光,掐向重紫的脖子,秦珂正要过来相助,闵云中与闻灵之已经先一步上来替她挡过,闻灵之迅速将她带开,闵云中低喝道:"还不住口?快出去,速速报信与你师父!"

现在离开天山?重紫摇头:"恕重紫不能从命。"

闵云中既怒且喜,挡去妖凤年攻击:"好孩子,我知道你是有胆识的,但你师父如今只有你一个徒儿,怎能再出事?不可辜负他的苦心。"

"仙尊与师兄师侄都在苦战,重紫若临阵脱逃,那才是丢师父的脸,仙尊不必顾虑,我尚能应付。"

闵云中无奈,再次与妖凤年战成一团。

重紫再看那阴水仙,见她虽然不肯买账,攻势却明显慢了许多,分明在迟疑,不由得暗喜。这样一个痴情女人,怎会成为传说中可怕的女魔?

想到这儿,她索性放胆道:"此地应是雪仙尊舍身之处,重紫比不得他老人家,愿追随前辈而去,幸好雪仙尊不在了,阴护法何须顾忌,别说杀我,就算杀尽天山弟子,也不算什么。"

阴水仙收回剑:"你以为没有我,你们就能阻止?"说完果然退到旁边。

妖凤年脸色一变,高声笑起来:"看我们的阴护法,倒听起小姑娘的话。"

欲魔心转身,大怒:"阴水仙,你找死?"

阴水仙不语。

没了她,妖凤年与法华灭渐觉吃力,秦珂等人都脱身出来,齐齐攻向欲魔心,闵云中与蓝老掌教亦大喜。

欲魔心再不能专心破通道,闪身挡开秦珂攻击:"你当圣君次次都能容你放肆?"

阴水仙迟疑。

欲魔心不再逼她,丢开通道,冷笑着攻向重紫:"一张利嘴!不若先灭了天山,再开通道。"

重紫吃过他的亏,不敢硬接,只是闪避。

欲魔心插手，远非阴水仙能比，激战之下，天山南华两派弟子节节败退，眼看着要被逼得退出天池。

重紫忐忑不安。

看欲魔心的样子，是打算速战速决灭了天山派，如此一来，天山派被逼入险境。可是换个角度想，引开他们，就无人再去破坏仙魔障，通道反而暂时安全了。

欲魔心带俩护法步步紧逼，至天池水面，猛然察觉不对，大喝："不好！快退！"

数道青气自他袖中飞出，散入人群。

"欲毒，小心！"众弟子纷纷退避。

"拦住他们！"蓝老掌教大喝，周围数条人影闪现，直扑四魔，似早有准备。

重紫犹未反应过来，忽觉一道热流侵入身体，以极快的速度蹿上心头，然后消失得无影无踪。大惊之下，她连忙运气细细检查，又似乎并无大碍，那热流仿佛石沉大海，再也感觉不到，灵力依旧运转自如，不痛不痒，于是便不甚在意了。

众人的视线都被吸引到另一边，无人留意到她。

一道青光不知从何处飞来，横在旁边观战的阴水仙颈边。

第八章·雪夜梅

"师父！"

神出鬼没般，明明应该还在南华的洛音凡，此时竟然现身半空，身旁还站着几位掌门模样的仙者，皆面带微笑。

小徒弟凤眼闪闪，洛音凡先朝她颔首，再看阴水仙："息壤。"

这是怎么回事？师父怎会突然出现？重紫正糊涂，忽听旁边秦珂道："尊者早已察觉万域海底的动静了。"

重紫大悟，欣喜又疑惑。

原来师父早已布好陷阱，怪不得闵仙尊与蓝老掌教虽慌不乱。这么说，自己方才说服阴水仙，也算歪打正着，引欲魔心起了屠天山之心，杀出天池来，才让师父得手？

果然，闵云中全无半点儿意外之色，蓝老掌教还冲她微笑点头。

师父要夺息壤干什么？重紫望着他。

洛音凡缓步走到阴水仙面前："交出息壤，看在雪陵面上，饶你一命。"

阴水仙微哂："他早就死了，你不必给这么大的面子。"

欲魔心已退至池底通道口，闻言转身冷笑："洛音凡，你这圈套设得的确好，可惜你打错了主意，息壤并不在她那里，在我手上！"

洛音凡皱眉。

欲魔心怒视他片刻，扬手丢出一个锦囊。

洛音凡接过，并不多看，墨峰剑自动归鞘。

欲魔心不理会阴水仙，回身："撤！"

三条人影消失在通道口，阴水仙呆了呆，也跟上去，众人虽有想追杀的，但洛音凡向来言出必行，说放就是放，也无人敢追了。

原来洛音凡早已察觉万域海底通道出了问题，料定是九幽魔宫所为，仙门大会即将召开，掌门仙尊都赶着来参会，因恐各派内部空虚，他动身前特地安排仙门加强了人间要道的防守，以防魔宫趁机来犯，纵出事也能最快得知。而最要紧的，还是当前的通道。洛音凡带几位掌门下到天池底查看，只见先前的堵塞物已被破坏尽，通道口依稀透出魔气，但大部分被阻隔在天然仙魔障之外。

仙魔障天成，说它脆弱，却能阻隔千万魔军；说它坚固，法术高强的却仍能闯过来。

闵云中道："必须尽快修复，耽搁不得。"

洛音凡道："前日我与几位掌门特地去了落霞山，取得五彩石一块，如今有神之息壤，正可修补，从此永绝后患。"

他早有修补通道的意思，这才设计夺息壤，闵云中原是知情的，听说五彩石也顺利取回，不由得喜悦："还等什么，这便去吧！"

"有些不妙！"旁边蓝老掌教仔细查看洞内情形，忽然摇头道，"地火之气上涌，万域海水似有倒灌之势，欲魔心虽退，毕竟不甘，恐怕留了陷阱，下去修补定然危险。"

重紫立即望向洛音凡。

不出所料，洛音凡道："我下去一趟。"

"师父！"

"我与你同去，有个照应。"闵云中断然道，"这洞口，有劳蓝掌教派弟子守护。"

蓝老掌教劝说不回，无奈答应："仙尊放心，我亲自带人守着。"

仙门大会召开在即，各大门派掌教与弟子陆续赶来，南华虞度、青华卓耀并昆仑玉虚子等人也到了。

意外的是九幽魔宫非但未进攻南华，甚至连半点儿动静也无，只派四大护法闯通道，令众人百思不得其解。严格地说来，此番行动九幽并未捞到什么好处，花这么多年时间破坏通道，难道就是为了给仙门添点乱？

不过众人目前最关心的还是通道下的洛音凡与闵云中，虞度与卓耀等几位掌门商量一番，也决定进去帮忙。

听说虞度等人也去了，重紫这才放心了些，整整七日，她都坐在天池畔的雪松下，远远望着不肯离开，秦珂来劝过她两次，后来也就只看不劝了。

仙界秩序颠倒，白雪融化，松枝呈现出一片墨绿，这些变化令重紫恍惚，简直就像过了七年。

"重紫。"有人在身后轻声唤她。

重紫迟钝地转脸看，半晌才认出来人，不由得意外，起身作礼："云仙子。"

卓云姬换了身粉色衣衫，笑若莲花："别担心，他不会出事。"

许久未有洛音凡的消息，重紫原就心烦，听到这声"他"，竟莫名升起怒意，轻哼："是吗？"

卓云姬微微蹙眉。

察觉不对，重紫冷汗出来，忙展颜道："云仙子莫怪，我只是有些害怕，失了分寸。"

卓云姬点头，安慰两句就走了。

无缘无故失礼，幸亏卓云姬脾气好没计较，重紫松了口气，目送卓云姬离去，抬手拈过松枝，暗暗纳闷。

方才重紫真被自己吓到了，那陌生的冷笑听得人毛骨悚然，仿佛不受控制就从鼻子里哼出来，自己往常明明很能自制的，谁知最近突然性情大变，浮躁无比，一丝情绪都藏不住，是太担心师父的缘故吧？

她兀自惊疑，忽然一声巨响自耳畔炸开，天池水面卷起无数旋涡。

出了什么事？

重紫变色，发疯似的奔往池中心。

遭遇巨变，地力释放，守护通道口的蓝老掌教与众弟子都被逼退了出来，停在天池上空。旁边还站着许多人，虞度、闵云中、卓耀……都是先前一同下去协助修补通道的掌门与仙尊。

这么多人，却无一个开口说话的。

重紫只管在人群中寻找，半晌煞白了脸，拉住秦珂："怎么回事？"

秦珂不答，面色也很难看。

胸中好像有什么东西裂开了，重紫失神道："掌教都出来了，闵仙尊也出来了，我师父呢？他是不是早就出来，去外头了？"

秦珂沉默片刻，握住她的手安慰："你先别急，或许……"

重紫忽然推开他："我要下去看！"

就在她要往下跳的时候，天池里又是一声巨响，池水四溅，一道白影自水里缓缓升起，浑身湿透，却无半丝狼狈之态。

瞬间，四周热浪退却，冷意弥漫。

日光急速消失，头顶重新布上厚厚的阴云，须臾，漫天雪花飘飘洒洒下来，似垂落的帘子。

熟悉的人影独立雪帘那一边，映着白雪越发庄严。

重紫傻傻地望着他，身旁惊喜的人刹那间都自动后退，成了背景。耳朵里听不见声音，眼里看不见别人，终于，她不顾一切冲上去扑到他怀里，哽咽着说不出话来。

他知不知道刚才她多害怕？若他不在，她怎么办？

这不是做梦？重紫慌忙抬脸，擦干眼泪，睁大眼睛确认——苍白平静的脸带了几丝疲惫，在看到她的那一刻，不自觉流露出几分温柔与慈爱。

重紫马上又重新趴在他怀里，又笑又哭。

当众被徒弟这样抱着，洛音凡既感动又尴尬，轻轻推她："重儿？"

好像有粒种子在心里生了根，蠢蠢欲动，似要发芽，重紫也说不清那种感觉，只知道留恋这怀抱，不想放手，于是便紧紧抱住他，喃喃道："师父。"

小徒弟身板瘦了许多，形容憔悴，想是一直在为自己担忧，洛音凡见状也心软了，拍了两下她的背："为师好好的，哭什么？"

二人本是师徒，方才情形的确算得上生死一线间，情况特殊，众人自然不会计较，乐得看笑话，唯有旁边蓝老掌教皱了下眉。

闵云中难得也露出笑容，斥道："这么大了，也不怕丢脸，赖在师父身上做什么，还不放手让你师父过来！"

重紫回神，发现众人都看着自己，立即涨红了脸。

洛音凡轻咳，示意她放手："通道已封，应是永固。"

他既安然出来，事情毫无疑问成功了，众人早已料到结果，如今听他亲口证实，更放了心，纷纷道贺。

卓耀提议道："仙门大会当前，尊者何不借它庆贺一番？"

洛音凡点头："理当如此。"

众人拊掌大笑。

仙界秩序恢复，盛会在分香岭举行，美酒仙肴，参会者不下万人。这次的仙门大会比以往几届都热闹，成功封堵了海底仙魔通道，永除仙界后患，是洛音凡等人苦心筹划的结果，仙门上下无不称颂。提壶放歌，弹琴献舞，各展术法，尽情畅饮，当真是神仙之乐。

雪花飘洒，喜气洋洋，寒冰雕成巨大餐桌与饰物，嵌着夜明珠的冰灯闪闪发光，照得分香岭只有白天而无黑夜。

不知哪位玩性高涨起的头，仙人们各显神通，用冰变出自己的座位、莲花、蘑菇、鲤鱼……醒时继续行乐痛饮，醉了就地卧冰榻。

数万壶酒如水泻，上用流霞，下用琼香。

洛音凡这边敬酒的人多，且都是有身份的人物，重紫不好意思夹在中间，悄悄移到下面燕真珠身旁，陪她喝了两杯酒，又左右望："姐姐，怎不见秦师兄？"

燕真珠笑指："在那边拼酒呢。"

重紫顺着她的手看去，果然见秦珂与一位华服青年站在一处，重紫仔细瞧，发现那男人有些眼熟，立即想起来："那不是卓少宫主吗？我见过他一次的。"

燕真珠闻言将酒杯一搁，紧张："你几时认得他？他欺负你了？"

重紫奇怪："这话怎么说？我看他很是和气呢。"

"和气？"燕真珠张大嘴巴，半晌笑起来，"没被他骗就好，我说就是借他十个胆子，他也断不敢打主意到你身上。"她一边说，一边拿起片果子吃了，"你不知道，那可是仙界出了名的人物，各派有名的女弟子，一半着过他的道。"

重紫"啊"了声："我想起来了，他很怕那个叫织姬的。"

燕真珠道："那是活该！他和你闵师叔一样，碰巧都在二十九岁上得了仙骨，仗着好皮相，成日花言巧语，风流成性，当年他还曾向你师姐提过亲呢。"

"师姐？哈！"重紫乐了，"师姐不喜欢这样的人吧。"

"尊者没答应。"燕真珠手一摊，"你师姐出事才几年，他便娶了闵仙尊的侄孙女素秋。听说开始感情还好，谁知有一日，这位少宫主不知听到了什么，突然与夫人大吵一架，之后就再没进过她的房，再然后就这样了。"

重紫惊讶："闵仙尊那么厉害，侄孙女受欺负，他就不管吗？"

燕真珠本性大大咧咧的，加上喝得有点多，顾不了忌讳，看看四周，悄声笑道："管，怎么管？闵仙尊再厉害，总不能捆了他送到夫人床上去吧。"

重紫红着脸与她笑成一团。

"那织姬怎么回事？"

"你别急，听我慢慢说。"燕真珠示意她倒了杯酒，这才继续道，"卓少宫主只管拈花惹草寻乐，不想前几年惹上了一位厉害人物，那便是东君的女儿织姬，这位痴心仙子仗着老爹的名头，找上青华宫去，只说卓少宫主骗她，要他负责。卓少宫主哪里肯负责，早躲开了。卓宫主也拿这儿子没奈何，又无法跟织姬交代，索性放话将他赶出来，眼不见心不烦。"

"织姬找上青华宫，他夫人不生气吗？"

"他那夫人往日看着极贤惠，想不到也是个厉害人物，只骂别人勾引丈夫，成天忙着捉奸，正泡了一缸醋，当时就和织姬打了一场。"

重紫再转脸瞧那位卓少夫人，见她生得极温柔美丽，脸上却果真隐藏了几分气苦之色，眉心那粒美人痣不知为何看着有点刺心。

须臾，燕真珠的丈夫成峰过来，重紫不便再扰他两个，回去洛音凡身边坐好。其间许多别的门派的弟子上来搭话，她也心不在焉，随便应付过去，眼睛只瞟着身旁人，好在当着他的面，那些弟子不敢多缠。

但有掌门上来劝酒，洛音凡都不推辞，饮必满杯。

从不曾见师父喝这么多酒，可知他今日真的很高兴。重紫好容易等那些人走得差不多了，也凑趣斟了杯，正要递过去，忽然卓云姬捧杯走来，盈盈下拜作礼："尊者。"

洛音凡微微点头，接过喝了。

卓云姬莞尔，没再说什么，转身离去。

胸中酸意翻涌，几难控制，重紫立即将酒杯送至他面前："师父！"

洛音凡一愣，侧脸看她。

重紫方才见过许多喝醉的仙人，通常酒喝得越多，眼神就会越飘忽，唯独面前这双黑眸反而更加清澈，有如水波，看得人心荡漾，一时间她竟连要说的话也忘了，慌乱垂眸。

杯中流霞，灿烂若锦。

小嘴微抿，粉面桃花，含羞带喜。

洛音凡移开视线，抬手接过酒杯，却没喝，搁至面前桌上。

无论她怎么努力，在他眼里，她都只是那个师姐的替身，连卓云姬都比不上！重紫委屈得咬紧牙，一气之下抛开礼节，忽地起身就走。

天已经黑了，细碎雪花落到脸颊上，冰冷。

酒意随风而散，头脑渐渐清醒。

最近情绪失控的状况越来越严重，居然敢跟师父摔脸子！重紫捂着胸口，暗暗心惊，开始害怕起来，有气无力漫无目的地朝前走。

前面一片梅花林，红梅白雪，分外喜人。

不觉行至深处，石板路已被厚厚的雪淹没，可见平日极少有人来，重紫立于花林里，白雪悄悄落在花瓣上，优美宁静。

前面，一树梅花开得格外茂盛。

重紫心血来潮，抬手作法，地面白雪纷纷飞扬，现出底下干净的青石板路。

顺着路走到那棵梅花树下，重紫正在欣喜，低头之间，忽然发现脚底那块青石上依稀有许多小字。

谁会在这上头刻字？重紫奇怪，蹲下身仔细辨认。

这一带太僻静，常年雪飘，无人打扫，所以年月虽久，却始终没被发现，字迹不至磨损太多，辨认起来并不困难。

看清之后，重紫整个人都呆住。

青黑石板，一笔一画，反反复复都只刻了四个字。

师父，水仙。

心仿佛被什么狠狠地捏了下，重紫白着脸，飞快站起身往回走。

阴水仙？那是错的……

是错的……

"卓昊，你今日不给我个交代，休想离开！我们去尊者跟前理论。"女子声音气愤。

"尊者他老人家怎会管这些？"男人的声音很耳熟，明显是在敷衍，"我对你自然真心，只不过我娶的那位，你又不是不知道，她是南华闵仙尊的侄孙女，我若变心，闵仙尊岂不要先砍了我？"

"总之你不能不管我！"

"你别急，待我稍后禀过父亲，求他老人家与闵仙尊说情，好不好？"

"闵老儿算什么，我君父也不怕他！"

"你一向最温柔体贴的，如今当着这么多人闹，岂不招他们笑话？"男人放软语气哄她，"大会过后再说。"

"你又骗我！"

"怎么会？三日后你在这里等我，我必定带你走。"

女子纵然怀疑，禁不得男人许多好话，终究还是答应了。

见一个爱一个，哄人的更不是好东西！重紫匆匆走了段路，正努力平复心情，无意中就听到这段对话。男人不难认，正是青华宫那位卓少宫主，女子除了织姬再无别人。

原来他叫卓昊？

重紫向来秉着"不干己事不开口"的原则，谁知她最近脾性大变，见到这场景竟莫名来气，忍不住脱口道："他哄你呢，你别上当了！"

花丛中二人同时转脸看过来。

"她是谁？"织姬神色不善，质问卓昊。

卓昊认出她，挑眉不答。

好心提醒反遭怀疑，重紫暗骂这织姬坏了脑子，更为自己变得口没遮拦而着急，转身就要溜。

织姬哪里肯罢休，上来拦住她："你是谁，你怎认得他？"

重紫奇道："卓少宫主大名远扬，放眼仙门谁没听过，谁不认得？"话里已带了三分讽刺。

织姬被噎住，半晌看卓昊："她说你哄我，可是真的？"

"家里那位来了，"卓昊忽然皱眉，"我先避过，你替我挡着，别说我在这里。"说完隐去身形。

织姬与重紫同时转脸看，果真见两个女子一前一后匆匆走来。前面那个重紫认得，是冷冷的师叔闻灵之，后一个正是方才宴席上所见到的那位卓少夫人闵素秋。

闵素秋冷冷道："闻灵之，你给我站住！"

闻灵之回身："卓少夫人这是在命令我？"

"是你挑拨我夫妻二人？"

"我只说了事实，何来挑拨？"

闵素秋怒视她，手上白绢几乎要被狠狠拧断。

闻灵之并不在意："当初难道不是你放出万劫残魂的消息，引重紫前去探视，害她丧命？我向来只喜欢让别人背黑锅，如今难得替你背了这么多年，说出真相，你该谢我才是。"

听到自己的名字，重紫有点傻，不过她很快就反应过来是在说谁，暗暗吃惊，听闻灵之话中意思，难道师姐的死竟与这位卓少夫人有关？

重紫并不喜欢那个师姐，可真有人害过她的话，那又是另外一回事了。

"如此，秦珂便会理你？"闵素秋冷笑。

"同门叔侄之别，卓少夫人的意思我不明白，"闻灵之淡淡道，"有小辈在，我劝夫人言语谨慎些，方不失身份与体面。"

闵素秋也是气糊涂了，这才发现不远处有人，丈夫常年在外拈花惹草，因此本能地厌恶美丽少女，看到重紫先皱眉，再看她身旁那女子，登时大怒，顾不得闻灵之了："织姬！"

织姬显然不怕她，扬起俏脸挑衅道："老妖婆，你叫我做什么？"

闵素秋道："卓昊呢？"

织姬恨不得将卓昊藏到只有自己的地方，哪里肯说与她："他在哪里，连你都不知，我又如何知晓？"

闵素秋冷笑："不要脸的贱人，勾引别人丈夫！"

"是你自己长得丑，又这么凶，当然看不住他了，"织姬毫不示弱，转转眼珠子，故意气她道，"靠玉还丹驻颜，修了三十二年才得仙骨，哪里配得上卓昊哥哥？他现在后悔得很，说娶错了人，恨不得打发你回去，还说这辈子只爱我一个。"

仙门夫妻得仙骨时间不同，为了外形般配，晚得的常用名贵丹药保住青春，这种事原不稀奇，更无人在意，可闵素秋是个多心人，一直对此事耿耿于怀，如今被织姬说中痛处，急怒之下，上前就要扇她巴掌。织姬早有防备，侧身躲开，抬手拔下玉钗，化作短锥去扎她。

大约是女人形象天生代表着美与善的缘故，打架风度可差远了，二人抓扯一番，很快使上术法，把个梅林搅得好不热闹。

重紫在旁边看得无言。

此事罪魁祸首原该是卓昊，毕竟是他先哄骗织姬，而非织姬主动勾引他，就算没有织姬，他照样会找上别的女人。

这位卓少夫人表面看着柔弱优雅，宴席上身份摆得十足，想不到动起手来，狠劲丝毫不输织姬。织姬看似凶恶，实际出手很有分寸，并无真正伤人之心。反倒是卓少夫人，一心往织姬脸上招呼，分明是想毁其容貌，好在织姬术法不弱，这才没出事。

卓少宫主跟师姐提亲，如今却娶了她，师姐的死看来很遂她的意。

人间有句话是，咬人的狗不叫，会叫的狗不咬人，这样一个女人会背地算计，毫不稀奇。

重紫原本同情她失去丈夫的爱，可如今知道她与师姐的死有关，再想到方才她看自己的眼神，怨恨威胁都占全了，一时再无好感。

眼见两个女人打起来，重紫也不担心，现放着个长辈在呢，于是过去作礼："闻师叔。"

闻灵之微哂："为男人变成这样！"

重紫愣了下，识趣地不答。

闻灵之转身离去。

重紫也没精神继续观战，打算返回宴席。低头走在小径上，她情不自禁地回味闻灵之这句话，竟大有感触，只觉心里有许多事，难以言尽，难以出口。

"重紫。"一柄折扇拦在她面前。

"卓少宫主？"重紫连忙止步，含笑作礼，心里暗叫倒霉。

"原来你便是那个重紫，"卓昊拿扇柄抬起她的下巴，"难怪秦珂当时不告诉我，可惜了一副好相貌。"

只怪自己多嘴生事，重紫理亏，气势跟着矮了几分："我不明白卓少宫主的意思。"

卓昊丢开她，轻声："这副相貌，实在是……不配叫这名字呢。"

没有比这更恶毒的话了，重紫大怒，想也不想便冷笑道："我自然不及师姐，可惜她再美再好，死了没几年，卓少宫主还不是照样娶了别人！"

倜傥笑意凝固在脸上，仿佛被雪冻住。

察觉不对，重紫害怕了，转身欲逃，手腕陡然被他扣住，疼痛难忍，饶是作法抵抗，那汹涌的力量仍险些令她叫出声。

剑眉微竖，眸子里满是冷厉之色，卓昊淡淡道："你倒说说，她有什么美，有哪里好？"

重紫没好气，叫起来："我哪里知道，放手！"

"不知道？"卓昊冷笑，手腕上力量反而又加重几分，"我对她怎样，为她做了多少，她又是如何对我……"

想不到他会这么激动，重紫忍痛，更加疑惑，难道事情并不是自己想的那样？

夜深，雪落得大了些。

风雪中，那双眼睛似曾相识……

重紫望着他片刻，忽然垂眸："对不起。"

卓昊愣住。

长睫低垂，似有湿意，盖住眼中神情，整张脸明艳之色顿减，美得可怜，看上去竟有点熟悉。

轻易失态，这便是缘故？相同的名字，可惜说这句话的，不该是她。

"怪不得尊者会收你。"手缓缓松开，他轻叹了声，再不看她，大步离去。

重紫望着那背影发呆。

"回去吧。"

"师父。"

方才宴席上察觉她表现异常，洛音凡已经怀疑，只当是喝多了酒，见她许久不回，又怕她一个人乱跑出事，越发担心，故离席前来寻找。

重紫想起那杯酒，别过脸。

小徒弟安然无恙，洛音凡便不说什么，转身往回走。

重紫越发气闷，追上去拉住他："师父！"

在赌气呢，只因为没喝她的酒？洛音凡半是好气半是好笑，再看她一副着急说不出的模样，不禁责备："越大越胡闹，还不随我回去？"

刚碰到那手，重紫便觉体内似有道热流蹿过，心头一粒潜藏已久的种子正在发芽，蔓延，开花，全身血液也跟着发起热来。

走了几步，发觉那小手滚烫，洛音凡一惊，立即停下来细细打量她。

重紫绯红了脸，紧紧咬住唇。

洛音凡更加惊疑，忍不住开口问："重儿，你……可有不适？"

语气中的温柔与关切，驱散了她所有的理智，对与错，伦与礼，所有的顾虑都被心底汹涌的情潮彻底击败。

重紫抬脸望着他："师父。"

轻轻的声音与素日大不相同，那是一种奇怪的感觉，好像熏风过池塘，无声惊起涟漪。

洛音凡愣住。

远处，歌声、乐声、大笑声、劝酒声依稀传来。

疏林小径，寒梅枝头，一盏半月形明灯高挂，灯影里，她倚在他臂上。

鬓角优美，小脸莹如玉，双颊飞红云。眼尾斜挑，含羞带笑，眼波微横，婉转妩媚，竟是风情万种。

红唇娇艳非常，似一朵雪润的鲜梅，看得人情不自禁想要去采撷，伴随轻喘，白色烟雾呵出，一片薄而晶莹的雪花被吹得重新飘起，迅速融化，散发出一丝暧昧。

心神一凛，洛音凡失措地移开视线，半晌才又重新低头看她，不动声色："重儿？"

熟悉的呼唤点燃体内火苗，开始燃烧，重紫有点难受，有点兴奋，颤抖着，情不自禁朝他怀里移去。

薄唇微抿，有霜雪之色，与他的人一样冷清，可是他能用最温柔关切的声音叫她"重儿"。

想要怎么做，她不知道。

手指纤长莹润，如几管玉葱，拉起他一缕长发送至唇边，羞怯又放肆。

不喜欢卓云姬，不喜欢有女人靠近他，她会嫉妒！他不知道，他去修补通道的时候，她有多担心！他喝卓云姬的酒，却不接她的！她是他最疼爱的徒弟啊！

"师父！"她微露嗔意。

曲线完美的胸脯半贴着他，随呼吸剧烈起伏，小脸仰起，委屈的，热切的，期待的，离他太近。

小嘴轻吐热气，混合着梅花香，温柔地在他鼻端萦绕。

洛音凡沉默片刻，抬手往她额间一拂。

重紫顿觉头脑昏沉，身体似失去了骨架，软软地倒在他怀里。

洛音凡单手抱着她，自袖中取出个小玉瓶，倒出一粒药丸，迟疑着，最终还是喂给了她。

"师兄？"

"多时不曾与你喝酒，方才竟寻不见人，一个人出来了？"虞度缓步走来，看着他怀中重紫，惊讶道，"这孩子……"

"小孩子不知节制，想是喝醉了，我先送她回去。"

虞度含笑点头，不再说什么。

第九章 · 任性的爱

第二日醒来，重紫很疑惑，困扰多日的浮躁感消失，如同卸了个重重的包袱，心地清明许多。回忆起昨夜情形，隐约只记得自己做了些不太合适的逾礼举动，更加忐忑不安，至于缘故她不敢去深想，直到出门问安，见洛音凡神色并无异常，才略略放了心。

是啊，她是他的徒弟，也曾在他怀里撒过娇，有什么不妥的？

只不过，空气中似乎总残留着一丝古怪的近于暧昧的气氛。

仙门大会整整热闹了七日，意料中的事果然发生。卓昊悄悄离去，织姬气得哭哭啼啼，找上青华宫。宫主卓耀自觉丢脸，禁不住她缠，提前告辞要走，东君也很尴尬，好说歹说劝了女儿回去。所幸仙界岁月无边，谁没有过年少风流的时候，顶多算作荒唐，并非什么十恶不赦的大错，只是这场闹剧传得沸沸扬扬，实在太引人注目，成为仙门大会一大话题。众人暗暗发笑，更有那诙谐好事者拍着卓耀肩膀问几时孙子上门认祖父，戏言"有其子必有其父"之类，将卓耀一张脸气得发黑。

第八日，各派纷纷辞行，重紫也随洛音凡与虞度踏上归途。蓝老掌教送出大门外，见重紫抱着洛音凡的手臂撒娇，半开玩笑说了句"女娃娃长大了，不能总赖着师父"，洛音凡当场将她推开，气得重紫在心里将蓝老掌教骂了几百遍。

这次盛会除了庆贺成功，融洽各派关系，还有一大作用——那就是在各门派间促成了不少姻缘。此刻分别，自然依依不舍，私底下都悄悄商议着提亲，最显眼的一对莫过于月乔与司马妙元。

月乔原是惯于逢场作戏的，不过看中了司马妙元的美貌与人间尊贵身份，能有几分真情实意？司马妙元也是想借他出风头而已，并无半点留恋。二人假惺惺地说了番惜别的话，便各自丢开了。

这时又接到消息，涂州有冰魔作乱。洛音凡决定取道涂州，原不让重紫跟去，令她随虞度先回南华，结果重紫自己悄悄禀过虞度，花言巧语哄得他同意，还是追了上去。

云中，重紫壮着胆子跳上他的墨峰剑："师父带我。"

洛音凡严厉呵斥："回去！"

多年没受重话，突然见他这样，重紫眼圈立即红了。

洛音凡欲言又止，最终叹气妥协："只一程。"

重紫却赌气回到自己的星璨上，默默不语。

行至涂州地界，忽见前面魔气聚集，地面上隐约有厮杀之声，洛音凡立即令墨峰落下，只见数十妖魔正围攻一名女子。

那女子手提青青药篮子，应付虽显艰难，面上却无半分慌乱之色，正是卓云姬。

仙力凝，剑光起，几个妖魔来不及叫出声，就消失得无影无踪，余者纷纷逃散。

卓云姬莞尔，轻拂衣袂盈盈下拜作礼："原来是尊者。"

"为何在此？"

"听说涂州有魔毒，打算过来看看，谁知在这里遇上冰魔，幸得尊者相救。"

洛音凡点头："一个人在外，务必当心。"

卓云姬又将所打听到的冰魔的消息告诉他，二人说着正事，重紫插不上话，失落感越来越重，退得远远的，低垂着头，拿脚尖踢地上的石子儿。

卓云姬转脸看她："她的毒解了？"

洛音凡点头不语，想不到她竟中了欲毒，幸好他随身带了卓云姬当年赠重紫的那粒解药，及时救治，这才不曾出事。至于将解药带在身上的缘故，他也说不清楚。

卓云姬没有多问，只微笑："或许，云姬帮得上忙。"

洛音凡忽然转身："重儿当心！"

重紫远远站着，只管想自己的事，并没留意周围动静，直到被他这么一喝，才终于回神，已觉颈边有寒意，顿时大吃一惊，身形急变，反手一指，施展仙门幻箭之术，同时跃起闪避，一连串动作做下来，漂亮又高明。

原来那冰魔王心恨手下被杀，前来报复，哪知道对方是洛音凡，也就吓得再不敢动手了，可就这么收兵又不甘心。正在气闷，忽然发现重紫独自站在旁边，遂打起了劫持为人质的主意，想不到她反应迅速，事情败露，只得率部下仓皇撤退。

无数冰刺袭来，有先有后，正是冰魔王掩饰退走的余招。重紫闪身避开两拨，心里一动，鬼使神差停住身形，抬小臂，双手上下当胸合掌，结印去挡那剩下的一拨。

卓云姬见状，忍不住"呀"了声。

洛音凡惊得双掌推出。

遭遇偷袭，知道她的能力可以应付，所以才没有插手，万万想不到她会硬挡。冰魔王再不济，到底修炼过百年，功力惊人，岂是她四五年修为能比的？对方魔力强盛，取巧躲闪方是良策，硬拼只会吃亏，一向聪明谨慎的小徒弟竟犯这样的错误！

果不其然，重紫重重跌落于地。

洛音凡既痛又气，将她扶起来骂道："如此逞能！你……"

"弟子疏忽。"重紫苍白着脸，吐了口血。

到底受伤的是她，洛音凡没有再多责备，将她抱起。

重紫立即埋头在他怀里。

卓云姬上来看过，道声"不妨"，自药篮中取出张药方交与他："受伤虽重，好在未中冰毒，但这冰魔王修的是寒冰之气，因此这伤别的不忌，唯有一点儿就是受不得寒，尊者须格外留心。"她有意无意加重"留心"二字。

洛音凡淡淡道："有空多上南华走走。"

卓云姬含笑答应，垂下眼帘，掩饰目中苦涩。

答应她，只为断了徒弟妄念，却不承想她也是有妄念之人，他费心保护的是谁呢……

回到南华，虞度与闵云中见重紫受伤，都大吃一惊。洛音凡略做解释，便请燕真珠上紫竹峰照看她，秦珂与慕玉等也时常去探望关照。光阴荏苒，匆匆几个月过去，眼看五年一度的试剑会近了，重紫算算自己已经十七岁，再也闲不住，借机让燕真珠回去。见她伤势已无大碍，洛音凡也没反对。

重紫失望又气闷，养伤期间，洛音凡照常闭关或处理事务，极少过问她的事，反而是卓云姬上紫竹峰拜访的时候越来越多。他二人经常在殿内共处，一说就是两三个时辰，重紫看得不忿，几次找借口进去，可只说上两句话，洛音凡便打发她出去。

面对他突如其来的冷淡，重紫很不安，师父是什么人，怎能骗过他，难道受伤的事……他已经看出来了？

重紫暗悔，知道自己做错，再也不敢胡来，日日苦练术法，决心要在试剑会上大出风头，好求他原谅。

重华殿外，洛音凡亲自送卓云姬出来。

重紫站在阶前，怔怔地看。

卓云姬冲她微微一笑。

重紫垂眸。

待卓云姬离去，洛音凡回身叫她进殿，嘱咐道："试剑会近了，虽不必去争什么，但也要用心才是，你的伤……"

重紫原就恭敬立于一旁，闻言忙道："师父放心，弟子伤势将痊愈，并未荒废术法。"

洛音凡点头："昨日我与掌教打过招呼，让你暂且搬去玉晨峰居住，与你秦师兄一处修行，秦珂那孩子也答应了，你收拾下，明日过去吧。"

重紫呆了。

师父这是……要赶她走？

"我不去！"

"为何不去？"

"我……"重紫目光躲闪，支吾，"我……习惯在紫竹峰，何况修行尚有许多难解之处，还需师父教导。"

"为师自会去玉晨峰检查你的功课。"

重紫沉默半晌，跪下，低声道："弟子要是做错了什么，师父尽管责罚便是，为何要赶我走？"

用意被她道破，洛音凡多少有点尴尬："为师并非要赶你走，只不过试剑会将至，近日紫竹峰访客多，难以清静修行。"

"我不信！师父分明是借口赶我走！"重紫急躁了，仰脸，"师父说的访客是云仙子吧，我并不曾失礼得罪她！"

"胡闹！"洛音凡呵斥，"明日搬去玉晨峰，不得再多话！"

下意识地认为他还会迁就，重紫侧脸道："我不去！"

洛音凡噎住，半晌将脸一冷："好得很，我教的徒弟，连我也不放在眼里吗？目无尊长，给我去闵督教那里领罚！"

重紫果真赌气去了摩云峰闵云中处，闵云中听说事情经过，倒没意外。徒弟大了原该自立门户，不过女孩子敏感些，受不得重话，洛音凡一向又护得她紧，如今突然赶走，她难以接受也在情理之中，因此闵云中只训了她几句，便让她回去跟师父请罪。

事情很快传开，听说她被洛音凡赶下紫竹峰，司马妙元等人都暗暗得意，等着看笑话。

重紫跑到小峰，扑在燕真珠怀里哭得眼睛通红。

燕真珠得知原委也惊讶，埋怨道："就算要让你自立，也不必急于一时，尊者实在是急了些。"

重紫低声："还不是云仙子，没事就来，必定嫌我了。"

燕真珠听得扑哧笑出声，推她："我还当你真舍不得师父，原来是闹孩子脾气！你师父并不是你一个人的，难道只许他收徒弟，不许他娶妻子不成？多个师娘疼你有何不好？那云仙子脾气最温柔和顺，待人更好，也勉强配得过尊者。尊者与她的交情可比你早得多，云仙子不吃你的醋就罢了，你反倒醋起她来！"

"师父当真要娶她？"

"你不知道，眼下我们都在说这事呢。最近她常来造访，尊者也肯见她，往常他可从没对哪个仙子这般另眼相待，更别说自由上下紫竹峰，想必是有些意思。方才听慕首座说，过些日子，云仙子还要到紫竹峰小住呢。"

重紫喃喃道："小住……"

"说不定小住过后，就变长住了，"燕真珠笑道，"男女生情，少不了卿卿我我，他老人家不好叫你看见，所以借口让你搬出来，你不与师父方便，还在那儿做什么？"

"我先走了。"

重紫匆匆起身就走，不慎碰翻桌子，燕真珠连忙赶去扶她，发现她脸色煞白，双目失神，不由得拧紧了眉。

"你……"

"没事，我回去了。"

重紫拂开她的手，勉强扯了下嘴角，快步出门。

燕真珠原是猜测的话，重紫却当了真，连星璨也不用，一路走下小峰，只觉脚底软绵绵轻飘飘的，如同踩在棉花上，心头也开始迷糊。

茫茫云海，竟不知往何处去才好，许久，重紫终于记起该回紫竹峰。

重华宫一片寂静，四海水冒着寒烟。

他是她的师父，高高在上，不容亵渎，她对他又敬又爱，从不敢生出污秽的想法，对卓云姬的敌意、故意受伤、不肯离开，是她太小孩子心性？

秦珂遇险，她尚能急着设计搭救，可是他遇险，她什么都不敢想。

他要娶卓云姬？

没有嫉妒，没有不平，没有痛苦，一只无形大手已经牢牢将她的心握住，再毫不留情地捏碎。

他给了她五年宠爱，却只有五年。理智告诉她，绝对不能对他产生那样的感情，否则必定下场凄惨，可惜倘若人人都能依从理智，世上便不会有这么多错误了。

重紫失神站了许久，忽然飞快地朝对面大殿跑。

她要告诉他，不要娶卓云姬，不要这样！他只需要徒弟就可以了，虞度他们不也没有娶妻吗？她可以留在紫竹峰，陪伴他到永远。

踏上石桥，脚底踩空，反应迟钝得来不及自救，整个人扑通落入水里。

彻骨的冷，让重紫清醒了点儿。

做什么！想什么！你喜欢的是秦师兄！师徒有别，败坏伦常，那是错的！仙门不允许发生那样的丑事，他更不可能！他再疼爱你，纵容你，都是以师徒关系为前提，让他知道你存了这样丑恶的心思，只会吃惊、失望、恼怒、唾弃，哪里还会让你留下？你分明就要变成第二个阴水仙！

冰寒之气如锋利的刀刃，割破皮肤，钻入全身筋脉，腐蚀着骨头。

是了，这伤要忌寒的，病了会令师父担心。

重紫哆嗦着攀住岸沿，想要爬起来，忽然间全身骨头似化掉了般，力气消失，缓缓地重新沉入水里。

"重儿？"迷糊中，有人紧紧抱着她，温暖她，心疼地唤她。

"师父……"她想要抓住，浑身却僵硬得动不了一分。

一只手握住她的手，源源度来灵力。

明珠光芒幽幽，原本美丽的眼睛肿得可怕，双唇无血色，发青发紫，手指冻得变了形，她整个人就是个大冰块，在他怀里颤抖，口里反复唤着他，每唤一声，他便多一分后悔。

只是个孩子，糊涂的孩子，单纯地依恋着他，怎比得卓云姬她们，不该逼紧了她。

洛音凡心急如焚，催动灵力护住她的心脉，替她疏通血脉。

他回到重华宫时，重紫已失去意识。这四海水至寒，修得仙骨的弟子也未必能忍受，何况她连半仙之体都没有，加上旧伤在身，寒气引动伤势复发，失足落水之后稍有耽误，起不来也不稀奇。平日紫竹峰少有人来，谁想到会有这种意外，此刻他只后悔没在桥边设置栏杆与结界。

仙门弟子岂会轻易落水？分明是她精神恍惚，心里害怕的缘故。

幸好，四海水原是南华一宝，行玄深知治疗的办法。

见她无甚好转，洛音凡想了想，将她平放到床上，仔细盖好被子，快步出门，打算再去天机峰问行玄。

重紫昏沉沉的，猛然察觉他离开，心急。

"师父！师父！"

"阿紫永远留在紫竹峰，别赶我走……"

虞度已走到门口，正要进来看她病情，闻言立即止步，缓缓拧紧了眉。

重紫本身是备受关注的人物，这件事闹得着实不小。不过也没人怀疑到别的上面，在众人看来，她是被洛音凡宠惯了，突然被遣离紫竹峰，接受不了，小孩子闹委屈。

整整两日，重紫才自昏迷中醒来。洛音凡既没骂她，也没像前些日子那么冷淡，白天几乎都寸步不离，亲自照料她，督促她吃药。灵鹤将所有书信送到她的房间，他就在案前处理事务，直到深夜才回房休息，毕竟四海水之寒非同小可，疏忽不得。

回忆昏迷时那双紧紧抱着自己的手，重紫幸福着，又担心让他着急，心中内疚得不得了。可是当她发现，原来师父依然惦记她的时候，她简直快要被喜悦溺死，这种矛盾的心理让重紫坐卧不安，忽愁忽喜。

房间火盆里燃起九天神凤火，以极炎之火驱除极寒之气。

洛音凡将药汁端到她面前，重紫尝了尝，皱眉。

"苦？"

"没有。"

他天天在这里陪她已经足够，还要费心照顾她，替她配药，就算再不懂事，她也不该撒娇嫌苦。

看她一口一口满脸痛苦地喝药，洛音凡忍不住一笑："下次放几粒甜枣。"

重紫喝完药，抬眼看他："师父，我不想离开紫竹峰，我不会扰着你……和云仙子的。"

洛音凡没有回答，站起身。

虞度自门外走进来，看着师徒二人笑道："总算醒了，可还需要什么药？"

知道昏迷时他曾来探望过，重紫连忙作礼道谢。

"病了，就不必多礼，师伯原不是外人。"虞度示意她躺下，看洛音凡，"我看她现在气色好些了，你二师兄怎么说？"

洛音凡搁了药碗："旧伤复发，病险，先将养半个月再看。"

"如此，我叫他们再送些温和驱寒的药来，岂有调理不好的？"虞度停了停，忽然又微笑，"前日珂儿知道她病了，十分担心，我看不如让她早些去玉晨峰，那边清净，正好养伤。"

洛音凡看看旁边煞白的小脸，没有表示。

"莫嫌我多事，都知道你护着徒弟，但孩子如今也大了，你照顾起来多有不便。"虞度意味深长地道，"到了那边，我让真珠过去照料，师兄妹们也能随时探望，免得扰了你。你这重华宫里的事件件紧要，关系仙门，出不得错，倘若人多嘴杂传出什么，恐怕会有麻烦。"

二人对视片刻，洛音凡淡淡道："也罢，待她病好些就过去，眼下我还有些不放心。"

虞度暗暗松了口气："师弟说得是，我正有这意思。"

师徒有别，原本没人会想到这层，可是自从仙门出过一个阴水仙，也就怪不得自己多心了，毕竟防患于未然的好，女徒弟和师父原不该太亲密，连闲话也不能生出半点儿，说得这么明显，想来他已明白。

再说笑几句，虞度便回主峰去了，洛音凡也取了药碗出门。

重紫独自躺在床上，闭眼。

残留的药味在嘴里扩散，真的很苦。

"怎么样了？"一只手伸来试她额头的温度。

睁眼看见来人，重紫忙起身："秦师兄。"

"方才师父让我送了几味药过来，顺便看看你。"秦珂往床前坐下，绷着脸责备，"跟尊者学了几年，到头来连路都走不好了，怎会无缘无故掉水里去？"

重紫赧然："是我不小心。"

"师父已经与我说了，玉晨峰那边，你喜欢哪一处便住哪里。"

"师兄，"重紫垂首，半晌低声道，"我不想离开紫竹峰。"

秦珂眼底有了笑意："岂有一辈子跟着师父住的？长大了更该自立，尊者这样也是为你好，仔细养着，病好了我就来接你，听话。"

重紫头垂得更低。

出乎行玄意料，重紫这一病，别说半个月，一连三四个月都没见痊愈，而且病情时好时坏，反复无常，难得好了点，没两天又转重，治起来棘手得很。行玄说可能是冰魔旧伤发作的缘故，让她静养。洛音凡索性推掉试剑会不令她参加，他疼爱徒弟是出名的，上下弟子都不觉得意外。其间卓云姬也来过几次，为她诊治，对这古怪的病情也捉摸不定，唯有皱眉。洛音凡如今着急万分，自然没有工夫陪客，往往说两句便送她走了。

夜半，重华宫竹影婆娑。

重紫披着单衣，悄悄溜出门，走下石阶，来到四海水畔。

烟沉水静，尚未痊愈的身体感应到寒气，开始哆嗦。

是她不对，是她太任性太不懂事，她也不想看他担心着急的，可是不这样的话，她就要离开这里了。

尽力驱散愧疚与理智，重紫往水畔坐下，咬紧牙关，双手颤抖着捧起冷得沁人的水，闭着眼睛往身上浇去。

一捧又一捧，衣衫很快湿透，身体也几乎冻得僵硬了。

"在做什么？"淡淡的声音。

重紫惊得站起身，回头看。

廊柱旁，白衣仙人不知何时站在那里，一动不动，面无表情。

"师父！"

脚底一滑，眼见就要掉进水里，忽有一只手伸来，将她整个人拉起，带回，然后狠狠往地上一丢。

重紫尚未来得及站起身，脸上便挨了重重的一巴掌，重新跌倒。

不知道该如何解释，更不知道该怎么求他原谅，重紫惊惶着、羞愧着、哆嗦着，跪在他面前。

"孽障！"看着心爱的小徒弟，洛音凡直气得双手颤抖。

孽障，懂事的时候让他牵挂，担心她逞能出错；不懂事的时候又能把他气死，竟然想到用这样的法子来骗他！孽障，前世不珍惜自己，今世还是这样！没有一天不让他操心的！她以为自己是什么，连半仙之体都没有，禁得起几次折腾？再这样下去肉身迟早毁掉！掩饰煞气，一手栽培，日日悬心，他用尽心思想要保护她，替她筹划，她就用这样的方式来回报他！

"孽障！"盛怒之下想要再骂，却依旧只吐出这两个字，声音轻飘飘无着落。

"弟子知错，知错了！师父！"平生最大的恐惧莫过于此，重紫不停叩首，碰地有声，"别赶我走，我听话，我再也不这样！师父别生气……"

是她糊涂！是她错了！他对她百般呵护，百般纵容，苦心教导，他这个师父当得尽职尽责，可是她做了什么？伤害自己，害他着急，害他担心，又惹他生气，都是她不懂事，是她任性的错！她……她就是被他宠坏了！

湿漉漉的衣衫紧贴在身上，原本玲珑有致的身体，因为久病单薄得可怜，此刻不敌四海水寒气，她跪在那里瑟瑟发抖，牙齿碰撞，连声音都含糊不清。

洛音凡终于还是俯身抱起她，用宽大衣袖将她紧紧裹住。

快步走进房间，火盆自动燃起，他迅速将她放到床上，扯过厚厚的被子替她盖好，然后起身，丢给她一件干的衣裳。

"师父……"她挣扎着爬起来拉住他。

"再胡闹，就给我滚出南华！"

第一次听他骂"滚"，重紫灰白着脸，迅速放开他。

她原就是师姐的替身吧，他在意她，大半是师姐的缘故。在他眼里，那个师姐很好很美，而她现在却做出这样的事，他还会喜欢她？

浓重的睡意袭来，重紫只觉视线陡然变得模糊，整个身子软软地倒了回去。

见她昏迷，洛音凡一惊，立即往床沿坐下，迟疑着，最终还是作法替她将衣裳弄干，连同被子裹好将她抱在怀里，抬手将火盆移近了些，又恐她身体虚弱，寒热夹攻会受不住，再移远了点。

火光映小脸，颜色始终不见好转，眉间犹有绝望之色，可知心里害怕至极，前额碰得发青，左边脸颊上几道指印格外清晰，已渐肿胀。

太在意，才会失了分寸。

洛音凡低头看看右手，又疼又气，抱着她发愣。

五年，他将她当作孩子般疼爱保护，悉心教导。要骂，舍不得；要罚，也舍不得。已经分不清是因为内疚，还是因为别的。她不记前世，终于照他的意愿长大，善良、聪明、谨慎、坚强，深得仙门认可。他原以为会一直这样下去，可是如今眼睁睁地看她犯上同样的错，他竟不知所措，除了趁早警醒她，让她彻底死心，他又能做什么？

是他，将她再次带上南华，带回身边。

是她，引得他一次次心疼、内疚，想要对她好，想要弥补她。

他错了，还是她错了？

庆幸，庆幸她身中欲毒，早早被他察觉，否则后果难测。故意受伤，为的不过是让他紧张关切；故意受寒，是想留在他身边。天生煞气转世不灭，她性格里隐藏着不为人知的偏执的一面，是前世所没有的，他也曾留意，也曾引导，却没料到她会执着至此，叫他怎么办才好？

最纯真的爱恋，无奈错得彻底，正如前世那个卑微的少女，为了他甘受委屈，甘受欲魔污辱，弄得满身伤害，下场凄惨。

她不知道，其实她一直都陪伴着他，一直都在，在他内疚的心里。

倘若她记起前世，还会这样爱他？

体内有什么东西在蔓延，在放大膨胀，心神逐渐恍惚，洛音凡低头看那憔悴的小脸，忽然想起仙门大会那夜，娇艳似梅花的笑。

奇异的诱惑，引发最深处的怜惜，他情不自禁伸手想要去触摸。

那夜她倚在他身上，呵出热气将雪花融化，此刻的她却浑身冰凉，肌肤散发着重重寒气，透过被子侵入他怀里，如海潮初涨，荡漾着，一寸寸前进，一步步侵占他理智的沙滩。

冷与热，急切地想要碰撞、交融，以求平衡。这一刻，他几乎要立即掀开被子，将她紧紧贴在胸前，压在身下，用尽所有温暖她……

到底仙性未失，念头刚起，洛音凡便猛然清醒，仓促地缩回手，将她和着被子一道推开，起身踉跄后退，直到扶住桌子才站稳。

喘息片刻，遍体热意被压下，胸口有点疼痛。

再多的震惊，都及不上此刻内心的恐惧、羞惭与自责。

他洛音凡修行多年，够凡人活十几世了，早已将这天地间万事万物都看透悟透，内心清静如死水。谁知到头来事实告诉他不是这样，他居然还留有这样可怕的念头，更不可原谅的是，对象是自己的徒弟！作为师父，他一直尽力教导她，保护她，却不想如今竟会对着她生出这般肮脏无耻的……

洛音凡面无表情，闭目。

这些年赶着修炼镜心术，太过急进，竟有走火入魔之兆。

夜半，重紫伤势果然发作，冷汗将头发和衣衫浸湿，梦中喃喃呓语，含糊不清，隐约能听出"师父"二字。

寒毒外泄，化作虚火，她挣扎着掀开被子。

隔着薄薄衣衫，可以感受到烫热，肌肤细致，带着病态的白，好似一片晶莹无力的白色花瓣。

洛音凡没有动，任那小手抓上胸前衣襟，抱住他。

第十章·云姬之死

虽然重紫这回受了惊吓，又提心吊胆怕他责怪，比往常病得更重，可是她再不敢乱来。南华有的是妙药灵丹，细细调养，最终还是一日比一日好转，两个月后行玄再来看过，欣喜万分，与洛音凡说没事了。

那夜的事，洛音凡没有再提，更没有责怪，确定重紫已无大碍之后，第二日便命燕真珠接她去玉晨峰。重紫不敢违拗，让燕真珠先走，自己出门去殿上辞行，却见两个小女童站在外面，十分眼熟。

慕玉也在阶前，见了她含笑点头示意，又提醒："里面有客人，掌教也在，谨慎些。"

认出药童，那位客人是谁不难猜到，重紫低声道谢。

殿内，洛音凡、虞度与卓云姬正坐着说话。

重紫先与虞度作礼问好，又走到洛音凡面前听他训话，洛音凡只说了句"仔细修行，不可懒惰"，便令她下去。

"弟子得闲，还能上紫竹峰走动吗？"

"修行之人在哪里都是一样，你既到了玉晨峰，当以修炼术法为重，凡事有你师兄照看，不可再像先前那般任性，为师会定期去查你功课。"

冷淡的话，毫不留情斩断她最后一丝念想。

重紫垂眸，答应着就要走，谁知旁边虞度忽然叫住她，笑道："云仙子今后要在紫竹峰住下，她也算是你的长辈，还不来拜过她再去？"

重紫答了声"是"，上前作礼。

卓云姬忙起身扶住她："免了吧，不过是小住的客人而已。"

虞度道："小住久了，或许就变长住了。"

卓云姬微笑："虞掌教惯会说笑话。"

洛音凡终于皱眉，开口："既已拜过，就不要耽误了，让她去吧。"

虞度笑，果然不说了。

见重紫脸色雪白，神情木然，卓云姬看了眼洛音凡，轻声道："去吧，你师父会去玉晨峰看你，授你功课。"

重紫默默转身，再与洛音凡拜别，身形摇晃不稳。

洛音凡不动声色扶住她的手臂，起身道："为师还有话嘱咐。"说完带着她隐去。

刚出门，重紫便觉胸中闷痛，喉头咸腥，一口鲜血再也忍不住吐出来。

肩上有道沉缓柔和的力量注入，难受的感觉逐渐减轻。

重紫抬起脸："师父。"

"仔细养伤，不得再任性胡闹，"洛音凡收回手，淡淡道，"用心修行，下次试剑会，莫叫为师失望。"

重紫绝望地看着他走进殿门。

入夜，房间灯火冷清，但闻参天古木随风呼啸，不似紫竹峰的低吟浅唱，令人倍觉陌生。

一路走上玉晨峰，慕玉与燕真珠将她送到房间安顿妥当，可巧早起秦珂接了任务出去，要明日才回来，燕真珠与几个要好的女弟子便主动留下来陪她。此刻夜深，几个女弟子都先去睡下了，唯独重紫倚着床头发愣。

黄黄灯光，竟无端透着一丝阴冷。

"重紫？"燕真珠看着她半晌，忽然低声叹气，"不要犯傻，快趁早断了那念头。"

重紫扑在她怀里，眼泪似珠子般滚落下来。

原来她看出来了，可是怎么断？真的断不了！

燕真珠强行将她自怀中拉起，双手扳着她的肩，正色道："你向来是个明白的孩子，这回就犯糊涂了？此事你不能单顾着自己，你想，倘若掌教他们知道，你不想活也就罢了，那时尊者他老人家面上有多难堪，你就不为他想想？"

听了她这一席话，重紫如梦初醒，伤心被恐惧取代。

这些年她被保护得太好，以致失了谨慎，养成了这种顾前不顾后的任性脾气。一直以来只道自己委屈，却从没想过，此事一旦被发现，会害他落到何等尴尬的境地！她爱他，就更不能让他的名声受半点儿伤害。

此刻再仔细回味虞度的话，竟句句有深意，难道他已经察觉到什么了？

简单的"师徒"二字，就注定她是妄想。

重紫又悔又怕，再想到他与卓云姬此刻如何亲密，心口就阵阵揪痛，要放又放不下，更加悲凉，羞愧伤心交迸一处，终于昏昏沉沉睡去。

等她睡熟，燕真珠仔细替她掖好被角，也自去隔壁歇息了。

门关上，房间寂然，灯影无声摇曳。

重紫睁开眼，翻身下床。

殿上珠光犹亮，卓云姬捧着盏热茶走过来，轻轻搁至案上。

洛音凡记挂着重紫伤势，恐她受不了又要做什么傻事，本就心绪不宁，于是搁笔，随手端起茶杯，愣了下又重新放回去："时候不早了，你且歇息吧。"

"我只看书，不打扰你。"

"多谢你。"

"那孩子，我也很喜欢，"卓云姬莞尔，轻声，"去看看吧。"

洛音凡没说什么，起身出殿。

卓云姬目送他离去，转身整理几案物品，忽见靠墙架上有只素色茶杯，杯身杯盖满是尘埃，不知多少年没用了，不由得伸手取过来看。

一直执着地追随着那个遥远的背影，几乎快要失去信心，孰料有一日竟然可以走近他身旁，那女孩子，她是真的喜欢，更感激。

同样的名字，到底不是同一个，谁能想到，他这么明白通透的人也会因为内疚犯傻，果真把这孩子当作了替身，他的在意，他的关切，又有谁能抗拒？以至引出今日局面，白天她看得清楚，那双美丽凤眼里全是令人心疼的绝望，却不知道，弄得他这样紧张，她其实也在羡慕呢……

心内酸涩，卓云姬轻轻拭净茶杯，放回原处。

"云仙子。"身后忽然有人低唤。

那声音听得不多，却很容易判断，卓云姬吃惊，转身微笑："夜里不好生歇着，怎么跑出来了？"

仙界公认的第一美女，第一医仙，平生救人无数的最善良的女子，突然殒命，成为南华继净化魔剑失败后的第二件大事。此事轰动仙界，皆因她丧命之处，和那个糊涂的凶手，都与仙门最有名的一个人有关。在他居住的地方出事，已经不可思议，更令人称奇的是，天机尊者行玄仍测不出事实。

卓云姬遗体被送回青华，青华宫宫主卓耀大恸，葬之于海底。

引人议论已在其次，更重要的是此事直接影响到南华派与青华宫的交情，两派关系遭遇了有史以来最尴尬的局面。通常遇上这种事，最好、最常见的办法，就是将那孽徒捆了交与对方处置，以示道歉的诚意，偏偏这次那女孩又不是普通的南华弟子。

睥睨六界，绝世风华，慈悲心怀，仙门至高无上的尊者，平生只收了两个徒弟，却都相继出事，未免令人生出天意之感慨。仙界人人都在叹息，或许正是因为他太强太好，所以才收不了好徒弟。

青华宫那边一直未开口提任何要求，但这并不意味着南华就不用主动给交代，所有人都将视线投向南华。

在议论声最紧的时候，洛音凡一句"交与青华处置"，成为最终的结果，也是最妥善的处理方式。

这分明是将徒弟的性命双手送了出去。

可是见过那女孩子的人，都不相信她会是凶手，南华本门上下也不信，甚至包括司马妙元。

偏殿内，闵云中断然道："其中必有内情，那孩子的品行是信得过的。这回的事，我看又与奸细有关，青华固然不能得罪，可也不能冤枉了我们自己人。卓宫主乃是位得道真仙，只要我们南华说声详查此事，他也不至于苦苦相逼！"

虞度道："这么多年都没线索，一时如何查得出来？"

自万劫事出，仙门有奸细已经确定，后来纭英自尽，更证实了这点。这些年各派暗中盘查，也清理出不少九幽魔宫的人，谁知如今又出古怪，可见那奸细还在南华，只是这节骨眼上，许多眼睛都盯着，必须给人家交代，一时哪里查得到？

"两次出事都是音凡的徒弟，我看那人有心得很。"闵云中冷笑，又有些急躁，"音凡平日也很护着徒弟，怎么出事就如此轻率？"

行玄迟疑道："当初那孩子的事，怕是真的冤枉，他这么做莫不是……"

"这如何能相提并论？"闵云中沉着脸，"何况他也知道，我们当时是不得已，天生煞气，留着她成魔，谁担得起这个责任？照音凡的性子，绝不可能拿徒弟性命与我们赌气。"

行玄点头不再说话。

闵云中无奈道："先前那孽障就罢了，事隔多年，难得他又有收徒弟的念头，如今再出事，我只怕他灰了心，今后……无论如何，此事不能轻易了结，定要查个明白！"

虞度叹了口气，道："那孩子不肯解释，说什么都是枉然，从何入手？"

几次用刑，重紫都不认罪，却也不肯申辩，这可是谁也帮不了了，闵云中更气："他自己教出来的徒弟，叫他去问，难道在他跟前也敢不说？"

他不肯亲自去问，莫非果真……虞度一惊。

"有件事我竟不好说，"行玄忽然开口，"师兄可记得，当日师弟原不打算收徒弟，避了出去，后来匆匆赶回南华收了这孩子，我在那之前曾替他卜了一卦，想知道他命中有无师徒缘分，谁知竟是个极凶之兆，但其中又含变数，是以不敢断。"

不待虞度表示，闵云中先驳道："未必就应在这件事，何况暗含变数，或许正该有救，要害云仙子，她总得有个理由，那云仙子性格极好，几时招惹了她？"

虞度苦笑，欲言又止。

行玄察觉："掌教师兄莫非知道什么内情？"

这里都不是外人，虞度沉吟半晌，终究不好再瞒，将自己所见重紫的异常含蓄地提了下。

闵云中与行玄都惊得呆住。

"事关重大，我只冷眼揣测，未必是真，"虞度摇头，"但如此一来，云仙子之死便有了解释。那孩子向来被师弟护着，又是个性情从不外露的，恐怕她一时糊涂招致心魔，趁云仙子不备下手，也不是没有可能。"

大殿立时陷入沉寂。

浮屠节闷响，整张小几无声而塌，顷刻化作粉尘。

"孽障！她……竟然起了这心思！"闵云中青着脸低骂，片刻之后又冷静了点，"这种事不能光凭臆断，你会不会想太多了？"

虞度道："若非她心中有难言之事，为何不肯申辩？我看师弟自己是明白的，不肯去问必定有他的理由，无论如何，他既然决定交与青华宫处置，此事我们还是不要再多追究的好。"

行玄劝道："那孩子年轻，不过一时糊涂，我看……"

闵云中断然道："再好也纵容不得！"

事实果真如虞度所料的话，牵涉的问题就不仅仅在于冤枉不冤枉了，而是关乎伦常的大事，一旦传扬出去，非但南华颜面无存，连洛音凡的名声也会受影响。仙门不能再出第二个阴水仙，否则必将沦为六界笑柄，原有心保她一命，但倘若因此影响到更重要的人，也只得放弃。

东海潮翻，天地青蓝一片，亡月站在海边。

"主人，他这么快就动手了。"身旁传来粗重的声音，却看不见人。

亡月道："两生师徒，这原是他的安排，妄图激发她体内煞气，总不能真让她长成个规规矩矩的仙门弟子。"

"他太性急，未必能如愿。"

"这个险的确冒得太大。"

"转世之身，主人会有很多事无法先知，会不会头疼？"

"无所不知，才会头疼。"

"洛音凡将她送与青华处置，主人不担心？"

"不肯亲手处置，已生不忍之心，这就足够了，我不信洛音凡还会让她死。"

"可他是洛音凡，一切都有可能。"

"一切也都有变数。"

"是的，主人。"

第一次见到南华的仙狱，倒没有想象中那么可怕，什么老鼠蟑螂毒虫全都没有，唯有无尽的黑暗。当然夜中视物，对仙门弟子来讲并不难，如果不是有那么可怕的刑讯，重紫此时应该还能站起来走动两圈。

周围的墙都设了仙咒，外侧是拇指粗细看似寻常的铁栏。作为暂时关押罪徒妖魔的地方，再厉害的魔头进来，也是逃不掉的。

重紫精神好了许多，挣扎着挪到墙边。

近几日，他们似乎没有再继续审她的意思，大约是前几次刑讯下来都没有结果的缘故吧？幸好师父自始至终都没有来看，否则她不能保证撑得下来。为了让她说实话，他们不惜扰乱她的神志，而她，必须要保持绝对清醒。

"重紫。"有人低声唤她。

"慕师叔？"重紫眯了眼睛，半晌才认出来人，"秦师兄！"

秦珂蹲下，探一只手进去。

重紫尽量直起身，半跪着拉住他的手，强忍眼泪："师兄怎么进来了，闵仙尊他们知道吗？"

秦珂反握住那小手，只觉瘦骨嶙峋，心里一紧，连忙度了些灵力过去："可支撑得住？"

重紫低声："多谢师兄惦记，我没事的，慕师叔已经送了药。"

秦珂默然片刻，问："此事到底与你有没有关系？"

"我没想杀她！"重紫头疼欲裂，"我真的不知道。"

自从被关进来，所有人都在反复问她这些问题：为什么会上紫竹峰？云仙子是不是她杀的？为什么她会在现场？她到底做过什么？

而她，始终只有一个答案，那就是不知道。

没有说谎，她是真的不记得，记忆从在燕真珠怀里睡着的那一刻起就中止了。醒来时，她已经不在玉晨峰房间里，而是回到了紫竹峰，站在重华殿上，卓云姬横尸面前，死于仙门最寻常的一式杀招之下。

唯一记得的是那个蛊惑人心的声音。

"我不知道怎么回去的，"重紫扯住一缕头发，喃喃道，"我只知道，有人在梦里对我说话，然后就什么都不记得了。"

秦珂立即追问："他对你说了什么？"

那古怪的声音说了什么？重紫紧紧咬住唇，不吭声。

它挑拨她："若不是卓云姬，他怎会赶你走……"

它引诱她："伦常是什么，师徒又有什么关系，只要你听我的，他就会喜欢你。"

它怂恿她："去找卓云姬，去杀了她，他就是你的！"

她当然没想照做，云仙子对她有救命之恩，她重紫若连这点良心都没有，那就是辜负师父多年教诲，根本不配做他的徒弟了！何况云仙子是他喜欢的人，就凭这个，她也断不会下手。

问题是，她能保证自己清醒的时候不会做，却不能保证自己不清醒的时候会怎样。

这是笔糊涂账，要求彻查也容易，可当着闵云中他们的面，这些事怎么能说出去？

燕真珠那夜一番话已经点醒了她，她的确想得太简单了，单纯地喜欢，单纯地任性，单纯地认为自己愿意承担后果，却不知会给师父带来多大的难堪，别人会怎么看师父。叫师父知道，他辛辛苦苦维护栽培出来的徒弟，是个不顾伦常、不知廉耻的东西？

重紫垂眸："我不记得了。"

"再仔细想想，或许会是条线索，好还你清白，"秦珂握紧她的手，鼓励，"闵仙尊对你用刑是迫不得已，他想要救你性命，你若肯说出真话，他们必会信你。"

重紫只是含泪摇头。

师父说过修行中一旦产生心结，就可能导致心魔出现。她对师父有邪念，对云仙子有嫉妒，那个声音很可能是她的心魔，怎么查？杀云仙子的可能真的是她。

秦珂盯着她半晌，道："这里并无旁人，你若相信师兄，就原原本本照实说来，果真不记得？"

被他看得发慌，重紫别过脸："不记得。"

脉象有变，分明是紧张说谎，秦珂难得发怒了："事到如今还要隐瞒，后果不是你承担得起的！尊者已将你交与青华宫处置，你能指望他来救吗？"

"对不起，秦师兄！对不起……"重紫双手抓紧他，哭求，"你不必为我费心了，我……不怕的。"

秦珂丢开她，起身走了几步又停住："可需要什么？"

"师兄能用净水咒吗？"术法暂时不能施展，浑身上下都已脏了，将来总不能这样去见师父最后一面。

有冤不去诉，反顾着这些！秦珂绷紧脸，简直不知道说什么才好。

此事洛音凡既已表态，所有人都把视线转投向青华宫。

南华主动交出人，道理上面子上都过得去了，可是说到底，做起来仍有伤和气，毕竟那女孩子身份特别；但若要就此罢休，又对不起无辜丧命的妹妹。此事实在敏感，因此宫主卓耀并未亲自出面，只让其子卓昊代为前往南华，至于到底要如何处置，大家都心知肚明。

洛音凡立于紫竹峰前，面朝悬崖，看不到他脸上神情，背影透着一片孤绝冷寂。

"秦珂拜见尊者。"

"若是求情，不必多说。"

"我只问一句，尊者当真相信是她做的？"

洛音凡淡淡道："事实，与信不信无关。"

"所以尊者就将她交与青华？"

"她是重华宫弟子，自然由我发落。"

"错杀了一个，连这一个也不放过吗？放眼仙界，除了尊者，秦珂还从未见过为交情拿徒弟顶罪的师父。"秦珂微微握拳，转身离去。

洛音凡依旧没有回身，仿佛成了一座石像。

玉晨峰，卓昊含笑合拢折扇，大步走到石桌前。

石桌上摆着仙果与酒，秦珂早已等在对面。

卓昊坐下："秦师兄此番请客，甚是有心。"

秦珂没说什么，提壶替他倒满酒。

"那是我姑姑，"卓昊看着那怀酒，缓缓道，"她的为人你也知道，平生行医济世，慈悲为怀，仙界人间无不称赞，如今不白而死，我不能不给她一个交代。"

"我明白，此事叫你为难，"秦珂沉默半晌，有惭愧之色，"只希望师兄能手下留情，留她一缕魂魄。"

卓昊直视他："我姑姑却是魂魄无存。"

"她没有理由害云仙子，何况云仙子是她的救命恩人，你阅人无数，也曾见过她一面，该有些了解。"

"这件事我也奇怪，但很多人只凭眼睛是看不出来的，你的意思是，尊者会冤枉徒弟？"

"这种事不是没有过。"

卓昊看着他许久，推开酒杯："你难得开口，就凭这份交情我也不该拒绝，但你知道，此事干系重大，我也有我的难处。"

秦珂默然。

"或许，她确实有点像，可惜始终不是。"卓昊站起身，拍了下他的肩，"你已经尽力。"

"她的品行我很清楚，仙门有奸细，南华已经冤屈了一个，不能再有第二个。"

"这世上冤案还少吗？你多看看就习惯了。"

离开玉晨峰，卓昊径直朝主峰走，转上游廊，终于还是停了脚步，侧身望那座长满紫竹的山峰。

容貌言行截然不同，不经意间流露的东西，偏又那么神似。

天山雪夜，梅花树下，那女孩子轻声对他说"对不起"，竟让他生出是她在道歉的错觉……秦珂的紧张，也是来于此吧。

或许，该查一查？

卓昊移回视线，继续朝前走。

查什么，就算查到什么，消失的人能再回来？堂堂尊者舍得徒弟，一个亲手杀了，他会去救第二个？别人的徒弟与他有什么干系？救她对他有什么好处？自寻麻烦！

不知不觉中，脚底原本通向主峰的路竟改了方向，向着摩云峰延伸。

卓昊吃惊，接着忍不住一笑。

能在南华施展幻术不被人察觉，还能困住他，会是谁？

"当年又何曾为徒弟这般费心？"他打开折扇轻摇，悠然踏上小路，"如此，晚辈遵命去看看就是。"

仙狱这边地方较僻静，恰巧闵云中有事出去了，守仙狱的两个女弟子都认得他，并没拦阻，毕竟重紫本就是要交给青华宫处置的。

步步石级延伸而下，直达黑暗的牢房，少女趴在铁栏边，似在沉睡。

卓昊看清之后，有点吃惊。

不是因那瘦美的脸，不是因那深深的鞭痕，而是这少女单薄的身体上，此刻竟呈现着一幅奇异景象。

五色光华浮动，分明是金仙封印。

寻常人需要什么封印？下面掩盖着什么？

原以为引他来此的目的是想借徒弟惨状引他怜悯，如今看来，让他知道这封印下的秘密，才是那人的真正用意。

卓昊定下神，迅速合拢折扇，走近栏杆，皱眉查看。

天目顿开，少女体内灵气已不那么充沛，极其虚弱，想是受刑所致，令人意外的是她全身筋脉里，除了天地灵气，竟还有另一股青黑浊气在流动！

瞬间，封印与黑气重新隐没。

那是什么？卓昊倒抽一口冷气，退后好几步才勉强站稳，浑身僵硬，简直不敢相信看到的一切。

煞气！是煞气！

小脸颜色很差，几道伤痕清晰，依稀有着当年的倔强。

是她，是她！他飞快走上前，半蹲了身，急切地伸手想要去触摸，然而就在即将碰到她的前一刻，那手又倏地缩了回来，改为紧扣铁栏。

所有的狂喜，转眼之间化作无尽悲凉，他几乎想要立刻逃走。

重紫，星璨，第二个徒弟，尊者护犊，一切都有了解释！

告诉他这个秘密，算什么？求他放过她？

可是这一切对他来说，又算什么？

十几年前，他眼睁睁地看她赴死，却无力回天；十几年后，在他的生活因此变得一塌糊涂的时候，有人突然来告诉他，告诉他所有的事都是一场游戏，告诉他死了的人没有死，活着的人都被骗了，告诉他面前的少女就是当初那个女孩子，是他少年时最真挚的爱恋，是他曾经一心想要保护的人，是他的"小娘子"？

他宁可什么都不知道，什么都没看到！

这所有的一切，是谁造成的？

手握紧折扇，仙力控制不住，折扇瞬间化为灰烬。

原来，那样的人，仙界至尊无上的最公正最无情的人，为了救徒弟，竟也对仙门撒下了弥天大谎！传扬出去有谁会相信，他玩弄了整个仙界！

天生煞气，魔剑宿主，多么危险，他亲手杀死她的时候，许多人都松了口气，可有谁会想到今日呢？

泄露秘密，不惜放下身份相求，仙界最受瞩目最受拥戴的人，总是自以为料定一切。算准父亲不会出面，算准他没有忘记，可是心里所承受的也不会少吧？

转世煞气不灭，还敢让她活着，替她掩饰，当真就不怕三世成魔的预言？有朝一日天魔重现，浩劫再起，他便是头一个帮凶！出事后选择沉默，不愿详查，让她蒙冤，是怕被人发现她天生煞气，还是害怕自己真的犯错，要借机作另外的打算？

卓昊缓缓站起身，缓缓后退，轻笑着，踉跄着，一步步走出仙狱。

第十一章·行刑

　　一片飒飒声里，灵钟的声音不再清晰，南华遇上罕见的雷雨天气，雷鸣电闪，大雨滂沱，冲洗着十二峰，却始终到不了通天门。

　　雨被无形屏障阻隔在外，通天门石台上，中间坐着请来做见证的长生宫明宫主，南华掌教虞度坐在左手边第一位，几位尊者依次过去，最后是慕玉，秦珂佩剑而立。青华宫这边，卓昊因代父亲而来，坐在明宫主右边第一位，第二位便是夫人闵素秋，再过去是青华两位长老仙尊。石台底下，数千弟子屏息而立。

　　虞度与明宫主解释两句，又叹息一番，在场几乎所有眼睛都看着洛音凡，见他端坐不语，谁也不好先开口。

　　卓昊手里换了柄新扇子，左右看看，道："时候差不多了，还是尽快了结吧。"

　　"也罢，现就将这孽障交与少宫主发落。"虞度点头，看了眼闵云中。

　　闵云中立即下令："带那孽障上来！"

　　须臾，两名女弟子带重紫驾云而至。

　　不再受刑，重紫精神略有好转，已能自己走动，只是颜色憔悴，瘦得可怜，虽然术法被封，但为了对青华表示诚意，依旧给她手脚上了仙枷。

　　至刑台前，她默默跪下。

　　虞度有惭愧之色："发生这等事，南华无颜见卓宫主，如今孽障已带到，任凭少宫主处置。"

　　卓昊收起折扇搁至面前几上，平静地打量刑台上的少女。

　　容颜虽改，却照样傻，竟不知开口申辩，还是果真与她有关？

　　"你有何话说？"

重紫垂首摇头。

闵云中暗暗松了口气，松开握着浮屠节的手。照他的主意，倘若这孽障果真当众说出不合适的话，是顾不得什么的，先解决了再说："人就在这里，少宫主何必多问？行刑便是。"

"姑姑死得蹊跷，我受父亲之命而来，不该问个明白吗？"卓昊皱眉，眼睛看着他的手，"莫非闵仙尊不想让我知道？"

傻子都听得出这话不单纯，闵云中一张老脸顿时变得铁青。

闵素秋先怒："你对堂祖父出言不逊，是什么意思？"

卓昊脸一沉："我代父亲而来，这里并没什么堂祖父，如今掌教仙尊都在，岂有你一个女人说话的地方？叫人笑我青华门风，还不给我闭嘴！"

闵素秋涨红脸："你！"

最疼爱的侄孙女受气，闵云中待要发作，又恐惹得他夫妻关系更加恶化，无奈之下只得叹了口气，抬手制止闵素秋，冷笑道："我堂堂南华督教，平生磊落，还怕了晚辈不成？少宫主要问什么，尽管问。"

"如此，甚好，"卓昊直了身，看重紫，"你为何要害人？"

重紫摇头。

"是你杀了她。"

"我不知道。"

卓昊离开座位，走到她面前，拿扇柄托起她的下巴，轻佻的动作引得众人纷纷摇头，这位少宫主果然名不虚传，风流本性难改。

重紫也意外，当然众目睽睽之下，用不着担心他会做什么出格的事，遂低声劝道："重紫乃将死之人无妨，少宫主却是代令尊而来，身份不同，如今一言一行都关系到青华宫，理当谨慎些，以免招人闲话。"

"难得你肯为我着想一回。"卓昊剑眉微扬，有一丝嘲弄之色，"死的是我姑姑，我理应找真凶报仇，究竟是不是你？"

重紫立即望向秦珂，迟疑。

虞度忽然开口，语气温和不失严厉："你师父苦心栽培你多年，纵然你犯下大罪，他也并未将你逐出师门，你若良知未泯，就要仔细回话，不可妄言，辱没师门。"

重紫心中一凛："掌教放心，重紫明白。"接着，她镇定地转向卓昊，"重紫无话可说，但凭少宫主处置。"

卓昊不语。

果然还是那样，为个师门就可以忍受一切委屈，怎会狠心杀人？

闵素秋见状，暗暗捏紧双手，指甲几乎掐进肉里。因为丈夫，她对前一个重紫痛恨至极，对这一个长得更漂亮的自然无好感，于是忍了气，朝旁边两位青华长老使眼色。

两位长老也觉得自家少宫主丢脸，互视一眼，其中一位咳嗽了声，道："她既已认罪，少宫主何须再问，不如快些处置吧。"

闵素秋亦柔声劝道："你是心软，怕她冤枉，但她自己都无话可说了，想是不假，何不尽快料理完此事，你我也好回去禀报父亲。"

卓昊点头，后退几步："也罢。"

闵素秋立即转向另一位长老："就请长老代为行刑吧。"

那长老起身离座，走到刑台前，拔剑。

卓昊转脸看座上洛音凡，见他依旧纹丝不动，神色淡然，不由得笑了笑，回身用扇柄将拔出一半的剑推回鞘内："还是由我动手最妥，退下吧。"

长老依言退回座中，地上重紫却忽然道："少宫主可否稍等片刻，重紫还有两句话说。"

卓昊示意她讲。

"求师父回紫竹峰。"重紫叩首，伏地。

五年呵护，五年教导，师姐之死已让他内疚至今，她又怎能再让他亲眼看这一幕？对他，对她，都太残忍。

经她一提，明宫主连忙也转脸劝道："尊者是不是先……回避？"

洛音凡不答，亦不动，用行为表了态。

虞度叹道："行刑吧。"

"尊者收的好徒弟。"卓昊笑着后退两步，抬左手。

海之焰，青华杀招，漫天细小蓝光洒下，在场众人却感觉不到半点儿杀气，美丽，伤心，如暮春时节纷飞零落的柳絮，又如夏夜里即将消逝的萤火虫。

仙枷脱落，浑身剧痛，重紫终于趁机抬脸望了眼座中人。

黑眸无悲无喜，淡漠的神情，就像初次见她时一样。

但她不会被骗，他肯定失望，也伤心。为卓云姬之死伤心，那是他喜欢的仙子，无辜命丧南华；至于她这个徒弟，他应该是失望又气愤，或许，会有一点儿伤心，他曾经那样疼爱她，如今却要眼睁睁地看她被处死。

她不怕死，只是有点不甘，卓云姬之死，她连一个确切的答案也给不了他，他肯定也很想知道。

幸好，能够这样美丽地死去，不至太难看。重紫转脸望卓昊，想要谢他，视线所及，却只见他满眼落寞的笑。

只一瞬,美丽的一瞬。

蓝光散尽,刑台死寂。

少女歪倒在台上,极度虚弱,元神迟迟未散。底下众弟子犹在发愣,旁边秦珂已面露感激之色,握着八荒剑的手逐渐放松。

察觉不对,两名长老试探:"少宫主?"

卓昊没有回答,眼睛看着地上人。

魂魄有损,几欲昏死,可这明显不是预料中的结果,重紫惊讶,费力地抬脸望他。

"青华已处置过了,"他不再看她,移开视线,轻拂衣袖,"余下的,就交与重华尊者吧。"

此话一出,在场所有人,包括做证的长生宫明宫主,都再次呆住。

闵素秋倏地站起来,厉声:"你糊涂了吗?那是你亲姑姑,回去如何与父亲交代?"

折扇展开,卓昊竟再也不理会众人,大步走下阶,朝山下而去。

一道萧条背影,隐没在外面狂风暴雨中。

身后是纷纷议论声。

长辈丧命,他却如此草率了结,轻易放过凶手。不过更多人以为,他这么做,其实是在给洛音凡面子,虽然这女孩子名义上是南华弟子,比起两派交情来说不足为惜,但那毕竟是洛音凡的徒弟,而且人人都知道他对这徒弟曾经有多重视多爱护,主动交出来处置,必是不得已。

卓昊留情,闵素秋越发认定他二人有不可告人之事,恨得咬牙。待要再说什么,无意间对上洛音凡的视线,黑眸平静无波,仿佛洞悉一切,看得她心头发凉,忙闭了嘴,又惦记卓昊,怕他去找织姬那些女人,于是匆匆与闵云中道别就追上去了。

谁也没料到会发生这样的变故,虞度与闵云中等都有些措手不及。

明宫主轻咳了声,道:"既然青华已处置过,少宫主又将她交与尊者,如此,还是由尊者带回去吧。"

这句"带回去"说得极巧妙,众人都看向洛音凡。

闵云中立即道:"青华放过她,是卓宫主慈悲,这孽障到底是南华罪徒,祖师教规在上,死罪虽免,但就这么让她回紫竹峰,定难服众!"

她既有那样的心思,的确是不能继续留在紫竹峰了,虞度看着洛音凡,意味深长:"师弟。"

"送回仙狱。"洛音凡起身。

再次被丢进黑暗的仙狱,重紫伤重昏迷,幸亏有秦珂燕真珠等人送来的药,连躺了两个月才逐渐好转。这期间慕玉没来，后来听说是闵云中不许他探望，反倒是秦珂得以被允。其实这也是闵云中对重紫还留有一分欣赏的缘故，他只当她年轻，一时糊涂才生妄念，见秦珂待她格外不同，便借此机会，有心想要让她移情改过，也算是惜才之意。

重紫当然不知道这些，以为那日刑台死里逃生，必是秦珂求情了。想他生性骄傲，头一次这么拉下脸求人，重紫越发不安和惭愧。

至于卓昊，自己跟他只见过几面而已，为什么他会有那样的眼神，恐怕也是因为师姐，倘若师姐喜欢的是他，其实会幸福的吧？

可惜，被那样一个人宠护过的女孩子，又怎会喜欢别人？

师姐喜欢谁，阴水仙那番话是真的。

重紫倚着墙出神。

事情过去，仙狱看守没有先前那么严了，加上她术法受制，不用担心逃跑，再有秦珂说情，困仙的铁栏也被撤去，尽管这点自由仍然很有限。

耳畔响起脚步声，须臾，有人顺着石级走下来。

看清是谁，重紫也猜到她来做什么，不过面上礼节要做到，遂起身叫了声"师姐"。

"我来看看你怎么样了，伤好了吗？"司马妙元假意关切两句，又望望四周，抱怨，"师妹受了重伤，怎能住这种地方？尊者也太狠心了。"

她原本就是来看笑话的，重紫冷眼不搭理。

司马妙元上前拉住她的手臂，叹气："当日师妹拜入紫竹峰，又得尊者看重，多少人羡慕，谁料到会出这种事呢？"

手腕剧痛，全身筋脉奇烫，似要爆裂，难受至极，重紫心知她在使阴招，无奈术法受制，反抗不得，只得咬紧牙关不吭声。

司马妙元斜眸："师妹在发热？"

额上满是冷汗，重紫极力忍受，口里淡淡道："多谢师姐赐教，只是将来掌教发落，必会提我问话，那时我若又添新伤，恐怕不好回呢。"

司马妙元也不屑再装了："犯了这样的大罪，你当尊者还会护着你？真那么看重，他老人家就不会将你交给青华处置了。现在你是死是活，也没人会管，拿什么跟我比？"话虽如此，到底还是放开了她。

重紫后退几步，扶着墙站稳："师姐是人间公主，身份尊贵，重紫如何敢比？师姐的教训，重紫记住就是了。"

司马妙元轻蔑道："啊，我忘记告诉你了，你过几天就要被遣送去昆仑冰牢。"

重紫果然听得愣住。

冰牢？关押十恶不赦之徒和魔王的地方？

"下这道命令的不是掌教，正是尊者，"司马妙元一阵快意，"原本掌教与闵仙尊还替你求情，是尊者坚持要送你去的。"

见重紫没有反应，她正要再说，忽然身后传来秦珂的声音："妙元？"

"秦师兄。"司马妙元连忙换了笑脸，过去作礼。

秦珂点了下头。

知道他是来看重紫，司马妙元更加嫉恨，怪不得这臭丫头落到现在的境地还敢嘴硬，原来是仗着他！因不知他有没有听到方才那番话，她连忙笑道："听说尊者要送师妹去昆仑，我怕师妹伤心，所以来劝劝。"

秦珂仍没表示。

司马妙元更觉心虚，再说两句便出去了。

秦珂这才走到重紫面前，拉起她查看伤势："她就是这样，不必理会，师父与闵仙尊都在替你求情，事情尚有转机。"

重紫摇头，无力地伏在他怀里。

遣送昆仑，她不敢有意见。云仙子的死，她虽然不清楚和自己有没有关系，但嫉妒之心引出心魔是肯定的，她没脸见师父，她害死了他喜欢的人，他有理由怪她罚她。只不过，去了传说中那个可怕的地方，她将再也见不到他，再也见不到这些人了。

秦珂轻轻拍她的背，半晌低声道："早知如此，我该收你为徒。"

有这句话，还奢求什么？重紫眼眶微红："师兄待我这么好，是因为师姐吗？"

这段日子的陪伴照看，不知何时开始，他待她好得远远超出了寻常师兄妹的程度，但与恋人又有距离，重紫多少也猜出他的心结。

秦珂沉默片刻，道："因为她，也因为你。"

重紫紧张："如果云仙子真是我杀的，师兄还会这样对我吗？"

"你不想杀她？"

"不想。"

"果真是你无意识动的手，那就赎罪。"握着她的手忽然收紧，秦珂看着她的眼睛，"重紫，掌教他们如今还是看重你的，会替你说情，但尊者那边……不论发生什么，都应该坚持下去，不能轻易低头放弃，就算去了冰牢，也要忍耐，师兄迟早会想办法接你出来，知道吗？"

平静的声音是最坚定的承诺。

重紫鼻子一酸："师兄为什么这样信我？"

"你不明白，"秦珂道，"这种事不只你一个人遇上，我保护不了她，如今不能再让你走她的路。"

重紫有一丝不祥的预感："难道师姐也是……"

"你师姐，本是个大胆又聪明的女孩子，可惜她太重感情，太相信尊者，以至忘记了最初的坚强，甚至忘记了自己。"秦珂停了停，道，"你现在也看见了，尊者没你想的那么……"

重紫立即打断他："不，这次不关师父的事！"

那种情形下，谁都会怀疑她，虽然也伤心他那么快就放弃，将她交出去，但如果她能坚定地开口叫冤枉，他必定会彻查的吧，问题出在她自己，这是她该受的惩罚。

秦珂没说什么。

是真的像，一样的善良，到这种地步也不会恨。

沉默片刻，他双手扶着她的肩："不论如何，你要明白，一个人倘若连自己都不想保护自己，又怎能指望他人来帮你？"

重紫垂首，迟迟不能言。

她当然明白，如果这件事牵扯的是别人，她绝不会轻易放弃申辩，可是现在她最想保护的已经不是自己。

心魔，还有那些话，说出去会造成怎样的影响？堂堂重华尊者被徒弟爱上，后果不是她承受得起的。她的坚强，注定要在他面前低头。

秦珂离开没多久，燕真珠就来了，带了许多药不说，居然还搬了张小木榻，还有块漂亮的火鸦毛和天鹅毛编织的毯子。

重紫笑起来："真珠姐姐要搬来陪我住吗？"

"你泡过四海水，现在又有伤，不能再受凉了。"燕真珠铺好毯子，拉着她坐下来，递给她一个玉瓶，"这是首座给你的药。"

重紫忙道："我的伤差不多好了，姐姐叫慕师叔别担心。"

燕真珠道："你还需要什么，我下次带进来。"

重紫小声道："我可能住不了多久了，趁眼下还在南华，姐姐有空多看看我就很好。"

遣送昆仑的事上上下下都在传，燕真珠自然也听说了，闻言伸臂搂住她："事情还没定，你别急。"

重紫勉强笑道："我没事，掌教他们既肯为我说好话，就不会让我吃太多苦，说不定冰牢里头清静正好修行，过个几年他们就放我出来了。"

"事情没那么坏，"燕真珠拍她的脸，笑道，"你秦师兄怎么舍得让你去那种地方？他已经求过掌教，如今掌教与闵仙尊都在替你说情。虽然你是尊者的徒弟没错，可在南华，掌教说话是有分量的，尊者很可能会松口。"

原来掌教插手，也有秦珂求情的缘故，他还为自己做了多少？重紫掰着手指，心头有暖意化开。

燕真珠想到什么："听说方才司马妙元来过，是她告诉你的吧，别理她！"

重紫将经过说了一遍。

听到司马妙元使阴招，燕真珠大怒，倏地站起身："太过分了！我去……"

重紫连忙阻止："算了，我又没受伤，无凭无据，闹出去掌教他们顶多责骂两句。司马妙元心窄，姐姐却一向不拘小节，叫她记恨上姐姐，没事寻点把柄出来，姐姐只会吃亏。"

"这种时候你还……"燕真珠叹气。

"早知道她这样忘恩负义，我当初在洛河也不救她了。"重紫拉着她重新坐下，"现在不是时候，等出去了我才不怕她，姐姐何必气这个？"

燕真珠沉默许久，移开视线："你……不怪我？"

重紫明白她内疚什么："那晚该当要出事，又怎能怪姐姐？姐姐难道天天守着我不成，何况有心魔在，迟早……"停住。

"心魔？"燕真珠看她。

重紫咬了咬唇，忽然扑在她怀里低声哭起来："姐姐，我不怕去冰牢，我只怕云仙子真是我杀的，师父喜欢她，我……有心魔……"

"虫子！"燕真珠欲言又止。

秦珂自仙狱出来，径直去了闵云中处，再去主峰见过虞度，然后才回玉晨峰，还未走到门口，远远就看见外面石桌旁坐着一人，一手执酒壶，一手扶酒杯，自斟自饮。

见他回来，那人侧脸笑道："这流霞酒只有仙门大会才有，你敢私藏？"

秦珂微微抿嘴，走过去坐下："卓师兄又藏了几壶？"

"不多，也就两缸，"卓昊举杯一饮而尽，"偷酒的神仙自古就有，岂止你我，当时连昆仑君那样的人也藏了两壶。"

秦珂道："偷了两缸，他们竟没察觉？"

卓昊取过折扇打开："我从三百缸里匀了两缸出来，然后倒了琼香进去混着，他们如何能察觉？仙门大会上喝的都是掺了琼香的流霞。"

秦珂失笑："你惯于做这种事。"

"守仙门守人间，需你们去，品酒，需我这样的人来。"卓昊说完又饮了一杯，

"纯正的流霞一旦掺了琼香，果然味道也不似先前了。"

一杯接一杯，眼中杯中都光华闪烁。

秦珂有点吃惊："你……"

"我教你怎么认流霞，"那点光华迅速消失，卓昊摇摇酒壶，再也倒不出一滴，于是将空壶在他面前晃了晃，"真正的流霞酒，是苦的，只要你接连饮上三百杯，就能察觉了。"

秦珂皱眉："果真？"

卓昊丢下酒壶："假的。"

秦珂没有笑，反而面露歉意："多谢。"

"你可以当作我是在给你面子，"卓昊笑了声，"白赚个人情，我会觉得愧对你。"

秦珂沉默片刻，问："你为何放过她？"

"我放过她，她也会被送去冰牢。"卓昊没有回答，移开话题，"我要去西天佛门一趟。"

秦珂愣了下，沉声："你……"

卓昊忍笑："我这样的人像要当和尚的？不过是有事求佛祖而已。"

秦珂道："令尊可知道此事？"

"我来你这里，就是不想让太多人知道。"卓昊站起身，"酒喝完了，我也该走了。"

秦珂跟着起身："此去西天，路途遥远，我送你一程。"

卓昊拿扇柄拦住他："我劝你还是留下来，否则再出事，连我也救不了，实在不行，就让她去冰牢吧，尊者有他的苦处。"

秦珂看着他，没有多说。

一柄金黄色古剑飞来，卓昊手握折扇，踏上剑身，离去。

记忆里，那个小女孩和少年的故事，正变得越来越遥远，越来越模糊……

"你的剑真好看。"小女孩赞叹。

"此剑名安陵。"少年不高兴的声音。

……

第十二章·无情

"师弟近日忙得很,也不过来走走。"夜里,重华宫大殿珠光映照如白昼,虞度含笑往椅子上坐下,"事情都处理完了吗?有没有打扰你?"

洛音凡道:"师兄有什么事,就说吧。"

虞度轻咳了声:"既这样,我就直说了,你莫嫌我话多,让那孩子去冰牢,我与师叔以为还是判得过于重了。"

见洛音凡没有表示,他继续道:"她是不是真有罪,你比我们都清楚,我与你师叔先前是担心她……小孩子年轻,一时糊涂罢了,并未因此犯大错。我看她很有志气,品行也好,是个极有前途的孩子,就这样被罚去冰牢,未免太可惜。"

洛音凡道:"师兄要留下她?"

虞度道:"这段日子她与珂儿感情甚好,师叔的意思,如今青华肯放过她,我们这边也不必那么认真,罚她受点重刑,贬去孤岛几年,然后依旧回玉晨峰,与珂儿住在一处。"

洛音凡脸色不太好,半响道:"祖师教规在上,恐难服众。"

"教规不外乎人情,这群年轻孩子里出色的不多了,"虞度摇头,"仙门有奸细,可能是盯上了你,那孩子只怕真被冤枉了。我知道你怪她不争气,可昆仑冰牢是什么地方,被关进去的弟子,有才两年就疯了的,无论怎样都是师徒一场,你当真要将她送去?"

洛音凡沉默。

"师弟考虑下吧,你处置徒弟,我原也不该多插手。"虞度移开话题,又商议两件正事,就起身回主峰去了。

待他离开，洛音凡缓步走到殿门口，望夜空。

平生决策无数，极少有迟疑的时候，甚至包括当年斩下那一剑，可是现在究竟该怎么做？

天生煞气，三世成魔，这是第二世了。

不是不想维护，他是她的师父，岂会真那么狠心？平生极少有求于人，却也是为了她，没人知道行刑时他有多紧张，对于她，他比谁都在意。

可他不能拿六界安危去赌。

眼下她又被人盯上，倘若煞气泄露，师兄他们岂会甘休？冰牢反而是最安全的去处，她不明白他的苦心，他更无从解释，没有勇气唤醒她前世的记忆。

受这场委屈，又受过刑，旧伤新伤，不知那些药有用没有，当真关去冰牢，她受不受得了……

突然想起当初的自己，那个已经有点陌生的自己，一路云淡风轻走来数百年，几乎没有任何事能在心里留下太深的印象。

多少人以为，他洛音凡术法强站得高，却不明白，生于天，死归地，得之于天地，失之于天地，天地众生，我即众生，无须高高在上去俯瞰一切，因为谁能俯视自己？也无须低于尘埃去膜拜一切，因为谁又能仰望自己？

自负，只因能更清楚地看到自己，就是无敌。

然而现在，他发现"自己"这个概念开始有点模糊了，不再像先前那么空明通透，身上多了些东西，什么时候开始改变的？

半空清晰地呈现出画面。

阴冷黑暗的仙狱内，少女沉沉睡在榻上，身上盖着的毯子滑落大半，露出瘦得可怜的小臂。

洛音凡叹了口气。

"师父！"重紫猛然睁开眼。

仍是漆黑的牢房，四壁冷清，身下是燕真珠带来的木榻，身上毯子盖得严严实实，哪里有半个人影？！

为什么会有那种熟悉的感觉？好像他来过一样……

反复做梦，梦里总是卓云姬与师父并肩而立的画面，下一刻卓云姬倒在殿内地上，师父站在旁边，面无表情地看着自己，大约是从没见过师父伤心欲绝的样子，所以想象不出来吧，可是，那双眼睛里的无力与灰心，自己看得清楚。

他怎么可能再来？

不怕死，不怕惩罚，只怕他不肯原谅。

重紫抱着毯子坐到天明，秦珂照常进来看她，见她神色不好，也没有多问，拉起她的手度了些灵气过去。

经过他的开解和鼓励，重紫虽然还是放不下，但已经开始准备接受现实，想到这段日子他常来照看自己，更加感激："师兄总来看我，会不会耽误你的事？"

秦珂道："青华卓师兄来过了。"

重紫愣了下，垂眸："谢谢你。"

秦珂沉默许久，道："他饶过你，并非是承我的情。"

"他可能是看在师姐的分儿上，"重紫不觉得奇怪，半是羡慕半是黯然，"有人这样喜欢，就是死也值得了。"

秦珂瞟她一眼。

重紫兀自沉浸在想象里，拉着他，问："师兄，我那个师姐长什么样子，很好看吗？"

秦珂道："一个丑丫头。"

"我不信！"重紫抱住他的手臂，"我知道，你一定也替我求过情的，还是谢谢你。"

秦珂皱眉："放手。"

重紫发现，只要脸皮厚点，这个精明稳重的师兄其实很好欺负："不放！"

……

见她难得心情好，秦珂容她闹了阵，等到安静下来，才将要说的话告诉她："尊者态度已有松动，闵仙尊可能会罚你受刑，贬去守毒岛，目前消息还未公开，你先有个准备。"

乍听到这消息，重紫也不知是喜是悲，结果比想象中要好，可师父同意轻判，是看掌教的面子吧，她丢尽了他的脸，不该奢求原谅的。

秦珂扶住她的肩安慰："守毒岛虽苦，但至少比冰牢强多了，我与真珠他们会常去看你，忍耐几年就好。"

求到这样的结果，他不知费了多少力气，自己决不能辜负，重紫郑重点头："师兄放心，我不会放弃的。"

秦珂难得笑了下，变出只报时小金鸟："真珠这些日子急得很，托我带这个给你。"

重紫欣喜接过。

黑漆漆的仙狱，眼睛看得见，时间概念却很模糊，上次不过随口提了句，谁知她真的找来了这个。

重华尊者不管徒弟，反倒是掌教和督教仍怀有爱才之心，对遣送昆仑之事极力劝阻。秦珂获得特许，经常去仙狱探视重紫，南华上下都知道闵云中有意撮合，有高兴的，有失望的。司马妙元看在眼里，嫉恨万分，却不敢再轻举妄动，这日她正要去主峰，忽然有个弟子跑来叫她。

"师叔快些回去吧，有客人要见你。"

司马妙元疑惑，匆匆回到住处，见到那位来客之后便不大耐烦："你怎么来了？"

"前日去昆仑拜见舅舅他老人家，路过而已。"月乔站在案前，边打量案上东西，边笑道，"听说你们南华出了大事，所以特意来看看你。"

司马妙元意外："你舅舅是昆仑的？"

"我舅舅正是昆仑玉虚掌教，你连这也不知道？"月乔得意，搂住她。

"少动手动脚！"司马妙元推开他，心内一动，"既然来了，何不去看看你那一直念念不忘的重紫师妹？"

月乔愣了下，笑着拉起她的手："师妹想哪里去了……"

"她现在仙狱里，马上就要被遣送昆仑冰牢了。"司马妙元打落他的手，斜睨，似笑非笑，"犯下这等大罪，尊者再没去看过她一眼，早就不管了。如今她术法受制，甚是可怜，师兄何不趁机去关照关照，说不定她就感激你了。"

月乔原是个逢场作戏的，闻言暗喜，口里道："你果真不吃醋？"

司马妙元心里冷笑，假意叹气道："我们姐妹一场，眼下看她受苦，我担心得很，可惜将来她去了昆仑，有什么我也照应不到，你舅既是昆仑玉虚掌教，将来还望你多照顾她才好，我能吃什么醋？"

且不说司马妙元暗含鬼胎，这边仙狱内，秦珂刚离去，重紫歪在榻上昏昏而睡，冥冥中有个声音幽魂般在狭小的空间里飘荡。

"少君。"

"又是你！你到底是谁，为什么害我？"

"我是在帮你。"

"我不认得你！"

"因为你不记得了，不记得他们如何待你，仙门根本容不下你，你留在仙门就是最大的错误。"

"那是你害我！没有你，我不会落到这种地步，云仙子是不是你杀的？"

"没有我，他们照样不会放过你，少君会明白。"

惊醒过来，重紫满头冷汗。

她又听到了那个声音，它竟然叫她"少君"？它是真实存在的，根本不是什么心魔！一定要告诉师父和掌教，让他们查个清楚，云仙子之死很可能与她无关，洗清冤屈，师父就会原谅她了！

狂喜之下，重紫将毯子一掀，跳下榻就飞快朝门口跑，打算出去找外面的弟子传话，哪知刚踏上石级，迎面就撞到一个人怀里。

那人顺势拉住她："重紫师妹。"

重紫意外："是你？"

自从上次司马妙元来过，闵云中就下令任何人进仙狱都要禀明掌教，再者也是秦珂怕司马妙元再来欺负她。然而司马妙元身为人间公主，自有许多奇珍异宝收买人心，此番带月乔来仙狱，只说是探望重紫，负责看守的两名女弟子平日得过她好处，且又不是什么大事，便让月乔进来了。司马妙元却留在外面，假意与二人攀谈。

月乔原就心怀不轨，迫不及待拉住重紫的手，做出关切之色："听说师妹出事，我急得很，专程赶着过来看望你，你受伤重不重，疼不疼？"

重紫心知不对，镇定："多谢月师兄记挂，可眼下我尚有件急事想要面禀掌教，月师兄能否替我通报声？"

月乔笑道："那有何难，只是师妹拿什么报答我呢？"

"师兄此番相助，重紫自会记在心里。"

"光记在心里，就打发我了？"

当初在天山，重紫就见识过此人的无耻，如今见他做这点事也要谈条件，更加厌恶："等见过掌教禀明正事再说吧。"

月乔还不识趣："到时师妹翻脸不认怎么办？我要师妹亲口答应再去。"

知道谈不拢，重紫干脆抽回手，准备出去找人报信。

"听说师妹要去昆仑，"月乔拦住她，哄道，"昆仑玉虚掌教是我亲舅舅，到时我在他老人家跟前说两句好话，叫你不吃冰牢的苦。"

重紫冷冷道："师兄自重，否则我要叫人了。"

小脸苍白，依旧不掩丽色，更可疼爱，月乔心猿意马起来，强行将她搂住。

这么闹外面都没人察觉，必是他设了结界。南华教规森严，何况虞度和闵云中并未完全放弃自己，他一个外派弟子何来这般大胆，自然是受了司马妙元教唆！重紫明白过来，顿时大怒，挣扎着将脸偏向一旁："敢在南华放肆，月师兄胆子未免太大了！"

"不过是个罪徒，尊者早就不管你了，你若肯乖乖听我的，我保你没事。"

"放手！"

仗着祖父西海君溺爱，又受了司马妙元怂恿，月乔只道她是南华罪徒，又听说洛音凡要将她送去昆仑冰牢，想是丢开不管了，闹出来顶多受顿打骂，哪里还有顾虑，低头就去亲那小脸。

那嘴带着热气在脸上乱啃，重紫恶心得要吐，无奈仙术受制，衣衫被扯破。

羞愤至极，体内似乎有东西开始迅速膨胀，挣扎着要出来。

被人陷害，又要遭人羞辱！

杀了这个人！

杀了这个禽兽不如的人！

怒极，恨极，天生煞气被激发，金仙封印再也掩盖不住那浓烈的杀气，重紫停止挣扎，望着他，唇角不知不觉现出一丝冷笑。

见她放弃反抗，月乔更加得意，以为她肯依从了，正要说甜话安慰，忽觉胸口一阵剧痛，如被利刃刺透，他莫名低头，只见胸前伤口血流如注。

几乎不敢相信，月乔愣了半晌，惨叫着丢开重紫，跌坐在地："你……你是谁？"

俏脸蒙着一层青黑之气，重紫站在那里，眼睛里闪着幽幽的光。

"你是魔！"月乔面无人色，跌爬着朝门口跑，"有魔！她有煞气！快来人，救我！"

呼叫声里，两道人影冲进门。

原来秦珂怕重紫出事，暗地叫了弟子守在仙狱周围，听说月乔前来探望，想此人品行不端，当初在天山就垂涎重紫，故匆匆赶到仙狱，见外面司马妙元神情不对，更加起疑，忽然听得月乔惨叫，正好闵云中也路过，二人连忙进来看，哪知会见到这副场景，两个人同时呆住。

天生煞气！她竟然天生煞气！怪不得这次的事行玄测不出结果，原来是她！闵云中将这一幕看得清楚，联想到洛音凡这些年的表现，心内全然明了，震惊又气怒。

一个孽障，让他如此费尽心思保护！天生煞气，转世不灭，他还敢放任她活在世上，妄图替她掩饰，连身份责任都不顾了！天魔重现，浩劫再起，那时他就是整个仙界的罪人！

"闵仙尊！闵仙尊救我！"月乔爬到他脚下，扯住他的衣角哀求。

重紫也醒过神，慌得跪下："仙尊明察，是他心怀不轨，欲行非礼，重紫不得已才这么做的！"

见她衣衫不整，闵云中自然明白怎么回事。他平生最恨这样的仙门败类，立即嫌恶地将月乔踢开。若非念在他是西海君之孙，怕是早已一剑杀了干净。

月乔咎由自取，但这孽障也断断留不得！

闵云中二话不说，拔出浮屠节，毫不犹豫地朝重紫斩下。

"仙尊手下留情！"

"放肆！你也看见了，这孽障是谁！"

"是她，"秦珂转脸看重紫，神色复杂，"但此生她不曾背叛仙门，也立过功，求仙尊……网开一面。"

他二人说话古怪，重紫早已吓得脸色惨白，闵督教向来公正，怎会突然变成这样，不问青红皂白就要杀自己，必是为自己伤人生气吧？于是她连忙叩首："重紫发誓，所言句句属实，绝不敢欺瞒仙尊，是他欲行不轨之事，重紫尚有要事禀报仙尊与掌教。"

"出去再说吧。"熟悉的声音传来。

"正好，我正要问你话！"闵云中冷笑着看那人。

六合殿，重紫规规矩矩跪在中间，虞度设好结界，将其余所有人阻隔在外，唯有首座慕玉、秦珂、司马妙元，还有当值看守仙狱的两名女弟子留在了殿内。

闵云中冷冷道："怪不得要将她送去昆仑，我还当你糊涂到底了！"

洛音凡看着地上的重紫，不语。

今日的局面，他一直尽力想要避免，孰料始终是白费力气，逃不出天意安排。更让他震惊的是她身上的转世煞气竟强盛至此，伤人于无形不说，还能冲破他亲手结的仙印。此番出事，意味着那幕后之人又开始动手了，目标显然是她，既被盯上，如何能再让她留在南华？

"人还活着，护教如何解释？"

"我自会处置，"洛音凡道，"是谁将月乔带去的？"

司马妙元一个哆嗦，忙跪下："是妙元，月师兄他听说重紫师妹出事，想要看望，所以……妙元便带他去了。"

洛音凡道："私自带外人入仙狱，贿赂仙门弟子，该当何罪？"

闵云中沉着脸道："一并罚去看守毒岛三年。"

三年！司马妙元白了脸，她是备受宠爱的公主，竟然要在那个冷清寂寞的小岛上度过三年！三年后回来，秦珂身边定然已有更多女孩子，哪里还记得她？

"妙元知错，求尊者开恩！"

"督教所判，岂容你再吵闹？"虞度严厉喝止。如今关键是看他如何处置重紫，倘若一定要保，那就麻烦了，小事还是先依他的好，退一步，后面才有说话的余地。

被掌教呵斥，司马妙元便知留下是没有希望了，无力坐倒在地，望着旁边重紫，目中尽是恨意。

"掌教明察！"重紫叩首，"是月乔他欲行非礼，重紫一时气急，才失手伤他……"

闵云中喝道："身为仙门弟子，竟以煞气伤人，还要狡辩！"

重紫着急："我确实不知道什么煞气。"

闵云中不理她："还是护教自己处置吧。"

寒光闪过，冷了殿内所有眼睛，一柄秋水长剑凭空出现，剑柄上宝石闪着美丽的光，时隔多年，终于重新被主人召唤，凛冽杀气瞬间充斥剑身。

洛音凡随手取过剑，朝重紫走去。

逐波？他说过再也不用它的……重紫隐约猜到了什么，惊骇："师父？"

秦珂脸色青白，迅速将她拉到身后："这并不是她的错，尊者难道不知公正二字？"

洛音凡不答，仙力凝聚，所有人都知道他要出手，虞度大急，呵斥："珂儿！还不退下？"

"师兄……"重紫也轻轻拉他。

秦珂阻止她继续说，暗设结界护住二人，缓缓摇头："南华本就愧对她，怎能再对她下手？送去冰牢就是了。"

"混账！身为掌教弟子，为一个女子这般不识大体，枉你师父多年栽培，"闵云中气得责备，"两世不灭的煞气，去冰牢容她继续修炼吗？还不让开！"

秦珂道："弟子保证，她不会作恶。"

气流结无形仙印，强大的力量粉碎结界，将他击得跌出去。

"师兄！"重紫吓得扑过去抱住他，哭道，"伤人的是我，要罚就罚我，不关秦师兄的事！"她望着出手的那人，恳求，"师父，弟子句句实话，不是有心伤人的，求师父相信我！"

秦珂吞了口中血，冷冷道："不要求他！"

重紫看看他，再看着一步步走过来的那人，似明白了什么。

他们需要的，竟不是真相吗？他们……是想要她死？她明明是冤枉的！月乔那样侮辱她，她只是自卫而已，他们为什么不看事实？她究竟做错了什么？

突然很恨，恨这些人，不问青红皂白就要杀她，还有他，她最尊敬最喜欢的师父，怎么可以这样无情，这样轻易就放弃她？

那个"十恶不赦"的师姐，也是这样死去的？

性情本就偏激，明白之后更加气愤不甘，凛冽煞气再次冲出体外，凤目幽深，恨意翻涌，殿内一片刺骨的寒。

"魔性大发了，当真是南华的好弟子。"闵云中冷笑，握紧浮屠节。

虞度虽未说什么，也暗自提了灵力，只待她有所动作，便要将她立斩于此。

此刻她再显露半点儿杀机，必死无疑！秦珂看得清楚，吃力地握紧她的手："重紫！重紫！"

重紫茫然地看看他，又望向洛音凡。

"孽障，你要做什么？"声音依旧淡漠，如天边飘过的云。

重紫猛然回神，煞气尽敛。

是啊，她想做什么？她竟敢怨恨师门！

"没有，弟子是被冤枉的，那个声音害我！"她惊慌地想要解释清楚，"是它杀了云仙子！它叫我少君，刚才它又来找……"

话未说完，重紫忽然停住，她听到咔嚓的声音。

小臂软软垂下，骨头已断成了两截。

秦珂闭目。

重紫不可置信地睁大眼睛，望着面前的人。

"师父。"

神色没有任何改变，他两指倒执剑尖，以剑柄击在她身上。

手稳而准，脆响声不绝于耳，四肢骨节应声折断，每断一处，就有一道青黑之气自断处冒出，消散在空气中。

失去支撑，重紫以一个畸形的姿势歪倒在地。

不知疼痛，瞬间，感官全都失灵了。

"为什么？"她喃喃地问他。

没有回答。

为什么？她迷茫地睁大眼睛。

为什么？曾经爱她护她的师父，前不久还抱着她温柔宠溺地唤"重儿"，为什么会突然变成这样？为什么看她受伤都会生气心疼的人，在明知她冤屈的时候，却要亲手伤她？

"为什么？"

至琵琶骨，他落下最后一击。

琵琶骨碎裂，煞气从此再难凝集，只看那四肢断骨刺破皮肤，刺透衣衫，暴露在外，带着血丝，红红白白，惨不忍睹，连闵云中也倒吸了口冷气。

"别怕，忍着，"双眸依稀有光华闪动，秦珂艰难地撑起身，轻轻握住那小手，尽量控制不让声音颤抖，"师兄必会救你，别怕。"

慕玉默默过去，想要扶她起来，却又迟迟不敢伸手去碰。

洛音凡收回逐波："即刻送往昆仑。"

虞度与闵云中都骇然，不好再说什么。

对一个孩子，这样的手段未免太冷酷残忍了点儿，还不如一剑下去灰飞烟灭。虽保住了魂魄，却生不如死，有何意义？她现在的模样，别说成魔成仙，就算治好也是废人一个，仅仅能摄取灵气勉强维持性命，别的什么也做不了，只能永远在昆仑冰牢度过，这样还不如不救。

虞度苦笑。

这位师弟，总是在你以为他心软的时候，做出意外的事来，不枉无情的名声。怪不得先前自己与闵云中极力说情，他都仍然坚持遣送昆仑，只因清楚她的来历，对于该怎么做，他向来都很理智。

如今她暂时是构不成威胁了，再关进冰牢，的确万无一失。

想到这儿，虞度点头说了声"也罢"，令闵云中亲自率弟子护送重紫去昆仑冰牢，又过去看受伤的爱徒秦珂。

洛音凡不再理会众人，快步出殿。

仓促低头，一口血喷在袖内。

他平静又有点茫然地看着那血迹转瞬间消失得干净，什么也没留下。

山外，雪衣人面对悬崖而立，浑身上下藏在白斗篷里，看不清面容。

须臾，一道紫色影子掠来。

"果然是你。"

"卓云姬之事没成功，想不到月乔与司马妙元倒帮了忙，重新激发出她的煞气。"

"那你为何不照事先说好的动手，带她走？"

"我已根据她的煞气，感应到天魔令与圣君之剑的大略藏处，若此时暴露身份，就功亏一篑了。"

"她都成了废人，拿到这些又有什么用？"

"洛音凡果然没让她死，魔血还在，就无须担心。要入魔，她现在这点煞气还不够。"

"昆仑冰牢住几年，煞气是够了，只不过你救得出来？"

第十三章·冰牢

昆仑山冰牢历来是仙门关押魔头与重犯的地方，漆黑无际，时而传来鬼笑声，想是那些罪人或魔头发出来的，声音遥远，若非习惯了在死寂中聆听的耳朵，是绝对听不见的，由此可以断定这地方很大，很空旷。

他们也都被封在冰里？重紫无聊时会这么想。

由于玄冰的作用，她的身体没有任何生长，断骨自然也不会愈合，维持着最初的断裂状态。体内煞气稍有凝集，便自动从断裂处释放出去，好在被冻得麻木，这些已经没什么感觉了。

五道锁仙链分别锁住她的颈和四肢，环内侧有利刺，稍有动作便会被刺破皮肤，带来剧痛。

可是重紫仍喜欢时不时动一动。

有痛，才不至太空虚。

有痛，才知道自己还活着。

身体习惯冰冷，眼睛习惯黑暗，很容易将自己误当成幽灵。

早就想过死，然而纵使她停止摄取灵气，也会有一丝丝灵气自冰里透进来，不断注入身体，维持生命，当真是求死不得。

自送进来那天起，就没有人来看过她。

究竟哪里做错了？虞度他们都想让她死，而他，甚至不肯让她痛快地死去，而是选择了生不如死的折磨。

重紫偶尔回想的时候，会有点儿糊涂。

当然，她通常把这类回忆当成做梦。梦里，她有一个师父，是天下最美最好的神仙，他疼她，护她，教她术法，为她受伤而着急，为她任性而生气，在她面前偶尔还会脸红。

她敬他，信他，终于不可避免地爱上了他。

为什么会到这种地方？重紫很少思考这问题，多数时候都在黑暗中沉睡。

不辨朝暮，不知岁月，好像过了几百年的样子，又好像才刚睡了几觉做了几个梦而已。直到耳畔传来一声清脆的响声。

多年不见光，重紫很不适应，被刺激得眯起眼睛，仍是看不清楚。她不免有点惊讶，这种地方谁会来？应该是……有新的囚徒被送进来了吧？

"住得还习惯不，重紫师妹？"一只手捏住她的下巴，毫不客气地摇了摇，带动环内利刃刺破颈部皮肤，有冰凉的血流下。

由于长时间昏睡，反应似乎也变得迟钝许多，重紫仔细看了来人半日，才认出来："是你。"

"冰牢三年，师妹别来无恙？"

三年了？重紫没有激动，倦怠地闭了眼睛。

三年都过了，为何不肯让她继续清静下去，偏要将那些记忆硬生生地唤回来，让她再一次面对现实？不相信那个疼爱她的师父会弃她不顾，不相信他和别人一样想要她死，不相信他会对她下手，她宁愿当作他是受了蒙蔽，所以才会冤枉她。

披头散发，四肢断处白骨森森，血与污垢粘连成片，令人作呕。月乔对她如今的模样自然不会再有兴趣，只觉厌恶，朝身后冷笑道："她现在就是个废物，有什么好怕的？"

还有人跟他进来了？重紫有点意外，睁开眼。

"关了三年，竟然还没疯。"月乔轻哼，见她不应，改为抓住她的头发，"不是要杀我吗？我倒想看看，你打算怎样杀我！"

"你想死吗？"重紫开口，抬眸直视他。

凤眼凌厉，中间寒光闪烁，饶是月乔有准备而来，且明知她做不了什么，仍被看得心虚不已，放开她，后退两步。

重紫试着动了动脸部肌肉，很满意自己还能笑："师兄的胆量却没有说话的口气大。"

侮辱不成反遭奚落，月乔恼怒："骨头断了，还这么嘴硬！"

耳光重重落下，重紫被打得脸一偏，带动颈部利刃入肉更深，鲜血直流，很快又因玄冰的作用而止住。

有意激怒他，为的不过一死，她就可以解脱了。

重紫吐了口血沫子，挑眉，一字字道："你不杀我，来日我必杀你！"

上次被她打伤，足足养了大半年才好，月乔本是个心胸狭窄之人，一直怀恨在心，所以利用母亲的名义跑来昆仑，偷了舅舅玉虚子的钥匙，骗过守冰牢的弟子，原想折磨她一番就好，哪知非但没耍成威风，反引她说出这话。

回想她当初煞气满身的可怖情形，月乔又惊又怕，心道送进冰牢的人还能有多大气候，自己有祖父西海君与舅舅玉虚子撑腰，便是杀了她也不算什么。

杀心骤起，手不觉按上剑柄。

结束了？重紫正欲闭目，忽然见冰壁后一道耀眼蓝光闪烁，似曾相识，心中顿时一凛，来不及想更多，面前月乔已经倒地毙命。

一个人自冰壁后走出来。

重紫望了她许久，张了张嘴，却听不到声音。

瞬间，熟悉的人站到了她面前，依旧穿一身花花绿绿的衣裳，平凡的脸没有任何变化，只不过那气质犹如脱胎换骨，变得高傲且威严，险些叫她认不出来了。

"虫子。"

"真珠姐姐？"重紫不敢相信，喃喃地想要确认。

"是我。"她微笑。

身上脸上血污自动消失，清爽舒适，久违的亲切感袭来，重紫鼻子一酸，眼泪不受控制地流下，颤声："真珠姐姐你怎么来了？我以为……我以为你们都不记得我了。"

"虫子！"燕真珠看着她半晌，叹了口气，"你还不明白？"

相同的蓝光，重紫见过，只是见过之后，便再也记不起来，等到清醒时，她已成为十恶不赦的罪徒。

陷害自己的人竟是她？真珠姐姐？

重紫泣然："不，不是你！"

"是我。"

"为什么？"

燕真珠不答，转向地上的月乔，冷笑着一脚将他踢了个翻身。

重紫瞟了瞟自己断成几截唯有皮肉相连的手臂，摇头惨笑。

被燕真珠陷害，她固然气愤伤心，可是比起那些明知她无辜而动手的人，也就不算什么了，她天生煞气，所以该死。

"你是来杀我，还是救我？"她只觉疲倦无力，"如果是想救我出去，那不必了。我不知道你的真实身份，也不知道你为何要害我，但我现在已是个废人，没必要再让你费心设计。倘若你对我还存有一丝愧疚之心，就一剑杀了我吧，我便不再恨你。"

燕真珠垂眸："不入鬼门而转世，有些东西该还你了，你会想知道。"

她抬起手，像往常一般温柔地抚上重紫的额。

尘封的记忆被撕破，前尘旧事如同画卷，一一展开，呈现。

云桥，大海，大鱼，仙山，乞丐小女孩，骄傲的小公子，遥远的白衣神仙，潇洒的少年，抱着她安慰的冷酷魔尊……

"丑丫头，有本事就跟来！"

"有师父在，没人会欺负你了。"

"真的做了卓昊哥哥的娘子，哥哥必定永远待你好，让你欺负，保证再也不看一眼别的妹妹，你……可愿？"

"小虫儿，你要记住，无论有多委屈受多少苦，总有人会信你喜欢你，就像大叔一样……"

瞬间忆起的东西太多，难以将它们联系到一起，重紫有点恍惚，眼见燕真珠自月乔身上取下两片完整的琵琶骨，她不由得喃喃问道："你做什么？"

"当年逆轮圣君与南华天尊战死，右护法梦魇亦受洛音凡一剑，伤重而亡，他老人家临去前将一身魔力传与了女儿。"燕真珠边动手边说话，语气有点麻木，好像在说一件不相干的事，"姐姐便是那梦魇之女，化身潜入南华，后来圣宫陷落，姐姐决定留下，是想伺机报仇，无奈实力不足。直到你上了南华，发现你天生煞气，姐姐便想借你的手去解天魔令封印。"

停了停，她轻声道："先前姐姐这么做，的确是为了报仇，但后来……你是个好孩子，资质分明绝佳，他们却不肯让你修习术法，今日你也看到了，纵然陷害你的不是姐姐，他们一样会这么做，明知你冤枉，也要找借口惩处你，让你留在这样的仙门，姐姐更不甘。"

"这小子虽不是东西，却生于仙界世家，有一副好筋骨。"燕真珠收起两片骨头，将月乔剩下的尸骨化为灰烬，"他们很快会察觉，需抓紧时间。"

月乔一死，她的身份必然暴露，她……竟是早已打算这么做？

容不得多考虑，强烈蓝光再现，重紫慢慢地合上眼睛。

朦胧中，她听见燕真珠低低的声音："无论如何，你落到今日下场，是姐姐的过错，你恨也罢，伤心也罢，姐姐也不能再求你原谅了，这是最后能为你做的一件事。

"害你至此，姐姐竟不知道该不该后悔，至于成峰……"

她对丈夫是利用还是真心？重紫很想知道，可惜她没有继续往下说。

"昆仑高手众多，你暂时是闯不出去的，姐姐不能替你接好四肢断骨，以免被他们发现。有了琵琶骨，煞气不会外泄，与灵气相辅，疗伤更有奇效。知道我的身份，玉虚子必会亲自率高手送我回南华受审，昆仑空虚，就是个绝佳机会，你只有半个月的时间逃出去，记住，留心头顶。"

锁仙链钥匙被盗，冰牢出事，昆仑掌教玉虚子与昆仑君很快率弟子赶到，一番激战下来，终于制住奸细。玉虚子立即进冰牢检查，可怜月乔已化作灰烬，自然无人留意他少了两片琵琶骨，再看重紫依旧血淋淋地锁在冰上，昏昏而睡，身上几条锁仙链并未打开过，想是没来得及。众人这才松了口气，见她四肢断骨在外，着实可怜，也不忍多看，纷纷退出去了。

外甥之死，玉虚子固然悲痛，但他到底是得道真仙，深知这外甥的品行，只能叹息命数天定，怪他咎由自取。反倒是梦魔之女混入南华，非同小可，足以轰动仙门，为防止路上出意外，玉虚子亲自率昆仑君等一干高手押送燕真珠回南华。

沉沉睡了几日，重紫再次醒来，睁眼又是一片黑暗。

记忆苏醒，心终于感觉到痛了，狠狠地抽搐。

被诬陷，屡次受罚，直到最后他亲手斩下那一剑。

六合殿上，众目睽睽之下，穿着破烂的小女孩哭泣着要走，那个年轻的神仙突然出现，说"我收你为徒"。他不知道，这句话对小女孩有多重要，不学术法不要紧，被人看低不要紧，至少还有他，他说相信她，不会介意她的煞气。

只当他是不知，只当他对她失望，少女宁可抱着对他的爱恋含冤死去，然而现在她才发现，原来他什么都明白，什么都知道，只不过和其他人一样，做了同样的选择而已。原来，他与别人并无不同，也认为她该死。

既然如此，为什么又要给她希望？为什么不干脆一剑让她魂飞魄散，还要将她带回南华，再收为徒，倍加爱护，最终又残忍地打断她的骨头，把半死不活的她丢到这冰牢受折磨？

来生的宠爱，就为了再次狠狠地伤害？

他表现出来的那些内疚是真是假？

……

太多不解，太多不甘，她死也要弄明白！

有了新的琵琶骨，煞气得以汇集，冰魄灵力源源不断地被摄入体内，带来奇异的效果。四肢断骨作响，烫热无比，皮肤蠕动着，拉扯着，疼痛难忍，重紫紧紧闭上眼睛，冷汗直冒，浑身颤抖，咬破下唇。

不知过了多久，大约有一两天，疼痛才开始消退。

重紫长长吐出口气，疲倦地睁开眼查看，手臂断骨果然已愈合，恢复了完整的皮肤，腿上也有了力气。

照燕真珠的话，眼下玉虚子他们都不在昆仑，是出去的好机会，可是这五道锁仙链，锁肉体，锁魂魄，就连法力高强的魔王也逃不得，她又如何挣脱得了？

"留心头顶。"燕真珠的话响起。

头顶也是冰岩，潮湿坚硬，并无任何出奇之处。

心知她说这话必有道理，重紫运灵力于双目，仔细搜索许久，终于在一块冰壁上发现许多凹凸不平的痕迹。冰本就是无色透明的，怪不得玉虚子他们都没留意。

重紫微笑。

灵力恢复，施展术法更加容易，一块玄冰忽然破裂，印上头顶冰壁上那些凹痕。仙锁百般变化，钥匙亦须有百种变化，大约一盏茶的工夫过去，那冰终于变成一把坚固的钥匙。

重紫轻轻吹气，将成形的冰钥匙插入右手锁孔。

第一把，不行；第二把，不行；第三把，还是不行；第四把……

终于，黑暗中传来一声轻响，右手锁仙链应声而开。

受到鼓励，重紫信心大增，用同样的办法解开另外四道锁，身体终于重新获得自由。

衣衫早已破旧不堪，袖子只剩一半，空荡荡地挂在肩上，纵然如此，她依然感受到了前所未有的轻快，飘然落地。

还未站稳，身体猛地失去平衡，朝旁边歪倒。

原以为是腿太久不活动失灵的缘故，重紫挣扎着爬起，走了两步仍觉得不对，细细观察之后才发现，原来腿部断骨没有经过任何处理就愈合，弯曲不直，一条长一条短，再看两只手也好不了多少，其中一只手掌还有些向外拐，畸形得可怕。

重紫蒙了，缓缓抬手摸上脸。

极度粗糙的皮肤，几乎就是一层皮包着骨头，可想而知有多丑陋，怪不得月乔会有那样厌恶的神情，她现在变得很可怕吧？

不要紧，反正她不需要别人喜欢。

重紫安慰着自己，尽量弯了下嘴角，将那已经拖垂及地的干枯长发胡乱缠绕在颈上，一跛一拐朝门口走。

梦魔之女潜入南华数十年，仙界犹在震惊，接着就传来了更震撼的消息，昆仑山冰牢竟然逃走了一名南华罪徒！听到的人莫不目瞪口呆。

那个幸运的罪徒，只是名二十来岁的少女，也是历史上从昆仑山冰牢逃出去的第一人。好在昆仑弟子多是受袭昏迷，少伤亡，可知其并无害人之心，然而天生煞气两世不灭，毕竟令人忌讳，绝不能让九幽魔宫先找到她。

众人议论纷纷，语气反带了三分佩服，洛音凡的徒弟到底不同凡响。

三日后，洛音凡传令仙门捉拿孽徒。

可是那个女孩子却突然销声匿迹，仿佛从世上蒸发了。

清溪流过碧山头，溪畔生着数丛翠竹，一座小小茅屋隐藏于竹林间，若不仔细观察，很难发现。

一叶小舟飘来，舟上坐着一名女子，身上穿着极宽大的白袍，怀抱竹条编织的大药篮，篮内盛着许多草药，长发披垂，皮肤苍白粗糙得可怕，留有冻伤的痕迹，唯有那双凤眼，为瘦削的脸增添了几分光彩。

小舟靠岸，女子吃力地站起身，提着篮子下船，看她一跛一跛的走路姿势，竟是个瘸子。

屋里光线昏暗，床上躺着一名十五六岁的少年，见她进来，少年忙坐起身，勉强笑道："姐姐回来了？"

女子放下篮子，去炉边倒了碗药递过去。

少年犹豫着，最终还是接过来喝了，然后悄悄瞟她。

女子看出他的心思，笑了笑："你别急，过两天伤好就可以走了。"

少年尴尬："蒙姐姐相救，还不知姐姐仙号，他日……"

"救你是凑巧罢了，不必记在心上。"女子淡淡打断他，"我生性喜欢安静，不习惯有人前来打扰，还望你出去之后不要与外人提起。"

少年忙道："姐姐放心，我不会说与别人的。"

女子点头，转身出门。

翠竹低吟，白石青石鹅卵石泡在清澈的溪水里，分外明净可爱，风过，小溪上游飘下来一瓣瓣粉红色的桃花。

山中度日倒也清闲，坐一坐天就黑了，转眼几天就过了，重紫坐在溪畔，仰脸望天幕。

日影沉，新月升，几点星光寂寥。

星璨却不在身边。

重紫低头，鼓起勇气，缓缓掀开宽大衣袖，露出可怕的左手，那手臂曾经被人敲断成几截，然后重新拼接在一起，弯曲不直，极度的畸形连她自己也看得恶心。

这副模样，像极了丑陋妖魔，谁也不会愿意多看她一眼吧，怨不得别人害怕。

重紫苦笑。

今日回来时，少年果然已不见，只留了字条道谢。其实她对这种事也不怎么在意，原是顺便自山妖口中救下他，他说自己是长生宫弟子。这几天跟她在一起，他过得提心吊胆，既害怕又不好意思说，她又怎会看不出来？

当时冰牢外有带封印的门，根本没有任何逃走的机会，幸好，外面弟子不慎将手放在了小窗上，她只够得一根手指，可那就已经足够。她先用移魂术将二人魂魄暂时互换，趁那弟子尚未反应过来，立即又封了自己肉身神志，然后设计取得钥匙开门，带出肉身，后面自然是围攻追杀，到底是怎样冲出重重关口的，连她自己回想起来也觉得不可思议。

离开昆仑，逃亡一个月，才知燕真珠已被处死，重紫到现在也很迷惘，是恨？是痛快？还是难过？

自己落到这地步，恰是她一手造成。

然而在记忆中，重紫记得最清楚的，仍是那个大大咧咧的姐姐——曾经将哭泣的她搂在怀里安慰，曾经在她受伤时悉心照顾，曾经在她受欺负的时候挺身相助，曾经私下与她聊些仙门八卦然后两人抱在一起笑，最后用性命将她从冰牢里救出来，让她重获自由。

或许还是伤心多点吧，她已经没有力气去恨谁。

地方偏僻，山环水抱，重紫在这里住了将近一年，过着与世隔绝的生活，倒也平静。每当夜里听到风吹竹声，她就像是再次回到那个满山紫竹的地方，那里系着她前世今生最美好的回忆。

很多话想问，可是她没有勇气。

至于秦珂与卓昊，听说自她入冰牢，二人都闭关修行，再未出来过。骄傲的小公子、轻狂的少年，都在拼尽力气想要保护她。

还有送她上南华的阿伯，往常她每年都会下山看望他两次，他还不知道她出事了吧？这三四年没见她，他肯定失望又难过，她真的很想回到他身边，陪他说话，陪他种地，可是现在仙门为了捉拿她，一定盯得很紧，她连报个信都不能。

也罢，她现在这副模样，还是谁也不见的好，免得连累别人伤心。

重紫遥望天际，那里有大片的云朵朝这边飞来。

晴朗夜空，怎会这样？

猛然间想到什么，重紫心一沉，顾不得别的，飞快站起身，施展遁术就跑。

第十四章·魔道

"孽障！往哪里逃？还不下跪认罪，束手就擒？"刚刚到山脚就听到喝声，前方半空中站着一群人，有虞度，有闵云中，有昆仑掌教玉虚子，还有长生宫明宫主……

目光落定在明宫主身边那少年身上，重紫气愤地看着他。

少年心虚地后退一步："你……是仙门罪徒！"

重紫"哈"了声，讽刺："你该庆幸，你的命是我这个仙门罪徒救下的。"

"他报信，乃是为仙门立功，"闵云中道，"擅自逃出昆仑冰牢，若非有他，你还要躲藏多久？"

"我为什么要躲？"重紫握紧双拳，视线仍未离开少年，"我并没有做过什么坏事，也从未杀过一个人，更没有忘恩负义，你们口口声声说自己仙门如何光明正大，放着那么多心术不正之徒不管，为何偏偏要来逼我？"

众人无言，少年羞愧。

闵云中微怒："煞气伤人，还不肯认错！"

"那是月乔心怀不轨，自作自受！"

"放肆！"

"罢了，"虞度抬手制止闵云中，严厉道，"看在你师父面上，你若肯自己回冰牢，此事我便不再追究，否则教规处置！"

"我没错，为何要回那种地方？"重紫咬牙，瞅空转身欲遁走，却被一道无形的力量打了回来，滚到树下。

白衣仙人看着她，没有表情。

熟悉的容颜，再次相见，竟恍如隔世，重紫立即低了脸，半晌才喃喃道：

"师父。"

"回冰牢。"

连他也不肯放过她？重紫依旧低着头，让长发遮住脸，忍着剧痛，慢慢地扶着树干站起来，尽量站直，双手隐在袖里。

洛音凡暂时将视线自她身上移开，转向虞度："魔剑与天魔令被盗。"

众人哗然。

怪不得他会来迟，魔剑与天魔令所藏之处何其隐秘，出这种事，必然又是因为内部有奸细了，虞度变色："是谁？"

洛音凡没有回答。

先是梦魔之女混上南华，现在又出盗天魔令和魔剑的奸细，南华简直大丢脸面，想是他不方便当着这么多人明说，闵云中越想越急躁，将浮屠节一扬："先处置这孽障再说！"

重紫没有躲闪。

事到如今，死有什么可怕？就是死，她也要知道他的内疚是真还是假！

洛音凡未及出手阻止，已有人先一步扑过去，闵云中大惊，饶是收招收得快，那人仍然被击得翻滚在地。

白衣喷上新鲜的血，重紫愣了半晌，终于抬起脸："成峰大哥？"

风吹起长袖，露出畸形的手臂，在场众人都倒抽一口冷气，有些心软的仙人已纷纷侧过脸不忍再看，早就听说洛音凡处置她的事，传言他对这个徒弟爱护有加，想不到下手竟这么重。

洛音凡也震惊地看着她，看着她的脸、她的手，看着她一跛一跛走过去，脸色煞白。

两生师徒，两生伤害。

这三年来他多数时候都在闭关，也曾想过去看她，可是始终没有勇气面对。瞒过众人，却逆不了天意。不伤她，他不能拿仙门乃至六界为赌注；杀了她，他下不了手。废她琵琶骨，只为抑制煞气，宁可让她苟且偷生，让她委屈地活在冰牢，也不愿再次看她消失。

然而当她以这副模样出现在他眼前时，他只后悔没能一剑杀了她。

前世今世，那都是个灵巧的少女，总是以最新鲜最美丽的模样出现在他面前，以最简单的木簪绾出多变的发髻，每当他远行提前归来，都会发现她只粗粗打了个最简单的丫鬟髻。淡然如他，即使从不在意这些，可也知道，他的徒弟是仙门女弟子里最美的一个。

面前的人会是她？

长发干枯，脸庞干瘪，由于长年冰封，晶莹细致的皮肤如今变得惨白粗糙，还有那双曾经纤美的手……断骨没有经过任何处理，自然愈合，左手成了奇怪的弧形，右手却弯弯曲曲，手掌有些向外拐。

她……会恨他吧？

洛音凡有点慌，看她俯身抱起成峰，想要开口却说不出话来。

"成峰大哥，"重紫面无表情，半晌才低声问，"你想知道什么？"

"我……没能见到她最后一面，"成峰吃力道，"我只想问你，她走的时候有没有说什么？"

重紫默然片刻，道："她觉得对不住你。"

成峰欣然："自你出事，真珠常说些内疚的话，我早已怀疑，只是一直不肯相信，你的确是被她害了，但如今她为救你而死，我也算勉强救你一命，望你能原谅她。"

重紫点头。

成峰闭目，终于昏迷。

误伤本门弟子，闵云中又痛又气，忙示意左右弟子上去救人，又骂："这孩子，被那魔女迷了心！"

"魔女又怎样？"重紫放下成峰，冷冷道，"仙门无情，魔女却有情，她真心待成峰大哥，我受她诬陷尚且不计较，你又何必这么恨她！"

闵云中气噎。

洛音凡正要开口，忽然平地刮起了阵诡异的熏风。

沙石落，狂风灭，树下出现一道修长黑影，后面紧跟着四大护法与影影绰绰的魔兵，烟雾未散，看不清他们究竟来了多少人。

"九幽！"猜测到来人身份，众人大惊，各自戒备。

这一带已靠近魔界要道，看来是惊动了魔宫，想不到他们声势这么大，连魔尊九幽也亲自来了。

重紫意外："亡月？"

亡月点头："是我，我来接你。"

重紫惊讶："接我？接我去哪里？"

"去魔宫，仙道弃你，当入魔道。"

"我……怎能入魔？"

"一念仙入魔，一念魔成仙，魔与仙本无区别。"

重紫望着他，神情困惑且痴傻。

仙魔无区别？是了，这些神仙又比魔好多少！照样不问青红皂白冤枉她，一心要她死！魔肮脏，难道仙就干净？仙界不容她，还有入魔这条路可以走。

"孽障！"洛音凡听得怒火直往上涌，语气变得严厉，"他是想用言语惑你心志，还不快随为师回去，你当真想要背离师门吗？"

背离师门？重紫回神，转脸看着他，沉默。

"没有人弃你，到师父这边来。"洛音凡放软语气，同时袖中右手暗暗提了灵力，打算强行摄她走。

重紫忽然道："师父既然和他们一样，认为我会危害六界，当初那一剑就可以让我魂飞魄散，又何必救我转世？"

洛音凡心猛地下沉，完美的表情终于现出一丝慌乱。

她在问什么？

"不错，真珠姐姐将记忆还给我，我全都记起来了，"重紫扬起那不怎么好看的脸，凤目直视他，直到现在她才相信，原来他和他们一样，并不在乎对与错，"师父杀我，为什么又要救我？"

不明白！他救下她，给她来世的呵护，是真的内疚吧？可是为什么到最后，他还是选择舍弃她，丢下她一个人？

洛音凡移开视线。

没有回答，因为不能回答。

"你不该问他，"亡月清晰的声音响起，"救你的并不是他，而是万劫，万劫用残余的魂魄替你挡了那一剑，又有天之邪事先在殿内设下机关，将你魂魄藏起，瞒过虞度，然后送你转世。"

大叔，残魂……原来如此！

一直不明白，不明白他怎么能明知她无辜还要下手，不明白他怎么能杀了她又要救她转世，不明白他怎么能一边内疚一边伤害……

原来，都是她错了，他的内疚代表不了什么，他从没有后悔过。

她不惜性命去救的人，最终又用性命救了她。

眼泪无声流下，重紫浑然不觉："救我的是大叔，你内疚，却从没后悔过，所以再要重来，你还是会这么做。"

洛音凡微微闭目。

以为她不记前世，忘记伤害，师徒二人就能永远这么走下去了。今世她受的委屈，他还有机会挽回，等修成镜心术，他会立刻接她出来，变成废人不要紧，他会永远护着她。

然而，该来的终究会来，最担心的事还是发生了。

那一剑，如何能弥补？

"重儿！"低低的声音，略带内疚的叹息。

重紫无力地笑。

是的，他是神仙，是人人敬仰的仙盟首座，一生所作所为都是为了仙界。仙门太平，苍生安宁，是他毕生所守护的东西，舍弃她并没有错，他只是做了最明智的选择。

永远记得，年轻的白衣仙人牵着小小的她，一步步走上紫竹峰。

永远记得，他拉着她的小手说："有师父在，没人会欺负你了。"

那注定是个苍白的承诺。

她爱他，也爱他所守护的一切，她会拼命去帮助他守护这些东西的，可是他不知道，也不相信。

重紫道："我没错，师父也没错。"

嘴里心头皆苦涩无比，洛音凡几番欲言又止，最终轻声道："你有今日，皆是为师之过，为师对不住你。"说到这里，他盯着她，眼神语气皆变得凝重，"但重儿，入魔亦非你所愿，你当真想看血流成河，六界覆灭？"

"我还有别的选择？"

"跟为师回去。"

"回去受死？"

"为师在一日，便不会让你死。"

"师父的诺言太多，信任却有限，师父的内疚改变不了什么，我入魔是天意注定！"

"不是！"洛音凡断然道，"没有什么注定，入魔成仙，只在你自己。"

"我自己？"重紫摇头，"事情从来由不得我自己，你们这样对我，不正是因为相信天意吗？其实师父是希望我真正成魔，那样，就可以一剑杀我而不用内疚了吧。"

"重儿！"他不能否认，曾经有过那样的念头，可是现在……他宁愿让她骨节寸断，痛苦地活在冰牢，也不愿再看着她死，那不仅仅是因为内疚。两生师徒，她对他来说，不是不重要，不是不在乎的。

亡月道："万劫为救你，魂飞魄散，永不超生，你甘心将性命轻易交出去？"

重紫木然。

"小虫儿，你不会喜欢这样的日子，答应大叔，一定不要入魔。"可是大叔不知道，除了他，这里所有人都希望她入魔。

闵云中，虞度，玉虚子……

"你，还有你，你们，"重紫抬手一个个指过去，"我是天生煞气，那又如何？我从未有过害人之心，更不曾背叛南华。仙界能容月乔那样的衣冠禽兽，能容长生宫忘恩负义之徒，却唯独容不下我。我会不会入魔，那不重要，你们需要的，只是一个杀我的借口，除去我，你们才会安心。"

她转身指着他，声音低了下去："你，也一样。"

洛音凡摇头："你……"

"师父真的就没有一点儿后悔？"

后悔？洛音凡不能答。

那一剑斩下，以为结束一切，他的确没有后悔过，纵然知道自己会永远内疚。可是她回来了，当她重新跪在面前叫他"师父"，给予他来生的陪伴，再次成为他寂寞生活中责任以外的唯一一牵挂，他感到自己也跟着活了过来，为她干扰天机，掩饰煞气，生平头一次做出徇私之事，诸此种种，他也同样不后悔。

这个问题，连他自己都不清楚吧。

"重儿……"

"我想做重儿，可惜你们都不让，"重紫抬起双臂，"我现在这副模样，师父还会将我当成你的重儿吗？"

洛音凡苍白着脸，半晌才轻声道："为师并不嫌弃。"

"可是我嫌弃，我不甘心！我没错，所以不能接受你们的裁决，"重紫放下长袖，转向亡月，"仙门安危，六界安危，他们要用我的性命去换。"

"魔宫等你很久了，"亡月优雅地抬手，一柄长剑凭空出现，闪着妖异红光，"来吧，紫魔。"

"逆轮之剑！"

"是九幽魔宫盗剑！"

……

不理会喧哗的众人，重紫跛着脚，毫不迟疑地，一步步朝他走过去。

煞气四溢，狂风骤起，吹动白色衣衫，如将死的蝴蝶留在世上最美的舞蹈。

一瘸一拐的步伐，却没有人觉得难看。每走一步，洁白衣衫自下而上，仿佛被墨汁浸染般，逐渐变成了黑色；每走一步，就能听见咔嚓咔嚓的响声，那是四肢骨节再次折断的声音。

"仙对，还是魔对？"

"仙有仙道，魔亦有魔道。对与错本无两样，魔，就是另一个仙界。"

"怎样入魔？"

"拿起魔剑，你才是它真正的主人，足以承受它所有的力量。"

逆轮之剑入手，强大魔气突然侵入，肉体难以适应，五官扭曲，使得她的面容看上去模糊一团，更加可怖。

"忍着，别怕……师兄必会救你。"

对不起，她等不到那一天。

两生怨恨，两生不甘，终于激发煞气疯涨，及地长发被狂风吹得散乱，一丝丝，一缕缕，颜色由枯黄变得漆黑，透出美丽光泽，如流动的张狂墨瀑。

洛音凡茫然失措，上前一步，抬起手似要抓住什么："重儿！"

重紫恍若未闻，侧脸。

折断的骨头重新拼接愈合，她终于站直了身体，仗剑而立。

脸部轮廓再次清晰，肌肤莹润如雪，模样与当年并无多大差别，只是下巴尖了些，鼻子更挺了些，眼尾更翘了些，双眉更长了些，斜飞入鬓，有种妖异的气势。

洛音凡看着她，看着那受尽委屈受尽折磨依旧不改本性，执着地陪伴他、依赖他，如今却变得陌生的小徒弟，嘴唇颤抖，一句话也说不出来。

还是来不及阻止，来不及救她。要永远失去她了吧，从她恢复记忆的那一刻，他就知道会失去她。

这一切到底是谁的错？

是她？除了侍奉他爱恋他，受尽委屈，被他亲手杀死，被打断骨头，被打入冰牢，她还做了什么？

是仙门？对一个天生煞气可能危害六界的孩子，谁能赌得起？若不尽快除去，又有什么办法？

不，他们都没做错，是他的错！是他错了！他是她最信任的师父，在所有人都怀疑她会入魔的时候，他选择了放弃，让她一个人去承担，所有人伤害她，他也跟着他们一起伤害她！

重紫抬起妩媚的黑眼睛，神情和语气一样淡漠："魔宫何处？"

"心中有魔，可见魔宫。"

"我跟你走。"

狂风卷起旋涡，两道黑影先后走向那旋涡深处。

她与天魔令关系微妙，如今天魔令也被盗，果真叫她召唤出虚天之魔，仙界人间又是一场浩劫！玉虚子等人尚且迟疑，虞度与闵云中已不约而同御剑斩去。

重紫微哂，剑尖凌空画一个圆，将闵云中的浮屠节轻易拨开，与此同时，亡月轻抬左掌逼回虞度。

亲眼见识到她现在的能力，洛音凡震惊，目光陡然变得凌厉："九幽！"

没有保护好她，亲手伤害她，是他的过错，可是他绝不能让她入魔！锁住心神，他断然将牙一咬，逐波出鞘，气流卷成旋涡，赫然又是"寂灭"！

辉煌的剑势仿佛后劲不足，硬生生在半途折断。

极度痛心，岂是心锁能制？洛音凡终于忍不住退后半步，左手捂上胸口，一缕鲜血自唇角溢出，分明是内伤的迹象。

众人大惊，虞度迅速扶住他："师弟！"

眼睁睁见二人头也不回地离去，半空中旋涡消失，洛音凡僵硬地直起身，迅速抬手拭去唇边血迹，避开上来查看伤势的行玄："近日修行太紧，真元不稳，调息便好。"

事情已成定局，多数人都露出迷茫之色。

虞度叹了口气："天意如此，她既不肯回头，你也不必过于自责。"

第四卷

何处归程

第一章·天之邪

烟雾蒙蒙中，无数殿宇林立，楼台高耸，只不见脚底的路，身后四大护法已经消失，前面人幽灵般乘雾而行，身上黑斗篷却是静止的，看起来他仿佛站在那里没有动，可是重紫要用魔力御风才跟得上。

终于，他停下来。

"这是哪里？"

"魔神殿。"

重紫望望四周，却什么也没看见。

"我怎么看不见？"

"想看，就能看见了。"

话音刚落，眼前景象骤变，重紫发现自己身在一座雄伟大殿内，黑色巨柱撑殿顶，高数十丈，庄严中透着阴森之气。

偌大神殿，不见神龛神像，甚至连个供台牌位也无。

"没有魔神。"语气透着疑惑，余音悠长。

"魔神与天神不同，本体居于虚天冥境，可是在魔界，魔神神志无处不在，只是你我都看不见。"

"带我来这儿做什么？"

"此乃虚天魔界守护之神，魔族皆得他庇佑，立誓效忠魔神，才能入我之门。"亡月似乎笑了声，"欺骗魔神会有代价，你曾逼我立过两次誓，应该很清楚。倘若要重返仙门，现在还来得及。"

重紫沉默片刻，跪下："重紫愿效忠魔神，有违此誓，必受神罚。"

"重姬，"亡月点头，"从此，你便是九幽魔宫重姬，紫魔。"

黑色斗篷自眼前挥过，重紫依稀看见了一张脸，苍白的脸，至于五官，几乎没有留下任何印象，因为瞬间过后，她便再也记不得他长什么样子了，大约是被那紫水晶戒指发出的强烈光芒模糊了意识。

神殿消失，二人站在了一座高台之上，底下数万魔众拜伏。

"圣君。"

四大护法恭敬立于两旁，当年洛音凡修补天山通道，重紫便见过他们，是以都认得——鬼面人欲魔心是大护法，他的来历倒有点儿神秘，从未听人提过；披黑袈裟的法华灭是二护法，自西天佛祖座下叛逃出来的；三护法是王孙公子打扮的妖凤年，据说本身是狐妖族的王子；四护法便是被逐出天山派的阴水仙。

意外的是，一名白衣人始终负手立于栏杆边，并不作礼，态度傲慢。

雪白连帽斗篷，白巾蒙面，只露出一双优美的眼睛，衬着长睫，泛着梦幻般的光彩。冷冷清清，却透着气势；适中身材，又带了几分儒雅。

妖凤年笑："恭喜圣君，再得一美将。"

亡月道："重姬，前圣君逆轮之女，今日起便是五护法。"

任凭底下魔众叩拜道贺，重紫只是呆呆地站着，入魔之后，她还是头一次感受到这样的震动。

等到她回神，所有人都已悄无声息退去，连同身边亡月也不见了。

白衣人这才朝她略弯了下腰，算是作礼："恭喜少君，回归魔族。"

声音果然是个男人的。

重紫看着他半晌，道："是天之邪，还是慕师叔？"

白衣人目中有满意之色，语气透着淡淡的赞赏："少君好眼力！"

"我只是认得你的眼神。"重紫无力地笑，"天之邪，慕玉，到底哪一个才是真的你？"

白衣人道："天之邪乃是千面魔，千张脸都是真，都是假。"

重紫没再说什么，径直走到他面前，伸手去摘他脸上的白巾。

"少君，"天之邪抓住她的手，"纵然圣君在世，也不能让我摘下它。"

"忠心的狗也有不听话的时候吗？"重紫冷笑，改为掐住他的喉咙，"一切都是你安排好的，是你教唆燕真珠用梦魇之术害我，是你设计害得大叔以身殉剑，万劫不复！"

天之邪并无惧色，平静道："那柄剑上所藏之魔力，乃是前圣君留与少君的，当年仙门要净化它，我不得已才为它寻找宿主，最终它选定楚不复。天之邪对圣君忠心耿耿，如今所做的一切也都是为了少君，少君若要怪罪，我无话可说。"

重紫惊疑："你如何断定我与逆轮有关系？"

"少君乃是圣君之女，否则天魔令和圣君之剑绝不可能有反应。"

"我的血并不能解天魔令封印。"

"那是因为少君煞气不足，时机未到，少君现在还不能算是真正的魔。"

"逆轮并无血亲，人人尽知。"

"谁说的？"天之邪轻易掰开她的手，"当初天之邪受命潜入南华，就是为了里应外合，一举攻破通天门，助圣君成就大业。谁知圣君迷上水姬，那水姬是仙门中人，战死在圣君面前，逼圣君立誓放弃，使得我多年的谋划功亏一篑。"

"水姬？"重紫皱眉。

这个名字有点儿耳熟，印象却不深，分明是听燕真珠他们随口提起的，可见那只是个微不足道的仙门弟子，谁也想不到她会和大名鼎鼎的魔尊逆轮联系到一起，逆轮竟为了她放弃野心？

天之邪道："通天门一战，我们魔宫原是必胜，六界早就该入魔了，可惜圣君妇人之仁，才落得那般下场。幸亏他还记得使命，不忍抛弃臣民，死前曾暗示我有安排，我只猜到他将魔力封入剑内，必是后继有人，然而多年来寻找无果，直到少君上南华拜师，显露天生煞气，我才开始怀疑。"

水姬既死，逆轮不能违背誓言。失去爱妻，放弃野心，他那样的人活着已无意义，却又心怀不甘，所以南华战前作了周密的安排——天心之铁乃是通灵之物，他将一半魔力注入剑内，借剑灵替女儿掩饰命相，躲过行玄等人的卜测，再以禁术封印天魔令，把一统六界的野心留给了女儿。

"圣君离去时，已为少君作了最好的安排，让你先尝遍人间之苦，才能独当一面。"

"可惜我当年流落街头，险些被饿死。"重紫冷冷道，"他虽生了我，却从未养过我一日，教过我一日，护过我一日，他的所有安排都是为他自己，而不是为我，我没有义务接受他的野心。"

天之邪面不改色："你不认他，但你必须认你自己，既已入魔，仙门不会再放过你。"

"说得好，不愧是左护法，算计得清楚。"重紫哈哈一笑，握拳，"你费尽心机为我做这些，到底有什么好处？"

"成就你！"天之邪毫不迟疑道，"我险些就成就了你父亲，可惜他功败垂成。如今，能再次成就你，使六界入魔，魔治天下，就是我毕生的愿望。"

"你不怕我杀了你？"

"单凭少君现在的能力，要杀我还不够，剑内魔力你并未完全得到。"

"是吗？那我要怎样才能得到？"

"待你修成天魔之日。"天之邪重新负手，转过身去，"逆轮圣君的后人，我很期待。"

天生煞气的女孩，历经两世终于入魔，命运之轮几经辗转，还是照着既定路线在前进。先前人人提心吊胆，如今变作事实，反而有种如释重负的感觉，那一抹内疚也安慰性地消失了。此事又与仙界最出名的一个人有关，众掌门仙尊都不好说什么，各自散去。

重华宫，洛音凡站在大殿门口，神情难辨。

"你有何话说？"闵云中沉不住气，"当初我说不该收那孽障，你执意不听，两世煞气不灭，你还帮忙掩饰，欺瞒我与掌教，如今惹出大祸，糊涂！"

虞度道："事已至此，说什么都是枉然，何况这并非全是师弟的错，师叔与我不也看错了人吗？"

得意爱徒突然成了魔宫奸细，闵云中提起来就气得脸青，半晌道："我说这些，无非是为仙门着想，也没有怪他的意思，怪只怪我有眼无珠，唉！"

"天之邪号称千面魔，法力高强，瞒过我们并不稀奇，师叔也无须自责。"虞度叹道，"其实仔细想来，他这些年也不是全无破绽，他不喜欢用剑，乃是因为他修的心魔之眼，摄魂术。"

闵云中道："不论如何，那孽障已经入魔，就留她不得，眼下最好趁她尚未修成天魔，尽快设计除去，否则将来必成大患，六界危矣！音凡，你也明白这中间的利害，须以大局为重。"

洛音凡终于开口："此事并非全是她的过错。"

闵云中冷笑："你的意思，她入魔没错，是我们的错？"

见他又要发作，虞度忙制止道："那孩子说的不无道理，仙门在此事上有责任，但我们这么做也是迫于无奈。她命中注定成魔，谁都冒不起那个险，如今既成事实，只有先想办法对付了。"

"是我造成，我自会处理，"洛音凡背转身，淡淡道，"师兄请回。"

来到魔宫半个月，重紫还是不太习惯这里的生活规律，魔宫与仙界完全不同，就拿行走方式来说，简单到无趣，只需靠意念移动，想去哪里就到哪里，除非对方设置了结界表示不欢迎。

九幽魔宫位于虚天魔界极地，太阴之气盛，黑夜比白昼要长得多。夜里，魔宫反而更加热闹，并非想象中那么死气沉沉，有绿莹莹的妖火，也有蓝莹莹的魔光，还有寻常的昏黄灯烛，歌声乐声不断，那是妖凤年在与一干魔众饮酒作乐，依稀竟比仙界更像人间。

高台，重紫斜卧榻上，望着底下星星点点一片。

身旁魔剑传来热意。

同是天生煞气，那位从未谋面的有史以来最强大的魔尊，真是父亲？

重紫抚摸剑身，苦笑。

一点儿印象也没有的人，突然成了父亲，为了爱妻放弃野心，却把野心留给了女儿，安排如此周全，该说这位父亲伟大还是自私呢？

转瞬之间，重紫连人带榻移到了一座大殿内。

亡月坐在宽大长椅上，膝边倚着个美丽女子，粉衣紫发，正抬手施展幻术，漫天红白花瓣雨，与亡月身上的黑斗篷格外不搭调。

见到重紫，女子笑吟吟地站起来作礼："梦姬参见五护法。"

重紫直接问："天魔令也在你手上？"

亡月端起一只水晶杯，里面盛着半杯血红色的液体："在我手上，但我现在不能给你。"

"为什么？"

"你还不够资格拥有它。"

重紫蹙眉。

"只有你的血才能解开封印，放心，时候到了我自会交给你。"亡月挥手示意她下去。

梦姬笑道："圣君行事必有道理，五护法不必担忧，倒是我方才听说……有个南华弟子等在水月城，放信要见护法你呢。"

魔宫外正是傍晚，海边夕阳里，有个男子负剑而立。

重紫意外："成峰大哥？"

成峰回身看她，莞尔："重紫。"

许久没见仙界的人，突如其来的亲切感，似在呼唤她靠近，重紫垂眸，后退两步："你……找我做什么？"

成峰走到她旁边，在石上坐下："真珠常说她喜欢看海，所以我过来走走，顺便找你说几句话。"

记得当年他二人成亲，重紫还曾去参加过喜宴的，跟一帮弟子取笑灌酒，害他险些当场醉倒，年少美好，如今回想，仅余苦涩。

不该奢望，你早已回不去了！重紫尽力提醒着自己："那都是过去的事了，我与大哥的身份，再要往来似乎不太合适了。"

成峰没有说话，只是抬手亮出一支小巧美丽的短杖。

重紫愣住。

星璨见到主人，欢乐地在她身旁转来转去，轻轻蹭她。

当年教诲犹在耳边，只可惜她做不了他心目中的好徒弟，既已万劫不复，她还有什么资格用它？他送它来，又有什么意义？

重紫别过脸不去看，也不去接："是师父叫你来的？"

成峰默认："自你走后，尊者他老人家闭关时出了点意外。"

依稀记得他吐血的场景，重紫心一紧，立即移回视线看着他："师父他……严重吗？"

成峰不答。

是因为她，才让他修炼分神吧？重紫迅速接过星璨就走，可是刚走出两步，她便停住了，转回身，不可置信地看着成峰，面色惨白。

不经意间，金仙封印已迅速嵌入体内，丹田魔力流散，再难会聚。

"是他让你这么做的？"

"是掌教和尊者的意思。"

重紫紧紧盯着他："是掌教，还是尊者？"

成峰缓缓站起身，迟疑了下，道："是掌教的意思，也有尊者的意思。"

是的，他那样的人，毕生守护六界，徒弟入魔，他这么做原在情理之中，只不过她没有想到，他会这么迫不及待非要置她于死地，难道他亲手伤她还不够？他对她真的连半点儿师徒之情也没有了？就因为她"可能"会带来的那场浩劫？

重紫闭目，低头苦笑："好，好个伏魔印！"

成峰叹了口气，拔剑指着她："重紫，看在真珠面上，大哥原也不想这么做，但你天生煞气，历经两世入魔，将来定是苍生之劫，望你原谅大哥。"

"我说不，有用吗？"重紫无力，"我这两世从没杀过一个人，是你们非要认定我会危害六界，非要杀了我才安心，什么六界苍生，我从来没有兴趣，有什么义务一定要牺牲自己去为你们换太平？"

成峰亦有些无奈，半晌道："这一剑会打散你的魂魄，但绝不会痛苦，无论如何，大哥只能为你做到这些。"

跟这些人讲道理没用，连他都要她死了，还有什么可说的？重紫点头："多谢。"

长剑轻挑，势如海浪。

耳畔同时传来波涛拍岸的声音，一阵雪浪飞溅，陡然间竟变作许多温热的血色泡沫，迷蒙了眼睛。

闷响声过，浪花落尽，成峰躺在地上纹丝不动，一缕魂魄早已离体，归去地府。

重紫骇然，爬过去摇他："成峰大哥！"

"少君都看见了，仙门如今不会再对你留情。"

"你跟踪我！"

"少君不该再轻信他们。"

见他俯身，重紫抬手便扇他一耳光："谁让你杀他的！谁让你杀他！"

天之邪并没理会，照旧抱起她离去。

阴暗大殿，小巧杖身依旧闪着柔和的银光，温润的感觉，就像那人的怀抱与唇，曾经在绝望中陪伴她，给了她坚强的勇气，那样的亲密，如今对她却危险至极。

所有的温柔呵护、美丽承诺，引诱她不顾一切想要靠近，想要依傍，可等到她真正走近，才知道原来那些美好与幸福都是致命的，会伤到自己，可惜已经太迟，她再也离不开。

宽大的黑色衣摆平铺在水晶榻上，好似一朵浮水的妖冶黑莲。

重紫冷冷道："天之邪！"

"在。"

"你杀了成峰大哥。"

"他要害少君，本就该死，我放他一缕魂魄已是手下留情。"天之邪长睫微动，"是少君害怕，害怕杀了他，洛音凡就再也不能原谅你。"

原谅？重紫咬唇。

今日今时，原来，她还在奢望他的原谅吗？

"他命成峰送来此杖，分明是设计要杀你，出手之前可还有半分师徒之情？"天之邪伸手取过星璨，"少君与他两世师徒，还看不明白他，是为糊涂。"

低低魔咒声里，杖身光华大盛。

"不要！"重紫意识到什么，疯了似的扑上去。

天之邪果然没有说谎，堂堂逆轮手下左护法，他的能力绝非现在的她能比，两股强大魔力交锋，重紫被击倒在地，翻滚至墙边。

犹如失去理智，她狰狞着再次扑上："住手！你给我住手！"

……

不知道重复多少次，她终于跪在他面前。

"别,不要伤它。"

"把它给我,求求你不要伤它……"

……

星璨光芒消失,神气渐灭,被他随手丢开,犹如失去灵魂的尸体,自半空掉落,发出当啷一声响。

重紫失魂落魄地将它抢过,触手已是冰凉,再无半分温润之感。

什么恨,什么痛,全都顾不上了,只有绝望,斩断一切的绝望。

"上面被洛音凡施了仙咒,除非你想束手就擒。"天之邪居高临下看着伏在脚边的她,平静的目光暗含了一丝冷酷与鄙夷,"圣君之剑才是少君最好的法器,此杖无锋无刃,根本就是洛音凡用来制约你的废物,少君亲自动手毁它,难逃诅咒,还是由属下来最好。"

沉寂。

"天之邪,你不是我和我父亲的狗吗?"重紫忽然仰脸直视他,缓缓站起身,"忠心的狗会站着跟主人说话?"

天之邪看着她片刻,果然单膝跪下:"天之邪任凭少君处置。"

"听话就对了。"重紫倾上身,纤纤手指托起他的下巴,凤眼里满是恶意的笑,"你要记住,主人的事轮不到你插手,今日立了大功,不如就赏你去尝尝魔宫血刑的滋味,怎么样?"

天之邪目中微有震动。

"怕了?"重紫嘲讽,"不是说任我处置吗?"

"天之邪自会去刑殿领罚,是少君不明白。"天之邪站起身,再不多看她一眼,稳步出殿而去,看他那样子,仿佛不是去受刑,而是去散步。

想不到他当真去领罚,重紫有点意外地望着那背影,半晌躺回榻上,对一个屡次陷害她至此的人,她不杀他,他就该谢天谢地感恩戴德,有什么必要同情?

须臾,殿内有人开口:"你要处置天之邪?"

重紫抬眸:"怪不得他有恃无恐,原来是找了说情的。"

阴水仙淡淡道:"我只是提醒五护法,你要在魔宫立足,动谁都可以,绝不该动他。"

"若我没记错,你我职位相当,我做什么与你何干?"

"如此,告辞。"

阴水仙不再多说,转身消失。

"五护法好大的脾气!"娇笑声里,一名美貌女子出现在门口,紫色裙裾,肌肤如雪，头发却由先前的紫色变成了白色。

来这么久，重紫怎会不认得她是谁："梦姬？"

"天之邪忍辱负重潜入南华数十年，成功取回天魔令与前圣君之剑，扶助五护法重归我族，立有大功，如今只因杀了个仙门弟子就要受血刑，五护法也太不知爱惜羽翼了。"

重紫看她："现居何职？"

梦姬愣了下，照实答："无职。"

重紫道："无职却敢取笑于我，我能罚你吗？"

梦姬变色，转脸望着亡月，亡月勾起半边嘴角，抬手示意她退下，然后身形一动，悄无声息出现在榻前。

重紫这才起身，下榻作礼："参见圣君。"

"罚了他，你很痛快？"

是他害她落到这步田地，可是真正报复了，才发现并没有想象的快意，重紫更加烦躁，冷冷道："只能罚他有什么痛快的，我要更大的权力，你给不给？"

亡月并无意外："你想要何职？"

重紫道："你的皇后。"

亡月笑得死气沉沉："你凭什么以为我一定会让你做？"

"你需要我。"

"说得没错，但你身无寸功。"

"立皇后不需要功劳，你答不答应？"

"倘若你要权力是用来对付忠于自己的部下，我不能答应。"

"你是说那条狗？"

"你以为用刑就能折磨他，那就错了，"亡月伸手拉拉斗篷，"肉体受创，他自会修补。对这样的人，毁灭他心里最重要的东西，那才是彻底摧毁他，比如对付阴水仙，你可以折磨她在乎的那个凡人。"

"那他在乎的是什么？"

"抱负和能力，他的抱负是魔治天下，必须通过你来完成，所以才会苦心策划让你入魔，你若在此时重返仙门，就是摧毁他的最好办法。"

重紫"哈哈"两声："我还能重返仙门？这是摧毁他还是摧毁我？"

亡月道："那就剥夺他的能力，让他知道自己的无能。他修的是心魔之眼，你只需取走他的眼睛就达到目的了。"

重紫目光微动："你是在教我对付他？"

亡月笑道："你防备我，还是在意他？"

重紫道："我自己养的狗，多少都要在意点，闲了还可以放出去替我咬人，比起他，我更该防备你。"

"你能明白这点，就很好，"亡月点头道，"你恨天之邪，但你现在只有他。"

"是吗？"

"没有他，你不会看清仙门中人的真面目，将你逼到现在的并不是他，滥杀无辜，洛音凡也会做。"

"你的意思，我该谢他？"

"你该恨他，但你不能动他，因为只有他会护你，甚至比洛音凡更维护你。"

重紫沉默片刻，笑起来："难道你不会护我？"

"你能问出这句话，我很荣幸，"亡月拉起她的手，带她回到榻上，"一个月后的今日，你便是魔宫皇后。"

魔宫刑殿，天之邪双臂张开被缚在刑台上，身上挂满了丑陋的血虫，吸得肚子鼓鼓的，透明的虫身可见血液流动，同时不停释放毒液送进他体内，纵然如此，他也只是微闭双目，长睫甚至无一丝颤动。

行刑的堂主过来作礼："五护法。"

梦幻般的眼睛睁开，带了点意外，大约是想不到她会来看。

重紫白着脸，尽量使自己显得镇定，然后抬手令所有人退下，她对这种命令性的动作有点不习惯，在原地站了许久，才勉强开口道："你要我跟一个绑在刑台上，浑身挂满虫子的人说话吗？"

果然，天之邪双手一握，铁链自动脱落，身上血虫刹那间被强大魔力震飞，化作轻烟消失，同时体内黑色毒血顺着伤口源源不断被逼出，很快转为鲜红，白色斗篷为血所污，触目惊心。

重紫无力点头，示意他跟来，待她用意念回到自己的殿内，天之邪也已站在了面前，身上又是雪白无瑕。

重紫面对着他，不说话。

"少君有何吩咐？"

"抱着我。"

天之邪愕然。

见他这样，重紫略觉快意，挑眉逼近他，似笑非笑："不敢，还是不愿意？"

"这，不合规矩。"

"我是你的主人，这是命令。"

天之邪沉默片刻，果然抱起她。

长睫投下妩媚的阴影，清冷的眼神终于有了一丝破绽，重紫勾住他的脖子，用下巴指了指那架华美的水晶榻："我困了，抱我过去。"

天之邪依言抱她去榻上。

重紫躺在他怀里，蜷缩起身体，闭上眼睛再也不说话了。

天之邪皱眉，正打算放下她，却听她开口道："我叫你放手了吗？"

"少君可以睡在榻上。"

"怎么？让你抱着我，不乐意？"

"天之邪不敢。"

"我困了，想睡会儿，你最好不要再动，否则就滚回刑殿去。"

身体本就单薄，此刻蜷成小小的一团，那是极度缺乏安全感的姿势，白净小脸半埋在他胸前，呼吸匀净，孩子一般。

耍这点小心计就痛快了？当真是小孩子得逞。

天之邪转脸，看向榻旁明珠。

不知过了多久，怀中人忽然动了下，紧紧抓住他的衣襟："慕师叔。"

天之邪愣了愣，淡淡道："少君，属下天之邪。"

似梦似醒间，她睁开眼看看他，又闭上眼睛，毫不在乎地睡去了。

第二章 · 九幽皇后

九幽魔宫即将立一位皇后，据说这位魔后乃是当年魔尊逆轮遗落人间之女，唤作重姬。魔族上下俱兴奋不已，光逆轮这名字就足以让他们充满期待了，它代表着一个鼎盛的魔族时代，如今其女归来，仿佛预示着又一个辉煌时代的来临。

消息自魔宫流出，不消七日就传遍六界。那重姬是谁，仙界所有人都已经猜到了，而她逆轮之女的新身份，更令人震惊和忌惮。

不出所料，洛音凡至要道水月城，斩数百魔兵，制住法华灭，负伤的魔兵带回他的口信，只两个字——"重姬"。

亡月听到消息，笑道："徒弟要嫁人，他这份贺礼不轻。"

重紫怔了半日，垂眸："他是要杀我。"

"你可以不去，他顶多杀了法华灭。"

"我去。"

亡月既没赞成也没反对，重紫匆匆离开他的大殿，没有立即出魔宫，而是赶往了梦姬处。

身为魔尊的宠姬，梦姬见到这位未来的皇后，笑得已有些勉强："皇后驾临，有何赐教？"

"你不必紧张，他还是你的，他需要的只是一个皇后，我来找你并不是为这个。"重紫咬了咬唇，尽量镇定，"你知道，我现在真的要动你，很容易。"

新皇后连威胁人都不会，梦姬暗笑，心情却舒畅多了，想如今圣君正笼络她，于是主动道："皇后果然是痛快人，不知有什么地方需要梦姬效力的？"

重紫道："我要借一样东西。"

梦姬亦爽快："借什么？"

"你的魔丹。"

"我可以不借吗？"

"不可以。"

水月城一带接近魔宫入口，历来是魔宫在人间把守的要道。

城外山坡，夜深露凉，星光微弱。

法杖横于地，法华灭依旧身披正黑袈裟，一动也不敢动，满脸戾气中隐约透出恐惧，一柄如水长剑横在他颈间。

旁边，白色身影背对而立，遥远，淡然。

须臾，逐波自动归鞘。

危机解除，法华灭看到来人也很意外，身为魔宫皇后，仙门正在追杀她，照理说她是不该来的。

重紫道："二护法先回去。"

"皇后当心。"法华灭点头，取了法杖遁走。

山坡上，师徒对面而立。

带紫边的束腰黑袍，一头优美的长发垂地，肌肤如玉，身材纤瘦，小巧脸庞，眉眼依稀还是当初的小徒弟。

派成峰来引她上当，是因为知道这孩子重感情，他相信，无论是前世温顺的她，还是今生偏执的她，都没有任何区别。她会恨他气他，却绝不会背离他，入魔只不过是走投无路被迫的，可是成峰尸体被送回，令他方寸大乱，听到法华灭那声"皇后"，他才终于确定消息不假，她当真要做九幽的皇后！

洛音凡沉默半晌终于开口，语气严厉："你到底要做什么？"

是啊，她到底想要做什么？重紫垂首。

"成峰是你杀的？"

"是又如何，不是又如何？"

这是什么态度！她竟敢这样对他说话！洛音凡抬手指着她，尽量克制怒气。妄杀仙门弟子，将来就连他也救不了她！

重紫忽然跪下，双手托星璨。

昔日不离身的法器，如今毫无灵气，形同死物，正如天上冰冷微弱的星光。

气愤转为震惊，洛音凡有片刻的失神。

所赠法器被毁，代表什么？她要将它还给他？她不再认师父了？她到底是恨了他？

"师父要杀我，又何必用它？"重紫低头看着手里的星璨，喃喃道，"死了，它死了。"

他应该清楚那是什么，那是他亲手赐她的法器，是他们师徒之情唯一的见证，可是如今被彻底利用，被彻底毁掉。

洛音凡亦愕然。

杀她？他只是吩咐成峰将她带回而已，难道……

他们竟敢背着他行事，逼成峰对她下杀手！

袖中手微握，洛音凡怒不可遏，同时心头涌上难以抑制的深深愧疚——总是为她考虑太少，总是让别人有机可乘一次次伤害她，成峰死，他固然痛心，可如果死的是她，他又将如何？

无论如何，他还是伤到了她。

星璨已毁，她会不会也……洛音凡看着面前的小徒弟，忽然感觉有点冷。

夜风吹来，月色满坡，师徒二人相对无言。

重紫缓缓将星璨放至他跟前，站起身就走："我回去了。"

回去？回去做什么，当真要做九幽的皇后？洛音凡目光一冷，杀气随怒气而起，澎湃扩散："你……敢！"

打算杀她？重紫没有害怕，回眸看他。

几次握拳，几次松开。

终于——

"重儿！"无力的声音略带责备，像往常她赌气撒娇时一样，想要骂，想要罚，却下不去手，他总会这么警告她，或许只有这样，才能看出无情的尊者对她的一点儿特别。

一个连骂她都舍不得的人，怎能一次次伤她到底？

重紫慢慢地走回他面前，轻声道："师父。"

一声"师父"，唤起柔情万千，她终究还是承认他这个师父！洛音凡有些惊喜，更多的却是悲哀，再次将那瘦削的小肩膀搂入怀的一刻，心忽然又疼起来。

不怪她，是他辜负了她的信任，是他的错。

可是理智告诉他，他必须再一次犯错。

她已经入魔，无意中恰恰走上了那条既定的命运之路。天生煞气，逆轮之女，她活在世上，六界可能会覆灭，可能会生灵涂炭，几乎所有人都做了同样的选择，因为输不起，负不起。

怎么办？再次伤害，关入冰牢，还是干脆让一切终结？现在就是个机会，她毫无防备地在他怀里，动起手来很容易不是吗？

多矛盾，别人要杀她，他会愤怒会阻止，可到头来他会选择亲手杀她。

不能再伤害她，不能……

洛音凡闭上眼睛，右手轻抚她的背，不知不觉变作掌，缓缓抬起。

没有抬脸看，可是感受到浓烈的杀气，重紫在心里悲凉地笑。

梦中，只有在梦中，人才会露出最真实的一面。他从来都没有后悔过，即使在梦里也一样。她在他心里，到底敌不过责任与使命，用她换得六界太平，其实换了任何人都会这么做吧，没什么好怨的。只不过他是她的师父，她敬他爱他，所以接受不了来自他的伤害。

如此，不如成全了他。

"师父。"动手吧，至少让她在他怀里死去。

小脸埋在胸前，衣襟上有湿意，手臂柔软，纤弱，却好像用尽了一生的力气，紧紧环住他的腰。

忽然想到那双畸形的手，那双跛足，他心如刀绞。

怎么能再伤她？怎么可以？

杀气转瞬间尽数退去，手无力落下，轻轻落回她背上。

"师父？"她抬起脸，神情有不解。

洛音凡到底修为高深，立时察觉不对，本已熄灭的怒火被重新点燃——这孽障，竟然趁他不备对他用梦魇之术！她故意试他！

明知道她没有恶意，却还是无可遏制地恼怒，就像从头到脚被人看穿。

敢探他的心思，她到底还有没有把他当师父！

很好，他的不忍，他的内疚，他的无能，她都知道了，是他没有保护好她，是他伤害了她，是他的错。可他费尽心思护她性命，为她掩饰煞气，不惜冒着成为仙门罪人的风险；他为她苦修镜心术险些走火入魔；他断她念头，只为师徒永生相安无事……这些，她又怎能明白？前世今世，无一刻让他安生，到头来她竟然背离他，要去做九幽的魔后！

为她气，为她喜，为她筹划，为她冒险，到头来反落得她怨恨。

只说她恨他，怎知他也恨她！

风掀动黑袍，腰肢更加柔软动人，精致小脸，凤目犹带泪意，有惊愕，有不解，有期待。

脑海里不觉浮现无数影子，那灯下递茶磨墨的身影，四海水畔等待他的身影……

面前幽幽双眸，与记忆中那双黑白分明的大眼睛奇妙地重叠在了一起，那是个费尽心思引他注意讨他欢心的孩子，甘受屈辱也不肯让他知道爱恋的少女，为了留在他身边，她可以任性地利用四海水加重伤势。

可是现在，她却想背离他！

不知何时系上心头的一缕情丝，在欲毒的作用下，被恨意所催动，刹那间变作汹涌情潮，冲破数百年灵力压制，令他措手不及。

平生从未做过的尴尬的梦。

月光朦胧，面前的一切却如此清晰，失而复得的小徒弟，离他这么近，这么美，已经不再是孩子，浑身透着令所有男人心动的魅力，这让他失望，让他不安，可又情不自禁想要去保护，想要去怜惜，更想要重重地惩罚！她敢去当九幽的皇后？

这是……要做什么？

意识开始模糊，残存的一丝理智告诉他，不能这么做！他极力压抑冲动，有点恐慌，想要后退，想要推开她，无奈行为早已经不再受控制。人在梦中，理智总是不那么有用的。

丰美双唇微启，似被露水润湿，依稀有光泽闪烁，就好像那一夜天山雪中盛放的梅花。

心悸的美丽，罪恶的诱惑。

他本能地捧起她的脸，吻上去。

短短一瞬，轻得几乎没有分量，冰凉与冰凉的触碰与摩擦，竟生出奇异的火花，两个人同时一颤。

他下意识地抬脸离开，视线依旧锁定柔软的唇瓣，黑眸深处泛起一丝迷惘。

发生了什么？

纤纤手指自唇上抚过，寻不到任何痕迹，重紫怔怔的尚未反应过来，面前的他突然再次低头，将她重重吻住。

两生爱恋，两生期待，这一刻终于圆满。

重紫全身僵硬，不可置信地望着那张近在咫尺的脸，来不及喜悦，来不及流泪，脑中已是一片空白。

鼎鼎大名的重华尊者似变了个人，不再稳坐紫竹峰八风不动，而是专与九幽魔宫作对，短短半年就诛杀魔族上千，出手无情。整件事也有特别之处，大半时间他都在追杀一个人，那个人就是九幽魔宫的梦姬。这不免令众人疑惑，梦姬是魔尊九幽的宠姬不假，可她极少出来作恶，洛音凡向来有原则，要泄愤，也不至于把她从角落里拖来出气吧。

唯一的解释是徒弟叛离师门成九幽皇后，他被气糊涂了，偏生梦姬倒霉，不知怎么正好惹到了他。

梦姬的确倒霉，莫名其妙地得罪了这位大人物，整整半年不敢出魔宫行走，其实她也很好奇那夜发生了什么，却不敢去问新皇后。

正在此时，探子送回消息，赤焰山邪仙金螭为祸，过往客商多被其摄去洞府修元丹，受害者无数。青华宫卓耀得知，果断派出弟子前去诛杀，九幽魔宫亦不愿袖手旁观，亡月派人将重紫叫到朝圣台，重紫明白他的意思，想是有心将那金螭收为己用。

听到他的决定，重紫意外："我去？"

亡月并不回答，似在等她自己说。

重紫迟疑："不是还有欲魔心他们吗？"

"我的皇后，所有人都很期待你立功，你的责任就是守护你的子民，为他们开拓领地，夺取更多好处，魔宫不需要无能的皇后。"亡月笑了笑，转身消失。

赤焰山位于荒漠之地，山不高，形似馒头，上头并没有什么火焰，而是长着些矮小灌木，看起来光秃秃的，未免叫人怀疑找错地方。直到傍晚，重紫望着山顶烧得通红的一片晚霞，才真正明白这名字的来历。

邪仙自古不是好惹的人物，好在那金螭修行尚浅，不足惧。照天之邪的意思，魔宫先隔岸观火最妥，毕竟在对方走投无路时帮一把，对方才更感激你，才会对你死心塌地。

魔军在距赤焰山十里处安营，周围设置了牢固的结界。

重紫斜卧云榻，身旁一轮月。

不远处，天之邪立于石上，正在排兵布阵，白斗篷在月光下分外清冷。

他在魔宫地位很特殊，只服从她一人，就连见了亡月也不曾行礼。不愧是那位伟大父亲的得力助手，非欲魔心之辈能比，不到一年时间他便为她招募了一批部下，治理得服服帖帖。欲魔心他们在她跟前不敢放肆，恐怕更多也是因为他。

举手投足间的威严气势，谁还会联想到当初那个温润如玉的首座师叔？

潜入南华数十年不被发现，他的法力胜于她是事实，在整个魔宫算是第二人吧，毕竟当初亲眼看亡月接下洛音凡一剑，实力不弱。

想到亡月，重紫皱眉。

亡月，九幽，当真不枉这两个名字，比起当年威严又温柔的楚不复，此人身上无处不透着神秘气息——长相神秘,法力难测,每次靠近都会令她感到不安,却又带着难以抗拒的蛊惑。他对她的态度,也不像是控制,倒像在引导,这是她先前所没有料到的。

重紫心情复杂。

其实很多事都没料到吧,包括自己,曾经发誓要助那人斩妖除魔守护苍生,可是到头来,自己反成了魔;再想当初与秦珂、司马妙元他们赶往洛河除蛟王,与阴水仙大战,谁知今日,自己会在同样的情形下扮演完全相反的角色呢?

天之邪安排完毕,照常过来抱起她。

重紫蜷缩在他怀里,忽然道:"你这么费心,可就算将来我修成天魔,灭了仙门,六界入魔,九幽为了他的权力,恐怕也不会放过我们。"

"魔治天下便是我的心愿,之后的事与我无关。"

"你不是效忠我吗?"

闻言,天之邪低了头,用那双梦幻般的眼睛看着她:"让我忠诚到那样的地步,少君现在还不配。"

"是吗?"重紫没有责怪,伏在他怀里睡着了。

夜半时分,天之邪将她唤醒。

凝神听,赤焰山方向果然有打斗之声,动静本来不小,想不到自己竟全没察觉。重紫低头笑了笑,亡月说得对,她只有他,最能信任的也是他。

"少君可以过去了,"天之邪放开她,起身,"仙门动手已有小半个时辰,我看金螭撑不了那么久。"

"我去?"

"不错,皇后就代表了圣君,由你说话最合适。"

二人率魔军赶到时,青华两位长老与众弟子正全力围攻一个金袍妖仙和一个白发女人,漫山小妖魔逃窜。

天之邪道:"那便是金螭与其妻白女。"

邪仙本是仙门分支,指那些因修行时误入邪道而成的凶仙,非寻常魔头能比。只不过这金螭才修行两百年,力量有限,此刻不出天之邪所料,已落了下风,招架甚是吃力。

斗到激烈处,忽见半空魔云翻涌,两边都吓了一大跳。

重紫现身立于云中,回想当初洛河一战时阴水仙那番半是安抚半是警告的话,照样沉声说了一遍。

那金螭与白女见势不妙,知道老巢难保,心里又恨仙门,果然求救:"愿追随圣君与皇后左右，听候差遣。"

青华宫长老与众弟子大惊。

"魔宫重姬！"

"紫魔！"

重紫尚未来得及说什么，身旁天之邪手一挥，四周无数魔兵涌上，摆下魔阵，正是他早已布下的埋伏。

厮杀声不断，夹杂惨叫声。

不消多时，仙门弟子已战死数人。

"住手！"重紫终于忍不住了，大喝阻止，"天之邪，快叫他们住手！"

"少君放心，此战我们必胜无疑。"

"我叫你住手！"

"仙与魔之间从来只有征战，洛音凡也不会对你留情，少君能饶过他们几次？"

重紫摇头。

不，师父不是那样，自己已经做错了，不能再继续。

情势危急，她掠过去救下一名青华弟子，不料那弟子亲眼见同门惨死，看到她心里更加怨恨，举剑便刺。

天之邪闪身至她面前，抬掌击碎那弟子的天灵盖。

重紫失魂落魄："不，不要这样！"

"你与洛音凡就像这样，你们之间只有胜败，心软的必会受伤。"

"闭嘴！"

天之邪不理，强行带她回到原地，迅速下令："撤！"

眼见占了上风，众魔兵都不解他为何要撤，来不及反应，暗淡夜空便有一道夺目蓝光直直坠下，洒落漫天剑影，瞬间，数十魔兵毙命。

"落星杀，是洛音凡！"最近他四处找魔族麻烦，妖魔最怕的就是他，见状都骇然。

重紫望着那身影，心跳骤然快起来。

天之邪不动声色挡在她面前，金螭白女也浑身发毛，不得不硬着头皮上前作势护她，心里暗叫倒霉，原以为今日得她援手，能侥幸逃脱，想不到遇上这尊神。

青华长老与弟子们如见救星，喜得退至他身后。

他冷眼看现场众仙门弟子的尸体，剑引天风，带闪电之威，扫向众魔兵。

"少君，退！"天之邪低喝。

身在其职，不忍杀仙门弟子，可也不忍眼睁睁看自己的部下白白丧命，重紫咬唇，长袖如出岫之云，飞身上去硬挡。

漫天剑影忽然消失，却是他及时收了招。

仙界谁都知道二人原是师徒，青华宫两位长老也怕他为难，见机告辞退走。

自那夜之后，重紫一直躲在魔宫没有现身，因为太多事想不通，太多感情理不清，太美丽，太幸福，让她不敢相信，她甚至怀疑自己当时也在做梦，因此就更害怕去寻找答案。

可是她又需要答案，她太想知道。当二人再次相见，强抑的思念终于海潮般滚滚而来，理智如山倒，她不顾一切地想要弄明白。

重紫拾回勇气，下令："你们先撤。"

"皇后果然好胆识！"金螭大喜，带白女与手下小妖先退走了。

天之邪目光微动，半晌道："我在前面等你。"

第三章·梦醒

静静的，两个人站得很近，又好像隔得很远，中间是流动的风烟。

原本纯粹的关系，经过那一夜之后，已悄悄蒙上了一层暧昧的色彩，师徒间此刻剩余最多的，应是尴尬。

重紫紧紧盯着他，迫切地想要开口。

他却侧了脸，避开她的视线，细小的动作终于显露出一丝窘迫。

她上前："师父。"

俊脸苍白，洛音凡没有答应。

水月城外那一夜，后来究竟发生了什么？倘若他真控制不住欲毒，对她做了什么，那便是禽兽不如，不可饶恕的大错，他又怎么配做她的师父？

沉默。

"为什么？"为什么会那样对她？她不敢相信，需要他亲口确认。

她紧张，殊不知他更慌乱。

为什么？自然是欲毒的缘故，但欲毒残留体内，又证明了什么？若真无情无欲，又怎会发生？

修行至今，他从没想过自己还会有这种可耻的感情，当事实证明一切，他措手不及。以师父的名义站在她身边，疼她护她，气她骂她，教导她鼓励她，清楚地看到她的爱恋，一次次理智地拒绝、伤害，告诉自己是她年少糊涂，那现在，他呢？他这样算是什么？

他竟对她生出不伦的情感，而她是他的徒弟！

错了，全都错了！

洛音凡微微闭目，强迫自己冷静。

半年，从最初的崩溃到后来的纠结，习惯性的理智终是占了上风，他不配做她的师父，是他该死！她若怨恨，杀他泄愤也无妨，但现在她的处境太危险，眼前发生的这场杀戮就是最好的证明。单纯善良的她，在这样的环境中生存，就像一张白纸浸入了墨缸，容不得她独善其身，她迟早会习惯这些，就算不愿意，也会有人逼她去做，那时就真的万劫不复了，他绝不能任她这么下去。

想到这儿，洛音凡终于开口："魔宫不是你该留的地方，随我回去！"

他还会担心她？重紫捏紧了手；"他们不会放过我。"

"为师就算不做这仙盟首座，也不会再让他们伤你。"

"又进冰牢？"

"待为师修成镜心术，替你净化煞气，到时你就能出来了。"

"然后呢？"

然后？洛音凡一愣。

重紫垂首，低声问："我……可以跟师父回紫竹峰吗？"

转生两世，她还是这么执着，将最美好的爱恋给了他。而他对她，或许也真的比师徒之情更多点吧，可是这份感情根本就是荒谬的，是不该产生不能接受的，他能怎么办？

"此事将来再说。"

"不能吗？"

"将来再说，先随为师回冰牢。"

"那天，为什么？"

被她逼得无路可退，洛音凡再难回避，索性横了心，既然这么执着地要一个答案，那好，他给她！

"是为师当时修行不慎，走火入魔，一时糊涂才……"

糊涂？走火入魔受她引诱？重紫煞白了脸，摇头，伸手去拉他："不是的，不是这样！"

他是喜欢她才那么做，有他在，她不会害任何人，他为什么要这样？

小手刚碰到衣角，洛音凡便飞快拂袖后退，怒道："不是这样，那是怎样？"

不是又如何，难道要让他亲口告诉她，他和她一样糊涂？告诉她，她的师父对她生出不该有的可耻的爱欲？

重紫站定，缓缓垂手。

见她这副模样，洛音凡硬了心肠，面无表情道："先随为师回去。"

"师父想知道什么，与其追杀梦姬，何不问我？"重紫忽然道，"那天晚上真的……如果真的……"话未说完，她便停住。

记忆里，那身影一向高高在上，从容不迫，无人能撼动，能撑起整片天地，她以为他永远都会是那样。

重紫静静地看着面前人，看他竭力控制颤抖的手，看他煞白的脸被痛悔之色淹没，半晌一笑："骗你的，师父。"

最后那两个字，语气又轻又软又暧昧。

洛音凡惊愕，随即被愚弄的愤怒冲昏头脑，这是什么态度？她是谁？她知不知道她是谁？他纯洁可爱的小徒弟，入魔宫不到一年，竟变得这么不知廉耻，这么……

他想也不想便抬手。

重重的巴掌声响过，重紫被打得脸一偏，跌坐在地上。

说不清是手疼，还是心疼，洛音凡看看手，又看看她，半晌回不过神。

重紫捂着半边脸，眼波流转："这不就是你想要的答案吗？"

洛音凡伸手欲扶她，闻言又气噎，改为指着她："你……"

重紫微侧了脸，努力收起那僵硬难看的笑。

原来她的爱让他这样难堪，在他走火入魔时，是她不顾廉耻，利用梦姬魔丹引他上当，他是恶心极了吧？甚至不肯再让她碰一片衣角。

期望化作泡影，水月城外那夜的狂喜与幸福，终究是镜花水月，一场空罢了。

是你先算计他，害他以师父的身份做出超越道德底线的事，害他堂堂尊者在你面前忍受这样的羞辱，你有什么资格恨？

仙界人人敬仰的尊者，法力无边，地位尊崇，一直都在尽力维护你，能做他的徒弟已经是上天的恩赐，你还想要什么？你的爱算什么？它本就是不该存在的，会带给他耻辱，带给他痛苦，会害得他身败名裂！你自己有罪也罢了，还这么逼他侮辱他，是想让他恨你？最后一点师徒之情，你也不想要了？

脸上似有水滴，重紫迷茫地伸手擦了擦，费力地从地上爬起来，低声道："我并不知道师父已走火入魔，只是妄想……师父知道，我修为浅薄，心有邪念……我当时……师父对我有没有一分在意……我……师父那天除了……并没有再做什么……"

越说越语无伦次，重紫终于住口，想他现在是连看都不想再多看她一眼吧，于是匆匆转身："我走了。"

听出她的绝望与羞愧，洛音凡逐渐平复了情绪，对自己失控的行为后悔又无奈。

不，她错了，心有邪念的不仅是她，玷污这份感情已是不该，他控制不住欲毒，对她做出那样的事，是他有罪，怎么可以把一切都怪在她身上？

不能让她回魔宫！

"重……"他正要开口叫她，忽然又停住，皱眉，侧身。

司马妙元自云墙后出来，恭敬作礼："妙元见过尊者，方才听青华宫长老说这边魔族作乱，尊者安好？"

云海茫茫，已经不见人影。

洛音凡沉默片刻，道："回去吧。"

天之邪果然等在前面，见她魂不守舍地归来，总算放了心。任务顺利完成，众人匆匆赶回魔宫见亡月，邪仙金螭愿意臣服，亡月封其为王，仍带旧部，对于其他人，则命大护法欲魔心论功行赏。不折一兵一卒，能自洛音凡剑下全身而退，魔宫上下对这位新皇后更加敬服。

重紫倚在榻上养神，须臾感觉榻前有人，不用睁眼也知道是谁来了。

"少君对洛音凡有情？"

重紫没有否认，当一个人完全绝望的时候，还怕什么？她是不顾伦常没错，要笑话，要全天下都笑话个够她也不在乎。

"他不可能喜欢你。"

重紫睁眼，冷冷地看着他。

天之邪并不在意："他早已参透悟透，方得金仙之位，这样的人心有大爱，是不可能生出凡人之情的，少君是在妄想。"

这个人，总是那么轻易就能抓住别人的弱点，然后将对方彻底击败。重紫怒上心头，跳起来就重重一巴掌过去："没有你设计，他们不会对我这样，我也不会入魔，更不会落到这步田地！"

天之邪不闪不避地受了，语气依旧平静："这无关你入不入魔，他是仙界尊者，仙盟首座，地位至高无上，倘若与自己的徒弟闹出丑事，只会令他名声扫地，还有何面目留在仙界？少君执意强求于他，就不怕他恨你？"

重紫灰白着脸，动了动嘴唇，什么也说不出来。

天之邪道："仙魔本就势不两立，少君无须在乎。无论那夜的事有没有发生，只要放些风声出去，虽说没人相信，但对他必会造成影响，这对我们大有好处。"

重紫立即摇头："不，不要。"

她的爱，他没有义务一定要回应，事情发展成这样也是她没有料到的，她并不知道他那时已走火入魔。在他心里，他曾经爱护有加的徒弟竟不择手段引诱于他，想要做出足以毁了他的事，如今他们的师徒之情恐怕也剩不了多少了，她不要他更恨她。

重紫沉默着，重新躺回榻上，正要合眼，忽然外面传报金螭王夫人白女求见，天之邪也不管她同不同意，让传白女进来。

原来金螭初来魔宫，虽说封了王，却知道自己修为尚浅，四大护法个个不是善茬，必须求得大人物庇护才好办事，而自己认得的只有皇后重紫，又曾亲眼见她掩护部下先退，心知这样的主人值得追随，所以令妻了白女前来示好，那白女进殿便跪下，献上一株长生草。

重紫看了眼："这是……"

白女笑道："这是我们赤焰山的镇山之宝，凡人食之，可延寿两百年，实为难得，皇后贵为万魔之母，理当享用它。"

重紫兴致缺缺："我要它何用？"

没料到这个问题，白女微惊，急中生智道："皇后魔体天成，自然不需要它延寿，只是这长生草非但有益修为，驻颜更有奇效，可使肌肤生色生香，甚为难得。"客观地说，皇后长得很美，不过圣君更倚重的应该是她逆轮之女的身份，看殿上情形，圣君很迁就她，这就足够她当他们夫妻的保护伞了，然而，女人谁不在意容貌？听说皇后虽得圣君倚重，却远不及梦姬受宠。

不待重紫表示，旁边天之邪开口道："这长生草也算难得一见的宝贝，金螭王与夫人有心，少君该收下才是。"

重紫随意抬手："那就替我收下吧。"

原来皇后对这位部下言听计从，知道就好办了，白女马上松了口气，赔笑告退，同时悄悄打量那部下，半晌忽然想起方才有人提过的一个名字，险些惊出身冷汗，连忙恭敬地对他作了个礼，然后才退出去。

重紫再次合眼："过来。"

天之邪明白她的意思，正要上前，外面又传来一个女人的声音："阴水仙求见皇后。"

"她来做什么？"重紫奇怪。

天之邪道："自然是有事相求，我看她对你尚有几分好意，正该收服过来，她要什么，你送与她就是。"

重紫目光微动："我知道了，你先退下吧。"

天之邪刚消失，阴水仙就走进殿，单膝跪下，直言："听说金螭王献了株长生草与皇后，阴水仙特来求皇后转赐。"

重紫早已猜到她是为长生草而来，并无意外："消息传得这么快，阴护法是为自己求，还是为别人求？"

阴水仙不答："无论为谁求，都是皇后的恩典，阴水仙从此自当铭记。"

重紫连人带榻移至她跟前："阴护法这些年为那个凡人延续寿命，耗损了不知多少修为，值得吗？"

阴水仙面色不改："阴水仙做事，从不后悔。"

重紫道："可惜他始终只是个替身，替身再好，也不是那个人，他根本不认得你，没有关于你的任何记忆……"

阴水仙冷冷地打断她："他一样可以陪着我。"

"既有人能代替他，阴护法又何必留着这剑穗？"重紫指着她腰间，"你若肯毁了它，我就把长生草赐予你。"

阴水仙看了片刻，果真握住那剑穗，手缓缓收紧，手上有青筋暴出，甚至因为太过用力手不停发抖，似乎要将那剑穗捏成粉末。

剑穗仍然完好。

重紫道："可见替身就是替身，天下人很多，长得像雪陵的更有不少，老死又何妨？你可以再找个，用不着浪费一株长生草。"

"皇后不肯赐，就罢了。"阴水仙松开手。

天底下可真有这么傻的人，重紫笑了声："区区长生草而已，我怎会不舍得？几时阴护法立了大功，我说不定就将它赐给你了。"

"也好。"阴水仙再不看她，起身离去。

"轻慢部下，是少君之不智。"天之邪现身榻前，皱眉。

"我叫你退下，你却隐身瞒我，胆子越来越大了。"重紫躺回去，挑眉看着他，"你助我，不过是想成全你的野心和抱负，与我有什么关系？我为什么非要照你的话做？"

"你必须学会笼络他们。"

"是吗？"

"否则就算你修成天魔，九幽也随时可以除去你。"

"他想要权力，我让给他就是了。"

"臣服让步，生死完全被人掌握，是为下策，"天之邪轻蔑，抬手点灯，"六界入魔，你的功劳远胜于他，他顾及影响，未必立即杀你，可也绝不会放过你。此人深不可测，凭你是斗不过的，必须表示臣服，但同时也要令他有所忌惮，不敢轻易动你，能坚持多久，你就能活多久。"

重紫斜眸看他，有点意外："你不是只想六界入魔吗？那时我是死是活与你何干？"

天之邪不答，过去抱起她，淡淡道："睡吧。"

重紫抚摸他的心口，半开玩笑："你后悔吗？"

天之邪看着她半晌，长睫扇了下："不。"

重紫"哦"了声，缩在他怀里睡去。

第二日，亡月出魔宫见前来朝拜的妖龙王，重紫身为皇后，如今名声远扬，自然也要跟着他一道去。无非是受些礼物，听些奉承话，回来时，亡月带着她停在水月城外山坡上。

熟悉的地方，曾经甜蜜的回忆，如今变得那样不堪，提醒着她给他带去了多么大的耻辱，他现在有多么厌恶她。

旁边亡月浑身散发着阴冷的气息，带着奇怪的压迫感，不像天之邪那样令人安心，尤其是那双隐藏在斗篷帽下的眼睛，令重紫更加紧张。她总觉得，那双眼睛正透过斗篷帽，将她看得清清楚楚。

他带她来这儿，是无意，还是故意的？重紫不禁打了个冷战，尽量让自己显得镇定。

"我的皇后，你在害怕？"

"没有。"

"你和洛音凡上次就是在这里见面的？"

重紫不语。

亡月转移了话题："此番立功，我还没赏赐你，你想要什么？"

重紫想起天之邪的话，谨慎答道："替圣君分忧，乃是分内之事，不敢领赏。"

"皇后待我如此忠诚，我也送皇后一件礼物。"亡月说完抬手，面前地上立即出现一人，被反剪双手，面色惨白，形容狼狈。

司马妙元？重紫愣住。

司马妙元也看见她，心虚："重紫，你想做什么？"

重紫意外："你怎么把她抓来了？"

亡月道："是她教唆月乔害你，你不想复仇？"

现在报这个仇有必要吗？那么多人想杀自己，难道也都是她教唆的？重紫苦笑，低头看司马妙元。

司马妙元倒也沉得住气，冷哼："要杀便杀！"

重紫淡淡道："我有很多办法可以折磨你，为何要杀？"

亡月沉声笑，声音充满蛊惑："仙门本已决定放过你，若非她唆使月乔去仙狱，妄图侮辱你，你的煞气就不会泄露，更不会被打入冰牢。你会留在南华，跟着洛音凡修行。你有今日全是因为她，你当真不恨？"

明知道这事司马妙元只是个引子，可经他这么一说，重紫竟不由自主地生出许多怒意，没错，所有的事，被逼入魔，与师父决裂……好像全都是她引起的！

亡月道："你从无害人之心，还救过她的命，却被仙门所不容，而她身为仙门弟子，却心怀嫉妒，恩将仇报，这公平吗？"

公平？当然不公平！天生煞气就是错？被人陷害就是错？

她从未害过谁，可到头来人人都想她死，被打入冰牢受尽折磨，害她的人反而活得好好的，这不公平！

煞气弥漫，重紫冷冷盯着司马妙元，凤目里是毫不掩饰的杀机。

面前的人突然变得陌生，司马妙元开始惊恐："胡说！他胡说！"

亡月道："这种人不配做仙门弟子，杀了她没有错。"

杀了她？重紫略清醒了点。

不对，她不能随便杀人，她说过要守护师父，守护苍生，怎能杀人？

亡月道："她到现在全无悔改之心，是知道你下不了手。对付这样的人当用魔的手段，你应该让她明白，你不再是当初的仙门弟子，魔，无须顾忌。"

无须顾忌？也是，反正她已经入魔，师父也不要她了，有什么好顾忌的？

重紫果然抬掌，手心有光。

司马妙元浑身颤抖，绝望地往后缩。

是的，这不是那个规规矩矩耍小心计的重紫，现在的她满身杀气，这是紫魔！不会放过她！

"重紫，你……你敢动我，尊者他老人家不会放过你！"

师父？重紫完全清醒了。

恐惧的阴影迅速浮上来，笼罩心头，让她从头到脚凉透。

她惊怕万分，踉跄后退。

这是做什么？居然被亡月几句话就引发了魔性，想要杀人！

知道师父厌恶她，可还是不想看到他失望的样子，真的杀人，就再也挽回不了。

亡月没有继续说什么，略抬了下手，紫水晶戒指幽幽闪烁，司马妙元立即昏倒，失去意识。

重紫轻喘："你想操纵我？"

"魔不需要太多感情，"亡月难得带了训斥的口吻，"你要的地位，我已经给了，但你若还舍不得仙门，现在就可以回去。"

再回去面对他？重紫低头："我……对不起。"

亡月伸出右手将她揽至面前，斗篷半敞，隐约可见里面黑纹腰带上也嵌着数粒紫水晶，神秘贵气。

他用戴着戒指的那只左手抬起她的下巴。

重紫全身僵硬："你做什么？"

她的反应令亡月笑起来："我需要一位堪当重任的皇后，魔族的皇后。"

暂时需要，等目的达成再除去的皇后，重紫暗暗苦笑："你放心，我在这个位置一日，就绝不会背叛魔宫。"

"是吗？"亡月笑道。

话音刚落，四周气氛陡然变得阴冷，重紫察觉不对连忙转脸，看清来人之后更是吓得呆了。

脸色铁青，浑身散发着浓浓的怒意，还有杀机。

他怎么来了？他在生气！重紫有点慌乱，根本忘记亡月的手还在腰间："师……师父。"

刚喊出声，恐怖的仙力已然袭到。

原来前日赤焰山分别，洛音凡始终放心不下，还是赶来魔宫附近，打算再劝她，谁知一来便看到这样一幕场景：司马妙元倒在地上，他心爱的小徒弟正顺从地被九幽揽着腰，姿态亲昵。顿时气得他浑身哆嗦，一时竟接受不了。

对于她的新身份，他从未真正在意过，更不会相信。然而眼前二人这亲密的情形，将他的自信击得粉碎，险些让他失去理智。

刻意的冷漠瞬间崩塌，怒火蔓延。

什么叫"绝不会背叛魔宫"？这就是他教出来的徒弟？她果真做了名副其实的九幽皇后，就因为被他拒绝？

不可能，必是九幽趁机蛊惑她，什么皇后？最简单的笼络手段也不知，几句好话就被骗了，这个混账东西！

逐波在手，出剑便是杀招。

亡月带重紫急速后退，尚未落脚，下一招又袭到，看来这回是无论如何也避不开了。

亡月笑道："他要杀我，皇后会帮谁？"

他是不想看到她的，还是先避开他再说吧，重紫不敢看那眼睛，咬牙，抬掌与亡月同时拍出。

此刻她只顾着想要逃避，却哪里料到今时不同往日。她的魔力其实早已不在当年万劫之下，由于身边天之邪太厉害，被反衬得弱了而已，这一掌像往常那样用了七成力，已经了不得，加上亡月本身不弱，两人联手对抗仙力，只听得巨响声震耳，魔气仙气激荡，向四周扩散，草木尽折。

洛音凡后退几步。

平白得来的魔力，重紫根本不清楚会厉害到何种程度，见状吓得发呆，看看双手，又看他，失措——她居然跟他动手？她怎么能对付他？那是师父！她始终那么爱他，尽管这份爱被他厌弃，可是他仍然找来了，尽力以师父的身份劝她回头，没有放手不管，她这样做会伤到他。

黑眸锁住她，有震惊，有怀疑，到最后终于燃起熊熊怒火。

她敢动手？她竟然帮九幽对付他？

欲毒如坚韧的藤蔓紧紧勒上心头，胸口奇痛，洛音凡喉头一甜，身形摇晃了下。察觉失态，他立即收心敛神，重新站稳。

看他好像受了伤，重紫惊恐，连忙赶上前去扶："师父！"

洛音凡抬手挥开她，冷冷道："不要再叫我师父！"

重紫愣了下，迅速缩回手，后退。

看着那惨白的小脸，洛音凡立即明白自己失言了，做什么，他又想做什么？交手之际，已经发现地上的司马妙元安然无事，这令他更加后悔，他的徒弟，怎么会随便杀人！身在魔宫还能不伤性命，她做得很够了，他到底在气什么？为何非要说这些话？

"这里没有师父，只有丈夫。"半空现旋涡，亡月拉起她就走。

"重儿！"

重紫僵了下，回头。

洛音凡顾不得什么，软了语气："不要这样，随为师回去，为师绝不会让人伤你。"

回去吗？重紫垂眸。

看吧，尽管厌恶你做的事，但他还是认了你这个徒弟，护你性命，你还有什么不满足的？非要害得他声名扫地？维护入魔的徒弟，如何向仙门交代？难道果真要让他放弃仙盟首座的位置？你是心有妄念之人，罔顾伦常，本就有罪，既然已入魔，那就让你一个人来承受吧，又何必连累他？

重紫再飞快地望他一眼，咬唇，与亡月一同消失在旋涡之中。

第四章·遗忘的决定

南华六合殿内，洛音凡令所有弟子退下，缓缓说了决定，虞度三人都震惊不已，几乎怀疑听错。

"音凡，你这是……"

"她有今日，皆因我而起，是我之过，本已无颜再任仙盟首座。"

当他内疚，闵云中安慰："天生煞气，注定入魔，那是她的命，我辈安能逆天而行，此事与你无关，你不必过于苛责自己。"

行玄亦点头："师叔所言甚是，她入魔乃是天意，仙门并没有谁怪你，你这是何必？"

洛音凡没有回答，暗暗苦笑。

什么天意，一切都是他的错。身为师父，如果他早一步抛弃对她天生煞气的忌惮，真正信她，站出来维护她，她断不会有今日，此一大错；其二，明知她有执念，却自负看透一切，无视欲毒，以致弄成现在师不师徒不徒的关系，叫他如何说出口？可无论如何，他断不能丢她在魔宫不管。

那样的孩子，本就不该成魔。既是逆轮之女，天之邪必定为她续了魔血，只有她能解除天魔令封印，召唤虚天万魔，如今却迟迟无动静，想是天魔之身未成，煞气不足的缘故。九幽此人心机深沉，不排除有利用她的可能，梦姬得宠，却给她皇后的地位，分明是在笼络她，一旦达到目的，她的下场就很难说了。

九幽皇后，想到这词，洛音凡不由自主握紧袖中的手，克制隐隐怒气。

这个不知深浅的孽障，她还真以为九幽待她有多好，又怎知事情凶险！她居然背离他这个师父，去信九幽！

决不能让她继续留在魔宫！纵然不能接受她的爱，但是他可以阻止她，救她回头，这点信心他是有的，因为她要的原本就不多。只是他虽不在意别人的眼光，但这样的感情毕竟还是错了，传开有损南华声誉不说，让师兄他们知道他是为此而走，更麻烦。

"我意已决，"他背转身，"今后紫竹峰空闲，可命弟子居住。"

听这话的意思，他竟是不打算留在南华了，虞度三人面面相觑。

虞度沉吟："师弟执意要走，我也不好拦你，但师父临去时传你仙盟首座之位，就是将仙门托付于你，你这一走，谁来料理？"

短短数十年，从封印神凤，斩三尸王，修补真君炉，到如今成功封堵天山海底通道，放眼仙界，论功绩、术法和威信，又有谁能接替他的位置？

洛音凡道："我已有安排，仙盟首座之位，由师兄暂代。"

闵云中气得拍桌子站起来："你这是什么话！不过一个孽障，值得你这般自弃！仙盟首座，说不当就不当，你师父的遗训是什么，你都忘了？"

虞度使眼色制止闵云中，这位师弟向来认定什么就是什么，搬出师父对他未必有用。

想了想，他试探道："师弟莫不是有别的打算？"

"闭关。"

"去何处闭关？"

洛音凡似不愿回答。

虞度道："师弟此时引退，怕不是时候。魔宫壮大，仙门正值多事之秋，那孩子已入魔，待她修成天魔那日，必是苍生大劫，你这一走，要我们如何应付？仙界数你法力最高，况且你又做过她的师父，留下来我们也多了几分胜算，怎能丢开就走？"这位师弟平生什么都看得淡，唯一可能留住他的，就是责任了。

洛音凡果然沉默，半晌道："她不会成天魔。"

三人更疑惑。

洛音凡不再多说，出门离去。

闵云中摇头坐下，烦躁："这是什么道理？说走就走，连个理由都没有，容得他胡来！简直是……"

"师叔！"虞度抬手制止他继续说，眼睛看着门口，"妙元？"

司马妙元走进门朝三人作礼，解释道："妙元方才路过殿外，听到……"停住。

见她言辞闪烁，虞度心内一动，柔声问："尊者的事，莫非你知道内情？"

原来司马妙元看守毒岛三年满，回到南华，师父慕玉竟变成大名鼎鼎的魔宫护法，将她吓得不轻。不过慕玉平日待重紫好，司马妙元与慕玉师徒二人本就感情不深，他这一去，司马妙元自然要重新拜师，见洛音凡座下无人，更有心献好，那日遇青华宫弟子，忙忙地赶过去，谁知正巧撞见他与重紫那场景，来不及听清，就被洛音凡封住了神志，心里未免起疑。后来被亡月掳去，以为难逃重紫报复，谁知醒来竟见到洛音凡，如今听到他要辞去仙盟首座，再将几件事情前后一联系，似有蹊跷，于是将经过细细说了遍。

虞度皱眉，闵云中的脸色差到极点。

司马妙元悄悄看三人神色，道："当时尊者封了妙元神志，不过妙元妄自揣测，尊者要走，大约……与此事有关吧？他老人家向来护着重紫，会不会……"

虞度含笑点头："师徒情深，也难怪尊者灰心，既然连你也不知他们说了什么，此事最好不要传扬出去，以免惹人议论。尊者平生不喜多话之人，做弟子的该谨慎才是。"

司马妙元暗惊，忙道："掌教教训得是，妙元不敢多言。"

虞度安慰两句，示意她下去，见他们神色古怪，司马妙元也暗暗纳罕，退下。

等她出门，闵云中哼道："说什么不当仙盟首座，我看他是借此要挟我们，想护那孽障！"

行玄道："师徒一场，他心软不奇怪。"

虞度抬手设置结界，然后才摇头道："师弟平生行事，何须要挟他人？我看此事不简单，他恐怕是要带那孩子一起走。"

闵云中立即道："不可能！他明知那孽障……目无尊长，罔顾伦常，顾及师徒情分不想伤她也罢了，他断不至于这么糊涂！"

虞度道："兴许他是想带那孩子离开魔宫，去找个清静之所修炼镜心术。不过照他的性子，连生死都看得轻，如今竟肯为那孩子做到这地步，要说内疚也太过。"

闵云中与行玄都听得愣住。

"他真要护到底，谁能奈何？顶多叫人说护短罢了。"虞度道，"师弟平生行事无不以仙界为重，眼下却突然要为那孩子隐退，我只奇怪，何事让他内疚至此？"

闵云中回神："你这话什么意思？"

虞度斟酌了下，含蓄道："师弟最近很少回来，妙元证实，他们的确见过面，那孩子有不伦之心，莫不是出了什么……"

闵云中脸一沉："胡说！音凡岂是那不知分寸之人？"

"师叔何必动气，我也是担心而已。"虞度苦笑，"师弟是明白人，自然不会做出什么，可这些日子他无故追杀梦姬，已有几分蹊跷，梦姬所长乃梦魇之术，与他有何相干？要走总该有理由，若无内情，何至难以启齿？"

闵云中无言反驳，想南华可能出这等丑事，一张老脸顿时铁青，半晌才道："果真如此，他也是被算计的！"

"我也是这意思，毕竟师徒一场，那孩子做什么，他未必会防备，此事错不在他，闹出来也不至怎样，"虞度想了想，道，"怕只怕他将那孩子看得太重，尚不自知，师叔细想，就是为师父，他又几时做过这么多？"

闵云中咬牙叹气："我早说那孽障会连累他！"

行玄想了想道："眼下最要紧的，是打消他离开的念头。至于这种事，师兄不过揣测罢了，未必就是真……"

虞度寻思片刻，忽然道："是真是假，我有个法子。"

魔宫的夜来得格外快，重紫躺在天之邪怀里醒来时天已经黑了，依稀可听见远处靡靡乐声，应是魔众在饮酒取乐。天之邪见她醒来，立即放开她，起身出去处理事务。

空旷大殿里只剩下一个人，重紫望着殿顶发呆。

榻前不知何时多出道黑影，悄无声息地站在那儿，好似一缕幽灵。

重紫一惊，坐起身："圣君怎么过来了？"

"皇后的寝殿，我不能来吗？"

看不清他如何出手，下巴似被两根冰凉的手指捏了下，重紫竟没反应过来，再看时，他依旧裹着斗篷立于榻前，似乎并没有动过，只是那半边唇角已经勾起来了。

好快的身手，此人着实深不可测！重紫又惊又恼："圣君这是做什么？"

亡月显然忽略了她的问题："在为今日出手的事后悔，还是怪我冷落我的皇后？"

重紫尽量平静："夜深了，圣君若无事吩咐，就请回殿。"

亡月笑道："你认为你有能力请我走吗？"

重紫心惊，不由自主往后缩。

"你不相信，也不清楚自己现在的能力，"亡月抬起优雅的尖下巴，尽显贵族气质，"我的皇后，你让我失望。"

话音刚落，眼前人影忽然消失，鬼魂般出现在她身后。

"我给了你想要的地位和权力，你拿什么回报我？"

他并没动一根手指，可是重紫能感觉到，那冰冷的鼻息吹在脸上，这是个极危险的距离。她立即移到另一个角落，离他远远的，厉声道："当初你故意让人给我指错路，致我晚到南华，遇上师父，这些你都算计好了。你知道师父会舍弃我，知道他们会逼我，然后你当救星引我入魔，让我恨他们，好利用我解天魔令封印，你处处都在设计，我还要感激你？"

被她揭穿，亡月没有恼怒，反而颔首："如今只有我能庇护你。"

将来也会除去我，重紫没有说出来。

亡月又笑了："你怕我将来害你性命？"

这人好像会读心术，重紫意外："那时你难道还愿意留着我？"

"我向魔神发誓。"

"你每次发誓都容易得很。"

"因为你是我的皇后，你迟早会把自己献给我，"亡月无声至她身旁，再次伸手抚摸她的脸，很慢地说，"没有人敢欺骗魔神，你可以放心。"

手冷冰冰的，紫水晶戒指更像只魅惑的眼睛，重紫下意识往后躲，幸亏他很快就缩回去了。

"阴水仙来求过长生草？"

"她为那凡人求，我没答应，圣君是为这事来问罪？"

"你会给。"

"当然会给，我不过提醒她，为一个替身不值得屡次坏了大事。"

"你又怎知那是替身？"

重紫闻言大为震惊，失声道："你的意思……雪陵已经散了仙魄，难道还能转世不成？"

亡月道："你以为，阴水仙为何会入魔，又为何肯忠诚于我？"

重紫不可置信："你有那样的能力？"

"我没有那样的能力，却知道那样的办法，"亡月想了想道，"雪陵是仙界天山教有史以来第一个得意人物，当年已修得不坏之身，算是半个金仙，虽说散了仙魄，可仍有一缕残魂被肉体缚住，阴水仙将它盗了回来。"

"雪陵肉体不见，天山派难道就没人察觉？"惊疑。

"阴水仙恋上师父已是人人尽知，蓝掌教只觉颜面无光，见雪陵肉身被盗走，便以为她要做什么不雅之事，自然不好声张。"

重紫不说话了。

虽然复活，却不记前世，阴水仙怎会趁这种时候对他做什么？那些高尚的仙门中人，总是将别人想得那么不堪。

"雪陵肉身原是不坏的，可惜在修复魂魄时受损，因而成了凡胎肉体。阴水仙以自己的修为炼成灵珠为他延寿，损耗极大，所以才找你求长生草。"

人还是那个人，可惜已将她忘得干净，费尽心力阻止他转世，只是不想让他再忘记吧？

重紫默然。

亡月道:"皇后言出必行,让她立功再赏赐并没有错,所以下个月东海百眼魔窟开,有劳你亲自去一趟,你若愿意,当然也可以带上她。"

瑶池水浸泡,天海沙磨洗,加以金仙之力护持,强摄天地日月灵气,小小短杖终于褪去晦暗,重现淡淡光泽。虽然弱得可怜,肉眼看与先前几乎没多大区别,可是握在手里,能感受到那一丝生气如同新出世的婴儿。

长发披垂,额上隐隐有汗,洛音凡立于四海水畔,看着手中星璨,目光不知不觉变得柔和。

有欣慰,也有苦涩。

杖灵被毁,他费尽心力,到头来也只能修补成这样,正如师徒二人,无论如何,都已经回不到当初了。

可是至少还能补救,还有希望,她……会喜欢吧?

星璨隐没在广袖底,平静的四海水上现出画面,一名弟子御剑站在紫竹峰前,恭敬地作礼。

洛音凡没觉得意外。

等了这几天,总算来了,师兄向来细致,所以自己才放心将仙盟首座之位传他,此番突然决定离开,他若真无半点怀疑的意思,反而不正常。

让那弟子退下,洛音凡走进殿,将星璨装入一只小盒内,放到架顶。

入夜,虞度一个人坐在桌旁,房间里的灯座设了粒明珠,桌上有只酒壶,两只夜光杯,还有几碟仙果。

数百年的交情,二人本就和别的师兄弟不同,见他来,虞度也不起身,微笑着抬手示意他坐。

洛音凡看着酒壶:"师兄还不清楚我吗?"

"你决定的事,师兄纵不赞同,也自知是勉强不了的。"虞度笑着点破,"修成镜心术之前,你是不能安心留在仙界了,明日我要动身前往昆仑,下个月才回来,恐怕不能与你饯行,是以趁今夜有空,先请你。"

"师兄费心。"

"仙界的事,务必料理好再走。"

"我明白。"洛音凡略点了下头,用意念移动两只夜光杯至跟前,那壶也移过来,自行往杯中斟满酒。

"所有事务,我会在信中交代清楚。"他随手将其中一杯酒推至虞度面前,淡淡道，"你我师兄弟无须见外，有这份心，多饮无益，一杯就够了。"

虞度莞尔，没有见怪，毫不迟疑举杯饮尽："同在师父门下修行，当初十几个师弟，到头来只剩了你与行玄。你向来令人放心，所以我做师兄的极少关照，那孩子的事……是我们过分了些，你带她走可以，不过将来煞气除尽，定要记得回来。"

洛音凡看着空杯，不语。

师兄弟之间原本亲厚，如此生疑，反显得小人之心，但此事实在出不得差错，他是一定要带她走的。

他伸手取过另一杯酒："师兄能这么想就好。"

虞度点头。

洛音凡没有再说，饮干，搁下酒杯，出门离去。

据亡月说，百眼魔窟开，天地魔气入世，于魔族修行极为有益，这是魔族数百年才有的绝佳时机。关于其中细节，重紫并不十分清楚，只是依令而行，时候一到便亲率三千魔兵直奔东海。

东海距魔宫不远，御风而行，只消半日就能抵达。此番任务重大，看样子魔宫早在很久之前就开始做准备了，除天之邪外，亡月还另派了魔僧法华灭与阴水仙跟随前往。

海鸟声声凄厉，阴云密布，空气湿湿的，带着海水的咸味，令人生出一种沉闷窒息的感觉。

重紫望天："怕是要下雨了。"

天之邪道："这是魔窟即将打开的前兆，魔气入世，于我族类有益，且有天地所孕魔兽现世。"

重紫惊讶："魔兽？"

天之邪轻描淡写道："少君无须担忧，只需动用本族圣物魔神之眼便能降它，让它供你驱策。"

怪不得临走时亡月会把魔神之眼交给自己，原来是要用它降伏魔兽，重紫明白过来："仙门会不会插手？"

"这是本族大事，自然本族最先感知，但魔窟一开，仙门必会察觉，青华宫距此地颇近，少君须尽快解决，否则等他们赶到，事情就难说了。"天之邪望望天色，转身下令，"百眼窟即将开启，布阵！"

三千魔兵守在外层，严阵以待，法华灭与阴水仙站在前方，与天之邪、重紫形成合围之势。

黑压压的云层越来越厚，暗得几乎看不清四周景物，忽然间，海上狂风大作，雷鸣电闪。

天海之间现蓝色魔光，海面好像破了个大洞，魔气汹涌而出，笔直冲上天际。

惊天动地的巨响，一只魔物自海里蹦出来。

重紫定睛看去，但见那魔物形状极其丑陋，身上遍生黑色鳞片，有十几条触手，长长短短，口角流涎，最为奇特的是它那一身鳞片底下，居然长满了大大小小的眼睛！

触手在海上一拍，搅动海浪翻滚，整个东海似乎都在晃动。

"百眼魔已现身，"天之邪喝道，"少君快请魔神之眼！"

重紫回神，见周围魔兵都已东倒西歪，这才知道它本事不小，自己所以不惧，完全是因为有强大魔力支撑，想这天生魔兽，出来必会危害人间，降伏它也是件好事，于是她不再迟疑，自怀内取出亡月那枚紫水晶戒指，高举过头顶。

魔力注入戒指，紫水晶更加晶莹，迸出数道冷幽幽的光。

狂躁的百眼魔见到紫光，逐渐安静，终于不情不愿地爬到重紫面前，趴在海面上不动了。

重紫见状松了口气，重新收起戒指，正要说话，忽觉天边有冷光闪现，瞬间至面前。

强烈的熟悉感，又带着一丝陌生。

"少君！"天之邪的声音。

腥臭液体溅上脸面，挡住视线，重紫急忙念咒除了秽物，定睛去看，不由得被眼前的景象惊得倒抽一口冷气——那百眼魔本是先天魔兽，有极厚的鳞片，刀剑不入，若非魔神之眼在手，定难降伏，谁知此刻它竟已被人一剑硬劈成两半，肚破肠出，横尸海面。

是他！

全不理会天之邪的喝声，重紫望着那人发呆。

目光终于移到她身上，没有任何多余的表情。

遍身霜雪之色，他执剑立于海面，双眉微锁，仿佛在看一件不喜欢的东西：

"紫魔？"

淡漠的声音，足以摧毁她最后的希望与力气。

他叫她什么？重紫不可置信地望着他。

紫魔，这称呼早已不新鲜，仙界、人间、魔界，几乎所有人都这么称呼她，却没想到有一日会从他口里叫出来。

可怕的疏离，令她无法相信，面前这人就是曾经疼她护她的师父！是她恬不知耻用梦姬的魔丹算计他，是她错了，她也知道事后他有多厌恶。

厌恶也罢，生气也罢，那是她应得的惩罚，可是他怎么能用这样的方式来对她？叫她怎么承受得起？

重紫仓促转身想要逃离，接着便觉背后寒意侵骨，饶是闪避得快，肩头仍被剑气划破，鲜血急涌。

这是毫不留情的一剑。

感觉不到疼痛，重紫惊愕回身，只看到一双淡然的略含悲悯的眼睛。

"他已不认得你，"天之邪带她退开，沉声，"他忘记了。"

忘记？重紫如梦初醒。

望望四周，她顿觉满腹凄凉悲怆，忍不住惨笑，全身煞气暴涨，强劲的力道将身旁毫无防备的天之邪震出数丈之外。

曾经天真地以为，只要她不作恶不伤人，他们之间就不会有任何冲突，她照样可以远远地看他，悄悄珍藏好最后一丝师徒之情，可是，眼前的事实粉碎了她的妄想。

原来她的爱令他难以承受，已经到了必须要用这种方式来面对的地步？又或者因为那是注定的命运，他像往常一样选择了责任，放弃了她，害怕内疚所以要忘记？

他的一句话，成就两生师徒，到最后，他又用遗忘这么轻易地斩断一切，为何他从来都不肯想想她？他是解脱了，丢下她一个人怎么承担？

都想她死，都要她死，她活在世上就是错误！

好，她成全他！

逐波如飞溅的白浪，带着寒光刺来，仙印毫不容情罩下，重紫木然而立，眼底是一片空洞。

剑未至，人已失去生气。

"少君！"

"阴水仙！"

声音很远，又很近，法华灭与天之邪及时赶来护在她面前，合力挡住下一剑。

黑影坠海，似一片飘落的黑羽，鲜血染红大片海水，仿佛要流尽。

"阴护法？"重紫喃喃的，怔了片刻，终于俯冲下去将她抱起，"阴护法！阴前辈！"

手上身上尽是伤口，一剑威力竟能至此。

重紫立即用咒替她止住血。

阴水仙面无血色，推开她的手："我并非为了救你。"

"我知道，你想要长生草，"重紫强行握住那手，将魔力源源送入她体内，语无伦次，"我把它给你就是了！天之邪收着呢，回去便给你，你别着急……"

是为长生草吗？她微露自嘲之色，疲倦地摇头："不必了，忘记就忘记吧，强行留他陪了我这些年,也该让他轮回去了。"

不为长生草,更不为救人,只是太累太辛苦,想要求一个结局,因为它应该结束了。

对面洛音凡也意外,想她终究是故人门下,遂收剑道:"阴水仙,雪陵苦心栽培你多年,想不到你竟为心魔堕落至此,一念之错,事到如今还不肯悔过吗?"

"错?我从不觉得喜欢他有什么错,我不怕别人笑话!"阴水仙瑟瑟颤抖着,咬牙,挣扎着坐直,似要用尽全身力气叫出来,"我想陪着他,你们不许,我就走远些,让你们都笑话我,他照样当他的仙尊,照样守护他的天山。可是他为仙门死了,我只不过想要去看他最后一眼,你们还不许!"

洛音凡沉默半晌,道:"你执念太重,他不会见你。"

"他会见我!"阴水仙面上重新有了光彩,衬着那一丝苍白,美丽如盛极的雪中梅,"被逐出师门又怎样?他来看过我,救过我!我知道!他都死了,一定会让我见他!"

洛音凡叹息,不再说什么。

阴水仙垂眸,喃喃道:"我知道他只是念在师徒情分,我就是想看看他,你们不明白,根本不明白……"

重紫泪痕满面,握紧她的手。

阴水仙看看她,美目中终于泛起水光,现出一丝从不曾外露的再也不能用倔强掩饰的脆弱。

同样的感情,同样可悲的命运,所以她们彼此理解。

脸上,娇艳的水仙花印记逐渐淡去。

魔神誓言应验,她终于可以做回他的水仙了。

"他每月十五会在西亭山等我,你……代我去见他一回,就说……就说我远游去了。"她缓缓松开手,费力地自怀里摸出一条三色剑穗,低声叹气,"你都看见了,为救他而入魔,此生我从未后悔过,但是……你……还是忘记吧。"

剑穗化为粉末,随风而散,就像少女辛苦编织的梦,梦醒了,便了无痕迹,空空的什么也没留下。

她宁可像当初那样被逐出师门,让他永不见她,知道他还记挂她,担心她。如今时刻陪着他,看着他,又能怎样?他早已将她忘得干净。

"现在好了,终于,终于是我忘记他,没有人可以用他要挟我了……"她无力垂手,身体往后仰,声音渐弱,"忘了好,再也不记得,太好了,不用记得……"

不后悔,可是也不想继续。

为了救他,心甘情愿入魔,忍受天下人的耻笑唾骂;为了守护他,一次次逼迫自己坚强,在危险的魔宫挣扎生存,一步步走下去,满手血腥,满身罪孽,她早就不再是他的水仙。没有人知道，她在他面前拼命掩饰这一切丑恶，有多害怕，有多绝望，他的遗忘，将她最后的坚强摧毁。

于是，选择了结束。

……

多少魔力输送过去，依旧石沉大海，再也得不到一丝回应。

"阴水仙！"重紫忽然怒道，"你给我听着，你若死在这里，我回去便杀了他！让他魂飞魄散，让他给你陪葬！"

"别，别动他！"她陡然睁开眼，抓紧她的手，"不要告诉他！"

还是在意吧，刻骨铭心的爱恋，如何能忘记，又怎么忘得了？

云帆高挂，前路茫茫，一艘白色大船在云海之上航行，白衫子，白丝带系发，十二岁的女孩跪坐在船头出神。

白衣仙人俯身拉她，声音和目光一样温柔："水仙，前面就是天山，准备下船了。"

女孩不肯起身，满脸向往："要是这船不停多好啊。"

"水仙要去哪里？"

"我要去天边，去天尽头！"

"那儿太远。"白衣仙人淡淡地笑。

"师父不想去吗？"

"师父不能去。"

女孩失望地"哦"了声，继而抬脸一笑："师父不去，那水仙也不去了。"

天山白雪点点如柳絮，僻静角落，一树梅花开得正艳，少女孤独地跪在青石板路上，痴痴刻着字。

肩头发间沾着晶莹的雪，小脸却比梅花更清丽。

"水仙！"远处有人叫。

少女慌慌张张站起身，三两下用雪盖住石板上的秘密，匆匆御剑离去。

第五章·泠万里

东海之行，遇上的虽只有洛音凡一个人，结果却很不乐观，折损魔兵数百，天之邪与法华灭合力相护，重紫终于全身而退。她以最快的速度御风回到魔宫，什么也不顾，惨白着脸闯进亡月的寝殿，毫不迟疑地跪在他脚下。

"救她，我知道你可以救她！"

梦姬知趣地退下。

亡月早已得信："阴水仙之死，是你的过错。"

"是我的错，我错了，求你救她！"肩头鲜血长流，重紫不管不顾，紧紧扯住那斗篷下摆，仰脸乞求道，"她的残魂在这儿，求你。"

"皇后开口，岂敢不从？"亡月站起身，有些为难，"但天地间万物万事皆有规则，没有无条件的赐予。"

"什么条件我都答应。"

"要取你一半魔力。"

重紫毫不迟疑："好！"

魔力流失的滋味，就像皮肉被一片片削去、灵魂被一丝丝抽离的感觉，难以忍受，可是经历过那么多更可怕更绝望的事之后，重紫发现，皮肉之苦已经是最好受的了。

当初阴水仙为救雪陵，又承受了什么样的代价？

亡月的确没有说谎，废除她魔力之后，就进魔神殿去修补阴水仙的魂魄。

重创之下，浑身剧痛，重紫再也支撑不住，昏迷过去。

醒来又是深夜，人已经回到了自己的大殿，躺在熟悉的洁白的怀抱里。

疼痛感消失，遍身清凉。

天之邪淡淡道："少君睡了三日。"

"是你！"重紫自他怀里起身，狠狠一巴掌扇去，"全都是你的错！没有你，我就没有今天，阴前辈也不会死！你想要六界入魔，关我什么事？设计害我，让他们逼我！你这条狗！"

天之邪捉住她的手："洛音凡忘记，是他自己的选择，我早已警告过少君。"

"滚！"

"忘记，是逃避你，也未尝不是逃避他自己，你是唯一可能修成天魔的人，必须死。"

"我不信！他还想救我，不会杀我！"

"他不想杀你，但又必须杀你，只要忘记，下手就更容易了。"

"你胡说！"

"倘若他当时一剑杀了你，绝不会内疚。"

重紫没再理她，转身去魔神殿。

魔神殿内依旧连个神像也没有，阴森庄严，空荡荡的不见人影，重紫心下一惊，连忙又赶到亡月的寝殿，仍没找到他。

莫非他是去了梦姬处？重紫正在迟疑该不该去梦姬那儿时，身后传来死气沉沉的声音："皇后在这里等我，莫非想要侍寝？"

"阴水仙的魂魄呢？"

"才修补好，送入鬼门转世去了。"

重紫看着他不说话。

亡月道："我向魔神发誓。"

重紫垂首："谢谢你。"

"不用谢我，你已经付出了一半魔力的代价。"眨眼之间，亡月出现在她身旁，拉起她的手送到唇边，"今晚皇后要留下来吗？"

那手苍白而冰冷，重紫却如同被烫着了般，飞快挣脱，窘迫至极："我……有事，圣君还是叫梦姬伺候吧。"说完遁走。

回到自己的大殿，天之邪不在，估计出去办事了，殿内冷冷清清，重紫疲倦地往榻上一坐，在黑暗中出神。

不能爱，偏偏爱了。

终于能爱，他忘了她。

这样的纠缠，就像饮不完的杯中烈酒，明明很辣很苦，却又贪恋于沉醉时的美梦，舍不得放下，如今阴水仙选择用死来终结，是解脱，还是悲哀？

重紫摸摸胸口，居然找不到心痛的感觉。

身旁魔剑变得炽热，隐藏得最深的那些情绪被逐步引燃。

不，她不信！

她的爱，他可以不屑一顾，他嫌弃，她可以躲，从没想过缠着不放，何况他平生最不屑逃避，难道真像天之邪所说，他必须要她死？忘记，就可以不用内疚，就可以安心了吗？

为了六界安宁，多伟大的理由！他已经放弃了她，不惜消除记忆，那她又有什么理由再留恋？她有新的身份，新的使命，从此无须再顾忌任何人！他的使命是守护六界，她就偏要六界入魔！

明明爱着，却可以彼此憎恨。

一念之间魔意生，煞气弥漫，殿外百丈成冰原。

冰上，黑白两道人影并肩而立。

"你到底是谁？"

"我自然是我。"

天之邪长睫微动："就算圣君逆轮在世，也没有修复魂魄的能力。"

亡月沉沉地笑："魔要达到目的，从不缺少办法。"

"以你的能力，完全不需要她。"

"你错了，你有你的抱负，我有我的使命，我必须靠她来成就我自己。"

天之邪淡淡道："果真如此，又怎会废她一半魔力？"

"这样会换来更强的她。"亡月身形一晃，眨眼间人已在三丈之外，下一刻又远了三丈，直到完全消失，唯有声音仍清晰无比，"你是在担心你的抱负，还是在担心她？"

天之邪看着面前的冰原，没说什么。

煞气澎湃，带动体内魔力自行运转，要冲破最后一层障碍，身旁魔剑发出刺耳而得意的笑声，似在鼓励助威。

仙又如何，魔又如何，都是世上合理的存在。

天生煞气，逃不过命定的结局，有什么好留恋的，何必苦苦坚持？

眼帘低垂，身体无声离榻，升至半空，长发飘浮而起，张开，她整个人都被蓝紫色魔光包围，惨淡，诡异。

"你当真想要血流成河，六界覆灭？"

不想，她从来没那么想过，是他们不肯放过她！是他们逼她的！

"小虫儿，你不会喜欢这样的日子，答应大叔，一定不要成魔。"

大叔？大叔不惜性命想要救她，阻止她，挽救她的命运，她欠他太多，当真要步他后尘，违背本心，万劫不复？

魔意消减，重紫落回榻上，怔怔地坐着。

"天魔现世，你的煞气还不够，"不待她吩咐，天之邪走过来主动抱起她，"睡吧。"

重紫缩起身体，半晌道："他向魔神发誓，说阴水仙的魂魄已经修补好，送入鬼门转世了。"

天之邪道："他既这么说，就不会骗你。"

连他也这么说，重紫这才放了心，叹气："不知怎么回事，我最近总是有些疑神疑鬼，他说什么我都不安心。"

天之邪道："少君本就不该多信他。"

"你觉得这样有意义？"

"天之邪所做的一切，也是为了少君，少君若能摧毁六界碑，魔治天下，必将成为魔族史上第一皇后。"

"能成就这样的皇后，你也是第一功臣。"

"天之邪有名无名，不重要。"

"同样，这些对我也不重要，如果我逼你放弃你的抱负，让你去修仙，你难道会感激我？"重紫看着他淡淡道，"我恨你。"

天之邪道："少君会明白。"

恨不恨，他这样的人根本不会在意，重紫有些自嘲，挑眉，手缓缓滑入他胸前衣襟。

天之邪立即捉住那手："少君！"

"你也受了伤，"重紫低笑，另一只手将魔力源源度去，"当时洛音凡是尽全力要杀我，法华灭到底更顾惜他自己，好随时逃跑，哪肯尽全力，有七成仙力全被你挡下了，你这三日都在替我疗伤，瞒得过他们，却瞒不过我。"

天之邪抬眸看殿门，没有说什么。

"你可以看成是我在笼络你，"重紫认真道，"我在意的原不是你，只是一条忠心的狗，它暂时还能保护我。"

农历十五，西亭山薄暮尽，圆月初升，年轻的凡人负手立于崖边。

衣带被风吹动，飘然欲仙，他就那么静静地站着，姿势没有任何变化，不知道在想什么，容颜分明一点儿不老，可是看上去，总感觉有着与年龄不相称的成熟气质，漆黑的眼睛里，是阅尽世态的淡然。

听到动静，他立即侧身，眉梢多了几丝温柔。

重紫微微一笑："是雪陵公子？"

雪陵意外："你……"

重紫道："她托我来见你。"

温柔逐渐退去，雪陵沉默许久，问："她出事了？"

重紫点头："你以后可以不必来了。"

没有激动，没有伤心，甚至没有多问缘故，他只是重新转过脸去，看崖外飘升的岚气。

终究还是违背阴水仙的意思，把真相告诉了他，重紫反而有种残忍的快感，他会不会难过？无情的人都是不会心痛的吧？他已经忘记了。

阴水仙，你若看到现在的他，会不会为做过的一切感到不值？

重紫忍不住道："你不问是谁杀了她？"

"她并不是什么仙门弟子，你们是妖魔。"雪陵忽然开口，"水仙她是不是做了许多恶事？我失忆之前，必定是认得她的。"

不愧是仙人复生，重紫沉默。

雪陵遥望对面山头的圆月，许久才问："她……在哪里？"

"魔是没有坟墓的，"重紫抬眸道，"她的魂魄已经转世，你想要见她吗？"

雪陵摇头。

重紫心里冷笑："我并不知道她托生在哪里，你想见也见不到的。"

雪陵侧脸看着她片刻，淡淡一笑："我要修仙。"

重紫愣住了。

"自从认得她的第一天起，我便知道她与我必定有渊源，她不惜耗损修为替我续命，原本我不该拖累她，打算入轮回转世的，只是……一直放心不下。"雪陵轻声道，"她其实是个好孩子，善心未泯，可惜走错了路，身为妖魔，必定瞒着我做了许多事，如此下场，是她应得的。"

所以他尽量跟在她身边，想要约束她，然而最终还是无力回天，她罪孽深重早已洗不清，自以为瞒住了他，却不知道他心中其实清清楚楚。

眸中似有星光，很快就被鬓边吹散的黑发遮住。

"水仙曾说过，仙之所以比魔通透，是因为修成仙体，就能看清前世，我若成仙，应该会记起往事，也能找到她。"

"真的记起往事,只怕你会后悔的。"

雪陵意外:"你知道?"

"我并不知道你们的事,"重紫将一株草递到他手上,"这是长生草,能为你延寿两百年,有足够的时间修仙,你就不会忘记她了。"

"谢谢你帮我。"

"我没有帮你,这草本就是她为你求的,你知不知道天山派?"

"听说过。"

"天山掌教如果见到你,必会收你为徒。"天山教近年不复兴盛,门下少有出色人物,曾经的得意弟子归来,蓝老掌教没有不收的道理。

雪陵亦不多问,接过草走了两步,忽然又回身看着她微微一笑:"你能得她信任,必定也是个善良的孩子,不该再做这些事。"

重紫笑了,太像,怪不得会成为朋友,都爱用这种悲天悯人的语气说话,时刻把守护苍生的责任揽在肩头:"其实你如果肯入魔,我更乐意相助。"

雪陵叹息,离去。

重紫目送那背影消失在月下,笑容里泛起一丝恶意。

这么做,不只为阴水仙,也为她自己,她想知道,他若真的想起来,会不会有一点儿后悔,还会像当初那般嫌弃吗?

本身仙缘尚在,一切很快就会有答案吧。

白云苍狗,追寻前世,是一件多傻的事。

回到魔宫,远远看见有人站在殿外,斑驳的鬼脸一如既往的诡异可怖,他不说话,表情就更加难以辨认。

重紫停住:"大护法。"

欲魔心难得恭敬作礼:"属下参见皇后。"

重紫看着他:"大护法特地来见我,想必是有话要问。"

欲魔心沉默片刻,低声道:"据说当时皇后在,她……有没有说什么?"

重紫道:"大护法还是不知道的好。"

话这么说,答案已经很清楚,欲魔心握紧拳头:"多谢皇后。"

"她为救我而死,你不恨我?"

"没有人逼她这么做。"

见他要走,重紫莞尔:"为情所困,甘愿陪她入魔,大护法待阴前辈当真情深义重,有谁想得到,堂堂欲魔心护法,竟是天山雪陵仙尊座下三弟子冷万里呢!"

欲魔心愕然，回身看着她许久，惨笑："倒是我小看了皇后，这么多年，她都没察觉半点儿，想不到第一个认出我的竟是你。"

"听说当年你也算天山年轻一辈弟子里的有名人物，阴水仙入魔，你便设计使人以为你被魔族所杀，其实自毁容貌，跟随她堕落入了魔，你的死既是他们亲眼所见，也就无人怀疑了。"重紫摇头，"难怪你那么喜欢阴水仙，也从不嫉妒伤害雪陵，因为那也是你师父，你同样尊敬他，只是你守护你师妹这么多年，她却至死都看不见，你可有不甘心？"

欲魔心道："人已不在，甘心又如何，不甘心又如何？"

阴水仙在仙界原是与卓云姬齐名的美人，爱慕追求者无数，而她偏偏喜欢上师父雪陵，引诱失败，阴水仙被逐出师门，受尽万人唾骂。曾经的追求者都耻于提及，唯有他冷万里，始终默默陪在她身边，不惜背叛仙门，不惜自毁容貌。

其实他是既害怕被她认出，又期待她能认出吧。

可是直到死，她也不知道他是谁。

"或许……她已经认出你了，只是不想承认，你救她，安知她不想维护你？至少她记得你的好。"

"如此，又何至于到死都没有一句话？"

"因为她知道，她一死，你便没有理由再继续，也算得到解脱，"重紫沉默半响，道，"她的魂魄被圣君修复，入鬼门投胎转世了，你……"

"要我学她守两世吗？"欲魔心大笑离去。

重紫望着那背影，无言。

"他不会再回来。"亡月凭空现身，"我替你救人，你反倒把我的部下说跑了。"

"我并没叫他叛离魔宫，圣君可以留下他。"

"去意已决，留不住，唯有追杀。"

重紫立即抬眼看他。

"皇后有意见？"

"随你。"

重紫疲惫地挥手，走进殿打算休息。

亡月早已站在榻前："需要人抱你睡吗，皇后？"

"你派人监视我？"

"魔宫之内，我无处不知，不需要监视。"

重紫厉声："天之邪呢？"

"出去了。"

"去哪里了？"

"大约在调理那些部下，替你培植势力。"眨眼间，亡月幽灵般平移到她面前，"你很紧张他？"

"你说的，我只剩他了，"重紫后退两步，冷笑，"看看我养的狗，主人不在，竟然擅自乱跑，就不怕被人抓去煮来吃了。"

亡月道："他本来是不肯走的，我说今晚有我陪皇后，他就没理由留下了。"

重紫干脆道："我要他回来。"

"他不在。"亡月为难。

"我去找！"

"天之邪随时听候少君差遣。"殿外响起熟悉的声音。

亡月道："你的狗跑得真快。"

重紫脸色好转，半晌道："这次东海的事，我……很抱歉。"

"你用不着抱歉，百眼魔死，正是我要的结果，你已经完成任务了。"亡月死沉沉地笑了声，消失。

天之邪披着洁白的斗篷走进来，熟练地抱起她。

他身上始终带着股魔宫少有的清新味道，熟悉的，久违的，夜夜渗入梦中，系着她的过去，让她留恋，尤其是和古墓幽灵般的亡月打交道之后，就会更加渴望。

重紫蜷在他怀里，想起一事："这几天我只顾忙阴水仙的事，底下该赏的该罚的……"

"我已替少君处理好了。"

"你的忠心令我感动。"重紫斜睨道，"为了实现你的抱负，什么都替我安排好了，这么大的人情，看来我必须要回报你。"

天之邪没有表示。

重紫换了个更舒服的姿势："亡月，就是九幽这个人，我真的看不透他，原以为他只是要利用我，等将来目的达成，必会设计除去我，可他发誓说不会，虽然我从不相信他的誓言，但他是以魔神的名义在发誓，你知道，魔界没有人敢欺骗魔神。"

停了停，见天之邪没有反应，她继续道："奇怪的是，我竟然觉得他没说谎，他好像真的不打算动我，他才是魔宫之主，这样扶助我对他有什么好处？难道他也跟你一样，为了那个六界入魔的抱负，甘心把地位让给我？"

"像我这样的人并不多，"天之邪淡淡道，"无论他的话是真是假，都不该太轻信，防备是必需的。"

重紫抬眸示意他讲。

天之邪沉默半晌，道："他来历可疑，而且很了解我，我却始终看不出他的底细。"

"原来还有你看不透的人吗？"重紫笑。

沉沉酣梦中，滔天巨浪席卷而至，一夜之间，东海水倒流，淹没人间大地，沿海所有房舍农田尽被冲毁，城池内外一片汪洋，死者不计其数，百姓凄苦。

海水仍在持续上涨，驻守各城的仙门弟子连夜送信告急，同时纷纷出动援救灾民。

重紫闻讯变色，匆匆找到亡月："是你打开了东海天河之闸！"

亡月似早已料到她的反应："天河五闸，乃是由神、魔、妖、仙、鬼五兽看护，每五百年会有新的五兽前去接替，百眼魔正是前去接替的魔兽，它死了，五兽不齐，天河门闭不上，魔之闸亦失去看护者，很容易就能破坏。"

"这么说，它根本不会祸害人间，而是去守闸的，你名义上让我去降它，实际是要杀它！"

"不错，洛音凡只是碰巧遇见，没有他那一剑，天之邪照样会杀了百眼魔。"

重紫冷笑道："你们早就计划好了，都在利用我，将我蒙在鼓里？"

亡月点头："我想你不会乐意这么做。"

"你残害生灵！"

"对非族类的杀戮，自古不息，人类也会残杀其他生灵。"

重紫懒得与他多说，转身出了魔宫，直奔东海。

第六章 · 毁灭与成就

御风而行，脚下是浑浊的水，放眼大地已成泽国。一路上不时有东西漂浮而过，许多尸体浸泡水中，或挂在树梢上，人畜皆有，形状可怖，惨不忍睹。重紫顺便救起数十个幸存者，送到安全之处，至东海，只见那海水犹在不断往上涨，除了几座略高的山头，竟无立足之地。

天接地，地连天，水在天地间循环，天河之闸原在海底。

五闸只开其一，就造成这样的后果。他亲手杀死百眼魔时，万万没想到，阴差阳错，会害得这么多人丧命吧。活在世上，人总会有内疚的时候，也有逃避不了的事，难道又要再忘记一次？

重紫苦笑，忽觉身后有人，于是头也不回道："好得很，我的狗都学会骗主人了。"

"此事仙门自会处理，少君插手，莫非还想要助他守护人间？"

"我并没有助谁，你们这是残害生灵！"

天之邪并没生气，淡淡道："少君太心软，这弱点是会致命的，你这样永远不可能修成天魔。"

重紫看脚底海面："你该后悔选中我。"

天之邪扣住她的手臂："封堵天河之闸没那么容易，仙门很快就会来人的，少君不宜久留。"

"你别忘了，我曾是人，你也披过人皮。"重紫掀开他的手，纵身跃下海里。

正如天之邪所言，人间发生这么大的事，仙门当然不会坐视不管，修复天河之闸原本不难，但要寻齐修补的材料需要时间，目前海水仍在上涨，多拖延一刻，百姓就不知又要承受怎样的苦难,而今要堵上它,有这能力的人并不多。

重紫分水入海底,沿海底暗流寻找,终于探到那天河门所在,接替守护天河闸的魔兽迟迟未到。天河门大开着,刚靠近,便觉一股强大的水流夹气流迎面扑来,险些将她冲走。

魔眼开,只见洪水如咆哮猛兽,自闸内汹涌而出,那闸已是半毁,毫无疑问是亡月派人破坏的。

头一次真心想要使用这身魔力,重紫探手,魔剑凭空出现。

剑身迸出暗红色光芒,兴奋地颤动,跃跃欲试。

海底响起连串的闷雷,魔气受召唤,迅速自四周汇集,在咒声中结成巨大封印,随剑尖所指,向那闸口堵过去。

为救阴水仙,重紫折损了一半魔力,但因此激发煞气,修炼得益,魔力又提升不少。封印逆流而上,强烈的撞击令她头晕眼花,几乎站立不稳,眼看即将支撑不住,她索性咬牙,使出全身力气双手将剑往前一推。

魔剑带着封印,落在闸口处,硬将那闸给堵上了。

周围激荡的海水逐渐平静,天河水不再外涌,冲击的力量反而小了很多,重紫渐渐不再那么吃力了,遂停下来喘息,感觉有点讽刺——她那位伟大的父亲一直野心勃勃,想毁灭六界,谁知他的剑与魔力有一天会被自己用来救人。

此番自身损耗极大,但撑几个时辰不是问题,如今就只等仙门寻来材料修补,再将水引回天河即可。

"是你。"熟悉的声音又传来,透着三分意外。

不想他这么快就赶到了,重紫这回早有防备,飞快闪身退开,仍觉剑气逼人。

逐波归鞘,洛音凡扫视闸口:"你在堵闸?"

重紫不答。

还是那样,什么都瞒不过他,正因为把所有事都看得过分清楚,才能那么理智吧。

洛音凡也没想到魔后会来帮忙,将视线移回她身上:"是你引我杀了百眼魔,然后破坏天河闸。"

"随你怎么想,"重紫无力,"我要走了,你自己封印它。"

当时亲手斩杀百眼魔,洛音凡就觉得不对,只不过阴水仙之死令他震动,未免愧对好友雪陵,待想明白后,已是迟了。一剑助魔宫轻易毁闸,造成这等严重后果,自责之下,他立即动身赶来东海堵闸,孰料会遇见重紫。

难得她知错能改,但这么多无辜生灵因此丧生,纵然有补救之心,又如何抵得了滔天罪过?洛音凡微微叹息,威严语气里隐隐有训斥之意:"既后悔,又何必作恶,作恶之前，何曾想过这千万性命？"

还想教训她？重紫猛地抬脸，连他也把她说得十恶不赦，她究竟作了什么恶？是天生煞气，还是屡次被他们冤枉，被打入冰牢？他既然已将她连同往事一同抛弃，又有什么资格教训她？

极度愤怒的眼睛，带着他不能理解的感情，洛音凡被看得一愣。

嘴唇微微颤抖，重紫忽然回身将魔剑一抽，闸口再现，天河水汹涌而出。

堕落入魔，言行总有些偏激的，洛音凡皱了下眉，立即结印重新堵住缺口："留下魔剑。"

"剑内魔力大半都在我身上了，留下它根本没用，除非杀了我。"重紫咬唇，分水而去。

魔界唯一可能修成天魔的人物，又犯下这等罪孽，自然不能容她留在世上，洛音凡当即凝聚仙力，打算御剑追杀，忽有一道人影闪至面前，无意间反拦住了他。

闻灵之双手捧着几件物事呈上："掌教与青华卓宫主他们都已到了，命我将这些送下来，助尊者修补水闸。"

"闸口已堵上，修补之事不急，"洛音凡断然道，"紫魔方才来过，既然上面有几位掌门守着，她必会向北而逃，你且随我断她去路。"

闻灵之抬眸："尊者想杀她？"

"铸成大祸，她还能来补救，可知善念尚存，"洛音凡摇头，一丝迟疑不忍之色自眸中划过，但很快变作决绝，"但她天生煞气，若修成天魔，必定又是一场浩劫，须以苍生为重。"

闻灵之迟疑："我的意思是，尊者……真不记得她了？"

洛音凡刚要走，闻言又站住。

记得什么？方才那双眼睛，那样的目光，的确似曾相识，近日回想往事，有的场景总感觉模糊，想是前些时候走火入魔的缘故。

受过虞度嘱咐，闻灵之也不敢多说，提醒道："尊者还是先修补水闸吧。"

耽搁这几句话工夫，想紫魔已经去远，追赶也来不及，洛音凡点头，不再说什么了。

魔宫大殿，天之邪将浑身是血的重紫抱到榻上，没有说话，也没有责备的意思，只喂她吃下几粒丸药，又施展魔族治愈术替她疗伤。

伤口的血渐渐止住，但依旧疼痛难忍。

"你不用多耗费魔力了，休养几日就好的，又不会死人。"重紫勉强笑道，"那么多掌门在岸上守着，我都以为这回要葬身东海了，也难为你事先安排周全，还能救出我的命。"

"你的人也折损大半,"天之邪淡淡道,"睡吧。"

重紫道:"后悔选我了?"

天之邪不答。

重紫抬脸望着那双梦幻般的眼睛,声音忽然失去力气,变得虚弱:"天之邪,我不喜欢这里。"

天之邪与她对视:"你只能在这里。"

"谁说的?"重紫激动,顾不得伤痛,直起身,"我可以走,离开这儿,六界之大,何愁没有去处?"

天之邪看着她。

重紫缓缓伸臂揽住他的脖子,将脸埋在他颈间,低声道:"我不认识我那个父亲,更不是他,我做不出那些事,他们逼我,你别再逼我。带我走,慕师叔,只要你肯带我走,当初算计我利用我,我都不计较了,求你别再逼我。"

许久的沉默。

他忽然开口:"出了魔宫就会失去庇护,你不怕?"

重紫猛地抬脸,双眸光彩照人:"不怕,我们现在就走!"

许久没再用仙门驾云之术,两个人乘着一片小小白云,在长空里无声飘行,重紫倚在他怀里,心底宁静,如湛蓝的天空。

"慕师叔。"

"属下天之邪。"

"我们逃走,九幽肯定已经知道了,"重紫有点不安,"他会不会追来,我们还是走快点吧。"

"你和我出魔宫的时候,他就知道了,快点慢点没有区别。"

"难道他会放过我们?"

"不会。"

意料中的答案,重紫没怎么担心,这个人知道的永远比自己多,好像只要有他在身边,就什么都不用担心似的。既然他早就想到亡月这层,想必已有对付的法子了吧?

"你若不想走,可以留下。"

"少君既然要走,我留在魔宫已无意义。"

重紫低声道:"对不起,我无能,不能帮你实现那个抱负。"

"是我无能。"天之邪用那梦幻般的眼睛看着她,长睫在风中颤动,"成为魔王所需要的东西你都有了,唯独缺少野心。我无能为力,不能把你变作你父亲一样的魔尊。"

重紫轻轻咳嗽。

天之邪拉住她的手,将魔力度去:"你受伤太重,近日不得再轻易动用法力,否则必遭反噬。"

重紫抿嘴笑:"我们这是去哪里?"

"少君想去哪里,便去哪里。"

"我喜欢看雪,我们去北方,找座雪山住下好不好?"

"好。"

云朵轻盈,飘过高山,飘过大河,进入茫茫云海,前方海面站着个人,白衣冷冷如霜如雪。

重紫呆住。

没有言语,甚至没有任何预兆,他抬起右手,掌心金光闪烁。

闪避不及,天之邪立即将重紫拉至身后,结界去挡,重紫也迅速回过神,到底不肯跟他动手,只能提全身法力助天之邪布结界。

以二敌一,勉强接下这招,双方各退开两丈。

自东海出来就遇上虞度他们围攻,幸亏天之邪事先布局救下她,经历一场血战,重紫伤势本就沉重,此番强提魔力,全身伤口再次迸裂,鲜血汩汩流出,带动内伤一齐发作,险些跌落云端。

"少君不宜动用法力。"天之邪用治愈魔光替她止住血。

"东海逃脱,此番还能走吗?"声音依旧云淡风轻,他坦然将视线落到重紫身上,"念你善念尚存,废除魔力,入昆仑冰牢,可饶你性命。"

废除魔力,打入冰牢?重紫咬牙:"倘若我不愿意,又将如何?"

逐波破空而至,洛音凡探手接过,再不多言,招招绝杀。这边重紫重伤在身,天之邪要护她,招架甚为吃力,十招之后,二人竟无退路。

明知打下去危险,原该合力对敌,击败他逃走,可是她怎么能伤他?

眼见不敌,天之邪忽然侧脸看重紫:"只有先回魔宫暂避。"

最善谋略的天之邪,当然有脱身之计!

那双眼睛带着梦幻般的魔力,惊喜之下,重紫看得恍惚:"回去,你会陪着我?"

"好,"天之邪不知挥出了什么,急速后退,"快走。"

重紫紧紧跟上。

二人出来时走得并不快，御风逃回去自然不用多长时间，魔宫内依旧昏昏一片，来去魔众见了她照常行礼，仿佛什么事也没发生过。

走进殿内，重紫无力地坐到水晶榻上，天之邪却远远站在门边，并不跟过来。

"现在怎么办？"

"少君暂时不能离开魔宫。"

"那我们过些日子再走？"

天之邪没有回答："少君对洛音凡还是有情。"

重紫垂首。

"洛音凡已忘记你了，少君今后再心软，没人能救你。"

"我知道了。"

"记住，三日内一定不要再动用魔力。"

重紫没有回答，忽然抬起脸看他。

天之邪依旧立于门中央，只不过殿门外透进的光线，映照着洁白的斗篷，使他的身形看上去更加模糊，也更加耀眼。

无论是南华首座弟子，还是魔宫大名鼎鼎的左护法，一样的稳重、自信、胸有成竹，能替她谋划安排，打理好前后所有的事。

"要留意九幽，此人不简单。"

重紫看着他许久，点头："我知道。"

"就算知道，只怕你也斗不过他的。"天之邪叹了口气，"罢了，你记得我这句话，做事不要再那么莽撞就是。"

重紫笑道："我不会莽撞了，你放心。"

天之邪颔首："少君先歇息吧，我要出去办点事，迟些回来陪你。"

出乎意料，重紫没有像往常那样强迫他留下来抱自己，甚至也不问他去办什么事，只是依言往水晶榻上躺下，闭上眼睛，闭得紧紧的，仿佛一辈子也不愿再睁开。

许久，他忽然低声道："对不起。"

重紫没有回答。

殿内自此便再也没了动静，更没有生气。

极力驱除脑海里的一切杂念，什么也不想，耳朵听不见，眼睛看不见，重紫僵硬地躺着，始终保持着一个姿势，连手指也不敢动半分。

睁眼，就是一场梦醒。

心头酸得很，痛得很，好像一点点破裂了，有液体从裂缝里淌出，涌上眼睛，要流出来，却被她极力挡在里面，一点点流回去。

我答应，不会莽撞了。

我在等，等你回来带我走。

……

一转身？

一个时辰？

不知过了多久。

终于，有什么东西落到身上。

那是件衣裳，带着熟悉的清新味道。

重紫立即睁开眼："天之邪！"

"天之邪已经不在了，"一道修长黑影如鬼魅般立于榻前，却是亡月，"洛音凡杀了他。"

"不对，不对，他刚刚还在的！"重紫连连摇头，"他看我睡着了，还为我盖了衣裳，怎么可能死了？"

她翻身掀开白斗篷，朝殿外大叫："天之邪！你进来！快滚进来！天之邪！"

"他修的心魔之眼，摄魂术，"亡月伸手，那件白斗篷自动飞到他手上，"方才你所见到的都是幻象，你自己应该很清楚。"

"你胡说！你骗我！"重紫大怒，"他还对我说话了！"

亡月不再与她争论，将那件白斗篷丢到她身上。

重紫捧着斗篷呆呆地看了许久，忽然抬眸笑道："你救他，你可以修复他的魂魄，对不对？我把剩的这一半魔力全给你……"

"魂魄无存，这是他违背魔神誓言的下场。"亡月叹了口气，语气没有任何波澜，"他曾发誓永远忠于魔宫，为魔族寻找一位强大的魔尊，辅助他成为六界之主，可事到临头，他却要带你逃走。"

不在了？重紫摇头，喃喃道："有誓言，那他为什么要答应带我走？他没那么笨。"

亡月道："你以为？"

他毁灭了她，也成就了她。

是爱？是恨？ 没有他设计，大叔不会是那样的下场，她也会跟着师父在紫竹峰平平静静生活到永远。

他对她说，对不起。

一个对不起，能代表什么？是为做过的事道歉，还是为抛下她一个人而内疚？

"死？"重紫突然变色，将那白斗篷丢到地上，咬牙切齿地骂道，"死了？他居然死了？这么快就死了？这条狗！"

几近疯狂地，她狠狠踢了两脚，抬手间，那斗篷腾空飞起，被撕扯成无数碎片，如洁白馨香的雪花纷纷飘落。

"害我落到这步田地，我还没找你算账，你就想死？"

"天之邪，你不是我养的狗吗，我叫你做什么你就得做什么，我没让你死，你敢死！"

"你以为死了就一了百了？你给我滚回来！"

"我在你们心里，到底算什么东西？你害我蒙冤而死，害我被打断骨头关进冰牢，害我被师父抛弃，害我住进这种鬼地方，你以为死了，我就会原谅你？你听着，永远不会！永远都不会！你一直在利用我，把我当工具，一心想着你的六界入魔，你只不过是想成全你自己！成全你自己的抱负！你根本就是故意的！你以为用死就能赎罪，就能逼我？休想！你休想！"

重紫恶狠狠地盯着满地白色碎片，报复性地爆发出一阵大笑。

"魂飞魄散也要我走这条路，忠心的走狗，你就是只彻底的狗！我告诉你，不可能！你是在做梦！"

"死了好！我高兴还来不及！"

"滚！永远都不要回来！"

……

恨不恨？答案是肯定的，她不仅恨他，而且恨极了他，更甚于燕真珠，恨他设计让她失去一切，失去大叔，失去师父。

可是，她同样在意他，因为他是如今最在意她的人。

他活着，她可以毫无顾忌地骂他，嘲笑他，折腾他，羞辱他，然后再心安理得地躺在他怀里，睡个安稳的觉，做个美好的梦。

现在他却为她死了。

爱她的人为她而死，害她的人也为她而死，她竟连能恨的人也没有了！

有谁体会过这样的绝望？不是爱而不得，恨不能报，而是爱无可爱，恨无可恨。

歇斯底里，破口大骂，视线却越来越模糊，好像被什么东西挡住，不经意抬手去擦，已是满脸眼泪。

"天之邪，你这条狗！"

"这么轻易就死，太便宜了你！你给我滚回来！滚回来！"

……

骂声夹杂着笑声，在空旷的大殿里回荡，凄厉刺耳，如鬼哭。

亡月一直安安静静地站在旁边看,直待她骂得累了,骂得声音嘶哑,才重新开口:"他不惜用死来成就你,你还要执着什么?"

"不会,他不会那么做!"重紫陡然明白过来,抓住他的斗篷前襟,沙哑着嗓子,声音里满是怨毒,"是你!是你引我师父来的!你不肯放过我们,就借我师父的手杀他!"

亡月亦不反抗:"这是他背叛魔神的惩罚,他应该早就料到,洛音凡会等在外面。"

重紫松了手,踉跄后退。

他早就料到,早就料到!那么,他到底是侥幸地想带她走,还是真的不惜用自己的死来挽留她,成就她?

答案似乎永远没有人知道了。

重紫惨笑:"很好,都来算计我吧!随你们怎么玩弄,我为何要难过,我为何要生气,我不在乎!天之邪,你就这么想成就我?我偏不如你的愿!"

亡月道:"恨吗?这也是对你背叛魔神的惩罚。"

"是你害了他!"

"你可以杀我。"

什么顾忌,什么理智,都敌不过眼下蚀骨的恨。重紫红着眼,用尽全身力气,毫不迟疑地一掌过去,重重击在他胸口。

闷响声里,亡月纹丝不动。

勉强动用魔力,伤口迸裂,突如其来的剧痛终于迫使她疯狂的头脑冷静下来,重紫惊骇地看着他,半晌,慢慢露出一个冷笑:"你的法力不弱于我,你根本不需要我。"

"自从救下阴水仙,你的修为大大折损,因为你擅自耗费法力,我自然能超过你。"亡月微抬下巴,"但你还是错了,纵然你已经不如我,我还是愿意留着你、帮你,只因我需要你。"

"你需要的不是我,你是想借我的血唤醒天魔令,召唤虚天之魔。"

"未经鬼门而转世,天之邪为你续了魔血。"

重紫木然伸手:"天魔令呢?拿来我替你叫。"

"现在还不行,时候到了,我自会给你。"亡月抱起她,"现在轮到我抱你了,我的皇后,如果恨,我们可以毁灭六界。"

"你给我滚!"

第七章 · 天魔现世

司马妙元自得了虞度警告，再不敢将那日赤焰山所见泄露半句，多次在洛音凡跟前献好，希望能拜在他座下，谁知洛音凡仍视若无睹，加上秦珂始终闭关未出，她不免更加失望，心里暗暗气闷，黄昏时又到紫竹峰下转悠。

"司马妙元？"有人叫住她。

司马妙元看清来人，不情不愿地作礼叫了声："首座师叔。"

既然慕玉是天之邪化身，南华首座弟子的位置自然就空了，掌教爱徒秦珂又闭关，如今南华首座之职便由闻灵之担任。

闻灵之漫不经心道："尊者最近似乎和往常不太一样。"

"他老人家忘记了很多事，听说是走火入魔所致。"司马妙元眼波微动，口里笑道，"掌教嘱咐过我们不许多话，我劝师叔还是少提为妙。"

走火入魔，怎会别人都认得，唯独忘记那一人？闻灵之看着她："掌教为何不许提她，究竟怎么回事？"

"师叔这话奇怪，我如何知道？"司马妙元一半是故作惊讶，一半却是真不明白，"大约是怕尊者还护着那孽障，将来天魔现世，遗祸六界吧。"

"你以为他老人家忘记了，你就有好处？"闻灵之冷冷道，"月乔探冰牢是谁怂恿的，你当天底下就你一人会算计，掌教与督教都是傻子吗？好自为之，司马妙元，莫怪我没提醒你。"

当年被贬毒岛，凡事唯有燕真珠尽心尽力帮忙，才误信了她，教唆月乔去冰牢侮辱重紫，最终酿成大祸。司马妙元心里原就藏着鬼，眼下被揭穿，顿时又惊又怕，可转念一想，此事没有追究，必是掌教他们还肯护着自己，这才略略定了心，亦冷笑道:"师叔身为督教弟子,也要血口喷人吗?秦师兄入关前曾托付师叔,若有大事就唤他出来,如今重紫入魔,师叔却迟迟不肯与他传递消息,岂非也有私心?"

"是吗?掌教知道,想必会重罚我。"闻灵之面不改色,转身走了。

目送她离去,司马妙元气得满面通红,片刻之后才跺了下脚,心道,你无非是想等他们杀了重紫再唤秦师兄出来,那时只需提上两句。叫秦师兄知道你是故意隐瞒,难道他还会有好脸色对你?

像司马妙元这样的人,早已习惯性地以自己的想法去推测别人,想到这些,她又转为得意,御剑离开。

竹梢顶,一道白影无声降下。

望着二人离去的方向,洛音凡脸色极差。

天之邪临死时问他为何忘记,他已是奇怪,谁知今日无意中又听到这番对话,难道他真的忘记了什么重要的事?走火入魔,究竟是不是意外?他到底忘记了什么?

瞬间,一双黑白分明的大眼睛自心底滑过,想要抓住,可它又迅速溜走,了无痕迹。

忽然想起了那双妖媚的凤目。

不一样的眼睛,却有着相同的眼神,绝望的伤,太深,太深,刻骨铭心,只要见过一眼,就再也忘不掉,那感觉竟像是……

洛音凡皱眉,终于有了一丝不悦之色。

忘记了什么,应该跟紫魔有关吧,怪不得她会有那样的神情,想是之前认得他。若非天之邪的提醒,闻灵之的异常,他还不知道弟子们都在背后议论,师兄他们必定是清楚内情的,竟然吩咐瞒着他!

逆轮魔血,紫魔始终是六界祸患,断不能手软,好在她本性不坏,果真有交情,只要她肯主动入冰牢赎罪,他尽力保全她性命就是了。

有了安排,洛音凡便开始留意重紫的消息,谁知重紫却真的销声匿迹了,不仅足足三年没再踏出魔宫半步,甚至连那座大殿门也没出过。魔宫里的人都很奇怪,反而是魔尊九幽时常进出皇后的寝殿,惹得梦姬颇有微词。

毁坏一件东西比守护它容易得多,这期间九幽魔宫又在人间制造数起祸乱,死伤无数。仙门忙于应付,直到第四年的七月,一个偶然的机会,洛音凡路过水月城,正逢魔族作乱,顺便出手助留守的仙门弟子击退魔兵,这才从那些降兵口里打听到线索。

城外山坡,洛音凡御剑落下,扫视四周。

一草一木与别的山坡并无两样,可是看在眼里,怎么都有种熟悉感。

洛音凡暗暗吃惊,很快又释然,六界之大,岁月无边,何处停留过,仙门中人哪里都记得，或者曾经来过这里也未可知。

据说，紫魔常来此地？

察觉到魔气，洛音凡转身隐去。

如云长发，无任何装饰，随意披散着，一袭深紫色绲边的束腰黑袍简单到极点。不像御风，她整个人根本就是一阵风，轻飘飘的，顷刻间已停在大石旁。

洛音凡目光微动。

是出剑斩杀，还是问个明白再说？

就这片刻工夫，她缓缓蹲下身，坐在了地上，后背紧贴大石，双手抱膝，就像个寻常的忧愁少女。

天没有黑，没有星月，只有薄薄的行云。

可她就那么半抬着纯净的脸，望着天空出神。

近年倒不曾听说她出来作恶，或许她的确有善的一面吧，洛音凡见状不免迟疑。他平生行事是有原则的，纵然是魔，除非伤人性命，否则多少都会留情，给他们一个改过的机会。

命运安排，这样一个女孩子很可能会毁灭六界，但这也是没有办法的事。

于是他果断召唤出逐波："紫魔。"

所幸他自恃身份，没有偷袭，重紫大惊之下匆忙招架，勉力接了一剑，也不与他说话，御风就走。

洛音凡更觉震动，这一剑虽只用了五成力，可是能接下来就已经不简单了。这三年她不出魔宫，定然是在潜心修行，进境不差，等她真的修成天魔，这场浩劫任谁也阻止不了！

洛音凡当机立断，提仙力，曲指念咒，逐波剑化作蛟龙腾空而起，盘旋着，将她去路截住。

重紫望着那漫天光影中的人，站定。

凤眼依旧很美，只是空洞无生气。

洛音凡心一动，语气不自觉柔和了几分："念你近年不曾作恶，若肯随我入昆仑冰牢赎罪，免你一死。"

何等熟悉的声音！何等熟悉的话！重紫悄悄在袖内握拳，她恨他这样的语气，却又无时无刻不想听到，有些东西就算你想要不在意，想要忽略，也忽略不了。

重紫侧过脸，略显倔强："要我放弃地位和自由，去那种永远不见天日的地方，永远被锁仙链困着？我现在是魔宫皇后，你又有什么把握认为我会答应？"

劝她不回，洛音凡再不多言，逐波重现，放出无数剑气如利刃。

重紫仓促躲避。

他是她的师父，于她有教养之恩，两生师徒，纵然他抛弃她，嫌恶她，要杀她，她却始终在意他，爱他，怎能动手跟他打？

她的避让，洛音凡岂会看不出来，更加吃惊。

横行六界的尊者，何人能敌，重紫心有顾忌，败势就来得更快，终于退无可退，被迫用魔剑去挡，五脏六腑几乎都被仙力震得移位了。

他以剑指她："随我去昆仑。"

最后的机会？重紫惨然道："师父当真要这样逼我，不如一剑杀了我！"

突如其来的沉寂，风细细，身旁长草动，一片醒目的萧瑟。

长剑力道顿失，洛音凡怔怔地看着她。

没有什么消息比这一刻听到的更令他震惊，她叫他什么？师父？他身边几时有过这样一个人，全无半点儿印象！

美艳的脸，紫边的黑袍，乍看的确有点熟悉，尤其是那双眼睛。

奇怪的是，他越看得仔细，越想要记起，反而越想不起来。

自走火入魔之后，记忆里就一直存在着许多断断续续的事，总感觉缺了点东西，使它们再也串不到一起。他依稀只知道和一个模糊的影子有关，可是始终想不起有关她的半点儿信息，好在成仙之人，这些往事对他来说如同过眼烟云，不必那么执着，因此他并没勉强。

难道那影子竟是她？他记得所有人，唯独把她忘了！

倘若是真，那她就是他唯一的徒弟！

洛音凡开始拿不准。

被他这么看着，重紫也默然，不知道该说什么，他那么厌恶她，恨不能用忘记来结束一切，她又何必去提起？

正在后悔，忽听得一声轻唤："重儿？"

重紫全身一震，抬眸看他。

鬼使神差地唤出一个陌生的名字，很是亲昵，洛音凡反应过来，略觉尴尬，又见她这副神情，当即明了——这真是他的徒弟！他的徒弟居然是九幽的皇后——重姬，紫魔！怪不得师兄他们要竭力隐瞒，仙门上上下下都知道，只有他一个人被蒙在鼓里。

其实原因很简单，自重紫入魔，南华便自动抛弃了她的过往，加上顾及他的面子，仙界人人避讳这个名字，他不问，别人更不会当着他的面主动提起，所以虞度他们才能瞒到现在。

剑尖垂下，洛音凡险些气得吐血。

虽然早就察觉二人关系匪浅，可也万万想不到会是这样的结果，他几时收了这样一个孽障，竟敢背叛师门入魔！

怪不得她会有那样的眼神，怪不得她步步退让不敢跟他动手。既然她还认他这个师父，有悔过之心，就该乖乖跪下认错，跟他回去请罪才是，事到如今，她还敢违抗师命！

洛音凡气苦，待要斥责，看着那略带迷惘的痴痴的脸，不知为何居然半句也骂不出来，最终只在心里叹息——罢了，是他的徒弟，他就负有不可推卸的责任，天生煞气，继续留在魔宫后果严重，还是先制伏她带回去再说。

他收起剑，严厉道："还认得为师，就随为师回南华领罪。"

重紫不知所措："我不去冰牢……"

洛音凡听得心一软，冰牢是怎样的地方，她害怕并不奇怪，当真只是个做错事的孩子。"犯错就要承担后果，留在魔宫能躲得几时？这些本不是你想要的，不该再继续。过来，为师带你回去。"

重紫总算找回些理智，摇头："他们不会放过我。"

"只要你有悔过之心，肯入冰牢赎罪，为师会尽力保全你的性命，待将来修成镜心术，清除煞气，就会放你出来。"毕竟不知道她入魔的缘故，这番话洛音凡说得也没有底气。

重紫眨眨眼睛，忽然轻声问："将来我能再回紫竹峰跟着师父吗？"

他的徒弟，当然是跟着他了，这还用问。洛音凡不动声色地点头："真心改过，自然可以。"

他真的记起来了？记得她是谁，记得这个地方，他真的不再厌恶她，同意让她回紫竹峰，她又可以陪伴他了？

已经什么都没有，才更想要相信，想要拥有，想要最后抓住一点儿什么。

重紫努力告诉自己清醒，告诉自己不要回头，可是心却不听使唤，想要再相信他，不自觉地朝他走过去。

洛音凡更加惊讶，心中疑团也越来越大。

先前只当她天生煞气伤人，所以叛出师门，如今看来竟不是那么回事。她这样听他的话，哪里像背叛师门的样子，多半是受九幽教唆引诱，一时糊涂才堕落入魔，而后怕自己怪罪，不敢回去。身在魔宫，却本性善良，所以她才会去帮忙堵天河水闸。

他是怎么当的师父，这样的孩子也任她入魔！洛音凡看着那小脸，一丝内疚泛起，但很快又被理智驱散。

做错事就要付出代价，倘若果真犯了十恶不赦的大罪，怕是饶她不得，如今的她太危险，稍有不慎便危害六界，怨不得他算计了。

他的徒弟，他怎么处置都没错。

一步一步，离他越来越近，重紫终于站在他面前，眼睛里满是喜悦与不安，想要叫他，却迟迟叫不出口。

就在这瞬间，有东西钻入体内，极细的，带着透心的凉意。

魂魄仿佛被什么东西缚住了，浑身不自在，体内魔力本能地抵抗，可是越抗拒，那东西就勒得越紧，几乎要把她的魂魄割裂。

剧烈的疼痛，鲜血自嘴角流下。

重紫有点迷茫，伸手摸了摸，低头看看沾着血的手指，确认之后抬脸望着他，喃喃道："师父？"

面前的人恢复威严，声音里有着她熟悉又陌生的淡漠："这是南华的锁魂丝，它能缚住你的魂魄，从此你若动用魔力伤人，必先伤自己，伤别人多少，就要伤自己多少。"

锁魂丝！重紫踉跄后退，脸白如纸，他在骗她！他竟然这样骗她！他竟然在这里骗他！

"既不信，为何不直接杀了我？"

不得已使手段令她受伤，洛音凡略觉愧疚，但很快就冷静下来："堕落入魔，背叛师门，就不再是重华弟子，你当我处置不得你吗？"

不再是重华弟子，终于被逐出师门了。重紫不说话。

洛音凡本是随口斥责，见她这样，语气又和缓了点："念在师徒一场，你近年也未曾作恶，姑且饶你一命，先随我回去……"

话未说完，他忽然停住，目中是掩饰不住的震惊。

煞气急剧膨胀，如滔天巨浪。

魔力遍体流动，向外冲撞，妄图挣断锁魂丝，谁知那锁魂丝非但不断，反而越勒越紧，殷红的血，自她眼睛、鼻子、嘴角流下，白皙娇嫩的皮肤表面亦渗出血丝，慢慢地晕开，她整个人竟变作了血人！

几近疯狂的挣扎，那样决绝，不惜撕裂魂魄，也不愿妥协。

"你……"洛音凡终于有了一丝失措。

好像有什么错了，可又不知道究竟错在哪里，他的所作所为完全是为了大局着想，怕她修成天魔祸害人间，所以才用锁魂丝禁锢她的魔力，略施惩戒，同时加以限制，想不到她竟偏执至此！

滴血凤眼，里面满满的都是令人见之生寒，足以毁天灭地的恨意。

不知为何，心痛无以复加。

没有师父愿意亲眼看徒弟死在面前吧，纵然他什么都不记得，或许，这份师徒之情比想象中要深。

体内有什么东西被唤醒，蠢蠢欲动，好像是……

洛音凡更加震惊。

他何时中了欲毒！

一切来得太快，太出乎意料，根本没有时间去权衡，眼看她的肉体已近残破，魂魄也正被锁魂丝分割，他毫不迟疑地作法将她制住，不再让她挣扎，大约是因为那种直觉，那种让他极为不安的直觉——若不阻止，必会后悔。

血淋淋的躯体倒在面前，黑的衣裳，红的肌肤，几乎认不出这是个人。

魂魄将碎，这副肉身恐怕再也不能支撑，如何是好？洛音凡头一次感到六神无主，正在寻思，一道强烈的紫光忽然自眼前闪过，接着地上的重紫就消失不见了。

"九幽！"洛音凡只后悔一时大意，御剑追上去。

冰冷的魔神殿，中央地面闪烁着点点光斑，诡异的气息在巨柱间萦绕。重紫几近破碎的魂魄逐渐聚拢，复合，飘浮在半空，经过七日七夜，终于成为一个完整的形体。

亡月缓缓放下高举的双臂："我的皇后，你是我修复得最完美的作品。"

"你又救了我一次，"美丽的脸无端多出几分妖异，仿佛是一种征兆，重紫淡淡地朝他点了下头，"谢谢你。"

"你的肉体已经不能继续支撑魂魄。"

"还有办法。"

亡月长长应了声，侧脸，旁边那柄暗红色魔剑似得到召唤，主动飞至地上残破的肉身旁："这是你父亲遗留的剑，天心之铁所铸，乃是六界难寻的灵物，以身殉剑，可助你一臂之力。"

"代价。"

"忠诚于魔神，忠诚于魔族。"

重紫答了声"好"，闭上眼睛。

须臾，殿内忽然响起一声娇笑，娇媚到极点，也冷到极点，令人毛骨悚然，不敢确定是从哪里发出来的。

有一丝尘灰自头顶掉下。

很快，石块石屑纷纷坠落。

整个魔宫剧烈地摇晃，强盛的魔力如滚滚洪流，自魔神殿冲出去。殿外，离得近的魔众来不及闪避，修为浅的瞬间灰飞烟灭，修为高深些的也都翻滚在地惨叫，没有人知道究竟发生了什么事，都惊惶不已，奔走躲避，痛呼声四起。

亡月对这一切无动于衷，只是站在旁边微笑："你才是它真正的宿主。"

飘浮着的幻影般的魂魄，缓缓下沉，重新进入那残破的肉体，旁边逆轮之剑旋转着，似极兴奋，剑身光芒大盛，映亮了魔神殿的每一个角落。

夺目红光，仿佛流动飞溅的血。

光的影子里，人与剑合二为一。

被无形的力量拉动，身体平平自地上浮起，僵硬地翻转，前倾，双臂平展体侧，变作直立的姿势。

巨响声里，魔神殿陡然崩塌！

黑石翻滚，巨柱倾倒，那漫天尘灰中，隐约现出一个优美、高傲、孤独的身影。

极端之魔，终于现世。

漆黑长发无风而舞，一丝丝，一缕缕，逐渐变作暗红色，带着自然的弧度，弯曲起伏，妖艳生动。黑袍化作轻盈黑纱，衣摆连同两条飘带在身后长长拖开，隐约透出绛色光泽，华美腰饰，华美链镯，其上点缀着各色水晶宝石，璀璨耀眼。

周身散发的强烈的蓝紫色魔光，映亮了魔宫每一个角落。

肌肤晶莹，如冰雕雪铸，长睫微垂，暗红色双眸非但不觉凌厉，反而有点恹恹欲睡的样子，深邃不见底，冷漠，厌弃，却又美得惊心动魄。

黑纱红发，两种诡异的色彩搭配，恰似一朵红黑双色莲，妖艳，邪恶，形成足以毁灭一切的极端之美。

遍身华丽，遍身高贵，遍身残破。

头顶风云变幻，数万魔众不约而同低头，下跪膜拜。

她飘然落地，平抬双臂。

碎石自动聚拢，复合成一座完整的魔神殿。

晴空雷鸣，怒海咆哮，平地狂风卷起，魔气所至，草木尽凋，漫山禽兽竞相奔走躲避，大片的血红色浓云迅速汇集，弥漫山河，遮蔽日光，盖住人间半边天，投下红得刺目的阴影，奇异瑰丽的景象中透出不尽的苍凉肃杀之意。

突如其来的暴雨，夹杂着凄厉闪电，令人胆战心惊，百姓纷纷躲在屋子里不敢出门。

南华天机峰，行玄站在山头，面色凝重，许久不说话。

身后闵云中终于沉不住气了："到底怎么回事？"

行玄苦笑："天魔出世。"

答案原本也在意料之中，人间突然出现这般异象，分明是来自魔界的大变故，多此一问，只是大家都不太愿意面对事实罢了。

虞度沉默。

行玄长叹道："想不到来得这么快。"

闵云中倒没有多少颓丧之色，竖眉道："既成事实，叹也无用，须尽快安排对策。"

几个人正说着，忽有一名弟子跑来："启禀掌教，外面蜀山、茅山、长生宫、昆仑的掌门仙尊都来了，要见掌教与尊者，现下正在偏殿内用茶。"

"这么大的动静，他们自然也猜到了。"闵云中挥手让那弟子下去，转脸见旁边洛音凡似在发怔，不由得皱眉提醒，"音凡？"

洛音凡回神，淡淡一点头，不说什么就走。

闵云中惊疑："他这是……"

"莫非他想起来了？"行玄有点不安。

"想起来又怎么？"闵云中沉了脸道，"若真无邪念，又岂会忘记！他自己做事失了分寸，我们才会用这样的办法。想不到他当真这么糊涂，连身份也不顾，竟对那孽障生出……此事传出去，看他还有何面目立足仙门？掌教这么做，原是在救他，他还敢责怪不成？"

照师弟的性子，被他发现，后果很难说。虞度苦笑，制止闵云中："罢了，眼下最要紧的不是这个，几位掌门都等在殿上，还是尽快过去商议大事吧。"

闵云中果然不再言语，三人匆匆往主峰而去。

这边玉晨峰下，闻灵之立于长剑之上，手里捏着一缕三色剑穗，迟疑。

眼下叫他出来恐怕也于事无补，到底该怎么办？

她兀自发呆，一名女弟子匆匆御剑过来，见了她喜道："原来首座师叔在这儿，快些回殿上吧。"

闻灵之迅速收起剑穗，道："听说几位掌门都来了？"

女弟子道："正是呢，魔界出了大状况，现下尊者他们都在殿内商议。我怕万一掌教与尊者有什么吩咐，师叔却不在，岂不误事，所以过来寻你。"

"还是你有心，"闻灵之含笑点头，想了想又道，"我正有件事想要托你去办。"

女弟子忙道："师叔尽管吩咐。"

"你且代我去一趟青华宫。"闻灵之示意她附耳过来，轻声吩咐了几句，又递了件东西与她，"不得让卓少夫人察觉，这件事定要办妥。"

第八章·凤凰泪

大殿空旷，魔乐飘扬，重紫独自斜卧于榻上，屈肘撑着头，半条玉臂露在外面，衬着绛黑轻纱，雪白如藕，暗红长发如光滑美丽的缎子，垂落榻上，再随轻纱飘带流泻至地面。

不再是人，永远是一柄剑，受伤不过是想睡。

世人算什么，神仙又算什么？

她轻轻叹了口气，玉指轻弹，一片红色花瓣飞出，无声旋转，落地。

一片，两片，三片……

红色，蓝色，白色……

她似乎有意要借此消遣取乐，可是不多时便觉腻了，正打算翻身，忽然又停止了动作。

"梦姬求见皇后！"

兴师问罪来了？重紫饶有兴味，看那女子满脸不忿地走进来作礼。

"何事禀报？"

"敢问皇后，可还记得当初跟我说过的话？"

"什么话？"

"皇后这是明知故问。"梦姬冷笑。

"我说过，他是你的，但前提是他喜欢你，"重紫慢吞吞道，"如今他才是魔宫圣君，想来这里就来这里，难道我敢撵他不成？"

梦姬气得上前两步，粉拳紧捏："皇后莫要太过分！"

"他是我丈夫，堂堂魔界之主，自然喜欢谁就找谁，"重紫微笑着，声音却淡如水，"将他让给你这么久，我并不曾计较什么，如今他对你没了兴趣，你反怨起我来，莫非糊涂了，想要犯上不成？"

那笑容美艳到极点，也冰冷到极点，梦姬居然看得打了个寒战，再也不敢多说半句。

重紫闭目，懒得理会，抬手示意她退下。

"皇后威风。"榻前传来亡月的声音。

"让你的宠姬受了惊吓，怎么，心疼了？"重紫钻到他怀里，随手去掀他的斗篷帽，声音柔软，像光滑的缎子，"只有坏人才不许别人看眼睛。"

亡月轻易地便制住她："我是好人，也不许别人看眼睛。"

下巴轮廓完美到极点，由此断定这张脸不会太丑，只是苍白了些，连嘴唇也少了血色，就像长年在地下不见阳光的那种。薄薄的唇暗含威严，当他勾起半边嘴角的时候，又多了三分邪气和三分傲慢，加上浑身散发着阴森森冷冰冰的气息，令人倍觉压迫。

那双隐藏在斗篷帽下的眼睛，似乎正透过阴影，盯着她，看着外面的一切。

重紫看着握住自己的那只苍白的手，问："你到底是谁？"

"你的丈夫。"亡月抱着她坐到榻上。

重紫抬眸："有你这样的丈夫？"

"有你这样的妻子？"

"圣君若是寂寞，可以去找你的宠姬，或者让我给你选几个美貌宠妃，就像人间皇帝那样。"

亡月用黑斗篷裹住她，挑起她一缕光滑的长发："何不把你自己献给我？"

"我身上住着一柄剑，你若不介意，也可以亲热。"

"我恐怕没有那样的兴致。"

重紫望着他："我现在打不打得过你？"

亡月道："难说，你可以试着杀我。"

重紫笑了笑："我只有你，怎么舍得杀你？"

"你若想杀我，毁灭的会是你自己，"亡月将一块巴掌大的暗红色令牌交到她手上，"你现在随时可以解除封印，虚天万魔将效命于你，试着召唤它们吧。"

重紫不太感兴趣，接过令牌搁至一旁："才刚开始，我不想这么快就结束。"

出乎意料地，亡月没有反对："天之邪不在了，我再给你安排个人。"

"谁？"

"你认识的。"

不容她拒绝,一道人影现身榻前,却是穿着黑袈裟的法华灭。

亡月道:"你今后跟在皇后座下,听候差遣。"

重紫如今是天魔之身,魔族人人敬畏,法华灭亦不例外,加上重紫曾救过他一命,闻言立即双手合十:"贫僧愿为皇后效命,万死不辞。"

重紫仔细看了他半响:"你本来就是和尚?"

法华灭答道:"贫僧来自西天佛祖座下,因与佛争执,故叛出佛门,投效圣君。"

"这样,"重紫点头示意他退下,然后转向亡月,"你怎么给我派个和尚,不派妖凤年?"

"人间皇帝都只给皇后派太监,你应该庆幸我给你派的是个和尚。"

重紫笑起来。

亡月居然也死沉沉地笑了声:"有个人还在等皇后去处置,我保证皇后见了他不会再笑。"

刑殿魔光照耀如白昼,刑台上昏迷一人,剑眉紧皱,双唇青白,华美衣衫上血迹斑斑,双臂平举,被牢牢锁在刑架上,其中一只手已变成青黑色,昔日风流倜傥的模样半分不见,旁边地上落着柄白色折扇,已被踩踏得不成样子。

重紫看了半响,转脸问:"谁做的?"

众魔谁也不敢出声。

亡月道:"是他主动来受刑,想要见你。"

重紫干脆道:"解药。"

马上有人过去喂了解药,不消片刻,刑台上的人逐渐苏醒,见到她露出满眼满脸的惊愕,嘴唇动了动,却什么也没说出来。

面前是一个华美的女子,美得令他感觉陌生,唯有那张脸,依稀还能看到当初的痕迹。

"远离别的男人,我的皇后。"亡月笑了声,转身隐去。

重紫示意殿内所有人退下,然后才缓步走到刑架前,看着他微笑:"卓少宫主要见我,如今见到,又不认得了吗?"

卓昊盯着她,轻声道:"我一直在闭关,并不知道你的事,此番是得了信才提早出来的。"

重紫点头:"天魔出世,仙界自然察觉了。"

"你是天魔。"

"不错，我就是仙门人人欲杀之而后快的天魔，你也可以试着杀我。"

"九幽是你丈夫？"

"谁是我丈夫，与卓少宫主有关系？"重紫抬手，刑架上的锁链自行脱落，"这里不是卓少宫主该来的地方，念在你曾放过我一次，此番我也饶你回去，但这种事不要再有下次。"

卓昊迅速扣住她的手："跟我走。"

重紫微抬长睫，淡淡道："卓少宫主在说笑？"

"我此番来，就是要带你走！"卓昊强行将她拉入怀中，语气里是满满的心疼，"我知道是他们逼你，你没错，但你根本不喜欢做魔，这样折腾有什么意义！"

重紫道："我不喜欢做魔，难道还能做仙不成？你这是在教训我，还是可怜我？"

"别胡闹！"卓昊既疼又气，语气软下来，"听话，跟我走，我们走得远远的，管他什么仙和魔，这些混账事与我们何干？"

重紫沉默片刻，抬眉，自他怀里挣出："卓少宫主的意思，我不太明白，你已经有了妻子，我也有丈夫，莫非你是想要与我私奔？"

卓昊脸色惨白，无言以对。

"当年就是你那位夫人闵素秋故意放出风声，引我去救大叔，然后嫁祸闻灵之。"重紫后退两步，微笑，"要我跟你走可以，她此刻就在外面等你，你出去替我杀了她。"

"重紫！"

"都说卓少宫主与夫人不和，所以总在外面拈花惹草，但你这样做，难道就没有故意与夫人赌气的意思？"

"不是那样！"

一切都因恨她而起，恨她太绝情，恨她伤了他，又突然从世上消失。当善解人意的闵素秋接近，他毫不迟疑地接受了，至少爱他的人很多，不缺少她一个，那是种报复性的想法。他的妻子比她温柔，比她听话，比她在意他，却唯独没想到，闵素秋竟然是害她的人。

"我知道，夫妻一场，你不忍下手。"重紫叹了口气，侧脸道，"但仙门现在已是非杀我不可，我不想再被关进冰牢，只有留在这里才能安全。"

卓昊咬牙道："你不愿跟我也罢，这几年我找到了化解你煞气的办法，你只要等……"

"等多久？"重紫打断他，"一百年，还是一千年？"

卓昊语塞。

重紫冷冷道："你以为我能活到那天？曾经有人想要带我走，结果刚出魔宫就没命了，知道他是谁吗？他是大名鼎鼎的天之邪，法力不弱于令尊，他尚且如此下场，你又有什么把握保护我周全？"

卓昊怒道："我不能护你，但只要我在，就绝不会让他们动你。"

"这句话令人感动，可惜我想活着，并不想跟谁死在一起，我已经死过两次了。"重紫说着，忽然又轻笑，"你知道我在冰牢里是什么样子？"

话音刚落，她抬起双臂。

如藕雪臂，此刻呈现出极度可怕的畸形，再看那张脸，瘦削得不成人样，苍白粗糙的肌肤，枯干的头发……

卓昊惊骇，后退两步。

"你看，这副模样连我自己都厌恶，你还会喜欢？"重紫恢复容貌，不再看他，转身就走，"卓宫主与少夫人都等在外面，念在往日情分，这次你擅闯魔宫，我不与你计较，但愿莫再有下次。"

"跟我走，"他拉住她，眼中依稀有光华闪烁，"我不管你变成什么样，只要离开这儿，我会想办法治好你。"

"迟了，我不想再活得那么卑贱。"重紫轻提魔力，震开他的手，"神仙生活逍遥自在，千年万年，卓少宫主又何必白白浪费光阴，去修什么化解煞气的法子？"

"小娘子。"他在身后轻声唤。

重紫身形顿了一下，仍是头也不回走出门去。

当年欺负她的骄傲少年，被她捉弄的轻狂少年，舍命维护她的痴心少年，历经两世，依旧半点儿没变。可是她变了，她早就不再是他喜欢的那个"小娘子"，面前的路只有一条，既然迟早都要面临抉择，那么，就让她来结束。

殿内，亡月早已等在水晶榻上。

重紫沉默片刻，走到他面前："他曾经对我手下留情，我这次饶他一命，算是还了个人情。"

亡月伸出一只手。

重紫顺势躺到他怀里。

血云遮天，不辨昼夜，暴雨连下七日，枯竹开花，恶鸟长牙，人间处处异象横生，百姓惶恐不安。几位帝王更亲自沐浴更衣，至仙门外求见问卜，洛音凡令各派掌门暂时封锁消息，只说是魔宫所为，为的是安定人心，以免生出祸乱。

天魔现世，魔气盛极，月亮也与往日不同，周围显现出妖异的光晕。

水月城外，洛音凡独立山坡上，心情复杂。

月亮，山坡，景物太熟悉，浸透了伤心，仿佛也沾染了她的气息。直觉告诉他，她还会到这里来，而他，就是在这里用锁魂丝伤害她的，那惊心动魄的一幕，他至今仍不能忘。

目睹她的偏执，天魔突然现世，必定和她有关。

事情没那么简单！他的徒弟背叛仙门堕落入魔，看样子整个仙界都知道，别人避讳也罢，师兄应该最清楚他是什么样的人，不过颜面之事而已，何况他的徒弟入魔，正该由他亲自动手清理门户，又何必瞒着他？他们究竟想要隐瞒什么秘密？她又是如何入魔的？他记得所有人，为何偏偏忘了自己的徒弟？更重要的是，他如何会中欲毒？这件事似乎连师兄他们也不知情，可是照他的修为，欲毒根本不可能构成伤害的，应该很快就会清除才对，而事实证明不是这样。

记忆中许多东西忽浮忽沉，眼看就要明了，偏又抓不住。

洛音凡后悔到了极点。

当时他是下意识用了自认为最妥当的处理方式，却忘记了一件事——那本是他的徒弟，她还那般信任着他这个师父，他不该骗她。这次他只抱了一线希望，希望见到的，还是那个傻傻相信他、愿意跟他回去的徒弟。

然而，倘若预料中的一切变成了事实，他会怎么做？

洛音凡正发愣，忽听晴空中传来一声娇笑，转身，只见那曼妙华美的影子乘风而至，飘飘然停在半空中，暗红色长发挽起高髻，尊贵，优雅，黑纱飘带长长拖在身后，魔光笼罩，更有宝石闪烁，耀眼夺目，胜过如练月华。

"洛音凡，你怎么也在这儿？"她轻轻挥袖，含羞带怯地笑，可是看在眼里，只会令人打心底升起冷意。

洛音凡的心直往下沉。

不是这样，她不该变成这个样子，更不该直呼他的名字，她应该乖巧恭敬地站在他面前，轻声叫他"师父"，满怀期待地要跟他回紫竹峰。

尽管没有相处的记忆，但师徒关系是事实，洛音凡只觉痛心："为师并不是要杀你，你这样究竟是为了什么？"

"你忘了，我已经不是你的徒弟。"她迅速闪到他身旁，"你到这儿来，莫不是记起什么了？"

颈间有热意，洛音凡倒吸一口凉气，后退两步。

这举动太放肆，已近暧昧无礼，她竟敢如此，他几时教出这样一个不知廉耻的徒弟来！

"不知悔改！"语气不觉带上两分怒意，这种孽障，今日他非亲手处置不可！

逐波骤现，剑如飞雪。

"要杀我？"重紫不闪不避，手拈天魔令微笑，"你敢再动，我立刻就唤虚天群魔出来，那时你的苍生可又要受苦了，你知道后果。"

这样的要挟，对别人未必有用，对他一定有效。

洛音凡果然收了剑势。

天魔，乃是极端之魔，性情偏执，的确什么都做得出来。今非昔比，要在一时半刻间制伏她，已经没那么容易了，虚天群魔不是没有办法对付，但果真被她召唤出世，难免又是一场浩劫，此刻既然还有说话的余地，就不该再惹恼她。

"你到底想怎样？"

"我要灭了仙道，让六界入魔。"

"善恶永存，仙道与魔道都不会从这世上消失，正如神界迟早会重现，"洛音凡声音不大，却很清晰，"这世上，善永远强于恶，正永远大过邪，魔道永远不可能取代仙道。"

"我父亲逆轮，当年险些成功。"

"他没成功是因为水姬，他能为水姬放弃野心，心中有情的魔，已是仙。"他断然道，"仙魔本一体，修的不过是善恶而已，有朝一日果真魔治天下，魔道中亦会生仙道，魔即是仙。"

"是吗，"重紫嗤道，"我等着证实的那天。"

洛音凡看着她摇头，语气平静而略带悲悯："重儿，仙道魔道都不算什么，六界成仙，六界入魔，天道循环，生灭不息。仙门之所以尽力阻止，是不愿平添一场杀戮，你心有执念，应趁早回头。"

"不愿杀戮，杀我就不是杀戮吗？"重紫冷冷道，"回头？你们难道还能放过我不成？我为什么要回头，那是仙门欠我的！就算我死，我也要你和你的仙门苍生与我陪葬！"

"重儿！"

"我是九幽皇后，重儿，这是你叫的？"重紫停了停，忽又像蛇一般溜到他身旁，轻声道，"洛音凡，你别忘了，若非你骗我，用锁魂丝毁我肉身，我也不会因祸得福修成天魔。人间浩劫，六界浩劫，到时死多少人伤多少人，可全都是你的罪过。"

洛音凡沉默。

他选择忘记,那她就偏要缠着他,偏要他内疚!乏味的日子里,难得寻到一件事消遣。

重紫飞身逐月光而去,恍若奔月嫦娥。

"念在你我师徒一场,我给你三年时间,三年后我必攻南华。你还是下去跟他们好好谋划,想一想该如何应付如何杀我吧。你们欠我的,我定会数倍奉还,你不是守护仙门苍生吗?我就让你亲眼看六界覆灭,苍生入魔!"

魔宫外厮杀声不绝于耳,远远的,白衣青年执剑而立,周围横七竖八倒了一圈魔兵。

红黑身影悠悠落地,她翩翩转身,圆润柔美的笑声自红唇中吐出来:"你们还真有默契,要来全都一起来。秦仙长,几年不见一向可好?"

记忆中,那个有着大眼睛的可怜女孩子,那个在雪地上奔跑捉雪狐的美丽少女,好像才一眨眼,就变成了名副其实的妖冶女魔,有些事当真是天意,无论怎么努力也挽救不了。

蓝剑归鞘,隐没,秦珂走到她面前,伸手要拉她:"为何不等我?"

"我想等你,"重紫立即后退避开,语气冷淡,"我在冰牢等了三年,却没有一个人来看过我,月乔欺负我,要杀我,那时你在哪里?"

秦珂沉默。

"你一直在闭关修行,若非燕真珠,我现在还在冰牢里傻等吧?"重紫随意弹指,将他定在原地,"你不用内疚,我现在发现入魔没什么不好,地位权力我都得到了,想做什么就做什么,没有人能杀我,更没有人敢打断我的骨头,把我扔进冰牢。"

秦珂道:"你当真喜欢留在魔宫?"

"不喜欢魔宫,难道喜欢冰牢?又冷又黑,还有带钉子的锁,动一动就会刺进肉里,会流血。"重紫满脸掩饰不住的厌恶,收回术法,"整整三年,我都快疯了,分不清白天夜里,分不清是做梦还是真的,现在一想到自己断了骨头不人不鬼的模样,我就恶心!"

她直视他的眼睛,双目熠熠生辉:"你说过,倘若连我自己都不想保护自己,又怎能指望他人来帮我。如今我有能力保护自己了,难道不好吗?你想让我回去过冰牢那种日子?"

秦珂沉默片刻,道:"不怪你。"

"你也是来感动我的？"重紫笑了，"大可不必，这办法卓少宫主已经用过了，是他叫你出关的吧？"

对于她的嘲讽，秦珂似没听见："天生煞气不怪你，是不是魔也没有关系，给我时间，卓师兄已向佛祖问得消除煞气的办法，你可以留在魔宫，但不能作恶伤人。"

重紫道："你这些年闭关，是在修这个？"

秦珂默认。

"这么说，是我错怪你了？"重紫没有意外，"其实就算你解释，我也不会感动。实话告诉你，我现在肉体残破，以身殉剑才能支撑魂魄不散，你们找到法子又如何，要消除煞气，除非将我连同魔剑一起净化。"

秦珂紧紧抿着嘴，神色僵硬。

"我很感激你为我做的一切，可惜他们没有给我时间。"重紫长睫微扬，"洛音凡亲手杀我两次，才成就今日的我。我的血可以解除天魔令封印，随时召唤虚天万魔，现在应该是他们怕求我才对。你是仙门弟子，只有一个选择，助仙门除去我，否则六界必将入魔。"

"一定要这样？"

"不错。"

秦珂看着她半晌，御剑离去。

重紫转身："他曾经是我师兄。"

"你的师兄妹很多，要不要我把他们都抓来，让你放过一次还清人情？"

"他为我受过伤。"

紫水晶闪了下，亡月叹息，不知怎么听上去都有点假。

南华六合殿里，虞度与闵云中正坐着商议事情，忽见有人进来，忙停住，同时面露喜色。

虞度笑着让他坐："天魔现世，师弟近日却不在紫竹峰，我与师叔正担心。"

洛音凡道："纵然虚天万魔真被唤出来，魔宫要攻上南华也未必容易。我担心的并不是她，而是魔尊九幽，此人来历有些神秘，深不可测，恐怕法力并不弱于我。"

虞度与闵云中听得一愣，神色凝重起来。

闵云中想了想，摇头："天魔是极端之魔，九幽连天魔都尚未修成，能有多厉害，你是不是多虑了？"

虞度颔首："师叔说得有理，我也是这意思。"

道理上是这样，洛音凡点头，没再继续这话题："有件事我想要请教师兄。"

虞度忙道："你说。"

洛音凡道："最近我忘记了许多事，不知是何缘故？"

虞度愣住。

"你这是什么意思？"闵云中不悦，镇定道，"早就说过，是你当日修行过于急进，不慎走火入魔，难道我与你师兄还会骗你不成？"

对于他们瞒着自己的事，洛音凡原就有几分不悦，闻言声音也冷了："我方才从西蓬山药仙处回来，他老人家曾是云仙子的授艺之师，走火入魔之例更治了无数，谁知用尽办法也不能恢复我的记忆，所以有些奇怪。"

闵云中无言以对。

虞度摇头："罢了，我也知道瞒不过你，迟早都会察觉的，此事是我的错，但我与师叔只是为了你好，你……"

洛音凡打断他："何毒，解药何处？"

事到如今，当真要把解药给他？虞度犹在迟疑，旁边闵云中怒道："既然他固执，你告诉他又何妨！告诉他为何会忘记那孽障，叫他看看自己做了什么事，看看是谁的错！"

洛音凡淡淡道："是对是错，无须靠遗忘来掩饰。"

虞度示意二人不必争执，取出一瓶药放到几上："这是凤凰泪的解药，用不用，师弟自己权衡着办吧。"

洛音凡怔住。

凤凰泪，忘情水，他中的难道是……

闵云中冷笑："不是想知道么？为何你师兄要瞒你，所有人你都记得，却单单忘了她，这凤凰泪，就是你要的答案！"

洛音凡紧抿薄唇，脸色渐渐发白发青。

忘情水，忘的是情，倘若无情，又怎会忘记？

喝了它忘记的人很多，仙界不是佛门，有情并没有什么错，可眼前发生的事却是大错特错，他自己做梦都没有想到，这一生竟然会犯下这等荒唐的错，留下这样的笑柄！

药仙不查，是因为没有人会朝这方面想，重华尊者，无情的名声六界尽知。

见他这副模样，虞度暗暗叹息，这位师弟向来自负，极少失败，早已悟得通透，从不曾将这些七情六欲放在眼里，哪料到最终竟逃不过一个情字，这也罢了，偏偏这份情又错得彻底，此番所受打击不小，也难怪他不能接受。

闵云中道："倘若不是我们想出这法子，还不知你会做出什么样的荒唐事！"

"忘了也好，原是那孽障借师徒之情引诱于你，解药还是暂且放我这儿吧。"虞度边说着，边伸手去拿解药。

洛音凡先一步取过药瓶，再不看两人，起身便走，冷冷丢下一句："我的事，我自会处理。"

虞度与闵云中目送他出殿，都有点拿不定主意。

闵云中道："让他知道又怎么了，明明是他自己做错事，还要怪我们不成？"

"我担心的不是这个，"虞度皱眉，"当初他正打算带那孽障走，如今恢复记忆，只怕又要纠缠……"

闵云中眼一瞪："先前是他不明白，顾念师徒之情，如今知道了，我看他有什么脸面再胡闹！"

自六合殿出来，洛音凡御剑回紫竹峰，一步步走进重华宫大门，走到四海水畔，才终于站定。

挥袖，四海水上烟雾散去，如镜水面显露出来。

长发散垂，一张脸惨白，僵硬无表情，是他？

数百年的阅历，他又怎会看不出这师徒关系的异常，只不过那时他可以告诉自己，是她的错，是她不知廉耻，是她缠上他，故意想要激怒他，可是现在面对事实，他恨不能一剑杀了自己！

原来这就是欲毒残留的原因，原来错的竟不是她，而是他，他怎能对她产生那样的感情？那是他的徒弟！

不是悔恨，不是羞耻，这些都不足以摧毁他洛音凡，错就是错，罔顾伦常的罪名他认了，可是现在，悔恨与羞耻都及不上心头的恐惧。

手中有药，却不敢解。

失落的记忆，令他如此恐惧！

终于明白那双空洞的眼睛代表了什么，她对他的信任来源于此。她为何而入魔？他又对她做了什么？一次又一次毫不留情地对她下杀手，利用她的感情，用锁魂丝伤害她，害得她肉体残破，险些魂魄无存。

让她一个人去承担，这才是他最大的错。

遗失的记忆里，会有些什么？

洛音凡看着水中的自己，手指紧紧捏住药瓶，没有更多动作。

第九章·祝融果

海之涯，茫茫云山接大荒，千里无人烟，中有一山极其陡峻，高耸擎天，举头望不见顶，山名不周，传说中的神山，也是人间直通天界的唯一一条路径，可惜从来都没有谁爬到顶过，多少凡夫俗子妄想登天，最终望而却步。

"不周山，祝融果，万年能产一枚，食之可固魂魄，你如今肉身残破，魂魄靠魔剑支撑，终究不稳，这是你最大的缺陷，若能得祝融果，对你有不尽的好处。"

想到亡月的话，重紫仰脸观望，她本身对什么祝融果并无太大兴趣，只不过有件事情做，总不至于那么无聊。

须臾，重紫足尖轻点，化作清风往上飞掠。

表面看，这不周山除了高，以及比寻常山峰陡些，别的也平凡无奇，有荒坡，有乱石，有树林……然而亲自上去，才能真正见识到登天之难。这俨然是座灾难之山，来自天地间的灾难几乎都在这里了，瘴气、毒木、火海、风雪……幸亏此番前来登山的亦非凡人，凭借一身魔力掩护，平安无事。

大约行了一个时辰，前方山壁忽然不见，一块巨大的明镜映入眼帘，反射天光，极其壮观。

原来此地山壁倾斜，壁间覆盖着厚厚的冰层，冰面光滑难以立足，望上去就像是面大镜子。这冰也非同寻常，应先天苦寒而生，纵然重紫天魔之身，亦觉寒气慑人。

重紫沿冰面逆滑上坡。

千丈冰壁，前方有一抹淡淡的蓝影在移动。

那是一柄长剑，剑上站着个人，只因他穿着身白衣裳，与冰的颜色太接近，是以重紫没有立即看到。

发现身后动静，那人回头看。

重紫意外，随即微笑："来取祝融果？"

秦珂点头。

"不巧了，我对它志在必得，"重紫抬臂，两条长长飘带如蛇，朝他卷过去，"你可以不用上去了。"

秦珂没有闪避："当心食魂鸟。"

"魔行事，无须仙来记挂。"重紫毫不留情地将他击落，翻滚下冰壁。

这不周山很奇怪，就像宝塔般，每次以为登到顶了，上面总会再生出一座山来，层层堆叠不知道究竟有多少层，每上一层，就有更多更险的阻碍，通天之路当之无愧。

前方出现黑沉沉的水面，宽约百丈，对面是陡峭山峰。

第五层，如果亡月没说错，祝融果正是生在这一层。重紫暗忖，同时自袖中取出根白羽毛朝水面丢下，但见那羽毛飘飘悠悠，沾水就迅速沉了底。

果然是百丈弱水，连风也托不起，御风术不能施展。

重紫不慌不忙，自袖中取出只玉兔，找到血管并二指一划，立即有鲜血流出，滴落水面，大约十来滴之后，她便作法止住血，把玉兔随手丢开。

玉兔翻滚着，爬起来就跑。

重紫退到旁边，静观其变。

不消片刻，沉沉水面上开始起了波纹，底下好像有东西在游动，紧接着一声响，水里冒出个东西。

那是只人手，颜色黑漆漆的，和水一样。

重紫毫不迟疑地作法将那东西摄了起来。

小水怪形似婴儿，五官与人并无两样，只不过全身皮肤是黑的，脚趾间有蹼，乌溜溜的眼睛里满是惊恐之色，看起来很可爱。

发现上当，小东西哇哇哭起来。

重紫含笑将它搂入怀里，安然坐着等待。

很快，水里又冒出两个怪来，一男一女，满脸焦急之色。

重紫什么也不说，自腰间解下根丝带，迎风晃了晃，丝带立即无限延长，她抬手将丝带一头丢给两怪，指了指对面。

两怪互视片刻，那男怪立刻取了丝带朝对面游过去，不消多时又返回，连连点头示意。

重紫这才站起身，用力拉丝带试了试结实程度，感觉还算满意，于是将丝带这头也固定在大石上，带着啼哭的小怪踏上去。

两怪紧紧跟随，不停发出奇怪的声音安慰小怪。

行至半途，脚底猛地一沉。

重紫立刻料到发生了什么事，分明是对面的丝绳被解开了。御风术失灵，难免要落水，看来只有尽快退回。

应变瞬间，凤眼凌厉，升起浓烈杀机。

"想要害我，这就是下场！"重紫冷笑后退，同时纤手掐住小怪颈部，将其拎起在半空，丢向远处。

爱儿重重摔下，已无生还可能，两怪凄厉大叫，朝她扑过去。

重紫轻蔑，化气为剑，顿时黑血四溅，两怪尸体沉入水底。

最后的惨叫声里，无数怪物自水里冒出来。

"报仇的？"重紫眼见丝带将沉，也不着急，正待作法，忽然身旁蓝光闪过，紧接着一只手伸来搂住她的腰，将她带离丝绳。

上古神剑八荒，架在百丈水上，如蓝色长桥。

白衣上有斑斑血迹，想是方才在冰壁上被打落时受的伤，那只手臂极为有力，牢牢圈住她，带着她快速朝前移动。

重紫没有反抗。

啼哭声刺耳，先前丢开的小怪正拎在他另一只手里。

八荒剑气凌厉，水里众怪挨近剑身，立即皮破血流，纷纷惨叫着逃离。

不消片刻，二人抵达对岸，秦珂放开了她。

重紫道："你以为我怕他们？"

秦珂将小怪送回水中，没有回答。

"不愧是仙门弟子，"重紫浅笑，"这是它们不自量力的下场。"

"它和你一样。"

"因为它没有足够的力量，否则迟早也会变。这才是真正的我。"

"助我拿到祝融果。"

"算是还你人情？"

秦珂依旧不答，拉起她就走，那只手太温暖，重紫迅速抽回。

秦珂看着她道："这里没有人，你……可以当作是从前。"

"仙与魔能相安无事吗？"重紫摇头，淡淡道，"你都看见了，谁心软，谁就是受伤的那个，不会有好下场。"

秦珂沉默片刻，点头："走吧。"

前面是万丈悬崖，半崖上长着株参天大树，树冠是金黄色，与周围别的树木大不相同，金波荡漾，其上一点绿光闪烁。两人站在八荒剑上，至半空中仔细辨认，发现那是枚绿色果子，很小，形似鸽卵，晶莹如碧玉。

重紫道："想必这就是祝融果了。"

秦珂道："祝融果熟，一旦有人前来采摘，食魂鸟就会现身。"

重紫来之前已听亡月说过，凡天地灵物大多都有异兽妖禽守护，守这祝融果树的正是食魂鸟，传说此鸟极其凶恶，专门啄食盗果之人魂魄，很少有人能安然逃离。祝融果最大的好处就是固魂魄，寻常人的魂魄有肉身支撑，纵然受损，修复起来也不难，所以通常没人会冒这个险，以免弄不好反落得魂魄无存的下场。

"南华有谁出了事，让你来冒险？"重紫随口问了句，同时轻挥长袖，隔空去摄那果子。

小小祝融果刚离枝，就听得一声凄厉的叫声，刺得人头皮发麻，紧接着一个黑影迎面扑来，速度之快，甚至来不及看清。所幸秦珂早有准备，八荒神剑带着二人折了个"之"字形，朝地面俯冲而下，方躲过袭击。

"好快！"重紫吃惊，不敢再大意，要设结界去挡。

"没用的。"秦珂迅速阻止。

那食魂鸟就像幽灵般，只见其影不见其形，速度快得惊人，眨眼间就到了重紫身后，幸亏重紫机敏，闪身避开。

八荒剑瞬间变长变宽，朝弱水另一边延伸，再次横架成桥。

秦珂低喝："把它给我！"

重紫正被那食魂鸟缠得难以脱身，几次遇险，闻言下意识闪到他跟前，将果子递给他。那食魂鸟见状，立即改变攻击目标，再不缠她，直扑秦珂。

暂时得以脱身，重紫想也不想就化气为剑去斩，谁知那鸟极灵巧，根本无济于事。

来不及说话，秦珂挥手示意她先走，忽然听得耳畔有人轻轻笑了声，紧接着手腕一麻，祝融果已被抢走。

重紫踏上蓝桥，箭一般朝对岸滑去。

见她要跑，食魂鸟发怒，尖叫着凌空扑下。

身后杀气腾腾，重紫心道不好，然而这弱水之上不能御风，难以闪避，情势危急，她只得咬紧牙，提全身魔力设置结界。

砰！食魂鸟被结界弹开。

体内气血震荡，重紫终于明白为什么秦珂会说没用。这食魂鸟乃上古妖兽，威力非寻常妖怪可比，幸亏自己修得天魔之身，魔力了得，才勉强能承受攻击，换作寻常人早就重伤了。

耽误下去后果严重，重紫顾不得什么，全力朝对岸冲。

啄不破结界，那鸟越发疯狂，再次俯冲下来。

第二击撑过，到第三击，重紫实在难以支撑，结界破开，整个人被强大的力量带得往前扑倒。

没有预料中的痛，背上忽然一沉。

"快走！"

此地离岸已不远，重紫来不及思考，爬起身带着他全力冲过去。

渡过弱水，两人上岸，那食魂鸟受限不能继续追来，只好怏怏地朝这边叫了一回，转身飞走了。

惊魂一场，两个人都坐倒在地，八荒剑变回原样，收起，秦珂面色惨白。

"被食魂鸟所伤，你魂魄有损。"重紫毫不迟疑，将手心那枚小小的祝融果喂到他唇边。

秦珂没有推辞，吃了。

费尽力气拿到，结果又这么轻易用掉，整件事俨然变成了一场闹剧，好在重紫原本只是来走走，没打算真抢祝融果，所以不觉得失望，换作别人，还真不知道会怎么想。

"就算伤了魂魄，仙界也有别的办法医治，何必跑来找它？"重紫皱眉，"所幸你早已修得仙骨，否则……"

话未说完，她整个人忽然斜斜歪倒，落入了曾经熟悉的怀抱，头顶有阴影迅速笼罩下来，紧接着，唇上一片冰凉湿润，竟已被人牢牢堵住。

重紫惊愕，下意识地想要说话，立即有清甜果汁度入口中。

原来这祝融果乃稀世之宝，入口即化，他虽然当着她的面吃了，却并没有吞咽，等着这一刻全喂给了她。

重紫反应过来，全身动弹不得。

果汁顺咽喉滑下，他迟迟没有抬脸离开。

"丑丫头。"几乎听不见的声音。

摩擦，轻吮，冰冷的唇似乎也带上了一丝温度，动作很轻，生怕碰碎了般，可是很快他就不动了。

禁锢的力量消失，重紫依旧静静躺着，望着近在咫尺的脸。

长眉如刀，眼睫微垂，轮廓分明的脸完美得没有缺陷，但苍白如雪，看起来有点冷，可是那有型的唇边，隐约透着一丝难以辨认的笑意。

她不会防备他。

沉默片刻，重紫缓缓自他怀中起身，将昏迷的他平放枕在腿上，拉起他的手，度去灵气。

山高，夜来得格外早，没有月亮，黑暗中两人偎依在岩石下。

这里不远处有地火，重紫因恐受寒加重他的伤势，特意将他移来这里，正好借地火之气驱散夜寒，又有岩石挡住冷风。毕竟魂魄受损，纵然有治愈术，也是大伤元气的，被硬生生撕裂魂魄的痛苦，就更难体会了。

他是为她来取祝融果的吧？因为知道她以身殉剑。可做这一切又有什么意义？她早就不再是当年的丑丫头了。

察觉动静，重紫低头："醒了？"

秦珂精神好了点儿，坐起身："我没事。"

"你的魂魄被食魂鸟所伤。"

"我有肉身，又有仙骨，过段时间自能修复。"

"你救了我，我也救了你，祝融果我并不稀罕，无须感激你。"

"我知道。"

"我先走了。"重紫欲起身，却被一只手拉住。

"天亮再走吧。"

"以身殉剑，我面前已经没有别的路，除非死。"重紫冷冷道，"你做这些，是和他们一样，想要逼我？"

秦珂没说什么，拉她入怀。

重紫面无表情，闭目。

真是讽刺，在她最爱的人怀里，她会被杀气惊动，感受那个人在杀与不杀之间挣扎；可是在别人怀里，面前的他，还有天之邪、卓昊，甚至包括九幽，她反倒能获得更多的安宁。

会做一个什么样的梦？

……

朦胧中，她听到有人在耳畔低声说话："青华提亲，我在生气，丑丫头不知道。"

少年老成的小公子，绷着小脸骂她丑丫头，可是在她被人欺负的时候，会将她拉到身后保护她，除了大叔，他是第二个愿意保护她的人。

然而，在成为师兄之后，他却不知不觉在她的印象中淡去，甚至不如卓昊，记忆里，就是他不停地在闭关。

重紫在梦里苦笑。

为什么？为什么你总要闭关，为什么不让我爱上你？

习惯了魔宫漫长的夜，第二日重紫醒得很迟。秦珂仍以昨晚的姿势抱着她，眼睛望着远处，睫上发间似有白色霜花，不知他是醒得早，还是一夜没睡。

重紫没有动。

许久，秦珂缓缓放开她："醒了？"

重紫起身扶起他，两个人朝山下走。

"不能离开魔宫？"

"你会陪我入魔吗？"

秦珂没有回答。

"这就对了，"重紫看着他的眼睛，"你是仙，是堂堂南华掌教的得意徒弟，不可能让你师父为难。我是魔宫皇后，注定不能回仙界，离开魔宫，我便失去容身之地。"

秦珂握紧她的手："住在这里不好吗？"

重紫沉默片刻，笑了："他们会找到。"

话音刚落，远处果真有人声传来。

"是南华的人，"重紫扬起长睫，"看到你和我在一起，他们会不会以为你背离仙门？魔与仙之间不应该有太多牵连，动感情的都不会有好下场，下次我不会留情，你如果真的不想我死，就不要再做这些，忘记丑丫头，这样对你对我都有好处。"

秦珂道："尊者这些日子常闭关。"

重紫不在意："他是在赶着修炼，想要尽快杀我净化我。"

"他只是走火入魔忘记了，你当心。"蓝光乍现，八荒剑横于面前，秦珂举步踏上剑身，头也不回，循远处人声而去。

走火入魔？重紫嘲讽地笑。

"皇后该回去了。"背后传来阴恻恻的声音。

重紫吃惊，转身看来人："亡月？"

"我的名字，魔界没有外人知道。"

"你一直跟着我。"

"我怎能让皇后独自冒险，"亡月眨眼间已至她身旁，"关心妻子的安危，这是丈夫的责任。"

重紫道："你是关心天魔令上的封印吧？"

"皇后这么说，让我失望，我想我应该更好地表现。"亡月伸手去抱她。

重紫避开："我自己走。"

她快，有一只手比她更快，不知怎么就伸到她腰间，迅速将她带入冰凉的怀中，然后打横抱起。

"在别的男人怀里睡了一夜，却拒绝丈夫的怀抱？"

"放手！"重紫莫名地心烦意乱起来，圆睁了眼睛，挣扎，"你……"

怒意引发魔气，四周风烟随之激荡，谁知他仍无事一般，抱着她御风而行，魔力到他身上竟如石沉大海，毫无反应。

行事低调，不露锋芒，重紫早就料到他在隐藏实力，可眼前发生的一切，还是让她禁不住倒抽了口冷气，满腔怒火消失得无影无踪。

"你这么强，早就该修成天魔了！"

弯弯的唇角挂着一丝傲慢，亡月甚至没有低头看她，沉声笑道："魔界有一个天魔已经足够了。"

邪恶的气息如潮水般涌来，将她整个人包围，淹没，那两条手臂就像命运的绳索，将她牢牢缚住，半点儿也动弹不得，逃不脱，离不了。

重紫无力地笑，逐渐放松，放弃。

第十章·雪之哀伤

寒冬，水月城外白茫茫一片。自天魔出世以来，天地风云季候无不受其干扰，人间尤其明显，连续两年，冬季都来得格外早格外长，八月就开始降霜飞雪。眼下才九月，北风就已刮起，路上铺了近两尺深的雪，踏上去咯吱作响，不知冻死饿死了多少人。

千里雪地，一道影子分外醒目。

足尖轻点，乘风而行，踏雪无痕。

华美长发，映衬素净的雪，于是雪更白，发更红。

绛黑衣带翻卷飘飞，宝石夺目，环佩光彩，姿态自由随意，无拘无束，她本身就好似一阵五彩香风，将这片广阔天地当作了表演的舞台。

山坡上也有一名女子，少妇打扮，身上披着贵重的云丝霞锦披风，纤纤手指拈着一枝红梅花，眉心一颗嫣红的美人痣。

五彩旋风由远及近，眨眼间，妖艳女魔已经站在了她的对面。

"是你？"重紫感到意外。

"你来了，"闵素秋垂眸，"我听他们说，你会来这里。"

重紫足不沾地，缓缓飘行至她跟前。

这个看上去温柔无害的女子，背地告密，借刀杀人，心肠歹毒，半点儿不含糊。可惜算计到头，还是不能得到，眼看着卓昊处处维护别人，眼看着丈夫对一个死了的女子念念不忘，她有太多恨，有太多不甘。终于，等到卓昊与她彻底决裂，那便是她忍耐的极限，从此不必再装，会因为吃醋与织姬大打出手。

重紫道："你知道我会怎样对你？"

"我知道，我在等你。"闵素秋掐紧花枝，低声道，"当年是我故意放出风声引你去救万劫，想借虞掌教他们的手处置你。如今他已不再理我，闭关去了。"

"你以为这么说，我就会放过你？"

"我既然来了，就不怕死，你不想杀我报仇吗？快动手吧。"

重紫懒得理她，转身要走。

闵素秋拉住她："尊者他老人家……"

重紫下意识地停了脚步去听，就在这瞬间，一丝凉意飞快地自臂上蹿来，熟悉的凉意，挣不断的轻丝，紧紧缠上魂魄。

那丝原是藏在梅花里的，闵素秋得手之后立即丢掉花枝，急速后退。

"我已是天魔之身，你以为区区锁魂丝能奈何我？"重紫冷笑，以更快的速度出现在她面前，伸手掐住她的脖子，"我不杀你，你倒来找死！"

"不杀我，是看在他的面子上？"闵素秋脸白如雪，惨笑了声，咬牙，"我不需要！你还是杀了我吧！"

重紫淡淡道："你当我不敢？"

闵素秋低哼，不语。

其实重紫并不怎么恨这个善妒的女人，对她的印象也不深，仅仅限于初见时她的温婉，和仙门大会上她跟织姬打架时的泼辣，更多时候她就是个影子，毫不起眼的影子，若非她这次主动找上来，重紫几乎都忘记这个所谓的"仇人"了。

她不是凶手，只是推波助澜，正好给仙门提供了一个杀自己的借口而已。她嫉妒，为了卓昊一心想要自己消失，可是她忘记了，这世上，做过的事迟早都会被揭穿，迟早都要付出代价，她不仅没有得到，反招丈夫厌恶嫌弃，这些都是她万万没料到的吧。如今拼命想要伤害情敌，想必是活得毫无意义了，何不助她解脱！

手开始用力。

美丽的眼睛瞪大，其中是毫不掩饰的恨意，闵素秋狠狠道："都是你！你怎么就不死？我与卓昊哥哥自幼相识，他最是爱我护我，没有你，我们会做一对恩爱夫妻！凭什么你一来，他就那么喜欢你，为你，他都不再跟我多说一句话！你死都死了，还回来做什么？我……我恨不能让你魂飞魄散！"

呼吸困难，眉间那粒美人痣看上去更加刺目。

她用尽全力恶毒地笑："你现在中了锁魂丝，伤别人多少，就要伤自己多少！你杀我啊！杀我啊！"

出乎意料，重紫没有被激怒，反而更平静地看着她。

被嫉妒和恨左右的女人，到底是仙子还是魔女？

能这么全心全意去恨一个人，也需要毅力吧，可悲的是，你眼中那个值得恨的主角，一直只是把你当成配角。

"伤人多少，就伤自己多少，可惜我不伤人，别人也照样会伤我，左右都是个伤，你以为我会很在意？"重紫丢开她，微笑，"我为何要杀你？闵素秋，没有谁喜欢娶一个恶毒的女人当妻子，你用手段害我，可是他喜欢的还是我，他只会厌恶你，不会再碰你，你永远得不到他，我要留着你，看你痛苦地活下去……"

摧毁对手的办法很多，不一定是死。

伤疤被重新揭开，闵素秋果然笑不出来了："你住口！"

"我留着你，看你活一日便痛苦一日，这样的报复岂不比杀了你更痛快？"面前人翩然旋转两圈，飘带环绕飞扬，好似最美的舞姬表演，语气竟透出十分邪恶，带着一丝奇怪的诱惑，"看到了吗？就算我入魔，他一样会对我死心塌地，很气？很嫉妒？是不是想杀人？可惜你杀不了我，恨吧……"

被说中心思，更被她的表情吓到，闵素秋狂躁且恐惧，后退："你……在说些什么？"

"还不明白？"重紫逼近她，幽幽叹息，似有无限同情，"你修的不是仙道，魔道，才是你该入的道。"

闵素秋终于露出惊惧之色："你胡说！"

"你一直被心魔所困，嫉妒、愤怒、耍阴谋，心胸狭窄，你早就不再是什么仙了，除了这些，你还有什么？现在所有人都知道你阴险，都在笑话你是泼妇，卓昊不会再理你，你已经一无所有了。"

"一无所有的是你，卓昊哥哥只是跟我赌气罢了！"

"是吗？"暗红色双瞳荡漾着妖异的笑，重紫俯视着她，仿佛高高在上的审判者，"你还在妄想，妄想他有一日会回来找你，可惜那是妄想，你在他眼里已经十恶不赦，你做什么，都只能换来他的嫌弃。你的纠缠，他早就厌恶了，他现在肯定想快些摆脱你，恨不能让你快些死，那样他就解脱了……"

声音不大，像是自言自语，却带着魔力一般，听得人打心底生出寒意，生出绝望。

闵素秋精神几欲崩溃，踉跄后退："胡说！你胡说！你给我住口！"

"你根本没资格做仙，还要执着什么？你应该随我入魔。"红唇似在念咒，一只美得可怕的手伸到她面前，"既然他弃你，你又何必坚持！入魔，就再也不用顾忌，再也不会受伤。"

闵素秋惶恐躲避："别过来！我不会入魔，你别过来！"

"魔无处不在，它早就在你心里了。"

"闭嘴！"

"仔细看看你的心魔……"

心魔？闵素秋捂着胸口，喘息，发抖。

是她放出消息引这个女子上当，借刀杀人，从而得到了他。可他呢？他恨她，在他心里，她就是个恶毒的女人，根本不配做他的妻子。

费尽心思拥有的一切突然间都失去，只剩下满满的怨恨和嫉妒，这些都是她的心魔。

不对，她有什么错？她只是太爱他，为什么会落得一无所有？

"够了！我是得不到，你不也一样什么都没有吗？"闵素秋疯狂大叫，猛然间似想到什么，抬手指着重紫，似笑似怒，"至少，我还能死，我还能死……"

小口微张，鲜血喷溅，她竟再也承受不住精神的重负，就地自绝。

白的雪，红的血，与不远处掉落的那枝梅花极其神似。

强烈的色彩对比，带来视觉上的震撼，重紫心魔渐去，愕然看着眼前闵素秋的尸体，半晌缓缓垂眸，苦笑。

恶毒的话都能说得这么顺口了，不愧是极端之魔，没有回头的余地，所以才会更偏执吧。

卓昊闭关只是逃避，不想看到结果，她故意借此伤闵素秋而已。

闵素秋没说错，她同样一无所有，但她不在乎。

背后有动静，重紫警觉，迅速转身。

"孽障！"剑光白衣映着白雪。

洛音凡闭关两年，才出关就听说闵素秋失踪，据青华弟子说，她曾派人打听紫魔行踪，虞度等人自然不知道这个地方，洛音凡却清楚得很，立即匆匆赶来，谁知会亲眼看到这样的情景，头脑立时空白一片："孽障！你……你不想活了吗？"

重紫见他这样，不禁笑了："我死不死，你好像还很关心的样子。"

"你到底在做什么？"

"两年不见，一来就问我做什么，尊者这是与我叙旧呢？"

知道身中凤凰泪的事，洛音凡对她本有愧意，但如今眼看闵素秋横尸面前，又听她说得这么云淡风轻，一副若无其事的模样，分明有拿人命当儿戏的意思，顿时怒气又生，悲愤交加。

原以为只要她没有杀人，事情再坏都能补救，孰料她修成天魔，果真性情也变得极端。闵素秋再如何也是青华少宫主夫人，又是闵云中的侄孙女，如今命丧她手中，事情发展到这一步，已是无可挽回，往事记得不记得都不重要了，她闯下这样的大祸，叫他如何救得了她？

妖冶风姿，绝世之美，然而那双黑白分明的眼睛，始终纯净得令人不敢相信。

蓝色耳坠闪着幽幽光泽，仿佛两滴晶莹的泪。

洛音凡微微闭目，心乱如麻。

到如今还有什么好说的，重紫飞身而起。

"给我站住！"冷冷的声音，眨眼间他已拦住去路。

重紫飘然折回，退后几丈站定，唇角一弯，长眉挑起几丝残酷之色："又要杀我？"

"是你杀的？"

"她这种人活着也是痛苦，死了更好。"

一句活着痛苦就可以杀人？她这样，分明是视生命如蝼蚁！洛音凡以剑尖指她，气得不知道该说什么。

重紫平抬右臂，掌上立即出现一束红色魔光，似执了柄无形之剑。光影交错，狂风骤然卷起，天空没下雪，地面的雪却开始一片片飘飞上天，直入云中消失，竟令人产生天地颠倒、时空逆转的错觉。

重紫执剑横胸，声音冷冰冰的："动手吧。"

洛音凡呆了呆，更觉沉痛无力，颓然垂下剑："随我回南华请罪。"

重紫"哈"了声，仿佛听见了极有趣的事："笑话！洛音凡，你以为你是谁？你说回去，我便要乖乖跟你回去受死？"

"为师会尽全力护你性命。"

"肯留我一条命，我要多谢重华尊者慈悲。"

洛音凡抬剑："你回不回去？"

"回去让你们时刻防备，还是又被关进冰牢？"

"为师修成镜心术，必会放你出来。"

"这些话还是留着，对你那个没用的蠢徒弟说吧！"重紫聚气凝神，冷笑，"想要我心甘情愿回去受罪，除非你有本事杀了我。"

"你还不回头？"

"我是魔，又不是仙，回什么头？没入魔的时候你们逼我，入魔你们也不放过，我为何要回头？"出招即绝杀，纤纤手指轻划，黑气在半空旋转，凝成千百柄小剑，她厉声道，"洛音凡，你我早就不是师徒了，还顾忌什么，要杀就来吧！"

洛音凡不动，护体仙印浮现，所有小剑近身立即粉碎。

煞气比寒风更凛冽，激发魔力汹涌，身上衣带装饰亦是武器。重紫毫不留情，招招紧逼，出手全无章法，可她到底已修成天魔之身，今非昔比。洛音凡退让之下颇觉吃力，形势越来越难控制，到最后他索性将心一狠。

事情因他而起，最初的打算是，只要她肯跟他回去，他就陪她一起领罪，竭力保全她性命，孰料她心中恨意太重，言行变得极端，再这么纵容下去，恐怕今后会做出更多滥杀之事，眼前闵素秋之死就是个例子。

罢了，既然难以挽救，他就彻底对不起她吧。

心中悲凉，洛音凡停止避让，右手捏诀催动逐波剑，左手凌空结印，赫然又是一招"寂灭"。

当年南华天尊正是用这一式将魔尊逆轮斩于剑下，洛音凡本就长于术法，又是现今仙界唯一修成金仙的尊者，此刻怀了必杀之心，"寂灭"由他全力使出，更非同小可，与之前大不相同。

似曾相识的场景再现，重紫魔意稍减，神志渐渐苏醒。

终于还是决定了？

漫天清影，重紫望着那执剑之人，忽觉疲惫，缓缓收了剑，垂下双臂。

也许，解脱就好……

可惜她虽主动放弃，体内魔力却未必，感受到强大仙力的侵犯，本能地要进行反抗，引发心魔，一念之间魔意又起。

第一世是寂灭，承受这么多，难道又要换来个寂灭的结局？什么都没有了，什么都没讨回来，岂会这般轻易就受死！

重紫目光一冷，猛提全身魔力，抬掌就要推出。

"尊者留情，她可能中了锁魂丝！"

八荒剑蓝光闪闪，映衬着俊美冷漠的脸，秦珂挡在她面前，微微喘息："师父前日清点锁魂丝，发现少了一根，命闻师叔详加调查，前日才知是妙元将锁魂丝藏处泄露给了卓少夫人，听说卓少夫人失踪，秦珂料想必定与此事有关，求尊者手下留情，莫要错伤了她。"

是闵素秋用锁魂丝暗算她？洛音凡心里咯噔一下。

至此，他终于明白那笑容里的含义，她在嘲笑他，料定他会怀疑她，怪罪她，料定他会如何选择，所以她不解释。

每每遇到她的事，他总是冷静不了，是知道自己身中凤凰泪的缘故？

杀气收尽，洛音凡沉默。

"我中没中锁魂丝，与你何干？"见到秦珂，重紫反而恼怒了，抬眸冷冷看他，

"就算我中了锁魂丝，杀你也绰绰有余。"

秦珂恍若未闻："她是尊者唯一的徒弟，尊者已经亲手杀她两次，又怎忍心再下杀手？"

洛音凡表情僵硬。

两次？他只知道自己用锁魂丝毁了她肉体，伤了她魂魄，但那也并非有意，为何秦珂会这么说？难道之前他……他做过什么？那些被抹去的记忆里到底还有些什么？

不，她堕落入魔，就理当受惩处，否则，要他怎么接受这样的大错？

洛音凡尽量说服自己镇定："也罢，念在师徒一场，倘若她肯回南华领罪，我便饶她性命。"

"尊者这是逼她，她根本没有退路。"秦珂摇头，"天生煞气，走到今日并不全是她的过错，尊者为何不问清前事再作决定？"

"什么前事，轮得到你来管？"重紫抬掌击出。

秦珂硬受一掌，身形晃了晃，吐出口鲜血。

"孽障！"洛音凡握剑。

秦珂抬臂护住她："既肯替她掩饰煞气，再收为徒，到头来却又不能护她，尊者当真铁石心肠，就没有一点儿内疚？"

"我需要你们的内疚？"重紫大怒，掌心有魔光，"我说过不会再留情，让开！"

秦珂终于避开这掌，扣住她的手腕："锁魂丝未除，伤人只会伤着自己。"

什么伤都受过了，还怕这点？重紫挣脱他的掌握，冷笑："我是天魔之身，杀两个人没那么容易死，养个两三天就好了，你该担心你自己。"

"重紫！"掌风落，秦珂以八荒剑撑地，俯身又喷出一口鲜血。

洛音凡木然而立，没有出声也没有阻止。

他的徒弟，因凤凰泪忘记的人，被别人这样维护着，他又能说什么，能做什么？

锁魂丝，伤人伤己，重紫嘴角也慢慢沁出血丝，她却似全无感觉，暗红色眸子闪着近于疯狂的光："你找死？"

"你冷静点。"

"让开！"

"重紫！"秦珂低喝，"要我死容易，不要再伤自己。"

或许是被他脸上的表情震住，重紫清醒了些，看着他半晌，忽然嗤笑道："你以为这样就能感动我？"

秦珂没分辩，站直身，转向洛音凡："秦珂甘愿替她赔一命与青华宫，求尊者念在旧日情分，将来护她一命。"

洛音凡变色:"你……"

未及阻止,那白衣上已有数点血沁出。

他竟自绝筋脉!

不知是红的血太刺眼,还是因为那目光太温柔,重紫终于寻回理智,喃喃道:"你……做什么?"

他朝她伸手:"重紫,过来。"

是她害死了他?她又做了什么?重紫惊恐后退:"我没让你死,我没想杀你,是你自己……"

"是我自己,不是你的错。"

"你以为这样我就能回头?"

"我并非要劝你回头。"

"为什么?"

他没有回答,只是艰难地朝她迈步,却苦于无力,屈膝半跪下去,以剑支撑才勉强没有倒地:"丑丫头,过来。"

隔世的称呼,梦里曾听到。

仙山,大鱼,大海,那个紫衣金冠的高傲小公子,会绷着脸叫她"丑丫头",会躲开她的手,也会在她受欺负的时候站到面前保护她。

应该走近,可不知什么时候,反而越来越远。

她身受重刑,冷静自持的青年不顾伤势拉着她的手要她忍,忍下去,等他救她出来,等他为她驱除煞气。

她没等到那天,已经万劫不复。

当一切不能挽回,他选择死在自己手上,只为不让身中锁魂丝的她受伤。

面前那手修长如玉,指节寸寸透着力量,仿佛为救赎她而来,重紫慢慢地、慢慢地走过去,拉住。

秦珂立即握紧那小手:"自与你一同拜入仙门,我太多时候都在闭关,只因听掌教说你天生煞气注定入魔,不能修习术法,所以妄想有朝一日能修得尊者那般厉害,好保护你。"

沉默片刻,他苦笑:"早知如此……"

早知到头来还是保护不了她,早知再努力也改变不了命定的结局,他又何必去闭什么关,修什么仙术,能多陪她几年更好。

有后悔吧?

或许没那么复杂,仅仅是一种很简单的感情而已,他一直都是那个别扭的小公子，单纯地想要保护那哭泣的丑丫头。

重紫摇头，只是摇头。

"生在富贵之地，慕仙界之名而来，发誓守护人间斩尽妖魔，没想到……"秦珂看看手中的八荒神剑，将它奉与洛音凡，"望尊者将它带回交与师父，是秦珂辜负他老人家厚望，但求不要怪罪于她。"

"是我无能，没办法给你一条回头的路，"他用力将重紫拉近，"不要再轻易伤害自己。"

知道无路可走，所以没有劝她回头，只让她爱惜自己，少受伤害。

白雪世界，瞬间变作茫茫大海。

脚底不是山坡，而是青色鱼背。

鱼背起伏，海风吹拂，伴随着哗啦的海浪声，尖锐的海鸟声，悠悠如往事再现。

"我此生原是立志修仙，来世我们再不要入仙门，可好？"

"我还会有来世吗？"

俊脸白似雪，却不复冷漠，他微微一笑："会。"

那身影终于倒下，带着她也一同跌坐在地。

用最后法力营造的幻境消失，一道身影尖叫着扑过来，带着哭腔，却是尾随而至的司马妙元。

身体犹带温度，重紫将他的脸紧紧抱在怀里，什么都没有说，也没有流泪。

黑暗的仙狱，他扶着她的肩膀说她傻："一个人倘若连自己都不想保护自己，又怎能指望他人来帮你？"

可是现在，他一心保护她，也忘记了自己。

一个一个全都离她而去，为什么连他也留不住？她已经是魔，万劫不复，连那个人都在逼她，为什么他还不肯放手？她都那么绝情了，为什么他还是不肯离她远些？

魂归地府，来世的他还会是那个少年老成的骄傲小公子吗？精明稳重，行止有度，不要再遇上她，不要再这么傻。

"秦师兄！秦师兄你怎么了？"看到白衣上的血，俏脸立刻变得狰狞，司马妙元疯了般，拔剑朝重紫狠狠劈去，"又是你，你害死了他！"

重紫面无表情，抱着秦珂坐在雪地里不动。

仙印起，司马妙元被震得退出好几步才站稳："她害了秦师兄，尊者！"

"害死他的不是重紫，是你。"另一个淡淡的声音响起。

冰蓝色披风，腰间佩长剑，闻灵之缓步走来："若非你居心不良，故意将锁魂丝的藏处泄露给闵素秋，这一切都不可能发生。"

"你胡说，我怎么会害他？"司马妙元疯了般摇头，指着重紫，"我只是想让她痛苦，让她尝尝锁魂丝的滋味，她是魔，本就该死，不是吗？我并没害秦师兄！"

闻灵之看看秦珂，然后转向洛音凡，作礼："前日天山弟子做证，月乔生前曾私下透露，进仙狱侮辱重紫，私入昆仑冰牢，都是受司马妙元撺掇而为，如今司马妙元又泄露本门秘宝锁魂丝藏处，连累卓少夫人，有辱南华门风，理当问罪。灵之已禀过督教，现废除司马妙元修为，逐出南华，送回皇宫。"

洛音凡机械地点头。

废除修为，逐出南华！司马妙元如闻晴空霹雳，脸色立刻变得惨白："不，不可能！"

闻灵之道："我早已警告过你，司马妙元，你从此不得再以仙门弟子身份自居。"

"不会！你骗我！"司马妙元嘶声道，"我是公主，我父皇是人间帝王，掌教不会这么做！"

"仙门没有什么公主。"闻灵之语气平静，"能得到的不需要用手段，得不到的，用尽手段也得不到。重紫入魔很可悲，司马妙元，其实最可悲的还是你，你为何不回头看看你自己，看你因为嫉妒做了些什么事，变成了一个怎样的人。原本没有秦珂，你还有别人，有尊贵身份，有掌教与仙尊器重，如今你却什么都没有了。"

"我不信！我要见掌教！我要见督教！"

"因为你，害得卓少夫人闵素秋丧命，害得掌教弟子秦珂身亡，你见了掌教与督教，还想求怎样的下场？"

司马妙元失魂落魄，坐倒在地。

是的，贵为人间公主，她拥有的太多，有宠爱她的父皇和母妃，有上好的修仙资质，有掌教与督教仙尊的提拔与器重，是新一代弟子里的拔尖人物，可是因为她一念之差，把大好光阴浪费在嫉妒与算计上，非但害死了秦珂，还害死了闵素秋！这些年来，她用礼物打点收买人心，可是那些人有几个是真心待她为她好？所有人都奉承她，从来没有谁劝阻过她一句。重紫出事尚有人怜悯维护，而她，闹出这么大的事，也没有一个求情的，南华竟无她的立足之地！回皇宫吗？母妃的荣宠早已不如当年，原将拜入仙门的她当作唯一的希望与筹码，如今她却被逐出南华，对这个不在身边多年的女儿，父皇还会那么喜欢吗？她真的什么都没有了！

重紫费力地抱着秦珂站起身，再没多看众人一眼，化作一阵风消失。

天上不知何时又飘起了雪，越下越大。洛音凡站在雪地里，白衣惨淡，被风雪包裹，竟似一块寒冰。

第十一章·寻找眼睛

夜幕将临，殿内冷冷清清，照例没有点灯。法华灭原本亲自守在殿外，见了亡月立即作礼，退下。亡月走进殿内，就看见重紫斜斜歪在水晶榻上，有点出神的样子。

长而密的睫毛毫无颤动，凤目空洞，仿佛看得很近，又仿佛看得很远，暗红色长发衬着雪白的脸，美得伤心。

身系魔宫未来，注定的命运，魔族的希望，经历这么多事，一颗心却始终未改，自打见到她第一眼起，他就知道，这少女不属于魔族，不属于魔神。

而他，从这场游戏的看客，变身为其中的角色，若非知道她对魔族的重要性，或许，或许他……

没有或许。

亡月叹了口气，难得带着几分惋惜。

他俯身将她抱入怀里，像抱着个孩子："怎么，心软了？"

重紫先是不解，很快反应过来，淡淡笑道："有人为我而死，我总会感动一下的。"

"还不肯把自己献给我吗？"

"我只是一柄剑，圣君要就拿去。"

冰冷的唇在她脸上点过，那是种奇怪的感觉，黑暗的气息透着魅惑。

重紫惊讶地望着他，一时反应不过来。

不属于魔的少女，竟得到他真正的吻，亡月似乎是笑了声，道："你若能看到我的眼睛，我就可以答应你一件事，包括修复你的肉身，取出你体内寄宿的逆轮之剑。"

他伸手抚摸她的脸："无戏言。"

重紫看着他半晌，低头："不必了。"

亡月也不强迫她："累了就睡吧。"

"被你抱着，今夜我会睡不着。"

"你怕我？"

"怕，"重紫再次抬脸望着他，一字字道，"这里人人都怕你。"

冬去春来，对那些想要挽救什么的人来说，时间总是过得太快，然而对那些想要终结的人来说，时间却过得太慢太慢了。

法华灭走进殿时，重紫正躺在亡月怀里假寐。

"洛音凡要见皇后。"

"我的皇后，这个人又来了，要不要我去把他赶走？"亡月叹息。

整整半年，洛音凡都等在水月城外，重紫当然不会再去。倒是这段日子里，外面巡守水月城一带的那些魔兵全部过得心惊胆战，更有不走运被他抓去的，好在他这回格外留情，并没有过分为难谁，全都放回来报信了。

"他说见我便要见吗？"重紫半睁开眼，有点不耐烦，"仙界尊者的话，你当成圣君的命令了？"

法华灭忙道："属下不敢，只是这回他抓住了欲魔心。"

重紫意外："欲魔心早已不是魔宫护法，他要杀就杀，与我何干？"

得到答案，法华灭立即附和："正是，欲魔心擅离圣宫，辜负圣君多年栽培之恩，早就该死，属下这就叫人去回绝了他。"

重紫抬手："此事我自有道理，你不必管了。"

法华灭答应着退下。

亡月道："皇后还是想去见他一面？"

重紫道："你未免太有把握。"

亡月笑道："梦姬说你们的关系有些不清楚。"

重紫直了身："你信她还是信我？"

"信她。"亡月抚摸她的脸，"可惜你是魔，不可能叛离魔神，他却是仙，怎会愿意和魔在一起？你得不到他。"

"不用你提醒。"

"去吧。"

雪早已化尽，水月城外风景又是一变，满坡苍翠。

白衣衬得遍身清冷，与上次雪地分别时的姿势一模一样，好像没有动过似的，他就那么从冬天站到了现在。

欲魔心倒在地上，闭着眼睛。

重紫御风而至，飘然落地，一缕长发被风吹到唇边，又被两根纤长手指轻轻撩开，平添了几分妖娆。

"你找我？"语气透着暧昧。

出乎意料，洛音凡听了既没尴尬也没生气，只是转脸看着她，漆黑的眸子不见底，仿佛要将她整个人装进去。

欲魔心从地上爬起来，也不道谢，转身就走。

重紫拉住他："他杀了阴水仙，你不找他报仇？"

几年不见，鬼面看上去已没有先前那般狰狞，多了几分安宁与祥和之气，欲魔心淡淡道："那是她自己选择的路，我报什么仇，给谁报仇？"

"但我是来救你的，你总不能就这么走了。"重紫道，"圣君现在怀疑我跟他关系不清不楚，你一走，剩下我们孤男寡女的，难保不生出什么闲话，到那时我可是有理也说不清。"

欲魔心听得张了张嘴，哭笑不得。

洛音凡脸上一阵白，却没有说什么。

欲魔心看看他，又看她，难得笑了声："你不是水仙。"

"我是，"见那人神色明显一僵，重紫停了停，唇边弯起嘲讽的弧度，"我说是，你会相信？谁都知道，他现在恨不能杀了我这个不知羞耻的孽障。"

"重儿！"

何等熟悉的语气，略带责备，略带无奈，她就是死上千百次，化成灰，烂成泥，也照样能记得清楚。

重紫看着他半晌，道："记得了？"

洛音凡默认。

又是内疚？重紫更加好笑。这样一个人，说他无情吧，明知改变不了什么，明知无可挽回，他还试图阻止，不自量力地想要救她；说他有情吧，说的话做的事都无情至极，狠得下心，下得了手，她有今日，完全是他与那些人一手造成的，你问他后不后悔，他肯定说不会，可是他又将内疚当饭吃，这不是自虐吗？

既然选择遗忘，今日记起来又有何意义？或者他应该再次遗忘才对。

重紫不说什么了，转身要走。

"重儿！"他终于开口，"你要去哪里？"

"当然是回魔宫。"

"那不是你该留的地方。"

重紫并不意外："这话奇怪，我现在是魔宫皇后，不回去，难道要留在外头？九幽还在等我，我出来太久，他会不放心的。"

九幽，又是九幽！明知她是故意的，洛音凡依然听得恼火，尽量维持冷静："九幽没你想的那么简单！"

"他是我丈夫，人人都知道他不简单，是魔界最强的魔尊，"重紫扬眉，"怎么，难道你在吃醋不成？"

丈夫？她承认那是她的丈夫？受了利用还不知道，他迟早会杀了九幽！洛音凡薄唇紧抿，眼睛里几乎要喷出火来。

欲魔心听得有点傻，也有点想发笑，想不到她敢对曾经的师父这么说话，分明是在故意气他，这对师徒倒有些意思。

重紫收起戏弄之色："洛音凡，你要见我，我已经来了，你还有什么说的，一并说清楚才好。"

"跟我回去。"

"你知道不可能。"

"我带你走。"

笑意逐渐收起，重紫匆匆抬脚就走。

"他中了欲毒。"欲魔心忽然开口。

两个人同时僵住。

重紫慢慢地转回身，喃喃道："你说什么？"

"他中欲毒多年了。"欲魔心确认，也是洛音凡修为太高，隐藏太深，所以到现在才看出来。没有什么比这更令他意外了，人人都道洛音凡是当今仙界修为最高的尊者，几近于神，完美得没有破绽，想不到这样的人也会有欲望，被区区欲毒缠上，传出去也算奇事一件。

谎言终被揭穿，俊脸刹那间惨白如纸，伪装的镇定再难维持，他整个人还是纹丝不动，笔直地站在那里，却犹如失去了灵魂，剩下个空架子，只需轻轻一推，便能将他打倒。

欲毒，这才是最真实的答案，原来他中了欲毒，怪不得那夜他会失常，那根本就不是什么走火入魔！原来他需要忘记的，不是她的爱，原来他对她……

重紫低头，咬着袖子笑起来，笑弯了腰，笑出了眼泪。

一个习惯以道德和责任约束自己的近乎完美的人，突然发现自己竟对徒弟生出爱欲情欲，要他站在她面前，已经很羞愤很绝望了吧，所以他选择骗她，伤害她，忘记她？

　　欲魔心惊疑："你……"

　　"我没事，"重紫摆手，直了身，"想不到堂堂重华尊者也会被欲毒困扰，我还当他真像传说中那么无情无欲，你先走吧。"

　　欲魔心看看二人，果然遁走。

　　沉寂，凝固了空气，凝固了时间。

　　重紫抬脸望着他，泪水滚落，表情僵硬："你想告诉我什么？你那天晚上真的是走火入魔？"

　　洛音凡脸更白，语气反而平静下来："是。"

　　无论发生过什么，都是错的，都是不应该发生的，无论他爱与不爱，都改变不了师徒的事实。

　　"还在说谎，你真的不爱我？"重紫摇头，"或者干脆告诉我，你又忘了？"

　　"是我对不住你。"

　　"还有？"

　　"不要留在魔宫。"

　　"跟你去冰牢？"

　　"我带你走，"洛音凡一字字道，"为师会辞去这仙盟首座之位，带你离开。"

　　"师父？"

　　曾经最神圣的两个字，如今听来，满满的尽是讽刺，令他倍感虚弱，无言以对。

　　一定要这样？重儿？

　　对上他的视线，重紫沉默片刻，道："你知道我想要什么，还要带我走？"

　　那是个足以毁灭他一世英名和半生荣耀的要求。

　　洛音凡摇头："我带你走，但……"

　　"但你不能给我，"重紫替他说完，"堂堂重华尊者舍身至此，只为带徒弟离开，叫人感动，也成全了好师父的名声。"

　　洛音凡艰难地动了动嘴唇，不知道该说什么。

　　恢复记忆的那一刻，他的心几乎死了，不能回想剑下那双毫无生气的眼睛，不能想象被他放弃，她是怎样的绝望。

　　如何解释？如何能承认？

亲手将她推到绝境，一滴凤凰泪，忘记的却是平生爱护有加的徒弟，自负如他，尚德如他，难以接受，更无法改变。他并非畏惧流言，而是这本来就错了，叫他怎么答应？就算别人都以为他们那样，他也不会真的就做出那样的事，他永远都是她的师父，爱上她已是罪孽深重，怎能再跟着糊涂？

可以尽一生陪伴她，可以永远忍受面对她的难堪，甚至用性命偿还她，却不能答应那样的要求，成就永生罪孽。

重紫盯着他半响，笑了："好啊，你先让我封印你的仙力，我就跟你走。"

洛音凡不语，护体仙印闪烁两下，消失。

一道魔印打在他身上。

筋脉受制，灵力再难凝集，仙界最强的尊者，此刻与寻常人无异，对他做任何事，他都没有能力反抗。

重紫走到他面前，轻声笑："洛音凡，我骗你的。"

面对戏弄，洛音凡不意外，亦不生气。

这样，可以稍解你的怨恨吗，重儿？

"你知道我不会杀你，所以不在乎，"怒色一闪而逝，重紫低哼，眼波流动，泛起一丝恶意，"可是制住了你，仙门对付起来就容易多了吧？"

"重儿！"他果然开口。

"你这是求我？"重紫伸臂攀上他的颈，缓缓用力，迫使他倾身低头。

娇艳的唇越来越近，湿润，晶莹，带着记忆回到当初那夜，洛音凡心一跳，立即闭目，皱眉。

轻软气息夹带幽香隐隐，似兰非兰，似麝非麝，若即若离的唇，一切静止在一个极暧昧的距离内。

最近，也最远。

镇定的脸上，有无奈，有羞愧，有忍耐，还有一丝隐藏的厌恶。

半响，她松开他。

双眉渐渐舒展，洛音凡松了口气，重新睁开眼睛，脸有点热。

为什么紧张？

不明白，或者是刻意忽略了。

重紫似笑非笑："是不是想一剑杀了我这个不知羞耻的魔女？"

洛音凡直了身，不答。

重紫缩回手，后退，纱衣被风吹得飘起，一张脸依旧美艳不可方物："你若早些说带我走，我或许真的什么都不要就跟你去了。可惜，你那个蠢徒弟已经死了，我现在是九幽的皇后，重姬。

"看在你曾是我师父，待我有恩，还能为我内疚的分儿上，以前的事我都不予计较。如今，我的法力是父亲留的，性命是大叔救的，地位是九幽给的，还有天之邪、燕真珠、阴水仙、秦珂，喜欢我的，连害我的都为我而死，我欠他们，却唯独不欠你，为什么还要跟你走？"

她展开双臂，很自然地在他面前转了个圈："想必你都猜到了，我的肉体早已残破，只能以身殉剑，靠魔剑支撑，连魔都不是，你愿意带一柄剑走天下？可天魔乃是极端之魔，剑上魔气迟早会让我迷失心性，不是你能控制的，那时为了你的仙门和苍生，你又将如何？再次将我锁入冰牢，还是修成镜心术，把我连同剑一起净化了？"

洛音凡站在那里，衣袍因风颤抖，声音却异常坚定："不论是进冰牢，还是净化，为师都会陪着你。但眼下你不能再继续，逆轮尚且失败，你又怎会成功？这条路再走下去，只会万劫不复。"

"我万劫不复与你何干？"重紫轻抚绛黑长袖，"舍弃仙盟首座，你以为你做的牺牲已经够大，所以我就该原谅你？"

洛音凡愣住。

"不要再说带我走是为了救我，你只是放不下你的责任。"重紫淡淡道，"你念念不忘的，还是你的仙门苍生。你害怕，因为这一切都是你造成的，是你的罪孽。你做这些，只是为了弥补你的过错，你后悔没有趁早杀了我，那样你就可以一边内疚，一边看天下太平……"

"重儿！"不是这样！

"我什么都没有了，必须要得到更多！"重紫的语气陡然变得冰冷，暗红眸子里弥漫着一片妖魅杀气，"走到今天这一步，我不能甘心！虞度他们逼我入魔，我就灭了仙门，让六界入魔！"

见她魔意渐重，洛音凡心惊："重儿，不可任性！"

"我任性？"重紫仿佛听到了最大的笑话，"洛音凡，分明是你虚伪！你口口声声说带我走是为了苍生，是要救我回头，可是你难道真的一点儿也不想要我？"

洛音凡紧抿薄唇，目中已有痛苦之色。

爱，却不能要，这份爱也就变得不堪了，因为它不该产生。

"不要胡闹了。"

重紫了然一笑，闪至他身旁，轻轻在他颈间吹气："你的欲毒为何清除不去？你怎么不说？"

"这不重要。"

"我嫁给九幽，你真的一点儿不在乎？这些年我在魔宫夜夜与九幽亲热，你真的一点儿也不吃醋？你要带我走，真的与他没有一点儿关系？"

"够了！"声音冷彻骨。

洛音凡握得双拳作响，勉强克制冲动，否则他不能保证会不会狠狠扇她两巴掌，让她清醒，让她看清自己做了什么荒唐事，看清她在他面前说这些不知廉耻的话的样子！看清那个卑鄙的九幽的真正目的！

重紫无视他的反应，转到他面前，仰脸望着那双不见底的黑眸："你以为天下只有你洛音凡值得我喜欢？九幽完全可以替代你，他足够强大，长得也不比你差，会保护我，疼我，每次我醒来的时候，都在他怀里……"

啪的一声，一记响亮的耳光。

重紫被打得侧过脸，弯了腰。

手打下去，洛音凡便知自己又要后悔了，再想到她在别的男人身下承欢的情景，天生洁癖被勾起，禁不住又是一阵厌恶，后退两步。

脸上逐渐浮现指印，重紫已经感觉不到痛，扶着大石慢慢地重新直起身体，看着他坦然道："当初仙门追杀，我跟着他活到现在，你呢？你做了什么？亲手杀我，打断我的骨头，还是把我关进冰牢，用锁魂丝毁我肉身？没有阴水仙，没有天之邪，没有秦珂，我早就不在世上了！九幽是利用我又如何？他护我，给了我地位，你爱我，却只能给我伤害，你有什么资格生气，又有什么资格嫌弃我？"

错了，他又错了！洛音凡一句话也说不出来，缓缓闭上眼睛。

什么时候，他竟然沦落成一个责怪徒弟、打徒弟发泄的师父了，是他心有邪念，怎么可以用伤害她来掩饰过错？为什么在她面前一再犯错，为什么他就是控制不住？

心早就死了，可看到他嫌弃的样子，依然会冷。

重紫后退："洛音凡，不要说什么救我回头，我不需要！不要做出一副救世主的样子，你对得起你的仙门苍生，可是伤到了我。我能理解你的决定，但不会原谅你，除非南华山崩，四海水竭！"

不要走，不要回去。

瘦弱的身影逐渐远去，洛音凡抬了抬手，终究还是无力地垂下。

魔宫之夜，亡月已经等在榻上，紫水晶戒指在黑暗中闪着幽幽的光。

见到重紫，他抬起左手，重紫不由自主走过去，顺势坐到他膝上，躺到他怀里。

他身上并不暖和，阴冷，有种压抑的感觉，两条手臂将她牢牢圈住。起初重紫差点儿睡不着，可是日子一久，渐渐也就成了习惯，不仅如此，这怀抱似乎总透着股神秘的诱惑力，吸引着她，像上了瘾似的，反而越来越离不开。

重紫道："我的魔性好像越来越重了。"

亡月低头在她脸上蜻蜓点水般吻过："这是好事，皇后。"

重紫盯着他，盯着他的脸，在紫水晶光芒映照下，高高的鼻梁略有阴影，那本该长着眼睛的地方仍被斗篷帽遮得严严实实。

"想看我的眼睛？"

"看到你的眼睛，任何事你都可以答应？"

"无戏言。"

"你到底是谁？"

"你的丈夫。"

重紫迅速伸手去掀那斗篷帽，却被他以更快的速度捉住："皇后，耍赖是不行的。"

重紫浅笑着缩回手："我只是想摸摸丈夫的脸，怕什么？"

"那要等到你把自己献给我的那天。"

"圣君与其每夜都在这儿坐怀不乱，何不过去叫梦姬伺候？"

"我对你更感兴趣。"

"圣君愿意侍寝，却之不恭。"重紫恹恹地侧过身，在他怀里寻了个更舒服的位置，闭上眼睛睡了。

天灾频频，带来饥荒，曾经热闹的村落，如今满目荒凉，处处枯井断壁，青苔爬上墙，蛛网织上门，院里生出野草杂树，村民死的死，走的走，剩下的没几户了。

泥墙木窗，茅檐低矮，小小两间房，周围是一圈用篾条织成的篱笆。白发老人吃力地从井里打了水，提到院子里菜地旁，一瓢一瓢浇地头的菜。

树后似有人影闪躲。

余光瞟见，老人连忙定睛去瞧，大约是老眼昏花，那女子满头暗红色长发忽然变成了黑发，一张脸美丽又眼熟。

老人呆了半晌，总算认出来："你是……小主人？"

重紫没有回答。

"来看阿伯了！站在那儿做什么？"老人惊喜万分，将水瓢一丢，过去打开篱笆门，"让阿伯看看，长这么高了！变成大姑娘了！"

重紫走进院子，不动声色地打量四周："阿伯这些年还好？"

"好好，"老者拉着她，眼泪险些掉下来，"这两年气候古怪，听说出了个凶魔作乱，仙长们都在想办法对付，阿伯就怕你出事。"

他还不知道那个很可怕的魔就是她？重紫侧脸笑道："几年没能来看阿伯，阿伯生我的气吗？"

"生什么气，小主人勤奋修行是好事。尊者前日来过，都跟我说了，小主人一直在闭关。"老人转身去寻凳子。

重紫抬手一指，地上出现条长凳。

老人惊喜，赞她法术厉害。

重紫没有表示，扶着他坐下，转脸看着菜地道："不是送了粮米吗，阿伯何必再做这些？"

"真是你送的？尊者果然没骗我。"老人欣慰，"阿伯哪里吃得完，自那魔头出世，年景不好，外头饿死的人……唉，阿伯反正闲着，种点东西，将来舍出去也算给你积德，教你早些修成仙。"

重紫听得微微笑，点头："那改日我多送些来。"

老人制止，又细细询问她许多事。

重紫不慌不忙一一作答。

老人听得连连点头，叹道："我说跟着尊者没错，难得遇见这样的好师父。前几日我害病，他老人家特地送了药来，还说你出息了。"

修成天魔，当真出息了，重紫忍不住笑道："我过得很好，嫁人了呢，他没告诉阿伯吧？"

"什么？"老者惊得瞪眼，随即转为喜悦，"这么大的事，竟不告诉阿伯一声，几时嫁的，是哪家的小子？"

重紫赧然："他很忙，来不了。"

"忙也要来的。"阴沉的声音响起。

老人吓了一跳，转脸看去，不知何时，院子里站了个神秘的男人，全身几乎都裹在黑斗篷里，连眼睛都没露出来。

"你……"

"我就是那小子，我叫亡月，也来看阿伯。"

老人被他笑得头皮发麻，连忙看重紫，见她点头确认，才松了口气。大约是觉得他装束太古怪，又阴森可怕，老人始终有点胆怯，不敢去拉他，只随便问了几句话，越发不安，终于忍不住把重紫拉到一旁，低声道："阿伯看他，心里有些不踏实呢。"

"不像好人？"重紫笑起来，"阿伯放心，他就是性子有点古怪。"

老人点头，半晌惋惜道："阿伯原是盼着你能找个像尊者一样的夫君，好好照顾你，也罢，你是个聪明孩子，心里有数，找的人一定不错。"

重紫含笑道："我先前也那么想呢，可现在我才发现，还是亡月这样的好。"

老人展颜："看人不能光凭眼睛，阿伯知道。"

重紫扶着他道："此番是趁空闲来看阿伯，今后我又要闭关，不能常来了，阿伯要保重。"

老人笑道："阿伯不缺吃穿，有什么可担心的，小主人仔细跟尊者修仙……"

"她现在不会跟别人，只能跟着我了。"悄无声息地，亡月出现在二人身后，伸手揽过重紫的腰。

重紫倒没怎么，倚在他怀里笑："你别吓到阿伯。"

老人还真的被吓了一跳，看二人这亲密情形，始终觉得不太对劲儿，惊疑："尊者不是说……"

重紫眨眼道："我现在嫁了亡月，当然跟着亡月了。"

亡月笑道："我是好人。"

老人轻声咳嗽："也是，也是，你们小两口夫妻和睦，好好过日子，我就放心了。"

自天魔现世以来，连年灾难，大地人烟荒芜，又是一度青山绿水，始终不闻樵子歌声，林木幽幽，杂草丛生，沉浸在一片冷清寂寞里。

青石板小道，年轻的长生宫弟子佩剑行来，满脸明朗欢快。

忽然一阵风扫过，前面树下现出两道人影。

修仙之人向来警觉，感应到魔气，那弟子立时停住脚步，右手按剑，镇定地看去。

一男一女，并肩而立。

女子凤眼迷人，暗红色长发堆起云髻，轻薄的绛黑纱衣拖在身后，佩饰华贵，恍若神妃，半截小臂露在外头，雪白晶莹如玉，上面戴着几个不同颜色、不同质地的镯子。身旁的男人比她高了整整一头，却是从头到脚都被黑斗篷裹着，只露出苍白优美的尖下巴，神秘贵气。

时隔几年，记忆依旧深刻，那弟子不费任何力气便认出她，脸白了："你……紫魔！"

原来他就是当初被她救下的少年。

重紫看着他微笑："又见面了。"

那笑容太美，美得带有毁灭性，少年居然愣了好一会儿，反应过来之后更加羞惭害怕，手颤抖着，连剑也拔不出来了。

重紫朝他走去。

"你别过来！"少年惊慌后退。

他越是这样，重紫越不理会。

眼看退无可退，少年终于记起遁术，仓皇念咒想要逃走，却被周围结界挡了回来，顿时吓得直哆嗦。

重紫失去兴趣，转身道："算了吧，免得他为保清白自寻短见，叫人看到，还以为我青天白日强抢少男。"

亡月问道："忘恩负义的人，你不想惩罚？"

重紫道："惩罚他有用吗？是仙门要杀我。"

"没有他回去报信，仙门就不会那么快找到你，你也不会那么快入魔，或许还留在那座山上，守着小茅屋清静度日。"亡月出现在她身旁，沉沉的声音透着奇异的蛊惑力与煽动力，"你救了他的命，他却出卖你，对这样的人你还要心软？"

重紫脸一冷，眉目间隐约浮现煞气，竟被激起三分魔意。

"煞气天生，但你并没有杀过人，他们仍一心置你于死地，这些忘恩负义之徒反而活得好好的，魔，应当有仇必报。"

"该杀！"重紫面无表情地举起右手，手心有光芒闪现，瞬间化作一柄蓝色小剑，向少年刺去。

她已经是魔，还用顾忌什么？害她的人都不能放过！

蓝剑无声袭至咽喉，就在少年即将被吓晕的瞬间，一柄长剑自旁边飞来，替他挡住了攻击。

看到那人，重紫魔意退了两分："洛音凡，你总跟着我做什么？"

洛音凡令那弟子离去，然后转脸看她，有点悲哀，心内阵阵绝望。

她说得没错，自从肉身残破以身殉剑后，她就变成了真正的魔体，心智已经开始被魔气扰乱，这么下去，她迟早会变成彻底的魔，行事极端，滥杀无辜。而害她失去肉身的，恰恰是他。他能怎么办？终有一日，他会再次伤她，这样的结果，叫他如何接受得了？

重紫弯弯唇角，目中尽是嘲讽之色。

这个人总是自负又可怜，时刻做出一副悲天悯人的模样，他不想对她下手，又要阻止她杀人，他以为他救得过来？她走到哪儿他就跟到哪儿不成？

"你以为你能救多少人？"

"救一个便是一个。"

重紫转身拉亡月："我没那闲工夫陪他玩，还是回去吧。"

洛音凡这才留意到旁边的亡月，顿时怒气横生，眼底一片浓浓的杀机："九幽！"

若非这个人引诱，重儿不会入魔，不会执迷不悟走上这条路，师徒二人更不会变成现在这样！没有他，她就不会留在魔宫，只会乖乖跟自己回去！他分明是在利用她，他竟敢对她……

恨欲高涨，仙心顿生魔意。

逐波剑凝聚平生数百年仙力，飞至半空，掀起气流如浪花，白浪铸成高墙，将二人围在中间，封死所有退路。

头顶忽现阴影，重紫下意识仰脸看。

气浪澎湃，一柄长约数丈的骇人巨剑高高悬于半空，带着五彩仙印，朝亡月直压下来。

"极天之法，杀道，"亡月道，"皇后，他是真的想杀我了。"

"你能敌吗？"

"那要看皇后肯不肯出手相助。"

剑影越压越低，亡月不慌不忙平抬双臂，周围气流却不见任何异常，似有力量，又似全无力量。

重紫有点惊奇，也暗暗凝聚魔力去抵抗。

然而就在这当口，那片无形压力猛地撤去，头顶巨剑消失得无影无踪，气流铸成的高墙迅速崩塌，对面那人身形微晃两下，终是忍不住皱眉捂住胸口，强大仙力反噬，终受重创。

重紫脸色一变，收招上前去扶。

恨欲迷心窍，恨她，恨九幽，恨自己，体内欲毒疯狂蔓延。洛音凡气怒之下理智全无，奋力推开她，以逐波勉强支撑身体，咬牙吐出几个字："你……给我滚！"

黑眸失去焦距，他踉跄着后退几步，终于倒下。

亡月道："是欲毒。"

"我带他去找欲魔心。"重紫匆匆说完，抱着他消失了。

第十二章·星殒

欲魔心隐居的地方是个不起眼的山谷，重紫带洛音凡赶到时，谷内空无人影，两间茅屋门都大开着，残叶满阶，蛛网结上了门框，看样子欲魔心已离去多时。

重紫正着急万分，忽然发现屋内桌上摆放着一个玉瓶，于是连忙扶了洛音凡进去，将他放在床上躺好，取过玉瓶细细查看。

瓶口有独特封印，未曾被破坏过，里面装着药粒，桌上还写着两行小字，欲魔心应是早已料到他们会来。

重紫拿着药走到床前。

戾气已退，脸上又是一派安详，淡然的与世无争的气质，使他看上去永远那么遥远，那么高高在上，无爱无恨，无情无欲。

这样的他，令她又爱又恨，她恨不能把那张面具一样的表情撕下来，让所有人看清他的真面目，那个愤怒的他，嫉妒的他，眼里满是爱欲的他！

受伤的根本不是他，是她。

爱，是她受伤；恨，也是她受伤。

伤心？无伤不是心。

重紫坐在床沿，伸手拂上他的额，撤去法力。

不消片刻，洛音凡逐渐苏醒，睁眼见床前人影，一丝欣喜自黑眸中划过，随之而来的却是惊天怒气。

九幽！她就这么信任九幽？帮九幽对付他？

洛音凡重新闭目，以免又控制不住对她发火。

平生所有自负与骄傲，刹那间尽被摧毁，伴随着无尽的悲哀。近千年的修为，到头来竟受制于区区欲毒,他现在的样子,谈什么救她,没有她,他恐怕早已死在九幽手上了。

看他这样,重紫暗暗苦笑。

对徒弟有爱欲,对他来说已经是很大的打击,何况还当着她的面欲毒发作,尊严尽失。对于他天生的洁癖,她很早就清楚,如今他连看她一眼都觉得恶心了吧。

也罢,意料中的事,她不在乎。

"解药在这儿,每隔一个时辰服用一粒。你中毒太久,须用三粒才能根除,其间要以仙力催动药性,我在外面替你护法。"

"重儿!"沙哑的声音,语气是少见的乞求。

重紫停住脚步:"我的肉体早已不能支撑魂魄,就算现在答应你什么,将来魔气迷了心智,迟早也会魔性大发,那时会变成什么样子,会做什么,恐怕都由不得我,你求我,是求错了人,难道要我杀了自己不成?"

洛音凡摇头,却不能反驳。

他想说他并非为仙门才求她,但不可否认,这也是他想带她走的最终目的之一,守护仙门苍生是他此生的责任,可他也不能放弃她。

重紫忽然回身:"那天晚上,你真的是走火……"

"那不重要,"洛音凡断然道,"一切都是我的错,你若恨,可以杀了我……"

重紫看着他半晌,凤眼中的温度慢慢地散去:"你的死不代表什么,我照样会上南华摧毁六界碑!没有你,你以为仙门能支撑多久?"

洛音凡无言以对。

重紫道:"你中毒是否为我,姑且不论,现在解药给你了,我们从此两不相欠,三年之约将满,我很快会攻南华。"

目送她出门,洛音凡心情复杂,忽气忽悲,无数思绪如线头,剪不断,理不清,不知道究竟想了些什么。大约两个时辰过去,最后一粒解药服下,体内欲毒驱除了十之八九,照他的修为,残余的那丝已无须用功,一个时辰后自会消解了。

洛音凡起身走出门,发现外头已入夜。

她走了?

心微紧,下一刻又迅速放松。

背对着月光星光,老树干阴影里,缩着团小小的人影。她孤独地倚着树干,沉沉昏睡,仿佛很疲倦的样子,直到察觉有人走近,才本能地动了下,可是很快又继续睡去了。

因为知道是他,就像他从不担心她会对自己下手一样,几番起杀意,她还能卸下防备,是不是代表她潜意识里还愿意信任他?

洛音凡半是惊喜，半是凄凉，情不自禁俯身将她抱在怀里。

重紫下意识地紧紧抓住他的衣裳，蜷起身体，将脸往他胸前埋。

长大了，身子却还是轻得可怜，令他想起四海水畔那片小小白羽，腰肢柔弱如嫩柳，生怕用力就折断，高高的髻鬟，美艳的小脸，浑身华贵，可是那样的美，始终透着种残破和冷弃的味道。

这是他的徒弟，曾经说要守护他的孩子，曾经恋着他陪着他的少女。

她不知道，无论她犯了什么错，无论她变成什么样子，自始至终，她都是他的徒弟，他怎么能不管她，怎么能任她一个人走下去？

洛音凡缓步走进房间，坐到床上，双臂仍小心翼翼地将她牢牢圈住。

呼吸均匀，正如当年每次受伤，她都安安静静躺在他怀里，生怕惹他担心。

迄今为止，伤她最多最深的人是他。

两生陪伴，他看着她长大，看她为了引他注意而淘气，看她任性地伤害自己，只为留在他怀里、留在他身边……

她的依恋如此美好，如此沉重，他背负着，也享受着。

什么时候开始改变？为什么一定要改变？

不知道过了多久，怀里的重紫猛地一个战栗，反射性地抱住他，死死地抱着，好像溺水的人抱着块浮木。

做噩梦了？洛音凡轻轻拍她的背，心疼得揪起来，受了太多委屈、太多伤害，离开自己的这些日子，她究竟有多害怕，又做了多少噩梦？

"重儿。"低低的呼唤，只有他自己能听见。

重紫迷迷糊糊眯了下眼，看到一片白，于是又放心地睡过去了。

洛音凡正松了口气，忽然间又全身僵硬，他听到她喃喃的声音，有点含糊，可是不难分辨："天之邪？"

心瞬间冷了，冰冷到极点。

天之邪！好个天之邪，魂飞魄散也还要留在她心里！她不是应该恨他的吗？要不是他屡次设计，自己和她就不会走到现在这个地步，是他逼得自己亲手伤害她，是他害得她离开自己身边，她却还在梦里念着他！看这情形，她是经常这么亲密地睡在他怀里。

不知好歹的孽障！九幽，天之邪，这些利用她的人，竟比他这个师父还重要还值得信任？！洛音凡握紧手，全没想过所有人都想杀她，连他也忘记她的时候，阴冷的魔宫里，是那个人陪在她身边，给了她最后的温暖和依靠，眼下磅礴的怒气，让他恨不能一掌结果了她！

怀中一轻，瞬间人已不见。

重紫现身门口，无奈苦笑。方才突然迸发的强烈杀气，将她从梦中惊醒，这算不算泄露了他内心最真实的想法？对于取舍，他向来很理智。

事到如今，无须多言。

她转身："我走了。"

门砰地关上，气流形成牢不可破的结界。

白衣无皱褶，眨眼之间，他已经站到她面前，黑眸冰冷，闪着危险的光，与平日的淡然大不相同。

重紫没有躲："又要杀我拯救苍生？"

洛音凡面无表情，抬手。

要打她？重紫下意识闭目。

突如其来的吻，狠狠落上她的唇。

爱与恨，嫉妒与愤怒，在这一刻全部爆发。背负着道德的谴责，这是个惩罚性的，报复性的吻，毫不温柔，甚至近于粗暴，他捧着她的脸，几乎是用尽力气在吮咬，半是快意，半是痛苦。

为什么要逼他，为什么要让他看清心底那些不伦的感情？没有她，他还是那个睥睨六界的尊者，一路云淡风轻走下去，没有多余的爱恨，没有多余的在意，永远做个无情的神仙，又怎会这么矛盾痛苦？她用她自己来逼他，逼他面对，逼他认罪，逼他投降！

可以，她赢了！

九幽皇后不够，她还躺在他怀里叫另一个男人的名字，他投降了！

她要的不是这个吗？他给她！这样总该满意了？他陪着她一起下地狱，陪着她一起万劫不复！

体内残留的欲毒流窜，疯狂肆虐，是爱欲还是恨欲，已经说不清了。

不再压制，只是放纵。

他在做什么？重紫有点恍惚，期待已久的一刻终于到来，敏感的心却在慢慢破裂，碎成一片片，化为冷尘死灰。

不能，那是欲毒，他在恨你！

明知如此，还是忍不住要沦陷，那夜的记忆重回脑海，重紫呼吸急促，情不自禁攀上他的颈，踮起脚尖，整个人挂在他身上，努力承受，好像一根快要被狂风暴雨摧折的柔弱小草。

相信，相信他爱你，绝望地想要相信。

高高的鼻梁毫不怜惜地压着她的鼻子，几乎令她窒息，疯狂的索取，娇嫩的唇瓣被咬破，疼痛难忍，舌尖在猛烈的攻占搅吮下已近麻木，缠绵，也残忍。

小手摸索着，无意识地滑进他衣衫内，冰凉，却足以燃尽他所有的理智。

拥抱着，相互撕扯着，衣衫褪至腰间。

肌肤暴露在空气中，手指感受到柔滑曲线，口齿间尝到血的甜腥味，和一缕淡淡的幽香，好像仙门大会那夜她亲手递来的那杯醉人的流霞酒，她不知道他喝过……

这是她的味道？

洛音凡陡然清醒，猛地推开她，踉跄后退，直到后背倚着墙才站稳，惊痛地闭上眼睛。

做什么？他这是在做禽兽不如的事！

一直用来自欺欺人的谎言，被事实毫不留情地击碎，所有模糊的或者刻意想要模糊的东西，在这一刻都赤裸裸地暴露在了面前。

是，他对她不止有过度的爱，还有着丑陋不堪的欲望，欲毒、救赎、报复，其实都是他想要她的借口！对九幽下杀手，是因为他嫉妒，他恨她与别的男人亲密，恨别的男人可以得到她，唯独他，可以爱她、宠她、担心她、保护她，却万万不能要她。

两生爱恋，他拒绝着，可也从来没有真正责怪过她，他愿意包容她的一切任性，然而，她给的爱太多太浓烈，让他情不自禁也跟着陷进去了，以致沦落到无视伦常不知廉耻的地步！不能接受，努力维系的原来是这样一种关系，他不能容忍这样的自己，更不配被她爱，他这么对她，置二人这段感情于何地！

欲毒，是欲毒！

药瓶凌空飞入手中，他仓促地倒出里面所有剩余的解药，不论多少尽数咽下。

重紫有点痴，全然忘记身体半裸：“师父。”

"穿上！"他弯腰喘息，咬牙吐出两个字。

不要这样，重紫摇头朝他走过去，红肿的唇沁出斑斑血迹，似一朵即将开败的花，艳极的颓废，却引人沉沦。

"站住！"手臂抬起，硬生生将她隔离在无形的屏障外，他迅速侧过脸，几乎是吼出来，"走！"

狂躁的语气带着平生最盛的怒意。

他爱她，想要她，她看到了，看到了又怎样？

曾经以为能控制能纠正的感情，突然间变得不可收拾，亲眼见证自己的失败，亲眼见到自己为她失控，他竟恼羞成怒。

顺着他的手，重紫低头看自己，看着自己完美得可怕的身体，慢慢地醒过神。

有个声音在笑。

躯体残破，你就靠一柄剑支撑，连魔都不是，他如何接受你？

是你想错了，一切只是因为欲毒，其实他爱你并没有那么多，不过那点爱欲被欲毒放大了而已。你呢，你的爱是什么？用仙门苍生威胁他，利用师徒之情强迫他，用他的内疚逼他接受你，你的爱太沉重，沉重到可以毁掉他，他的厌弃有什么错？

如果爱只能带给他痛苦，那么，这份爱留在世上就真的是耻辱。

重紫默默地拉起衣裳，将身体裹住，紧紧裹住，顾不得寻门的方向，转身胡乱穿墙离去。

抬眼发现不见人，洛音凡愣了片刻，白着脸追出去："重儿！"

落月如灯，重紫匆匆御风出谷，没头苍蝇似的乱走一阵，忽然停住，无声落于树梢。

"孽障，哪里走？"数条人影现身，正是虞度、闵云中与另外几派掌门，还有数十名弟子。

剑阵大摆，青光白光耀眼，不知有些什么法宝。重紫也懒得去细看，长袖横扫，打落数十名弟子："就凭这破阵，你们以为奈何得了我？"

闵云中以浮屠节指她："紫魔，你叛出南华，堕落入魔，时至今日还不肯悔改，必将自食其果！"

重紫没有反驳。

这些虚伪的人，口口声声骂她十恶不赦，她当真杀过谁吗？他们每个人手上的性命恐怕都比她多吧，天生煞气，就是她的错。

"自食其果，我等着那天，"她优雅地挑眉，"别忘了，我现在随时可以召唤虚天之魔，区区剑阵算什么。"

虞度道："三年之期未满，你要毁诺？"

"我与他的约定，原来你们都知道，"重紫笑道，"那也无妨，三年期满，我会毁灭仙界，连你们一块儿杀尽。"

"混账！"闵云中怒骂。

法宝光芒大盛，剑阵即将发动，重紫心知必须先发制人，于是左右掌动，直取东南角的离火宫英掌门，口里冷笑："不自量力跟我斗，找死！"

想不到她身法这么快，英掌门闪避不及，立受重创。

虞度喝骂："孽障敢伤人？"

"怕什么，还没死呢。"重紫言语戏谑，其实半点不敢耽搁，急速外掠。

"想走？没那么容易！"闵云中见状飞身上去，补了东南角英掌门的缺位，将她重新困入阵中。

这是南华有名的杀阵，凶险至极，寻常魔王定然伏诛了，然而再完美的剑阵也会有破绽，重紫早已今非昔比，镇定地挡过几个回合，魔之天目开，凝神查看。

此阵果真高明，几位掌门亲自掌阵，弟子们扶阵，配合得滴水不漏，唯有东南角闵云中是临时补上的，对此阵明显不熟。有弱点，就意味着迟早会出错，而今之计，要么继续耗下去，等待剑阵变化时露出破绽，要么拼着挨明宫主一掌，取东南角的闵云中，尽快脱身。

一个不在乎自己的人，自然会选择最简单而不是最好的办法。

重紫毫不迟疑，指尖弹出一道红光，直取东南角。

"重儿住手！"洛音凡追来便看到这情景，大骇，急忙抛出逐波挡下她的攻击。

闵云中既无事，重紫被逼回阵内，身后明宫主掌力已至，眼见招架不及，忽听得一声闷响。

洛音凡救下闵云中，来不及再出招，索性替她受了这一掌。

论术法对阵，他洛音凡的确六界无敌，一分力当作十分使，然而眼下这掌根本是硬碰硬，毫无技巧可言，明宫主活了一千三百多年，功底摆在那里，此刻又尽了全力，委实非同小可。

虞度大惊："师弟！"

身负近千年修为，受伤不至于太重，洛音凡顾不上检查伤势，迅速抬右手凌空一划，仙力直冲东北角，刹那间法宝光灭，剑阵告破。

重紫并无喜色，站在旁边冷眼看。

"这孽障早已不是你门下，轮得到你来护短？"闵云中气怒。

"师叔错了，她是我洛音凡的徒弟，有罪我自会处置，但要杀她……"洛音凡拭去唇边血迹，停了停，冷冷吐出三个字，"先杀我。"

他向来说到做到，这种话都说出来了，可见是铁了心维护到底，众人都不好再动手，面面相觑。

知道他的脾气，闵云中也不愿在这种场合下起争执，半晌冷笑道："好得很，她方才出手你也看见了！"

洛音凡道："她只是想逃命，并非要杀师叔。"

"你太自以为是了，"重紫忽然开口，"我是打算杀了他破阵。"

洛音凡摇头，这倔强偏执的性子，别人不了解，难道他还不清楚？锁魂丝未除，她伤谁都会同样伤到自己，他救闵云中，也是在护她。

他移开视线，半晌道："我带你走。"

此话一出，众人都傻了。

堂堂仙盟首座，公正无私的重华尊者，为了一个入魔的徒弟，竟说出这样的话，维护她到这种地步，委实叫人不敢相信。

万万想不到他当着这么多人说出来，完全置自己和南华的名声于不顾，闵云中险些气得晕过去，待要呵斥，却被虞度制止。毕竟重紫已是天魔之身，随时可以召唤虚天之魔，那样后果将不堪设想，她之所以迟迟不肯那么做，答案不用猜。事情到了这一步，须暂且稳住她再说。

重紫看着他，三分意外，七分了然。

这个"走"字，代表着什么样的允诺，别人不明白，唯有她知道，不论是为仙门苍生，还是为救她，他真的做到了极致。只是既然不能接受，又何必强迫自己，将来后悔痛苦，然后恨她，这一切又有什么意思？

重紫浅笑："我改变主意了。"

洛音凡闻言，心立即沉了下去。

方才她匆匆离开，他便知自己又做错，又伤到她了，伤得太重，恐怕再也没有挽回的机会。其实他自己都弄不明白，突然答应她，是因为内疚，因为责任，还是因为别的。

想要说什么，却无从说起，他只得叹了口气，将一件东西凌空送至她面前。

小小短杖，在星月下散发着淡淡的熟悉的光晕，不如以前美丽，可是终究获得新生，再次有了生气。救它的人，定然费了不少心力。

重紫目光微动。

他站在那里，等她回应，期待的。

还愿不愿意接受？

还肯不肯再原谅一次？

……

重紫静静地看了半晌，伸手取过。

心中大石落地，洛音凡暗喜，下一刻却又脸色大变，失声道："重儿！"

魔光盛，但闻凄凄惨惨一声轻响，原本就脆弱的短杖再次失去生机，变作彻底的死物。

她毁了它！她竟然亲手毁了它！

"你……做什么？"声音里有了一丝颤抖，他不可置信地看着那手。

"它早就这样了，是你不肯面对现实，"重紫将星璨丢还给他，"自从你用锁魂丝毁我肉身，说我不再是南华弟子那一刻起，你我就已经不是师徒了，而你，迟到现在才想要补救，我难道该感动吗？"

洛音凡看着手中星璨，有点失魂落魄。

他亲手赠她的法器，千方百计才使它恢复灵气，她怎么可以！她不肯再为了他忘记委屈，她真的不认师父了？

"你无非是内疚，要我原谅你也容易，"重紫视线扫过众人，轻描淡写，"我落到今日，是仙门逼的，只要你杀了这些人，以身殉剑，跟我入魔，我就随你走，怎么样？"

这番话太过分，众人听得气闷，倒并不担心，若是别人，或许真会那么做，可这个人既是重华尊者洛音凡，就绝对不会。

"这魔女心肠歹毒，还要花言巧语！"闵云中骂道，"她既然不认师门，护教又何必顾念情分？"

重紫不理他，看着洛音凡。

洛音凡没有回答，因为知道她不会真让他这么做。

"我这么说，只不过想让你明白，你那么在意你的责任，我也有我的使命。"重紫微笑，"两世师徒，我爱的，我求的，都不值得，我现在是魔宫皇后，效忠魔神，需要为我的子民开辟更多的领地。洛音凡，你当初为了仙门苍生舍弃我，就该知道，迟早有一天，我也会为别的舍弃你。你要守护苍生，我要六界入魔，仙与魔的较量，就让我们来结束。"

话音方落，她飞快抬手朝自己胸口重重拍下！

对英掌门出手时，锁魂丝已经起了作用，再加上这一掌，鲜血立时沿嘴角流下。

欲毒已解，心仍是奇痛无比，痛得全身哆嗦，那种感觉让洛音凡觉得真实，让他觉得自己其实是个人，是个彻彻底底的凡人。

他立即过去抱住她。

"重儿！"除了这两个字，竟再也说不出话。

锁魂丝！替她解锁魂丝！

终于想起该做什么，他仓促地去扣她的手腕。

她却似感觉不到痛，用力推开了他，伸手抹去血迹，喘息后退："就凭他们还杀不了我，这一掌是还你的。洛音凡，你不必可怜我，我的爱你可以不接受，你的内疚我也同样可以不用理会，你对我做的，已经抵过了你的恩情，从此你为你的仙界，我为我的魔宫，无须讲什么情面。"

两生师徒，还是走到了尽头，剩下刻骨的悲怆。洛音凡面无表情地望着她远去的背影，眼中一片死寂。

亡月没有在榻上等她，而是站在魔神殿内，远远看去就像是一尊黑色神像，正好使大殿显得不那么空旷。

"皇后。"

"圣君今日不来侍寝，我竟睡不着。"

"你没有杀洛音凡。"

"我为何要杀他，我要他亲眼看六界入魔。"

"相信他马上就会看到，皇后准备好了吗？"

重紫意外："我自然无妨，但如今仙门防守严密，凭我们的实力，要攻上南华根本不可能。"

亡月点头："眼下之计，唯有请皇后召唤虚天之魔。"

重紫不赞同："虚天万魔百年才能现世一次，眼下时机未到，召唤它们为时过早，万一仙门早有准备，只会白白牺牲，圣君太性急了。"

"不愧是逆轮之女，谁也小看你不得。"

"别提什么逆轮，我从记事起就没见过他一眼，还真会把他当作父亲不成？"重紫似笑非笑地看着他，"是你每夜用魔气惑我心智，所以我近日偶尔会失常。"

亡月没有否认："魔，不需要太多感情。"

"你打算怎么做？"

"只要皇后用血咒召唤虚天万魔，然后将它们交与我调遣，其他的一切，我自有安排。"

重紫笑了："我让它们听命于你，你还用得到我？"

"我向魔神发誓，"亡月笑道，"我的皇后，我只会成就你，不会害你。"

重紫惊讶，沉默了。

亡月道："魔界没有人敢欺骗魔神，你不信？"

重紫沉吟道："我很奇怪，人间要道都被仙门控制着，你会有什么妙计攻上南华？"

亡月道："暂且还不能说。"

重紫道："让我想想。"

回到大殿，除了法华灭守在门口，妖凤年竟然也在，一问之下才知道，原来亡月将他也派过来了，两个人说着话。重紫因为受伤，觉得很疲倦，躺到榻上昏昏睡去，不知过了多久才醒来。

睁眼，外面是夜，再闭上，许久再睁开，还是夜。

重紫有点空虚，想想实在无事可做，于是招手叫过法华灭与妖凤年："你们在说什么呢？"

二人互视一眼，法华灭双手合十道："回皇后，我们都在奇怪，皇后为何迟迟不肯解开天魔令封印。"

重紫看着他，示意他继续。

法华灭见她神色尚好，这才接着道："只要皇后解除封印，召唤虚天万魔出来，那时我们便可以一举攻上南华，毁了那六界碑，让六界成为我魔族天下。"

重紫道："你很想六界入魔？"

法华灭满脸神采："身为魔族，难道皇后就不想？"

重紫道："你不是和尚吗，也这么好打好杀？"

法华灭哈哈笑道："贫僧是灭佛的和尚，早已叛离西天，自然不必理会那些清规戒律。"

重紫有点兴趣，撑起半身："你怎么叛离西天的？"

提起往事，法华灭不怎么耐烦，又不敢违抗，正要开口说话，旁边妖凤年先一步替他回答了："皇后不知，二护法本是魔族，当年路过南海时做了些不甚体面之事，被菩萨收去，听了佛祖几日经，又叛了出来。"

重紫想起来："奇怪，此番魔界动作，仙门着急得很，佛门那边怎么迟迟没有动静？"

法华灭嗤道："佛向来如此，自以为无所不知，料定一切，依贫僧看，不过是徒有虚名装腔作势的狂妄之辈而已，说到底就是无能为力，如何当得起佛祖二字！"

"无所不知？"重紫笑道，"他知道些什么，你且与我说两段。"

法华灭道："他知晓什么，贫僧哪里清楚？"

重紫道："说了半天，原来你不知他？"

"贫僧是灭佛，哪里知佛？"

"既不知佛，如何灭佛？"

许久的沉默。

法华灭忽然起身，双手合十道："贫僧要回西天，求皇后恩准。"

重紫亦不在意，挥手："去吧。"

法华灭果真取了法杖托着钵盂大步走了。

妖凤年愣了愣，道："想不到，他真的打算先去求知。"

重紫见他并无半丝意外之色，不由得奇怪："你好像知道他会走？"

"圣君说过，只要他多听皇后几句话，就会离开魔宫，所以才派我过来，"妖凤年笑道，"但是皇后不必劝我，我很满意魔宫，过得也还不错。"

重紫愣了半日，笑起来。

也对，每个人都有自己理想的生活，魔亦有魔道，而她，自己尚且救不了自己，又有什么理由和权力对别人横加干涉？

第十三章·仙魔对阵

　　山河惨淡，万里愁云，草木尽凋，魔气肆虐，阴风席卷，人间才六月，竟然下起了鹅毛大雪。

　　南华山，数十位掌门聚在六合殿，面色凝重。

　　行玄道："此乃虚天万魔出世之兆。"

　　玉虚子道："如何是好？"

　　众人不约而同地看向一个人。

　　终于还是召唤了虚天之魔。洛音凡望着远处山头，那里的祥云已不见，变作大片大片的血色晚霞，预示着这场天地之变、六界之劫的到来。

　　纵有虚天万魔相助，九幽魔宫实力仍不及仙门，且据消息说，他们四大护法仅余其一，只要仙门齐心协力一搏，这场仙魔之战并非全无胜算。然而，胜又如何，败又如何，结果都是他永远不想看到的。

　　天意，明知道拯救不了，却还是不自量力地想要阻拦。

　　脸色更苍白了些，好似这场天寒地冻的大雪。

　　洛音凡收回视线，淡淡道："人间要道大多在我们控制之下，九幽此时动作，并非好时机。"

　　虞度道："看来他们是等不得，想要硬拼一回了。"

　　极端之魔，魔气攻心，的确像她做出的事，洛音凡道："近日仙界现异象，有些不寻常。"

　　玉虚子道："虚天万魔出世，仙界或受魔气影响，不足为奇。"

　　行玄也点头。

洛音凡沉吟道："九幽此人来历神秘，行事出人意表，逆轮当年瞒天过海，曾利用天山那条海底通道潜入仙门，内外夹攻，我只担心他也会沿用相同的计策。"

玉虚子笑道："那条通道不是已经用息壤与五彩石堵住了吗？今时不同往日，虚天万魔没那个能力。"

闵云中亦道："神之息壤，女娲补天五彩石，岂是区区仙魔之力能破坏的？这分明就是场硬仗，还怕什么，我们未必会输！"

照眼下情形看，的确万无一失，还是布好人间的阵要紧。洛音凡点头，迅速做了安排，不知为何，心里总有一丝隐隐的不安。

大雪洒落，视野极其模糊，灰黑色的云层厚厚的，压得天似乎都垮下来，狂风中夹杂着凄厉呼号声，万魔现世，六界动荡，孤魂野鬼进不了鬼门，纷纷走避。

数万魔兵御风行进，重紫与亡月并肩而立。

长发绾起，没有堆高髻，而是戴了顶精致的小小紫金花冠，其上点点宝石光彩，耀眼夺目，一串金饰垂落额间，缀了粒殷红的宝石。

"可有惊扰百姓？"

"已遵照皇后的吩咐下令，但效果恐怕不会很好。"

重紫看看眼前灰蒙蒙的世界，不再问什么了。

魔气肆虐，此番人间受到的干扰不是一般大，到这种地步还假慈悲什么，只不过，能少破坏一点儿是一点儿而已。

亡月道："六界碑倒，天地重归混沌，六界入魔，你将是魔界第一皇后。"

"你做这么多，就是和天之邪一样想成就我？"

"天之邪想成就你，至于我，要成就你，也要成就我自己。"

重紫茫然道："六界入魔之后呢？"

亡月道："魔治天下，我们会拥有更多臣民与信仰者。"

重紫无力地笑："这就是终结？"

"没有终结，"亡月侧脸对着她，"没有终结，皇后。天地间永远不可能只有魔，魔治、人治和仙治，仙灭了，人灭了，始终会有别的种族来取代他们，扮演他们的角色。"

重紫不可思议地望着他："那就是说，纵然六界入魔，这种局面也维持不了多久。"

亡月点头："可以这么说。"

心头猛地豁然，重紫喃喃道："既然如此，那你做这些又有什么意义？死的人不是白死了吗？"

"让一切回到起点重新开始，开创这样一个局面，就能证明你的能力。"亡月叹了口气，"有时候我们需要目标，它未必合理，但没有它，你会觉得生存了无意趣。"

重紫看着他，就像头一次认识这个人。

原来什么六界入魔，什么仙门覆灭，别人认为重大的事，在他眼里不过是一场游戏而已，正如洛音凡所说："仙道与魔道，都不会从这世上消失……有朝一日果真魔治天下，魔道中亦会生仙道。"他们都看得太清楚。不同的是，一个扮演着游戏者的角色，六界被他玩弄于股掌之间，苍生性命在他眼里渺小如沙砾，等同于灭了会再生的蝼蚁；另一个却不肯放弃，仍在试图挽救这个可爱又可悲的世界，明知改变不了也要做下去，只因不忍看那苍生受苦，不忍看千万性命眨眼消亡，这就是所谓的悲天悯人之心吧，真正的神仙。魔与仙的区别，在这两人身上体现得淋漓尽致。

重紫忽然问："你把虚天魔兵派去哪里了？"

亡月道："不必着急，你很快就会知道答案。"

知道他不会说，重紫闭嘴沉默。

妖凤年过来禀道："前方有仙门结界。"

金光道道，巨大无形的屏障将暴风雪阻隔在外，牢不可破，无数仙门弟子立于其中。当先一道熟悉身影，旁边十几位掌门与仙尊，正是虞度、闵云中、玉虚子、昆仑君、明宫主、行玄等人，青华宫卓耀与其余掌门却不在，想是去守其他要道了，以防魔宫声东击西。

重紫看亡月："这些人实力都不弱，单凭我们，要攻进去希望不大。"

亡月并不在意，挽着她的手至阵前。

魔尊九幽这个名字向来代表着神秘和低调，他好像一直都是站在别人背后看着一切，从来没有锋芒毕露的时候，与仙门交手的记录少得可怜，是以当年人人都知道万劫之强，却不了解九幽。然而九幽魔宫的发展壮大，又让人不能忽视，仙门许多人都是头一次见到他，更无人知道他的底细，此时对阵，都禁不住面露疑虑之色。

"九幽，你以为凭魔宫现在的实力，就能取胜？"清晰的声音。

"不能，但我的皇后能。"死气沉沉的笑。

远远的，洛音凡站在对面，脸色反而比往常更显平静，他看着她，道："一定要这样？"

重紫扫了周围虞度等人一眼："到现在，你以为我还能怎么做？"

预料中的答案，没有失望，没有怒意，无悲无喜，他只是淡淡道："那就动手吧。"

"且慢。"一名华服青年自阵内走出来。

重紫看清那人，了然："卓少宫主要替夫人报仇吗？"

卓昊看着她："她对你用了锁魂丝？"

"无论用没用，她都是死在我手上的。"衣带飞扬，重紫飘然移出阵，至他面前停下，"我欠你两世的情，如今你妻子的死与我有关，我便让你一招报仇，算是还你的情吧。"

卓昊点头，抬手。

仙力汇集，卷至半空，化作无数细小蓝光撒落，一点一点恰如夏夜里的漫天流萤，动人至极。

"这是什么幻术？"

"幻术？这是我们青华宫有名的杀招，叫海之焰。"

"真的？师兄再使一次我看看。"

"你当这是什么，杀招，控制不好会伤人的，我刚练成没多久，能使出这一回已经很难了。"少年停了停，笑道，"待我练熟，天天使给你看。"

重紫静静站在中间，没有躲也没有抵抗，只是抬眸朝半空望，任那些细细的光芒朝自己包围过来。

点点荧光，就像少年的笑脸。

手情不自禁地抬起，想要去触摸，想要去留住。

没有疼痛，没有难受，体内有什么东西瞬间抽离出去，被束缚的魂体再次得以自由，反而倍感轻快。

锁魂丝本是南华至宝，然而青华曾有位美丽的医仙，她留下的医书记载，其中无所不有。

闵云中见情势不对，气得发抖："你这畜生，素秋就算做错了什么，也终归是你的妻子，如今她被这魔女所害，你还不肯下手？"

重紫道："我不会承你的情。"

卓昊并不理会那些责骂与鄙夷，淡淡道："我一直在想你拒绝我，究竟是因为谁，谁知到头来全想错了。秦珂、慕玉，我都猜过，却唯独没有想到会是那个人。"

重紫不语。

面前这些人，她谁也不欠，唯独欠他。

"这是最后一次，从此你我再无关系，素秋始终是我的妻子，我不能替她报仇，是我无能。"卓昊说完，转身就往回走。

魔光乍闪，却是重紫先一步将他制住。

在场都是什么人，岂会看不出他方才的意图，分明是打算自绝于此。众人见状，俱摇头沉默，不知道该说什么才好。

对这魔女，他竟维护到这种地步！闵云中又气又悲，咬牙待要再骂，最终也只长长叹息了声，颓然不语。

剑眉微皱，不复当年潇洒，重紫伸手轻轻抚摸，第一次，也是唯一一次对这个真心爱她却又不断被她伤害的人温柔低语："你不能这样。"

秦珂已经不在，我只有你，你不能这样。

将昏迷的人送回青华宫弟子手里，重紫轻描淡写地说："他报不报仇都没有意义，反正仙门就要覆灭，六界即将入魔。"

虞度皱眉："紫魔，你死到临头还不知悔改吗？"

重紫道："是谁死，还不一定。"

虞度道："你们太性急了，就凭魔宫现在的实力，攻上南华只是妄想，仙门剑阵已设，你们不妨过来闯一闯。"

重紫看着中间那人。

洛音凡一直静静看着发生的一切，没有任何表示。

重紫浅笑："这么打，免不了要死人的。"

洛音凡点头："我跟你打。"

自从那夜他当众说带她走，她又亲口承认爱他，师徒暧昧已经毋庸置疑，这种事岂有不被传开的。当然，几乎所有人都认为是她缠着他，而他被逼无奈，又不忍伤徒弟，正如当年的雪陵，事情真相，唯有虞度与闵云中心里明白。

重紫是魔，做什么都没人意外，可是以他现在的身份，哪能出错，徒弟有不伦之心，他断不能有，否则叫人看出来，他还有何颜面立足仙界？眼下应快刀斩乱麻，不要再与她扯上任何关系才是。

闵云中立即阻止："魔宫除了她，尚有九幽，恐怕是计，音凡，不可贸然出战。"

虞度也要劝说，忽然又听亡月道："重华尊者六界无敌，唯有皇后勉强有资格与他成为对手，不如我们一战定胜负，倘若魔宫胜，洛音凡不得再插手此事，倘若魔宫败，我便退兵，如何？"

谁也想不到他会提出这法子，仙门魔宫两边的人都大为意外，连重紫也禁不住诧异地看他。

妖凤年急忙上前："圣君，此计于我等大不利！"

亡月侧脸看向重紫："皇后此番攻上南华，摧毁六界碑，是不愿伤一人的，甚好。"

重紫移开视线："你是在讽刺我？"

"如果是讽刺，这种讽刺方式太冒险，也太不聪明。"

"你的术法远胜于我，却让我去应战，是想借他的手杀我？"

"我发的誓还在，不会害你。"

重紫不说话了。

仙门这边也在迟疑，九幽的条件对仙门未免太有利了，简直令人难以置信。洛音凡是仙界公认术法最高的尊者，已是金仙之位，平生几乎从未败过。重紫修成天魔不过才三年，洛音凡取胜的把握应该是很大的，怕怕怕他对徒弟心软，下不了手。

闵云中断然道："魔族诡计多端，不可轻信。"

虞度也明白其中利害，道："这种事岂能由你们说了算？先过了这剑阵再说！"

亡月道："如此，那就攻阵吧。"

仙门众弟子闻言，各自紧张戒备，魔兵亦红了眼睛准备进攻，虞度与玉虚子互视一眼，玉虚子道："尊者，可以发动剑阵了。"

洛音凡抬手阻止，缓步走出剑阵："依你。"

亡月转向重紫："盼皇后得胜归来，以慰吾心。"

重紫亦不推辞，倾身领命，飞掠上前。

师徒对面而立，可是有些东西不知不觉中早已改变。

重华宫里，跑来跑去为他端茶递水的孩子，在他怀里撒娇的孩子，卑微的少女，任性的少女，不知何时已经深深刻进了他的心里。

她说要永远陪伴他，可是现在她站在了他的对面。

他说不再让人伤她，可是他自己一次又一次伤她。

……

"有师父在，没人会欺负你了。"

……

"我一定会学好仙法，帮师父对付魔族，守护师父！"

"不是守护为师，是守护南华，守护天下苍生。"

"苍生有师父守护，我守护师父，就是守护它们了。"

……

曾经的承诺，他和她竟是谁也没有做到，保护她的人，其实有很多，守护苍生的人，只剩下了他一个。

怎样的错误，怎样的命运安排，才会让他们走到如今这一步？

逐波剑凭空而现，飞至手中，明晃晃如秋水，他右手执剑，姿态随意，充盈的仙力却是数十里外都能感觉到。

重紫抬起双臂，左右手现出两柄红黑色的细长气剑。

没有多余的话，她先发制人，剑尖指处，出现红黑两朵木盆大的莲花，数道青气自莲蕊中生起，似群魔乱舞，迅速围住洛音凡，将他整个人吞没。

极端之魔，浑身充斥着从未见过的强盛魔力。

迟迟不见他动作，仙门众人都捏了把汗。

一声清鸣，逐波带起五色光华冲破魔影，变作数丈长的巨剑，成斩杀之势，直劈重紫，又快又准。

重紫半步不让，两柄长剑猛地脱手至半空，翻转倒插而下，掀起骇人气浪，两条黑纱飘带仿佛获得生命般，迅速延伸生长，长出数丈，堪比无常的勾魂铁索，直朝对面卷去。

昔日师徒，今日死敌，谁能料到结果？

转眼之间，两人已经走过近十招，下手俱是冷狠无比，全不留半点儿情面，根本就是在拼命，场面惊险万分，观战的所有人连大气也不敢出，紧张中又带了几分兴奋。仙魔顶尖人物对决，纵然当年魔尊逆轮与南华天尊那一战，也没有这样精彩。

气流汇集，旋涡再现。

极天之术施展，仙门众弟子欢呼，虞度与闵云中本来还在忐忑不安，担心他出手会有顾虑，此刻见状同时松了口气，他到底没有变。

"寂灭"之下，重紫终于承受不住仙力重击，后退好几步。

仙门众人俱面露微笑。

勉强接下"寂灭"，不容她喘息，一式"生罪"又到，洛音凡冷然而立，仙咒御剑，凌空结仙印，步步紧逼，看样子是要将她立斩于剑下。

重紫全力接招，侥幸逃过，魔力却已不继，再也忍不住吐出一口鲜血。

恍惚间，对面那高高的身影似也晃了下。

自然是看错，因为下一招"往生天"又到。

面对无情的人和无情的杀招，重紫并无半点失望怨恨之色，唯有面对劲敌的严肃与谨慎。她迅速抬手拭去唇边血迹，浑身魔光大盛，足尖轻点，纵身跃上云头，高举双臂合掌于头顶，顿时四方魔气受到牵引，急速汇集，雷鸣声震动天地，血光乍现，两柄剑如得神力，快速穿梭来去，拉开一条条红黑色的光束，漫天布起血红咒印，凌空罩下。

底下的人不闪不避，以数百年修为硬受了这一击，攻势始终未断，逐波横扫，将她逼落云头。

左臂被剑风划破,立时有鲜血冒出,浸透纱衣,所幸重紫躯体早已残破,魂魄寄宿于体内魔剑,受这些伤,除了有点困顿,也不至于太难支撑。血很快止住,然而由于实力悬殊的关系,久战之下可就破绽百出了。

仙门众人看出她应付艰难,皆大喜过望,唯有虞度心一沉:"师弟你……你中了锁魂丝?"

白衣飘飞,左臂已现血迹。

没有受伤,怎会流血?

"音凡,怎么回事?"闵云中面色大变。

见他二人的神情,众人便知不假,都骇然。

南华至宝锁魂丝,放眼仙界,无人不知无人不晓,伤人伤己,乃是专门用来制约魔头的法宝,可惜当年祖师一共只炼成七根,现已用去五根,所以更加珍贵,通常情况下是不会使用它的。

本门法宝,要解有何难,唯一的答案,对他用锁魂丝的人,就是他自己。

诛杀紫魔的紧要关头,他竟对自己用了锁魂丝!紫魔若死,他的下场怕也好不到哪去,众人面面相觑,不知如何劝他。

就这片刻工夫,重紫又受重创,肩头鲜血急涌。

眼见洛音凡又要使杀招,闵云中与虞度再不敢迟疑,同时上去拦住他。闵云中大怒:"你到底想做什么?糊涂!"

虞度劝道:"有事且慢慢商议,师弟这是何苦……"

白衣被血浸湿大片,脸色几乎比衣衫更白,洛音凡没有理会二人,只冷冷吐出一个字:"让。"

"混账!你……为这孽障,你……"闵云中急躁,转身示意虞度,"快些给他解了……"

没等虞度动手,强大的仙力猛地爆发,将二人生生震飞。

肩头,唇角,血源源不断地往下流,可他整个人仍是稳稳立于云中,恍若不觉,抬左手,凝仙力,半空气流很快重新汇集至一处。

重紫忍不住笑了。

原来他对自己用了锁魂丝,伤她多少,就伤自己多少,他不能放弃责任,就打算陪她一起死!

早知道他是怎样的人,事到如今还有什么可说的,罢了,罢了!

"你以为这样,我就会心软感激你?"重紫又受一剑,索性停了身形,"洛音凡,这样没有意义,我已经在你手上死过两次,你现在这么做,只是想逃避你的内疚，用死来逃避，我永远都不会原谅你。"

不知道有没有听见，他来到她面前，举剑便刺。

重紫再无躲避之处，胸前被刺穿，鲜血溅上白衣，与此同时，亦有鲜血自那白衣里喷出来，溅到她脸上。

"尊者！"

"皇后！"

仙门魔宫两边有人要冲上来，却被他阻隔在无形的结界外。

他的血也是热的？重紫摸摸脸，无力地跌坐云中。

深深黑眸，能容纳一切，此刻里面只有她一个，他静静地看着她，什么话也没有说。

魔宫阵势与想象中相差太远，虚天万魔已出世，却迟迟不见踪影，或许是攻其他要道去了，他已做了周密的安排，后面就该让虞度他们自己解决。

这就是结局。

她有罪，他更罪孽深重，那就让两个罪人一起接受惩罚吧。

心反而不疼了，只是空，很熟悉的感觉，他清楚地记得，第一次对她下手之后也曾有过这种感觉，直到现在他才明白，原来那就是心死。

血水四下流淌，分不清是她的，还是他的，染红脚底一片白云，形成一朵凄厉的血丝莲。

那句"要杀她，先杀我"，多么令人感动，可惜当它成了今日谋划的一部分，也就不算什么了，他早已亲自决定了结局。

重紫微笑："收手吧，这样没有意义，就算你跟我死了，我也不可能原谅你，除非南华山崩，四海水竭。"

洛音凡缓缓抬剑，手已经在颤抖。

是，每次对她下手，他就知道会是这个结果，每次都将她伤得彻底，也将他自己伤得彻底。忽然间，他竟想干脆让这一剑刺到自己身上算了，狠狠刺上百剑千剑万剑。

可是，他还是朝她举起了逐波。

不想伤害，却不得不伤害。

没有关系，锁魂丝，伤她多少，就会伤自己多少，她怎么怨他恨他，都没有关系，他会和她一起，她始终是他的重儿。

"师弟！"

"尊者！"

……

"虚天万魔是后招，"重紫忽然提起最后的魔力，伸手握住逐波剑锋，与那带有毁灭之能的仙力相抗，"你就一点儿不担心，当真要陪我死？"

他终于开口道："仙门自能应付。"

"你对自己太有信心，洛音凡。求求的是生，你却要我死，你以为到了现在，我还会愿意跟你一起死？"力量不减，白皙的手掌被锋利的剑刃所伤，指缝有血滴下。

"那不重要。"

"九幽的魔力远胜于我。"

剑上压力消失。

果然还是这样，重紫松开手："你想一起死，不需要我愿意，可惜还有九幽，连我都不是他的对手，虞度他们能有几成胜算？你以为料定一切，跟我同归于尽就能拯救六界？九幽远比你高明，他的计划会令你意想不到，收手吧，你败了。"

洛音凡摇头。

不可能，她在说谎！九幽连天魔也未修成，能有多厉害？她了解他的弱点，故意这么说，就是想让他选择，让他再次舍弃她！

"信不信随你。"重紫疲倦，示意他动手。

剑光轻颤，映照死灰色的脸。

面前的人几乎浑身是血，胸前、肩头、手臂、后背，不知中了多少剑，遍身伤痕，遍身残破，将她伤成这样，到头来她却告诉他死是妄想，让他又一次放弃她，这算什么？

是谎言吧，可这一剑再也送不出去。

终于，他以剑指重紫，面无表情地看向远处那人："九幽。"

重紫笑起来。

在责任与爱之间痛苦不堪的人，连死都这么挣扎。

远远观战的亡月亦笑道："要我为皇后出战？恐怕没这个必要了，我的皇后，回来吧，你的任务已经完成。"

呼声骤然爆发，所有仙门弟子脸上都布满震惊与恐惧之色，同时望着一个方向。

周围气流发生变化，察觉异常，他迟钝地转脸。

身后，暴风雪不知何时停了，天地相接之处正有大片紫气冒出，席卷而来，紫气簇拥着一道圣洁白光，笔直冲上九霄。

第十四章·相拥一刻

祥瑞紫气，颜色却在逐渐变深，最终化作魔云，隐隐有天塌之势。

明宫主面无人色："尊者且看这异象，莫不是……莫非……"后半句话他竟不敢说出口。

"通天门！谁破了通天门？"昆仑君几乎是吼出来。

虞度、玉虚子等几位掌门仙尊全都看向洛音凡，洛音凡僵硬地站在原地，望着那些魔云发呆。

她没有说谎，怪不得九幽这么镇定，怪不得虚天之魔明明已现世，却迟迟不见踪影！通天门既破，以虚天万魔之能，摧毁六界碑不需太多力气，此刻纵然放弃这里往回赶，也不可能再改变什么了。

仙门每处要道都防守严密，就算是虚天群魔，也根本不可能毫无声息地潜入后方，魔宫究竟是如何做到的？

果真是天意？六界合当覆灭？

"恭喜圣君，恭喜皇后！"群魔狂喜，不约而同跪下朝拜。

众仙惊惧，不敢相信所看到的一切。

"不可能！"闵云中脸色煞白，"虚天之魔怎能潜入南华？绝不可能！"

洛音凡看着对面的人，茫然。

不知多少次为了仙门苍生舍弃她，可是到头来他才发现，他不仅护不了她，也护不了六界。

重紫毫无意外，站起身看亡月："是天山那条海底通道，瞒天过海，原来你还是用了这条计策。"

亡月没有否认："你父亲逆轮用过一次，我再用并不奇怪，若非你召唤虚天万魔相助，就算我能打开那条通道，也无济于事，因为只凭魔宫现在的实力，能穿越那仙魔障的人不多，制伏天山派更不容易，何况还要对付南华留守的弟子，攻破通天门，不是谁都能做到的。"

见重紫皱眉，他又笑了："放心，天山南华的人都没死，只不过六界碑将倒，他们马上就要和仙界一起被摧毁了。"

闵云中吼道："那条通道明明已被我们用五彩石和息壤堵住，你根本不可能再打开！"

虞度缓缓道："你如何做到的？"

怀有同样的疑惑，几乎所有的视线全都落在了那个神秘的魔尊身上，却始终没有人能看透他黑斗篷笼罩下的真面目。

沉寂。

"因为他收回了息壤。"重紫的声音。

"笑话！"闵云中连连摇头，"息壤本是神界之物，神族所有，而今神界早就覆灭了，他只不过是区区魔尊，岂有那般能耐？"

其实别说他不信，所有人都不信，谁有那么大的权力收走神的东西！

"神界覆灭，可是有个神却不属于神界，"重紫盯着亡月，"虚天冥境早已无魔神，你就是转世的魔神，只有你，才有权力收回神之息壤。"

死一般的沉寂。

亡月发出沉沉的笑声："你不必这么早揭穿。"

重紫道："你在我面前发了多少次誓，每次都那么容易，我一直都觉得奇怪，只不过这件事太不可思议，说出来谁都不信，我甚至没往这方面想。直到前些日子发现你用魔气惑我心智，那绝非寻常魔气，我才开始怀疑，等到现在才揭穿，是因为之前不敢确认。

"如今你收回息壤，恰好证实了我的猜测。当初你早已料到他们会夺取息壤，所以你故意让阴水仙他们中计，把息壤送给仙门，仙门用它和五彩石修补海底通道，自以为从此安全，不再防备，殊不知你等的就是今天，以神之权力收回息壤，重开海底通道，让他们措手不及。"

"神才有修补魂魄的能力，"重紫摇头道，"怪不得你知道天之邪的底细，他却始终猜不出你的来历。你一直是对着自己发誓，说不害我，倒也不假，你只是想借我的手助魔族一统六界。"

亡月道："皇后很聪明。"

重紫还是不解："你是魔神，你的能力足以颠覆六界，自己来做这些，岂非比我更容易？"

"因为神则，"洛音凡低缓的声音响起，"天神魔神同属天地所生的神族，太强大，必须有天地规则来制约他们。"

亡月颔首："我有能力守护虚天魔界，护佑我的子民，也有权力惩罚他们中的任何一个，却没有权力干涉其他五界，正如覆灭的天神一族，从不主动侵犯魔界仙界。神的能力在于守护和制约，不在侵犯，我可以通过你去灭仙，却无权亲自动手杀他们，所以我必须成就你，才能完成这个游戏。天谴对你、对我都一样，只不过你们拜我，我拜天。"

真正的强者不需要通过侵犯别人来证明自己，神的强大，神的骄傲，只需通过天地规则就能体现，强者才会需要更多规则，他们的责任在于守护，不是侵略，侵略者，他们永远不会是真正的强者。

重紫恍然道："怪不得你只接招，从不主动对仙门中人出手。"

亡月道："本来修成天魔，就有资格召唤虚天之魔，谁知当年逆轮一心要大权独揽，怕别人再修成天魔与其抗衡，因此强迫虚天万魔立誓，只听从天魔令调度，最后临死时又用血咒封印了天魔令，此举对魔族的未来大为不利，将希望寄予你一人，乃是他目光短浅之处。我虽然身为魔神，却无权撤销万魔誓言，此番转世下来，就是要为我的子民寻找那个能解除封印的人，那个人就是你。"

他微笑道："如今身份被揭穿，我没有理由再留下，但我此行的目的已将达成，这都是皇后的功劳，请允许我留下来见证这场游戏的结局。"

说话的工夫，天际魔云滚滚，盖过头顶，六界碑圣光渐弱。

重紫不慌不忙地掠回魔军阵前，平静地看着对面那群人。

她不想成魔，这些人生怕她成魔，却一步步将她逼成了真正的魔，现在的结果实在是个绝妙的讽刺——六界覆灭，只是魔神的一场游戏。

亡月道："六界碑将毁，皇后可以下令了。"

原来前几日仙界异象，并不是受虚天万魔出世的影响，而是海底通道重新被打开的缘故。众人无言，不约而同地看向中间那人，明知没有可能，却还是忍不住抱了一线希望，给心目中最后的救世主。

白衣血染，眼帘微垂，有看破一切的不在意，也有无力挽救的悲悯与怆然，六界最后的守护者，费尽心力，仍要接受仙门苍生毁灭的结局。

他远远站在那里，没有劝，也没有说话。

苍生卑微，天地不悯，毁灭只在弹指间，自有重生之日。然天地无情，人却有情，你我都是一样的，眼睁睁看这些无辜的生命消亡，重儿，你当真想要六界入魔？

这一切都是他的错，如果她非要这样报复，这样惩罚，他也认了。

打算和仙门苍生共存亡？重紫笑了笑，道："六界碑倒，就是南华山崩，四海水竭。"

要原谅吗？除非南华山崩，四海水竭。

是要仙门，还是要原谅？

天地间，依旧一片寂静。

洛音凡始终还是洛音凡，重紫没有意外也没有失望，平静地移开视线，天魔令自袖中滑出，被她双手托于掌上。

知道她要下达最后的命令，虞庚、闵云中等人同时张了张嘴，什么都没有说出来。

美艳的脸，与冷冷的魔光交相辉映，生出种奇妙的效果。

不是美，不是丑，是净，淡到极点的纯净。

忽然记起那个初上南华的小女孩，衣衫破烂，又黄又瘦，一双黑白分明的眼睛，纯净得像水波，会在风浪中鼓励同伴，会在危险的时候挡在别人前面，会默默忍受委屈，会跪在地上哭泣求情。

为什么会变成这样，一念入魔，她从何时开始错的？

所有人都惊恐地发现，这个问题难以回答。

红唇轻启，曼声念咒，表情虔诚。天魔令在咒声中逐渐离开手掌，上升至半空，强盛的魔力，在场每个人都感受到了。

光芒笼罩下，一头青色的魔兽隐约现身于云中，形如黑龙，有八爪，口鼻吞吐着团团魔气。

它先朝亡月低头，用那粗重的声音叫了声"主人"。

亡月颔首："它是看守虚天冥境的魔兽，掌管虚天万魔。"

重紫道："虚天万魔都听命于你？"

魔兽对她的态度明显不像对亡月那么恭敬，高昂着头："不错，六界碑将倒，现在要让它们全力摧毁吗？"

无数视线汇聚在她身上，她的一句话，能决定六界存亡。

洛音凡终于忍不住出声："重儿！"

重紫没有看他，甚至没有再看任何人，她陌生得令人不安。她垂了长睫，极为庄重地沉思片刻，才重新抬脸下令："将它们送回虚天。"

魔兽没有惊讶也没有多问，答了声"是"，随即转身吼了一声。

巨吼声震破云天，周围气流激荡，修为浅些的仙门弟子与魔兵都忍不住伸手堵住耳朵，面露痛苦之色。

刹那间，风云突变。

已蔓延至头顶的魔气，顺着来时的方向回吸，就如同迅速消退的海潮，缩回至天边，成为一个小黑点，消失得无影无踪。

蓝天白云再现，凉风习习。

头顶，阳光耀眼。

足底，山河明净。

魔兽消失，所有人都感觉自己做了个梦，犹未反应过来。

亡月叹了口气，道："你等的就是这一刻，这样的结局令我失望，皇后你也让我失望，你不属于魔。"

"生灭循环，不断重复又有何意义，与其毁灭再生，倒不如把现有的世界变得更好。"重紫看着他，语气是发自真心的感激，"你早就料到会是这个结果了，不是吗？谢谢你。"

想通了吧，都说欠她，她何尝不欠别人，那些真心的爱护，并不会因他们的离开而消失。她可以毁灭六界，可是六界有她不想也不能毁灭的东西，用最后一缕残魂替她挡下"寂灭"的魔尊，用性命维护丑丫头让她爱惜自己的青年，这样，算得上是一点回报吧？

手掌轻翻，天魔令自云端坠落，不知落于何处尘埃之中。

黑纱下摆开始燃起蓝色魔焰，到最后她全身都被魔火包围。

舍弃肉体，只剩魂体依附于魔剑之上，魔血已失，从此再无人能解天魔令封印，再无人能召唤虚天万魔。

虞度等人目睹此情景，嘴里俱是又苦又涩。

一直担心六界因她毁灭，到头来却是由她拯救六界。

"这是皇后自己的选择。"亡月侧身，天地间现出巨大的蓝色光束，看样子他是要回虚天冥境了。

"魔神转世！圣君！求魔神留下，护佑我族！"数万魔兵跪拜，流泪高呼。

亡月抬臂："我的离去将使你们无处可归，但只要你们信我拜我，我自会庇佑你们，仙因魔而生，魔就是对应仙的存在，仙不亡，魔不灭。"

魔众齐声答应，痛哭。

重紫忽然道："你走之前，似乎还有件事没有完。"

亡月叹息不语。

重紫指着他手上的紫水晶戒指，道："那就是你的眼睛，魔神之眼，你我的赌还算不算数？"

亡月点头："我会满足你一个要求，在我的能力范围之内，你想要什么？"

众人本是伤感，闻言俱转悲为喜，唯有洛音凡全身冰冷。

闵云中忍不住道："当然是赐她新的肉体，消除煞气脱离魔剑了！"

亡月似没听见，再问重紫："你有什么要求？"

洛音凡脸色灰白："重儿……"

"请魔神赐还息壤。"柔美的声音，清晰又决绝。

答案出乎意料，所有人都变色，魔神的承诺，魔神的力量，这分明是个绝好的复生机会，她竟然只要息壤！

闵云中急道："修补通道未必一定要用息壤，你……你这孩子！"

"是我们错看了你，你怪我们也是应当的。"虞度摇头，"魔剑迟早会净化，到时你魂魄将无所依附，这件事赌气不得，且看在……你师父的面上吧，他其实一直都在尽力护你，你这般恨他，岂非有意叫他伤心？"

重紫听到这番话，没有丝毫意外。

被接受了？原来她的爱，需要这些人来成全吗？原来强者的施舍比弱者的乞求有用，整件事从头到尾是如此可笑。

恨？以前再恨，也及不上爱多，此刻剩下的恨，比剩下的爱还要少吧。爱是什么，恨又是什么，都是一群可怜人的挣扎罢了。

当爱被放弃，恨也变得多余。

重紫重复："请魔神赐还息壤，封堵通道。"

亡月抬起下巴："如你所愿。"

息壤抛下，万域海底，仙魔通道再次封堵，从此永无后顾之忧。

"你的魂魄如今只能依附于魔剑之上，纵使他们不净化，魔剑也将吞噬你的魂魄，那便是你消亡之时，"亡月沉吟，"倘若你愿意将魂魄献与我，随我去虚天冥境，可得永生。"

离开？重紫举目望向天际，有点迷茫。

这个世界太大，令她看不透；这个世界太小，容不下许多。所有的事，该做的，不该做的，都已经做完了，注定的命运走到终点，当一切有了结局，她同样没有留下的理由。

云烟掠过,眼中心中,爱恨尽去,一片清明。

于是她粲然道:"好。"

虞度与闵云中等人心一紧,同时看向洛音凡,却见他满身是血,纹丝不动站在那里,双眸空洞无神,昔日绝代尊者,如今形同死尸。

无声的,前所未有的,令人胆战的悲怆,淹没天地。

那痛的感觉太浓烈,太凄惨,太绝望,深入骨髓,每个人的心都不约而同被揪了起来,谁也不知道该说什么,现场死寂。

堪不破的情关,要接受这样的结局,他能不能支撑下去还是未知,事到如今唯有劝他放手。虞度暗暗着急,连忙上前安慰道:"师弟需为她着想,她魂魄被魔剑所拘,难以保全,留下来反而危险,依我看,让她去冥境更……"

雄浑的仙力爆发,恐怖的力量激发气流震荡,犹如天塌地陷,震得所有人承受不住,纷纷后退躲避,洛音凡冷然而立,逐波剑映日,光芒耀眼。

剑光笼罩下,身形逐渐模糊。

"以身殉剑!"玉虚子骇然,"尊者他……他要入魔!"

虞度惊道:"师弟,不可!"

五色结界起,将所有人阻隔在外。

那个夜晚,他说:"为师只盼你今后不要妄自菲薄,心怀众生,与那天上星辰一般。"

她的心从来都没有变过,灿若星辰。

是他变了,因为在意,所以比别人更害怕,害怕她真的毁灭六界,害怕到不敢相信她。

被牢牢锁在心底的爱,终于冲破理智的枷锁,突如其来地爆发,伤痛、后悔将一颗心生生涨破,四分五裂,让他生不如死。

明明爱她,却逼着自己把她推开,一再伤害,等他想要爱,再要爱时,她再也不肯回头。

她不是魔,他才是魔!

一切都结束了,他在她眼里,真的成了陌生人?她真的连最后的机会也不肯给他了?爱到尽头,已经让他难以接受,怎么可以连恨都没有?在伤害她那么多次之后,他几乎崩溃,如果连她也走了,他又有什么理由留在世上?生死都同时失去了意义!

不要这样,不要这样惩罚我。

想离开？可以，我带你走。

想听"我爱你"？可以，我说。

不原谅？没有关系。你想怎么对我，怎么恨我，都可以。

不要你原谅，我只要你。

……

远处，亡月朝重紫伸手："把你的全部献给我，随我离开，永不后悔，我需要你的承诺。"

"她不会走。"冰冷的声音淹没了她的回答。

奇异的光华浮动，翻卷，如带飘浮，如丝游走，如花瓣散落。日色隐没，天地蒙蒙有光，犹如混沌初开，一片圣洁，令人敬畏且向往。

极天之法，镜心之术。

浑身是血，俊美的脸青白僵硬，已现魔相，目中一片惊心的红赤，状若厉鬼，可怕至极。谁也没有见过重华尊者那样的目光，仿佛要将人撕碎嚼碎，生吞下去。

最仁慈的术法，带来的竟是毁灭。

南华山崩，他做不到，四海水竭，他也做不到，但没有人能再夺走她，就算与她一起魂飞魄散，他也不会让任何人将她带走！魔神也不能！

大约是动静太大，重紫终于转回脸看着他，又像是透过他看着别处，大彻大悟的微笑比任何时候都动人，眼底却是一片空，里面没有他，连恨都没有了。

他终于伸臂，缓步朝她走来，就像当年她无数次顽皮受伤的时候，迎接她的总是这个怀抱。

可她只是笑。

没有喜悦，没有期待，只是站在那里笑。

白光暴涨，刺痛了所有人的眼睛，漫天光影中，他紧紧地抱住了她，看不清她脸上的神情，双臂感受到的，是她的木然，了无生气。

可是至少，她还在他怀里。

她不明白，她一直都是他的小徒弟，是他最在乎的人。他或许永远不能放弃责任，但她，也会永远比他重要。

镜心之术，无魔，无你，也无我。

当你的爱已不在，头一次自私地想抱着你，一齐毁灭。

其实在你面前，我从来都不是仙。

……

光芒灭尽，两道人影消失不见，唯余一柄奇异长剑悬浮于半空，其色洁白，形状格外眼熟。

不见半点儿魔气，亦无半点儿仙气。

仙剑？魔剑？还是凡剑？

没有人有空去想这个问题，全都呆呆地望着那剑，只觉光洁美丽，明净如冰雪，灿烂若九天星辰。

亡月不知说了句什么，悄然隐没。

正在众人发愣时，那剑忽然冲天而去，穿破茫茫云海，瞬间失了踪影。

第十五章·尾声

岁月无尽，沧海桑田。

宽阔的大河，河上一叶轻舟顺流而行，两旁是鲜美桃林，桃花流水，晨雾弥漫，前路云水茫茫，不知通往何处。

白衣仙人坐在船头，身旁站着个十来岁的小女孩，白衫子，白发带，体态轻盈动人。

"师父，我们这是去哪里？"

"到天边，天的尽头。"

"那很远啊。"

白衣仙人浑身一震，侧脸："水仙……不想跟师父去了吗？"

"没有啊，"看清他眼中的伤心，女孩慌忙摇头，双手拉起他的一只手，"师父去哪里，水仙就去哪里！"

"真的？"白衣仙人淡淡地笑。

"真的。"

……

天涯何处，云水之间，小舟从此逝。

前世，你为我入魔。

今生，我为你成仙。

茫茫雪山，山腰以上都笼罩在冷云冷雾里，看不到山顶，两个小孩子站在山脚下抬头仰望，一个男孩，一个女孩。

"这山真高,你到这儿来做什么?"

"我想去找神仙,我要当仙门弟子。"

"神仙在哪里?"

"在山上,山上就有神仙,"女孩子信誓旦旦道,"他们每天晚上都会下山,去对面的大湖边看星星。"

男孩立即揭穿她:"胡说!朱二叔说他去雪山里打过猎,山上根本没有人,连屋子都没有!"

"他们才没有住在什么屋子里!"

"那他们住在哪儿?"

"他们啊,住在一把剑里。"

"真的?"男孩惊讶。

女孩满脸认真:"真的,我看到过他们。"

男孩不信:"他们长什么样儿?"

女孩子在石头上坐下,捧着脸回忆:"他们长得很好看,哥哥叫姐姐虫儿,姐姐是虫子变的,不会说话,不会动,也不会笑。"

"她不说话怎么办?"

"哥哥就抱着她看星星。"

"后来呢?"

"后来没有了。"

"怎么没有?"

"哥哥抱着她钻进剑里去了啦!"

"你骗人!"

……

转眼又到夏夜,长空万里,星河璀璨,男孩女孩并肩坐在湖畔石头上,遥望远处雪山。

女孩忽然神秘道:"昨晚他们又出来看星星了。"

"他们?"

"就是神仙啊!"

男孩将信将疑:"他们怎么了?"

"姐姐说话了,哥哥笑了,笑起来真好看。"女孩说完,有点花痴的样子。

"她说什么?"

"好。"

"好什么？"男孩摸不着头脑。

"她说好。"女孩斜她一眼。

"什么好？"

"好就是好！"

……

"快看！"男孩眼尖，抬手指着远处，一缕银光自雪山上掠起，划过夜空，如流星般飞向长河。

女孩惊喜地叫出来："哥哥姐姐真的是神仙！"

男孩故意道："才不是，他们是妖魔！"

"你胡说，他们是神仙！"

"是妖魔！"

两个孩子正争执不休，一位白胡子老者忽然出现在他们身后，面容慈祥可亲，他拍拍两个小肩膀："两个小鬼，又跑出来啦！"

"行玄爷爷！"两个孩子跳起来，拉着老者又叫又笑。

老者摸摸胡子，和颜悦色："你们又吵什么？"

女孩抢先将事情经过讲了一遍。

老者听完点头："你们说得对，他们暂时住在剑里，不是人呢，可是他们总有一天会回来。"

男孩忙问："那他们是仙还是魔呢？"

老者也在旁边坐下来："这个嘛，世上本没有仙与魔之分，心存善念，魔即是仙，心生恶念，仙也可以变成魔。"

女孩疑惑道："魔怎么是仙，仙怎么是魔，我听不懂。"

老者摸摸她的脑袋，耐心解释道："就像我们，身上有仙之善念，也有魔之恶念，你信他是仙，他或许就真的变成仙了；你非要因为他是魔，就把他当作魔，那不但他是魔，连你也要变成魔了。"

男孩不解："那我们究竟是仙还是魔？"

老者大笑，重重拍了拍那小脑袋："傻小子！连这都忘了，我们是人啊！"

【正文完】

番外卷

一.洛紫篇

冷清月夜，沉寂的小镇。

一道黑气悄然自远处飞来，翻过矮墙，飘进院子里。

黑气在月光下逐渐凝聚成形，藏进屋檐的阴影里，带起一阵风，院内高高的木架莫名翻倒，发出砰的一声。

须臾，房间里响起说话声，在女人的催促下，男人无奈起床点灯，推门出来，口里犹自埋怨："哪里有什么贼，大惊小怪的，听错了吧……啊，原来是这东西！"

他边说话，边下阶过去扶那架子。

房间灯光微弱，身后屋檐阴影更浓，黑暗中，一双血红的眼睛闪着贪婪的光。

诡异的气息弥散，男人隐约察觉到异常，转身去看，正在此时，忽有一道寒光划过小院上空，速度极快，明晃晃的光芒刺得他下意识闭了眼睛。

低哑的叫声远去，听得人头皮发麻。

男人吃吓："谁？"

寒光瞬间即逝，小院恢复平静，月光冷冷，好像什么事也没有发生过。

"当家的，是什么在叫？"屋里响起女人紧张的声音。

男人扫视周围角落，又特别留意了屋檐下那片阴影，半晌摇头，随口道："是夜猫子叫呢，大惊小怪！"

"你快些进来。"

"来了来了！"男人不耐烦，边朝房间走边嘀咕，"眼花了吧……"

院外巷子里，两道白影现身，一男一女，雪衣长发，容貌绝美，宛如九天下凡、不食烟火的神仙。

"师父让它跑了，它又害人怎么办？"

"那是食梦魔，不会害人，"他轻轻扶着她的肩，示意她安心，动作温柔，声音里更有无限宠溺，"它专食人噩梦，用来修炼，这种魔很是罕见。"

她惊奇："哈，那它吃了噩梦，不是只留给人好梦了吗？"

"是的。"

"对啊，仙魔本就不该分开看，魔做的也不一定都是坏事，可惜我们把它吓跑了。"

"不吓跑它，它就要吓到人了，"他看看天色，"时候不早，该回去了。"

眼前男女，赫然就是当年化剑消失的南华师徒。

听到"回去"二字，重紫失望，抱着他的手臂撒娇："可是我还想去城里看夜市……"

"未修得肉体，不可任性。"洛音凡拉着她就走。

"师父不去，我自己去！"

"是吗？"

"我悄悄走……"

未等她说完，洛音凡猛然停住脚步："重儿！"

看清目光里那些伤痛之色，重紫知道说错了话，后悔万分，连忙摇头解释："我只是说说，不会真走的。"

他仍将她拉入怀里，紧紧抱住。

百年，整整百年，幸好她终于还是原谅他了，如今他不会再失去她，说也不行。

成为剑灵，原不打算再插手这些仙魔之事，反而是她坚持起来，他这才同意偶尔在暗中插手，重拾责任，变回真正的自己。可正因为如此，他越来越不安，越来越害怕，总担心她会随时随地从自己身边消失，离开。

经历了那样的事之后，怎么忘得掉？怎能再听她说"走"字？

"不可以这样吓师父。"略带责备的声音传来。

"我不是故意的，"重紫一阵甜蜜一阵心酸，亦紧紧环着他的腰，将脸埋在他怀里，小声道，"我不会走，除非……除非师父再丢下我。"

她也在害怕？洛音凡心一疼，低头，情不自禁在那红唇上轻轻吻了下："不会，永远不会有那天。"

他都不惜用死来留住她了，又如何丢得下？

岁月无边，物换星移，人间早已变作另一番气象，四海安定，歌舞升平。

城内夜市很热闹，别说酒楼歌楼，勾栏戏曲，只看那大街上，两旁小摊琳琅满目，吃的玩的应有尽有，不时还有挑着担子叫卖的，转弯处的街角，杂耍的正在表演绝技，引来无数人围观。

一对年轻男女自街道尽头走来，女子固然美丽，白衣男人更难形容，步伐从容，神色淡然，一双无悲无喜的眸子仿佛装下了整片夜，吸引了无数视线。

昨夜实在太晚，重紫只好乖乖地随洛音凡回到剑内，但洛音凡也没有让她失望，今夜果真带着她进城来了。重紫很高兴，在两旁小摊上流连，看看这个，再看看那个，不时跑回他身边询问，他只是任她折腾，很少说话，眉宇间是一片化不开的温柔。

忽然，重紫停下动作，愣愣地望着一个方向。

"天子脚下，怎能动手打人？"那是个十三四岁的小公子，长眉如刀，小脸冷冰冰的，身后跟着几个侍卫模样的人。

他年纪虽小，穿着气势却不凡，几个大乞丐知道惹不起，怏怏地散开，露出中间地上哭泣的小女孩。

小女孩穿着破烂，手里捏着半个馒头，怯怯地望了他两眼，然后退回到墙角，低头慢慢地啃馒头，不时拿脏兮兮的手揉眼睛，一张满是尘灰的小脸更加难看了。

"丑丫头！"小公子嫌恶，带着下人要走。

身后的小女孩哭起来。

小公子走了两步，停住，半晌侧身道："将她带回去吧。"

几名侍卫面面相觑，领头那人上前："这恐怕……"

"一切有我，"小公子不耐烦地打断他，"想不到如今太平盛世，还有这样的事。"

侍卫只得应下，过去将那小女孩直接从地上拉起来，小女孩更加害怕，下意识地往他身边靠，想要再寻求保护。

"跟着我。"小公子冷着脸吩咐，继续朝前走。

……

视线忽然被挡住，重紫终于回神，望着面前的人："师父，他……"

洛音凡点头："他已转过几世了。"

"真的是他！"重紫欣喜，要追上去。

洛音凡不动声色地拉住她："眼下我们尚未修得完全的实体，不能离开剑太久，回去吧，明日再来便是。"

"可是我想先看看他。"

"来日方长。"

重紫丧气地跟着走了几步，停住："师父不高兴吗？"

洛音凡不答。

重紫眨眼："师父不想我见他？"

洛音凡略觉尴尬，移开视线："该回去了。"

"师父不说，我才不回去。"

"重儿！"

"师父会离开我吗？"

"不会。"

"我到哪儿，师父一定会跟到哪儿吗？"

"是的。"

"那我也一样，"重紫垂眸，拉着他的手浅笑，"我不会离开师父。"

洛音凡轻咳，有点头疼。

小徒弟当真是越来越了解他，将他的心思摸得一清二楚。那些人，每一个都曾为她付出过，而他给予她的，始终是太少太少。放眼六界，他不畏任何人，唯独在这件事上，他全无信心。

"如果我真的离开了，师父会怎么办？"

"果真如此，为师便散了仙魄……"

"师父！"重紫急得伸手去捂他的嘴。

小徒弟到底还是在意他，不过他说的是真话，自魂魄重生那一刻，他就是完完全全为她而存在，如果没有她，这场重生又有何意义。

"为师当然不会那样做，至少先将你抓回来，重重地责罚。"

"师父要罚我，我还是走了算了。"

"那就一起散了仙魄。"

原来死也可以这么甜蜜！重紫嗔道："师父自私！"

洛音凡默认。

当初太无私，今日才会太自私。

"我要跟师父活得好好的，才不要死。"

"好。"

发现他还是那副淡然不惊的样子，重紫泄气，忽然趴到他怀里，低声笑道："倘若我真的不在了，师父就再喝凤凰泪。"

洛音凡听得好气又好笑，面上也不禁一热。

他的小徒弟当真被纵得无法无天了，敢拿这事取笑他！她哪里知道，凤凰泪早就失效了，他能恢复记忆，根本不是因为喝了解药。

"我现在可以去看秦师兄了吗？"

"为师陪你去。"

……

转过街角，几个侍卫远远站在旁边，小公子正和人说话。那人三十几岁年纪，长相和蔼不失威严，身旁一柄长剑飘浮在空中，显然是仙门中人，而且地位不低。

半晌，小公子礼貌地作礼，不知说了句什么，那位仙人顿时露出失望之色，摇头叹息，有意无意朝这边看了眼，御剑离去。

"那是虞掌教！"

"是的。"

虞度找上他，最终却失望离去，重紫当然猜出是为了什么，喃喃道："他真的……不愿修仙了。"

"既是他的选择，就不必惋惜，"洛音凡轻声道，"如今看来，人间也未尝不好，你若惦记，今后常来看他便是。"

"我可以常来看他吗？"

"必须有为师陪同。"

昔日两个爱她的人，一个转世忘记前尘，一个找到转世的闵素秋，真的圆满了吧？重紫目送小公子离去，忽然道："虞掌教看见我们了。"

"是的。"

"他为什么不来找你？"

"他知道，我真要回去，不用他来找。"

重紫望着他："师父想回去吗？"

"这样就很好，不一定非要回去。"

"师父，我不……"

"为师知道，"洛音凡制止她再说，"就算我愿意回去，眼下尚未修得完全的肉身，必须依附剑上，也是不便的。"

说到这事，重紫疑惑地眨眼："为什么我们能活在剑上，那柄剑里根本没有仙气魔气啊，怎么能保住我们的魂魄……"

当时他也以身殉剑，再施展镜心之术，照理说两个人都要魂飞魄散的，为什么最终却侥幸变成了剑灵？

"上天垂怜吧。"洛音凡拉着她走。

剑里没有仙之气，没有魔之气，却有神之气，此剑得神赐灵气，已成了一柄神剑，所以两个人的魂魄才能依附其上，得以保存。剑，就是他们暂时的栖身之地，可最终他们还是得再修炼数百年，才能够修得肉体。

这一切，自然是魔神所赐。

洛音凡没有说破。

她原本答应要跟九幽走，当时的场景犹在眼前，他怎么会告诉她？九幽的成全令他感激，可也不必非要让她明白九幽有多好。

"那就等师父修得肉身，再回紫竹峰吧。"

"你也随为师回去？"

"我跟师父回去，"重紫转转眼珠，"可是是有条件的。"

好啊，越来越厉害，会跟他讲条件了。洛音凡斜睨看她，有点没好气，她应该主动说，会永远陪着他，永远跟在他身边才对！

当然，他会尽可能满足她的条件。

"说吧，又想要什么？"

重紫拉着他的手，没有说话，小脸渐渐红了。

洛音凡俯下脸看着她，意在询问。

重紫红着脸，只是咬唇笑，半晌终于被他看得忍不住，钻到他怀里笑："我要……要……师父！"

洛音凡皱眉。

她难道还不明白，他早就属于她了。

神仙师父真的太像神仙了，让她生气！重紫跺脚，索性勾住他的脖子，迫使他倾身下来，轻声说了两个字。

耳畔热气伴随着蚊子般细细的声音，听到那两个字，洛音凡心一跳，脸上的温度逐渐升高，更加哭笑不得。

小徒弟尝到其中乐趣了，可是这些日子下来，她哪还顾得上先前教的双修心法，每每不到一个时辰就开始讨饶。

也罢，岁月漫长，修炼的时间还多得是。

但不给小徒弟点教训是不行了！

他抬起她的脸，微微扬眉，警告："双修，却不是一个时辰的事。"

"那就……一个半时辰？"

"这叫双修？"

"最多，最多两个！"视死如归地吼完，她羞得重新将脸埋在他怀里，小声央求，"师父……"

洛音凡无动于衷。

今日是非教训不可了，休想再让他心软！

一柄长剑飞来，停在二人面前，剑身光洁美丽，世间罕见，众目睽睽之下，洛音凡面不改色，抱着她踏上剑身，化作白光隐入剑内。

长剑瞬间划破长空，消失得无影无踪，周围众人总算回过神，各自惊叹，好在往来的仙门弟子多，这种事也不新鲜，只不过这对男女实在太出色了，真正称得上是神仙眷侣。

"我的恩典，洛音凡非但不告诉她，对付我的子民也半点不手软。"一个声音响起，被夜市里的闹声淹没，"他二人如此幸运，我却要留在冥境忍受寂寞。"

"主人后悔了？"

"不错，我得把我的皇后带回冥境。"

"可惜她不会再跟主人走。"

"五百年现世，我从不缺少机会。"一阵死气沉沉的笑声响起。

二·雪阴篇

无际大海,上空无数黑点,却是海鸟来去。漫天霞光下,一道人影负手立于海边岩石上,映着夕阳,浑身被镀上了一圈华丽的金边。

少女御剑而来,远远望着他发愣。

他却发现了,转身:"水仙?"

那一抹微笑比霞光更温柔,少女的脸被映得红了,比初开的桃花还要娇艳,她慢慢地走上前,抿嘴笑了下,神色不太自在:"师父。"

白衣仙人抬起一只手,替她理了理被风吹乱的发丝,柔声责备:"这几天都去哪里了,叫为师着急!"

少女顺势抱住他的手臂:"师父不是说要下个月才回来吗?"

"为师说下个月回来,你就可以乱跑?"

"师父等了我多久?"

"三日。"

"一直在这儿等吗?"

"你说呢?"

师父这三天都站在这里等她?少女既是喜悦又是内疚:"水仙再也不乱跑了。"

白衣仙人不动声色地问:"近日陪你玩的人是谁?"

师父怎么知道?少女愣了下,照实答道:"是妙音谷的少谷主,叫竺汀,我前日遇见他,他邀我去妙音谷玩了几日。"

见她没说谎,白衣仙人面色好了点:"说了多少次,不得随意结交外人。"

"他又不是坏人,"少女嘀咕,拉着他道,"师父明日也跟我去看看他吧,他真的很有趣。"

"明日我们就要启程离开这儿了。"

"这么快！可是我都答应他了，他还说要送我一架好琴呢！"

白衣仙人皱眉："不听话吗？"

每次她认识新朋友，总会被师父以各种理由带走，少女虽有不舍，可是也知道师父在生气，只好委屈地答了声"是"。

"天快黑了，我们回船上去吧，"白衣仙人安慰，"听话，将来师父会替你找最好的琴。"

少女应了一声，任他拉着朝船上走。

从小到大，他给她的每件东西都是最好的，他是那样宠爱她，可是他始终不明白，她想要的不是琴啊。

竺汀的话在耳畔回响，她忽然觉得被他握着的那只手很烫。

第二日清早，师徒两个乘了大船起航，开始漫无目的的旅程，数月之后抵达北海。时值冬日，北海上漂浮着许多厚厚的冰块，到傍晚，师徒坐在冰上看海豹猎食。

"水仙不喜欢这里？"

"没有。"

这几个月她都没精打采的，与往日大不相同，白衣仙人沉默片刻，将她搂入怀里："怎么闷闷不乐，还在为竺少谷主的事生气？"

很久没有被他抱过，少女心情好了起来，终于开口道："师父为什么不让我跟别人往来？"

"有师父陪你，不好吗？"

"好……可是师父不在的时候，我一个人真的很无趣。"

"今后师父去哪里，就带你一起去。"

"真的？"

"真的。"

少女没有喜悦，迟疑半晌，忽然鼓足勇气道："师父要这样留我一辈子吗？"

白衣仙人愣住。

十几年，她一直高高兴兴陪伴在自己身边，难道如今她有了什么想法？

"你不愿意陪师父了？"

"我没有！"少女连忙摇头，脸渐渐红了，"我……我只是……"

他微笑着打断她："水仙愿不愿意帮师父做一件事？"

这么多年都是师父宠着她，为她做了很多，她还真的没替师父做过什么事呢，少女立即直起身："当然，师父要我做什么？"

"北海里盛产冰灵芝，为师很早就想要一朵了。"

"这点小事，师父不早说！"少女飞快站起身，捏起避水诀，冲他嫣然笑了下，以一个漂亮的姿势跃入水里。

确认她消失，白衣仙人也缓缓站起身："竺汀？"

结界撤去，一名二十几岁的年轻公子在外面恭敬作礼："雪仙尊在上，妙音谷竺汀有礼。"

白衣仙人淡淡道："为何一路跟随我师徒二人？"

知道被发现，竺汀有点尴尬，语气倒也镇定："晚辈追随至此，是想见水仙师妹一面。"

"她不在。"

"晚辈对水仙师妹是一片真心，求仙尊成全。"

一片真心？白衣仙人目光冷了。

竺汀脸微热，再行礼："晚辈知道，仙尊担心师妹受欺负，但晚辈保证……"

"看在竺谷主面上，今日不与你计较，"白衣仙人打断他，"再要纠缠于她，休怪我不留情面。"

顾及他的身份，竺汀自认很低声下气，想不到仍遭拒绝，他本就年轻，终于也忍不住顶撞道："她只是仙尊的徒弟，仙尊如此不通情理，未免太过。"

"放肆！"

"晚辈斗胆，她并不是以前那位水仙师姐……"

话音未落，就有一股强大力量迎面袭来，竺汀虽早已有所防备，可事到临头仍闪避不及，被击得飞出数丈，终于坠海。

"竺师兄！"一道白影白海里跃起，过去将他捞上来。

受伤不重，却得佳人相护，竺汀心中暗喜，正要开口说话，忽然又觉身体悬空，接着就扑通一声重新坠入海里。

"你并没有师兄。"淡淡的声音里，结界重新设起。

被强行摄回，少女红了眼圈，跺脚："师父为什么要这样？"

"他不安好心。"

"他只是喜欢我！"

"混账！"白衣仙人微怒，"不知廉耻，还不给我回船上去？"

头一次被他骂，少女愣了半晌，哭着跑了。

黑夜，风里透着无数冰寒之气，少女仍抱膝坐在船头，不肯说话。

白衣仙人站在舱门口，有点无奈。

遗忘，提心吊胆地守护……她承受的一切，如今要让他也亲自经历一遍，这就是上天的惩罚。

她注定不能再修得仙骨，全凭他的法力替她续命，正如前世她为他所做的一样。而今他四处奔走，遍寻天下驻颜之药，因为知道她的心结，她绝不会愿意以一副衰老的面容来陪伴他。

可是现在趁他不在，她竟然和那竺汀来往，几个月了还念念不忘，难道她喜欢上竺汀了？

眼一冷，心一怒，他直接将她摄回舱内。

少女惊得回神，咬着唇又要往外走，可惜门口早就设置了结界，怎么走都是徒劳，气得她大声抗议："师父这样关着我，不如让我死好了！"

死？她敢用死来威胁他！他冷冷道："现在就想走了吗？"

她挑眉："对，竺汀喜欢我。"

他噎了噎，怒道："走出这门，就别再回来！"

她赌气："我才不会回来！"

他当真怔住了。

不回来，她说不回来？在为他做了那么多之后，她不肯再喜欢他，要彻底放弃他了？

俊脸惨白，双目失神，从没见过师父这样子，少女半是害怕半是内疚，心里却莫名有一丝喜悦，上前欲安慰他："师父……"

冷不防那人忽然伸手，狠狠地将她拉入怀里，低头就吻住了她。

师父在做什么？脑子里乱成一团，少女睁大眼睛，下意识挣扎，由于唇被堵住，只能发出呜呜的声音。

很奇怪，身体开始变软，毫无力气，唇舌纠缠，好像很久之前就有过这样的感觉，非但不想抗拒，反而令人沉醉，不愿醒来，期待着想要更多……

双臂情不自禁去搂他的颈，主动回应。

师父！他是师父啊！犹如当头一棒，少女惊醒，有点惊慌，略略用力咬破他的唇。

痛，终于让他寻回理智，抬脸离开。

"师……师父。"少女满面通红，不知道该说什么。

他愣愣地看着她半晌，白着脸缓缓后退几步，然后匆匆转身，逃也似的出门去了。

手指轻抚唇瓣，还留有他的味道，少女脸颊一片火烧。

没有生气，她是故意的，其实她并不是在气他的控制，而是气他把她关起来，却仍无半点表示。竺汀的表白勾起了她内心潜藏的期待，只不过她一直不明白自己到底在期待什么，更加害怕做错事，因为他是她的师父，她害怕，害怕他会生气不要她了。

眼前发生的一切，令她惊喜。

原来师父……是喜欢她的？那她的拒绝，是不是让他误会难过了？

少女终于反应过来，匆匆跑出门，发现船上空无人影，顿时害怕起来。

"师父！"

"师父你去哪儿了？"

……

整整三日，他全无踪影。

回想他的神情，全不似往日镇定自若的模样，他好像很羞愧，很伤心，因为她是他的徒弟吧？那有什么关系，她就是喜欢他，才不管别人笑话，只要他不生气，她就什么都不怕！

可是他在哪里？

少女忽地站起身，走过去躺到床上，合眼。

须臾，一道白影迅速闪进门："水仙！"

真的来了，少女偷笑。

"水仙！"他快步走近床前，接着就发现不对——她身上有他的仙印，方才察觉她神气消失，吓得他匆匆赶回来了，可是眼前……这不是死灵术吗？

"师父！"来不及反应，床上的少女飞快扑到他身上，眼睛里满是得意之色，每次她出事他都会及时赶回来，这次真的也有效！

"没事就好。"他飞快推开她，径直朝舱外走。

少女追上去："师父！师父别走！"

"为师不走。"他怎会丢下她一个人，其实他根本就没走远。

"师父！"少女仍拉住他的手不放。

他停住脚步，回身。

少女满脸通红，许久才低声道："我没生气，师父可以……"

可以？她根本不懂这代表什么！她什么都不记得，自己却趁机对她做这种事！俊脸上神情越发尴尬，他轻咳了声："天色不早，你先歇息……"

话音未落，忽觉颈间一沉，他情不自禁俯下脸。

未等他反应过来，她迅速踮起脚尖，吻上他的唇。

青涩的吻，毫无经验，根本就是在胡乱吮咬，却足以摧毁他所有的理智，压抑太久的感情，就像浸了油的干柴，一点即燃，抛开所有顾忌，他终于环上她的腰，扣住她的后脑，变被动为主动。

……

轻喘着分开，她软倒在他怀里，小脸红云满布，眼波迷离。

"师父。"想要更多，她却不知道该怎么做。

他只是抱住她："水仙会不会后悔？可能会有很多人……笑话你。"

"师父会怕吗？"

"不。"

"那水仙也不怕，"她羞得将脸埋在他怀里，小声道，"我……喜欢师父这样……"

"要是师父做过对不起你的事，怎么办？"

"师父没有对我不好啊。"

"万一有过呢？"

"师父今后会对我好吗？"

"会。"

"那我就不怪师父了。"

"真的？"

"真的！"

"记住你的话，"他浅笑着低头在那樱唇上吻了下来，不顾她满脸失望，推开她，"不早了，先歇息。"

这样不行，至少现在还不是时候，否则对她太不公平。这三日他已经想得很清楚，现在首要之事就是寻求良药神医，让她变回真正的水仙。

等她记起来，会恨他吧？

没有关系，他会对她好，好得就算她恨也离不开。

三·魔神归来

茫茫仙海，惊涛不止，礁石孤岛无数，罕有人至的中央之地，上方乌云密布，一座黑沉沉的岛屿在烟雾中静默，整座岛方圆数百里皆被黑森林所覆盖，如同巨兽张着的大嘴，吞吐着烟雾，里面不时隐约传出各种凄厉的叫声，阴森，诡异。

天际一道银光划过，紧接着林边就出现了两道人影。

白袍长长地拖在年轻仙人身后，如雪如冰，在阴暗天色里显得分外明朗。看清岛上情形，他不由得皱了下眉，拉着身旁人的手嘱咐："此地情况尚未明了，恐有魔族出没，稍后要小心跟紧我。"

"师父，我们不一定跟他们动手吧？"

"嗯，只要他们没有出去作恶，我们便不动手。"

在剑中修得肉身，师徒二人决定还是回到紫竹峰居住，然而经过当年那一战，魔神归去，虚天魔宫无人支撑，毁于五年后的一次劫变，魔族无处安身，四散藏匿，更难再去人间作恶，仙门人间一派太平气象，因此在紫竹峰反倒比在外面还清闲，师徒两个索性又出来游玩了。

多年过去，昔日少女眉间已经多出几分成熟，重紫答应着，又取出仙界地图对着黑森林确认了下，半响，疑惑地问："地图上怎么还是没有这座岛啊？"

洛音凡道："图中无此岛，可知此岛并非生于仙界，只不知是何种机缘令它碰巧出现在了仙海，其中必有古怪，走吧，先进去看看再说。"

言毕，长剑现形，他立即拉着重紫踏上剑身。

林中古木参天，头顶树冠有高达数十丈的，遮天蔽日，越往深处走，树木越高大，十人以上合抱的树干极为常见，不知生长了几千几万年，有些树干上面攀附着无数老藤，更有许多树根露在地面上，根根水桶般粗细，蜿蜒扭曲，如同一条条巨蟒。

长剑发出柔和的白光，载着两人贴近地面飞行。

湿润的泥土地显得很干净，生着些喜阴的藤蔓，偶尔可见人头大的蘑菇，有些树下的根缝里还长着一株株奇花，除此之外，没看见有其他杂草。奇怪的是，明明隐约可以听见野兽凄厉的叫声，然而两个人走了这么久，根本没见到过任何野兽，连只飞鸟都没有。

"师父，这座岛真的很怪，既然它不是生于仙界，会不会是魔族做的？"

"移动此岛，魔尊没有这个能力。"

说完这句话，洛音凡不知怎的心头一惊，难道此岛是……

心念转动之际，足底长剑也随之猛地停住。

"怎么了，师父？"重紫不解地唤他。

"没什么，"应该不太可能吧，洛音凡抛弃那个念头，暗道自己多疑，下意识握紧了她的手，神情依旧镇定无波，"看来这岛上并没什么奇怪的，还是先出去，回到南华我再叫人来查探。"

他做了决定，重紫自无不从。

就在长剑即将掉转方向的时候，前方森林深处猛然传来动静！

声音不是很大，隔得有点远的样子，隐隐如晴空雷鸣，可以感觉到周围那些古木都跟着颤动了下，师徒二人听得一愣。

片刻之后，余音仍在林间回荡。

重紫不由得拉紧了他，小心地打量四周："刚才……是什么？"

洛音凡迅速抬手划了道弧线，头顶黑树冠顿时快速朝两边分开，露出阴云密布的天空，他抬脸望了半晌，沉吟道："不见魔变，或许是有什么奇物降生，重儿，你可感应到魔气了？"

原本是魔，对魔气的感知更加敏锐，重紫凝神半晌，摇头道："没发现有魔气。"

洛音凡松了口气道："既非魔物，难道是仙物……"

重紫高兴："什么仙物呢，我们过去看看吧？"

突然出现的怪岛，突生异状，此事的确有些不同寻常，目前并没发现这片森林里有什么危险，纵然有，自己也应该能应付，不如过去看看，若此物不对苍生构成威胁也罢了，否则定要趁早处理隐患才是。

念及此，洛音凡点头："也好。"

剑升起在半空，离地面高了些，二人谨慎地继续前行，两旁的巨大树干快速后退，不多时，面前视线失了遮挡，前方现出一个庞然大物来。洛音凡见状，即刻驭剑降落，仔细一看，才发现那是个极其粗大的树桩，离地面约有两人高，被人砍去了上半截的枝叶部分，断面光秃秃的，犹如一面黑褐色的大圆桌，可供上百人围坐，极其壮观。

"好大的树！"重紫兴奋，"仙界都没见过呢。"

周围一切正常，除了阴气比别处稀薄、灵气更加充沛之外，并没感受到有什么明显的威胁，洛音凡也放了心，松开手道："此树之大确是仙界罕有，过去看看吧。"

重紫只觉得新奇，迫不及待地朝树桩跑。

见她这样，洛音凡不由得弯了唇角，也跟着要走过去，哪知刚走出几步，身后忽然有一阵风刮过，细细的、凉凉的风，带着树木所独有的芳香，清新怡人。

这等异状岂能瞒过洛音凡？他立即停了脚步，侧身看。

身后除了树还是树，没见有什么特别之物。

岛上有风不奇怪，然而此地是在森林深处，头顶枝叶密布的，哪里透得进风？此风绝不可能是天然形成的，但刚才也没察觉到其中有魔气，所含灵气倒是很足，不知是何仙物所致……

洛音凡边想着边重新转回身，忽然面色一变："重儿！"

四周静悄悄的，长剑默默散发光芒，映照着面前巨大的树桩，只是，哪里还有重紫的影子！

本来是朝着树桩跑，谁知近在眼前的树桩忽然消失不见，周围刹那间也变得漆黑一片，重紫下意识唤道："师父？"

叫了几声无人应答，唯有回声在耳畔幽幽作响。

重紫心知不对，顿时警惕起来，连忙施了个法术，食指尖立即亮起一团蓝光，照得四周的景物清晰起来——前面的树桩依然还在，周围的景物也没有任何变化，仿佛原本就只有她一个人。

师父呢？师父分明跟在身后，这么短的时间里，他不可能突然消失，更不可能丢下她独自离开，唯一的可能是……有人在这里设置了高明的结界，她恰好闯进了那个结界！

弄清缘故，重紫反而镇定下来："你是谁？"

回答她的是一声低笑，沉沉的笑声，古怪，特别，偏又带着种奇异的魅惑力，听上去甚至还有点耳熟。

重紫立即循声侧脸望去，紧接着她就看见了一个人。

光明与黑暗的交界处，有条巨大的树根伸出地面，高高拱起，如同拱桥，又如同褐色的大蛇，一道颀长的身影立于树根之上，宽大的黑斗篷拖垂下来，他远远地站在那里，薄唇勾着一抹笑，宛如住在黑森林里的幽灵。

　　"我的皇后，又见面了。"

　　"你……"重紫呆呆地看着他半晌，终于失声，"亡月！"

　　他果然从斗篷里朝她伸出一只手，手指上紫水晶戒指光华闪闪："你还能认出我，很好。"

　　"你不是回冥境里去了吗，怎么出来啦！"重紫惊喜，连忙跃上树根拉住他的斗篷，"你这次又想干什么坏事？"

　　亡月道："我在皇后心里是这样的吗，真让我伤心。"

　　见他故意装出这模样，重紫好容易才忍住笑，既然知道是他，她也就不再担心洛音凡了，想了想问道："你现在又被我认出来了，是不是该回冥境去？"

　　亡月笑起来："谁说被认出来我就得回去？"

　　重紫"咦"了声道："你不是因为被认出来，才必须回去的吗？"

　　"我那是跟你们开玩笑的，"亡月道，"作为魔神，我毕竟有保持神秘的必要。"

　　……

　　见她被噎得无言，亡月笑道："遵守约定，我每次出来也有限制，多数时候是为了做一件事，不论成功与失败，我都必须回去。"

　　重紫恍然大悟："对啦，上次你要摧毁六界碑，最后失败了，所以才回去的。"

　　亡月道："没错，狠心的皇后，我赐予你和洛音凡重生的机会，你却赶我回冥境忍受寂寞。"

　　"我不是那个意思，"重紫咬了咬唇道，"我和师父都很感激你的，可是仙魔之间好不容易平静了这些年，万一你再出来干坏事挑起争战，天下又要生灵涂炭，我怕啊。"

　　亡月道："怎么会，我是好人。"

　　"其实你一点都不像个好人，"重紫打量他，"我师父呢？你把他引到哪儿去了？"

　　"他就在你身边，这里只是个结界而已，"亡月拉起她的手，俯下脸，"你们几乎害得魔族无容身之地，我却还是帮了你们，你是不是该报答我？"

　　那手指冰凉，重紫被冻得一个激灵，连忙点头："是啊，我和师父都想报答你的。"

"现在我给你这个机会,"亡月道,"我需要你的报答。"

"怎么报答你?"

"很简单,取我一滴血。"

重紫不解:"这个很简单呀,你自己就可以动手,为什么要我?"

"你忘了,我是神,受天地规则制约,我不能违反神则,否则必受天谴,"亡月道,"所以,此事必须由你动手,并且只能在这片神界的土地上动手。"

重紫大吃一惊:"神界的土地?难道这个岛是……"

"没错,是神界之岛,"亡月道,"你的修为目前还不能上神界,但我可以暂时把它移来仙界,而且只能借一天,为此我费了不少的工夫。"

师父猜得果然没错,这是神界的岛,怪不得仙界地图上没有,重紫"哈"了声,问道:"你怎么可以随便移动神界的土地,这样不违反神则吗?"

"好像没有这个规定,"亡月想了想道,"嗯……神则也有漏洞,只要你肯用心钻研它,会发现作弊其实很容易。"

重紫无语,半晌问道:"你可以不用作弊呀,我师父能去神界,叫他帮你不也一样吗?"

亡月摇头:"这件事不能让他知道。"

"为什么不能让师父知道?"重紫警惕地瞧他,"师父很感激你救了我们,他还说过等再见到你一定会报答,要他帮忙很容易啊,你为什么不告诉他,难道这中间真的有阴谋?"

"我的皇后,你太不信任我了,"亡月道,"洛音凡嘴上感激我,希望我回来,其实心里怕得要命呢。"

"怕什么?"

"他怕我带走你,要是他发现我回来,肯定不只取我一滴血,我真怕他嫉妒之下会谋杀你的亲夫。"

重紫红着脸去踩他的脚:"胡说,我师父才不会!"

亡月站着不动任她踩:"反正他打不过我。"

"不告诉他,要我帮你也行,"重紫想了想,最终还是妥协了,"你可以告诉我这么做的原因吗?你要自己的血到底有什么用?"

"不能,因为我在钻神则的漏洞,这种事怎么能让太多人知道呢?"

"那你怎么让我相信,你的血不会危害仙界啊?"

"我向我自己发誓。"

"……"

亡月道："我取这一滴血，只是为了魔界子民的未来，应该不会影响到仙界。"

"那好吧，"重紫放了心，"怎么取你的血，现在吗？"

"现在还不是时候，必须到夜晚月上中天的时候，那是我们唯一的机会，我会等你，现在你应该去见你的师父，他好像快要疯了。"亡月笑了声，转身消失。

与此同时，周围结界粉碎。

师父？重紫刚回过神，就被外面的景象给吓住了。

呼唤数声不见回应，四处寻不到她的踪迹，好端端的人就这么突然消失了，洛音凡独自站在树桩旁边，广袖下的手握紧，目中一片森寒，身旁的剑开始不安地颤动，显示着主人极度浮躁的心绪。

"是谁？"冰冷的声音，简直不像是从他口里说出来的。

剑气激荡，即将爆发！

正在此时，身后忽然响起一声低唤："师父！"

声音如此熟悉，暂时唤回了他的理智，洛音凡当即松了口气，收剑转身："重儿，你又做什么？"

重紫连忙从树桩后转出来，拉住他的手："我就是过去看看，师父也被吓成这样。"

妖媚的眼睛含羞带嗔，语气有些撒娇的味道。

"你不是她。"声音骤冷，一掌毫不迟疑劈出！

面前的重紫惨叫着，被掌力震得飞出去，身体瞬间爆裂，但见木屑纷飞，原来是树枝所幻化而成。

"这样的手段就要瞒过我吗？"洛音凡收掌，冷静了些，"出来吧。"

"是我啊，师父。"不远处树干后又转出一个重紫望着他笑。

心知是幻象，洛音凡不理会她，缓缓地扫视四周，口里冷笑："要带走她？休想！"

"师父不认得我啦？"那重紫泫然欲泣。

洛音凡颇为烦躁，出手更无半点怜惜，法力所至，带出毁灭性的力量，那个重紫果然又如幻影般消失，与此同时，两株万年老树轰然倒下，叶碎枝折，扬起尘土无数！

"重儿？你在哪里，答应一声……"

得不到回应，即将失去理智的仙者疯狂地催动法术，可怕的力量肆虐，断裂的枝干纷纷往下掉，满地狼藉，头顶又露出天空来。

无论是谁要带走她，都休想！就算毁了这座怪岛，毁了这整片森林，他也定要把她找出来，谁也别想带走她！

"师父！"焦急的声音响在耳畔，令他再次顿住了动作。

是她？还是假的？不敢去看，害怕不是想要的结果。

出结界就见到这种情景，再见到他这么疯狂，重紫吓得不轻，连忙从后面抱住他的腰："是我，师父，我在这里！"

熟悉的气息终于令他逐渐安静下来，他缓缓握住腰间的小手。

是她了，真的是她。

"重儿？"刹那间周身冷气消退，目光渐渐柔和下来，洛音凡长长地吐出口气，转回身紧紧地抱住她，仿佛要把她揉进身体里。

"你总算回来了？"语气略带责备。

"是我，我在呢。"重紫既是喜又是难过，伏在他胸前。

半晌，他忽然冷着脸推开她。

"师父？"重紫不解。

"怎的又乱跑？"她不知道他刚才有多担心，有多害怕再失去她！

知道他生气了，重紫忙拉住他的手："我没乱跑。"

洛音凡道："方才去哪里了？"

重紫支吾："方才啊，我……我就是藏起来了。"

藏起来？洛音凡盯着她的眼睛。

隐瞒了遇见亡月的事，重紫也有点心虚，连忙移开话题，拉起他围着树桩转，口里胡扯："我就在它的背后啊，你怎么没看见我，看来这个岛真的很有问题……这树桩真大，咦？上面那是什么东西！"

她也是刚发现异常，这一叫，果然将洛音凡的注意力吸引了过去。

"那是什么？"重紫欲抽手，"我上去看看。"

洛音凡握着那手不放，道："我与你一同上去看。"从今往后，他是决计不会再松开她的手了。

圆桌似的树桩边缘，居然长了个蘑菇！

五彩斑斓的蘑菇，约有拳头大小，很是可爱。

重紫看得好奇，忍不住蹲下身用手指戳了戳它，不料手指落处竟无任何实物感，蘑菇伞面却被按得凹下，手抬起来之后，蘑菇又随之恢复原状，完全没留下任何痕迹，或者说，它就像是一团蘑菇形的气体，只不过色彩鲜艳而已。

"它……怎么是这样！"重紫更加吃惊，"师父，你认得这是什么吗？"

洛音凡已经恢复了素日的冷静，他仔细看了片刻，目光微动："此物似乎是个地灵眼……"

重紫不解地问："地灵眼是什么？"

洛音凡想了想道："地灵眼，据说是由地气滋养生成，待它完全长成，采之投地，就能连通地气，成为一眼灵井，将少许地气化为一股奇特的灵气释放出来，与天地间日月灵气大同小异，其性属阳，极似太阳之精，仙者得到它，修行定能日进千里，凡有地灵井之地，山川丰泽，万物光辉，鸟兽繁衍迅速，人类长寿。"

重紫道："有这种好东西，刚才那阵响动难道就是它？"

洛音凡道："其实连我也从未亲眼见过，不过是根据典籍中记载而推测的，凡仙物神物现世，都难免带来祥兆，方才我们所感受到的那阵异动应该就是它降生所致，只是……"说到这里他忽然停住。

重紫道："只是它这么好，一定极为罕见吧？"

"此物自是罕见，"洛音凡猛然加重手上力道，一字字道，"令我奇怪的是，它不该生于仙界。"

重紫没听懂："不该生于仙界？"

"没错，"洛音凡淡淡道，"根据上古记载，地灵井有天然形成的，仙界人界都曾出现过，地灵眼却是神界之物，只生于神界，也只能用于神界，此岛定是来自神界，如今突然出现在仙界，适逢它降生，那它就也算是仙界之物了，将来可用于仙界。"

重紫喜道："既然它是仙界的东西了，我们就把它摘回南华去吧，正好帮助南华弟子们修行呢。"

洛音凡摇头道："目前它只是个雏形而已，要完全成熟还要等几万年。"

重紫泄气："还那么久啊，可惜这个岛很快就要消失了。"

洛音凡"哦"了声道："很快消失？你如何知晓？"

发现说漏嘴，重紫忙拿话遮掩："我……我的意思是，既然师父说这个岛来自神界，它就肯定是神界的了，只不过机缘巧合才出现在仙界，我猜它迟早还是要回去的啊。"

洛音凡点头："不错，敢将它移来，自然就要花工夫移回去，否则必会引发麻烦，多事者如何脱身？"

心知他已经生疑，重紫转转眼珠，起身笑道："哪有什么多事者，将神界之地移来仙界，谁会有那样的能力呢？我看这事不可能是人为，一定是六界意外变动导致的。"

洛音凡道："是吗？"

"当然，"重紫召来长剑，拉着他踏上去，"既然地灵眼带不走，我们还是先出去吧。"

洛音凡果然没有再说什么，长剑载师徒二人飞出黑森林。

神岛四周仍然迷雾缭绕，头顶乌云却逐渐散去了，露出几点稀疏的星星，岛外海风呼啸，银浪翻涌，一艘白色的船在礁石间半隐半现，桅杆高高，白帆被拉下，两个人坐在船头上。

伏在洁白的怀抱里，重紫望着天上的星星。

尽管相伴了这么多年，她依然会有种在做梦的感觉，不敢相信能回到他怀里看星星，不敢相信还能陪在他身旁，受那些苦换来此刻的宁静与满足，她从来没有后悔。

曾经化为剑灵的那一百年，她心如死灰，他天天抱着她看星星，纵然她毫无回应，他还是会痴痴地唤她"重儿"，会反复问她"原谅师父好不好"，连她也记不得是哪一日就原谅了，若非他是心系苍生的师父，她又如何会爱上他？他不会为了她放弃苍生，却可以为了她放弃自己，其实他要守护的东西，她也打从心底里愿意去守护的吧。

视线下落，手依旧被他握得紧紧的，重紫忍不住将脸往他怀里埋得深了些，忍不住微笑，师父向来少言寡语，若不是她主动引他说话，他恐怕接连几天都可以不开口。

"师父在想什么？"

"重儿在想什么？"

重紫道："我在想，雪仙尊他们现在在哪里？"

洛音凡想了想道："应该是去沫山找药了。"

重紫有点担忧："为了给阴前辈续命，雪仙尊一定很辛苦吧？"

"重儿，"洛音凡低头理了理她的鬓发，将她搂得更紧了点，"只要留住她，雪陵再辛苦也是愿意的，就像我们。"

重紫抿嘴，道："倘若不是阴前辈，而是我，师父也会那样？"

"当然，"洛音凡皱眉，半晌道，"我与雪陵乃是旧交。"

含蓄的话，对她叫阴水仙"前辈"表示不满，既是师徒又是夫妻，尽管这段感情已经被仙门接纳，但还是会遇上这样那样的问题，她在称呼上往往不太留意。

重紫低声笑起来。

"重儿！"半是责备半是警告，还带着些无奈。

这些年他从没生过她的气，哪里会忍心责备她？重紫盘算着答应亡月的事，顿生一计，她抬起脸笑盈盈地望着他，撒娇："师父，我想吃海灵芝。"

洛音凡看着她"嗯"了声。

重紫推他："你去帮我采些来吧。"

海灵芝生于海底岩缝里，近年来由于采摘过度，已经极为稀少，通常要入海寻找的话，差不多两三个时辰才能找到几朵，找这个借口支开他两三个时辰，她应该就可以去替亡月办事了。

事情并未如想象中那般发展，洛音凡仍是抱着她，丝毫没有起身的意思："你吃得了多少？"

"我想吃很多，三朵，"重紫催促道，"你快去吧，我在这儿等你。"

洛音凡弯了唇角："你忘了船上就藏有海灵芝？上次采的，还剩五朵。"

重紫有点挫败："唔，多采些回来放着也好嘛……"

"海灵芝存放太久，就不好吃了，"不等她再想到别的借口，洛音凡就抱着她站起身，"风凉，我们进去吧。"

"我已经不怕冷了。"

"我怕你冷。"

重紫听得心头一暖，双手环住他的颈。

洛音凡道："我们这就起程回南华。"

重紫吃惊："这么快就回去？"

"怎么，"洛音凡反问，"你难道不想回去？"

晚上还答应回去帮亡月的，怎么能走了呢！重紫忙道："我是说，我们不用急着走吧。晚上风浪有点大啊，明天再起程怎么样？"

洛音凡道："今晚月色美，何来风浪？"

头顶果然有了月亮，重紫差点咬掉舌头："可是……我有点累了啊。"

洛音凡目光微动："你为何非要留下？"

生怕被他看出端倪，重紫将脸伏到他怀里："好不容易遇见神岛，我还想多看看它呀，师父就陪我留下来游玩一天吧……"

"重儿，"洛音凡抬起她的脸，眼神有点危险，"你……是不是有事瞒了我？"

若在平时，只要她说什么，他定然毫不迟疑地依从，可是这次不一样，突然出现的神岛令他不安，她说得没错，轻易将神界之岛移来仙界，不是谁都可以做到，记载里寻常上神都没这个本事，除非……天地日月所选定的天神。

此事究竟是意外还是人为？冥境中那个神曾经是什么身份？

虽然那个神已经回冥境去了，这么多年都没有消息，他也相信小徒弟的心还在自己这里，可是谁又能料到未来的变数呢？他始终对她曾是魔宫皇后的身份耿耿于怀，当年她要离开的那一幕仍不时呈现在他脑海里，令他不安，他实在没有多少把握，谁能保证她不会后悔？谁能知道那个神什么时候会再出来？那样的能力，可以将她从他身边带走！

"没有啊，"重紫也心虚，连忙抬手捂住他的眼睛，"师父又胡思乱想了，我怎么会瞒你？"

"你真的没有骗我？"

"没有。"

"你……你不会再离开？"

"当然，我会永远陪着师父。"

这句话如同定心丸，百试百灵，每次都能暂时令他放心，可是下次依然会有同样的顾虑，他需要这种安慰，她也就不停地重复使用它。

洛音凡果然面色好转："好，依你，我们明日再走。"

重紫悄悄地松了口气。

夜半，船舱外涛声阵阵，身下的船也跟着轻轻摇晃，她枕着他的一只手臂，他的另一只手臂则将她牢牢地圈在怀里，制止她乱动，就算她夜里起床他也能及时察觉，这样的姿势维持了不知道有多少年。

温柔的吻落在额间、唇上，无不透着珍惜与宠爱。

他原意是要让重紫早点休息，可是这样一来重紫哪里睡得着，身体逐渐发热，到最后终于忍不住低低地呻吟出声。

"师父……"

"重儿？"

熟悉的声音在唤她，对她来说，那是逃避不了的蛊惑，让她完全失去抵抗能力，无可救药地想要跟着沉沦。

"师父。"她情不自禁地侧身面对他，往他怀里靠过去。

他似乎明白了什么，轻轻笑了声，吻变得深入。

然而就在这一刻，她心头仿佛被什么重重地敲了下，理智被强迫回了脑海里——不行，今晚答应要去找亡月呢！时候快到了吧，再不行动就没有机会了！

重紫狠了心，悄悄将手移到他脑后。

美丽的荧光在他后脑处绽开，瞬间没入头部，很快，他的动作就慢下来，最终完全停止，整个人都沉沉地昏睡过去。

耳畔呼吸声轻微而均匀，纵然在昏睡中，那双手臂也依然把她抱得紧紧的，重紫费了很大力气才得以脱身，她悄悄跳下床，替他拉上被子，觉得有点内疚。本来这件事不该瞒着他的，可是他们能有今天，多亏了亡月相助，她应该知恩图报才对，只有还了这份恩情，以后他们才能真正安心到永远。亡月既然不想让他知道，她就只能暂时瞒着他了。

目前他陷入昏迷，为防止发生意外，重紫小心地在四周设置了牢固的结界，然后才溜下船，跃过大大小小的礁石，朝岛上的森林奔去。

黑暗的森林不见月光，重紫驭风急行，穿梭在粗大的树干间，灵力凝集于双眼，夜中视物，一路畅行毫无阻碍，耳畔不时仍会传来野兽般的叫声，就是看不到任何野兽的踪迹。

远远的，亡月又站在一条巨树根上，身上的斗篷与黑暗几乎融为一体。

"我的皇后，你终于来了。"

"我没有来迟吧？"

"时候正好，你很守信。"

重紫闻言松了口气，幸亏刚才及时清醒，否则真要迟到呢！

"我们可以开始了吗？"

亡月伸出手："当然，来吧。"

"办完事我还要快些赶回去，不然师父会发现的。"重紫笑眯眯地跃上树根，拉过他的手，"我动手啦。"

那只手有点苍白，摸上去冰冰凉凉的，原本很容易令人联想到坟墓里的死尸，只不过它实在太修长好看了，配着紫水晶戒指，令人见之难忘。

重紫忍不住抬脸瞧他。

线条优美的尖下巴，偶尔抬起偶尔低下，总给人一种高贵的味道，也对，他原本就是神，身份真的非同寻常，长得好像也不差呢……

看到那挺秀的鼻尖，重紫好奇地凑近了点，想看清那被斗篷帽遮住的另外半边脸。

亡月却笑了："看不够吗？"

"我真想知道你长什么样子。"她以往在魔宫跟他很亲近，却从没看清过他的模样呢。

"让你看？"

"好呀！"

"那不行。"

绝对是故意的,就是喜欢玩弄别人!重紫低哼了声:"谁稀罕!"师父长得可不比他差。

"我可以让你看,"亡月停了停道,"条件是,你必须离开洛音凡,去虚天冥境陪伴我。"

重紫连忙摆手:"算了,我才不看!"

亡月笑。

重紫憋着满肚子气,竖起小指报复性地朝他腕间划下,丝毫不为自己下手重而惭愧。

让你得意!让你多流点血!

曾经修成天魔,她的法力绝对不会差到哪里去,然而奇异的事发生了——指力所至之处,苍白如玉的手腕根本没有任何反应,完好的肌肤不见半点血痕。

重紫"呀"了声:"怎么会这样?"

"仙术是没有用的,"亡月道,"我是神族,仙与魔又怎能伤到我呢?如今的你虽然非仙非魔,可惜法力还是远远不够,所以我移来了这片神界的土地,眼下将近子时,太阴之气旺盛,你可以借助神界之物完成。"

"神界之物?"

"此岛来自神界,岛上一草一木皆是神界之物。"

重紫很快弄明白了话中的意思,转身看看四周,顿时有了主意,她飞身上去折了根树枝,削成一根尖尖的木刺。

"这个可以了吧?"

"聪明。"

听到夸奖,重紫也不好意思再报复他了,她用木刺在他腕间比画了下,轻轻咳嗽了声,道:"我要动手了,你……会不会疼啊?"

"皇后心疼我,令我感动。"亡月笑道,"我更加期待你的表现。"

手里拿着实物,反而不像使用法力那么轻松无顾忌,重紫开始有点紧张,小心翼翼地试了几次,始终是力道太轻,那只手连皮都没破点,到最后她一急,索性不管不顾,半闭眼睛,咬牙将木刺用力地扎下。

皮肤破处,见神血。

重紫大喜,还没来得及问他下一步该怎么办,面前忽然绽开了一片血红色的光芒!那血光极其夺目,重紫被迫眯起了眼,凝神查看,才发现血光竟来自他的伤口。

"怎么回事?"重紫顿时被吓住了,连声问,"你怎么样?没事吧?"

"不用怕，你做得很好，我要谢你。"视线受阻，对面的人影显得有点模糊，只听到他沉沉的笑声。

笑声里，头顶竟也射下了银白色的光！

重紫连忙仰起脸看。

那分明是……月光！没错，头顶上方月华大盛，一束强烈的月光居然穿透层层枝叶照了下来。

对面的亡月站在原地没有动，银色的月光将他整个人都笼罩在里面，重紫低头看，发现从他手腕伤口进出的红光渐渐地开始消退。没用多久，红光就完全消失了，白光也同时散去，一滴红色的血珠滑落在她的掌心里。

重紫松了口气，低头看掌心的血珠，只觉冰冰凉凉，晶莹剔透，如同宝石般美丽，再看他的手，依旧修长完美无半点破损，看不出受伤流血的痕迹。

"亡月，你到底是谁啊？"重紫喃喃地问，"竟然能借取到这样强大的太阴之力？"

"我当然是你的丈夫。"

"呸！"

亡月将手缩回斗篷里："接下来的事就交给你了，我的皇后，希望你不会令我失望。"

重紫连忙问："现在该怎么办？"

亡月道："将它送入鬼界轮回道。"

"鬼界？"重紫完全傻了，半晌失声道，"那怎么可能！鬼门是鬼界的天然屏障，外界任何生灵都不能逾越，连你们神族都不能，除非死灵，而且死灵一旦入了鬼门就法力全失，唯有转世重生，我哪有办法进鬼界啊！"

亡月点头："不仅如此，你还要先解决别的问题，例如，我的血作用大得很，仙魔妖鬼人，见了它没有不打主意的，鬼界阎君若是知道了，也一定不会轻易放过。"

重紫叫道："要进鬼界，还要瞒过阎君的眼睛，你知道这根本不可能，还要让我去办！"

亡月道："但是我的皇后，你那么聪明，一定能想到办法的是不是？"

重紫气道："我想不到！"

"你只有一日工夫，否则任务就不算完成，"亡月道，"你知道，我要是不高兴，可能会闹出很多麻烦事来，比如，仙魔大战。"

还好人呢，简直就是赤裸裸的威胁！重紫恨恨地瞪他一眼，明白此事对他一定很重要，于是放软了语气："可是时间这么短，我怎么能想到办法啊？"

亡月道:"皇后,你仔细想想,这世上不是有能进鬼门的独特种族吗?"

重紫愣了下,仍不太明白:"什么意思?"

"有些事,我不能用太直接的方式告诉你,这只是一个提示,"亡月道,"时间所剩不多了,我现在就送你去鬼门。"

"我试试吧,"重紫无奈答应,恨恨地瞪他,"亡月,你绝对不是好人!"

目送她的身影消失在蓝光里,亡月收了法力,周围结界立即碎裂,一个白衣仙人站在那里,见到他,原本就不够冷静的黑眸立即迸出危险的光。

亡月对他的反应感到满意,还非常友好地朝他抬起一只手:"又见面了,洛音凡。"

"果然是你。"洛音凡没有回应他的热情,声音是自牙缝里挤出来的。

她的异常他岂会没发现?只是被她那句"不会再离开"蒙骗了,否则那种小小的术法怎么制得住他!发现她在骗他时,他恼怒,更加害怕,她骗他,小徒弟小妻子居然又敢骗他了!一路追寻而来,结果果然是他最怕的那个,她是为了见这个人,这个可以把她彻底带走的人!

"你好像不太喜欢我,"亡月神情倒很愉快,将手收回斗篷里,"你别忘了,当初是我的仁慈,才让你们得偿所愿,我以为你会感激。"

洛音凡直接问:"你把她带到哪里去了?"

亡月不紧不慢道:"我是神,有着神的身份与骄傲,如非本人的意愿,我不会让这世上的任何人入魔,更不会带他们走。"

心头蓦地一痛,剑尖剧烈颤抖,洛音凡当即摇晃着身体,吐出一口血来。

她真的在骗他,趁他不备下手,原来她已经决定跟亡月走!她忘记答应过他什么了?

亡月笑道:"别吐血,或者少吐点,我可不会心疼。"

鲜血染红白衣,洛音凡以剑支地勉强站稳,喃喃道:"我不信,我要见她。"她早就原谅他了,不会再离开,她答应过的!

亡月道:"她现在不会见你。"

其实只要认真听,就能发现他这句话中的问题,然而此刻洛音凡急怒攻心,早已失去了冷静,哪里还会仔细思考!明知道应该相信她,却又不得不怀疑,因为没有把握,因为那段永远抹不掉的过往……

他猛然直了身,一字字道:"我要见她!"

亡月道:"我说不行,你能如何?"

洛音凡没有回答，并二指，灵力注入剑身，长剑脱手而出，飞至半空，光华大盛，映得树林恍如白昼，迅猛的攻势令人避之不及。

亡月抬手，那剑就静止在了半空："放弃吧，你伤不到我。"

"不错，我伤不到你，"洛音凡冷声道，"你是神，我是近神之仙，论法力我不及你，但要论对仙界万物的掌控力，你却始终不如我。此岛本属神界，必是你立了天誓借来仙界的，倘若不能及时回归……我有没有这个能力，你最清楚，也明白后果，不要逼我。"

"那我真的会很惨，"亡月叹了口气，"好在我的皇后还能给我陪葬啊。"

洛音凡差点气得再吐血："你敢！"

"你心有挂碍，只有我威胁你，你怎么可能威胁到我，"亡月又笑起来，"不如我们换个方式解决，你可以试着和我谈条件。"

洛音凡立即问："什么条件？"

亡月道："摧毁六界碑。"

洛音凡沉默片刻，道："不可能。"

亡月道："还是不愿意为她放弃吗，相同的情形，你仍然不会选择她，想想吧，她有多么失望，这就是她离开的原因。"

"不……"真的再次放弃她？怎么可以？她一定不会再原谅。这么多年，她果然还是介意的，知道他的答案不会变，所以才选择了亡月？可是她难道还不明白，他心系仙界没错，但是他的心早已在她身上，要是失去她，连心都没有了，仙界又算什么？

执剑的手逐渐握紧，洛音凡苍白着脸："我只要见她一面，你便是取我性命也无妨。"

亡月道："我不要你的性命，你并非我的子民，我更不能取你性命。"

绝望袭来，洛音凡艰难地开口："我……求你不要带她走，把她还给我，我愿意入魔！"

"让你成为我的子民，只会给我带来麻烦，嗯……"亡月想了想道，"那么换个条件，这座岛上有一枚地灵眼，你已经见过，它原本不应该出现在仙界，因这次机缘巧合才降生，数万年后，它将完全成熟且能用于仙界，届时此岛将再次出现，成熟的地灵眼也许会被仙门卜知，而引起仙魔两界争夺，你是人人敬仰的仙盟首座，在此岛上留下遗训，令仙门弟子放弃它，这便是我给你的第二个选择。"

洛音凡愣了下："就这个条件？"

亡月道："没错，你答应了，我就将她还给你。"

犹如死灰复燃，眼神再次明亮起来，洛音凡总算恢复理智，先松了口气，半晌又皱眉道："此事原不难，但根据典籍中的记载，地灵眼原是神界之物，只能用于神界之土，如今它降生于仙界，也就成了仙界之物，纵然仙门肯放弃，魔界拿去又有何用？"

亡月沉沉地笑："典籍中定然没有记载，魔界本出于仙界，同一片土地孕育着仙与魔。"

魔界出于仙界？洛音凡微惊，忽然想起了什么，沉吟道："这个交易倒令我想起一件事，我苦思多年，至今仍未得其解。"

"哦？"

"六界人人尽知，魔族之所以凶残嗜血，乃是由于自身阴煞之气太重，这应该与他们常年吸取凶煞浊气修炼有关，导致清气阳气不足，所以他们常常靠吸取凡人与仙者的阳气加以弥补，以平衡自身，也因此害了无数性命。"

"嗯……"亡月没有表示。

洛音凡道："虚天魔界相比仙界，浊气与太阴之气极重，阳气清气虽不足，却也不是完全没有，何况魔族并非只能在虚天修行，他们也常行走于人间与仙界，要取天地清气并不难，近年我留意到，他们分明自知修行缺陷，却从不主动吸收外界的清阳之气，而是靠取活人体内的阳气来加以弥补。据重儿说，魔族修行方法与天地清阳之气有所冲突，凡有擅自吸取外界清气修炼的，都会受魔神惩处。"

"不错，"亡月道，"只要他们发誓入魔，便由我亲自为他们剔除自身所拥有的天然灵气，授予魔族修行之术，也让他们明白一些禁忌。"

洛音凡道："但是我曾仔细了解过魔族修行之术，并未发现此道与清气有何冲突之处，明明天地清阳之气可以补足他们的缺陷，魔神为何弃之不用，耽误子民前途，致使他们为害人间？"

"仙盟首座，这不是你考虑的范围，"亡月没有继续这个话题，"方才我提出的条件，你可以考虑，但是时间不多。"

地灵眼原非仙界之物，虽然能转化地气为类似日精的阳性灵气，但仙界人间阳气本就充足，实非必需，唯有魔界……果真将它用于魔界，虚天多了那股清阳之气，魔族若能靠吸收它来平衡修行，不至出去害人性命，对六界来说或许反而是件好事……

这个条件无疑已经很低了，无论魔神有何用意，他洛音凡都必须答应，做主放弃仙门的利益，说他徇私也罢，他要见她，至少要问个清楚，她若果真执意要走，他便散尽仙魄罢了！

洛音凡断然道："好，我答应。"

亡月道："与神的交易从现在开始生效，你不能将此事告诉任何人，包括她，否则必受天罚。"

洛音凡道："我答应。"

亡月笑了："很好，朝着这个方向往前走，你会看到昨日的那个树桩，此乃镇岛神木，风雨不摧，万年不毁，可以保存你的手迹。"

洛音凡什么也不说，毫不迟疑驭剑而去。

他二人这一番较量不提，这边万丈地底，通往冥界的大道上，高高的门巍然屹立，红黑两种颜色的柱子撑着牌楼，上面刻着"鬼门关"三个血红的大字，阴森诡异。

事实上，大名鼎鼎的鬼门并不是指这道门，而是指鬼界外围一层类似结界的天然屏障，神仙妖魔人谁也不能活着闯过去，面前这道门只不过是冥界通往人间的出口而已，算是形式上的鬼门吧。门里黑漆漆一片，根本看不到任何东西，不时有惨淡的黄色烟雾和凄厉的鬼哭声飘出来，那是冤死的魂魄们因为不甘而发出的声音，只见鬼差和魂魄不断出入其间，飘飘悠悠，毕竟鬼都是没有实体的。

被亡月作法送到这里，可惜再也不能前行了，除非想结束如今的一切，再入轮回。

重紫望着面前的大门苦恼万分。

鬼门她是断不能进的，一滴血又不能自己跑进去转世，就算它能自己进去，这可是神血啊，辅助修行的绝佳材料，这种好东西谁不想要，别说阎罗鬼尊，就是她自己都想据为己有呢，只不过亡月是朋友，她才没好意思那么做而已。

进不去，可怎么办？

时间一点点流走，重紫依旧徘徊在鬼门之外，急得如同热锅上的蚂蚁。

掌心，红艳艳的神血如同露珠般晶莹美丽，散发着独特而危险的气息，简直就是一种无声的诱惑，最开始的时候，许多鬼魂嗅到灵气，纷纷朝她围过来，眼睛里或多或少皆有贪婪之色，只是碍着她法术厉害不敢过分靠近，谁叫鬼界实力在六界中垫底呢，幸亏后来重紫意识到不对，作法掩盖住了这股灵气，鬼魂们才疑惑地散去——鬼族抢不走，不代表安全，万一引来许多厉害的妖魔，她可不想被围攻。

天快亮了，再想不到办法的话，先前所做的一切就白费了……

耳畔忽然响起吵闹声，重紫下意识地转身看去，却是鬼差从人间押解了许多新魂归来。

通常情况下，新魂大都留恋生前的人和事，很难接受自己已死的事实，所以哭闹着不肯进鬼门，有的甚至赖在地上不走，鬼差们早就习惯了，毫不客气地抽着鞭子，拖着链子，半拉半赶，强行带他们往门里走。

"放我回去，我不想死！"哭声。

"滚，放开我！"

鬼差边抽鞭子边骂："死都死了，还闹个屁！"

"你才死了，我要找我娘！"娇脆的声音，听起来却颇有气势，令人不得不留意。重紫很容易就找到了说话之人，发现那是个十一二岁、长得很美丽的小姑娘，穿着锦绣衣裳，此刻正对着鬼差又打又踢又骂，满脸嚣张之色，可知生前出身必然不差，被宠得无法无天，才养成这般娇纵蛮横的性子，只不知什么缘故早早夭折了。

这么厉害的小女孩很少有人受得了，鬼差们也头疼得很，无奈早先收了她爹娘烧的冥钱贿赂，倒也不好为难她，唯有耐着性子哄劝。

"这世上不是有能进鬼门的独特种族吗？"亡月的话忽然回响在耳边。

脑子里灵光一闪，重紫乐了，暗骂自己太笨现在才想到，她尽力忍住心中激动，镇定地走过去，热情地跟鬼差们打招呼："差大哥们好忙。"

鬼差们正在头疼，闻言仔细打量她，看出她修行不低，加上人又长得美丽，顿时脸色好转，纷纷回礼："仙姑有事？"

"没事，路过而已，"重紫看看苦恼的鬼魂们，"这种差事真是难办，冥间公务多，辛苦差大哥们了。"

"可不是，要是没按时完成公务，阎君必会重重责罚我们，"鬼差们抱怨叫苦，"这些新来的都麻烦得很，一点也不知道体谅我们！"

重紫笑道："我也来帮帮差大哥吧？"

鬼差正是求之不得，连忙作礼道谢，转而去拖其他人。

"过来。"重紫趁机将小女孩拉到旁边。

"你是谁！"小女孩满脸警惕，用力地推开她，高高地昂起头，"谁跟你走，你和他们是一伙的，想骗我进那个门，呸！"

"我不骗你，我是来帮你的，"重紫悄声道，"你难道不想见你娘吗？"

小女孩愣了下，将信将疑地打量她："你认识我娘？"

重紫正色道："当然，只要进了那道鬼门，他们就会带你去见阎君，阎君定会问你愿意留下还是转世，你必须说转世，他们就会让你回去，那样你不就能去找你娘了？"她一边说话，一边自然而然地抬起手，不着痕迹地拍了下小女孩的额头。

小女孩撇嘴："我才不信，你想骗我！"

眼见那滴血慢慢地隐入小女孩的额间，最终消失不见，重紫心中大定，因为撒谎也有点内疚，她当然知道怎么对付这种小孩子，于是直了身拍手道："真的，别人我还不告诉她呢，要不是看你长得这么可爱乖巧，我才不管，随便你信不信。"说完，她就转身走开了。

小女孩"哼"了声，别过脸。

重紫暗笑，装作不理会的样子，去劝其他新魂。

见她并没有再上来哄自己，小女孩不由得又悄悄拿眼睛瞟她，等到鬼差再上来劝时，她只是小小地反抗了两下，最终还是顺从地跟着进了鬼门。

重紫这才松了口气，知道她是相信了自己的话，方才成功地将神血藏在她身上，其灵气已经被自己作法封住，冥界法力高的鬼差没有几个，估计不会有谁察觉到，阎君鬼尊又那么忙，哪有时间去注意一个小女孩，何况这个小女孩性子并不那么讨人喜欢，神血在她身上应该是安全的。至于小女孩究竟会不会按照自己说的那样，乖乖地选择入轮回，重紫自己也并没有十足的把握，但是目前只有这个办法才能将神血带入轮回，至少任务已经成功了一半，对亡月也算是有个交代啦。

眼见鬼差满头大汗地过来道谢，重紫笑嘻嘻地说了声"不客气"，化作银光离去了。

天色已经蒙蒙亮了，黑森林里还是如同黑夜般，树枝挡住了天光，周围静悄悄的，野兽的叫声不知何时也消失了。

黑斗篷拖垂，亡月依旧站在树根上一动不动，好像亘古以来他就保持着那个姿势，从侧面看，高高的鼻梁更加挺秀。

旁边银光一闪，重紫出现在他身旁，拍拍手："喂，我回来啦！"

亡月勾起唇角，道："会有这样的神情，看来你已经顺利地完成任务了。"

重紫多少有点心虚，轻轻咳嗽了声："总之……差不多吧，其实我是……"

办法是想到了，却没有把握一定能完成，事实上这个任务她只是做了能做的部分而已，他先前给出的提示，她还不能确定自己是不是真的理解正确了。

"不用告诉我，"亡月及时竖起修长的手指放在她唇边，制止她往下说，"这样会违反天地规则，我将不能再进行后面的事了。"

重紫疑惑："可是不告诉你，你就不知道那滴血怎么样了啊？"

"我能找到它。"

"那不是一样吗！"

"不同的，你不告诉我，由我自己找到，就不算违反神则，"亡月抬手摸摸下巴，"你看，我钻研了这么多万年的神则，怎么可能找不到它的一两个漏洞呢？"

重紫失笑："你真会作弊！"

亡月道："这个不算作弊，作弊是会受惩罚的，我没有违反规则，就不会受天谴，这座岛将在半个时辰后消失，回归神界，你必须在此之前顺利离开。"

他已经算是个好朋友了，就这么匆匆见上一面就分别，重紫还是有点不舍，她轻轻拉住他的斗篷摆："你……这就要回冥境里去了吗？"

亡月反握住她的手，紫水晶戒指闪烁："皇后在留恋我吗？"

重紫脸一红，连忙抽回手："我只是觉得，你一个人在冥境里多寂寞无趣啊，难得出来走走，多留几天不好吗？"

亡月笑道："事情完毕，我没有停留的理由，你也不会丢下洛音凡来陪我。"

重紫忙问："那你什么时候再出来啊？"

"五百年一转世，是我当初与他们立下的约定，"亡月道，"但是为了这次的事，我放弃了未来万年转世的机会，等到数万年之后，那个时候你们应该已经不在了。"

仙有仙劫，修行越到后面越危险，极少有真正修成后天之神的，更何况神也有神劫。重紫明白这个道理，也没想过强求长生，只是感到有点难过："那我不是再也没机会见到你了吗？"

亡月叹了口气，摸摸她的脑袋："无论如何，今日你帮了我和魔族一个大忙，作为回报，我会在不违反规则的前提之下告诉你一些秘密。"

重紫忙问："什么秘密？"

亡月道："七千年后，将会再次爆发仙魔大战……"

重紫惊得打断他："为什么又有仙魔大战？"

"种族因争斗而延续，世上没有永远的和平，目前的和平只是暂时的表象，"亡月道，"有值得插手的利益存在，仙与魔的冲突就永远存在。"

重紫道："那……造成大战的原因是什么，仙与魔谁对谁错呢？"

"没有对与错，我的皇后，"亡月道，"争夺资源，仅仅是一场为了生存的争战，参与者是你的同类，和我的子民。"

重紫喃喃地问道："那谁会赢呢？"

亡月摇头道："争战带来的损失，早已远远超过了他们所获得的利益，所以准确地说，谁都没有赢。"

"难道就没有办法避免吗？"

"战争与和平，是他们必然的经历。"

"可是……"重紫紧紧抓住他的手，望着他，"你难道就不关心你的子民吗，他们那么信奉你，仙魔大战爆发，一定会死伤惨重，你不想阻止？"

亡月道："没有办法的事，不是不想，而是不能，我不能阻止他们求生求强的战争，因为当初你的心软，如今他们仍然艰难地生存着。"

重紫内疚，低声道："我和师父也不想杀他们的，可是……谁叫他们做坏事呢？"

"他们有做坏事的理由，"亡月摸摸她的头，叹道，"皇后，这场大战只是灾难的开始，万年后，日月相逢之日，便是仙魔大劫降临之时，你和洛音凡届时不妨去人间避祸。"

"不是大战吗，怎么又有仙魔大劫？"重紫面如土色，"难道天罚的传说是真的？"

仙魔大劫乃是古仙籍中所记载的天罚，但也仅限于听说而已，从未有人经历过，据说当年神界一场大劫，天罚之前，神族自恃神力以为能保全，没有离界避祸，结果便是神族全体覆灭，仅仅留下虚天冥境里的魔神，幸亏神皇事先将六界碑移到了仙界，才没有演变成六界灾难。

亡月道："结束即是开始，在那之后，一切将是一个全新的开始，我的血将带给我的子民们未来的希望。"

"有你的护佑，魔族当然不会灭亡了，"重紫咬了咬唇，急切道，"可是仙门怎么办呢？谁来救他们？"

亡月笑了："我的皇后，你还是那么笨，生命消亡是六界里的必然过程，连神都有神劫，纵使没有仙魔大战，仙与魔也没有恒久的生命，魔就是对应仙的存在，有仙便有魔，有魔便有仙，守护者与破坏者都永远不会消失。"

"就算仙门不会消失，六界碑呢？"重紫道，"神皇已经不在了，再也没人有能力移走它，仙魔大劫到来，它怎么办？"

亡月道："我是魔神，不该为仙界的事操心，更不会插手仙界之事，你和你的师父可以带仙门中人去人间避劫。"

重紫沉默半日，摇头，语气轻而坚定："我和师父不会离开仙界的，不管谁对谁错，仙门的本意都是守护天下，六界碑绝不能倒，我们会留下来守护到底。"

亡月"嗯"了声，似是叹息："那么，我只有祝你们好运了，时间不多，你最好尽快带洛音凡离开。"

重紫吓了一跳："师父这么快就醒啦！"

亡月笑得有点奇怪："他来找你，我们已经见过面了。"

"真的？"

"他对我好像有所误会,对你的行为也非常生气。"

重紫慌了:"早知道他会生气的,怎么办?"

亡月道:"他的确很生气,可是他更害怕你离开呢,所以不会有心情责怪你,你只要好好地利用这点就对了,时间不多,他就在昨日的地方等你。"

没等她再问,一道蓝色光束自头顶泻下,缥缈壮丽,最后带着他的身影消失了。

重紫连连跺脚。

别以为她不知道,看他方才那表情,肯定是捉弄过师父了吧?哼,她也不会告诉他,她用了什么办法把他的血带进鬼道的!

巨树桩依旧在黑暗中沉寂,周围景物没有多大变化,此刻一名白衣仙人正站在树桩下,手指已破,他竟是以鲜血为墨,极其认真,一笔一画地在上面刻着字,血迹随之浸入树中,再也抹不掉。

这看似寻常的树桩,凭借顶尖的仙术竟不能留下任何痕迹,他心急如焚,试了许多次才终于找到这个办法,总算可以完成亡月的嘱托,她很快就会回到他身边了!

写完最后一个字,所有的字迹忽然都亮起来,光华闪闪,紧接着隐入神木内消失不见。

不得 已将这桩利益让与魔族,他心中有愧,可是绝不后悔。

"师父!"

熟悉的呼唤声,抹掉他心里最后一丝愧疚,与魔神交易,就算让他放弃性命也是在所不惜的,他只求能再见她的面,她果真回来了!

洛音凡猛然转身,上前几步将她紧紧抱住:"重儿?重儿?"

瞒着他替亡月办事,原本还担心他会生她的气,想不到他比她更加紧张,重紫松了口气,心里有点甜,点头道:"是我,师父。"

"你肯回来了?"

"嗯,我回来啦。"

"你骗我,"他却忽然推开她,双手紧紧扣着她的臂,声音冷了下来,"你还是在怪我?你要跟他走?"

"没有啊!"重紫连忙摆手,"我……我只是去……"突然想起答应过亡月要保密,她立即打住,竟想不到该怎么跟他解释了。

脸色变得苍白,洛音凡盯着她半晌,双手无力地垂落,眸中瞬间一片死寂——他猜对了,亡月说得没错,她是自己愿意跟亡月走的,她还是想要离开,是了,她一直都恨他,只是没有机会逃离他而已。

他缓步后退。

重紫摸不着头脑,有点被他的模样吓到,连忙上前两步唤道:"师父?"

"你就那么想走?"麻木的语气,恰如他脸上的表情。

"我……没有啊……"她莫名。

"那就走吧。"

重紫本来还在担心,绞尽脑汁想该如何跟他解释才好,哪知突然听到这句话,顿时她整个人都呆住了:"你说什么?"

他木然道:"不是要走吗,走吧。"

怕了,真的怕了,这些年他无时无刻不在害怕,怕她再受伤,怕她仍恨他,怕她离开,怕她突然消失……这些都是他不能承受的后果,可是现在她还是想要离开!原来他早就失去她了,如此,他强留她这么多年又有什么意义?

既然难以挽回,那就一切到此为止吧。

眼神空洞,他面无表情,一字字道:"想走,那就走吧。"

这瞬间,重紫几乎怀疑自己听错了。

他这是什么意思!竟然敢让她走!他竟然还敢放弃她!

"你……叫我走?"

"是。"

泪水在眼眶里打转,重紫紧紧地咬住唇盯着他许久,果真一言不发转身就走。

她负气离去,背后的人一动不动形同僵木,只是望着她的背影,身上散发的绝望气息越来越浓。

一步……

十步……

没走出多远,重紫到底还是忍不住慢慢地停住了脚步。

他无缘无故跟她说这种话,她当然生气了,原本是打算做做样子,他居然没有追来,就这么放她走?难道他真的不打算再留她了……

察觉不对,重紫倏地转回身。

白衣仙人依旧站在原地,身形有点模糊,仙魂已有抽离之势。

"师父!"重紫吓得面如土色,再也顾不得什么,连忙扑过去抱住他,"你做什么,快停下!停下,你给我住手!"

"要走,"他喃喃道,"你就走吧。"

"我骗你的啊,我不走,我永远都不会走,不许你这样!"

无论她如何哭喊,他始终恍若未闻,根本不理会她。

怎么办？她只是赌气竟然会害死他？他要是死了，留下她一个人怎么办？重紫既悔又怕，恨不能立刻杀了自己，自从得知仙魔大劫是真实的存在之后，她就发誓要更加珍惜与他在一起的每一日每一刻，直到仙魔大劫之日来临。她知道他绝对不会放弃守护六界碑，没有关系，那时她会和他死在一起，哪知道……她现在就会害死他！

明知道他有心结，明知道他放不下当年！她还故意这样！

绝望之下，重紫倏地举起手，咬牙看着他："洛音凡，你要是再敢继续，我立刻就死在你面前，魂飞魄散，立刻！"

听她说"死"，他这才清醒了点，下意识制住她："不要！"

总算将他唤回神，重紫大大地松了口气，有点虚脱地倒在他怀里："那你也不要这样，不许你丢下我。"

"我……不要这样？你……不走了？"他这才慢慢地反应过来，低头看着她的眼睛，难道亡月说谎了？她还是担心他的，还是在意他的？

"我从来都没想走啊，"重紫用力地瞪他，"我不走，永远都不会离开师父！"

他忽然推开她："你又骗我！"

"没有！"重紫连连摇头，"亡月骗你的，我就是遇见了他，然后……在一起说说话而已。"

他愣住了："真的？"

重紫跺脚："你明明知道他不是好人，还信他！"

是因为心里没有把握，所以才会轻易相信了亡月吧，看小徒弟这副模样不是在说谎，洛音凡终于松了口气，咬牙道："亡月！"

果然是被亡月捉弄了，重紫好气又好笑，问道："他怎么骗师父了？"

洛音凡轻声咳嗽，转脸看树桩。

修行这么多年，到头来居然被亡月骗得团团转，还答应了这场不公平的交易，他自是有些尴尬，但无论如何，魔神的允诺不会有假，以后他再也不用担心她被带走了，其实也算是好事吧。

他移回视线："没有，以后不可再瞒着我办事。"

重紫忙点头："我若是再骗你，叫我……"

没等她发誓发完，耳畔就响起一阵轰鸣声，脚底下的土地忽然剧烈地震动起来！

师徒二人都没料到会发生这等变故，同时愣住。

洛音凡最先回神，心下一凛。

此岛生于神界，被亡月临时借来仙界，如今怕是回归的时候要到了，两人倘若再不离开，定然会被一起带走，以自己的修为去神界原本是无妨的，但她的修为还欠些火候，倘若被强行带去，何等危险，后果将不堪设想！

不行，他必须尽快带她离开此地！他必须保住她！

重紫尚且糊涂，拉着他问："师父，这是怎么回事？"

"此地不宜久留！"洛音凡恢复冷静，打横抱起她，挥手召来长剑。

法力催动，长剑以最快的速度载着师徒二人上升，瞬间冲破头顶密密层层的枝叶，往岛外窜去。

二人刚离开没多久，岛上的震动就平息了，再无任何动静，须臾，一片叶子从高高的树冠上飘飘悠悠地落下。

"主人，时候好像还没到吧？"一个粗沉的声音响起，语气恭敬。

"嗯，你没记错，是我弄出来的动静，"亡月现身树桩下，抬手接住那片落叶，"我化解了他们师徒两人的误会，让洛音凡从此安心，她居然还骂我不是好人，太不公平了。"

"你别忘了，他们的误会本就是你造成的。"

"是吗？我忘记了，"亡月抚摸身旁的树桩，霎时上面的血字再现，他满意地看了两眼，道，"这次出来原本只打算完成一件事，看看我多聪明，这么容易就让他们各替我做了一件，彼此还不知情，但愿洛音凡留下的这些话将来会有用。"

"主人，你扮演了一个可恶的角色，太有损神的形象。"

"形象可以替我办事？"

"多数时候，形象还是必要的。"

"此事除了你我再无人知晓，为了我的形象，我在考虑是不是让你从此禁言。"

"其实你说得对，形象其实无关紧要可有可无，主人。"

……

四 · 师兄太坏

南华仙山，流云飞掠，瑞气千条。数千弟子聚集在主峰大殿前，脸上都有喜气。

"刚接到消息，洛师兄今日归来！"

"他这些年跟着雪仙尊四处走，听说术法又精进了。"

"雪仙尊没收他当徒弟？"新弟子兴奋地问。

"重华尊者原本要让他拜雪仙尊为师，雪仙尊却说紫竹峰术法更高明，不过天山剑术亦有独到之处，可以让他跟着学几年。"

……

议论声中，一道银光如从天降，眼见快要撞到地面时又骤然止住，御剑的竟是一名十一二岁的女孩，乌黑的发，瓜子小脸，大大的眼睛，粉雕玉琢十分可爱。

"洛宜！"众弟子见惯不惊，纷纷围上来，语气里满是疼爱。

"是我啦！"女孩十分乖巧，一一问好。

这边热闹，惊动了那边一名白袍青年，他转过身朝这边看来，声音沉稳而有磁性，极为好听："是谁？"

女孩连忙往众人身后躲，连连比手势，别人面前无妨，唯独这位首座师兄，她总有点害怕，因为他来头太大，又很受父亲和掌教看重，她也就轻易不敢去惹他。

那白袍青年却发现了她："洛师妹？你怎么过来了，尊者可知晓？"

女孩无奈探出脑袋，赔笑点头："知道，父亲知道的。"

"还敢撒谎！"白袍青年沉下脸。

女孩垮了脸。

怎么每次撒谎都能被他看出来，明明别人都被骗过了的！

白袍青年教训："还不回去,让尊者知道必会重重地罚你!"

"首座师兄,卓师兄——"女孩忙跳过去抱住他的手臂摇晃,"我很久都没见哥哥了,我要去接他……"

平日里她撒娇对谁都灵,白袍青年偏偏不吃她这套,抬手。

破空声中,一柄紫色的长剑穿云而至,带起一片紫色光晕,如同绚丽的云霞,落在二人面前,旁人只见那剑身晶莹如紫玉,却不知它实际坚韧非常。

女孩眼都直了:"这就是卓师兄的九嶷剑?好漂亮……啊——"

对她的抗议视若无睹,白袍青年毫不客气地拎起她的后领,潇潇洒洒地御剑而去。

足底云烟飘荡,眼见紫竹峰快到了,洛宜真的急了,真回去,肯定被父亲责罚,她还要去迎接哥哥呢!

扭脸看身后,她不由得一愣。

双眉斜扬,俊目清亮,举止更是无处不透着潇洒,常听人夸这位首座师兄,往常不觉得什么,如今离得近,才发现当真好看,跟神仙一样的父亲和哥哥完全不同。

她试着唤:"卓师兄?"

送顽劣的小女孩回去,白袍青年显然也只是当成任务,敷衍性地"嗯"了声。

洛宜小声道:"我是悄悄跑出来的。"她边说边抽抽鼻子,长睫有湿意,小模样煞是可怜。

白袍青年果然放软了语气安慰:"罢了,我会替你求情。"

洛宜弯了眼睛,一把抱住他:"卓师兄真好!"

狡诈!白袍青年并未上当,眼明手快扣住她的手腕,警告:"师妹再闹,休怪我如实禀告尊者。"

这位首座师兄厉害是出了名的,洛宜心知跑不掉,顿时气道:"卓师兄对女孩子不是有求必应吗,怎的就为难我?"

脚底剑倏地停住,白袍青年被口水呛住,咳嗽。

洛宜见状大乐:"被我说中了吧?"

白袍青年面色古怪:"这种话你听谁说的?"

洛宜得意:"他们都说首座师兄风流成性,喜欢长得好看的女孩子,我早就知道了,看烟师姐她们天天围着你。"

白袍青年嘴角抽动:"这与你何干?"

洛宜扬起脸:"我长得也不丑啊!"

白袍青年闻言愣了下，似乎明白了什么，双眉一扬，眼底掠起戏谑的笑意："难道师妹也想讨我喜欢？"

他一边说着，一边打量她。

这样的他与印象中完全不同，洛宜看着那张扬的笑，看看那流转的眼波，再看看那被山风掀起的白袍，第一次真正明白了"风流倜傥"这个词，她顿时莫名地脸热起来，却又不明白缘故，只是支吾："你对那些师姐都好说话得很，偏就对我不好！亏我母亲还是你师父！一点都不讲情面！"

小女孩居然会有这等娇羞之态，白袍青年终于忍不住大笑，敲敲她的脑门："没错，师兄对漂亮的女孩子有求必应，谁叫你还是个小孩呢。"

好感刹那间变作羞恼，洛宜跺脚："你敢欺负我年纪小！我告诉父亲！"

因见她年小说话可爱，故而忍不住露出本性戏谑两句，此刻听她说"告诉父亲"，白袍青年这才猛然醒悟，记起这女孩身份特殊，顿时心里一凛，冷汗冒出来，若是叫重华尊者知道爱女被自己调戏了，一封信去青华宫家里，自己还不倒大霉？何况自己目前是南华弟子，只怕他不用告诉，直接动手收拾了也说不定。

想到这，他迅速敛起笑，收回手负于身后："好啊，告诉尊者你不敬师兄？听得些闲言碎语来骂我？"

洛宜果然不说话了。

料定她不敢提，白袍青年驭剑降落在紫竹峰前，恭声道："尊者，我送小师妹回来了。"

"有劳你，带她上来吧。"淡淡的声音响起。

听到那声音，洛宜顿时变得垂头丧气。

白袍青年似笑非笑："小师妹，走吧。"

四海水上轻烟飘散，庭中地面白云动荡，古老的殿宇映翠竹，幽静美丽。

大殿里，白衣仙人坐在案前，旁边一名少妇在替他磨墨，眉宇间皆透着安宁之气。

眼前情景美丽如画，冲淡祥和，白袍青年看得愣了下，方才上前作礼："尊者，师父。"

白衣仙人点了下头，很快将目光移向洛宜，洛宜此刻已是变得规规矩矩，低着头不作声，倒是那少妇笑着丢开墨："卓衍，又劳烦你了。"

卓衍笑道："师父何出此言，我既是师兄，原该照管师妹。"

白衣仙人淡淡地命令："出去跪着。"

洛宜终究不敢反抗，气呼呼地站起身，大声应道："是，师祖——"

白衣仙人的脸顿时黑了。

洛宜得意极了，飞快溜出门。

卓衍连忙移开视线，暗暗发笑，重华尊者与师父本是师徒，两人结为夫妻，称呼上难免尴尬，此刻被女儿给气得够呛。

少妇忍住笑劝道："罢了，跟小孩子生什么气，自淇儿离开，兄妹两个都五年没见了，也怪不得她心里惦记。"

白衣仙人无奈地摇头："你看看她干的事，前日才将灵鹤染成乌鸦，昨日又擅移路记，害弟子们走错路，若是放她外出，不知又要生出多少事来！"

少妇也知道女儿顽皮，并不求情，转向卓衍问道："下个月你祖父大寿，青华宫来信了吗？"

卓衍笑道："正是，他老人家定然已下贴请尊者和师父了。"

少妇道："我们自然是要去的，淇儿马上回来了，你师兄弟两个自小感情深，索性过几日就叫他陪你先回青华宫吧，正好给老宫主拜寿。"

卓衍道："我正想说呢，祖父在信里还问起淇师兄，见了他必定欢喜。"

白衣仙人问："前日教的术法练得如何？"

卓衍尚不及回答，少妇便嗔道："我当师父，你就这么不放心，我的徒弟倒被你抢去了，三日一问五日一考的！"

卓衍忙道："尊者肯指点，卓衍求之不得，学好术法也是给师父长脸。"

"就你会说话，"少妇笑道，"也罢，你们慢慢说，昆仑新送了两个五行瓜来，我去切开准备着，等淇儿回来一块儿吃。"

白衣仙人点头正要说话，门外面忽然响起了低低的哭声，慢慢地越来越大，听上去甚是凄惨可怜。

"父亲，我……我错了……"

"疼……我的腿好疼——母亲……师兄……"

……

卓衍愣了下道："师妹她……"

白衣仙人微皱了眉，看向少妇。

少妇脸一红，心虚地移开视线："与我有什么干系，看我做什么。"

卓衍略做迟疑，开口求情："师妹还小，尊者饶过她这回吧？"

白衣仙人与少妇对视一眼，无言。

"你没住在紫竹峰，近年闭关的时候又多，所以不知道她，"白衣仙人轻咳了声,"罢了,淇儿回来了,你先去接他吧,改日再考你。"

门外,洛宜边哭边竖起耳朵听里面的动静,不料被出来的人撞个正着。
小脸上看不见泪痕,卓衍顿时明白过来,自言自语:"果然知女莫若父。"
洛宜见了他哭得更响:"师兄……"
卓衍极力忍笑:"师妹有何吩咐?"
"我的脚好疼……"
卓衍正色道:"师兄那里有上好的伤药,这便替你取来。"
"喂喂,你跟我父亲求个情啊……坏师兄!"
……

【全文完】

后记

此书完成至今已有十多年，这次出版是第三版，首先要感谢支持此书的读者们以及合作者们！因为是新版，用之前的后记似乎不合适，作者又因为时间间隔太久，将书的内容忘记了不少，于是就在上一版后记的基础上修改了一下，充作新版后记，还请诸位原谅。

男师女徒有《雪花神剑》电视剧在前，足够动人，作者也实在很难写出新意，当时写它是因为有读者喜欢上一本《天命新娘》的师父，要求写师徒，作者原设定背景是武侠，万劫本是一位武林魔头，变仙侠是有读者在群里提要求，估计受流行风影响。

书是爱情小说，我本意其实更想突出人性的。我的理解，仙与魔，本就是人性中的两个极端，仙因太完美太多束缚失去幸福，魔因太放纵太阴暗不能幸福，有仙性有魔性，才是真实的人，我们在生活中不必过于去苛求完美，但也必须适当控制和修正不完美。

仙好还是魔好？当然是仙好。这个推崇真性情的时代，常常将反派地位抬得太高。不可否认，反派有其魅力，但这不代表作者赞同他们做的事。本书里的仙门让人恨得不得了，但他们做的多数事都是对人有益的。就算闵云中执法严厉，在处理女主一事上过分，可此人所做一切并非是为了自己。设想，倘若人人都成为真性情的魔，恶念起就做，这个世界将多可怕！举个简单的例子，多少人因为在网络上失去约束就口无遮拦，不明缘由就跟风对他人进行谩骂、攻击，带来的后果也是非常不好的。世界需要控制和约束。

作者没有把男主写成为女主抛弃一切的人，为爱情放弃责任，放在故事里固然令女性朋友感动，但也减少了人物原有的人格魅力，就像战场上为了老婆投降的将军，为追求"真爱"抛弃老婆的丈夫，实际发生，恐怕大家更多是鄙视吧。这责任，不单是社会责任，也包含家庭责任，作者始终钦佩那些能为家为国牺牲小我的人，也正因为他们比常人苦，作者才想要其幸福，所以本书最终圆满结局。

师徒固然美好，但故事是故事，生活是生活，作者不支持在校师生恋，本书是古代背景，师父设定单身，这样就无须道德批判了。

回想当初写作时，最投入的时候应该是万劫之死，但本书中，作者应该更喜欢闻灵之和亡月两个人物，因此特意以魔神亡月为男主开了姐妹篇《奔月》，文章至正文结束，前两篇番外可以看出作者想要写的真正结局，喜欢甜蜜的同学将它当作正文也无妨，后两篇番外则是姐妹篇《奔月》的前传。另外，文内星璨等武器名部分取自刀剑游戏。

感谢支持蜀客的所有读者！感谢星文文化！感谢晋江原创网！希望喜欢本书的读者都能找到幸福！

蜀客

2020.5.20

图书在版编目（CIP）数据

重紫 / 蜀客著.
—武汉：长江出版社，2020.9
ISBN 978-7-5492-7190-0
Ⅰ.①重… Ⅱ.①蜀… Ⅲ.①长篇小说—中国—当代 Ⅳ.① I247.5
中国版本图书馆 CIP 数据核字（2020）第 176461 号

重紫 / 蜀客 著

出　　版	长江出版社
	（武汉市解放大道 1863 号）
选题策划	星文文化
市场发行	长江出版社发行部
网　　址	http://www.cjpress.com.cn
责任编辑	陈　辉
特约编辑	林　璧
印　　刷	三河市嘉科万达彩色印刷有限公司
版　　次	2020 年 9 月第 1 版
印　　次	2022 年 12 月第 3 次印刷
开　　本	700mm×1000mm　1/16
印　　张	40.5
字　　数	760 千字
书　　号	ISBN 978-7-5492-7190-0
定　　价	78.00 元（全两册）

版权所有 盗版必究（举报电话：027-82926804）
（如发现印装质量问题，请寄本社调换，电话 027-82926804）